清代宮廷大戲叢刊初編

昇平寶筏【上】

（清）張照 編寫
王應武 芳 魏奕元 校點

北京大學出版社
PEKING UNIVERSITY PRESS

國家古籍整理出版專項經費資助項目

前言

中國古代宮廷的演劇傳統可以上溯到宋代初年，設立教坊、雲韶部（初名「簫韶部」），承擔宮廷的儀典性和觀賞性演藝活動，其中包括戲劇表演——雜劇和傀儡戲。宋以後歷代宮廷一般都設有御用演藝機構（偶因社會動盪而中斷），御用演員不足用或因社會動盪停辦時，也會招用民間藝人承應宮廷演藝。清代的宮廷演劇從管理、組織、設備、舞臺、編劇、表演、舞美、服飾等全方位得到了提升，從而發展到了歷史的極致。

清初承明之制，禮部設教坊司，凡宮中典禮燕會，有女樂二十四名承應，順治十六年（一六五九）裁撤女樂，全部改爲太監承應，增至四十八人，其中有專司演劇者。

康熙中期，内務府增設景山和南府兩個機構，專門承應宮廷演劇活動，相當於國立皇家大劇院，從而確立了戲劇演出在宮廷文化活動中超乎前代的重要地位和作用，使戲劇演出逐漸成爲宮廷文化活動中不可或缺的重要内容。這一點從現存龐大的清代昇平署檔案之系統性、規模化得以充分體現。道光七年（一八二七），南府改稱「昇平署」，延續至清末，但規模鋭減。

景山、南府的總管一般由内務府大臣兼任。下設内學由宫内太監組成，外學由漢籍藝人和旗籍藝人組成。日常演劇中，内學和外學一般是分别承應，當演出大戲需要上場人數衆多時，内、外學則有合作。又設錢糧處負責管理皇家劇院的物質資源，寫法處負責謄寫備演劇本及撰寫劇本相應的服飾、切末、舞臺裝置、舞臺調度、表演身段、唱譜、題綱等内容，大差處爲籌辦皇家重大演出活動時臨時成立的專辦機構，内務府檔案處分撥專人記録和管理宫廷演劇的檔案資料。乾隆朝以前的宫廷演劇檔案已全部毁於水火，現存有嘉慶朝數册及道光以後各代的絶大部分檔案，包括恩賞日記檔、旨意檔、承應檔、日記檔、錢糧檔、花名檔、恩賞檔、知會檔、白米檔等多種類别，記録内容之繁細和全面令人嘆服。現存大量昇平署曲本，包括安殿本、總本（總綱、總講、總書）、單本（單頭、單篇、單片）、題綱、排場、串頭、串貫、工尺譜、身段譜等多種形態，其種類之系統體現出管理之完備。這些歷盡劫波保存至今的文獻資料，如今分藏於中國第一歷史檔案館、故宫博物院、國家圖書館、中國藝術研究院圖書館等處。

清代皇家劇院在乾隆朝是機構設置最全面和人數規模最龐大的，據稱最多時有一千五百人左右，演出像《勸善金科》《昇平寶筏》等十本二百四十齣、上場人數動輒上千人的連臺大戲，足能勝任，每天一本，連演十天。

宫廷内的演劇活動可分爲娱樂性演藝和儀典性演藝。將戲劇演出引入宫廷儀典性演藝内容，始自明代。娱樂性演劇一般就是民間常見的雜劇、傳奇劇碼。儀典性演劇則按照節令祀享和慶典主題的不同，各有專用的劇碼承應，其中很多是宫廷藝人根據演出要求自行編製的。這樣的演劇傳統延續到清廷，得到了全面而系統的發展，更以政令形式形成了完整而嚴謹的演劇體制。凡至有帝后嬪妃壽辰、皇帝大婚、皇帝出行及返京、皇子出生、皇子定親、册立封號等喜慶事件，以及每年诸大節令，除舉辦相應的慶典或祭祀儀式外，都要安排特定劇碼的演出承應，是爲儀典性劇碼；而娱樂性劇碼則包括傳統雜劇、傳奇的折子戲（用於頻繁的日常觀賞性演劇）和連臺本大戲。

連臺本戲的劇本體制，非清宫首創，但確是由乾隆皇帝推爲極致。乾隆初年，敕令身任刑部尚書兼管樂部的張照等一班詞臣創作或改編了一批承應戲和連臺本戲，以供宫廷演劇之用。這批連臺本戲，現有存本者近二十部，短則一百多齣，長則二百四十齣，篇幅規模可稱鴻篇鉅製，故此又習稱爲「連臺本大戲」或「宫廷大戲」，半數至今有全本流傳。

清代的皇宫禁苑主要有紫禁城、圓明園、頤和園、熱河行宫（即承德避暑山莊）等，各處所建大中小型戲臺非常多，其中最著名的要數上中下三層的大戲樓。清代皇宫禁苑先後共建有五座三層大戲樓：圓明園同樂園清音閣，紫禁城寧壽宫閲是樓暢音閣、壽安宫戲樓，熱河行宫福壽園清音閣，頤和園德和園戲樓。圓明園同樂園戲臺最早建成，約建於雍正初年，規模最大，築造精美，乾隆、嘉慶、道光、咸豐朝常爲皇家觀劇之所，惜毀於一八六〇年英法聯軍。寧壽宫、壽安宫、熱河行宫清音閣大戲樓均建成於乾隆年間，壽安宫大戲樓於嘉慶四年（一七九九）諭旨拆毀，承德清音閣則毀於火災，頤和園在英法聯軍火燒北京時被毀，光緒年間重建時仿清音閣和暢音閣戲樓，在原怡春堂舊址上修建了德和園大戲樓，規模較其他四座爲小。寧壽宫暢音閣和頤和園德和園兩座倖存於今。

上中下三層戲臺，分别稱爲「福臺」「禄臺」「壽臺」，這樣的結構是專爲排演連臺本大戲而創設的。一般情節的演出均在壽臺進行，一涉神怪即用到福臺、禄臺。《昭代簫韶·凡例》：「劇中有上帝、神祇、仙佛，及凡人、鬼魅，其出入上下應分福臺、禄臺、壽臺及仙樓、天井、地井。或當從某臺某門出入者，今悉斟酌分别注明。」宫廷承應戲多涉神鬼世界，場面浩大，角色動輒數百上千，常需表現從天而降或地湧而出的情景，三層戲臺的機關設計，滿足了舞臺表現的要求。《昭代簫韶》《勸善金科》《昇平寶筏》《鼎峙春秋》《忠義璇圖》等宫廷大戲的劇本，對場面佈設、脚色出入的描述都非常詳細，每一環節皆與大戲樓相對應。

連臺本大戲的創作排演和三層大戲樓的設計建造，代表着宫廷演劇活動發展到乾隆時期所呈現的空前繁盛，從文本的長篇敘事體制，到舞臺表現的奢華風格，及其對戲曲意象性特徵的充分發揮，以及彼此在藝術上的相生相濟，都堪稱傳統戲曲藝術在特殊環境下的特殊成就，亦成爲中國古代戲曲史上的别樣風光。

宮廷大戲現有存本者近二十部，半數爲全本流傳。新中國成立初年商務印書館、中華書局曾以影印方式選印十部結集爲《古本戲曲叢刊》第九集出版，其中《勸善金科》據上海圖書館藏及吴曉鈴藏清乾隆間内府五色套印本影印，《昇平寶筏》《忠義璇圖》據國家圖書館藏清内府鈔本影印；《鼎峙春秋》據首都圖書館藏清内府鈔本影印；《昭代簫韶》據國家圖書館、上海圖書館及吴曉鈴藏清嘉慶十八年（一八一三）朱墨本影印。本次校點即以《古本戲曲叢刊》本爲底本，祇做標點，一般不做異文校勘，旨在通過《清代宫廷大戲叢刊》，呈現過去連臺本戲的面貌，爲廣大讀者打開一扇瞭解古代宫廷演劇面貌的門。

整理說明

《昇平寶筏》在清初至清中葉的宫廷中曾多次上演，是比較受歡迎的一部大戲。十本二百四十齣的宏大規模也決定了它不同於一般流行的「西遊戲」，而是一部大全之作。

西遊記故事可算「世代累積性成書」的典型之作，與水滸、三國故事相似，在漫長的流傳過程中都經歷了集腋成裘到點鐵成金的轉變。西遊故事源於唐玄奘隻身前往天竺（今印度）取經的史實。玄奘取經回國後，口述西行見聞，由其弟子辯機寫成《大唐西域記》，記載了此行的艱險困難與異域風情；另兩名弟子慧立、彦悰則對取經事跡進行了誇大和補充，敷衍出了一篇帶有神話色彩的《大唐大慈恩寺三藏法師傳》。傳中已經有了後來西遊故事的雛形。此後，隨着取經故事的廣泛流傳，虚構成分也越來越多，並成爲民間文學的重要題材。宋時已有南戲《陳光蕊江流和尚》，金朝有院本《唐三藏》，而比較完整講述唐僧取經故事的是《大唐三藏取經詩話》。它是比較成熟的有别於之前近乎史料記載的文學創作。儘管篇幅不大，文字簡單，情節粗糙，宗教色彩濃厚，但三藏法師、化身白衣秀士的猴行者以及沙和尚前身的深沙神等主要人物已經成型。

元代西遊戲留存下來的不多，元鍾嗣成《録鬼簿》著録了五種「西遊戲」，分别是《鎮水母》（高文秀撰）、《劉泉進瓜》（楊顯之撰）、《劈華嶽》（李好古撰）、《眼睛記》、《西天取經》（吴昌齡撰）。這五種戲今皆不存，趙景深先生所輯《元人雜劇鉤沉》中收録吴昌齡《西天取經》的兩套曲文。此外尚有明萬曆甲寅（一六一四）刊本題名《楊東來先生批評西遊記》的六卷雜劇等。

清初，西遊戲傳入宫中之後，因其鄙俗，内廷進行了一系列改編，以期符合統治者的審美和文人規範。懋勤殿舊藏「聖祖諭旨」就提到：「《西遊記》原有兩三本，甚是俗氣。近日海清，覓人收拾，已有八本，皆係各舊本内套的曲子，也不甚好。爾都改去，共成十本。趕九月内全進呈。」又傅惜華曾藏有清康熙間内府鈔本《昇平寶筏》殘存的第四、五、六本共六卷，可見《昇平寶筏》的編寫至遲於康熙年間已經開始。到了乾隆初年，又由張照等人進一步加工潤色改定完成。

如何編寫《昇平寶筏》，甲本上册第二齣《鑿靈府見性明心》中有這樣一段表明該劇主旨的話：

〔内白〕借問臺上的，今日搬演誰家故事？〔八開場官白〕搬演唐僧取經《昇平寶筏》。〔内白〕《西遊記》流傳已久，怎麽又叫做《昇平寶筏》？〔八開場官白〕這本傳奇，舊編的唐家貞觀，新演的昭代昇平，猶恐世人愚昧，沉溺愛河，全憑佛子慈悲，超登覺岸，爲此編成《寶筏》，普渡蒼生。惟願天下的人，福田圓滿，不須西土見如來；心地光明，盡化中華成極樂。臺下的須要大家着眼，及早回頭，莫當做尋常歌舞看過了。

從中可以看出，《昇平寶筏》的主旨在於「舊編的唐家貞觀，新演的昭代昇平」。這也反映出此時的皇帝清高宗一直以唐太宗爲仿效對象，所以劇作者也有意將他與歷史明君唐太宗相提並論。昭槤《嘯亭續録》卷一「大戲節戲」條：「乾隆初，純皇帝以海内昇平，命張文敏（張照）製諸院本進呈，以備樂部演習，凡各節令皆奏演。……演唐玄奘西域取經事，謂之《昇平寶筏》，于上元前後日奏之。其文曲皆文敏親製，詞藻奇麗，引用内典經卷，大爲超妙……《鼎峙春秋》……《忠義璇圖》，其詞皆出日華遊客之手，唯能敷衍成章，又抄襲元明《水滸》《義俠》《西川圖》諸院本，曲文遠不逮文敏多矣。」可見在時人看來，《昇平寶筏》在他戲之上。

也因爲此，《昇平寶筏》在清初至清中葉曾多次被搬上宫廷舞台，在宫中很受歡迎。乾隆五十五年，高宗八旬萬壽節的時候，北京圓明園的三層大戲臺清音閣還大規模的演出了這部《昇平寶筏》，一天一本，連演十天，高宗甚至還讓包括朝鮮進賀使等人一起觀戲。

《昇平寶筏》沒有刻本，編成後一直以鈔本形式流傳，而且隨着具體演出時的不同，又有好幾個版本。依内容可以分爲節本和全本兩個系統。具體分析可見磯部彰先生《〈昇平寶筏〉之研究》，兹不贅述。

和其他大戲相比，目前所存《昇平寶筏》多了兩本《提綱》，當屬於「穿戴提綱」的一種。「穿戴提綱」即管箱人的檔册，也就是管理服裝道具人員的工作手册，詳細記載劇中人物的服裝、道具、扮相的名稱，是十分重要的戲曲服裝史料。故宫博物院就藏有兩冊《穿戴提綱》，朱家溍先生《清代的戲曲服飾史料》有詳細介紹。而《昇平寶筏提綱》與其稍有區别，因其不僅記載服裝道具和扮相，還包括舞台佈置、特效、人員如何上下場。每一場戲都有一個提綱，哪些人物上場，佈景、道具有些什麽，採用哪些特效，都有嚴格規定。之所以要單獨成文，大概也與該戲場面繁大複雜有關。

《提綱》雖爲各場戲的説明，也分爲十本二百四十齣，但並非和正文完全對應。有些内容因難以用舞臺形式表現，故《提綱》中就與别齣内容合併。還有一些一場戲演不完，則放到下一場去演。

正文内容方面，張照在改編過程中，一方面參考並適當吸收了之前流傳《西遊記》雜劇、傳奇的内容，一方面開始有意識的按照小説《西遊記》的框架編寫整個劇本。十本二百四十齣的結構完全能容納小説的幾乎全部情節，某些地方甚至還有擴充。

關於《昇平寶筏》吸收《西遊記》雜劇、傳奇，以此次整理所用底本屬於足本系統的北京故宫本爲例，其乙下第十六齣《餞送郊關開覺路》、乙下第十八齣《獅蠻國直指前程》即分别脱源於吴昌齡《西天取經》劇之《諸侯餞别》《回回迎僧》兩折。其乙下第十七齣《胖姑兒昌言勝概》則源於楊景賢《西遊記雜劇》的第六齣《村姑演説》。在此基礎上，張照另作了一些擴充，比如《諸侯餞别》的部分，就增加了乙上第六齣《淩煙閣功臣圖像》，主要敷衍唐太宗按功論賞，延請畫師在淩煙閣爲二十四位功臣圖像。在作畫過程中，尉遲敬德、秦瓊、徐世績等講述自己功績的故事。另有己上第一齣

《洪福寺行香望信》，講述二十四位功臣去洪福寺爲玄奘取經祈福，此折很短，《提綱》也無。

對於《西遊記》小説的吸收和改編則有更多的例子。此處僅以《孫悟空三借芭蕉扇》的故事爲例。小説中，三借芭蕉扇的故事在第五十九至第六十一共三回。但在《昇平寶筏》中，張照作了擴充，單師徒經過火焰山，悟空三借芭蕉扇的本事，劇本就有五齣戲，分别爲庚下第二十齣《翠雲洞公主報讐》，第廿一齣《賺取芭蕉終捕影》，第廿二齣《戲調琴瑟又生波》，第廿三齣《詎女贈言傳妙藴》，第廿四齣《縛魔歸正許修持》。另外加上六齣與之相關的張照衍生的故事，包括丁上第三齣《玉面姑思諧鳳侣》，第四齣《獾婆兒巧作蜂媒》，戊下第廿四齣《鐵扇公主放魔兵》，己上第二齣《芭蕉洞妒妾興師》，第三齣《牛魔王善調琴瑟》，第六齣《九駙馬詭謀攫寶》，可見這一個在小説三回講完的故事在劇中有十一場之多。由《提綱》記錄看來，有《山中誇武》《玉面懷春》《招親牛魔》《羅刹揭鉢》《羅刹憶子》《牛魔懼妻》《牛魔借寶》《借扇翻冤》《賺取芭蕉》《戲調琴瑟》《三調芭蕉》《收牛魔王》等十二場具體演出，除過火焰山爲連續演出外，其他幾場都分散於各個故事中。張照重點擴充了玉面姑姑的部分。在具體的描述過程中，張照對於類似的主題採用了不同的寫法。如同爲女妖思春，玉面姑姑和地涌夫人就迥然不同。同爲媒婆的獾婆兒和灰婆也各呈口舌，各顯智慧。玉面姑姑是「良緣未就，蹉跎至今，近日懨懨成病」，故獾婆兒「説起姻事，救他一救便了」。而地涌夫人則是「久住洞府，修真煉性，看來大道也是這般淡淡的：可有比俺洞府繁華受用的所在」，所以灰婆以人世上的繁華受用激之。而獾婆兒遊説牛魔王的部分頗得王婆之傳，灰婆勸説地涌夫人更像縱橫家風格。

而且張照對於小説中某些暗線又做了發揮。比如牛魔王與萬聖龍王的交情在小説中只出現過一次，劇中張照則讓牛魔王因鐵扇公主要求寶物不得以向萬聖龍王求助，以此照應祭賽國失寶，又從側面寫出牛魔王的鄙瑣。

三借芭蕉扇之外有大幅度改動的故事還有百花羞與黄袍怪故事、祭賽國失寶故事、盤絲洞蜘蛛精故事（加上蜈蚣精故事）、陷空山地涌夫人故事、獅駝國六怪故事等。在這些本來故事中張照加入了很多非西遊的原素，如聞仁秉正驅邪、齊福卓如玉賴斯文糾葛、柳逢春驅逐狼怪等情節，這些内容涵蓋孝子節婦、忠奸鬥爭、婚戀人情等，一方面使得整個故事未免支線紛亂，另一方面又使得這個本來以神怪爲主的西遊戲增添了許多宫廷戲少見的世俗色彩。

除内容複雜之外，《昇平寶筏》的演出場面也很宏大。清人洪亮吉有《萬壽樂歌》，形容爲：「三層樓，百盤砌，上干青雲下無際。上有立部伎、坐部伎，其下回皇陳百戲。蟠天際地不足名，特賜大樂名昇平。考聲動復關民事，不特壽人兼濟世。萬方一日登春臺，快看寶筏從天來。」趙翼《檐曝雜記》描述道：「至唐玄奘雷音寺取經之日，如來上殿，迦葉、羅漢、辟支、聲聞，高下分九層，列坐幾千人，而臺綽有餘地。」雖有誇大之嫌，不掩恢弘之實。

《昇平寶筏》作爲宫廷大戲，主要是在宫中幾座大戲樓中演出的。和民間普通戲台不同，宫中爲三層大戲樓，每層都有一個舞台，均可演出。《昭代簫韶·凡例》就寫到：「劇中有上帝、神祇、仙佛及人民、鬼魅，其出入上下應分福臺、祿臺、壽臺及仙樓、天井、地井，或當從某臺某門出入者……」而《昇平寶筏》以神魔戲爲主體，對各種身份人物上下場及特效更有要求。就目前僅存寧壽宫暢音閣和頤和園德和園戲樓來看，三層大戲台從上至下分爲福臺、祿臺、壽臺，後面還有一個二層的戲台稱爲仙樓。舞臺兩側還有左右天井、左右地井，此外還有雲兜、雲板、雲椅等特效道具，類似於現在的威亞，仙佛等從仙樓下戲臺的時候就要借助於雲兜，做出仙人飛行的效果。對於劇中妖怪等非仙佛的出場和人物的各種變化，則用上下地井隨彩火的方式來凸顯。這已經接近於後代的特技。《提綱》中「悟空推倒丹爐，隨彩火一把，全撤」；「八戒進出黑風洞、小白龍上下場都隨彩火一把」；「白蛇精被悟空打死，隨彩火一把，白蛇精從地井下，出白蛇形」；更厲害的還有朱紫國故事，紫陽仙人爲助金聖宫，説話時嘴隨彩火一把，變出仙衣。在當時的舞臺技術環境下，無疑是很先進的。

本次校點以《古本戲曲叢刊》九集影印的屬於全本系統的北京故宫博物院藏内府鈔本爲底本。本文在撰寫過程中，參考了趙景深、朱家溍、胡淳艷等學者的有關論著，未能一一詳細標出，特此説明，並表謝忱。由於我們並非專門研究戲曲者，加之水平有限，點校中訛誤之處，在所難免，敬希讀者批評指正。

目録

甲上

甲下

乙上

丙上

丙下

丁上

丁下

戊上

戊下

己上

己下

庚上

庚下

辛上

辛下

壬上

壬下

癸上

甲上

第一齣　轉法輪提綱挈領（江陽韻）

〔場上設仙石山科。雜扮三十六靈官，各戴紥巾額，紥靠，穿戰靴，掛赤心忠良牌，持鞭，從福、禄、壽臺上，作跳舞科，仍從福、禄、壽臺下。雜扮小石猴，穿猴衣，從仙石内迸出作打筋斗叩拜四方科。雜扮雲使，從壽臺上圍科。小石猴隱下。副扮大石猴，從雲内隱上。白〕混沌初生一氣毬，迎風化作小獮猴。靈臺不昧明於鏡，照見乾坤四大州。我這猴兒，以陰陽爲軀殼，以造化作胚胎，手足耳目本是毛蟲，飲食笑言却通人性。只是一件，我雖非鍾血氣而生，到底是負形骸而立。這山中片石，就是我生身父母，我如今不免以石爲姓，尋取羣猴伴侶，遊戲便了。正是嘯月棲雲空性海，呼朋引類樂壺天。〔從下場門下。雲使下馬，趙、温、關、朱雀、神武等從福臺上。丁甲神、九曜、元辰從禄臺上。雜扮二十八宿，二十八黄巾力士，從壽臺上作跳舞畢，分侍科。雜扮十六功曹，從仙樓上分侍科。雜扮八天官，各戴蓮花冠，穿蟒，繫絲縧，執笏。雜扮左輔、右弼，各戴皮弁，穿蟒，束帶，執笏。雜扮四昭容，各戴過梁額，穿蟒，繫絲縧，執提爐。雜扮八宫官，各戴宫官帽，穿蟒，繫絲縧，執符節、龍鳳扇。小生扮金童，戴紫金冠，穿蟒，繫絲縧，執符節。小旦扮玉女，戴過梁額、仙姑巾，穿蟒，繫絲縧，執符節。引生扮玉皇大帝，戴冕旒，穿蟒，束帶，執圭，從福臺門上。唱〕

【雙角隻曲·新水令】坐靈霄一炁理陰陽（韻），主羣靈把璇機執掌（韻）。天威原有赫（句），聖壽自無疆（韻）。靉靆爐香（韻），早則見闢銅龍排仙仗（韻）。〔白〕資始乾元啟，龐洪太素先。玉京開上界，億萬慶斯年。吾乃九天金闕玉皇上帝是也。道通元始，位證上清。生天生地生人，循環太極；成佛成仙成聖，統會宗源。累刼修持，十二會纔如指掌；含生瞻仰，三千界莫不皈心。正是蕩蕩無名，一炁清虛凝道體；高高在上，萬辰羅列衛宸居。近來照見人寰，古佛住世，馨香格天，且喜海宴河清，民安物阜，從此億萬年，人天俱得清泰也。昨見下界忽有金光，射冲斗府，已命千里眼、順風耳看聽，可喧來回奏。〔金童、玉女白〕玉帝有旨，宣千里眼、順風耳上殿。〔左輔、右弼等各作宣科。雜扮千里眼、順風耳，各戴套頭，穿蟒，束帶，執笏，從禄臺門上，作朝見科。千里眼白〕臣千里眼，奉旨看得下界金光之處，乃東勝神洲傲來國花果山，山上有一仙石，石產一卵，見風化爲石猴，在那裏拜四方，眼運金光，射冲斗府。如今服餌水食，金光漸已息了。〔順風耳白〕臣順風耳，聽的與千里眼看的一般。謹此覆旨。〔玉皇大帝白〕下方之物，皆天地精華所生，況此石猴，實乃靈氣鍾毓，合該佛日增輝，助成勝果，從教添出一樁公案也。〔衆神仝唱〕

【雙角隻曲·二犯江兒水】閻浮世上（韻），則見那閻浮世上（疊），勞生空搶攘（韻）。有許多蠻觸（句），幾度滄桑㊞。悟盈虚參消長㊞，飛錫月千江㊞，餐霞塵一晌㊞。鶴嶺翺翔㊞，鹿苑徜徉㊞，漫分腮讀，佛和仙原無兩㊞。〔内奏樂。玉皇大帝下座科。衆神仝唱合〕勝因闡揚㊞，須記取勝因闡揚㊞。覺緣細講㊞，且諦聽覺緣細講㊞。那真僧讀，修功德去禮象王㊞。〔衆神各從福禄壽臺分下〕

第二齣　鑿靈府見性明心（魚模韻）

〔場上設香几，内奏樂科。雜扮八開場官，各戴大頁巾，紮額、簪孔雀翎，穿開場衣，繫鸞帶，捧爐盤，執如意，從壽臺兩場門分上，各設爐盤於香几上，焚香三頓首畢，各執如意遶場科。分白〕

『玉女搖仙珮』靈山極樂（句），震旦文明（句），都是法王筵宇（韻）。彈指來今（句），出世住世（句），畢竟誰爲宗祖（韻）。象教傳東土（韻），怕意馬奔騰（句），心猿馳騖（韻）。重指點（讀）西來大意（句），瓶間貯水（句），棒頭覓句（韻）。非假亦非真（句），一串牟尼（句），半空花雨（韻）。多少爐中水火（句），掌上乾坤（句），總付移宮換羽（韻）。戰退修羅（句），拈來迦葉（句），邪正分明領取（韻），妙諦從新譜（韻）。若認做（讀）後果前因應誤（韻），須着眼（讀）一片婆心（句），昇平寶筏（句），金繩覺路（韻）。人皆悟（韻），蓮臺稽首當今主（韻）。〔内白〕借問臺上的，今日搬演誰家故事？〔八開場官白〕搬演唐僧取經，昇平寶筏。〔内白〕西遊記流傳已久，怎麽又叫做昇平寶筏？〔八開場官白〕這本傳奇，舊編的唐家貞觀，新演的昭代昇平。猶恐世人愚昧，沉溺愛河，全憑佛子慈悲，超登覺岸，爲此編成寶筏，普度蒼生。惟願天下的人，福田圓滿，不須西土見如來；心地光明，盡化中華成極樂。臺下的須要大家着眼，及早回頭，莫當做尋常歌舞看過了。〔分白〕識得靈山在眼前，即心見佛勝參禪。夢時悟向迷中度，醒後迷從悟裏牽。五百年前原即此，十萬里路只如然。昇平寶筏從頭看，便是慈悲結善緣。

〔仍從壽臺兩場門分下〕

第三齣　金蟬子化行震旦（家麻韻）（弋）

〔雜扮衆沙彌，各戴僧帽，穿僧衣，繫絲縧，帶數珠，執旛。引生扮金蟬子，戴僧帽，紮五佛冠，穿蟒，披袈裟，帶數珠，從禄臺上場門上。唱〕

【中吕宫引子·尾犯引】大地布金沙（韻），極樂西方（讀），静中觀化（韻）。不染塵埃（句），那還牽掛（韻），平等心無高無下（韻），歡喜地非虚非假（韻）。伊知麽（句），愛河慾海（讀）盡放白蓮花（韻）。〔場上設椅轉場坐科。白〕無上甚深微妙法，百千萬刼難遭遇。我今見聞得受持，願解如來誠實意。我乃金蟬子是也。增長善根，皈依正法，曾修道果，幾時得直登上乘也。〔唱〕

【中吕宫正曲·尾犯序】佛法信無涯（韻），彌厚彌堅（讀），彌遠彌大（韻）。香擁毘盧（讀），更雲護袈裟（韻）。堪誇（韻），微妙法堪驚堪訝（韻），清虚境難圖難畫（韻）。〔合〕彌甘露（句），看取天花亂墜隱現瑞光華（韻）。〔白〕呀，忽地妙鬘紛布，花雨飛空，又何菩薩降臨也。〔雜扮八揭諦，各戴揭諦冠，穿鎧，執旛。雜扮惠岸，戴陀頭髮，紮金箍，軟紮扮，持鏟。小旦扮龍女，戴過梁額、仙姑巾，穿宫衣、臂鸚哥。引旦扮觀音菩薩，戴觀音兜，穿蟒，披袈裟，帶數珠，持佛塵，捧拂旨，乘雲兜，從福臺下至禄臺。唱〕

【又一體】釋迦(韻)，佛旨付僧伽(韻)，爲東土衆生(讀)，不曉佛法(韻)。有大藏金經(讀)欲傳付皇家(韻)。〔金蟬子作迎科。觀音菩薩白〕如來旨下，跪合掌聽宣讀。勑曰：今有金蟬子說法之間，忽生我慢，落就初地。五百年後，再命托生南瞻部洲，苦歷諸趣，煅煉精進，俟其功行圓滿，重證寶諦，善哉！〔金蟬子白〕阿彌陀佛。〔觀音菩薩白〕請過佛旨。〔金蟬子作接旨科。唱〕堪嗟(叶)，我享着白蓮極樂(句)，却命我紅塵脱化(韻)。〔合〕只慮着(句)千磨萬刦淪落在中華(韻)。〔觀音菩薩唱〕

【又一體】何須苦怨嗟(叶)，暫歷塵凡(讀)，代佛宣化(韻)。〔白〕日後下方陳光蕋其妻殷氏，一家累世修行，汝可投入他家，借此凡胎，成你功德。〔唱〕護法諸神(讀)好佑庇伊家(韻)。因他(韻)尚費我許多勞攘(句)，尚累我許多兜搭(韻)。〔合〕成就你(句)無邊功德相會在龍華(韻)。〔金蟬子作參拜科。唱〕

【又一體】稽首謝菩薩(韻)。自悔多生(讀)，積業無涯(韻)。此去人間(讀)有幾番波查(韻)。思咱(韻)好認取回光返照(句)，望菩薩提携救拔(韻)。〔觀音菩薩唱合〕終有日(句)成功行滿穩坐九蓮花(韻)。〔金蟬子乘雲兜，曲内下至壽臺。衆扮護法神，從壽臺上，作接引科。金蟬子唱〕

【尾聲】我今暫把西方下(韻)，投胎奪舍到中華(韻)，行滿功圓重來登寶筏(韻)。〔仝從壽臺門下〕

第四齣　石猴兒强佔水簾（皆來韻）

〔丑扮通臂猿，雜扮衆猴，各穿猴衣，持樂器，從壽臺兩場門上，隨意戲耍發諢科。場上設花菓山、石床、凳、樽、罍科。衆猿猴從壽臺下場門下。副扮石猴，穿猴衣，從壽臺上場門上。白〕春來攀樹採瓊葩，夏食仙桃濺齒牙。秋收芋栗充饑用，冬覓黄精度歲華。自家傲來國石猴是也。産自仙石，見風長成，朝游峯洞之中，夜宿石崖之下。果然山中無甲子，實乃寒盡不知年。〔内衆猴應，石猴作望科。白〕言之未了，那邊一班獼猴夥伴來也。〔衆猴從壽臺下場門上，作跳躍見科。石猴白〕列位從那裏來？〔衆猴白〕石哥，我等方纔在溪邊洗澡，見一股澗水奔流，不知是那裏來的，故此特來請你去看一看。〔石猴白〕我們今日趁閒到澗邊尋源頭去耍子。〔仝作遶場，石猴看科。白〕列位哥，果然好水。冷氣分青嶂，餘流潤翠微。潺潺名瀑布，恰似掛簾衣。原來此水遠通山角之下，直接大海之中，果然好一派水也。〔通臂猿白〕列位，我們看他是無用，那一個有本事的下去，尋着源頭，不傷身體，我每拜他爲大王。〔衆猴白〕有理。〔石猴白〕不妨我下去也。爬山行處風成斧，踏水飛時浪作梯。〔作進水簾洞虚白看科。衆猴白〕都是你這猴頭，這一下去，萬一渰死了，怎麽處呢？〔通臂猿白〕不妨，他是有本事的。〔衆猴白〕他是個石頭人，只怕要沉底嗄。〔通臂猿白〕不妨，豈不聞水退石頭存？〔石猴作出水簾洞科。白〕列位，竟没有水源，是一座天造地設的洞府。那橋上倒掛下來是遮閉門户的，没有甚麽水。〔衆猴白〕可有名色？〔石猴白〕有名色的。洞門口有一塊石碣，鐫着六個大字，「花菓山水簾洞」，正是你我安身之處。你們都隨我進來。〔衆猴隨石猴進水簾洞科。衆猴白〕你看石床、石凳、石樽、石罍，好不有趣，快活快活。〔石猴白〕方纔你們説，不傷身體，拜他爲王的。〔通臂猿白〕有理。大王請登位，容臣等俯伏朝參。〔石猴作虚白入座科。衆猴仝白〕願大王千歲千歲千千歲。〔石猴白〕卿等平身。既蒙列位推我爲王，將石字隱了，稱孤爲美猴王，須行各洞，卿等依次受封。〔衆猴白〕臣等設有筵宴，慶賀千歲。〔石猴白〕生受爾等。〔衆猴各向下取酒、摘菓、作供獻科。仝唱〕

【南吕宫集曲・梁州新郎】【梁州序】（首至合）霞封玉洞(句)，雲生瑶海(韻)，石室喜從天蓋(韻)。不用五丁斧鑿(句)，生成翠壁丹塵(韻)。只見靈禽玄鶴(句)壽鹿仙狐(讀)，齊到筵前拜(韻)。異花香噴也(讀)四時開(韻)，修竹流雲曲抱階(韻)。【賀新郎】（合至末）心閒逸身安泰(韻)，勝蓬萊不數神仙界(韻)。須號令(句)，羣推戴(韻)。〔衆猴白〕快活快活。〔石猴白〕衆卿不要快活盡了。又道人無遠慮，必有近憂。〔衆猴白〕臣等托大王之福，得此洞府安身，何慮之有？〔石猴白〕卿等有所不知，你我今日雖是不懼人王法律，還有閻羅老官管着你我，只怕無常一到，就不能久居洞府之内了。〔唱〕

【又一體】細思量驀地傷懷(韻)，嘆光陰渾仝過客(韻)，怕青春一去(讀)不再回來(韻)。怎當得無情黑臉(句)，一筆勾消(讀)，那得身兒在(韻)。似雪獅逢日也(讀)立消解(韻)，怎能躲過輪迴地府災(韻)。〔衆猴作哭科。仝唱〕聽説罷心驚駭(韻)，恐無常一到身危殆(韻)。怎得個(句)身不壞(韻)。〔通臂猿白〕臣通臂猿啟奏大王，世上人惟有三等人不服閻王所管。〔石猴白〕那三等？〔通臂猿白〕佛、仙、神三等不服所管，可與天地山川齊壽。〔石猴白〕聞卿所奏，使孤心下暢然，不勝快樂。我今別了汝等，去名山尋師學道便了。〔仝作出洞，場上撤山科。石猴唱〕

【南吕宫正曲・節節高】去雲遊訪道來(韻)，早安排(韻)，尋師學箇長生派(韻)。祈真宰(韻)，化凡胎(韻)，成仙客(韻)，不生不滅無妨碍(韻)，轟雷事業留千載(韻)。〔合〕那怕無常暗中催(句)，逍遥別向人天外(韻)。〔白〕我有一言叮囑，衆卿須索牢記在心。自今日出門之後，鍵關閉户，不可在外滋事。只因魔王那斯與我向有讐隙，倘他偵探我洞口虚實，潛地興師，衆卿豈是他的敵手，或有差池，是不當耍。〔衆猴白〕臣等謹遵鈞旨。〔石猴白〕即此登程，衆卿不勞遠送。〔衆猴作哭科。石猴唱〕

【尾聲】攀崖陟磴去天涯外(韻)，暫使分離別爾儕(韻)，總只要他日奇勳耀上臺(韻)。〔各從壽臺兩場門下〕

第五齣　靈臺心照三更静（先天韻）

〔場上設「靈臺方寸山、斜月三星洞」科。雜扮衆仙童，各戴仙童巾，穿水田衣，繫絲縧，捧杖。雜扮衆道士，各戴道士巾，穿道袍，繫絲縧。引生扮菩提祖師，戴菩提冠，穿氅，繫绿縧，持拂塵，從仙樓門上。唱〕

【中吕調隻曲・粉蝶兒】聚集羣仙(韻)，看兩傍手持着黄經一卷(韻)，斸青芝瑞露澄鮮(韻)。摇塵尾(句)，噴玉屑(句)，響震了九霄雷電(韻)。願丹成個個昇天(韻)，也是俺度人心慈悲一片(韻)。〔内奏樂，轉場陞座科。白〕大覺金仙没垢姿，爐中九轉永修持。丹砂自握長生訣，水逝雲行雨不知。吾乃靈臺方寸山斜月三星洞菩提祖師是也。闡明大道，指示羣迷。像甚麽，却像碁盤中無一子，定睛半晌，此時未判輸贏，尋思着怎麽下去。更如草地裏有個人，攔頭一搥，彼人若知痛癢，畢竟向甚處討來。會得的，就當禪機半句，立證無生；不會的，還須盤膝十年，終非了義。衆弟子，〔衆道士應科。菩提祖師白〕我今日登壇講論，爾等静心聽着。〔衆道士白〕弟子等拱聽慈祥法諭。〔菩提祖師唱〕

【中吕宫正曲・好事近】説起善根源(韻)，就裏無聞無見(韻)。似空花水月(句)，教人何處吞嚥(韻)。嘆羣黎習染(句)，拋金液(讀)反向紅塵戀(韻)。〔合〕怎能彀道行堅持(句)，永消除意馬心猿(韻)。〔衆道士作

參拜科。唱〕

【中呂調隻曲・石榴花】謝吾師撥開雲霧見青天(韻)，方知道法本無邊(韻)，名山長此奉金仙(韻)。彭鏗齊壽(句)，洪厓拍肩(韻)，虎鉛龍汞陰陽煉(韻)，莫放個悲火熬煎(韻)。六丁六甲靈符顯(韻)，更受授道德五千言(韻)。〔副扮石猴，戴皮臚腦，穿道袍，繫絲絛，從壽臺門上。白〕心心要到靈山上，咫尺靈山在眼前。聞得靈臺方寸山菩提祖師，十分道妙，普度衆生。來此已是，待我叫一聲。有人麽？〔道士作出洞門科。白〕是那箇？〔石猴白〕我是來學道的，借重傳一聲。〔道士白〕住着，待我與你傳稟。〔作進洞門科。白〕啟祖師，外面有一異相人，像個猴頭模樣，口稱學道，要求見祖師。〔菩提祖師作想科。白〕五百年前東勝神洲，石産一卵，化成石猴，莫非此段公案麽？着他進來。〔道士作出洞門喚科。白〕祖師着你進去。〔作引石猴進洞門參拜科。白〕祖師在上，弟子至心頂禮，求祖師收録。〔菩提祖師白〕你是何方人氏，姓甚名誰，説鄉貫上來。〔石猴白〕祖師容稟。〔唱〕

【中呂宫正曲・好事近】至心皈命要談玄(韻)，顧不得山遥路遠(韻)。神洲東勝(句)，水簾洞是家園(韻)。〔菩提祖師白〕住了。東勝神洲隔着兩重大海，如何得到此處？想是虚詐之徒，修甚麽行，趕出去。〔石猴白〕弟子怎敢虚詐。〔唱〕我飄洋過海(句)，浪滔滔(讀)涉盡波濤遍(韻)。〔菩提祖師白〕來有幾年了？〔石猴白〕弟子那裏還記得。〔唱合〕記不得雨宿風餐(句)，記不得支干月建(韻)。〔菩提祖師白〕來期也不記得。我且問你，你可有姓麽？〔石猴白〕弟子無性。人若罵我，我不埋怨他；人若打我，我只陪個禮兒罷了。〔衆道士白〕不是那個性。你父母姓甚麽？〔石猴白〕我也不是樹上生，也不是父母養，我是石頭塊中迸出來的。〔菩提祖師白〕你是化生石猴，我早已知道。既是遠來尋訪，先在你身上取個姓氏，猢猻的猻字，去了獸旁，就姓孫罷。〔石猴白〕好了，如今有姓了。〔菩提祖師唱〕

【中呂調隻曲·鬭鵪鶉】你不是三峽啼猿(韻)，你不是三峽啼猿(疊)，只是那心兒活現(韻)。須及早反照靈臺(句)，須及早反照靈臺(疊)，更還當改惡從善(韻)。揔只把方寸虛明要湛然(韻)，悟徹了前後因緣(韻)，擺脱了利鎖名牽(韻)，擺脱了利鎖名牽(疊)，消除了鵑愁鶴怨(韻)。〔石猴白〕再求師傅取個法名。〔菩提祖師白〕我門中有十二個字，分派起名，乃廣大智慧、成如性海、穎悟圓覺，輪到你是悟字了，取名悟空罷。〔悟空白〕多謝師傅。〔作參拜科。唱〕

【中呂宫正曲·千秋歲】拜師前(韻)，大發慈悲願(韻)，喜此日摳趨仙院(韻)。〔白〕弟子呵，〔唱〕學斷臂神光(句)，斷臂神光(疊)，須索要(讀)超塵刼長生堪羡(韻)。〔白〕列位師兄請上，受我一禮。〔唱合〕風旛下(讀)、香案邊(韻)，侍函丈(讀)、交修煉(韻)，遥望蓬萊苑(韻)。坎離既濟(句)，培養心田(韻)。〔菩提祖師白〕悟空你要學道，我門中有三百六十旁門，皆成正果，不知你要學那一門？〔悟空白〕弟子都要學。〔菩提祖師白〕那裏學得這許多，我教你静字門中之道何如？〔悟空白〕那静字門中有何好處？〔菩提祖師唱〕

【中呂調隻曲・滿庭芳】棲真静便韻，冥參要道句，默契真詮韻。〔悟空白〕可能彀長生不老？〔菩提祖師白〕不能。〔悟空白〕不學。〔菩提祖師白〕教你動字門中之道何如？〔悟空白〕有何好處呢？〔菩提祖師唱〕動時節好似雲千變韻，散作飛烟韻。〔悟空白〕可能彀長生不老？〔菩提祖師白〕不能。〔悟空白〕不學。〔菩提祖師白〕術字門中之道何如？〔悟空白〕有何好處？〔菩提祖師唱〕猛刺刺鞭雷驅電韻，鬧轟轟倒岳排川韻。〔悟空白〕可能長生不老？〔菩提祖師白〕不能。〔悟空白〕不學。〔菩提祖師白〕流字門中之道何如？〔悟空白〕有何好處？〔菩提祖師唱〕經書演韻，埋頭有年韻，技藝九流全韻。〔悟空白〕師傅若是教弟子埋頭去讀書，真個要苦煞人也。弟子不願學他。〔菩提祖師下座科。白〕猢猻，你這般不學，那般不學，待學些甚麽？〔作持杖擊悟空頭三下科。白〕不遇主人傳秘語，空勞口困舌頭乾。〔作背手從仙樓門下。衆道士白〕呸！〔唱〕

【中呂宮正曲・越恁好】無知毛臉句，無知毛臉疊，妄自亂胡纏韻。傀言勦説句，觸師長退講筵韻。正是求福不得反受愆韻，徒然訓勉韻。〔從仙樓門下。悟空白〕阿呀，方纔師傅在我頭上打了三下，背手進門去了。他明明叫我三更時分到他方丈，傳我妙道。〔唱合〕心窩裏讀好把那機關闡韻，耳根裏讀等待那更籌轉韻。〔從下場門下。一道士持雲牌從仙樓門上。唱〕

【中呂調隻曲・上小樓】只聽得韻悠悠鐘聲度句，一層層塔影圓韻。俺則見雲擁山頭句，俺則見雲擁山頭疊，露冷花梢句，鶴守松邊韻。〔從仙樓門下。悟空從仙樓門上。白〕呀！早是三更也。〔唱〕又早是蓮漏沉沉(句)，又早是蓮漏沉沉(疊)，天籟無聲(句)，銀河影轉(韻)。〔白〕這裏想是方丈門首了，不免挨身而進。〔場上設椅，菩提祖師從仙樓門暗上坐科。悟空唱〕防錯悞一心兢顫(韻)。〔作見跪科。菩提祖師白〕悟空，你到此何幹？〔悟空白〕弟子日間蒙師傅啞謎相示，因此大膽進來，拜求榻下，伏望師傅慈悲。〔菩提祖師白〕虧你打破我謎，更無六耳在此，教你長生妙道便了。〔悟空白〕弟子拱聽。〔菩提祖師白〕顯密玄機異妙訣，潛修性命無他說。都來總是氣精神，謹固牢藏休漏洩。汝受吾傳道自昌，口語記來都有益。屏除邪慾得清凉，自有龜蛇相盤結。還有三字授你，日後自有用處。伸掌來。〔作寫科。白〕唵呀吽，〔唱〕

【中呂宮正曲·撲燈蛾】參參透了度人經典(韻)，打打破了鎖人關鍵(韻)。這的是東土書(句)，即可正西來卷(韻)。佇看取湛湛如如(讀)靈臺發現(韻)，須記取今宵數言(韻)，抵多少五色瑤篇(韻)。還珍重(讀)千章寶篆(韻)，〔合〕那時節(讀)逍遥隨作佛和仙(韻)。〔悟空白〕多謝師傅。〔菩提祖師白〕悟空，此處你却住不得了。〔悟空白〕叫弟子那裏去？〔菩提祖師白〕你從那裏來的。〔悟空作會意科。白〕嗄，弟子知道了。〔菩提祖師唱〕

【尾聲】早掛了六銖衣(句)，踹上了三清殿(韻)。下許輕言法授靈臺院(韻)。〔白〕悟空你及早去罷。待你行滿之日，再行相見便了。〔唱〕期望你大願圓成到竺乾(韻)。〔從仙樓門下。悟空作出洞門科。白〕妙嗄，大道既已傳了，快回花菓山去。〔從壽臺門下〕

第六齣　混世魔消萬劫空（蕭豪韻）（七）

〔雜扮衆魔兵，各戴鬼髮，穿箭袖卒褂。引淨扮混世魔王，戴魔王髮，紥額，簪雉尾、狐尾，紥靠，襲蟒，束帶，從壽臺上場門上。唱〕

【正宫引子·錦堂春】不放小魔纏繞(韻)，全憑元混逍遥(韻)。是非一任吾顛倒(韻)，冷眼覷英豪(韻)。〔場上設椅轉場坐科。白〕人間萬事總難清，假若清時混不成。白日清天都是混，誰從混處見分明。俺乃混世魔王是也。自混沌初分，俺就高居混境，兼之總領魔頭，自家勅受了崇封，歷世威名兒顯赫。人笑我混到幾時纔了，我笑世人清又清不到底，不如混一混也何妨。有一等假斯文的，滿口詩書，撮泡些忠臣孝子的常談，及至按他行爲，那不忠不孝的事體，較諸村野偏多。又有一等假皈依的，混身釋道，打破了名韁利鎖的捩子，及至看伊營幹，那貪名貪利的心腸，比着俗家更甚。看將起來，若是當先混着些兒，後來還好掩飾，都緣自己前太清了，所以後來要混也混不得了，可見天下事不過一混而已。我如今要决意混一場，皆因人心不平，惟有混爲上計。〔唱〕

【正宫正曲·玉芙蓉】膠粘萬慮牢(韻)，帚縛千愁攬(韻)。把銖銖兩兩(讀)，算盤推倒(韻)。漫漫長夜何須曉(韻)，萬古雲霄一羽毛(韻)。〔白〕俺雖則專會魔人，却是不甘混己。一向傲來國石猴，受他種種欺侮，前日覇佔水簾洞，大逞威風，好生可惡。〔唱合〕真堪笑(韻)，笑他們逞奸賣俏(韻)，怎當咱(讀)混魔一出盡皆消(韻)。〔雜扮報事小妖，戴鬼髮，穿箭袖卒褂，執旗，從壽臺上場門上。白〕報啟大王，水簾洞美猴王今遠出訪道，衆猴無主，正好興兵報讐。〔混世魔王白〕再去打聽。〔報事小妖從壽臺上場門下。混世魔王白〕既如此，速點混兵十萬，前去征討。〔衆魔兵應科，向下取器械。混世魔王作卸蟒，衆遶場科。仝唱〕

【正宮正曲・樂秦娥】【普天樂】（首至四）擺旌旗分前導(韻)，稱年月書征討(韻)，敲金鐃喊殺聲高(韻)，穿鐵鎧錕鋙出鞘(韻)。【泣秦娥】（七至末）施强逞暴(韻)，把水簾洞換上魔王號(韻)。頃刻裏掃穴犁巢(韻)，定看取鼓息弓弢(韻)。〔從壽臺下場門下。雜扮衆猴，各隨意扮，穿猴衣，持器械。引丑扮通臂猿，戴盔，穿猴衣卒掛，持棍，從壽臺上場門上。仝唱〕

【正宮正曲・朱奴兒】恨無端癡魔逞驕(韻)，欺我主修行學道(韻)。〔通臂猿白〕俺通臂猿是也。今有混世魔王，欺吾主學道，果然稱兵，前來侵掠。前日大王的先慮，一一都應驗了。衆兄弟，我們一齊用心，殺上前去。〔衆猴應科。仝唱〕他妄自稱雄把戰挑(韻)，要殺得他棄甲而逃(韻)。〔衆魔兵引混世魔王從壽臺上場門圍遶上，作對敵科。通臂猿、衆猴作敗科，從壽臺下場門下。混世魔王白〕衆猴大敗，用心追上。〔衆魔兵應科。仝唱合〕朱旛耀(韻)，儘長驅直搗(韻)，慶得勝三軍樂(韻)。〔從壽臺下場門下〕

第七齣　掃蕩妖氛展豹韜（蕭豪韻）（七）

〔副扮悟空，戴皮臉腦，穿道袍，繫絲絛，從壽臺上場門上。唱〕

【正宮正曲·四邊静】乘風御氣來蓬島（韻），家山雲渺渺（韻）。〔内吶喊科。悟空唱〕忽聞金鼓聲（句），誰人肆騷擾（韻）。〔衆猴、通臂猿從壽臺上場門上。唱合〕戰兒正鏖（韻），鋒兒漫交（韻）。殺得敗走若無門（句），没個藏身窖（韻）。〔衆猴作見悟空科。白〕呀，大王回來了！〔作哭科。悟空白〕你等爲何如此形狀？〔通臂猿白〕自大王去後，我等遵奉鈞旨，安守洞中。不想混世魔王，果然稱兵報復，殺得大敗虧輸。若不是大王回來，水簾洞已屬他人了。〔悟空白〕哎喲，這賊魔在那裏待我去擒他。〔衆猴白〕那不是他來了。〔衆魔兵引混世魔王從壽臺上場門上，作見悟空科。白〕你這猴頭回來了麽？〔悟空白〕哇，你這無知邪魔，輒敢欺我的子孫！〔混世魔王白〕我向來呵，〔唱〕

【又一體】魔王混世名非小（韻），殺人如刈草（韻）。你及早遞降書（句），殘生方可保（韻）。〔悟空白〕哇，把你這賊魔。你只好躲在那裏混你的日子罷，怎麽魔起你孫爺爺來。〔唱合〕惹着我無明火燒（韻），殺叫你當頭水澆（韻），須知我兩臂引千鈞（句），打死恨不早（韻）。〔作打死混世魔王。衆猴趕殺魔兵，從壽臺兩場門下。衆猴喜跳科。白〕好嗄，大王有此手段，我每高枕無憂矣。大王一向在於何處？〔悟空白〕我自别了爾等前去，學了七十二般變化之法，十萬八千觔斗雲，與天仝壽，萬刼長存。今將爾等操演，謹守洞府，只是没有兵器，怎麽好？〔通臂猿白〕這有何難，我們這鐵板橋下，水通東海龍宫。大王有此本領，何不問龍王借幾件兵器來，使用使用，有何不可？〔悟空白〕説得有理，待我就去便了。〔各從壽臺兩場門下〕

第八齣　誅求武備翻龍窟（齊微韻）

〔副扮悟空，戴皮𦢊腦，穿道袍，繫絲縧，從壽臺上場門上。唱〕

【雙角隻曲・新水令】空拳對敵解重圍（韻），滅邪魔消除鬼祟（韻）。未曾收劍戟（句），枉自建旗麾（韻）。滄海多奇（韻），向龍宮借兵器（韻）。〔從壽臺下場門下。雜扮衆水卒，各戴馬夫巾、衣卒臉，穿箭袖卒褂，執旗。引外扮東海龍王，戴龍王冠，穿蟒，束帶，從壽臺上場門上。白〕水呑三楚白，山接九嶷青。空濶魚龍舞，嬋娟帝子靈。孤乃東海龍王是也。蒙上帝勑封，永鎮湖海，左襟三江，右帶七澤，氣蒸雲夢，波撼岳陽。昨日吾弟相邀，只得前去走遭。蝦兵蠏將，隨孤往二大王處去。〔衆水卒應科。東海龍王白〕波分離海藏，水道詣龍宮。〔從壽臺下場門下。場上設畫屏、寶床科。雜扮四侍女，各穿衫背心，繫汗巾，持宮扇。引小旦扮龍王夫人，戴鳳冠，穿蟒，束帶，從壽臺上場門上。唱〕

【仙呂宮正曲・步步嬌】碧玉雕樹簾兒翠（韻），内院笙歌沸（韻）。爐烟散彩飛（韻），殿閣風輕（句），琪花香細（韻）。〔白〕侍女每，你看宮殿寂寞，大王不知往何處去了？〔侍女白〕二大王請去吃酒。〔龍王夫人白〕原來如此。侍女們，仝我到殿門前閑步片時。〔侍女應科。龍王夫人唱合〕輕將蓮步移（韻），聽環珮聲摇曳(韻)。〔悟空從壽臺上場門上。白〕行至烟波地，惟聞風浪聲。龍王在家麽？〔侍女白〕你是甚麽人，如此膽大亂撞。〔悟空白〕我是天生大聖，特來拜你家龍王的。你敢是夜叉婆麽？〔侍女白〕你是那裏人，姓甚麽，家住那裏？〔悟空白〕你且聽者。〔唱〕

【雙角隻曲・折桂令】敘家聲孫姓門楣(韻)，鐵板橋邊(句)，與恁隣近相知(韻)。〔侍女白〕既是隣近，一向爲何不來？〔悟空唱〕向因俺遠涉天涯(韻)，拜訪名師(句)，得道纔歸(韻)。〔侍女白〕得道是糯稻，是仙稻？〔悟空唱〕説將來驚殺海鬼(韻)，變將來唬倒蛾眉(韻)，教你魄散魂飛(韻)，膽戰心摧(韻)。〔侍女白〕既如此，你可肯變一個我們看看？〔悟空白〕你要看麽，待我變來。〔從畫屏内轉進。雜扮五頭神，戴套頭，紥靠，持杵，隨從畫屏轉出。侍女虚白發諢科。五頭神仍從畫屏内轉進，悟空隨出科。白〕你可害怕麽？〔侍女白〕我們龍宫裏見慣了多少三頭六臂、七手八脚的人。方纔變的没一些害怕。請問到此何事？〔悟空白〕我今到此，非爲别事。〔唱〕要借你寶藏軍裝(句)，才壯俺洞府兵威(韻)。〔悟空向寶床坐科。衆水卒引東海龍王從壽臺上場門上。仝唱〕

【仙吕宫正曲・江兒水】鼓浪如雲湧(句)，騰波似雪飛(韻)。蝦兵蠏將供奴嬖(韻)，天琛水怪鍾靈異(韻)，蜃樓鮫室常游戲(韻)，才使烹鱗膾鯉(韻)。〔合〕花蕚筵開(句)，都在水晶宫裏(韻)。〔龍王夫人作相見科。東海龍王白〕夫人爲何在這裏？〔龍王夫人白〕大王出去，妾身和侍女閑步中堂，驀然走進這個人來，口稱天生大聖，説與大王相知，特爲借甚麽兵器而來的。〔東海龍王白〕我與他甚麽相知，你等迴避了。〔龍王夫人應科。侍女白〕大王不要惹他，那人是這樣一個臉，却變得快的。〔仝龍王夫人從壽臺下場門下。場上撤畫屏、寶床科。東海龍王白〕請了。〔悟空白〕請了。你就是龍王麽？〔東海龍王白〕正是。請問仙鄉何處，高姓大名？〔悟空白〕吾乃天生大聖，姓孫名悟空，祖籍花果山水簾洞，忝爲比隣，特來拜訪。〔東海龍王白〕阿呀，原來是孫大聖，失敬了。過來，快分付排宴。〔衆小卒應科。悟空白〕住了，不消。〔唱〕

【雙角隻曲·鴈兒落帶得勝令】俺不勞玳瑁筵前捧玉杯（韻），又何必翡翠樓中設珍味（韻）。〔東海龍王白〕有何見諭？〔悟空白〕特來動問高隣，借幾件兵器使用。〔東海龍王白〕不知要那幾件？〔悟空唱〕俺不用黄嵌朱竿太白旗（韻），俺不用青鯊緑鞘鋸鋙利（韻）。〔東海龍王白〕兵器不過是旗幟刀鎗之類，除此之外，就没有什麽了嗄。〔悟空作怒科。白〕除此數件，當真的没有了？〔唱〕呀（格），休動俺惡狠狠揎拳勢（韻），休犯俺霜凛凛劈面威（韻）。〔東海龍王白〕不要動粗，快開寶藏庫，請大聖自選。〔衆水卒作應，遶場，場上設各樣大兵器、金箍棒，衆水卒作扛擡不動科。白〕大刀一口。〔悟空接刀科。白〕輕，老孫不會使刀。〔東海龍王白〕再取來。〔衆水卒作扛擡不動科。白〕九股叉三千九百斤。〔悟空接叉科。白〕輕嗄，不稱手。〔衆水卒作扛擡不動科。白〕畫桿方天戟七千三百斤。〔悟空接戟科。白〕輕輕輕，那放光的是甚麽？〔東海龍王白〕那是大禹治水定江海深淺一塊神鐵，唤做如意金箍棒，重一萬三千五百斤，扛擡不動，上面有三字，至今無人識得。〔悟空白〕待我認來。〔作持棒科。白〕唵呀吽。〔地井内收大金箍棒，換小金箍棒，悟空作要棒笑科。白〕哦，當初祖師傳我三字，説日後自有用處，原來應在這件寶貝之上。更是收小之法，待我再念來。〔又念科。地井内收金箍棒，換小針科。悟空作收入耳内科。白〕兵器是有了，還少一副盔甲穿戴纔好，一總奉謝何如？〔東海龍王白〕大聖，這盔甲委實没有。〔悟空白〕俗語説得好，龍王家少了寶麽，還是高隣不肯嗄。〔唱〕你莫學小人哉管仲器(韻)，當做個故人情范叔知(韻)。〔東海龍王白〕果然没有。〔悟空白〕没有咱也不出門去，請試試我的利害。〔東海龍王白〕不要動手，請舍弟來商議，借一副相送便了。〔悟空白〕我那裏等得。〔東海龍王白〕不躭擱，鳴起鐘來，舍弟就到了。快鳴鐘！〔衆水卒應，内鳴鐘科。悟空唱〕休疑(韻)，速遵命齊全備(韻)。休覊(韻)，莫待等禍臨頭悔後遲(韻)，禍臨頭悔後遲(疊)。〔末扮西海龍王，戴龍王冠，穿蟒，束帶，從壽臺上場門上。唱〕

【仙吕宫正曲·僥僥令】入宴交相喜(韻)，鳴鐘煞可疑(韻)。手足關情疾忙至(句)，〔合〕殿陛喧喧却爲誰(韻)。〔東海龍王唱〕

【雙角隻曲·收江南】呀(格)，無端借寶有妖獮(韻)，施强暴恣凌欺(韻)。〔白〕愚兄方纔别過賢弟回來，只見此人坐在中堂，口稱天生大聖，又説與我爲隣邦，要來借甚麽兵器。無奈把定海的異寶都送與他了。他又要甚麽盔甲，故此請來商議。〔唱〕做一個未央設宴困三齊(韻)。〔西海龍王白〕王兄，看此人不是好惹的。〔唱〕覷看他髮鬔一副惡面皮(韻)，讓他這一回(韻)，讓他這一回(疊)，常言道好漢不喫眼前虧(韻)。〔悟空白〕你也是龍王麽？可有盔甲借副與我用用？〔西海龍王白〕有，有，有一

副。〔作向下取盔甲科。唱〕

【仙呂宮正曲・園林好】鳳翅盔朱纓飄墜(韻)，鎖子甲金花陸離(韻)，就送與高隣容易(韻)。〔合〕望笑納莫嫌微(韻)，望笑納莫嫌微(疊)。〔悟空白〕妙，多謝多謝，改日再來奉看。〔東海龍王白〕倒也不勞。〔悟空白〕江漢波翻魚蜃怕，山林樹倒虎狼奔。〔從壽臺下場門下。東海龍王白〕這是那裏說起。〔西海龍王白〕王兄一面寫本，奏聞玉帝便了。〔東海龍王白〕有理。〔仝唱〕

【雙角隻曲・沽美酒帶太平令】恨猴頭忒煞欺(韻)，恨猴頭忒煞欺(疊)，任性兒敢胡爲(韻)。取去定海神針當兵器持(韻)，要盔甲登時勒逼(韻)，勉應付貪心遂(韻)。莽妖孽毫無顧忌(韻)，到水府全虧禮義(韻)，肆苛求不遵條例(韻)。籲天閽將何安置(韻)。俺呵(格)，奏題(韻)防微(韻)慮危(韻)。呀(格)！彰撻伐法當懲治(韻)。

【尾聲】這場詫事多奇異(韻)，准備封章奏玉墀(韻)，掃淨妖氛聖日輝(韻)。〔仝從壽臺下場門下〕

第九齣　大力王邀盟結拜（江陽韻）㈦

〔淨扮牛魔王，雜扮衆小妖，從壽臺上場門上。唱〕

【大石調·醜奴兒】山中修道經寒暑(句)，化日舒長(韻)，獨霸稱强(韻)，多少妖魔戰伏降(韻)。〔白〕曾爲耕稼後皈依，仗着神通變化奇。只有雄心除未盡，又從下土立邦畿。自家牛魔王是也，得天地之元精，係太牢之變相，因塵緣未斷，私下山中，修煉多年，養就神通妙術。今有水簾洞美猴王，道術神通，比我更勝，我欲與他結盟兄弟，以爲唇齒相依。今日開宴請他，更選六王仝盟共飲。左右的。〔小妖白〕有！〔牛魔王白〕若有客來，即忙通報。〔小妖應科。副扮悟空，雜扮蛟魔、驕蟲、鱷魚、鍾山子、猾裏、九尾狐，從壽臺上場門上。合唱〕

【大石調·碧玉令】仝心開宴忙相向(韻)，望巖居端如蓬閬(韻)。連袂來前(句)，一路好風光(韻)。歡賞處(讀)訂金蘭莫教粗莽(韻)。〔悟空白〕吾乃天生大聖美猴王是也。〔蛟魔白〕吾乃龍裔蛟魔王是也。〔驕蟲白〕吾乃平逢驕蟲王是也。〔鱷魚白〕吾乃萬江鱷魚王是也。〔鍾山子白〕吾乃崦崖鍾山子是也。〔猾裏白〕吾乃堯光猾裏王是也。〔九尾狐白〕吾乃青丘九尾狐王是也。〔通報見科。衆白〕大王相召，有何見諭？〔牛魔王白〕交情久闊，思慕殊深，今備荒筵，奉邀清話。〔衆白〕如此生受大王了。〔牛魔王白〕豈敢。看酒過來。〔小妖應科，定席坐科。仝唱〕

【高大石調・念奴嬌序】陽春未老(句)，正羣英競發(讀)，良辰美景韶光(韻)。福地洞天(句)，佳勝處(讀)更兼鳥語花香(韻)。情況(韻)，因想良朋(句)，特開樽酒(句)，花前縱飲共欣賞(韻)。〔合〕惟願取(句)，年年此際(讀)，聚首飛觴(韻)。〔牛魔王白〕美猴王。〔悟空白〕不敢。〔牛魔王白〕久仰高風，不忘痌瘝。欲結桃園之義，如仝手足之情。不知大王可肯俯就否？〔悟空白〕但恐高扳，既蒙大王不棄，小弟情願追隨。〔衆喜科。白〕既如此，牛大哥、孫二哥居長，我等序齒結爲兄弟，彼此相依。〔牛魔王白〕妙哉妙哉，擺過香案。〔衆應，仝拜科。仝唱〕

【又一體】瞻仰(韻)，三光在上(韻)，仝拜盟希鑒微誠(讀)，陳雷企想(韻)。異姓居隣(句)，也摠似(句)，伯仲壎篪協響(韻)。非誑(韻)，憂樂相關(句)，安危相念(句)，大家無異若仝堂(韻)。〔合〕惟願取(句)，年年此際(讀)，聚首飛觴(韻)。〔悟空白〕七位大王，我今自稱天生大聖，列位何不各稱大聖名號？〔牛魔王白〕妙嗄，我就稱平天大聖。〔蛟魔白〕我就稱覆海大聖。〔驕蟲白〕我就稱螯長大聖。〔鱷魚白〕我就稱魚虎大聖。〔鍾山子白〕我就稱司山大聖。〔猾裏白〕我就稱掌水大聖。〔九尾狐白〕我就稱不蠱大聖。〔牛魔王、悟空合白〕諸稱皆爲切當。〔牛魔王白〕我有歌童數人，叫他們出來奉勸數盃何如？〔衆白〕妙嗄，我等願聆一曲。〔牛魔王白〕喚歌童出來。〔小妖喚科。雜扮歌童，從壽臺兩場門上。白〕來了，歌童

叩頭。〔牛魔王白〕奉酒唱曲。〔歌童奉酒科。合唱〕

【丁東歌】九十春光轉眼空，呀一個丁東，呀一個丁東。樹頭樹底丁打東，打丁東，覓殘紅。呀一個丁東，呀一個丁東。怪煞桃花貪結子，呀一個丁東，呀一個丁東。錯教人恨丁打東，打丁東，五更風。呀一個丁東，呀一個丁東。

【玎璫歌】草色青青柳色黄，呀一個玎璫，呀一個玎璫。桃花零亂玎打璫，打玎璫，李花香。呀一個玎璫，呀一個玎璫。東風不爲吹愁去，呀一個玎璫，呀一個玎璫。春日偏能玎打璫，打玎璫，惹恨長。呀一個玎璫，呀一個玎璫。〔衆白〕好歌也。〔牛魔王白〕請一巨觥。〔衆飲科。仝唱〕

【古輪臺】新腔(韻)，郢中白雪韻悠颺(韻)。又何異斷續流鶯(句)，嬌啼枝上(韻)。悦耳娱心(句)，不覺的盃傾佳釀(韻)。聚會羣雄(句)，英風千丈(韻)。端合盟耐蒼松仝一樣(韻)，當筵歌唱(韻)，欵賓朋酬勸匆忙(韻)。餘音嫋嫋(句)，清歡戀戀(句)，酒應無量(韻)，酩酊盡壺觴(韻)。〔牛魔王白〕再請一盃。〔悟空白〕小弟酒已彀了，就此告辭。〔牛魔王白〕小妖送了二大王回洞者。〔衆唱〕惟臺亮(韻)，醉心飽德不能忘(韻)。〔悟空從壽臺下場門下。牛魔王白〕再看酒來，衆位大王，再請一盃。〔衆白〕我等酒力不勝，俱已沉醉，就此告辭。〔牛魔王白〕衆位既欲還轅，愚兄不敢投轄。小妖們，送衆位大王回洞。〔小妖應科。衆白〕請了。〔牛魔王白〕請了。〔衆唱〕

【尾聲】争歸路踏月光(韻)，傾樽飲仝儕諧暢(韻)，且把這壺裏乾坤寄醉鄉(韻)。〔從壽臺兩場門分下〕

第十齣　鐵板橋醉卧拘拏（蕭豪韻）（弋）

〔雜扮二小妖，各戴鬼髮，穿箭袖卒褂，持燈籠。扶副扮悟空，戴皮膗腦，穿道袍，繫絲絛，從壽臺上場門上。悟空唱〕

【黃鍾宮正曲・滴溜子】降魔祟（句），降魔祟（格），威名遠耀（韻）。龍宮裏（句），龍宮裏（格），英風籠罩（韻）。〔二小妖白〕大王，來此已是鐵板橋了，請回洞府罷，我們回去了。〔悟空白〕有勞汝等，拜上你大王。〔二小妖應科，從壽臺上場門下。悟空白〕自我得了如意金箍棒，回到花果山，大張旗鼓，操演三軍，各洞頭目聞知，傾心歸順。〔唱〕他拜降（讀），都遵差調（韻）。〔合〕紅筵處處排（句），堆來歡笑（韻）。〔白〕今日又是牛魔王請我赴宴，不覺喫的大醉，行走不動。也罷，就在這鐵板橋上少睡片時，有何不可？〔唱〕心地放開（讀），安卧鐵橋（韻）。〔作睡科。雜扮無常鬼，戴高紙帽，穿道袍，繫麻繩，持勾魂牌。引雜扮二差鬼，各戴鬼髮，穿箭袖卒褂，持鎖，仝從右旁門上。仝唱〕

【又一體】承王命（句），承王命（格），孫猴勾到（韻）。敢辭憚（句），敢辭憚（格），路途遠遥（韻）。〔二差鬼白〕我等奉閻王之命，勾拿孫猴。無常鬼，你曉得孫猴在那裏，快引我們前去。〔無常鬼作指悟空科。二差鬼白〕原來在此睡覺，拿繩子拴起來。〔作拴科。唱〕這潑猴(讀)全不知道(韻)。〔合〕鐵繩莫放鬆(句)，難逃圈套(韻)。速赴陰司(讀)，聽候發落(韻)。〔作遶場科。悟空白〕何人來戲弄孫爺爺？〔二差鬼白〕這是陰府了，你還强到那裏去？〔悟空作看科。白〕怎麼是陰司了？你這狗頭，看孫爺爺的棒！〔作取棒赶打科。仝從左旁門下〕

第十一齣　閻森羅勾除判牒（蕭豪韻）（弋）

〔雜扮牛頭、馬面，各戴套頭，穿鎧，執叉。雜扮衆鬼卒，各戴鬼髮，穿箭袖虎皮褂，執器械。雜扮四判官，各戴判官帽，穿圓領，束帶，執筆簿。雜扮金童，戴紫金冠，穿氅，繫絲縧，執旛。旦扮玉女，戴過梁額、仙姑巾，穿氅，繫絲縧，執旛。引淨扮五殿閻君，戴冕旒，穿蟒，襲氅，束帶，從壽臺上場門上。唱〕

【黄鐘宫引·西地錦】彰癉人間善惡（韻），權衡不爽分毫（韻）。輪迴業鏡臺前照（韻），纔服俺報應昭昭（韻）。〔場上設帳幔、高臺、虎皮椅，轉場陞座科。五殿閻君白〕寶座烟消硯水清，龍鬚不動鬼神驚。世人但得皈依佛，案牘如山化作冰。孤乃五殿閻羅天子是也，奉玉帝勅旨，職掌人間善惡，生死毫不容情。只是這些衆生，十分奸猾，一味貪淫禍殺。歷溯往古，自無懷葛天以上，陽間作惡者十分之三；自秦朝漢世以來，陽間作惡者十分之七。因此添一速報司，設立十二游神，遍察寰宇人間善惡，所以没有一件善惡報應逃得過也。〔雜扮一差鬼，戴鬼髮，穿箭袖卒褂，從壽臺下場門上。副扮悟空，戴皮膿腦，穿道袍，繫絲縧，持棒，作趕上、作進酆都門下。差鬼從壽臺上場門上。白〕我去捉人人捉我，他不慌時我却慌。小的禀大王，仝無常鬼到花果山水簾洞勾拿孫悟空。他口稱天生大聖，身穿一件黄道袍，不僧不俗；手拿一根生鐵棒，不短不長。把無常鬼端爲虀粉，公差打作肉醬，口中百般辱罵，教我拜上閻王。如今打到森羅殿來了。〔五殿閻君白〕有這等奇事？〔悟空作趕上。雜扮衆鬼，各戴鬼髮，穿箭袖卒褂，從壽臺下場門上。悟空白〕那裏走！〔作進門亂打科。衆鬼卒、牛頭、馬面從兩旁門下。五殿閻君下座，悟空陞座科。白〕好嗄！你這一班鬼頭，好生可惡，竟把孫爺爺戲弄起來，看我的棒！〔五殿閻君白〕不要動手，有話慢説。〔悟空白〕你是甚麽人，報名上來。〔五殿閻君唱〕

【黄鐘宫正曲・降黄龍】我是五殿閻王（句），職掌酆都（讀），樹劍山刀（韻）。〔悟空作指判官科。白〕你是甚麽人？〔四判官白〕我是判官。〔悟空白〕手中拿的是甚麽東西？〔四判官唱〕我在案前執筆（句），記載分明（讀），善惡難淆（韻）。〔悟空白〕你這一班碧眼凹鼻的，是甚麽精怪？來喫孫爺爺三十棒。〔衆鬼卒作慌科。白〕爺爺，〔唱〕求饒（韻），我非精怪（句），是醜夜叉猙獰頭腦（韻）。〔悟空白〕住了。我老孫是天生大聖，超出三界之外，不在五行之中，能會七十二般變化，十萬八千觔斗雲，與天仝壽，萬刦長存，怎麽拿起我來呢？〔五殿閻君白〕想是來人差錯了。〔唱合〕恕無知公差冲撞（讀），不用吹毛（韻）。〔悟空唱〕

【又一體】吾曹（韻）紫府遊遨（韻），煉就長生（讀），那怕閻羅勾到（韻）。〔白〕你説體察人間善惡麽？〔唱〕浪説禍淫福善（句），去古來今（讀），半點何曾公道（韻）？〔白〕判官過來！〔唱〕你一味虚囂（韻），西抹東塗（句），那幾椿不差織杪（韻）。〔作拍案科。白〕那一班小鬼頭，更是可恨。每每囮詐病人，喫碗冷羹飯，燒陌紙錢財，全不受些約束。〔唱合〕小鬼頭興妖作祟(讀)，一謎貪饕(韻)。〔五殿閻君白〕據你所云，陰司法度竟成虛設的了？若是無報應，設此地獄何用？孤因世上人毀謗，添一速報司，設立十二遊神，遍察寰宇，彼朝爲不善，我夕便誅之。現有時辰簿，送與你看。〔悟空白〕取來。〔判官作送簿科。悟空白〕你拿錯了，不是時辰簿，竟拿了一本雜板令。爲何人物禽獸，都在上面？〔五殿閻君白〕原有四種：胎生、卵生、濕生、化生，分別看的。〔悟空作看科。白〕陳道人開張飯店，謀死客人，理該刀山細剮。巫瑞龍姦宿親姑，理合鐵碓舂泥。我老孫前後看來呵，〔唱〕

【黄鐘宫正曲・三段子】可歎那災祥未兆(韻)，在陽間你驕我驕(韻)。及至得輪迴怎逃(韻)，受陰司左敲右敲(韻)。人心陷溺趨機巧(韻)，到頭善惡終須報(韻)。〔白〕若要知果報分明，〔唱合〕須學我文簿親查(讀)地獄科條(韻)。〔白〕這也是多事，管他怎麽。我且問你，老孫的名字不見在人物門中，莫非見我毛頭光腦，一定把我放在獸門中去了，待我看來。花果山水簾洞孫悟空，果然在此。胡説放屁！筆來，待我勾抹了。我對你説，今後我這姓孫的，一概不勞你管了。〔五殿閻君白〕既把尊名已經勾消了，請回罷。〔悟空白〕你差人拿我來的，還該差人送我回去，這纔是有來有往。〔五殿閻君白〕那有送的道理？〔悟空白〕再敢説不送，看我金箍棒！〔五殿閻君作鞠躬科。悟空白〕也罷，叫那判官打了鑼，小鬼擡了轎，送我孫爺爺一程。〔衆鬼卒白〕那有此理？〔悟空白〕不然我就打。〔衆鬼卒白〕不要動手，擡就是了。〔雜扮衆擡轎鬼，各戴鬼髮，穿箭袖卒褂，繫肚囊，從壽臺下場門擡轎上。悟空作乘

轎科。唱〕

【黃鍾宮正曲·歸朝歡】他每的（句）他每的（格），聲聲哀告（韻），一個個提鈴喝號（韻）。齊相送（句）齊相送（格），躬身拜倒（韻），令行（讀）一似風吹偃草（韻）。〔衆鬼卒唱〕判官打鑼前引導（韻），支離小鬼都擡轎（韻），〔合〕傳與人間作話嘲（韻）。〔仝出酆都門，從壽臺下場門下。五殿閻君作怒科。白〕氣死我也！那有這等異事！明日會仝十殿，奏與地藏菩薩，以憑定奪施行便了。〔唱〕

【尾聲】恨這猴兒恣意多强暴（韻），擅自把森羅來鬧（韻），只怕我便相容天不饒（韻）。〔仍從壽臺上場門下〕

第十二齣 詣絳闕交進彈章（魚模韻）㈦

〔雜扮十六天將，從仙樓門上，分侍科。雜扮四天官，戴朝冠，穿蟒，束帶，執笏。雜扮四星官，雜扮四昭容、四宫官、金童、玉女從福臺上。雜扮千里眼、順風耳，雜扮馬、趙、温、關，雜扮十二丁甲神，從禄臺上。仝唱〕

【仙呂調隻曲·點絳唇】月淡星踈㊇，露華如注㊇。天門溥㊇，拜舞嵩呼㊇，隱隱鳴稍度㊇。

〔四天官、四星官白〕祥光萬道圍紅日，瑞氣千條噴彩霞。金闕銀宫開上界，奇花瑶草總仙葩。今當早朝時分，恐有奏章到來，我等須索在此伺候。〔雜扮龍王，戴龍王冠，穿蟒束帶，執笏。淨扮閻君，戴冕旒，穿蟒束帶，執笏，仝從壽臺門上。唱〕

【又一體】徐步天衢㊇，遥觀玉柱㊇。隨文武㊇，搢笏端裾㊇，向螭陛丹心吐㊇。〔龍王白〕臣小龍敖廣，〔閻王白〕臣冥府五殿，〔合白〕願上帝聖壽無疆。〔星官白〕二卿有何文表，就此披宣。〔龍王白〕水元下界東勝神州東海小龍臣敖廣謹奏。〔星官白〕奏來。〔龍王白〕近因花果山水簾洞妖猴悟空呵，〔唱〕

【仙呂宫正曲·解三酲】坐水宅逞兇違忤㊇，索兵器妄行粗鹵㊇。神針鐵棒輕刼去㊇，盔與甲盡相需(韻)。請求天兵速勦除(韻)，使海宇清寧安厥居(韻)。〔合〕臣還慮(韻)，猶恐他生枝節外(句)，得隴思蜀(韻)。〔星官白〕與你傳達天顔。〔從福臺門下。星官白〕冥君有何表文，就此披宣。〔閻王白〕臣冥司五殿奉幽冥教主之言，賫表奏聞。〔唱〕

【又一體】臣頓首金堦拜伏(韻)，賫文表奏聞吾主(韻)。〔白〕妖猴孫悟空呵，〔唱〕在森羅殿前全不懼(韻)，將册籍盡勾除(韻)，幾番羞辱還玷污(韻)，及早應教斧鉞誅(韻)。〔合〕臣還慮(韻)，猶恐他生枝節外(句)，得隴思蜀(韻)。〔星官從福臺門上。白〕玉旨到來，龍王暫回龍宫，〔星官白〕冥君且歸地府。孫猴果係無知狂悖，即遣天兵下凡擒缚。欽此謝恩。〔龍王、閻王合白〕聖壽無疆。朝罷香烟携滿袖，旨傳斧鉞降征誅。〔龍王、閻王仝從壽臺門下。金星從禄臺暗上，星官白〕帝問衆臣，這妖猴何時産育，何代出身，却就這般無道？〔千里眼、順風耳合白〕千里眼、順風耳啟奏：這妖乃五百年前天産石猴，曾經修煉成仙，是以横行無敵。〔星官白〕玉帝有旨，問那路神將下界收妖？〔金星白〕臣太白金星李長庚啟奏：三界中凡有九竅者，皆可修仙。此猴乃天地育成之體，日月孕就之身，陛下可念好生之德，降一道招安聖旨，宣來上界，授他小小官職，拘束在此。若再違天命，就此擒拿。一則不動衆勞師，二則收仙有道。〔星官白〕玉帝有旨，依卿所奏，即傳天語，往花果山宣旨，朝見謝恩。〔金星白〕聖壽無疆，一封恩詔從天下，萬惡妖魔自地來。〔從禄臺門下。星官白〕金星宣招，妖猴自必受命，此乃上帝好生之德也。〔唱〕

【仙呂宫集曲・甘州歌】【八聲甘州】(首至合)慈雲靉靆（韻），看絲綸丹詔（讀），花果山來（韻），把冥司水府（句），罪狀全行寬貸（韻）。要他回心向道遵王命（句），俯首逡巡候聖裁（韻）。〔金星從禄臺門上。合唱〕【排歌】(合至末)承天語（句），奏玉堦（韻），眚災肆赦亦休哉（韻）。官有守（句），職有差（韻），直教野性好安排（韻）。〔金星白〕臣太白金星李長庚，奉旨前往，宣召孫悟空，今已投誠歸化，仝詣闕廷，伏祈准予自新，以觀後效。〔唱〕

【仙呂宫集曲・甘州歌】【八聲甘州】(首至合)微臣再拜（韻），向靈霄覆旨（讀），陳奏明白（韻）。〔白〕那悟空呵，〔唱〕回頭悔悟（句），一點靈臺不壞（韻），夙根未超離垢地（句），把六賊三魔暫遣開（韻）。〔星官白〕玉旨到來，孫悟空已經改過，前罪赦免。〔金星白〕聖壽，〔唱〕【排歌】(合至末)承天語（句），奏玉堦（韻），眚災肆赦亦休哉（韻）。〔白〕臣再啟陛下，孫悟空在天上無事，只恐又生變端。莫若與他一事管理。〔唱〕官有守（句），職有差（韻），直教野性好安排（韻）。〔星官白〕玉旨到來，授孫悟空弼馬温之職，監管御馬監事，謝恩。〔金星作謝恩科。衆神等各分下。副扮悟空，戴皮膅腦，穿道袍，繫絲縧，從禄臺門上。白〕春從天上至，恩向日邊來。〔作見科。白〕老頭兒，怎麽樣了？〔金星白〕玉帝勅旨，封你爲弼馬温之職。〔悟空虚白，向内作揖科。星官白〕這厮禮數都不知道。〔悟空作欲打，金星勸科。白〕大聖不可如此，我領你前去赴任。〔悟空白〕有勞。〔星官仍從昇天門下。金星仝悟空從下場門下。場上撤帳幔科〕

甲下

第十三齣　官封弼馬沐猴冠（皆來韻）（弋）

〔雜扮衆手下，各戴紅氈帽，穿箭袖，繫皂隸帶，捧冠服。雜扮書吏，戴書吏帽，穿圓領，繫鑾帶。雜扮二衙官，各戴紗帽，穿圓領，束帶，仝從仙樓門上，作尋找弼馬溫虛白下仙樓。金星引副扮悟空，戴皮膃腦，穿道袍，繫絲絳，從壽臺門上。白〕妙嗄。我老孫封了弼馬溫之職，我好喜也。〔金星白〕這就是孫大聖，你們過來見了。〔手下書吏白〕好嗄，好嗄。御馬監人役接老爺。〔金星白〕你去赴任，吾當再來奉賀。〔下。内奏樂，悟空虛白作換官服、簪花科。雜扮馬夫，戴馬夫巾，穿箭袖卒褂，作牽馬。雜扮傘夫，戴馬夫巾，穿箭袖，繫肚囊，執傘，仝從壽臺門暗上。悟空作乘馬遶場科。仝唱〕

【仙吕宫集曲·甘州歌】【八聲甘州】（首至合）朝陽鳳鳴喈（韻），見青驄行處（讀），人人喝彩（韻），旌旗河洛（句），誰云萬里三堦（韻）。玄裳赤舄來補袞（句），緩帶輕裘丰度佳（韻）。【排歌】（合至末）三章法（句），七政排（韻），搜求沉弊肅衙齋（韻）。冰壺皎（句），青案開（韻），斷金倚玉厲仝儕（韻）。〔作到上仙樓科。二衙官白〕

久聞堂翁奇才，不勝企慕，今得仝任監事，晚弟沾光多矣。〔悟空白〕好説。老孫一味粗直，莫怪莫怪。〔設公案、桌椅，作陞堂，衆人役按班次叩拜，書吏捧文簿科。白〕請新任老爺執筆判行。〔悟空白〕我那裏耐煩寫字，你去判了罷。〔唱〕

【仙吕宫正曲・大齋郎】你當該（韻）好村材（韻）。〔書吏白〕標判文書，是衙門規矩，怎生便要煩惱？〔悟空唱〕俺何曾書案把頭埋（韻），從今標判煩伊代（韻），俺只可逍遥自在免宣差（韻）。〔衙官白〕堂翁到任，向例有接風酒席，唤歌姬們走動。〔悟空白〕這纔是有趣的仝寅老哥。〔設酒席、桌椅，各入桌坐科。衆手下作唤歌姬科。從仙樓門下。旦扮四歌姬，各穿衫背心，繫汗巾，從仙樓門上。白〕嬝嬝天香稱第一，遏雲聲入九霄中。歌姬叩頭。〔二衙官白〕好生承應。〔歌姬作奉酒科。唱〕

【仙吕宫正曲・桂枝香】國恩新拜（韻），遥迎朝宰（韻）。兩行紅粉擎觴（句），須酩酊量加滄海（韻）。更鵝笙象管（句），更鵝笙象管（疊），聲容無賽（韻），風光難買（韻）。〔合〕須堂臺（韻），今日司天廐（句），他年晉鼎臺（韻）。〔悟空虚白。四歌姬從仙樓門下。悟空白〕喫得高興，我倒忘了自家的官銜。我問你，我這弼馬温有幾品，有多少俸禄？〔二衙官白〕堂翁原來不知，這個弼馬温是個養馬的，有甚麽俸禄。〔悟空作怒脱衣科。白〕怎麽叫老孫替他養起馬來？〔唱〕

【仙吕宫正曲・青歌兒】聽説着教人怎耐（韻），恁般的低微看待（韻），我把公堂器皿齊打壞（韻）。〔合〕還歸洞府（句），獨爲王好不自在（韻）。〔白〕俺孫爺爺不做這個買賣。〔從壽臺門下。二衙官白〕好利害！好利害！〔一衙官白〕這個是甚麼意思？〔一衙官白〕他嫌官小。〔一衙官白〕看他這副嘴臉，只好做這樣官罷了。〔一衙官白〕官封弼馬心未足，思想高遷意未寧。〔一衙官白〕這等一個性子，非但不能高遷，只怕還要罷職。〔各虛白，仝從仙樓門下〕

第十四齣　兵統貔貅披雁甲（庚青韻）（弋）

〔雜扮巨靈神，戴紮巾額，紮靠，持刀，從禄臺門上。白〕蕩滌妖氛顯巨靈，降魔斬祟逞威能。三尖利刃剛鋒鋭，撼岳摇山神鬼驚。小聖乃巨靈神是也。今有石猴孫悟空無禮，大鬧水晶宫，又鬧森羅殿，攪亂地祇。冥府十殿閻君，賫表奏聞玉帝，玉帝憐他初世爲人，廣施好生之恩，命太白金星下凡，召至靈霄寶殿，官封弼馬温。誰想他野性難收，反下天庭，因此玉帝差托塔天王李靖並哪吒三太子，命俺爲前部先鋒，督領天兵十萬，往下界花果山擒拿那孽猴。你聽一派喧鬧之聲，想必是衆神來也。真個是黄塵滚滚遮天暗，紫氣騰騰罩地昏。〔雜扮衆神將，各戴卒盔，穿鎧，執旗。小生扮哪吒，戴線髮，軟紮扮，繫風火輪，持鎗。引淨扮托塔天王，戴天王盔，紮靠，紮令旗，襲蟒，束帶，托塔，持戟，從禄臺門上。仝唱〕

【仙吕宫集曲・甘州歌】【八聲甘州】（首至合）追風躡影（韻），信布昭聖武（讀），克詰戎兵（韻）。貔張小醜（句），大膽騷擾天庭（韻）。雲中肅肅千軍隊（句），日下蕭蕭萬馬鳴（韻）。〔巨靈神作參見科。托塔天王白〕某托塔天王是也。今有妖猴作亂，我奉上帝勑旨下凡擒獲，衆天將就此前去者。〔衆應科。仝唱〕【排歌】（合至末）威靈播(句)，神鬼驚(韻)，止齊步伐協師貞(韻)。弓開月(句)，矢流星(韻)，天河手挽洗來清(韻)。〔從祿臺下。雜扮通臂猿、衆猿猴，各穿猴衣，持器械。引副扮悟空，戴盔，紮靠，持棒。雜扮獨角鬼王，穿猴衣，執齊天大聖纛，從壽臺門上。仝唱〕

【又一體】霎時起敵兵(韻)，疾頂盔擐甲(讀)，擺隊交争(韻)。〔悟空白〕叵耐玉帝不仁，封我爲弼馬温。這樣没品級的官兒，豈是我老孫做的？爲此大怒，反下天宫，自立爲齊天大聖。今聞玉帝命天王李靖等前來征討。衆猴兵！〔衆猴應科。悟空白〕吩咐將杏黄旗寫上齊天大聖四字，可曾齊備麽？〔通臂猿白〕俱已齊備。〔悟空作看科。白〕妙嗄！〔唱〕喜新加封號(句)，杏黄旗上標名(韻)。水簾洞口挑良將(句)，鐵板橋邊扎老營(韻)。〔衆天將、巨靈神從壽臺上，作圍遶科。仝唱合〕威靈播(句)，神鬼驚(韻)，止齊步伐協師貞(韻)。弓開月(句)，矢流星(韻)，天河手挽洗來清(韻)。〔衆天將引托塔天王、哪吒，從仙樓門上，立仙樓科。衆猴從兩場門下。巨靈神、悟空作對敵科。哪吒從仙樓下至壽臺，接戰科。悟空白〕住了。不要亂殺，你且通名上來。〔哪吒白〕潑猴你且聽者。〔唱〕

【仙吕宫正曲·風入松】俺是哪吒太子震英名(韻)，駕火輪光燄飛騰(韻)。上天推轂兵威盛(韻)，端只爲剪除頑梗(韻)。〔合〕統領着先鋒巨靈(韻)，齊奮力(讀)，斬猴精(韻)。〔作對敵科。悟空唱〕

【又一體】我這金箍棒舉本無情(韻)，觸着人人納命(韻)，我壽仝日月齊天聖(韻)。〔哪吒白〕你這厮是甚麽人，敢稱齊天大聖！〔悟空唱〕笑乳臭怎與咱厮併(韻)，〔合〕戰疆場定教你喫驚(韻)，斷送着(讀)潑

香嬰(韻)。〔作對敵科。哪吒唱〕

【仙呂宫正曲・急三鎗】你是個鬖髿鬐(句)，摟搜臉(讀)，獮猴性(韻)。遇着俺天神將(讀)，管教你喪殘生(韻)。〔作對敵科。哪吒從壽臺門隱下。雜扮哪吒化身，穿三頭六臂切末，持杵，從壽臺門上。悟空唱〕那怕你(句)，三頭貌(讀)、六臂形(韻)。〔合〕俺也有無窮變(讀)，與你對支撑(韻)。〔悟空從壽臺門隱下。雜扮悟空化身，穿四頭八臂切末，持杵，從壽臺門上，對敵科。仝從壽臺下場門殺下。托塔天王白〕呀，看他二人不分勝負，好一場厮殺也。〔唱〕

【仙呂宫正曲・風入松】看他交鋒兩兩不輸嬴(韻)，變化一般厮稱(韻)。一個靈符丁甲圖全勝(韻)，一個是神通律令(韻)。〔白〕巨靈神！〔巨靈神白〕有！〔托塔天王白〕速去奏聞玉帝，添兵助戰，方能取勝。〔唱合〕奉天討這場戰征(韻)，無勝敗(讀)，怎收兵(韻)。〔巨靈神從仙樓上，暗到靈霄科。哪吒化身、悟空化身仝從壽臺上戰科，從壽臺兩場門隱下。哪吒、悟空隨上，作對敵科。哪吒白〕潑猴！〔唱〕

【仙呂宫正曲・急三鎗】你可忙呼取(句)，羣猴至(讀)，來接應(韻)。齊授首(讀)，掃穴永安寧(韻)。〔悟空白〕你這無知小子，〔唱〕休得要(句)猖狂語(讀)，多强硬(韻)。〔合〕只可惜(讀)你這小寧馨(韻)。〔作對敵科。末扮金星，戴蓮花冠，穿蟒，繫絲縧，捧玉旨，從禄臺下至仙樓科。唱〕

【仙呂宫正曲・風入松】上清奉詔下方行(韻)，兩下裏暫且休兵(韻)。〔托塔天王作跪接旨科。金星白〕玉帝有旨：〔唱〕道石猴已具人靈性(韻)，姑寬免自加修省(韻)。〔托塔天王白〕謹遵帝旨。衆天將！

〔衆應科。托塔天王唱合〕欽承奉玉音炳炳㊣，收旗鼓㊣，返天庭㊣。〔衆天將、哪吒引托塔天王仍從仙樓上科。金星白〕孫悟空，我在玉帝尊前保奏，説你初得人身，恕你無罪，如今實授你爲齊天大聖了。〔悟空白〕果然麼？又不要像前番，我却不依。〔金星白〕豈有虚言。還要你去看守桃園。待我領你前去。〔悟空白〕既是你老人家又來，仝你去走走罷。只是對玉帝老頭兒説，這個齊天大聖要實授的嗄。〔金星白〕竟去桃園到任，不要多講了。〔各虚白，仝從仙樓上科〕

第十五齣　園熟蟠桃恣竊偷（蕭豪韻）

〔雜扮土地，戴巾，穿土地氅，持拂塵，從壽臺上場門上。白〕土地區區是職司，巡查仙苑敢參差。霜髯雪鬢多強健，猶似勤勞年少時。自家乃蟠桃園土地是也。昨日玉帝新封一位齊天大聖，叫做孫悟空。又命魯般在蟠桃園右首，起一座齊天大聖府，府内設立二司，一名安靜司，一名寧神司。昨日曾已到任，玉帝賜下御酒金花，即與五斗星君暢飲一番，盡醉而散。恐今日到園中來查看，只索在此伺候。〔從壽臺下場門下。壽臺設桃樹數棵科。雜扮衆儀從，各戴紅氈帽，穿箭袖，繫肚囊，執旗。引副扮悟空，戴金王帽，穿蟒，束帶，佩劍，從壽臺上場門上。白〕新封大聖號齊天，掌握蟠桃御果園。不佛不仙真灑落，乍生乍滅假因緣。可笑俺孫悟空，闖來闖去，竟闖成了一個齊天大聖名號。這也罷了。昨日往蟠桃園到任，欽賜的御酒仙餚，與五斗星君暢飲一番，不覺大醉。今日且到園中查看一回。〔雜扮傘夫，戴紅氈帽，穿箭袖，繫肚囊，執傘，從壽臺上場門上。悟空白〕你看前呼後擁，黄羅蓋頂，好不威風也。〔唱〕

【黄鐘調合套·醉花陰】後擁前呼衆牙爪（韻），擺頭踏威儀也那不小（韻）。則看俺金絲帽稱蟒龍袍

(韻)，暢好的擺擺搖搖(韻)。今日個遂開懷可也誇榮耀(韻)，享爵祿真箇美豐饒(韻)。〔白〕實授俺大聖齊天。〔唱〕那李金星將咱保(韻)。〔作到科。土地從壽臺下場門上，作迎科。白〕土地迎接大聖爺。〔悟空白〕起來。俺不在磕頭上用工夫，只要你平日小心。〔土地應科。悟空白〕我且問你，這樹有多少株數？〔土地白〕共有三千六百株。這一千二百株，花微果小，三千年一熟，人喫了成仙了道，體健身輕。中間一千二百株，層花甘實，六千年一熟，人喫了霞舉飛昇、長生不老。後面一千二百株，紫紋緗核，九千年一熟，人喫了與天地齊壽，仝日月長庚。〔悟空白〕知道了。我昨日多飲了幾盃，身子有些疲倦，我在此打個盹兒，爾等在外廂伺候，不奉呼喚，不許進來。〔衆儀從應科。仝土地從壽臺下場門下。悟空白〕玉帝真正知趣，曉得我老孫好喫果兒，着我管守這桃園，不免將此大桃喫他一飽，有何不可。〔作脱衣食桃科，虛白，從壽臺上場門下。場上撤桃樹科。旦扮董雙成、許飛瓊、嘉慶子、瑞鶴仙，各戴過梁額、仙姑巾，穿宮衣，持籃，從壽臺上場門上。唱〕

【黃鐘宮合套·畫眉序】人世自煎熬(韻)，纔見童顏便衰老(韻)。嘆浮雲富貴(讀)雨過雲消(韻)，喜我等早脱紅塵(句)，伴阿母仝驂青鳥(韻)。〔作進園科。白〕土地那裏？〔土地從壽臺下場門上，作見科。四仙女白〕我等奉金母之命，〔唱合〕今朝擺設瑶池宴(句)，提筐摘取仙桃(韻)。〔土地白〕仙姑且住。今歲不比往年，玉帝點差齊天大聖在此督理，須是報過大聖，方敢開園。〔四仙女白〕大聖在那裏？〔土地白〕待我喚來。大聖快來。〔悟空從壽臺下場門上。白〕做什麼？〔四仙女白〕奉金母娘娘差來，摘取蟠桃，去做蟠桃會的。〔悟空白〕土地，他果是金母所差的麽？〔土地白〕果是金母所差，上年都是他每來取桃的。〔悟空白〕既如此，我且問你，請的是那些仙家？〔四仙女白〕上會舊規，請的是西天佛老菩薩、阿羅漢、南海觀士音、東方崇恩聖帝、十洲三島各洞仙翁、北方北極玄靈、中央黄極黄角大仙、上八洞中八洞下八洞各位仙長。〔悟空白〕住了。可請我老孫麽？〔四仙女白〕不曾聽得說。〔悟空白〕這邊没有大桃，那邊都是大桃，你們去摘取便了。〔土地白〕四位仙子隨我來。〔引四仙女從壽臺下場門下。悟空白〕俺不免親自去探取便了。〔作遶場科。白〕呀！〔唱〕

【黄鐘調合套・喜遷鶯】望一帶瑞雲籠罩(韻)，望一帶瑞雲籠罩(疊)，那瑤池委實逍遥(韻)。〔作上仙樓，上設蟠桃筵席、桌椅科。悟空白〕看此光景，想是瑤池了。咦，許多東西，怎没個看守的人？哦，想是天宫内没有賊盗的。呀，有趣，好景象也。咦！〔唱〕擺列着佳餚(韻)，細看來般般精妙(韻)，更有那雪藕交梨并火棗(韻)。〔白〕俺悟空何幸得到此處來。〔唱〕俺可也緣不小(韻)。〔作見酒科。白〕教人怎不流涎也。妙嗄，好酒嗄。〔作飲酒科。唱〕且滿飲金樽美醖(句)，〔合〕傾盡玉液香醪(韻)。〔白〕咦，許多的鳳髓龍胎，麟脯鸞血，待我喫他一飽。〔作喫科。白〕且住。我幹了這事，天宫内也住不得了。也罷，把這好東西帶回去，與俺子孫們見見食面。待我裝起來。〔作裝科。白〕妙嗄，已被我裝滿了，快走嗄。〔作負包出門科。白〕竊取仙家宴，忙歸花果山。〔從仙樓上科。四仙女從壽臺下場門上。唱〕

【黄鐘宫合套・畫眉序】此事甚蹊蹺(韻)，今日緣何没大桃(韻)。〔白〕土地那裏？〔土地從壽臺下場門上。白〕來了。〔四仙女白〕土地，怎没個大桃成熟的，止有小桃幾個，甚麽緣故？〔唱〕莫非私相受授(讀)，誆人錢鈔(韻)。〔土地白〕土地就該萬死了，敢做人情與人摘取。哦，是了。〔作住口科。四仙女白〕爲何欲言不語？〔土地白〕仙子，我想齊天大聖在園中打盹。〔唱〕到底是野性難馴(句)，定不免饞涎偷嚼(韻)。〔四仙女白〕一定是他偷喫無疑。〔唱合〕忙將此事須呈覆(句)，奏金母自有分曉(韻)。〔從壽臺上場門下。土地作虚白發諢科。白〕若非兩片嘴，惹起一天愁。〔從壽臺門下。悟空負包作醉科，從禄臺門上。白〕好醉也。〔唱〕

【黄鐘調合套・出隊子】則看俺沉酣灑樂(韻)，步高低亂跌交(韻)。任遊行(讀)，不覺近青霄(韻)，楷醉眼偷將門匾瞧(韻)。〔白〕兜率天宫，呀，我要回下界花果山，錯走到三十三天太上老君之處。也罷，我一向要探訪此老，不曾來得，今日信步來到此處。〔唱〕趁便何妨耍一遭(韻)。〔作進門隱科。小生扮仙童，戴仙童巾，穿氅，繫絲縧，持拂塵，捧茶，從禄臺門上。唱〕

【黄鐘宫合套・三段子】三清静悄(韻)，守丹爐何嘗憚勞(韻)。〔白〕自家老君座下童子。老祖與燃燈古佛，在三層樓上下碁。命我烹茶進獻。〔唱〕蟠桃會招(韻)，列仙人歡呼興高(韻)，蘆中鼓枻綸收鈞(韻)，竹松陰裏烹茶好(韻)。〔合〕活火新泉(讀)，乳花細飄(韻)。〔從禄臺門下。禄臺上設仙丹桌科。悟空白〕妙嗄，且喜不曾被他看見。你看這煉丹爐内，火也没有。〔唱〕

【黄鐘調合套・刮地風】哎呀(格)，俺見那偃月爐中火焰消(韻)，静沉沉庭户寂寥(韻)，想仙家雲馭穿龍蹻(韻)。他赴瑤池羣真共邀(韻)，俺任徜徉獨自逍遥(韻)。想福地有誰能到(韻)，這壁廂(句)那壁廂(句)詩瓢酒瓢(韻)，鸚鵡杯(句)鸕鷀杓(句)注霞觴滿泛葡萄(韻)。〔白〕不喫酒了，要喫金丹。咦，放的這五箇葫蘆，莫非是金丹在内？〔作傾丹科。白〕妙，都是煉就的金丹，我正要喫哩。莫管他，做我老孫不着，都喫他在肚裏。〔作喫科。白〕想世人呵，〔唱〕得一粒(讀)金丹成大道(韻)。〔白〕老孫今日呵，〔唱〕只當做炒豆兒嚼個飽(韻)。〔白〕喫得爽快，話便是這等説，這場禍闖得不小，不免走罷。〔作急從禄臺門下。雜扮四仙童，各戴道童巾，穿氅。引老旦扮金母，戴鳳冠、仙姑巾，穿蟒，束帶，從仙樓門上。唱〕

【黄鐘宫合套·耍鮑老】濟濟羣仙聚三島(韻)，宴瑤池好相邀(韻)。〔四仙女持籃，從仙樓門上。白〕整備瑤池宴，蟠桃已被偷。〔作見科。金母白〕你摘的仙桃呢？〔四仙女白〕只摘得兩籃小桃，後面的大桃一個也無，都是孫悟空偷喫了。〔雜扮黄巾力士，戴紮巾額，穿鎧，從仙樓門上。白〕啟金母娘娘：蟠桃會上珍饈俱已没了。〔金母白〕你自迴避。〔黄巾力士應科，仍從仙樓門下。金母白〕了不得，一定也是孫悟空到此渾擾偷喫了。〔唱〕將何欵待衆仙僚(韻)。狡獪勝東方朔(韻)，瑤池也敢來騷擾(韻)，這罪惡怎寬饒(韻)。急忙表奏除强暴(韻)，〔合〕竊仙饌犯天條(韻)。〔從仙樓上科。悟空負包從福臺上。唱〕

【黄鐘調合套·四門子】急奔馳悄没個人知道(韻)，那衆仙家枉赴瑤池召(韻)。俺食取金丹(句)，恰又醉飽(韻)，美仙珍(讀)背負來整滿包(韻)。隨電轉(句)，逐風飈(韻)，疾忙忙抽身似脱逃(韻)。〔從福臺門下。雜扮四仙童，各戴道童巾，穿氅。引外扮老君，戴老君髮，穿氅，繫絲縧，持拂塵，從禄臺門上。唱〕

【黃鐘宮合套·滴滴金】獸心人面把金丹盜(韻)，如何罄盡葫蘆倒(韻)，不留顆粒真堪惱(韻)。〔金母從禄臺門上。唱〕怎干休(句)，瑶池鬧(韻)，將人欺藐(韻)。〔作見科。白〕老君稽首。〔老君白〕金母何事慌張？〔金母白〕孫悟空偷食蟠桃無數，將瑶池上仙餚仙酒仙果盡偷喫了，這會場如何結局？〔老君白〕老夫與燃燈古佛奕棋，被這妖猴將五箇葫蘆内的金丹也都偷喫了。爲此特上靈霄殿，奏知玉帝。〔金母白〕我正爲此事前來，就此仝行便了。〔老君仝唱合〕惡噉噉(讀)跳梁真不小(韻)，惡貫滿盈(讀)，罪孽莫逃(韻)。〔仝從禄臺門下。壽臺上設昇天門，悟空負包從禄臺下至仙樓科。唱〕

【黃鐘調合套·水仙子】俺俺俺(格)俺可也福分高(韻)，笑笑笑(格)笑俺這大腹便便未負却(韻)，喜喜喜(格)喜仙珍到口無厭飽(韻)，漫漫漫(格)漫道咱性忒貪饕(韻)。〔白〕已是天門上了。〔雜扮守門天將，戴盔，穿鎧，持鞭，從仙樓門上。白〕誰來此處？〔作見科。白〕呀，原來是齊天大聖，往那裏去，負的是甚麽東西？〔悟空白〕今蒙玉帝命我赴蟠桃會，該我的分例喫不了，又承金母的好意，説孫大聖也是上天一次，幸逢大會，喫不了的分例，帶與你子孫們見識見識。〔唱〕感感感(格)感鴻恩雨露饒(韻)，愧愧愧(格)愧難酬地厚天高(韻)。〔守門天將白〕也是你的大造化，我們在此多年，也不曾嚐得一點香味。我問你，會上喫些甚麽仙物？〔悟空白〕不瞞你説，那些餚饌我也不希罕嗄。〔唱〕羡羡羡(格)羡的是金漿色嫩嬌(韻)，喜喜喜(格)喜把那蟠桃筵上齊傾倒(韻)，去去去(格)去俵散衆兒曹(韻)。〔悟空作急出昇天門從壽臺上場門下。雜扮天神，戴紥巾額，穿鎧，持鐧，從仙樓門上。唱〕

【黃鐘宮合套・滴溜子】奉差遣(句)奉差遣(格)搜尋桀奡(韻)，忙追趕(句)忙追趕(格)杳無消耗(韻)。〔白〕天門上可見孫悟空出去麽？〔守門天將白〕適纔已過去了。〔天神白〕爲何就放他過去？〔守門天將白〕他説奉旨赴蟠桃會而去。〔天神白〕被他賺出天門去了。〔守門天將白〕却是爲何？〔天神唱〕他向玉爐(讀)把金丹偷盜(韻)，〔合〕更蟠桃採箇光(句)，彈章齊到(韻)。你守天門(讀)，怎敢脱逃(韻)？〔守門天將白〕原來如此。即仝尊神一齊覆旨便了。〔仝唱〕

【煞尾】世間禍福惟人招(韻)，又不免天兵進勦(韻)。〔白〕猴頭猴頭，〔唱〕準備着調集元神撲此猱(韻)。〔仝從仙樓上至禄臺科，暗下〕

第十六齣　營開細柳專征討（齊微韻大吹打）（七）

〔雜扮馬帥，戴八角冠，紥靠，持鎗。雜扮趙帥，戴黑貂，紥靠，持鞭。雜扮温帥，戴瘟神帽，紥靠，持金剛圈、狼牙棒。雜扮關帥，戴紥巾額，紥靠，持刀。雜扮二十八宿，各戴二十八宿冠，紥靠，持鎗。雜扮九曜元辰，各戴九曜冠，紥靠，持鎗。雜扮六丁神、六甲神，各戴紥巾額，紥靠，持鞭。生扮二郎神，戴三叉冠，紥靠，持三尖刀。雜扮捧犬神將，戴紥巾，穿箭袖卒褂，作捧犬。雜扮神犬，穿犬衣。雜扮衆天將，各戴卒盔，穿鎧，執旗。小生扮哪吒，戴綫髮，軟紥扮，繫風火輪，持鎗。引淨扮托塔天王，戴天王盔，紥靠，紥令旗，襲蟒，束帶，托塔，從禄臺下至仙樓壽臺科。托塔天王唱〕

【仙吕調套曲・點絳唇】統領熊羆（韻），軍威嚴厲（韻）。遵天帝（韻），殲厥渠魁（韻），掃盡公麽輩（韻）。

〔轉場陞座科。白〕〔吹打工尺上〕大將桓桓出玉庭，神兵十萬列連營。天羅地網安排定，管取乾坤永太平。某托塔天王李靖是也。叵耐妖猴大鬧蟠桃會，私竊老君丹。玉帝大怒，命俺督領天兵十萬、二十八宿、九曜星君、十二元辰、四大天王、東西南北星斗、灌口二郎神、喪門地煞、羅睺計孛等，佈下十八架天羅地網，來此花果山水簾洞了。〔哪吒應科，天王白〕吩咐衆神將上臺聽令。〔衆神作參見科。

白〕天王在上，諸神參見。〔托塔天王白〕諸天將，俺今奉上帝勅旨，率領諸天將擒獲妖猴孫悟空。務各努力，掃蕩羣邪，廓清泰宇，分班聽令。〔衆神作應，各分侍科。托塔天王唱〕

【仙吕調套曲·混江龍】今日箇剪除邪祟(韻)，靈官八部調來齊(韻)。這壁廂分排宿曜(句)，那壁廂簇擁神祇(韻)。看左翼丁甲揚威馳電馬(句)，看右翼星辰奮武閃雲旗(韻)。〔白〕馬天君。〔馬帥應，内鳴金響號科。托塔天王唱〕你在山前迎陣施法力(韻)。〔馬帥白〕得令。〔從壽臺門下。托塔天王白〕趙天君。〔趙帥應，内鳴金響號科。托塔天王唱〕你在山後對壘運神機(韻)。〔趙帥白〕得令。〔從壽臺門下。托塔天王白〕温天君。〔温帥應，内鳴金響號科。托塔天王唱〕您在山左接戰(句)。〔温帥白〕得令。〔從壽臺門下。托塔天王白〕關天君。〔關帥應，内鳴金響號科。托塔天王唱〕您在山右將他的魂魄勾追(韻)。〔關帥白〕得令。〔從壽臺門下。托塔天王白〕二十八宿。〔二十八宿應，内鳴金響號科。托塔天王唱〕你可也直擣着窩巢深邃(句)。〔二十八宿白〕得令。〔從壽臺門分下。托塔天王白〕九曜元辰。〔九曜應，内鳴金響號科。托塔天王唱〕您可也緊守着羅網週圍(韻)。〔九曜白〕得令。〔從壽臺門分下。托塔天王白〕二郎神。〔二郎神應，内鳴金響號科。托塔天王白〕你爲總先鋒，今日之事全在尊神。〔唱〕遇妖猴與他抵敵(句)，才得是助俺神威(韻)。〔二郎神白〕得令。〔從壽臺門下，牽犬神將隨下。托塔天王白〕哪吒。〔哪吒應，内鳴金響號科。托塔天王白〕你帶領東西南北四瀆五岳十二元辰爲都救應。〔唱〕須索要心雄膽壯(句)，方不枉鋭執堅披(韻)。〔哪吒白〕得令。

〔引丁甲神從壽臺門下。托塔天王唱〕俺這裏星戈霜戟推山去(句)，定教那雨血風毛拔寨回(韻)。顫巍巍指麾既定(句)，威凛凛决勝無疑(韻)。〔雜隨意扮，衆猿猴各持器械，從壽臺門上，作佈陣遶場科，從壽臺門下。哪吒引悟空從壽臺門上，作對敵科。哪吒從壽臺門下，馬帥從壽臺門追上，對敵科，引悟空從壽臺門下。托塔天王白〕好一個妖猴也。〔唱〕

【仙吕調套曲・油葫蘆】只見他棒舉金箍逞虎威(韻)，端的是煞神奇(韻)，猛刺刺超騰擊刺捷如飛(韻)。他那裏交鋒一似如兒戲(韻)，怎當俺神通廣大只怕難逃避(韻)。俺與他自今番辨别個高低(韻)，昏慘慘四野征雲起(韻)，鬧垓垓(讀)幾處裏軍聲沸(韻)，洽便似平地上震轟雷(韻)。〔馬帥引悟空持鎗，從壽臺門上。悟空與馬帥對鎗科。馬帥從壽臺門下，趙帥從壽臺門追上，對敵科，引悟空從壽臺門下。托塔天王唱〕

【仙吕調套曲・天下樂】只見那水怪山魈也盡掛鐵衣(韻)，摇也麽旗(韻)，却便也來助威(韻)。可憐那無知物命好癡迷(韻)一任恁排成陣(句)，一任恁合作圍(韻)，怎當俺兵所向他可也盡披靡(韻)。〔趙帥引悟空，持鞭，從壽臺上場門上。悟空與趙帥對鞭科，趙帥從壽臺下場門下，温帥從壽臺上場門追上，對敵科，引悟空從壽臺下場門下。衆猿猴各持器械，擂鼓、麾旗，從壽臺上場門上，作遶場發諢科，從壽臺下場門下。托塔天王唱〕

【仙吕調套曲・哪吒令】衆猴兒遍佈着路岐(韻)，奔騰也似飛(韻)，有的妖把角吹(韻)，有的妖把鼓擂(韻)，老妖們頂着盔(韻)，小妖們麾着旗(韻)。突似豨(句)，紛如蟻(韻)，笑他們鬧嚷嚷意欲胡爲(韻)。〔温帥引悟空，持金剛圈、狼牙棒，從壽臺上場門上，悟空與温帥對棒科，温帥從壽臺下場門下。關帥從壽臺上場門追上，對

敵科，引悟空從壽臺下場門下。托塔天王唱〕

【仙呂調套曲·鵲踏枝】滿山頭雲霧黑(韻)，四下裏刀鎗密(韻)。眼跟前地慘天昏(句)，耳邊廂鬼哭神啼(韻)。魆地裏山崩海沸(韻)，捲將來石走沙飛(韻)。〔闞帥引悟空，持刀從壽臺上場門上，悟空與闞帥對刀科，闞帥從壽臺下場門下，哪吒從壽臺下場門下。托塔天王唱〕

【仙呂調套曲·勝葫蘆】看他力盡也且筋疲(韻)，回合强支持(韻)。任憑你神通變化漫天地(韻)，不怕你裝妖作怪(句)，呼風喚雨(句)，吼一聲似霹靂(韻)。〔丁甲神作追衆猿猴，從壽臺上場門上，作合圍對敵科。衆猿猴作敗奔發諢科。衆丁甲神追衆猿猴從壽臺下場門下。托塔天王唱〕

【又一體】俺只見六丁六甲顯靈威(韻)，四面把兵圍(韻)。他就有銅頭鐵額登時斃(韻)，怎當俺星羅棋布(句)，風馳電掣(句)，密扎扎守邊陲(韻)。(疊)〔二郎神引牽犬神將牽犬，衆天神從壽臺上場門上，作遶場布陣，各按方位站立科。哪吒引悟空，持棒，從壽臺上場門上，作對敵科。哪吒歸位，二郎神接戰科。悟空白〕殺了半日，並無對手，你且通個名來。〔二郎神白〕妖猴聽者。吾乃清元妙道二郎神，法力威靈天地聞。玉殿特推爲上將，今朝會見靖妖氛。〔悟空白〕哇，你這些話只好哄別人。孫爺爺跟前，豈是賣弄得的？你且聽者：混沌初開育我身，元田出入自長存。靈臺一點超三界，誰似齊天大聖人。〔二郎神白〕休得胡說。你看你那些子孫，皆被我們擒獲了。〔悟空白〕在那裏？〔神犬作咬，悟空倒地，衆天神擒住收陣科。衆丁甲神各綁縛衆猿猴，從壽臺兩場門上。悟空白〕喫了狗的虧了。〔丁甲神白〕衆妖已擒，候元帥定奪。〔托塔天王白〕將所擒小妖猴盡行斬首。〔丁甲神作應，押衆猿猴從壽臺門分下。仍上科。托塔天王白〕將孫猴帶進天門請旨。〔衆白〕猴頭猴頭。〔衆天神作應，仝從仙樓上至祿臺，作遶場科。仝唱〕

【仙呂調套曲・上馬嬌】徒誇着道願深（句），却原來法力微（韻）。你枉自杏黃旗上浪標題（韻），今日個幾多强横成何濟（韻）。恨煞伊（韻）罪惡不勝提（韻）。〔托塔天王從祿臺門上，立高臺科。白〕衆天將推猴頭過來。〔衆應推悟空科。托塔天王白〕玉帝有旨。〔唱〕

【仙呂調・煞尾】奉玉旨斬妖獮（韻），須踹作肉成泥（韻），借他警醒世人迷（韻）。〔衆天神作應，將刀砍悟空首，作出火彩科。衆仝唱〕騰騰火燄（句），毫光放頂煞稀奇（韻）。〔仝從祿臺門下〕

第十七齣　燒仙鼎八卦無靈（魚模韻）

〔雜扮衆天將，各戴卒盔，穿鎧，執旗。小生扮哪吒，戴線髮，軟紥扮，繫風火輪，持鎗鎖。副扮悟空，戴皮膉腦，穿道袍，繫絲絛。淨扮托塔天王，戴天王盔，紥靠，紥令旗，襲蟒，束帶，托塔。雜扮馬帥，戴八角冠，紥靠，持鎗。雜扮趙帥，戴黑貂，紥靠，持鞭。雜扮温帥，戴瘟神帽，紥靠，持金剛圈、狼牙棒。雜扮關帥，戴紥巾額，紥靠，持刀。雜扮二十八宿，各戴二十八宿冠，紥靠，持鎗。雜扮九曜元辰，各戴九曜冠，紥靠，持鎗。生扮二郎神，戴三叉冠，紥靠，持三尖刀。雜扮牽犬神將，戴紥巾，穿箭袖卒褂，牽犬。雜扮神犬，穿犬衣，仝從禄臺門上，作分立科。外扮老君，戴老君髮，穿氅，繫絲絛，從禄臺門上。白〕不要殺不要殺，諸位有所不知，此猴偷喫了瑤池會上諸般仙品，又竊了我葫蘆内的金丹，竟煉成了一個銅筋鐵骨的身軀，所以刀斧不能傷他。我如今帶去放在八卦爐中，煉出金丹還我，此身化爲灰燼矣。〔托塔天王白〕如此，老君帶去，我等回覆玉旨便了。〔衆天神仝從禄臺門分下，二十八宿作帶悟空遶場科。老君白〕猴頭，你偷了我的五個葫蘆内金丹，盡情偷喫了，一粒也不留，可知今日落在我的手裏麽！〔悟空白〕多謝盛情，虧得喫了金丹，我身子編在金字門中去了。〔老君白〕怎麽講？〔悟空白〕筋兒變了銅的，骨兒變了鐵的，豈不是物以類聚？今日再明送咱些，咱還要喫哩。〔老君白〕又是什麽意思？〔悟空白〕銅筋鐵骨是没有人看見的，咱再多喫上些金丹，變了一個金身，豈不更是有趣？也顯得你金丹的靈驗。〔老君白〕你且不要強嘴。〔悟空白〕強便怎麽，看你把我怎麽樣。〔老君白〕童兒。〔雜扮二仙童，各戴仙童巾，穿氅，繫絲縧，從禄臺門上。白〕來了，老祖爺有何吩咐？〔老君白〕擡出八卦爐來，將這猴子放在裏面，煉出金丹還我。〔仙童應科。雜扮四揭諦，各戴揭諦冠，穿鎧，從禄臺門作擡爐上，設臺左側科。二十八宿作推悟空入爐内科。老君白〕爾等迴避。〔二十八宿應科，從禄臺門下。老君白〕多加些柴炭。〔仙童應科，向下取柴炭，作烘爐科。老君唱〕

【高宮套曲·端正好】莽猢猻(句)，真粗鹵(韻)，盗金丹傾倒葫蘆(韻)。因此上一封牋奏向靈霄訴(韻)，不由得穆穆天容怒(韻)。

【高宮套曲·滚繡毬】誰恕你膽氣麄(韻)，誰恕你禮節踈(韻)，封大聖心猶不足(韻)，到今朝死矣悲夫(韻)。我煎你血髓枯(韻)，我煎你骨骱酥(韻)，自作孽誰還肯顧(韻)。待他年魂也歸乎(韻)，掃除荆棘無如火(句)，結果根源是此爐(韻)，也費俺一會兒煅煉的工夫(韻)。〔白〕這一會想是死了，待我叫他一聲。孫悟空！〔悟空白〕叫咱的，請俺烘火，炭也捨不得多放些。〔老君白〕這猴果然禁得熬煉。〔悟空白〕怕怎的，比你還禁煉些哩。〔老君白〕有了。〔唱〕

【高宮套曲·叨叨令】俺將這三昧的神火向洪爐(韻)。〔白〕道童取符來。〔仙童向下取符遞科。老君作焚符科。唱〕焚一道定身符篆把恁牢封固(韻)，虚飄飄一靈兒早把泉臺赴(韻)，實丕丕三魂兒敢向閻王訴

(韻)。〔白〕這會定然死了。猴頭，今番可死了。〔悟空白〕呸，你纔死哩。〔老君白〕呀，俺這三昧真火、八卦爐都不靈應了。〔唱〕兀的不躁殺人(句)也麽哥(格)，氣殺人(句)也麽哥(疊)。早難道這八卦丹爐無用處(韻)。〔悟空作掀爐跳出科，趕打二仙童，從禄臺門逃下。悟空白〕好，煉得好。你這老兒，把俺孫爺爺煉出一雙火眼金睛來了，喫我幾棒。〔作取棒打科。老君白〕不得無禮，我奉玉帝旨意煉你。〔悟空白〕明明是你顯本事，「待我拿去煉死他」，這回又推玉帝，你這没用的人，放你去罷。〔老君從禄臺門下。悟空白〕天將本領不過如此。不免殺到靈霄宮去，與他大鬧一番，把玉帝讓我做方纔罷手。〔唱〕

【煞尾】鬧開事業拋鄉土(韻)，豎起鬢眉作覇圖(韻)，上靈霄是坦途(韻)，把天宮速讓吾(韻)。〔白〕不用狐疑，即此去也。〔唱〕擎着金箍棒兒去(韻)。〔從禄臺門下〕

第十八齣　鬧天闕九霄有事（先天韻）

〔雜扮靈官，戴紮巾額，紮靠，掛赤心忠良牌，持鞭，從禄臺門上。白〕中懷正直顯威靈，善使人間敬畏生。手舉金鞭光赫奕，鋤强扶弱最分明。吾神王靈官，奉玉帝勑旨，把守天門。今乃早朝時分，恐有諸神奏事，須索在此伺候。〔副扮悟空，戴皮膿腦，穿道袍，繫絲縧，持棒，從禄臺門上。唱〕

【大石調正曲·摧拍】氣冲冲令人火燃(韻)，到靈霄和彼面言(韻)。〔靈官白〕住了，那裏走？〔悟空白〕我乃齊天大聖，要與玉皇説話，你是何神道，攔住我麽？〔靈官白〕你這潑猴，老君領去煉你，如何脱逃來此？此乃靈霄寶殿，不得無禮。〔悟空作笑科。白〕你那裏知道，那老頭兒如何能彀煉死我。也罷，〔唱〕借伊口傳(韻)，借伊口傳(疊)，玉帝何能(讀)久仕三天(韻)。常言道風水輪流(讀)，讓我千年(韻)。〔靈官白〕你這該死潑猴，你是何等人物，妄想玉帝做！〔悟空唱合〕我與你戰個回還(韻)，我使棒你掄鞭(韻)。〔作對敵科。靈官唱〕

【又一體】這妖猴一謎亂言(韻)，敢來此通明殿前(韻)，恁無端鬧喧(韻)，恁無端鬧喧(疊)。大逞威風(讀)，直把天掀(韻)。這不是鐵板橋頭(讀)，花果山邊(韻)，〔合〕怎容你禍結兵連(韻)，生妄想吐饞涎(韻)。〔作對敵，靈官敗科，從禄臺門下，悟空追下。外扮許神君，戴皮弁，穿蟒，束帶，執笏，從禄臺門上。白〕鰲足長擎山不動，鵬飛偶擊水争流。臣許遜啟奏：今有妖猴逃出丹爐，大鬧天宫，衆天將奔潰，無人抵擋，將及鬧至靈霄寶殿，望吾皇降旨定奪。〔内白〕玉旨下：見卿所奏，妖猴猖獗，即命神君往西天請老佛如來前來降拿妖猴。謝恩。〔許神君白〕聖壽無疆，連遭大鬧驚天闕，片刻遥迎向佛門。〔從禄臺門下。雜扮衆電母，各戴包頭，紥額，穿宫衣，紥袖，持鏡。雜扮衆雷公，各戴雷公髮，紥靠，紥鼓翅，持錘鑿。引淨扮九天，戴九天髮，穿蟒，束帶，持鞭。旦扮九天玄女，戴女盔，紥靠，持雙劍，仝從禄臺門上。分白〕機樞鎮握掌乾綱，統御中天偏八荒。位著上靈昭品彙，九垓普化兆嘉祥。〔九天白〕吾乃雷聲普化天尊是也。〔玄女白〕吾乃九天玄女是也。〔仝白〕今有妖猴大鬧天宫，不免向前護持者。〔悟空作追靈官從禄臺門上作對敵科。衆神各作接戰科，仝從禄臺門下。悟空追下〕

第十九齣　降伏野猿虔奉佛（先天韻）（弋）

〔雜扮揭諦，戴揭諦冠，穿鎧，持杵。雜扮阿難、迦葉，各戴毘盧帽，穿道袍，披袈裟，帶數珠。引淨扮如來佛，戴佛髗腦，穿蟒，披佛衣，從仙樓門上。白〕迦維衛國本西天，大涅槃經正法傳。真性遍空隨所感，行修忍辱證金仙。今蒙玉旨相邀，不免駕起祥雲，前去走一遭也。〔下仙樓，天井下雲板，揭諦等引如來佛乘雲板，曲内昇至禄臺科。唱〕

【越調正曲・亭前柳】魔怪惱諸天（韻），星宿衛微垣（韻）。本來原寂寂（句），何事恁喧喧（韻）。〔合〕心猿（韻）枉把神通展（韻），悟空不悟（讀）憧擾元田（韻）。〔悟空從禄臺門上。唱〕

【又一體】任你逃奔焰摩天（韻），追趕莫遲延（韻），横衝并直撞（句），孰個敢争先（韻）。〔合〕安然（韻）穩坐靈霄殿（韻），皇圖鞏固（讀），億萬斯年（韻）。〔如來佛白〕來者何人？〔悟空作見科。白〕吾乃齊天大聖。你是何人？〔如來佛白〕你不知我麽？我乃西方極樂世界釋迦牟尼文佛，聞你大鬧天宫，有何妖法，這等横暴？〔悟空白〕你不知道我煉就長生不老仙，神通廣大萬千千。權時掌管靈霄殿，花果山收花果錢。〔如來佛白〕你這猴頭，要奪玉帝龍位，你不知那玉帝他自幼修持，苦歷過一千七百五十刼，十二萬九千六百年，方能享此大道。你這初世爲人的畜生，有何本事，敢出此大言？〔悟空白〕我能七十二般變化，十萬八千觔斗雲，難道不如他麽？我看你也是没用的老僧，不難爲你，快教他把天宫讓與我。〔如來佛白〕也罷。你説你會十萬八千觔斗雲，若一個觔斗打出我掌中去，不消你争奪，我請玉帝往西方，把天宫讓與你。若打不出掌去，這也莫怪老僧。〔悟空白〕這有何難。説明白了，教他把玉帝讓我做。妙嗄，一個觔斗，就做玉帝了，吾好樂哉乎也。不要賴嗄，快伸出手來，待我打過去。〔悟空作打觔斗，如來佛伸掌按住悟空科。白〕揭諦聽我法旨，可將妖猴推出天門外，把五行山罩住，再將這字帖兒壓着，吩咐當方土地監押。〔衆揭諦白〕領佛旨。〔悟空白〕如來，你是慈悲的，怎麽今日下這樣狠手？〔如來佛笑科。白〕不狠不爲如來。〔揭諦作押悟空從禄臺門下。雜扮星官從福臺上。白〕玉旨到來，賴老佛如來法力降妖，天庭肅清，特設安天會，請大士王母諸仙陪宴。謝恩。〔如來佛唱〕

【尾聲】反掌間成安奠(韻)，五行山可解得是空拳(韻)，絶勝那悟徹天龍一指禪(韻)。〔内奏樂，仝從禄臺門下〕

第二十齣　廓清饞虎慶安天（先天韻）

〔内奏樂，場上設高臺、香茗、桌椅科。雜扮衆天將，各戴大頁巾，穿箭袖排穗，從福臺上。雜扮靈官，戴紥巾額，紥靠，掛赤心忠良牌。外扮許神君，戴皮弁，穿蟒，束帶。旦扮八女仙，各戴過梁額、仙姑巾，穿宫衣。雜扮八男仙，各戴仙巾，穿氅，繫絲縧。雜扮赤脚大仙，戴陀頭髮，紥金箍，穿氅，繫絲縧。雜扮長眉大仙，戴仙巾，穿氅，繫絲縧。雜扮三星，各戴三星帽，穿三星衣，各持拂塵，從禄臺上。雜扮三清，各戴蓮花冠，穿氅，繫絲縧，從福臺上。雜扮二仙童，各戴仙童巾，穿道袍，繫絲縧。雜扮惠岸，戴陀頭髮，紥金箍，軟紥扮，持鏟。小旦扮龍女，戴過梁額、仙姑巾，穿宫衣，臂鸚哥。旦扮觀音菩薩，戴觀音兜，穿蟒，披袈裟，帶數珠。老旦扮金母，戴鳳冠、仙姑巾，穿蟒，束帶，從仙樓上。旦扮八菩薩，各戴僧帽，紥五佛冠，穿蟒，披袈裟，帶數珠。雜扮阿難、迦葉，各戴毘盧帽，穿道袍，披袈裟，帶數珠。引淨扮如來佛，戴佛臚腦，穿蟒，披佛衣，仝從禄臺門上。如來佛作入座科。仝唱〕

【高大石調正曲・念奴嬌序】龍旗鸞輅(句)，見祥雲瑞靄(讀)，一時聚集羣仙(韻)。〔衆仙白〕我佛在上，弟子等參拜。〔各作參拜科。唱〕佛日光華(句)，開覺路(讀)曼陀花散香筵(韻)。〔各作入座科。仝唱〕堪羡(韻)玉椀流霞(句)，金漿浥露(句)，鏗鏘廣樂奏鈞天(韻)。〔合〕喜自此(句)永清禹服(句)，長樂堯年(韻)。〔如來佛白〕今喜妖猴已收，天庭肅清，老僧別去，煩列位與我謝宴，我返西方去也。〔衆仙白〕弟子等理當恭送。〔内奏樂科。雜扮衆雲使，持雲，從壽臺兩場門上。雜扮衆雲童，各戴線髮，穿採蓮衣，繫絲縧，持雲，從仙樓梯下至壽臺上。如來佛乘雲板，從天井内下至壽臺，衆仙神俱下仙樓至壽臺，如來佛乘雲車科。衆仙仝唱〕

【大石調正曲·長壽仙】華蓋翩翩(韻)，大會佛和仙(韻)。風駟與雲軿(韻)，旌拂霄堮(讀)，杯渡竺乾(韻)。由來二氏宗門(句)異派仝源(韻)，琴三疊丹九轉(韻)，意蕊心花覺性圓(韻)。〔合〕嘆身世總浮生(讀)登彼岸(句)，須記取光明地慈悲願(韻)。

【尾聲】休談道莫講禪(韻)，只消滅紛華交戰(韻)，湛湛靈臺息萬緣(韻)。〔仝從壽臺下場門下〕

第廿一齣　掠人色膽包天大（齊微韻）

〔副扮劉洪，戴棕帽草圈，紥包頭，穿窄袖，繫搭包，從壽臺上場門上。唱〕

【南呂宮正曲·金錢花】江湖好漢不低微(韻)低微(格)，殺人放火無欺(韻)無欺(格)，單單少個好賢妻(韻)。天撮合(讀)儘稀奇(韻)，〔合〕忙下手(讀)莫狐疑(韻)。〔白〕自家叫劉洪，存心惡又兇。殺人如兒戲，放火逞英雄。只因海州陳光蕊要到江州赴任，被我攬了他的載，他的貲裝到也有限，那夫人生得千嬌百媚，使我一見魂飛。若得此人與我爲妻，也不枉人生一世。只是一路來難以下手，且到前面大江之中，結果了他的丈夫，管取佳人仝衾共枕。正是：要圖風月事，只得喪良心。〔從壽臺下場門下。生扮陳光蕊，戴紗帽，穿氅。雜扮院子，戴羅帽，穿院子衣，繫鸞帶，隨從壽臺門上。陳光蕊唱〕

【小石調引·憶故鄉】王事有期程(句)，且把鉛刀試(韻)。〔場上設椅轉場坐科。白〕飄然去國赴江州，品望曾居第一流。添得别離無限意，家鄉回首恨悠悠。下官陳光蕊，海州人也，長安應試，忝中巍科，丞相殷開山招我爲壻。夫人賦性和柔，四德俱備，目下夢熊有期，殊爲可喜。前日蒙朝廷厚恩除授江州州長，全家赴任。院子。〔院子應科。陳光蕊白〕後艙請夫人出來。〔院子應科，白〕後

艙請夫人。〔內作應科。旦扮殷氏，穿氅。旦扮梅香，穿衫背心，隨從壽臺上場門上。殷氏唱〕

【又一體】前路到何時(句)，滿眼蒼茫意(韻)。〔場上設倚各坐科。殷氏白〕相公，妾身聊具杯酒，與相公觀看江景，以遣寂寞。〔陳光蕊白〕生受夫人。〔場上設席，各入坐。梅香送酒科。仝唱〕

【南吕宫集曲・梁州新郎】【梁州序】〔首至合〕潯陽何在(句)，驚濤奔沸(韻)，一望江天無際(韻)。浮烟凝靄(句)，落霞孤鶩齊飛(韻)。自覺微官初授(句)，慨想淵明(讀)五斗輕如屣(韻)，山遥水遠也(讀)路逶遲(韻)，問道齋衙到有期(韻)。〔院子白〕待我取熱酒來。〔作出艙門科。雜扮一强盜，戴氈帽，紮包頭，穿窄袖，繫搭包，持刀，從壽臺上場門暗上，作殺院子科。陳光蕊白〕夫人，下官爲何一時心驚眼跳起來？〔殷氏白〕妾亦相仝。想是途勞之故。〔陳光蕊白〕便是。〔仝唱〕【賀新郎】〔合至末〕家山遠心縈繫(韻)，樽前眼底人千里(韻)。〔梅香白〕院子怎麽還不見來？待我去，院公。〔作出艙門科。雜扮一强盜，戴氈帽，紮包頭，穿窄袖，繫搭包，持刀，從壽臺下場門暗上，作殺梅香科。陳光蕊、殷氏仝唱〕禁不住(句)，交流涕(韻)。〔劉洪從壽臺上場門暗上，作進艙門喊科。白〕殺殺殺，獻出寶來。〔陳光蕊、殷氏作驚科。唱〕

【南吕宫正曲・節節高】登時起殺機(韻)，命應危(韻)，留錢買路窮行李(韻)。〔殷氏作跪求科。唱〕忙哀跪(韻)，憫痛悲(韻)，施恩惠(韻)。一時仝下千行淚(韻)，夫妻免作刀頭鬼(韻)。〔劉洪白〕饒你一刀，須做箇雙龍入海。〔陳光蕊白〕夫人嗄！〔殷氏白〕相公嗄！〔仝唱合〕可憐殘骨葬江心(句)，仝林鳥作分飛翼(韻)。〔劉洪白〕把他掉在江中去。〔二强盜應科,作推陳光蕊下水科。雜扮水卒,戴馬夫巾,水卒臉,穿箭袖卒褂,從地井内上,作救陳光蕊,仍從地井内下。劉洪白〕夥計們將船攏岸。〔二强盜作攏岸虚白科,從壽臺下場門下。劉洪白〕娘子受驚了。〔殷氏白〕呀,啐。你這千刀萬剮的强盜。〔劉洪白〕好罵。〔殷氏白〕我家與你近日無冤,往日無讐,何忍下此毒手?〔劉洪唱〕

【尾聲】娘行不必多生氣(韻),我和你正是魚水夫妻(韻)。〔殷氏白〕呀,啐。强盜嗄!〔唱〕我趕上泉臺一路歸(韻)。〔劉洪推殷氏從壽臺下場門下,劉洪作關門科。白〕只是這等性子。〔雜扮衆强盜,各戴氈帽,紮包頭,穿窄袖,繫搭包,從壽臺上場門上。白〕打家刧舍多亡命,竊玉偷香煞有情。〔作見科。白〕大哥恭喜恭喜,得了位美貌的嫂嫂,將來成了事業,就是壓寨夫人了。〔劉洪白〕咳,不要説起。無奈他十分貞節,不肯順從,這便怎麽樣處?〔衆强盜白〕這有何難,只用打發個伶牙利齒能言善語的老嫗,早晚下個説詞,包管就順從了。况且婦人家,水性楊花,如今是看見你這般行徑,未免不中他意。明日換了一身華服,摇擺到他面前,據着你這一表人材,再没有個不依從的道理。〔劉洪作喜科。白〕衆位兄弟,説得甚是,只是怎麽樣打扮纔好?〔衆强盜白〕打扮麽,包你極風月便了。〔劉洪白〕怎麽樣纔風月?〔一强盜白〕頭上戴頂嵌玉玦倭緞晋巾。〔一强盜白〕身穿一件大紅盤金纏枝梅的道袍。〔一强盜白〕足穿粉底皂靴。〔一强盜白〕手中拿一把名人書畫的扇子。〔衆强盜白〕這般打扮,你説齊整不齊整?〔劉洪作喜科。白〕好,果然齊整。〔衆强盜白〕大哥,好事成了,我們要喫喜酒今宵的。〔劉洪白〕這個自然。衆位兄弟，安得嫦娥便可親。〔衆强盜白〕管教花燭洞房春。〔劉洪白〕今宵仍作孤單客。〔衆强盜白〕明日定爲伉儷人。〔劉洪白〕只是那一身華服，一時那裏辨得及？〔衆强盜白〕不難的，到戲房裏去穿了就是。〔各作發諢科，仝從壽臺下場門下。内奏樂科，雜扮衆揭諦，各戴揭諦冠，穿鎧，執旛。生扮金童，戴紫金冠，穿氅，繫絲絛，執旛。旦扮玉女，戴過梁額、仙姑巾，穿氅，繫絲絛，執旛。引生扮金蟬子，戴僧帽，紮五佛冠，穿蟒，披袈裟，帶數珠，從壽臺上場門上，遶場作送金蟬子從壽臺下場門下。衆揭諦等仍從壽臺下場門下。衆强盜、劉洪各虚白，從壽臺上場門上，作聽見嬰兒啼哭，劉洪虚白發諢科，仍從壽臺上場門下〕

第廿二齣　撇子貞名似水清（尤侯韻）（弋）

〔丑扮院子，戴羅帽，穿院子衣，繫䌷帶，從壽臺上場門上。白〕酒不醉人人自醉，色不迷人人自迷。自家非别，乃是劉員外一個貼己的，站的起來一個院子。奉員外之命，教我領了殷氏到江邊，看着把他的孩子撇在江中去。那婦人嘮哩嘮叨，又要祭他漢子，説不得叫他祭一祭。等我到了半路，尋個酒鋪兒，再喝他幾壺，有何不可？且住，這時候他還未必梳洗。也罷，待我到後面再找個零，再待他走也未遲。〔從下場門下。旦扮殷氏，穿衫，繫腰裙，從壽臺上場門上。白〕好苦嗄。〔唱〕

【中呂調套曲·粉蝶兒】滿腹離愁（韻），訴蒼天不能答救（韻）。嗳賊嗄俺一家兒和你有甚麽冤讐（韻），渰殺俺兒夫（句），圖謀俺節婦（句），又待要廢俺親生骨肉（韻）。那賊漢劣心腸似火上添油（韻），待不依從呵，恐反生歹鬬（韻）。〔白〕奴家殷氏，丈夫陳光蕊，被水賊劉洪所害，推入江中。奈我十月滿期，幸喜産得一子，纔得三朝，那賊漢逼我拋棄江中，如不依從，要將我一齊殺害。嗳，我死何足惜，只是誰與兒夫報讐，爲此只索依他，也是出於無奈。我今備得紙錢杯酒，不免祭奠我丈夫一盃。〔院子從壽臺上場門暗上，虚白，殷氏作取紙錢、竹籃匣子付院子科，院子虚白作接科。殷氏作抱子，淨扮護法神隨上，院子引殷氏作出門遶場科，作到江邊，殷氏哭科。白〕丈夫嗄。〔唱〕

【中呂調套曲・醉春風】燒一陌斷腸錢(句)，酹三盃離恨酒(韻)。漫漫雪浪大江中(句)，恁魂靈兒敢有(韻)有(韻)，將匣子兒安藏(句)，水波邊拋棄(句)，您在那浪花中等候(韻)。〔院子作催科。殷氏白〕你聽孩兒醒了，再喂些乳食。〔作抱出喂科。白〕親兒，教我做娘的，怎生拋捨得你下。〔唱〕

【中呂調套曲・迎仙客】心肝肉渾似摘(句)，淚點兒卒個難收(韻)，我將這乳食兒再三再三滴入口(韻)。若流過這蓼花灘蘆葉汀洲(韻)，休看他便擋住石頭(韻)，則願得漁父們便爭相救(韻)。〔白〕我將金釵兩股，繫在孩兒身上，倘與人收留扶養，以作養膳之資，又好做個標題記念。〔唱〕

【中呂調套曲・石榴花】願龍神保佑莫遲留(韻)，着魚鱉等莫追逐(韻)，到瓜州渡口(韻)。倘有人親救(韻)，對天禱告祈天佑(韻)，保護得他速見東流(韻)。〔作繫金釵科。唱〕金釵兩股牢拴就(韻)，抵多少騎鶴上揚州(韻)。

【中呂調套曲・鬭鵪鶉】你娘那裏望眼將穿(句)，俺兒夫魂靈兒尚有(韻)。〔院子作偷金釵科。殷氏唱〕則願得你性命完全(句)，精神精神便抖擻(韻)。恰便似紅葉飄香出御溝(韻)，淹淹的伴野鷗(韻)。俺孩兒身向低行(句)，誰肯道恩從上流(韻)。〔作想科。白〕待我咬破指尖，寫着孩兒生月年紀，若有人撈取，哀憐相救。〔作咬指哭科。唱〕

【中呂調套曲・上小樓】咬破我這纖纖指頭(韻)，一任價淋淋血流(韻)。攄一縷白練(句)，寫兩行紅字(句)，赴萬頃清流(韻)。將那匣縫兒擪(句)，匣蓋兒縛(句)，包袱兒緊扣(韻)。我須要緊關防得來水屑不漏(韻)。

【又一體】雖然是木漆匣(句)，看承做竹葉舟(韻)。則願您穩穩當當(句)，渺渺茫茫(句)，蕩蕩悠悠(韻)。願天地祚(句)，祖宗扶(句)，神明相佑(韻)。誰敢望賽籛鏗百年長壽(韻)。〔院子虛白從上場門下。殷氏白〕自古利動人心，他便去了，説便這等説，我怎忍將孩兒撇在江中，待我尋個好善之人，將孩兒求他收留撫養。〔作望科。白〕争奈江邊四顧無人，不免將孩兒放在此處，倘有人拾取，也好救孩兒一命。

〔内作小兒哭科。殷氏白〕呀。〔唱〕

【中吕調套曲・十二月】他那裏呱呱叫吼(韻)，俺這裏急急回頭(韻)，將匣子兒輕擡在手(韻)，近着這沙岸汀洲(韻)。哭聲哀猿聞斷腸(句)，匣影兒魚見應愁(韻)。〔雜扮水卒，戴馬夫巾，水卒臉，穿箭袖卒褂。引雜扮龍王，戴龍王冠，穿蟒，束帶，從地井内上。殷氏白〕你看白茫茫，江潮擁將上來了，好不怕人也。〔唱〕

【中吕調套曲・堯民歌】趁着這一江春水向東流(韻)，離了這上源頭(讀)，則願你下場頭(韻)，蒹葭寒水泛輕鷗(韻)，恰便似楊柳西風送行舟(韻)。聽潮聲逼也麽逐(韻)，别離幾樣憂(韻)，如摘下心肝肉(韻)。〔水卒、龍王、護法神作接匣，仍從地井内下，殷氏作哭倒科。白〕親兒嗄。〔唱〕

【煞尾】跛弓鞋恰轉身(句)，回胭頸再瞬眸(韻)，恨漫漫江水洗不盡一腔愁(韻)，望着那衰柳斜陽路兒上走(韻)。〔白〕且住，我本爲保全孩兒，如今孩兒被江潮擁去，還有何顔立於人世，不如投江死了罷。〔作投江科，前水卒從地井内，引旦扮龍婆，戴鳳冠，穿蟒，束帶，暗上作救殷氏，仍從地井内下。院子從壽臺上場門上，虛白作發諢科，從壽臺下場門下〕

第廿三齣　金山撈救血書兒（東鐘韻）

〔末扮法明，戴僧帽，穿僧衣，繫絲縧，帶數珠，持拂塵。丑扮小和尚，戴僧帽，穿僧衣，繫絲縧，帶數珠，隨從壽臺上場門上。法明白〕波心卓立似金甌，裂破長江兩道流。隔岸紅塵飛不到，三三兩兩渡人舟。老僧乃金山寺法明長老是也。昨夜三更時分，夢見伽藍向我囑咐道，今日午時三刻，有如來座前金蟬子到來，命我迎接，不知是真是假。徒弟隨我出山門去，閒步一回。〔小和尚應，各作出門科。法明白〕欲將神夢參虛實，且向禪關覓信音。出得門來，你看好一派江景也。〔唱〕

【南呂宮正曲・一江風】妙高峯(韻)，拳峙江心聳(韻)，波浪兼天湧(韻)。看西東(韻)，巨艦輕舠(句)，絡繹隨風送(韻)。華鯨報午鐘(韻)，華鯨報午鐘(疊)，晴開萬頃紅(韻)。〔合〕不枉是號稱天塹金甌鞏(韻)。〔雜扮水卒，戴馬夫巾，水卒臉，穿箭袖卒褂。引雜扮龍王，戴龍王冠，穿蟒，束帶。雜扮護法神，仝從地井內上，作捧匣科。法明作看科。白〕呀，江中一道紅光忽然而起，必有什麼異物。徒弟你與我看來。〔小和尚作看科。白〕有個木匣。〔法明白〕取來我看是什麼東西。〔小和尚作撈木匣，水卒、龍王、護法神仍從地井內下。小和尚作看科。白〕咦，是個小孩子。〔法明唱〕

【又一體】覷孩童(韻)，秋水雙眸炯(韻)，怪底輕抛送(韻)。這其中(韻)定有因緣(句)，且仔紬尋瘢縫(韻)。〔小和尚白〕有一幅血書在此。〔法明白〕拿來我看。無名難子，父陳光蕊，被水賊劉洪謀害，母殷氏棄子江中，再行自盡。其子本年八月十五日子時建生，倘遇仁人君子，撫養長大，恩德不忘。〔唱〕高頭名姓通(韻)，高頭名姓通(疊)，慈悲願力洪(韻)。〔白〕佛門中以我見爲緣，此子自當收養，况祥光擁護而來，日後定成正果。〔小和尚白〕師傅，昨夜所夢，也都應驗了。〔法明唱合〕更應着三更夢(韻)。〔白〕不要管，我且撫養長大，也是我一段功德。抱了此子，隨我進來。普濟衆生開佛眼，善緣一點種江心。〔仝從壽臺下場門下〕

第廿四齣　寶地宏開錫福會（江陽韻）（七）

〔雜扮九天，戴冕旒，穿蟒，束玉帶。雜扮沙竭羅龍王、夜叉、人非人、乾闥婆、阿修羅、迦樓羅、緊那羅、摩睺羅伽，各戴冠套頭，穿蟒，束玉帶，仝從壽臺門上。仝唱〕

【仙呂宮集曲・一封羅】【一封書】（首至二）皈依萬法王（韻），立陰陽日月光（韻）。【皂羅袍】（三至末）休猜做三界虛無歸幻妄（韻），須知道八部游行不渺茫（韻）。〔各通名科。白〕某乃帝釋天是也。某乃夜摩天是也。某乃兜率天是也。某乃化樂天是也。某乃梵王天是也。某乃光音天是也。某乃徧淨天是也。某乃廣果天是也。某乃福生天是也。某等沙竭羅龍王是也。某等夜叉是也。某等人非人是也。某等乾闥婆是也。某等阿修羅是也。某等伽樓羅是也。某等緊那羅是也。某等摩睺羅伽是也。〔合白〕今當上元佳節之辰，青陽啓運之會，恭遇吾佛如來，特設錫福大會，我等仝臨集福之界，廣結歡喜之緣，還教天女散花，以彰佛門善果。須索走遭。〔唱〕今日箇耆闍山畔（句），和風扇祥（韻），娑羅樹下（句），瓊枝送芳（韻）。早則見錫福大會人天仰（韻）。〔仝從壽臺門下。內奏樂科，揭諦從福臺上，羅漢侍者、彌勒佛從仙樓上。四金剛引雜扮八揭諦，各戴揭諦冠，穿門神鎧，執旛。雜扮侍者，戴僧帽，紮金箍，穿道袍，披袈裟。雜扮八童子，各戴綫髮，穿道袍，繫絲縧。雜扮普賢菩薩、文殊菩薩、地藏菩薩、觀音菩薩，各戴菩薩瞌腦，穿蟒，披袈裟，帶數珠。雜扮阿難、迦葉，各戴毘盧帽，穿道袍，披袈裟，帶數珠。引淨扮如來佛，戴佛瞌腦，穿蟒，披佛衣。小生扮韋馱，戴金盔，紥背光、紥靠，捧杵，仝從禄臺門上。如來佛、衆仝唱〕

【又一體】珠龕建寶幢(韻)，啟金繩接引忙(韻)。拋不下說法五時開二障(韻)，總無非覺性三身撫八荒(韻)。晨飛意蕊(句)，葳蕤衆香(韻)。宵然智炬(句)，光明十方(韻)。可讓俺大雄力制龍和象(韻)。〔吹打〕〔内奏細樂轉場陞蓮座科。白〕檀特山中種智深，刹那便是去來今。三千二百超塵刧，不了菩提濟世心。我佛釋迦牟尼佛是也。說第一法，開不二門。善入無爲，運四輪而證道；撫期應世，演半字以敷文。十二時中，講大乘經，講小乘經，是鬼是人容聽去；三千界裏，度有情衆，度無情衆，即心即佛試參來。〔衆菩薩念佛科。衆仝唱〕

【仙呂宫正曲·鐵騎兒】頻聽講(韻)，頻聽講(疊)，一味一相(韻)。應杜非非想(韻)，志心皈命(句)，敬禮虔合掌(韻)。

【仙呂宫正曲·不是路】佛日輝煌(韻)，早和氣氤氲萬卉芳(韻)。思供養(韻)，修齋普福不尋常(韻)。道遐昌(韻)，龍華設會增歡暢(韻)，秀擷羣英散異香(韻)。雷音上(韻)，繽紛萬寶千花藏(韻)。善緣須廣(韻)，善緣須廣(疊)。〔如來佛白〕吾有寶盆，盆内具設百樣奇花、千般異果，與汝等享此錫福勝會。〔衆念佛科。如來佛白〕阿難、迦葉，捧此盆于中央佈散者。〔阿難、迦葉應科。揭諦從壽臺上設盆，八部天龍、沙竭

羅龍王等上，遶場科。帝釋天乘雲兜從天井内下，八天從壽臺上科。衆仝唱〕

【仙吕宫正曲・掉角兒序】届上元日吉辰良(韻)，大慈悲錫福共享(韻)，一謎地火宅晨凉(韻)。豈止是心燈夜朗(韻)，則見那艷晶晶(讀)顆果堆(句)，香拂拂(讀)青蓮放(韻)。妙喜無雙(韻)，天庥滋邕(韻)，民物殷昌(韻)。這全是(句)如來願溥(讀)，遥頌禱聖祚靈長(韻)。

【仙吕宫正曲・醉扶歸】聿懷百福原難强(韻)，全賴着福田培植自豐穰(韻)，福履綏之咏篇章(韻)。惟祝願受此介福占爻象(韻)，端的凝承洪福集嘉祥(韻)。這福海也深無量(韻)。〔天井内下紅福盆中作獻福字。衆菩薩白〕啓上如來，又現出衆多洪福，其中妙諦，還求開示一番。〔如來佛白〕要知有福人，才享此大福。更須積福來，多福自可卜。我有福德經一卷，大衆隨我宣揚者。〔衆應科。彌勒佛擊大木魚，衆仝唱〕

【仙吕宫正曲・桂枝香】福門高閬(韻)，福基滋長(韻)。懸知萬福來仝(句)，總錫自福生天上(韻)。這綿綿福澤(句)，綿綿福澤(疊)，福星遥降(韻)，粹然福相(韻)，福無疆(韻)。試看那福德垣中耀(句)，照臨福地光(韻)。〔内奏樂。旦扮衆天女，各戴魔女髮，穿舞衣，持花，從壽臺兩場門上。衆合唱〕

【仙吕宫正曲・小措大】諦聽一音宣講(韻)，慶錫福二果昭彰(韻)，值熙朝(讀)正德邁三王(韻)，贏得四禪根消塵障(韻)，撲氤氲五香飄颺(韻)，超六界(讀)檀林顯出蓮花藏(韻)，錦七襄(韻)，喜八部趨蹌綴舞行(韻)，飛法雨九天膏澤(句)，蔭慈雲十地輝煌(韻)。〔天女作散花科。合唱〕

【仙呂宮正曲·大措小】十身懽喜㊀，九霄中瑞氣洋洋㊁。花雨飛來㊂八水流香㊁，管使七菩提盡回向㊁。六塵心不使紛攘㊁。開五葉㊂芬菲溢天壤㊁，四大廣㊁，勘破了三因選佛場㊁。遍二十全登極樂㊀，願人天一切沾光㊁。〔散花畢，帝釋天仍從雲兜上，天女仍從壽臺門分下。衆菩薩白〕慶幸錫福大會，隨有天龍圍遶，天女散花，得此勝因，堪垂法苑。〔内奏樂，如來佛下蓮座科。衆合唱〕

【慶餘】散天花空際漾㊁，皇圖鞏固道遐昌㊁，這才是集福迎禧大吉祥㊁。〔各分下〕

乙上

第一齣　傳經藏教演中華（江陽韻）

〔雜扮八金剛，戴金剛冠，紮背光紮靠，從禄臺上。雜扮八揭諦，戴揭諦冠，穿鎧，持杵，從壽臺上。雜扮阿難、迦葉，戴毘盧帽，穿道袍，披袈裟。雜扮須菩提、舍利佛，各戴僧帽、五佛冠，穿蟒，披袈裟。雜扮八沙彌，戴僧帽，紮金箍，穿道袍，披袈裟。雜扮四侍者，戴僧帽，穿僧衣，披袈裟，捧鉢盂，持錫杖。淨扮如來佛，戴佛髗腦，穿蟒，披佛衣，從禄臺上。唱〕

【仙呂調套曲·點絳唇】淨土空王㊥，跏趺合掌㊥，蓮臺上㊥，放白毫光㊥，一串摩尼朗㊥。

〔作陞高座科。侍者參禮科。如來佛白〕説法莊嚴兩足尊，當前指點覺三身。若能信得家中寶，啼鳥山花一樣春。吾佛釋迦牟尼佛是也。一手指天，一手指地，金姿誕應，卓稱大雄。不生不滅，菩提開智慧之花；無惱無憂，優鉢結因緣之果。正是幽巖静坐來馴虎，古澗經行自狎鷗。好箇極樂世界也。〔侍者白〕盡妙理者，莫若法門。變凡夫者，莫如佛土。今求我佛如來現身説法，弟子們

拱聽。〔如來佛白〕若論佛法，一切衆生，此心不減，一切諸佛，此心不添。汝等諦聽者。〔唱〕

【仙吕調套曲·混江龍】認的是泥龕塑像㊈，便長蘆穿膝有何傷㊈。捨幻身富貴㊀，住法界清凉㊈。水向石邊流出冷㊀，風從花裏過來香㊈。千秋月色把竹竿挑㊀，一天雲影向軍持放㊈。行則見經傳東土㊀，教演西方㊈。〔侍者白〕弟子聞法輪轉運，象教爲先，穢土雜居，佛心第一。此間有師住持，學道者纔能瞻仰。若使無人感動，逖聽者何自皈依。伏乞慈悲，廣爲拯濟。〔如來佛白〕此念吾畜之久矣，待大士到來，自有商議。〔雜扮八揭諦，戴揭諦冠，穿鎧，持旛。雜扮惠岸，戴陀頭髮，紥金箍，軟紥扮，持鏟。小旦扮龍女，戴過梁額、仙姑巾，穿宫衣，臂鸚哥。引旦扮觀音菩薩，戴觀音兜，穿蟒，披袈裟，帶數珠，持拂塵，從禄臺上。白〕自在自觀觀自在，如來如見見如來。〔作參禮科。觀音白〕如來在上，弟子參禮。〔如來佛白〕大士少禮。〔觀音白〕請問如來，慈諭相召，有何指示。〔如來佛白〕我見下界，一切沉淪，非妙諦不能振拔。若得大唐皇帝特勅苦行高僧，徵取金經，使我法通行城内，實有無窮利益，完爾我一片婆心。〔唱〕

【仙吕調套曲·油葫蘆】有一箇大地山河人執掌㊈，錦乾坤長久享㊈。重熙累洽道遐昌㊈，堯封世陟春臺上㊈，虞絃人被薰風暢㊈。更把那花五葉㊀、篆千章㊈，幽明普度功無量㊈，何妨指點一津梁㊈。〔觀音白〕我佛憐憫衆生沉淪苦海，將此經律論一大藏教廣行濟度，實是接引盛心。但是以我佛道力，何地不可通流，爲甚定要中華帝主特旨遠來，又費一段經營？有所未解，敢再請命。〔如來佛白〕爾我居此靈山，憫彼大地，造成經卷，志在濟人。但宇宙之間，品類不齊，有信我法者，有不信我法者，安能人人耳提面命？必賴聖帝明皇，恊心垂化，珍重其事，特勅遠頒，闡揚大旨，庶使天下之人有所欽式，誠意皈依，佛教振興。大士勿憚兹行，現廣長舌，説無上道，能得專旨西來，使我經函東去，功德如恒河沙數矣。〔大衆齊聲念科〕阿彌陀佛。〔如來佛唱〕

【仙吕調套曲·天下樂】這的是貝葉千花意蕊香(韻)，重託伊行(韻)，臨震旦一闡揚(韻)。須是奉恩綸求取人欽仰(韻)，遇魍魎當護持(句)，逢險阻宜保障(韻)。且付與錦袈裟和錫杖(韻)。〔白〕阿難、迦葉，取我那五件法寶來。〔阿難、迦葉應科，從禄臺門下。觀音白〕蒙我佛祥明開示，已知濟世苦衷，并將法寶宣付緇流。以示傳燈無盡，覺路宏開；乃見功包陰陽，力掩造化也。〔阿難、迦葉取袈裟、錫杖等，從禄臺門上。如來佛白〕錦襴袈裟一領，九環錫杖一根，付與取經人穿此袈裟，免墮輪迴，持此錫杖，不遭毒害。還有三箇箍兒，爲金、緊、禁三種，各有咒語一篇，所用不仝，可謹記之，日後自有用處，大興法門也。〔觀音白〕謹領法旨。〔唱〕

【仙吕調套曲·哪吒令】誦華嚴幾章(韻)，見優曇晃漾(韻)。渡大香幾象(韻)，聽溪聲廣長(韻)。付佛衣幾椿(韻)，絶塵根受想(韻)。法旨揚(韻)，神州訪(韻)，管使俺聖教光昌(韻)。〔如來佛唱〕

【仙吕調套曲·鵲踏枝】從此去漫匆忙(韻)，合裏匡(韻)，好把那五百年前(句)公案照彰(韻)，不比空際裏尋聲涉響(韻)。但愁他也困厄深嘗(韻)。〔白〕大士去罷。〔觀音引揭諦、惠岸、龍女捧袈裟、錫杖等從大雲

板下至壽臺，從下場門下。如來佛下高座科。合唱〕

【仙吕調套曲·賺煞】法雷鳴㊁，心燈朗㊀，能負荷渾如龍象㊀。中土從今敷大藏㊀，仗金蟬直下承當㊀。到西方㊀，花雨芬芳㊀，取得經文福盛唐㊀。這邊兒維摩鉢香㊀，那答裏魚山梵唱㊀。喜則見渡迷津㊂，接引駕慈航㊀。〔各從禄臺、壽臺分下〕

第二齣　定方隅基開宇宙(魚模韻)

〔雜扮堂候官，捧笏。引房玄齡從壽臺上場門上。唱〕

【中呂宫引・菊花新】山河百二鞏皇圖(韻)，烽燧都消薄海隅(韻)。旭日照金鋪(韻)，覲天顔五雲深處(韻)。〔白〕海宴河清賀太平，萬年枝上日初昇。侍臣共識天顔喜，佳氣曈曨滿鳳城。下官學士房玄齡是也，從龍輔主，佐命成功，掌握絲綸，累承寵眷。喜得皇上大展武功，掃蕩了三十六處烟塵，天下盡歸一統，改元貞觀，國泰民安，聖心大悦。今日賜爵加封，特宣恩命，只得在此恭候。道猶未了，衆臣早到。〔雜扮二十三功臣，冠帶，執笏，從壽臺上場門上。白〕龍虎風雲百戰成，錦袍猶染血痕腥。太平原是將軍定，却喜將軍見太平。下官長孫無忌是也。吾乃李孝恭是也。下官杜如晦是也。下官魏徵是也。下官李靖是也。下官李世勣是也。下官秦叔寶是也。下官長孫順德是也。下官蕭瑀是也。下官尉遲敬德是也。下官劉弘基是也。下官段志玄是也。下官殷開山是也。下官屈突通是也。下官高士廉是也。下官柴紹是也。下官侯君集是也。下官張亮是也。下官程知節是也。下官張公瑾是也。下官唐儉是也。下官劉政會是也。下官虞世南是也。〔見房玄齡科。衆白〕學士請了。〔房玄齡白〕列位將軍請了。〔衆白〕今日聖上封賞功臣，我等特來伺候。〔房玄齡白〕呀，你看殿上香烟繚繞，仙樂迎空，聖上陞殿，吾等須索歸班鵠立。〔衆白〕是。〔各執笏立科。雜扮值殿將軍，雜扮太監，旦扮照容，執符節、細樂，從壽臺上，站立科。衆功臣仝唱〕

【黄鐘宫集曲·出隊神仗兒】【出隊子】（首至四）堯階日轉(句)，一派箾韶度碧虚(韻)，高低雉尾扇雲鋪(韻)，縹緲香烟衮袖浮(韻)。【神仗兒】（末二句）仙仗簇珮環趨(韻)，仙仗簇珮環趨(疊)。〔衆朝見科。白〕臣等朝參，願吾皇萬歲萬歲萬萬歲。陛下德隆堯舜，績邁湯武，天威遠播，風動遐荒。臣等稽首上言。〔唱〕

【中吕宫正曲·好事近】稽首祝山呼(韻)，喜堯天太平重覩(韻)。武功文德(句)，一時邁絶今古(韻)。荒陬僻澨(韻)，震天威(讀)，慕義齊歸附(韻)。頌泰階玉燭常調(句)，賀清朝金甌磐固(韻)。〔雜扮太監，捧旨，從壽臺上場門上。白〕聖旨下。奉天承運，皇帝詔曰：建功建業，戡亂必藉弘才；懋賞懋官，酬庸不忘巨典。咨爾長孫無忌等，殫厥嘉猷，用彰神武，功高百戰，勛冠等倫，應頒册命，並誓山河。封爾長孫無忌爲趙國公，李孝恭爲河間王，杜如晦爲萊國公，魏徵爲鄭國公，房玄齡爲梁國公，高士廉爲申國公，尉遲敬德爲鄂國公，李靖爲衛國公，蕭瑀爲宋國公，段志玄爲褒國公，劉弘基爲夔國公，屈突通爲蔣國公，殷開山爲勛國公，柴紹爲譙國公，長孫順德爲邳國公，張亮爲鄖國公，侯君集爲陳國公，張公瑾爲郯國公，程知節爲盧國公，虞世南爲永興郡公，劉政會爲渝國公，唐儉爲莒國公，李世勣爲英國公，秦叔寶爲趙國公，食邑三千户，子孫世襲，各賜金印一顆、雲錦麒麟袍一襲、玉帶一圍，仍賜紫金魚袋。其餘諸臣，賜爵有差，從征軍士，各照功勳，另行陞賞。內外文武各官，覃恩各加二級，即日分遣行人，大赦天下，捐免本年税賦，京城內外，賜酺三日，與民仝樂，以昭太平盛事。欽哉謝恩。〔衆作謝恩科。白〕萬歲萬歲萬萬歲。臣等犬馬微勞，謬膺封爵，天恩隆重，感戴無涯。〔唱〕

【中吕宫正曲・千秋歲】拜氍毹(韻)，鳳詔披宣處(韻)，待灑遍一天膏雨(韻)。犬馬微勞(韻)，犬馬微勞(疊)，多則是(讀)開國雲龍風虎(韻)。懸金印(讀)，分茅土(韻)，佩魚袋(讀)，被麟補(韻)，千古欣榮遇(韻)。願駑駘長効(句)，翊贊鴻謨(韻)。〔太監白〕皇上有旨，朕欲効漢朝故事，圖寫功臣。明日着房玄齡仝李靖等，仝赴凌烟閣寫照，并着細問成功，紀載國史。謝恩。〔衆白〕萬歲。〔起科。太監、昭容、值殿將軍分下。衆功臣仝唱〕

【尾聲】咸霑聖眷恩隆佈(韻)，賜鐵券丹書萬古(韻)，齊祝頌聖壽無疆永綿長享帝都(韻)。〔仝下〕

第三齣　大士臨凡尋夙慧（庚青韻）(七)

〔雜扮八侍者，戴僧帽，紥金箍，穿道袍，披袈裟，帶數珠，執旛。雜扮惠岸，戴陀頭髮，紥金箍，軟紥扮，持鏟。小旦扮龍女，戴過梁額、仙姑巾，穿宮衣，臂鸚哥。引旦扮觀音菩薩，戴觀音兜，穿蟒，披袈裟，帶數珠，持拂塵，從仙樓門上。唱〕

【越角合套·鬬鵪鶉】常想着救苦慈悲(句)，止不住聞聲感應(韻)。看了些海色嵐光(句)，養着箇雲情月性(韻)。更只爲奉命蓮臺(句)，因此上問途塵境(韻)。好教那再來人(句)，重參證(韻)。這邊兒把法寶遥傳(句)，那答裏把金經拜請(韻)。久種下前因後果(句)，惟待他九九功圓(句)，早讓我三三數定(韻)。〔白〕吾乃南海落加山觀音大士是也。昨奉吾佛如來法旨，命往中土，尋覓取經人。只爲五百年前，有金蟬子者，二障雖超，六通未達，因令五百年後，降生震旦，務持苦行，以立禪宗。今者正當顯化之秋，我特前去指引津梁，令彼作一箇法門領袖也。正是一轉慧日三千界，半覺春風五百年。〔惠岸、龍女白〕啟上菩薩：儀從已經擺齊，專候起駕。〔惠岸、龍女唱〕

【越調合套·繡停鍼】早則見法部趨承(韻)，擺列下玉節珠幢擁道迎(韻)，那海潮音裏魚龍静(韻)，風恬處鏡兒空明(韻)。端捧着如來法寶(句)，忙整頓(讀)覺路啟金繩(韻)。〔合〕紛綸雲散花葩影(韻)，高擎着戒舟接引渡羣生(韻)，完結能仁功行(韻)。〔觀音白〕爾等但知接引爲殷，不曉得那西天去中國萬水千山，教那取經人經行之處，正不知有多少魔頭也。〔惠岸、龍女白〕這全仗菩薩保護，自然一路平安。〔觀音白〕試聽我道。〔唱〕

【越調合套・紫花兒序】數不盡慘昏昏蠶叢鳥道(句)，疾忙忙雨宿風餐(句)，黑漫漫水驛山城(韻)。怕没有千魔百怪是處裏生災眚(韻)，怎教他不履險擔驚，要人兒斷救應(韻)。我爲一盞傳燈(韻)，自然的相援引菩提時覺(句)，般若常惺(韻)。〔白〕惠岸取了法寶，即此啟行，速喚雲師伺候。〔惠岸應科，從仙樓門下。雜扮十六雲師，戴雲巾，穿雲衣，繫雲肚囊，持從壽臺門上。唱〕

【越調合套・四般宜】俺虞廷爛熳號雲卿(韻)，俺秋商憭慄捲雲繒(韻)，俺甘泉狎獵流雲鼎(韻)，俺瑶池縹緲結雲旌(韻)。多則是祥雲輝映(韻)，俺雲師自古標名(韻)。合盼着蹬雲程(韻)，開雲磴(韻)，准備着安排雲馭(讀)，香雲蓋頂(韻)。〔惠岸取袈裟、錫杖等上。觀音白〕衆侍從就此躡雲前往。〔衆雲師應科。觀音乘雲車。仝唱〕

【越角合套・金蕉葉】才出得寺門外松篁一徑(韻)，早只見滄海上烟波萬頃(韻)，遥望着大世界蓮花捧擎(韻)，煞愛他錦乾坤楓宸掌領(韻)。〔雜扮龍王，戴龍王冠，穿蟒，束帶。雜扮水卒，各戴馬夫巾、水卒臉，穿箭袖卒褂，執旗，從左地井上。白〕南海龍王恭迎法駕。〔觀音白〕有勞了。當此聖人御世，海不揚波，

尊神大彰懋績也。〔龍王白〕小神呵，〔唱〕

【越調合套·鬬黑麻】俺海若何功(讀)，慶遇承平(韻)。須安瀾効績(讀)，朝宗底定(韻)。俺答懷柔(句)，邀寵命(韻)，法從前來(讀)，敢不齋肅恭迎(韻)。〔觀音白〕龍王請回。〔龍王白〕菩薩雖然駕雲前去，海道亦當肅清，小神理應護從。〔唱合〕喜金雲駐影(韻)，照摩尼萬里清(韻)。這全仗彼岸非遥(句)，彼岸非遥(疊)，管把慈航迭等(韻)。〔白〕衆水卒擺開前導者。〔觀音雲車居中，雲師、侍者等在内一層，蝦兵、蟹將在外一層，遶場走科。觀音唱〕

【越調合套·調笑令】滄溟(韻)息長鯨(韻)，虚飄飄大海中間兩葉萍(韻)，遥覷那蓬壺數點含烟暝(韻)。矗樓臺虚空蜃影(韻)，無邊的水色波光混太清(韻)，刹那間迅不留停(韻)。〔龍王白〕啟上菩薩，已過海洋了，小神不敢遠送。〔衆水卒引龍王仍從地井内下。觀音白〕傳諭雲師，趲行前走。〔衆雲師合舞一回科。唱〕

【越調合套·憶多嬌】捧日升(韻)，向闕凝(韻)，出岫無心成化境(韻)，争説蒼梧翼鳳靈(韻)。〔合〕五色光明(韻)，五色光明(疊)，比三素仝昭瑞慶(韻)。〔觀音仝衆雲師繞場行。唱〕

【越角合套·有餘情煞】傳衣何必分凡聖(韻)，夙根兒曾種三生(韻)，行則見無數機緣逐漸萌(韻)。

〔仝從壽臺下場門下〕

第四齣　玄奘入定悟前因（先天韻）

〔生扮唐僧，戴僧帽，穿僧衣，繫絲縧，帶數珠，從壽臺上場門上。唱〕

【越調引・杏花天】禪堂靜細裊爐烟韻，磬三聲金經一卷韻。半偈頻持句，猛回頭句，指望蓮臺立現韻。〔場上設椅轉場坐科。白〕開士幽居秖樹林，清池皓月照禪心。指揮如意天花落，坐卧禪房春草深。貧僧玄奘，自蒙本師法明長老剃度以來，已經數載，尚未少窺宗旨。吾想七歲龍女一言悟道，我玄奘年已一十八歲，雖則朝持夕誦，終爲瞎證盲參，這般頑鈍，如何是好？〔唱〕

【商調正曲・集賢賓】真如本性來自天韻，向何處尋源韻。法海澄泓窺甚遠韻，幾時能濟渡迷川韻。操持黽勉韻，須精進敢辭勞倦韻。〔白〕可惜那些做衲子的名爲出家，實多敗類。〔滚白〕不知見性，何須一盞禪燈；莫解袪魔，奚用數聲清磬。心中把柁不牢，〔唱合〕漫俄延韻，偶失足已失却生前韻。〔場上設桌椅科。白〕前日師傅傳下話，頭兩句説道是父母未生前如何是本來面目，我須掙挫精神，不免參究一番。〔作入座科。白〕

【商調正曲・黄鶯兒】父母未生前韻，這猜頭怎的言韻。本來面目誰曾見韻，床兒那邊韻，枕兒這邊(韻),問他究竟何物件(韻)。〔合〕野狐禪(韻),不仝床睡(句),被底怎知穿(韻)。〔雜扮二巡照僧,各戴僧帽,穿僧衣,繫絲絛,帶數珠,持香扳,從壽臺上場門上,虛白作遶科,從壽臺下場門下。唐僧白〕師傅,你教我參未生前的父母,怎不教我識有生後的爹娘,兀的不想殺人也。〔唱〕

【商調正曲·琥珀猫兒墜】今生父母(句),尚在隔重淵(韻),何況前生是渺然(韻),妄思勘破這因緣(韻)。〔合〕安禪(韻),乞取無量威光(讀),在定中示現(韻)。〔白〕我想既已出家,這些事那裏顧得,且自勉力參學便了。　一輪月墜江天外,山寺寥寥報曙鐘。〔從壽臺下場門下〕

第五齣　金山寺弟子别師（寒山韻）（七）

〔末扮法明，戴僧帽，穿僧衣，繫絲縧，帶數珠，從壽臺上場門上。唱〕

【南吕宫引・浣沙溪】山峙長江白日寒(韻)，紅塵不到掩禪關(韻)，早潮纔落暮潮還(韻)。〔場上設椅轉場坐科。白〕白髮蕭蕭兩鬢斑，青山緑水尚依然。蒲團打破南柯夢，撚指光陰十八年。老僧金山寺法明長老是也。所喜徒弟玄奘性根靈慧，苦志焚修，已登初地，還要他去四方參學，以待機緣。不免唤他出來，着他前去。徒弟玄奘那裏？〔生扮唐僧，戴僧帽，穿僧衣，繫絲縧，帶數珠，從壽臺上場門上。唱〕

【又一體】水與雲閒了不關(韻)，禪機一日悟風旛(韻)，此心何處覓來安(韻)。〔作見科。白〕師傅，弟子玄奘稽首。〔場上設椅坐科。法明白〕罷了。今日唤你出來，意欲要打發你出門去參學，你可即時起程。〔唐僧白〕師傅年高，弟子正該侍奉，何忍抛離遠去？〔法明白〕説那裏話。我們出家人必須遍訪諸山，廣參尊宿，纔得陶鎔印證，了悟大乘也。〔唐僧白〕謹依師命。〔法明唱〕

【南吕宫正曲・宜春令】你看西風起(讀)，木葉殘(韻)，白雲中千山萬山(韻)。孤笻一笠(句)，躭辛受苦休辭憚㊅。〔唐僧唱〕朝趁着古寺踈鐘㊁，暮宿處禪房清梵。〔唱合〕辦着㊇一點道心㊁，捨筏登岸㊅。〔白〕弟子就此拜別。〔作拜科。唱〕

【南吕宫正曲·三學士】別後慈雲懸望眼㊅，難禁此際離顏㊅。〔法明白〕徒弟，〔唱〕你隨身敝履經殘雪㊁。〔唐僧白〕師傅，〔唱〕你手綻寒衣入故山㊅。〔法明唱合〕訪道門人何日返㊅，只剩老頭陀㊇獨閉關㊅。〔丑扮沙彌，戴僧帽，穿僧衣，繫絲縧，帶數珠，挑經擔，從壽臺上場門上。白〕曇花承露浥，貝葉帶風翻。禪單經擔在此。〔法明白〕沙彌，你可相送一程。〔各虛白作唤舡科。雜扮舡家，駕舡上，虛白作渡唐僧從壽臺下場門下。法明從上場門下〕

第六齣　凌烟閣功臣圖像（魚模韻）㈦

〔雜扮畫院博士四人，從壽臺上場門上。唱〕

【雙調正曲・字字雙】畫院從來名最都(韻)，顧陸(韻)。傳神不用別揣摹(韻)，雙目(韻)。今朝應詔繪全圖(韻)，考録(韻)。若然下筆太麤俗(韻)，逐出(韻)。〔白〕我們乃畫院的博士便是，奉旨要在凌烟閣上圖畫功臣。召集天下畫工，各州府縣開送到禮部來。那些遠方來的畫工，只道騙得頂紗帽戴的，拚命去鑽頭覓縫，婢膝奴顏，連那市面上卦招牌的，衙門前畫照牆的，一齊都趲將來，好笑得緊，幾乎把這京城畫院都擠破了。不知自家本事平常，何苦當場出醜。昨日禮部派出司官，認真面試，把那些人竟一鬨而散，只取中了我們四人。今日房學士陪了各位國公，齊到凌烟閣上，叫我每傳神寫照。道猶未了，各位國公到也。正是華屋圖形傳阿堵，雲臺畫像欲追神。〔虛下。雜扮八將士，引二十四功臣從壽臺上場門上。唱〕

【中呂宮集曲・榴花好】【石榴花】（首至四）自從那漢朝功業重邊隅(韻)，曾在麒麟閣上把形模(韻)，英姿颯爽戰酣餘(韻)，風雲猶自動虯鬚(韻)。【好事近】（五至末）今日裏皇恩更殊(韻)，凌烟賜(讀)圖畫承恩遇㊙。鳳凰毛雲裏回翔㊒，鴛鷺行日邊聯步㊙。〔到科。房玄齡白〕列位國公，今日我們奉旨在凌烟閣上繪圖，頡頏麟閣，翊贊鴻猷，真是千秋佳話。〔衆白〕聖意慇懃，臣心惶悚，但不知畫工有了麼？〔虞世南白〕昨日已在本部考選得四人，想必在此伺候的了。且請坐下，喚他參見。〔衆坐科。四博士叩見科。白〕衆位國公爺在上，畫院博士叩頭。〔房玄齡白〕起來，你們都是挑選來的，多應是高手了，須要用心摹擬。〔四博士白〕列位國公爺乃蓋世英雄，輿朝佐命，遭逢景運，建立奇勳。今日凌烟閣上圖形，豈但竹帛千秋，抑且鬚眉萬古。畫工們敢不盡心竭力。〔程知節大笑科。白〕好，會講。你們都是那裏人？〔二博士白〕我兩個是蘇州人，他兩個是松江人。〔程知節白〕怪道這等伶俐。畫工們，我的兒，你來你來，你要把我們畫的神氣飛揚，天機活潑。不要像那民間家慶圖，只見峩冠博帶，穿紅着緑而已，其實一點趣没有。〔四博士白〕盧國公説得極是。只是蘭亭修禊，西園雅集，或是開筵坐花，或是飛觴醉月，都是些不衫不履的光景，纔得筆端活動。如今請各位國公爺，把生平得意之事説這麼一兩段，畫工們從旁捉筆，包管形神畢肖。若只正襟危坐，少不得是一副大座喜容。〔房玄齡白〕列位國公，聖意原要序列成功，勒之鐘鼎，如今就請教衛國公如何？〔李靖白〕衆位先請。〔房玄齡白〕少不得都要請教。畫工們，你們一面研墨濡毫，我們一面洗耳恭聽。〔畫工應科，作分左右拿筆作畫科。李靖白〕想我李靖，蒙今上皇帝救拔市曹之上，收置將帥之間。那時隨征蕭銑曾進十策，悉蒙採取，全楚蕩平。〔衆白〕好，擒伏蕭銑是第一功了。〔李靖白〕後來奉使桂陽，並無折矢之勞，招撫酋長馮盎等九十餘郡，宣布恩德，嶺海歸誠。〔衆白〕安撫桂陽是第二功了。〔李靖白〕輔公祏作亂丹陽，諸將皆欲直勦巢穴，老夫上言進取非計，莫若急攻當塗，執其裨將，公祏自必擒矣。〔衆白〕削平江南是第三功了。〔李靖唱〕

【又一體】我幾年專閫握兵符(韻)，托賴着君王神算勝孫吴(韻)。天威遐暢啟鴻圖(韻)，渾如拉朽共摧枯(韻)。〔衆仝唱〕便韓趙衛霍(韻)，論雄名(讀)不讓伊千古(韻)。仗君侯韜略神奇(句)，把皇家社稷匡扶(韻)。〔房玄齡白〕英國公，你那鬼神不測之機，定國安邦之策，請道一二。〔李世勣白〕俺李世勣，自從歸唐以來，雖則不離帷幄，如平王世充、勦劉黑闥、破竇建德等，也曾參贊戎機。總是主上神謀，老夫何功之有。〔衆白〕有功不居，真儒將之言也。〔李世勣唱〕

【又一體】雖則是幼嫻三略六韜書(韻)，頗知旺相與孤虚(韻)。遭逢明聖贊中樞(韻)，前籌借箸稍得效區區(韻)。〔衆合唱〕兵機廟謨(韻)，羡出奇制勝(讀)，似有神靈助(韻)。藉君家伊吕謀猷(句)，佐當今湯武征誅(韻)。〔房玄齡白〕趙國公，你的功勞可也不少，請一一説來。〔秦瓊白〕俺秦瓊，南征北討，東蕩西除，身經大小二百餘戰，刀痕遍體，血裹金瘡，那裏説得這許多。〔衆白〕一定要請教。〔秦瓊白〕只那美良川一事，提起來那光景猶在目前也。〔作起科。唱〕

【又一體】在美良川大戰逞雄圖(韻)，坐雕鞍挺着虎狼軀(韻)。忽然間黑天蓬飛下五雲衢(韻)，併着個我生你死兩下争頭顱(韻)。〔尉遲敬德白〕老秦，你那時節可也認得俺黑爺爺了。〔唱〕誰贏那輸(韻)，換三鞭兩鐧人驚怖(韻)。〔衆合唱〕到如今做刎頸之交(句)，那時節皆拚命之徒(韻)。〔房玄齡白〕這叫不打不成相識，兩位將軍真英雄也。〔四博士白〕啟上各位國公爺，還要請教鄂國公，榆窠園單鞭救主這一段事情。〔尉遲敬德白〕呔，我把你個該死的狗頭，你在這裏點戲麼！〔程知節白〕原來你幾個人是來聽鼓兒詞的。〔四博士白〕非也非也。各位國公的金容，龍眉鳳目，燕額虎頭，都有些丘壑縐文，一一追摹，將次畫完。惟有你老人家，一塊白，一塊黑，好難捉摸，必要手舞足蹈，纔有些飛動之致，不然畫成一個煤黑子、灶王爺，有什麼頑意。〔衆白〕將軍大功，這一節原要敘上，竟請教此事因何而起。〔尉遲敬德白〕這也不爲着別的，只爲那時主公要征勦王世充，私自微行，去偷看洛陽形勢，不料被賊將單雄信那廝知道了。〔衆白〕這便怎麼處？〔尉遲敬德白〕那單雄信有萬夫不當之勇，正要報他兄弟的舊仇，急忙的趕來，俺主公聞知，一直往榆窠園去了。〔衆白〕這等還好。〔尉遲敬德白〕有什麼好？〔唱〕

【中呂宮集曲·漁家醉芙蓉】【漁家傲】（首至五）只爲微行看洛都(韻)，狹路相逢(句)，誰防不虞(韻)。〔白〕那時虧了一個人。〔衆白〕虧了那一個？〔尉遲敬德白〕就虧了茂功兄。〔衆白〕茂功兄，那時你便怎麼樣？〔李世勣白〕那時老夫見事在危急，飛馬趕上，拉住他衣袂，叫單雄信兄弟，徐茂功來了。他與老夫有八拜之交，指望他回心轉意，那知他割袍斷義。〔唱〕他斷義斬袪如鳩虎(韻)，嚇得我驚魂莫附(韻)。〔衆白〕那時尉遲老將軍在何處？〔尉遲敬德白〕那時老夫正在河邊洗馬，聞得此信，潑剌剌剗馬赤身，拿着一條竹節銅鞭，迸入榆窠園中，緊趕緊走。只見單雄信追着主公，兩馬看看相近，又有一條大澗擋住，端的是聖天子萬靈擁護，聳身一躍而過。俺便趕上前去，克叱一鞭，將單雄信打下馬來，登時氣絶。〔唱〕【醉太平】（五至合）奔赴韻，赤身護駕斃狂且韻，爭傳道單鞭救主韻。〔衆合唱〕【玉芙蓉】（合至末）真威武韻，輝煌史書韻，繪凌烟鬚髯如戟想當初韻。〔四博士白〕恭喜各位國公爺，喜容稿本已完，畫工就去烘染丹青便了。〔先下。衆白〕衆將官帶馬。〔内應科。衆仝唱〕

【尾聲】分明廿四擎天柱韻，架着金樑跨海隅韻，請看千載凌烟閣上圖韻。〔從壽臺兩場門下〕

第七齣　入世四魔歸正道（齊微韻）　㈦

〔旦扮觀音菩薩，戴觀音兜，穿蟒，披袈裟，帶數珠，持拂塵。雜扮惠岸，戴陀頭髮，紥金箍，軟紥扮，持鏟，隨從壽臺上場門上。觀音菩薩白〕惠岸收下寶物，隨我走一遭。〔惠岸白〕領法旨。〔觀音菩薩唱〕

【雙調正曲・柳摇金】雲山千里(韻)，虹橋滿溪(韻)，隨處見天機(韻)。愛草因風起(韻)，心香借火吹(韻)，流沙無底(韻)。彼岸把頭回(韻)，寶筏仝登(句)，慈航普濟(韻)。〔合〕毛吞大海(句)，芥納須彌(韻)，芥納須彌(疊)，也只是空門游戲(韻)。〔内作水響科。觀音菩薩白〕徒弟，此處弱水三千，乃是流沙河界，却是難行，取經人來此，他乃俗骨凡胎，如何渡得？〔雜扮捲簾大將，戴陀頭髮，紥額，軟紥扮，帶人頭數珠，持鏟，從地井上。白〕那裏來的野和尚？俺來也。〔惠岸作對敵科。捲簾大將白〕你敢與俺對敵，你却姓甚名誰？〔惠岸白〕我是托塔李天王二太子木吒惠岸是也。你是何怪，大膽阻俺的去路呢？〔捲簾大將白〕住了。我記得你隨南海觀世音菩薩修行，爲何來此？〔惠岸白〕那不是菩薩麽？〔捲簾大將白〕不知菩薩降臨此地，望乞恕罪。〔觀音菩薩白〕你是何怪？〔捲簾大將白〕菩薩，我不是妖邪，我是靈霄殿前捲簾大將，只因一日看見寶殿玻璃盞，貪心頓起，被值殿將軍掔破，貶下塵凡，受此諸

般刑罰。好苦也。〔唱〕

【又一體】窣地裏貪心陡起㊇,元良頓迷㊇。謫貶苦難提㊇,飛劍穿身體㊇,七日一輪迴㊇。〔白〕我在此受飛劍穿胸之苦,饑寒難忍,三二日之間,出没波濤,尋個行人食用,不期今日遇見菩薩。〔唱〕萬望慈悲㊇,急救我災星退㊇。〔觀音菩薩白〕你在天有罪,既貶下來,又這等傷人性命,可不罪上加罪?我今奉佛旨,上東土尋覓取經人,你可入我法門,跟那取經人做個徒弟,上西天拜佛求經。我教飛劍不能傷汝,待你功成免罪,復你本職,你心下如何?〔捲簾大將白〕我受了貪財之業,〔唱〕情願皈依㊇,跟隨披剃㊇。〔白〕但有一件,向有幾次取經人來都被我喫了。别的人喫了,屍身沉於河底,那取經的九個人頭,都浮在水面上,竟不沉底,我故此把索兒穿將解悶。我又恐取經人不來此地,可不悮了我的前程麽?〔觀音菩薩白〕豈有不來之理?你將骷髏掛在頸上,等待取經人到來,自有用處。〔捲簾大將白〕謹遵法旨。〔觀音菩薩白〕我與你摩頂受戒,指沙爲姓,起你法名,叫做沙悟淨。〔作與悟淨戴金箍科。捲簾大將白〕多謝菩薩慈悲。再不傷人命,專候取經人。〔觀音菩薩白〕這便才是。〔捲簾大將仍從地井下。觀音菩薩唱合〕毛吞大海㊃,芥納須彌㊇,芥納須彌㊂,也只是空門游戲㊇。〔内作起風科。觀音菩薩白〕來此山下,好一陣怪風也。〔丑扮天蓬元帥,戴瞌腦、猪嘴切末,軟紥扮,持鈀,從洞門上。白〕誰來驚動爺爺?看鈀。〔惠岸作對敵科。天蓬元帥白〕你是那裏的和尚?弄眼前花來誆我,可是麽?〔惠岸白〕咄,邪妖怪物,你休得胡言亂語,這是我師傅南海觀世音菩薩拋下來的花瓣兒，甚麼眼前花？〔天蓬元帥白〕可是掃三災救八難大慈大悲觀世音菩薩麼？〔惠岸白〕正是。〔天蓬元帥作亂叫科。惠岸白〕亂叫甚麼？〔天蓬元帥白〕朋友，煩你老引我去求見，曉得我是會亂叫唤的，你老不要管閑事。〔惠岸作引見科。白〕這不是菩薩？〔天蓬元帥白〕菩薩，我的菩薩，我的菩薩。〔觀音菩薩白〕你是那裏成精野豕，作怪的老彘，敢在此擋住我的去路？〔天蓬元帥白〕我不是野豕，也不是老彘，我本是天河裏的天蓬元帥。只因帶酒戲了嫦娥，玉帝把我打了二千鎚，貶下塵凡，奪舍救胎，不期走錯了，投在母猪胎裏，變這個模樣。是我咬死了母猪，小猪當了點心，在此喫人度日，不期今日遇見菩薩。〔觀音菩薩白〕此山叫做甚麼山？〔天蓬元帥作哭不應科。惠岸白〕菩薩問你話，怎麼不回答，只管哭甚麼？有話説上來。〔天蓬元帥白〕菩薩問我的話麼？我哭的有個緣故，求菩薩將我的相貌，撮弄標致些。〔惠岸白〕菩薩問你此山叫甚麼山？〔天蓬元帥白〕問我這個山名麼，〔唱〕

【又一體】這叫做福靈山地(韻)，雲棧洞基(韻)。洞中有一個卯二姬(韻)，他見我人品多嬌麗(韻)，招我爲夫婿(韻)。〔又哭科。惠岸白〕爲甚麼又哭起來？〔天蓬元帥白〕哭我的命苦。〔唱〕自恨我命合孤悽(韻)，剛一載死別離(韻)。〔哭科。白〕我的那二姐，〔唱〕撇得我孤苦伶仃(句)，靠誰度日(韻)。〔觀音菩薩白〕我領了佛旨，上東土尋那取經人，你可跟他做個徒弟，往西天走一遭，待你功德完滿，大有好處。〔天蓬元帥白〕我受了貪色之業，既蒙菩薩超生，願去願去。〔觀音菩薩白〕既如此，我與你摩頂受戒，指身爲姓，就叫做猪悟能。〔作戴金箍科。天蓬元帥白〕謹領法旨。〔仍從洞門下。觀音菩薩唱合〕毛呑大海（句），芥納須彌（韻），芥納須彌（疊），也只是空門游戲（韻）。〔小生扮小白龍，戴紫金冠，軟紥扮，從地井内上，作弔科。觀音菩薩作見科。白〕你是何處龍種，受此罪愆？〔小白龍白〕我是西海龍王之子，只因吃醉了酒，縱火燒壞了殿上明珠，父王表奏天庭，告了忤逆，玉帝將我吊在此間，打了三百，不日遭誅，望菩薩救拔。〔觀音菩薩白〕原來如此。小白龍，我到玉帝尊前，定當爲你説請便了，你可放心。〔小白龍白〕多謝菩薩慈悲。〔惠岸引觀音菩薩從仙樓上禄臺。小白龍白〕難得菩薩慈悲也。昔日大禹曾有句話説得好，道他酒能壞事，一些也不錯。〔唱〕

【又一體】大禹惡他甘美（韻），後人因他受累（韻）。可憐我命絶悔無追（韻），勸世人休沉醉（韻），如咱惹禍危（韻）。〔白〕父王，〔唱〕忍下得致兒死地（韻），忒看得龍種不希奇（韻）。〔雜扮衆天將，各戴卒盔，穿箭袖排穗。引末扮金星，戴蓮花冠，穿蟒，繫絲縧，仝惠岸、觀音菩薩，從仙樓上。金星白〕龍王之子呢？〔小白龍應科。衆天將作解縛科。金星白〕你好造化。方纔菩薩面對玉帝討饒，救你一命，你可望闕謝恩。〔小白龍向上叩拜科。白〕聖壽無疆。〔作叩謝觀音菩薩科。白〕多謝菩薩慈悲。〔金星白〕菩薩領了他去，我去覆旨也。〔衆天將引金星仝從仙樓上。觀音菩薩白〕小白龍，你且在深澗之中，即日等那取經人到來，變做白馬，上西天立功。我與你取個法名，唤做悟徹。〔小白龍白〕多謝菩薩慈悲。〔唱〕逞龍馬精神（句），甘爲坐騎（韻）。〔仍從地井内下。觀音菩薩唱合〕毛呑大海（句），芥納須彌（韻），芥納須彌（疊），也只是空門游戲(韻)。〔場上設五行山科。副扮悟空，戴皮膢腦，穿道袍，繫絲絛，從地井内上，作壓山科。觀音菩薩白〕好一派金光瑞氣也。〔惠岸白〕啟菩薩，這金光乃是五行山了，見如來的壓貼在這裏，壓住了鬧天宫的齊天大聖。〔觀音菩薩白〕待我看來。〔作看科。白〕堪嘆妖猴太逞雄，幾番狂悖鬧天宫。自從我佛將山壓，應悔當年不悟空。〔悟空白〕誰在此吟詩，揭我的短？〔觀音菩薩白〕姓孫的，你可認得我？〔悟空作看科。白〕怎麽不認得？好似南海補陀山救苦救難大慈大悲觀世音菩薩。承看顧，承看顧，我在此度日如年，更無一個人來看我，望菩薩救我一救。〔觀音菩薩白〕你的罪孽彌天，救了你出來，恐你又生禍害。〔悟空白〕我受了貪氣之業，菩薩我已知悔過了，但願慈悲，指條門路，情願修行。〔觀音菩薩白〕人心生一善，天地盡皆知。待我到了東土大唐國尋一個取經人來，教他救你，你可做他徒弟，纔好入法門，再修正果何如？〔悟空白〕願去願去。〔觀音菩薩白〕我替你取個法名。〔悟空白〕不消，我原有法名，叫做悟空。〔觀音菩薩白〕好，待我日後與他，我前已收取三人，俱是悟字輩。你可安心守候，等那取經人到來便了。〔悟空應科。場上撤五行山，悟空仍從地井内下。觀音菩薩唱〕

【雙調正曲·清江引】法中負荷歡相會(韻)，神力真僧衛(韻)。無纏苦海超(句)，有障心田累(韻)。〔白〕那四個人呵，〔唱合〕恰恰的不漏前因諸事美(韻)。〔仝從壽臺下場門下〕

第八齣　占天三易忌垂簾（蕭豪韻）（弋）

〔雜扮衆水卒，各戴馬夫巾、水卒臉，穿箭袖卒褂，執旗。引生扮涇河龍王化身，帶巾，穿道袍，從地井上。唱〕

【仙呂調隻曲·端正好】差遣着冠山鰲（韻），擺列着冲天纛（韻）。蕩雲日勝踏洪濤（韻），翻江倒海威名耀（韻），行雨功非小（韻）。〔場上設椅轉場坐科。白〕水晶爲殿海爲門，領下珠光五色噴。胸次偶然生芥蔕，直教江海欲平吞。自家涇河龍王，役使百鱗，安居水府。昨有巡海夜叉來報，打聽長安城中有個賣卜先生，術數精通，有一漁翁每日送他鯉魚一尾，教他何處下網，何處抛鈎，一定滿載而歸。倘然習以爲常，却不將我族打盡？聞言之下，怒髮冲冠，便欲提劍入城，誅此妖士。當有龍子、龍孫、鱖侯、鯉伯齊集奏道：大王若入城，必驅駕風雷，又恐驚駭長安百姓。大王變化多端，不如變一秀士，把疑難事問卜，倘他語言不准，或即加誅滅，或驅逐遠方。所見甚是有理，吾即准其所奏。今日機務清閒，不免前去走遭。兵將們迴避。〔衆水卒應科，仍從地井内下。涇河龍王化身白〕正是暫施水底神龍術，去試城中賣卜人。〔從壽臺下場門下。外扮袁守誠，戴巾，穿道袍。丑扮小厮，戴氈帽，穿窄袖，繫搭包，隨從壽臺上場門上。袁守誠唱〕

【仙呂調套曲・點絳唇】季主名高(韻)，君平道妙(韻)。多搜討(韻)，芥視卿寮(韻)，胸次羅星曜(韻)。〔場上設棹椅轉場坐科。白〕自家袁守誠，全憑術數，指點迷途，來到長安城中，開張卜肆。小廝把招牌竪起來。〔小廝作應科，向下取招牌竪臺左側科。袁守誠白〕果是皇居壯麗，好一座錦繡山川也。〔唱〕

【仙呂調套曲・混江龍】你看這五雲縹緲(韻)，嵯峨金闕倚丹霄(韻)。果然是君王堯舜(句)，臣宰蕭曹(韻)。補衮調梅勤輔弼(句)，爲舟作楫重英豪(韻)。九宇内處處應豐饒(韻)，萬國中户户添歡笑(韻)，使吾儕觀光瀟灑(句)，賣卜逍遥(韻)。〔内喊科。袁守誠白〕説話之間，你看人羣雜沓，問卜的早來也。〔唱〕

【仙呂調套曲・油葫蘆】碌碌忙忙滿市朝(韻)，利名牽不憚勞(韻)。須臾的少壯成衰老(韻)，一任你身軀鐵鑄也難長保(韻)，少不得晨鐘撞打曉雞號(韻)。憑着俺窺奇耦玩象辭(句)，指點您判吉兇占原兆(韻)，便弄機關都則是添煩惱(韻)，怎知道天數定總難逃(韻)。〔雜扮軍人，戴鷹翎帽，紮包頭，穿箭袖，繫鸞帶。雜扮儒士，戴巾，穿道袍。龍王化身。仝從壽臺上場門上。白〕相逢不用通名姓，此去無非問吉兇。〔袁守誠白〕請了。列位都是問卜的麽？〔軍人、儒士、龍王化身白〕俱是問卜的。〔袁守誠白〕有定例，依次而來。請禱告。〔軍人白〕我乃軍人，今日打獵，不知可能得利？禱告過了。〔袁守誠作打卦科。白〕夫卦象者，與天地合其德，與日月合其明，與四時合其序，與鬼神合其吉兇。先天未違，後天奉若，敢請伏羲先聖、文王先聖、鬼谷先師一靈有感，降鑒誠心，明彰報應，不動不變，難察難祥，再求外象三爻，完成一卦。此卦巽下艮上，是爲蠱卦。辭云：千乘三驅，獲其雄狐，自然得利。〔軍人白〕得利甚妙，課金在此。〔從壽臺下場門下。袁守誠白〕請禱告。〔儒士白〕弟子問功名的。禱告過了。〔袁守誠作打卦科。白〕敢請伏羲先聖、文王先聖、鬼谷先師一靈有感，降鑒誠心，明彰報應，不動不變，難察難祥，再求外象三爻，完成一卦。此卦坤下巽上，是爲觀卦。辭云：觀國之光，利用賓與王，功名有分。〔儒士白〕有分的，課金在此。〔從壽臺下場門下。龍王化身白〕在下久聞你的大名，特來問你一卜。若有准，送金相謝；若不准，我便打碎門面招牌，趕出長安城去。〔袁守誠白〕所卜何事，請禱告。〔龍王化身白〕我因天時亢旱，問幾時有雨，禱告過了。〔袁守誠作打卦科。白〕敢請伏羲先聖、文王先聖、鬼谷先師一靈有感，降鑒誠心，明彰報應，不動不變，難察難祥，再求外象三爻，完成一卦。此卦上下皆坎，是爲重坎。坎，水象也。辭云：雲迷山頂，霧照林梢，若占雨澤，准在明朝。〔龍王化身白〕明朝何時有雨？〔袁守誠白〕辰時佈雲，巳時發雷，午時下雨，未時雨足。〔龍王化身白〕雨有多大？〔袁守誠白〕共得雨三尺三寸零四十八點。〔龍王化身背作冷笑科〕這厮滿口胡說。〔袁守誠唱〕

【仙吕調套曲·哪吒令】玩羲文卦爻㊇，便精微洞曉㊇。把玄機洩了㊇，斷陰晴應効㊇。〔龍王化身白〕難道天宫是你做的麽？〔袁守誠唱〕先天數怎逃㊇，後天事能料㊇。請看那遼海管公明㊁，生死都知道㊇，我一般兒憑准敢錯分毫㊇。〔龍王化身白〕你説辰時佈雲，若不是辰時怎麽樣？〔袁守誠白〕是我輸。〔龍王化身白〕你説得雨三尺三寸零四十八點，若差了怎麽樣？〔袁守誠白〕也是我

輸。若果有不准，憑你打碎招牌，我也不在長安城賣卜了。〔龍王化身白〕我只看你明日。〔袁守誠白〕明日呵，〔唱〕

【仙呂調套曲·鵲踏枝】當辰刻黑雲飄(韻)，雷電作巳初交(韻)，午降甘霖(句)，未息驚飈(韻)。量尺寸較多論少(韻)，細數去四十八點(讀)不錯分毫(韻)。〔龍王化身白〕住了。你敢與我打個賭？〔袁守誠白〕怎麽不敢？〔龍王化身白〕伸出掌來。〔各作打掌科。龍王化身白〕你明日不要賴。〔袁守誠白〕不須爭論。明日便見分曉。請了。〔從壽臺下場門下。場上撤招牌、桌椅科。龍王化身白〕且住，凡下雨，上帝命我主張，他如何曉得？我且看他明日准也不准。〔唱〕

【仙呂調套曲·寄生草】笑狂談多撮泡(韻)，勦陳言空瞎鬧(韻)。蟻蟲兒怎奪得天機巧(韻)，著龜兒怎浪把虛名盜(韻)，魚蝦兒怎敢向神龍拗(韻)。縱使你陰陽秘術洩機關(句)，免不過江河神物施鱗爪(韻)。〔白〕我且回水府去罷，看他明日怎生見我。〔唱〕

【煞尾】雲旗風馬開前導(韻)，頃刻裏龍宮來到(韻)，你且看扯破垂簾待詰朝(韻)。〔從壽臺下場門下〕

第九齣　淆玉音軍師設計（江陽韻）

〔雜扮鰣軍師、鱖通侯、鯉太宰、螃甲士，各戴套頭，穿箭袖，繫䌫帶，仝從地井內上。分白〕龍宮輔弼運神謀，掌握風波江海秋。號令嚴時驚水族，橫行到處任遨遊。我乃鰣軍師是也。我乃鱖通侯是也。我乃鯉太宰是也。我乃螃甲士是也。〔各作相見科。仝白〕昨日大王准我等所奏，今早變相入城，試那賣卜人本領，許久未回，已着水卒前去迎接，合當伺候。〔雜扮衆水卒，各戴馬夫巾、水卒臉，穿箭袖卒褂，執旗。引淨扮涇河龍王，戴龍王冠，穿蟒，束帶，從壽臺上場門上。唱〕

【高宮隻曲·端正好】駕鯨波(句)，回龍藏(韻)，盛威儀水族趨蹌(韻)。可怪他量晴較雨言無狀(韻)，激得俺怒氣高千丈(韻)。〔場上設椅轉場坐科。四蠏將跪科。白〕臣等參見。〔涇河龍王白〕衆卿免禮。〔四蠏將白〕大王訪那賣卜人，果在長安城掉弄嘴舌，哄誘衆人麼？〔涇河龍王白〕果有其人，只是世俗上討春賣卜先生，有何本事。〔唱〕

【高宮隻曲·滚繡毬】瞞心判禍殃(韻)，出口多冲撞(韻)，一謎地裝模做樣(韻)，幾曾經入室升堂(韻)。〔白〕我問他幾時有雨，他就説明日。我問他時辰雨數，他就説辰時佈雲，巳時發雷，午時下雨，未時雨足，共得雨三尺三寸零四十八點。我就與他打個賭賽，若果如他言，送金相謝，略有差錯，我就打碎門面招牌，趕出長安城去。〔四蠏將白〕大王是八河總管，有雨無雨，惟大王得知，那廝這等胡言，自然輸了。〔涇河龍王白〕是嗄，俺龍王呵，〔唱〕奉上蒼(韻)，轄下方(韻)，旱與潦都歸職掌(韻)，怎凡夫打聽着天綱(韻)。他那裏課筒浪自將錢卜(句)，俺這裏海水教誰許斗量(韻)，笑煞他一謎價荒唐(韻)。〔雜扮四儀從，各戴大頁巾，穿箭袖排穗，執儀仗。引生扮星官，戴星官帽，穿蟒，束帶，捧玉旨，從禄臺下至仙樓上。白〕玉旨下。〔內奏樂，涇河龍王作接旨跪科。星官白〕玉旨到，跪聽宣讀。詔曰：咨爾八河總管，典司雨澤，長安遠近，連遭亢旱，萬姓嗷嗷，着爾臣於明日辰時佈雲，巳時發雷，午時下雨，未時雨足，共得雨三尺三寸零四十八點，普濟十方，毋得有違。謝恩。〔涇河龍王白〕聖壽無疆。〔內奏樂科。四儀從引星官，從仙樓下。涇河龍王白〕怪哉怪哉。玉帝降旨與那術士之言分毫不爽。只是世俗上有此異人，果是通天徹地，此番卻輸與他，如何是好？〔螃甲士白〕看來術士見識高强，大王何不卑詞厚禮，聘請來朝，拜他爲師，使我等長些見識。〔鰣軍師白〕咳，甲士之言差矣。怎麽長他人志氣，滅自己威風？依臣愚見，明日仍然下雨，但移後一個時辰；雨仍然三尺，但減了三寸八點。玉帝在渺渺紫金闕中，那有閑工夫細算盤，數着世間雨點？上不違天朝勅令，下不依術士語言，只要塞住那廝的嘴，豈非萬全之策？〔涇河龍王作笑科。白〕妙計妙計，不枉封你做個軍師。風伯、雨師、雷公、電母速降。〔旦扮衆電母，各戴包頭，紮額，穿宮衣，紮袖，持鏡。雜扮衆雷公，各戴雷公髮，紮靠，紮鼓翅，持錘鑿。老旦扮風婆，戴花帕，紮額，穿老旦衣，繫腰裙，負虎皮。雜扮雨師，戴雨師髮，穿箭袖，繫肚囊，執雨師旂，仝從仙樓下至壽臺。白〕相召吾神，有何法旨？〔涇河龍王白〕吾奉上帝勑旨：明日巳時佈雲，午時發雷，未時下雨，申時雨足，共得雨三尺零四十點。爾等各司其職，須牢牢記着。〔衆雷部神作應科。涇河龍王唱〕

【高宮隻曲·白鶴子】俺只見獵獵雲旗排隊伍(句)，俺只見凜凜風輪遶廣場(韻)。何必要馬鬣騰空(句)，且驗取牛涔起浪(韻)。〔衆雷部神白〕領法旨。〔各作遶場科，從仙樓上。涇河龍王唱〕

【煞尾】仝心仗衆臣(句)，合德須良相(韻)。〔衆仝唱〕雨師吩咐都停當(韻)，明日個賣卜先生打不破漫天謊(韻)。〔仝從地井下。衆電母、衆雷公、風伯、雨師、涇河龍王執令旂仝從壽臺上，作遶場施甘霖科，從禄臺門下。雜扮衆農民從壽臺上場門上。白〕好一場大雨，真個四郊霑足，萬姓歡呼。〔一二人白〕我記得書上有什麼雨金雨粟的故事，我每想起來，那裏有金子粟米天上下得來的。如今這場甘雨，滿世界添了多少黃金，我每好快活嗄。〔唱〕

【雙調正曲·清江引】熙熙皞皞民歡暢(韻)，如在春臺上(韻)，君恩似海深(句)，聖澤仝天樣(韻)。願年年舞康衢歌擊壤(韻)。〔從壽臺下場門下〕

第十齣　判金口術士指迷（尤候韻）

〔外扮袁守誠，戴巾，穿道袍。丑扮小斷，戴氈帽，穿窄袖，繫搭包，隨從壽臺上場門上。袁守誠唱〕

【南呂宮正曲·一江風】雨初收（韻），涼氣侵襟袖（韻），客散斜暉後（韻）。聽門前（句），巷舞途歌（句），慶天澤田原透（韻）。〔白〕長安雨已周（韻），長安雨已周（疊），君民並解憂（韻），笑癡龍遮蔽玉闕雲房後（韻）。

〔白〕小斷把招牌豎起來。〔小斷應，作豎招牌科。袁守誠白〕但今所下之雨，與上帝敕旨不相符合，其中緣故，我知道了。昨日涇河老龍變作秀士來問雨澤，我依數而斷，他與我打過賭賽而去，及接玉旨，一如我言，他便聽信邪謀，改了時辰，減了雨數，要來與我鬬口。嗳，老龍老龍，你使盡心機，不知早犯了天條也。待他來時，我且不說破，看他如何待我。〔生扮涇河龍王化身，戴巾，穿道袍，從壽臺上場門上。白〕怒從心上起，惡向膽邊生。〔作打招牌科。小斷白〕不好了，一個人把招牌打碎了。〔作虛白從壽臺下場門下。袁守誠白〕何物狂生，敢如此無禮。〔龍王化身白〕你這妖言惑衆的村夫聽者，〔唱〕

【仙呂調正曲·掉角兒序】你自信易理精搜（韻），卻原來言詞脫漏（韻）。懸河口三峽倒流（韻），到今日當場出醜㊈。〔袁守誠白〕今日何嘗無雨？〔龍王化身白〕是辰時佈雲的麽？〔袁守誠白〕雨何嘗不是三尺？〔龍王化身白〕你説是三尺三寸零四十八點。〔唱〕論雲雷㊉時刻遲㊀，數雨點㊉尺寸少㊀，節節堪差㊈。〔袁守誠唱合〕你細求紕繆㊈，我合當承受㊈。〔龍王化身唱〕從今後㊈，再不許你㊉此處遲留㊈。〔袁守誠唱〕

【又一體】覷着你惡口瞋眸㊈，鬧轟轟雄争健鬬㊈。雖則是佈弄陰謀㊈，也須要保全身首㊈。一時間㊉亂玄黄㊀，易面目㊉，懷憤怒㊀，露尾藏頭㊈。〔龍王化身唱合〕須含羞忍詬㊈，急狐奔兔走㊈。〔袁守誠白〕我輸了何妨，只是你欺得我，却欺不得天。〔唱〕從今後㊈，恐不能彀㊉，穩卧深湫㊈。〔龍王化身白〕你還不逃往他方，在此講這没頭的話，定饒不過你死罪。〔袁守誠作冷笑科。白〕我不是没頭，只怕你要没頭。我無死罪，只怕你難免個死罪哩。〔龍王化身白〕我有何死罪？〔袁守誠白〕你别人好瞞，怎瞞得我？你不是秀士，乃涇河龍王變化來的。你違了玉旨，改了時辰，减了雨數，犯了天條，明日難免一刀之苦，還在這裏辱駡我麽？〔龍王化身作驚跪科。白〕先生，小龍有眼不識泰山，一時誤聽邪説，誰知弄假成真，望先生救我一救。〔袁守誠白〕噯，你自作自受，教我如何救得。〔龍王化身白〕先生今日裏呵，〔唱〕

【仙吕宫集曲·學士解醒】【三學士】（首至合）請把向日狂言一筆勾㊈，堦前屈膝低頭㊈。但願你心如古佛尋聲度㊀，忍見我命似殘花逐水流㊈。【解三醒】（五至末）惟求左提右挈施神術㊀，不敢掉尾張牙横古湫㊀。〔合〕從今後㊀，怕神龍見首㊁可保無憂㊀。〔白〕先生若不救我，我死也不放你的。〔袁守誠白〕我無力救你，只好指點一條生路。你明日午時三刻，該赴人曹官魏徵處斬，那魏徵是當朝宰相，你能求當今皇帝，倘得唐皇依允，討個人情，或者可保無事。今日裏呵，〔唱〕

【又一體】且向午夜深宫拜冕旒㊀，夢魂苦苦哀求㊀。倘得個珠庭日角心俞允㊂，方許你角聽雲從罪罷休㊀。只怕收韁已晚懸崖馬㊂，還防補漏嫌遲裹浪舟㊀。從今後㊀怕神龍見首㊁可保無憂㊀。〔龍王化身白〕多謝先生。〔袁守誠白〕去罷。一片婆心存利物，千秋風角好傳名。〔從壽臺下場門下。龍王化身白〕好先生，不免前去哀懇便了。〔唱〕

【尾聲】斜陽晼晚黄昏候㊀，頃刻遥天星斗㊀，我且哀告真龍學楚囚㊀。〔從壽臺下場門下〕

第十一齣　魏徵對弈夢屠龍（先天韻）

〔場上換建章門匾科。內奏樂，雜扮衆內侍，各戴太監帽，穿貼裏衣，繫絲縧，帶數珠。旦扮衆宮女，各戴過梁額，穿宮衣，執符節、龍鳳扇。引生扮唐王，戴王帽，穿蟒，束帶，從建章門上。唱〕

【南呂宮引・上林春】總序堯封（句），寵綏禹甸（韻），調玉燭文修武偃（韻）。臣隣仝德仝心（句），保泰持盈交勉（韻）。〔場上設高臺帳幔，轉場陞座科。白〕一劍羣雄盡掃除，風雲日月護皇都。欲知稼穡艱難日，屏寫幽風無逸圖。寡人貞觀皇帝是也。禪位以來，今經一十三載，且喜風調雨順，國泰民安，漢朝文景以後太平氣象，無過今日。這也不在話下。昨夜三更時分，夢一神龍現形，口叫陛下救臣。寡人細問，自云涇河龍王，因奉玉帝勅旨行雨，不遵法令，違犯天條，明日午時三刻該陛下宰相魏徵處斬，特來求救。寡人一時應允，教他放心前去。醒來思想既已許他，自然要全他的性命，只是如何救法？有了。寡人今日設朝，朝罷之後，獨宣魏徵入宮，君臣宴樂，使他到晚始回，解救夢中之龍便了。今已早朝時分，諸臣料已齊集。內侍！〔內侍白〕萬歲。〔唐王白〕宣文武百官上殿。〔內侍白〕領旨。宣文武百官上殿。〔內白〕領旨。〔雜扮文武官，各戴紗帽，穿蟒，束帶，持笏。雜扮

李世勣、魏徵，各戴幞頭，穿蟒，束帶，佩印綬，持笏，仝從壽臺上場門上。唱〕

【南呂宫引·浣沙溪】九五飛龍早御天(韻)，聲靈赫濯亘紘埏(韻)，車書一統太平年(韻)。〔作朝參科。白〕臣等見駕，願吾皇萬歲萬歲萬萬歲。〔宫女白〕平身。〔衆臣白〕萬歲。〔作起分侍科。唐王白〕朕與卿分雖君臣，情猶一體。想起當年，東討西除，南征北伐，方成一統，不易得有今日也。〔唱〕

【南呂宫集曲·梁州新郎】【梁州序】（首至合）承家開國(句)，東征西戰(韻)，協力蕩平畿甸(韻)。恢張帝業(句)，功勳揚厲無前(韻)。今日紹休聖緒(句)，載戢干戈(讀)，合把文謨顯(韻)。〔衆臣白〕亮功考績，在諸臣願竭微才；制治保邦，望吾皇益勉聖德。〔唱〕吾王勤立政(讀)，渴求賢(韻)，願進箴規大寶篇(韻)。

【賀新郎】（合至末）君吁咈臣歡忭(韻)，贊襄啟沃交相勸(韻)。胥拜首(句)，競颺言(韻)。〔唐王白〕衆朝臣且退，獨宣魏徵入宫，朕另有咨訪。〔衆臣白〕領旨。朝罷香烟携滿袖，詩成珠玉在揮毫。〔從壽臺下場門下。唐王白〕就此回宫。〔内應科。内奏樂，唐王出座，場上撤高臺、帳幔，内侍、宫女引唐王、魏徵作遶場科。宫女從壽臺兩場門下。場上設桌椅，唐王入桌坐科。白〕朕聞古來君臣相樂，有賦詩的，有飲酒的，俱成佳話。朕今與卿布局對奕，亦我朝一佳話也。〔内侍向下取碁枰鋪桌科。白〕碁枰擺下了。〔魏徵作謝恩，入桌坐科。唐王白〕朕先起手。那圍碁呵，〔各作下碁科。唐王唱〕

【又一體】端只爲丹朱嚚訟(句)，陶唐創建(韻)，弈旨由來不淺(韻)。紛紛黑白(句)，兩家數合週天(韻)。須要侵邊奪角(句)，切急長斜(讀)，一局機千變(韻)。〔魏徵白〕臣輸了。〔唱〕徵臣争後着(讀)，昧幾先(韻)，端的上藝難精倦欲眠(韻)。〔作睡科。唐王白〕魏卿看他竟酣睡去了，且不要驚醒他。〔雜扮天將，各戴盔，穿鎧，作綁生扮涇河龍王，末扮魏徵形，戴幞頭，穿蟒，束帶，佩印綬，持劍，押龍王從祿臺上。合唱〕違帝命(讀)，難勾免(韻)，把孽龍正法元神現(韻)。奉詔勅(讀)，敢遲延(韻)。〔從祿臺下。雜扮四太監，各戴太監帽，穿貼裏衣，繫絲縧，帶數珠，從壽臺上場門上，各作虛白，魏徵作夢語科。白〕臣奉勅旨，罪犯已經正法了。〔作醒出桌跪科。白〕臣該萬死，恰纔困倦，不覺睡去，望陛下赦臣慢君之罪。〔唐王白〕卿有何罪。朕與卿拂退殘碁，從新更下，何如？〔魏徵白〕萬歲。〔李世勣從壽臺上場門上。白〕世間無跨鶴，天上有屠龍。〔太監虛白，作攔阻，轉奏科。李世勣進門跪科。白〕臣李世勣啟奏陛下，適纔十字街頭，千步廊側，雲端裏有一龍頭落下。如此異事，不敢不奏。〔唐王驚科。白〕莫非就是朕夢中之龍？但不知是何人所斬？〔魏徵白〕是臣所斬。〔唐王白〕卿盹睡在此，如何斬得此龍？〔魏徵白〕臣夜來奉上帝勅旨，命臣今日午時三刻斬此孽龍。適蒙陛下召臣對弈，臣身不能主，霎時睡去，夢中顯元神，運慧劍斬之。〔唐王白〕朕昨夜夢見此龍求救於朕，説該是魏卿所斬，故爾召卿進宮，不意夢中斬卻。天數已定，莫能逃也。李卿可將龍頭葬於長安郊外。〔李世勣白〕領旨。〔從壽臺下場門下。唐王白〕魏卿爲天家所重，顯得我朝有人也。〔唱〕

【南呂宮正曲·節節高】聲名達九乾(韻)，活神仙(韻)，道他嫵媚偏雄健(韻)。夢做天曹掾(韻)，奉帝宣(韻)，申邦憲(韻)。〔白〕只可憐老龍，朕已許他保全，到底還遭誅戮。〔唱〕雖則是彰明報應無些舛(韻)，却只是玄黄其血憐龍戰㊇。〔白〕内侍，送魏卿出宫。〔内侍應科。魏徵白〕萬歲。〔從壽臺上場門下。唐王唱合〕兩夢分明判死生㊁，終不能福星高照災星遠㊇。〔白〕朕有違寸心，不勝傷感。〔唱〕

【尾聲】難逃定數何消辯㊇，只憐他泥首墀前㊇。〔白〕只恐寃魂道我哄了他。〔唱〕怎得那有悔的亢龍兒占利見㊇。〔内侍仝從建章門下〕

第十二齣　蕭瑀上章求建醮 (齊微韻)

〔生扮蕭瑀，戴紗帽，穿蟒，束帶，從壽臺上場門上。白〕見色非關色，聞聲不是聲。色聲不礙處，親到法王城。下官少保蕭瑀是也。今當早朝時分，不免入朝便了。却又奇怪，夜來得了一夢，夢見涇河鬼龍哀哀哭訴，求我奏請朝庭，大修功德，超拔沉淪。今日不免披陳此事便了。〔雜扮院子，戴羅帽，穿院子衣，繫鑾帶，捧笏，從壽臺上場門上。白〕老爺，天色已明，就此入朝去罷。〔蕭瑀作出門遶場科。白〕今古仝來去，幽明共往還。欲求超地府，須是叩天關。〔院子白〕來此已是午門了。〔作遞笏，從壽臺上場門下。蕭瑀作跪科。白〕臣蕭瑀見駕，願吾王萬歲萬歲萬萬歲。〔內白〕階下俯伏者何官，有何文表，就此披宣。〔蕭瑀白〕臣蕭瑀，有事奏聞陛下。〔內白〕奏來。〔蕭瑀唱〕

【中呂宮正曲·駐雲飛】獨宿松扉(韻)，夜見涇龍來夢裏(韻)，兩眼含珠淚(韻)，苦訴從前事(叶)。嗏(格)，伏望聖垂慈(叶)，准宣恩旨(叶)，超濟幽魂(讀)，功德彌天地(韻)。〔合〕爲此微臣合奏知(韻)。〔內白〕聖旨到來，涇河老龍，孽由自作，情屬可矜，夢求超度，朕心憫焉。况自開創以來，忠臣良將没於王事者頗多。即着卿家選舉有德高僧，主持道場，啟建水陸法事，廣宣三乘，普濟九幽。欽哉謝恩。〔蕭瑀作謝恩起科。白〕壇開天界中，輪超地獄底。〔從壽臺下場門下〕

乙下

第十三齣　建道場大開水陸（東鐘韻）

〔場上設道場桌，供佛像，設法器科。雜扮左右僧綱，各戴毘盧帽，穿道袍，披袈裟，帶數珠，持拂塵，從壽臺上場門上。白〕秪樹巍巍大法堂，五龍旛影遍飛揚。諸人證得菩提果，誰信靈山是歇場。吾等乃洪福寺左右僧綱，今有大闡都僧綱，奉旨修齋，七七四十九日水陸道場，着我等在此鋪設料理。你看果然好莊嚴也。但見香幢飄舞，迎風冉冉綵霞摇；寶蓋飛揚，映日曈曈紅電徹。世尊座上貌巍巍，羅漢堂中威凜凜。瓶插鮮花，瑞靄籠蔥漫寶刹；爐焚檀降，祥光繞繞透青霄。道言未了，法師陞座也。〔雜扮衆侍者，各戴僧帽，穿僧衣，繫絲縧，帶數珠。引生扮唐僧，戴毘盧帽，穿道袍，披祖衣，帶數珠，持拂塵，從上場門上。唱〕

【正宫引子・梁州令】精藍佳氣鬱籠蔥㊞，喜振起禪宗㊞，皇家施主福無窮㊞。三界淨㊞，十方遍㊞，九幽空㊞。〔場上設椅轉場坐科。白〕百萬琉璃金世界，三千纓絡錦乾坤。普仝一切恒沙衆，盡入如來法會門。貧僧玄奘，自從離了本師法明長老，來到長安，寓居化生寺中，住得數日，恰好貞觀皇上又要做七七四十九日水陸道場，欲選德行高僧作一壇主。貧僧恭承蕭少保舉薦，即蒙聖恩加我大闡都僧綱之職，遂到此間洪福寺開壇説法。〔二僧綱白〕大師在上，左右僧綱參禮。〔唐僧白〕左右僧綱，請各位宰官出來，即便發符便了。〔二僧綱白〕曉得。〔作請科。雜扮衆文官，各戴紗帽，穿蟒，束帶。雜扮衆武官，各戴金貂，穿蟒，束帶。雜扮蕭瑀、杜如晦，各戴紗帽，穿蟒，束帶。雜扮魏徵、房玄齡、李世勣、高士廉、虞世南、唐儉，各戴幞頭，穿蟒，束帶，佩印綬，從壽臺上場門上。仝唱〕

【正宫正曲·普天樂】住花宫清塵夢（韻），坐蒲團消煩冗（韻），一聞了暮鼓晨鐘（韻），便撇下悶海愁峯（韻）。〔合〕呀（格），請僧伽設供（韻），靈明朗徹中（韻）。寶騎雕輪（讀），輻輳風虎雲龍（韻）。〔雜扮衆音樂僧、法器僧，各戴僧帽，穿僧衣，繫絲絛，帶數珠，從壽臺兩場門上，各奏音樂、打法器科。唐僧起，與衆官相見畢，衆官拈香俯伏科。二僧綱白〕伏以覺王心憐啖口，爰開奉佛法門；梁帝夢感神僧，遂啟修齋因果。雖爲水陸偏名，實乃聖化畢具，敬飾千二百僧之威儀，虔做四十九日之功德。惟願永膺天象，誕布皇猷，仰希於穆之恩，俯遂雍熙之兆，三加秘密，一灑清涼。謹疏。〔衆僧作打法器，衆官起科。雜扮衆執事人，各戴氈帽，穿箭袖，繫搭包，各執提爐、御仗、旛傘，引衆僧作遶場行香科。二僧綱從壽臺下場門下。衆官唱〕

【中呂調隻曲·朝天子】看華蓋繞風（韻），喜香雨布空（韻）。持符使疾走遥天迥（韻），芙蓉闕下（句），請西方世雄（韻）。佛莊嚴人敬奉（韻），大首座肅雍（韻），衆檀越信從（韻），感通（韻），端只爲聖王尊重（韻），聖王尊重(疊)，碧蓮開金雲湧(韻)，碧蓮開金雲湧(疊)。〔衆僧作打法器，仝從壽臺下場門下。雜扮城隍，戴紮紅幞頭，穿圓領，束帶，執笏。雜扮土地，戴紮紅紗帽，穿圓領，束帶，執笏。惠岸、龍女引旦扮觀音菩薩，戴觀音兜，穿蟒，披袈裟，帶數珠，持拂塵，仝從仙樓行至壽臺上，作參拜佛像科，仍從仙樓上下。雜扮衆太監，各戴太監帽，穿貼裏衣，擊絲縧，帶數珠。引雜扮老太監，各戴太監帽，穿蟒，束帶，帶數珠，持拂塵，從壽臺上場門上。仝唱〕

【正宮正曲・普天樂】法鼓鳴春雷動(韻)，佛語宣香風送(韻)，一見了翠栢蒼松(韻)，便改做笑口歡容(韻)。〔老太監白〕咱們內相是也。皇上命洪福寺做四十九日水陸道場，好不熱鬧，爲此特來隨喜。〔各虛白發諢科。二僧綱從壽臺下場門虛白迎上，衆太監拈香參拜科。唱合〕呀(格)，僧伽設供(韻)，香雲靄碧空(韻)，穀旦佳辰(讀)，瞻仰慧日和風(韻)。〔衆太監虛白，從壽臺下場門下。衆執事人引衆僧、衆官從壽臺上場門上。仝唱〕

【中呂調隻曲・朝天子】擂法鼓數通(韻)，列講座幾重(韻)，韋馱杵鎮攝神威竦(韻)。〔衆僧打法器，各作進門科。衆執事人從壽臺兩場門分下。唐僧、衆僧仝咏〕南無香雲蓋菩薩摩訶薩。〔三稱科。唐僧唱〕諸天佛祖(句)，闡三明二宗(韻)，妙諦宣真言誦(韻)。〔白〕我今將示皈依汝輩，六道羣生，須一心勤求，謹遵吾言。〔衆官跪科。唐僧白〕皈依佛，皈依法，皈依僧。〔衆官仝念三皈科。唐僧白〕授汝三皈已畢，更加三結，令法圓滿。皈依佛境，皈依法境，皈依僧境。〔衆官仝念三皈科。唐僧白〕從今以往，稱佛爲師，惟願三寶，哀憐攝受。衆生無邊誓願度，煩惱無盡誓願斷，法門無量誓願學，佛道無上誓願成。〔衆官白〕多謝慈悲。〔各起科。二僧綱白〕山僧備有粗齋，衆護法客堂少敘。〔衆官白〕多謝。〔唱〕

瀝皈依寸衷㊞，受伊蒲素供㊞，郅隆㊞。從此後萬年一統㊞，萬年一統㊣，玉燭調金甌鞏㊞，玉燭調金甌鞏㊣。〔場上撤佛像桌，衆僧、衆官仝從壽臺下場門下〕

第十四齣　重法器明贈袈裟（齊微韻）

〔雜扮觀音化身，戴陀頭髮，穿破衲衣，繫腰裙，帶大數珠。雜扮惠岸化身，戴僧帽，穿喜鵲衣，繫腰裙，持袈裟、錫杖，隨從壽臺上場門上。觀音化身白〕和尚請住步，我有一句話不明白，要請教和尚。〔雜扮衆侍者，各戴僧帽，穿僧衣，繫絲縧，帶數珠。引生扮唐僧，戴毘盧帽，穿道袍，披袓衣，帶數珠，從壽臺下場門上。衆侍者白〕你這腌臢的和尚下去。〔唐僧白〕不要阻他，你要問什麼？〔觀音化身白〕方纔聽得經中空即是色，何由空即是色？〔唐僧白〕東海初陽疑吐出，南山曉翠若浮來。〔觀音化身白〕如何色即是空？〔唐僧白〕細雨濕衣看不見，閒花落地聽無聲。弟子也有問。〔觀音化身白〕請道。〔唐僧白〕敢問如何是佛？〔觀音化身白〕衆生身是。〔唐僧白〕如何是法？〔觀音化身白〕衆生心是。〔唐僧白〕如何是經？〔觀音化身白〕衆生言語是。〔唐僧白〕弟子不識，多有得罪。〔觀音化身白〕言雖如此，你們這道場，雖是大善果，但講的俱是小乘教法，度不得亡者昇天，只可渾俗和光而已。必須到那西天天竺國我佛如來處，求取大乘佛法三藏金經，能超亡者昇天，能度難人脱苦，能修無量壽身。〔唐僧白〕弟子聞西天路遠，非一日可到，况且途路有阻，焉能得到彼處？〔觀音化身白〕不妨。汝若肯去，我有兩件寶貝相送。〔唐僧白〕那兩件？〔觀音化身白〕一件是五色錦襴袈裟。〔唐僧白〕這袈裟有何好處？〔觀音化身白〕怎麽没有好處？〔唱〕

【仙呂宮正曲・一盆花】説起袈裟靈異（韻），是圖雲寫霧（讀），絲縷皆奇（韻），龍梭織就水田衣（韻），付來正法留心契（韻）。〔合〕説甚麽鶴綾鴛綺（韻），牛女文機（韻），更不是凡世僧家（讀），褊衫之類（韻）。〔唐僧白〕第二件是甚麽寶貝？〔觀音化身白〕是九環錫杖一根。〔唐僧白〕錫杖有何好處？〔觀音化身白〕聽者。〔唱〕

【又一體】錫杖能驅邪魅（韻），是摩訶六祖（讀）近鶴常飛（韻）。傳來二十五威儀（韻），下敲地府圜扉啟（韻）。〔合〕端能彀摩開塵翳（韻），撥開障泥（韻），果然是上天全少（讀），人間並稀（韻）。〔唐僧白〕既蒙老師慨賜，弟子拜而受之，情願到西天取經。如違此心，弟子對天發願，蒼天在上，弟子玄奘願往西天天竺國我佛如來處，拜取三藏金經。如有退悔，永墮地獄。〔惠岸化身作遞袈裟、錫杖，唐僧接科。觀音化身白〕好。其志可嘉。你可修表奏聞當今，即便前行。〔惠岸化身仝從壽臺下場門急下。唐僧白〕弟子謹遵奉行，可吩咐住持僧代我寫本，申奏朝廷便了。〔惠岸、龍女，旦扮觀音菩薩，戴觀音兜，穿蟒，披袈裟，帶數珠，持拂塵，從天井雲板下科。觀音白〕玄奘聽我吩咐。〔衆僧跪念佛科。觀音菩薩唱〕

【仙呂宮正曲・長拍】念念靈山（句），念念靈山（疊），心心鷲嶺（句），十萬里也不爲迢遞（韻）。龍潭虎窟（句），險徑危途（句），虔誠意須要堅持（韻）。縱使逢妖魅（韻），不見聞（讀），何用遽生驚畏（韻）。萬怪千魔經歷盡(句)，方始得證菩提(韻)。倘遇至危至急(韻)，〔合〕我親來相救(讀)，汝勿遲疑(韻)。〔觀音菩薩仍從天井昇上，衆侍者、唐僧作拜科。唐僧唱〕

【仙呂宫正曲・短拍】燦燦金容(句)，燦燦金容(疊)，煌煌葆羽(句)，一層層後擁前圍(韻)。果然是對面隔天涯(韻)。恕我是凡胎愚昧(韻)，望乞慈悲超度(句)，〔合〕護持我(讀)西土取經回(韻)。〔仝從壽臺下門下〕

第十五齣　拜求梵唄荷皇恩（皆來韻）

〔場上換建章門匾科，内奏樂，設高臺、帳幔。雜扮二金瓜武士，各戴盔，穿鎧，執金瓜。雜扮衆太監，各戴太監帽，穿貼裏衣，繫絲縧，帶數珠，持拂塵。雜扮二内官，各戴大太監帽，穿蟒，束帶，帶數珠，持拂塵。旦扮衆昭容，各戴過梁額，穿宫衣，執符節、龍鳳扇，仝從建章門上，作設朝科。雜扮老太監，戴大太監帽，穿蟒，束帶，帶數珠，持拂塵。引生扮唐僧，戴毘盧帽，穿道袍，披祖衣，帶數珠，從壽臺上場門上。唱〕

【黄鐘宫正曲·出隊子】神珠五彩(韻)，聖日輝煌耀上臺(韻)。一封丹詔下蓬萊(韻)，覺苑光華自此開(韻)。〔合〕十萬遥程(讀)，祗受宣差(韻)。〔作入朝俯伏科。白〕臣僧大闡都僧綱玄奘見駕，願吾皇萬歲萬歲萬萬歲。〔二内官白〕聖上有旨，覽都僧綱玄奘所奏，昨日齋壇之内，蒙觀音現身説法，本朝經皆小乘，難度幽冥，西天有三藏金經，若請至中土，方能普濟衆生。玄奘發願，自往西天拜佛求取三藏真經，流行中土，拔濟羣倫，深足嘉許，特准所奏。即便起程，以副朕誠求正教之至意，待候虔請大藏回來，頒行天下，功德等恒河沙矣。〔唐僧白〕臣僧不才，願效爲陛下求取金經，祈保國泰民安，風調雨順。〔唱〕

【黃鐘宮正曲・啄木兒】齋壇建法會開(韻)，必須要上乘經文作範楷(韻)。持世教返樸歸真(句)，正人心起敝扶衰(韻)。船撑般若超香海(韻)，塔登舍利昇連界(韻)。〔白〕臣僧此去，若不得金經回國呵，〔唱合〕拚取八片天靈撞翠崖(韻)。〔一內官白〕聖上有旨，玄奘是法名，未曾有號。菩薩云：西天有經三藏，汝今正爲取經而去，朕指經取號，賜稱御弟三藏法師。欽此。〔唐僧作謝恩科。一內官白〕聖上又問玄奘此去，何時可歸？〔唐僧白〕臣僧作偈四句，留爲後驗。〔一內官白〕奏來。〔唐僧白〕五位三玄未許窺，西行立志取經時。君王若問東歸信，探取祇園栢樹枝。〔一內官白〕聖上有旨，特賜金鉢盂一個，更撥洪福寺侍者二名，飛龍廐白馬一匹，旛幢音樂，送出長安。並令在朝元宰，俱至長亭餞別，不得有違。〔衆太監白〕領旨。〔唐僧白〕願吾皇萬歲萬歲萬萬歲。〔作起科。內奏樂，衆太監、昭容、武士、二內官仍從建章門下。雜扮八內侍，各戴太監帽，穿箭袖卒掛，執儀仗，從壽臺兩場門上，作遶場科。仝唱〕

【黃鐘宮正曲・歸朝歡】休齎送(句)，休齎送(格)黃金玉帛(韻)，只修辦清供素齋(韻)。〔唐僧作騎馬科。唱〕免應付(句)，免應付(格)勘合火牌(韻)，只索(讀)度牒禪單開載(韻)。但願櫛風沐雨多康泰(韻)，登山涉水無驚駭(韻)。〔合〕管取梵語唐言都教受化裁(韻)。〔老太監虛白，仝從壽臺下場門下〕

第十六齣　餞送郊關開覺路（皆來韻）

〔雜隨意扮衆男女鄉民，丑扮王留兒，戴腦包，穿喜鵲衣，繫腰裙。旦扮胖姑兒，穿衫背心，繫汗巾，仝從壽臺上場門上。白〕我們乃長安城中衆百姓是也。今日奉旨餞行，三藏禪師往西天取經，備有許多雜耍社火。恭送起程。這也是難得見的，我們仝去看看。〔内作鼓樂科。衆鄉民白〕咦，那邊鼓樂喧天，想是一隊隊的先往長亭伺候，我們大家仝去看看便了。〔各虚白發諢科。仝從壽臺下場門下。雜扮李世勣、魏徵、杜如晦、房玄齡，各戴幞頭，穿蟒，束帶，佩印綬。雜扮劉弘基、虞世南、張公謹、劉政會、高士廉、唐儉、侯君集、張亮、殷開山、蕭瑀、程知節、段志玄，各戴紗帽，穿蟒，束帶。小生扮柴紹，戴套翅紗帽，穿蟒，束帶，仝從壽臺上場門上。白〕七寸瀟湘管，三分玉兔毫。落在文臣手，猶如斬將刀。〔李世勣白〕今有大唐三藏師傅，往西天五印度取大藏金經。奉俺聖人命令，在十里長亭餞行發路。怎麽還不見尉遲老將軍到來？〔衆官白〕想必來也。〔淨扮尉遲恭，戴黑貂，穿蟒，束帶，從上場門上。白〕某覆姓尉遲。名恭，字敬德，乃朔州善陽人也。今有大唐師傅，往西天五印度取大藏金經，奉俺聖人命令，着俺唐家一十八路總管，在十里長亭餞行發路，須索走遭也。〔作見科。衆官白〕老將軍請了。〔尉遲恭白〕請

了。〔衆官白〕老將軍爲何來遲？〔尉遲恭白〕列位嗄，〔唱〕

【仙吕調套曲・點絳唇】一來爲帝主親差㊣，二來爲老夫年邁㊣。〔衆官白〕都要持齋戒了。〔尉遲恭唱〕持齋戒㊣，只將這香火安排㊣。〔衆官仝唱〕送師傅臨郊外㊣。〔衆官白〕遠遠望見幢旛寶蓋，想必師傅來也。〔尉遲恭白〕呀，〔唱〕

【仙吕調套曲・混江龍】遥望見幢旛和那寶蓋㊣。〔内作喧鬧科。衆官白〕那些軍民百姓，好不熱鬧也。〔尉遲恭唱〕見軍民百姓都鬧垓垓㊣，引着這一行兒侍從㊀，也蕩散了滿面塵埃㊣，坐下馬如仝的流水急㊀，鞍心裏人似朔風來㊣。俺這裏按幞頭㊀，挪玉帶㊣。〔雜扮衆吹手，各戴校尉帽，穿駕衣，繫搭包，持樂器奏樂科。雜扮衆執幢旛人，各戴哨子帽，穿箭袖，繫䌰帶，執幢旛。雜扮二侍者，各戴僧帽，穿僧衣，繫絲縧，帶數珠，挑經擔。引生扮唐僧，戴毘盧帽，穿道袍，披袓衣，帶數珠，騎馬，從壽臺上場門上。白〕一鉢千家飯，孤身百納衣。〔作下馬，衆執事人從壽臺兩場門下場上，設椅。唐僧轉場坐科。衆官作參拜科。尉遲恭唱〕見師傅禪心已定㊀，師傅將慧眼落得這忙開㊣。〔唐僧白〕貧僧有何德能，敢勞衆公卿遠來？〔衆官白〕不敢。〔唐僧白〕請問列位姓名？〔衆官分白〕下官房玄齡。下官魏徵。下官杜如晦。下官李世勣。下官蕭瑀。下官劉弘基。下官虞世南。下官殷開山。下官段志玄。下官唐儉。下官柴紹。下官侯君集。下官張亮。下官高士廉。下官張公謹。下官程知節。下官劉政會。〔唐僧白〕此位莫非是尉遲老將軍麽。〔尉遲恭作笑科。白〕不敢不敢。〔唐僧白〕久聞老將軍南征北討，東蕩西除，定下六十四處烟塵，擅改一十八家年號。貧僧只看得幾卷經文，不知上陣威嚴，請老將軍試説一遍，貧僧洗耳恭聽。〔尉遲恭白〕嗄，師傅若不嫌絮煩，待某家試説一遍。〔唐僧白〕願聞。〔尉遲恭唱〕

【仙吕宫套曲・油葫蘆】十八處(讀)，都將年號改(韻)。某扶立起這唐世界(韻)。〔唐僧白〕可不殺生害命。〔尉遲恭唱〕師傅道俺殺生害命也罪何該(韻)，想當日尉遲恭(讀)怎想到今日持齋戒(韻)。今日個謝吾師(讀)，您便超度俺的唐十宰(韻)。俺這裏整頓了宫袍(句)，拂了土垓(韻)，就在那塵埃的中(讀)展脚可便舒腰拜(韻)。〔衆官仝唱〕望師傅(讀)特地請取一個法名來(韻)。〔唐僧白〕要貧僧取法名麽。〔衆官白〕正是。〔唐僧白〕待貧僧取經回來，與你們摩頂受戒便了。〔衆官白〕多謝師傅。〔尉遲恭唱〕

【仙吕調套曲・天下樂】救度俺衆生們可便離了苦海(韻)，師傅那片虔也麽心(句)，我可也無罣礙(韻)。正按着救苦救難得這觀自在(韻)。〔唐僧白〕參得透。〔尉遲恭唱〕參的透，色即是空(句)。〔唐僧白〕參不透。〔尉遲恭唱〕參不透空即是色(韻)，師傅那片修行的心可便有甚麽歹(韻)。〔雜扮四典膳官，各戴紗帽，穿圓領，束帶，從壽臺兩場門上。白〕稟衆位老爺，聖上賜有齋筵，命衆位老爺陪宴。〔衆官白〕排宴過來。〔内奏樂，場上設筵宴桌椅，唐僧、衆官各入桌坐科。雜隨意扮二樂丞，引雜扮衆宫戲呈技人仝從壽臺上場門上，各隨意發諢科，呈應宫戲科。衆男女鄉民、王留兒、胖姑兒各從壽臺兩場門上，作擁擠争看科。衆男女鄉民、宫戲人各從壽臺兩場門下。唐僧白〕久聞老將軍在南御園小交鋒，勤王救駕一事，再請試説一遍。〔尉遲恭白〕師傅若不嫌絮煩，待某家出席，手舞足蹈，試説一遍。〔唐僧白〕如此甚好。〔各作出席科。尉遲恭白〕師傅，此一節事呢，不爲别的而起。〔唐僧白〕端爲誰來。〔尉遲恭白〕喏，〔唱〕

【仙呂調套曲·後庭花】都只爲病秦瓊他狠利害(韻)，皆因是尉遲恭年老邁(韻)。我想那一日相約定(句)，那一日相約定(疊)，這都是杜如晦使的計策(韻)。〔白〕老夫聞言聽罷，〔唱〕忿氣可也滿胸懷(韻)，這都是唐家唐家的十宰(韻)。那一日鼓不擂鑼不篩(韻)，箭不發甲怎生披(叶)，則聽得耳根裏人報來(韻)，御科園將暗計排(韻)，御科園將暗計排(疊)。

【仙呂調套曲·青哥兒】堪恨那無知無知尀耐(韻)，見一人倒在倒在塵埃(韻)。〔唐僧白〕倒在塵埃的是誰？〔尉遲恭白〕那年五月五日蕤賓節届，借那南御園改作御科園，他弟兄三人做一個躪柳會。〔唐僧白〕那三人？〔尉遲恭白〕第一建成。〔唐僧白〕第二。〔尉遲恭白〕元吉。〔唐僧白〕第三。〔尉遲恭白〕第三乃是吾主。〔唐僧白〕阿彌陀佛。〔尉遲恭白〕遍遶着那御園轉三次，離百步之外，竪一高竿，高竿上掛一金錢，要射那金錢之眼。〔唐僧白〕可曾射？〔尉遲恭白〕那時吾主就拈弓在手，搭箭當弦，飛魚袋内挽一張鞘不長、靶不短、拽得硬、射得遠、背濶弦粗、銅胎鐵靶、叱吒的寶雕弓。〔衆官白〕好弓也。〔尉遲恭白〕走獸壺中，拔一枝捻一捻，轉千邊水銀灌桿、叮叮噹噹、百步穿楊、棗齒狼牙箭。〔衆官白〕好箭也。〔尉遲恭白〕擰住殊紅扣，搭上紫金鉡。左手推靶，右手兜弦。左手推靶，似挺檀臺，右手兜弦，如哺嬰孩。弓開如半輪秋月，箭發似一點寒星。那箭無不發，發無不中，中無不倒，倒無不死，他就颼颼颼連射三箭。〔唐僧白〕可曾中？〔尉遲恭白〕正中金錢的眼。〔唐僧白〕好神箭也。〔尉遲恭白〕那時吾主就鈕項回頭，觀看他二人，賣弄那家的武藝，不道那建成就起不仁之心，他就掣劍在手，欲傷吾主。〔唐僧白〕可曾傷？〔尉遲恭白〕不道那劍有些戀鞘，那元吉就把弓來這麽樣的打。〔唐僧白〕可曾打着？〔尉遲恭白〕又被那花枝兒抓住。〔唐僧白〕阿彌陀佛，聖天子百靈擁護。〔衆官白〕大將軍八面威風。〔尉遲恭作笑科。白〕不敢，不敢。〔唐僧白〕那時老將軍在於何處？〔尉遲恭白〕那時某家正在澄清澗澡馬。喏。忽有軍師來報，説主公有難，速往救駕。阿呀，就嚇嚇得某家，人也披不及甲，馬也掛不及鞍，我就剗馬單鞭，直至御園。被某家厲聲高叫：呔！勿傷吾主。嗄！勿傷吾主。不料那建成、元吉見了某家，也就這麽害慌了。〔唐僧白〕見了老將軍這等威嚴，不由人不慌。〔尉遲恭白〕有詩爲證：建成元吉使雙鋒，頃刻英雄一夢中。若非尉遲鞭在手，〔衆官白〕誰人搭救唐聖公。〔尉遲恭白〕被某家趷踏步攢住他的獅蠻寶帶，滴溜撲撒下馬來。〔唱〕脚踹住他胸懷(韻)，脚踹住他胸懷(疊)，則救他怎生樣的鬧閧(韻)。叵耐寒才(韻)，使的計策(韻)，便把那人殺害(韻)。忿氣可滿胸懷(韻)，老微臣拍喇喇一騎馬兒趕將來(韻)。〔白〕則我這一鞭，〔唱〕打碎那斷天靈蓋(韻)。〔唐僧白〕天色已晚，貧僧趲路去也。〔衆官白〕吾等再送一程。〔作遶場科。全唱〕

【煞尾】百忙裏修行大(韻)，善性兒分毫不改(韻)，梵王宫(讀)把金經來取(句)，願大唐師傅(讀)疾疾而去早早的歸來(韻)。〔二侍者引唐僧騎馬，各從兩場門分下〕

第十七齣　胖姑兒昌言勝概（齊微韻）

〔雜扮張老，戴氈帽，穿道袍，繫腰裙，拄杖，從壽臺上場門上。白〕縣令廉明决斷良，吏胥不許下村鄉。連年麻麥收成足，一炷清香拜上蒼。老漢張老，積祖在長安城外住，是個老實的傍城莊家。今日聽得城裏送國師唐三藏西天取經去，我莊上王留兒、胖姑兒都看去了，我也待和他們去。老人家趕他不上，所以回來了。說好社火，等他們來家，教他數演與我聽，我請他喫粉合落兒。〔場上設椅轉場坐科。丑扮王留兒，戴腦包，穿喜鵲衣，繫腰裙。旦扮胖姑兒，穿衫背心，繫汗巾，仝從壽臺上場門虛白上。仝唱〕

【雙角套曲・豆葉黄】胖姑王留㊀句，走得來偏疾㊀韻。王大張三㊀句，去得便宜㊀韻。胖姑兒天生得這忒甚的㊀韻，中表相隨㊀韻，轉灣兒離了官廳㊀句，直到的這家裏㊀韻。〔作進門見科。張老白〕您來了麽。〔胖姑兒白〕王留兒你說與老爺爺聽。〔張老白〕胖姑兒則有您細精，你看什麽社火，對我細說一遍。〔胖姑兒唱〕

【雙角套曲・一緺兒麻】不是俺胖姑兒㊀句心精細㊀韻，只見那官人每簇擁着一個大雷椎㊀韻。那雷椎上天生有(句)眼共眉(韻)，我則道瓠子頭(句)，葫蘆蒂(韻)，這個人兒也索蹺蹊(韻)。〔白〕甚麽唐僧，早是不和爺爺去看哩，枉了這遭。〔唱〕恰便似不敢道的東西(韻)，枉被那旁人笑耻(韻)。〔張老白〕官人每怎麽打扮送他？〔胖姑兒白〕好笑官人每，不知甚麽打扮。〔唱〕

【雙角套曲・喬牌兒】一個個手執着白木植(韻)，身穿着紫搭背(韻)，白石頭黄銅片(讀)，曲曲束在腰間繫(韻)。一雙脚似踹在黑甕裏(韻)。〔張老白〕那是皂靴。〔胖姑兒唱〕

【雙角套曲・新水令】只見那官人每腰屈共頭低(韻)，喫得個醉醺醺腦門上着地(韻)。〔張老白〕拜他哩。〔胖姑兒唱〕呀呀嗚嗚吹竹管(句)，〔王留兒白〕吹的好笛。〔胖姑兒唱〕撲通通打着牛皮(韻)，〔王留兒白〕打的花腔鼓。〔胖姑兒唱〕見幾個回回(韻)，他叫一會鬧一會(韻)。

【雙角套曲・雁兒落】見一個粉搽的白面皮(韻)，他横拴着油鬏髻(韻)，他笑一笑打一棒椎(韻)，跳一跳高似田地(韻)。〔張老白〕這是做院本的。〔胖姑兒白〕更好笑哩。〔唱〕

【雙角套曲・川撥棹】好教我便笑微微(韻)。一個漢他木雕成兩個腿(韻)，見幾個武職(韻)，他舞着面旌旗(韻)，嗚喇喇口裏不知他説個甚的(韻)，粧着一個鬼(韻)，人多我也看不仔細(韻)。

【雙角套曲・七弟兄】我鑽在這壁(韻)、那壁(韻)，没安我此身矣(韻)，滚將一個碾碡在我這根底(韻)。脚踏着纔得見真實(韻)，百般兒様打扮千般戲(韻)。〔白〕爺爺，好笑哩。一個人兒將幾扇門兒，做一個

小小的人家，一片細帛兒，粧着一個人，線兒提着木頭雕的小人兒。〔唱〕

【雙角套曲・梅花酒】嗳他喚做甚傀儡(韻)，他喚做甚傀儡(疊)。墨線兒個提的(韻)，紅粉兒個粧的(韻)，甚樣兒個東西(韻)。颼颼的胡哨起(韻)，鼕鼕地鼓聲催(韻)，見一個摩着大旗(韻)，見一個摩着大旗(疊)。他坐着喫湯食(韻)，我站着看筵席(韻)。兩隻腿板僵直(韻)，肚皮中似春雷(韻)，要喫也没得喫(韻)。

【雙角套曲・收江南】呀(格)，可正是坐而不覺立而饑(韻)，去時乘興轉時遲(韻)。〔張老白〕還有什麽社火好看？〔胖姑兒白〕那邊委實的熱鬧，叫我那裏記得清這許多。爺爺，說了一日，我肚子饑餓了，〔唱〕說了半日肚皮得這饑(韻)，霎時間日西(韻)，霎時間日西(疊)，可正是席間花影坐間移(韻)。

【煞尾】雨餘耘罷芝蔴地(韻)，俺向那漚麻池裏澡洗(韻)，唐三藏(讀)此日也起身時(叶)，胖姑兒(讀)從頭告訴了你(韻)。〔虚白，仝從壽臺下場門下〕

第十八齣　獅蠻國直指前程（齊微韻）

〔丑扮小回回，戴回回帽，穿回回衣，執拐杖，從壽臺上場門上。唱〕

【雙調正曲·回回舞】回回回回把清齋(韻)，虔誠虔誠頂禮拜(韻)。眼睛眼睛凹進去(句)，鼻子鼻子弩出來(韻)。〔白〕自家乃回回國小回回便是。今有大唐師傅，往西天五印度取大藏金經，老回回着我在此迎接，只得在此伺候。〔雜扮二侍者，各戴僧帽，穿僧衣，繫絲縧，挑經擔。引生扮唐僧，戴僧帽，穿僧衣，繫絲縧，帶數珠，騎馬，從壽臺上場門上。白〕迢迢千里路，走盡萬程途。〔作下馬，場上設椅轉場坐科。小回回白〕小回回把酥。〔唐僧白〕老回回怎麽不見？〔小回回白〕老回回接了數日，不見到來，又往東樓叫佛去哩。〔唐僧白〕快請來。〔小回回作應，請科。白〕老回回，大唐師傅到了，快來迎接。〔净扮老回回，戴獅盔，簪雉尾、狐尾，穿蟒，繫絲縧，帶數珠，拄杖，内白〕來呀。〔小回回白〕來呀。〔老回回白〕彌呀。〔小回回白〕彌呀。〔老回回白〕嗶呀。〔小回回白〕嗶呀。〔老回回白〕南無僧伽耶，南無嗟摩耶，南無嗟喇摩耶，絲嘚兒，絲嘚兒，僧呵嘚，唵呀呢，吡喳哩，吡吧哩，絲嘚兒，絲嘚兒，嗚咄嚨吽吔囉蘇，呵彌陀佛，阿彌陀佛，來得緊。〔小回回白〕來得緊。〔老回回從壽臺上場門上。雜扮小回回，戴回回帽，穿回

回衣，隨上，老回回唱〕

【雙角套曲・新水令】纔離了叫佛樓(讀)，剛下的這拜佛梯(韻)。〔白〕阿囉呼吸吧嘚囉。〔小回回白〕阿囉呼吸吧嘚囉。〔老回回唱〕俺這裏望西天叫佛了這一回(韻)，俺將那咽叭嘚囉在我這頭上纏(句)，俺將這別離行緊忙披(韻)。您這廝悮了俺的看經(句)。〔小回回白〕那見悮了你的看經？〔老回回白〕我與你數嘚。〔小回回白〕數嘚。〔老回回白〕㖡咯哩嗯嗯扯，嘚勒嗷喰，哈咐哈喰，喰喰嗯嘚。〔小回回白〕喰嗯嘚。〔老回回唱〕您這廝兀的不悮了悮了我整十日(韻)。〔小回回白〕老回回，大唐師傅到了，快去迎接。〔老回回白〕到了麼？〔小回回白〕到了。〔老回回白〕小回回。〔小回回白〕老回回。〔老回回白〕路上狼蟲虎豹甚多，你們須要伴着俺行哩。〔小回回白〕伴着你行哩。〔二小回回作扶科。老回回唱〕

【雙角套曲・喬木查】我喚您那兀多蠻來得緊(句)，您便引着些。〔押二小回回白〕狼來了。〔老回回作急奔走科。唱〕好教俺走不的來行不的(韻)，好教俺走不的來行不的(疊)。走的俺便力盡筋衰(叶)，歪歪呀走的俺便氣喘落得這狼藉(韻)。〔白〕狼在那裏？〔小回回白〕狼在那裏？〔老回回白〕狼在那裏？〔小回回白〕他在那裏耍你。〔老回回白〕你們都該罰罪。〔小回回白〕大唐師傅在上面。〔老回回作見科。白〕早知師傅到來，只合遠接，接待不週，勿令見罪。〔唐僧白〕罷了。接時不到，到時不接，我也不計較你。我奉大唐天子之命，往西天五印度取大藏金經，從你這裏經過，聞你好善持齋，特來問路。〔老回回白〕師傅出關幾月了？〔唐僧白〕兩月了。〔老回回白〕難爲了他。師傅你自出關，到西天的路程，有十萬八千餘里，過了俺國，此去便是河灣、東敖西敖、小西洋、大西洋，往前就是哈蜜城、狗西番、烏斯藏、車遲國、暹羅國、天主國、天竺國、伽毘盧國、舍衛國。那國内有一道横河，其長無許，其濶有八百餘里。有一橋，名曰鐵線橋，若遇得此橋，便是釋迦談經之所，叫做伽耶城，岐遮峪往前就是五印度雷音寺了。〔唐僧白〕善哉善哉。貧僧取經回來，與你們人人滅罪，個個消災。〔老回回白〕師傅，你與唐王修佛力。〔唐僧白〕我與衆生修佛。〔老回回唱〕

【雙角套曲・沽美酒】與唐王修佛力(韻)，與唐王修佛力(疊)，與俺那衆生們得這發慈悲(韻)。師傅您便取經到俺那西天得這西夏國(韻)。小回回您想波嗜師傅他怎肯來到俺這裏(韻)，行了些没爹娘的歹田地(韻)。

【雙角套曲・太平令】師傅您便遠路紅塵不避(韻)，受了些幾場兒日炙價風吹(韻)，卻離了中華得這佛國(韻)，恁便來到俺這裏闥獅蠻的田地(韻)。〔作跪科。唱〕見吾師連忙去頂禮(韻)，向前嗑膝(韻)，忙到了薩蘭薩蘭得這哞呢(韻)。師傅您是必休笑俺(讀)是一個闥獅蠻的回回(韻)。〔小回回作拉老回回起科。白〕老回回，他的年紀小，你的年紀老，怎麽倒去拜他？〔老回回白〕你們不知他的年紀小，我的年紀老，他雖年小，到是我的師傅哩。〔小回回白〕如此，該拜的。〔老回回白〕該拜的。〔小回回作推科。白〕你去拜。〔老回回作怒欲打科。唱〕

【雙角套曲・川撥棹】這廝你便毁俺菩提(韻)。〔小回回白〕你去拜。〔老回回唱〕那廝您便毁俺菩提疊,向人前也没個道理韻。噯嗑膝空提韻,阿蘭嗻呢韻,嗑膝哰呢韻,噯嗑膝嗙噹啷吭嗓的韻。您再來時休恁的韻,再來時休恁的疊。〔白〕師傅,〔唱〕

【雙角套曲·豆葉黄】咱凡胎濁骨句,俺須是肉眼愚眉韻,喒師傅怕憂愁思慮押,戒了酒色財氣韻,與師傅添香洗鉢换净水韻,向師傅的跟底韻,向師傅的跟底疊。念摩訶般若價波羅蜜韻,啞嘚嘞的韻,摩頂受記韻。

【雙角套曲·喬木查】闐獅鑾的回回韻,超度的救度的韻,看清涼上下龍華會韻,唵吽呢讀薩吧嘚兒喫韻。〔唐僧白〕多謝指引,天色已晚,貧僧趲路去也。〔老回回白〕吾等再送一程。〔衆作遶場科。老回回唱〕

【煞尾】俺只見黑洞洞的征雲起韻,更那堪昏慘慘霧了天日韻。願恁個大唐師傅取經回韻,再没有外道那魔可也近得你韻。〔二侍者引唐僧從壽臺下場門下。二小回回白〕狼來了。〔老回回虚白,同從壽臺下場門下〕

第十九齣　劉太保兩界延賓（蕭豪韻）

〔淨扮劉伯欽，戴鷹翎帽，紮包頭，穿箭袖，繫鑾帶。丑扮小厮，戴氈帽，穿窄袖，繫搭包，扛叉，隨從壽臺上場門上。劉伯欽唱〕

【中吕宫正曲·縷縷金】身雄健(句)，氣麄豪(韻)，未能酬壯志(句)，困蓬蒿(韻)。且向深山内(句)，學他獵較(韻)。生涯慣在虎狼巢(韻)，〔合〕搸將險來冒(韻)，搸將險來冒(疊)。〔白〕俺獵户劉伯欽，今日閑暇無事，因此着小厮持着鋼叉，往山前山後打獵一番，有何不可。〔唱〕

【中吕宫正曲·好事近】彄箭搭弓弰(韻)，管猛獸應弦而倒(韻)。剥將皮革(句)，看紛紛雨血風毛(韻)。〔内作喊科。劉伯欽白〕你聽前面人聲喧嚷，莫不是猛獸在那裏作怪？待俺速速前去看來。〔唱〕鋼叉雪亮(句)，頃刻間(讀)立斃南山豹(韻)。〔合〕笑他個懦弱人多(句)，似偺這英雄漢少(韻)。〔雜扮樵夫，戴草圈，穿喜鵲衣，繫腰裙，挑柴擔，從壽臺下場門上。白〕剛從小路走，又遇大熊來。〔劉伯欽白〕爲何如此慌張？〔樵夫白〕太保，不好了，後面有個大熊趕上來了。〔劉伯欽白〕有這等事？待俺去擒來。〔樵夫白〕去不得的。〔劉伯欽唱〕

【仙呂宮正曲·番鼓兒】真堪笑(韻),真堪笑(疊),豺狼任當道(韻)。那熊兒(讀)敢來肆擾(韻),撇棍提叉(句),管許登時擒到(韻)。膽怯兒曹(韻),小覷上鎮山太保(韻)。〔合〕火速火速打胡哨(韻)。莫放他熊兒走了(韻)。〔從壽臺下場門下,小斷隨下。樵夫虛白,從壽臺上場門下。雜扮二侍者,各戴僧帽,穿僧衣,繫絲絛,帶數珠,挑經擔。引生扮唐僧,戴僧帽,穿僧衣,繫絲絛,帶數珠,騎馬,從壽臺上場門上。唱〕

【仙呂宮正曲·解三醒】奉明君九重恩詔(韻),往西天敢憚辛勞(韻),看雲山滿目無由到(韻)。回首望遠皇朝(韻),蕭蕭秋水分清嶂(句),寂寂他鄉乏故交(韻)。〔二侍者虛白,從壽臺上場門下。唐僧白〕侍者,你看把行李丢在此處,有這樣不積善的,竟把我撇去了,少不得我自己前去。〔作下馬挑經擔科。唱合〕形影相弔(韻),早穿林渡澗(讀),又過溪橋(韻)。〔從壽臺下場門下。雜扮熊,穿熊衣,從壽臺上場門上,跳舞科。二侍者從壽臺下場門上,虛白發諢,熊作咬科。劉伯欽持叉,從壽臺上場門上,作打熊科。唱〕

【中呂宮正曲·撲燈蛾】野熊何處逃(韻),野熊何處逃(疊),怪你成精耗(韻),當道逞咆哮(韻)。一任你拔木力能攛跳(韻)。也(格),把鋼叉頻搗(韻),管霎時搯喉貫腦(韻)。〔唐僧從壽臺上場門上,虛白科。劉伯欽唱〕再休想張牙舞爪(韻),〔合〕今日裏(讀)路逢惡獸怎相饒(韻)。〔作打死熊科。小斷虛白,從壽臺上場門上。唐僧白〕你看好威勇也。請問壯士高姓大名?〔劉伯欽白〕我乃獵户劉伯欽。〔唐僧白〕爲何有兩個和尚死在此?〔劉伯欽白〕我也不知那裏來的和尚。我趕來打熊,誰想他兩個先被熊傷害。〔唐僧作看科。白〕原來就是兩個沙彌,可憐。〔劉伯欽白〕你這和尚,是那裏來的?〔唐僧白〕貧僧是大唐來的，奉旨往西天取經，路過寶方。此處有甚麼寺院，待貧僧借宿一宵。〔劉伯欽白〕我這裏乃是一條險路，那裏有甚麼寺院安歇。也罷，舍間去此不遠，只有老母一人在堂，最是信心佛法，我竟留你到我家宿了，明日送你上路，却不是好。〔唐僧白〕如此多謝。〔劉伯欽白〕小厮挑了行李，牽了馬匹。〔小厮牽馬，挑經擔，各作遶場科。劉伯欽白〕行行去去，去去行行。〔作到科。白〕此間已是了。請進去。〔各作進門科。小厮牽馬從壽臺下場門下。劉伯欽白〕師傅，你方纔説西天取經，諒你孤身一人。怎生前去呢？〔唐僧白〕壯士聽禀。〔唱〕

【仙吕宫正曲·薄媚賺】奉命皇朝(韻)，挈鉢持瓶只當做漢節操(韻)。身潦倒(韻)，驀遇着南山猛虎北山猱(韻)。路迢遥(韻)，仝行失伴魂靈掉(韻)，爲法亡軀把性命拋(韻)。蒙尊召(韻)，登堂相叩情非小(韻)，故爾敢來輕造(韻)，敢來輕造(疊)。〔劉伯欽白〕此間還是大唐地界，你既是唐朝來的，誠然是一國之人，不必客氣。〔小厮從壽臺上場門上。劉伯欽白〕小厮，搬酒餚出來，欵待師傅。〔場上設桌椅，小厮作應，向下取酒科。劉伯欽白〕這是一樽泉酒，師傅請飲一杯。這是一盤虎肉，師傅請用些。〔唐僧作合掌科。白〕不瞞太保説，貧僧自出母胎，就做和尚的，從不曉得茹葷飲酒。〔劉伯欽白〕原來如此清修，這也難得。我與家母説，另收拾些素菜欵待便了。小厮吩咐後堂，快擺素食。〔小厮應科，從壽臺上場門下。唐僧白〕又要驚動令堂手製，貧僧倒不安了。〔劉伯欽白〕説那裏話來。弟子還有一事，奉懇師傅。〔唐僧白〕有何見諭？〔劉伯欽白〕先父去世，從未超度，屈留師傅在此做一功德，後日再起程，待小子多送幾里，未知師傅意下如何？〔唐僧白〕尊委道場，正我們僧家分内之事，何敢推托。〔劉伯欽白〕既然如此，師傅在家修齋，我明日出去打虎便了。〔唐僧白〕太保既做孝子，便要在家拜佛，怎麽到要出去打起虎來？〔劉伯欽白〕豈不聞楊香打虎，那日記故事上稱他爲孝子麽？

〔各虚白，仝從壽臺下場門下〕

第二十齣　孫大聖五行脱難（蕭豪韻）

〔丑扮小厮，戴氈帽，穿窄袖，繫塔包，從壽臺上場門上。白〕威伏虎狼尊做主，報還犬馬賤爲奴。自家非别，乃鎮山太保家中一個跟隨的小厮便是。我主人前日留了唐朝一個三藏法師來家居住，忽然改惡從善，聽了母親言語，要那法師替父親做個超度道場。誰想昨晚他父親就來托夢，與闔家長幼道，我在陰司裏苦難難脱，日久不得超生，今幸得聖僧超度，我上中華福地長者人家托生去了。今早衆口一詞，夜間都做了此夢，甚爲奇異。今日法師起身，我主人要遠送一程，叫我手執鋼叉，腰懸弓箭，在此伺候。道猶未了，法師仝主人早出來也。〔生扮唐僧，戴僧帽，穿僧衣，繫絲縧，帶數珠，從壽臺上場門上。唱〕

【仙吕宫引·夜行船】夜宿須知行欲曉（韻），辭别去感謝知交（韻）。〔淨扮劉伯欽，戴鷹翎帽，紮包頭，穿箭袖，繫鑾帶，從壽臺上場門上。唱〕插箭彎弓（句），連鑣並轡（句），送出崎嶇谷道（韻）。〔各作相見科。劉伯欽白〕兔走烏飛不暫停，幸邀開士叩柴荆。〔唐僧白〕他年白馬馱經卷，再向松根斸茯苓。〔劉伯欽白〕昨蒙法師功德，救拔先父，遂得超生，夢中俱有靈應，使吾母子感恩不朽矣。〔唐僧白〕此皆闔宅誠心所感，與貧衲何功之有？ 刻下匆匆起行，又蒙太保遠送，何以克當。〔劉伯欽白〕説那裏話來。快牽法師的馬匹過來。〔小斷應科，向下挑經擔，持叉，牽馬上，各作出門科。劉伯欽唱〕

【仙呂宮正曲·惜奴嬌序】善行高超(韻)，濟泥棃苦海(讀)，得度逍遥(韻)。先人地下(句)，仗優曇功德報答劬勞(韻)，中宵(韻)，感夢亡靈親來告(韻)，豈糢糊無分曉(韻)。〔合〕路迢迢(韻)，伴送孤雲野鶴(讀)直上青霄(韻)。〔唐僧白〕

【又一體】冤遭(韻)水怪山妖(韻)，感君家俠氣(讀)，半道相邀(韻)。作福滅罪(句)，兼祝萱堂壽比松喬(韻)。天曹(韻)，護法韋馱親來到(韻)，遍祥光虛空繞(韻)。〔合〕膽氣豪(韻)，幸有遐方檀越(讀)誼勝仝袍(韻)。

〔場上設五行山科。副扮悟空，戴皮膗腦，穿道袍，繫絲絛，從地井内上，作壓山底科。内作虛嘯。唐僧白〕不好了。〔劉伯欽白〕師傅不要驚懼，待我結果了他，再來奉陪仝行便了。〔作接叉科。雜扮虎，穿虎衣，從壽臺下場門上。劉伯欽作打死虎科。悟空白〕何人打死我家的虎？〔唐僧白〕不好了，又是甚麽妖怪來了？〔劉伯欽白〕不是妖怪。師傅休怕，我們這裏上古傳流下來，這是五行山，向來有個神猴，大鬧天宫，被佛爺壓在此處，故此見人就叫喊。〔悟空白〕可是往西天去取經的麽？〔唐僧白〕住了。你怎麽知道我是往西天取經去的？〔悟空白〕我只因大鬧天宫，犯了誑上之罪，佛爺將我壓在此處。前蒙觀音菩薩點化，教我候師傅來，求師傅救我出去，仝你往西天取經。怎麽今日纔來，等得我好不耐煩哩。〔唐僧白〕只怕救你出來，又生歹意怎麽處？〔悟空白〕救我出去，再生歹意，實是個畜生了。〔唐僧白〕但我如何救得你？〔悟空白〕山頂上有我佛的金字壓帖，揭去了，我自會出來。〔唐僧白〕既如此，太保煩你替我揭起來。〔劉伯欽作上山揭不起科。白〕揭不起。〔悟空白〕別人揭不起，必得師傅親手才揭得起。〔唐僧白〕既如此，待我上去揭來。〔作上山科。白〕呀，果然有六個金字在此。唵嘛呢叭𠺗吽。揭去了。〔悟空白〕你們可站遠些，我出來也。〔從上內作迸出科。白〕好了，我身子都輕了。多謝師傅救拔之恩，請上受我一拜，望師傅收我爲徒弟。〔劉伯欽白〕恭喜師傅得了令徒，與他取個法名便好。〔悟空白〕我原有法名，叫做孫悟空。〔唐僧白〕再與你取個別號，稱爲行者。〔悟空白〕好個行者。〔劉伯欽白〕既有令徒作伴，弟子就此告辭。〔唐僧白〕多蒙壯士遠送了。〔劉伯欽白〕此際易爲別，何年得再逢。〔小廝隨劉伯欽從壽臺上場門下。唐僧白〕行者徒弟，和你就此趲行前去。〔悟空白〕請師傅上馬。〔悟空作挑經擔，唐僧作上馬科。悟空唱〕

【尾聲】安天會上曾相鬧(韻)，五百年來受苦惱(韻)。〔唐僧白〕徒弟，〔唱〕你把鬬勇心情從此一旦拋(韻)。〔仝從壽臺下場門下〕

第廿一齣 除六賊詎授金箍（庚青韻）

〔雜扮眼看喜、耳聽怒、鼻嗅愛、舌嘗思、意見欲、身本憂，各隨意扮，持器械，仝從壽臺上場門上。唱〕

【正宮正曲·四邊静】刼人家寶恣胡逞（韻），有誰能把持定（韻），喪刦汝身財（句），損將你福命（韻）。〔眼看喜白〕我們是六根會上弟兄六人，因無行業，剪徑爲生。這幾日買賣不興頭，弟兄們和你大路上去守，等個行路的客商，打刼了來，也好糊口度日。何如？〔衆白〕兄弟每正欲如此。〔仝唱合〕欲圖剪徑（韻），要施强横（韻）。六賊古今來（句），各各有名姓（韻）。〔仝從壽臺下場門下。副扮悟空，戴皮膪腦，穿道袍，繫絲絛，帶數珠，挑經擔。引生扮唐僧，戴僧帽，穿僧衣，繫絲絛，帶數珠，騎馬，從壽臺上場門上。仝唱〕

【又一體】因貪行路臨危境（韻），樹木互交映（韻）。日色已歸西（句），萬籟響俱静（韻）。〔合〕風敲竹徑（韻），鴉鳴鵲應（韻），旅店尚無踪（句），道路自孤另（韻）。〔六賊從壽臺下場門上，作攔路科。白〕和尚那裏走？早早放下馬匹行李，饒你性命。〔唐僧作下馬科。白〕徒弟，不好了，强人來了。〔悟空作拴馬科。白〕師傅，你且看守行李馬匹，待我去。這是送盤纏來了。〔唐僧從壽臺上場門下。悟空白〕哇，你們是甚麽人？何故阻我去路？〔六賊白〕我等是剪徑大王。〔分白〕我叫意見欲。我叫眼看喜。我叫耳聽怒。我叫鼻嗅愛。我叫舌嘗思。我叫身本憂。〔合白〕快快放下行李馬匹，饒你過去。若説半個不字，教你性命難逃。〔悟空白〕原來是六個毛賊。你快將打刼客商的奇珍異寶拿出來，作七分兒分了，饒你每去罷。〔六賊白〕賊秃無禮。〔各對敵科。悟空持捧，作打死六賊從壽臺下場門下，作剥衣科。唐僧從壽臺上場門上。悟空白〕師傅請行，六賊俱被我打死了，剥了衣服，搜了些盤纏在此。〔唐僧白〕徒弟，你忒也闖禍。他雖是剪徑的强人，也不該就打死他。罪過，你縱有手段，只可退他去便了，無故傷了六條性命，這等兇狠，如何做得和尚？〔悟空白〕師傅，我若不打死他，他就要打死你哩。〔唐僧白〕我出家人寧死，也决不敢如此行兇。〔唱〕

【仙吕宫正曲·園林好】你今日把兇念恃横㊅，你今日把六命戕生㊅。〔悟空白〕師傅，我老孫五百年前稱王爲怪的時節，也不知打死了多少人，豈在這六個毛賊。〔唐僧唱〕逞着你暴頑惡性㊅，〔合〕想佛法怎修行㊅，想佛法怎修行㊂。〔悟空白〕師傅，便打死六個毛賊，打甚麽緊，只管絮絮叨叨。〔唱〕

【又一體】恨六賊迷人性靈㊅，怪六賊任伊愛憎㊅，勦除却方爲清淨㊅。〔合〕又何必怒難平㊅，又何必怒難平㊂。〔唐僧白〕還説這話。只因你欺天誑上，纔受五百年之難。今既入了沙門，還是這樣行兇覇道，你去不得西天，做不得和尚。〔悟空白〕師傅，我既做不得和尚，上不得西天，你也不必恁般絮聒，我回去便了。〔唐僧白〕那有你這樣惡和尚。〔悟空白〕老孫自家去罷了。〔從壽臺上場門下。唐僧白〕你看這厮性格兇頑暴戾，這等不受教誨，我略說了他幾句，就便無影踪的去了，也是我命裏不該招徒弟。〔坐地科。老旦扮觀音化身，穿老旦衣，繫花帕，從壽臺上場門上。白〕心猿怎歸正，降伏有金箍。〔唱〕

【仙呂宮正曲・江兒水】佛法原行善(句)，如來本好生(韻)。那石猴喜殺天成性(韻)，就是把六根勦斷也是圖乾淨(韻)。只見他不該拋撇誰呼應(韻)，怕誤彼西行功行(韻)。〔合〕我且授彼金箍(句)，纔伏得野猿心定(韻)。〔作見科。白〕你是那裏來的長老？〔唐僧白〕貧僧乃是東土大唐皇帝差往西天拜佛求經的。〔觀音化身白〕西方佛乃在天竺國大雷音寺，此去有十萬八千里程途，你單人獨馬，如何去得？〔唐僧白〕弟子曾收一個徒弟，因爲他性潑兇頑，被我說了幾句，竟自飄然而去了。〔觀音化身白〕有這等事？往那裏去了呢？〔唐僧白〕往東而去了。〔唱〕

【又一體】他逞起兇頑念(句)，存心不好生(韻)。但逢相殺心歡慶(韻)，屢加勸戒全不聽(韻)。〔觀音化身白〕如今竟去了麽？〔唐僧唱〕飄然長往無踪影(韻)。〔觀音化身白〕還少不得要來的。〔唐僧白〕這也由他罷了。〔唱〕來去由他心性(韻)。〔合〕只是這削髮披緇(句)，須曉得佛門摩頂(韻)。〔觀音化身白〕他既往東而去，待我喚他回來。〔唐僧白〕多謝慈悲。〔觀音化身白〕我且問你，你既收他做徒弟，可有什麽法器與他麽？〔唐僧白〕貧僧孤身行路，那有什麽法器與他。〔觀音化身白〕可又來。自古利動人心，你且住着。〔作向下取衣帽科。白〕老身向有個兒子，也是從幼出家，不幸身亡，遺有嵌金花帽、棉布直裰在此，你可將去與他穿戴。他就歡喜，永不離你了。待我取來。〔作向下取科。唱〕

【仙呂宫正曲·五供養】這是我亡兒不幸(韻)，空遺下直裰爲憑(韻)，他年少抛慈母(句)，我心中兀自疼(韻)。你的福緣相稱(韻)，相稱你一盞傳燈(韻)。〔白〕這是我孩兒没福。〔唱合〕一頂鑲金帽(句)，戴上喜歡生(韻)。動我慈悲(讀)，特行解贈(韻)。〔作付衣帽，唐僧接科。白〕多謝老母慈悲。〔觀音化身白〕我還有咒語，唤做定心真言，又名緊箍咒。〔作念咒科。白〕緊查唎娑訶。〔唐僧白〕緊查唎娑訶。〔觀音化身白〕你可暗暗念熟，牢記心頭。〔唐僧白〕弟子多謝了。〔唱〕

【又一體】心中欣幸(韻)，收衣帽憑天證盟(韻)。若要皈依佛(句)，先須戒鬬争(韻)。我想伊行徑(韻)，怕不改從前强横(韻)。〔觀音化身白〕他若不改性情，若不遵法戒，你將咒語暗念，他自然改過。〔唐僧唱合〕他不蹈前轍(句)，我心中喜自生(韻)。師弟相依(韻)，安危仝命(韻)。〔觀音化身白〕長老，那邊有人來了。〔唐僧作轉科。白〕在那裏？〔觀音化身從壽臺上場門下。唐僧白〕怎麽一時不見了？想是觀音菩薩。〔作拜科。白〕弟子有何德能，屢蒙菩薩下降，我不免坐在此樹下，將定心真言默念便了。〔坐地科。觀音菩薩内白〕孫悟空趁早跟隨師傅往西天去，切莫錯了念頭。〔悟空内應科。白〕弟子就去。〔從壽臺上場門上。唱〕

【仙呂宫正曲·玉交枝】別離俄頃(韻)，我心中難捨師情(韻)。〔白〕就是師傅説我，也是應該的。

我只怪他絮絮叨叨，令人難受。〔唱〕暫時不把言來聽(韻)，覺神魂左右隨行(韻)。〔作見唐僧背科。唱〕他兀然獨坐蕭蕭影(韻)，妖魔若遇如何屏(韻)。〔白〕師傅，〔唱合〕你還是趺坐看經(韻)，你還是抱恨難平(韻)。〔唐僧唱〕

【又一體】我方纔入定(韻)。〔悟空白〕師傅入定，見些什麽來？〔唐僧唱〕見觀音怪你胡行(韻)。〔悟空白〕他怪我胡行？方纔撞見我，他又不曾説甚麽。〔唐僧唱〕你若還使性戕生命(韻)，將你去五行山仍受嚴刑(韻)。〔悟空白〕我如今情願還仝師傅上西天去，師傅起來趲路。〔唐僧作起，悟空見衣帽作喜科。白〕師傅，這好東西是那裏來的？〔唐僧白〕這是我小時穿戴的。〔唱〕這是先師付我爲盟證(韻)，休教輕慢菩提証(韻)。〔悟空白〕這樣好東西，師傅與了徒弟穿戴罷。〔唐僧白〕你既要他，就與你穿戴。〔唱合〕付伊家聊表師情(韻)，願從今共登仙境(韻)。〔悟空作穿戴科。白〕就像量定身材做的一般。〔唱〕

【仙吕宫正曲・川撥棹】我心何幸(韻)，這衣冠渾厮稱(韻)。〔唐僧默念咒，悟空作頭疼科。白〕阿呀！〔唱〕爲何的一霎頭疼(韻)，爲何的一霎頭疼(疊)，這其間嘴兒難硬(韻)。〔白〕不好了，疼死我也。〔唱合〕汗淋漓似雨傾(韻)，痛生魂欲上昇(韻)。〔唐僧白〕悟空，你怎麽如此行徑？〔唱〕

【又一體】你却緣何不應聲(韻)，你向日威風何處行(韻)。〔悟空白〕我曉得了，是師傅咒我哩。〔唱〕

是何人傳你金經（韻），是何人傳你金經（疊），難閣閣教人受疼（韻）。〔唐僧復念，悟空作滚地科。白〕師傅，鐃了弟子罷。〔唱合〕寔皈依聽使令（韻），若欺心咒現成（韻）。〔唐僧白〕你可知悔過麽？〔悟空白〕弟子悉知悔過了。〔唐僧白〕以後還敢亂傷人命麽？〔悟空白〕再不敢了。〔唐僧白〕如此起來。〔悟空作起科，虚白。唐僧白〕徒弟我和你，〔唱〕

【尾聲】凄凉苦楚皆天命（韻），〔悟空唱〕我拴縛心猿敢亂行（韻）。〔作牽馬科。白〕師傅請上馬。〔唐僧作上馬，悟空挑經擔科，仝唱〕遥望西天雲萬層（韻）。〔仝從壽臺下場門下〕

第廿二齣　勅小龍幻成白馬（尤侯韻）

〔場上設鷹愁澗科。小生扮小白龍，戴紫金冠，軟紮扮，從澗内上。白〕攪海翻江徒作孽，興雲吐霧久成精。吾乃西海龍王三太子是也。蒙觀世音菩薩把我送在此鷹愁澗内，專等大唐取經人來，隨上西方，守候已久，並不見來。今日天色寒冷，腹中饑餓，不免到澗邊探望一回。〔悟空内白〕師傅請行。〔小白龍作望科。白〕好了，遠遠望見有人來了。我且躲過一邊，相機行事便了。〔從洞門下。副扮悟空，戴悟空帽，穿悟空衣，帶數珠，挑經擔。引生扮唐僧，戴僧帽，穿僧衣，繫絲縧，帶數珠，騎馬，從壽臺上場門上。唱〕

【黄鐘宫隻曲·醉花陰】端只爲向善因緣信非偶（韻），則俺師徒的天涯邂逅（韻），一心的求經叩佛奔荒丘（韻）。殫跋涉辛苦祈求（韻），不知那大藏經何時授（韻）。過崎嶇（句），渡川流（韻），經幾多險難顛危滯行踪許久（韻）。〔白〕悟空，我與你師徒行來數月，遇着臘月寒天，你看朔風凜凜，滑凍凌凌，遥聽水聲聒耳，不知是甚麽所在了。〔悟空白〕弟子聞得此處乃是蛇盤山，山下有個鷹愁澗，此必是澗邊水響。我想寒天，澗水到是温暖的，如今這馬走的渴了，放他吃些温水，也是好的。師傅請下馬來，且在這石塊上面少坐片時。〔小白龍從洞門上作吞馬科，仍從洞門下。唐僧白〕徒弟，馬匹爲何不見了？〔悟空白〕想這澗中有什麼妖怪把馬攝去了。師傅在那邊僻静去處少待，待徒弟去找尋。〔唐僧白〕快去。〔從壽臺上場門下。悟空持棒作遶場科。白〕妖怪，快快還我馬來。〔小白龍持鎗從洞門上。白〕偏不還你，待要怎麼。〔作對敵科。悟空唱〕

【黄鐘調隻曲·喜遷鶯】覷着這孽龍逞鬬（韻），是鷹愁澗底泥鰍（韻），惹罪招尤（韻）。頓教您須臾傾覆（韻），要保殘生還馬便干休（韻）。〔小白龍白〕誰見你的馬來，圖賴俺龍王麽。〔悟空唱〕你再言差謬（韻），管教你潛鱗易改（句），蜕骨難收（韻）。〔作對敵科。小白龍白〕没了馬匹還是小事，你師傅被我蝦兵蟹將拿住，怎不去救援？〔小白龍虚白，仍從洞門下。悟空白〕有這等事，師傅那裏？〔唐僧從壽臺上場門上。白〕徒弟來了，馬匹可曾尋着了麽？〔悟空白〕不要説起。徒弟適纔唤出孽龍，問他索取馬匹，他竟滿口胡賴，徒弟氣忍不過，只得與他厮鬧一回。那孽龍戰敗，不敢向前，反對徒弟説師傅被他蝦兵蟹將圍困，怎生不去救援，徒弟一聞此言，急急趕回觀看，師傅好端端的在這裏，徒弟却被他哄騙去了。〔唐僧白〕你前日在我跟前賣弄許多手段，今日一條孽龍便不能降伏。馬匹既尋不來，反又受他欺騙，後面怎麼做得事來？〔悟空白〕師傅休得性急，待徒弟再去復陣，管教討了馬匹回來，好仝師傅急急趕路便了。〔唐僧白〕這便纔是，須要速去速來。〔仍從壽臺上場門下。悟空白〕我心生一計在此，那孽龍不過把我的馬匹藏在深澗之中，如今把一條鷹愁澗徹底澄清的水攪得似那九曲黄河泛漲的波濤一般，他自然獻出馬匹求降，决無躲避處了。〔作用棒攪澗水科。小白龍從澗內上作對敵科。小白龍白〕潑魔，你攪渾了澗中清水，好生可惱。〔悟空白〕潑泥鰍，〔唱〕

【黄鐘調隻曲·出隊子】誰教你招災惹咎㊞，攪得這鷹愁龍也愁㊞。快送還俺馬匹并鞍鍬㊞，再若遲延教你身異首㊞。〔作對敵科。小白龍仍從澗內下。悟空白〕你看這孽畜，又入澗中去了。這便怎麽處？俺不免使一翻江攪海的手段，少不得還我馬匹。〔唱〕惱得俺怒氣轟轟冲牛斗㊞。〔雜扮揭諦，戴揭諦冠，穿鎧，持杵，從左天井下至仙樓上。白〕孫大聖，且莫動手。我奉觀音菩薩法旨，前來解分此事。〔作下仙樓至壽臺科。白〕白龍速至。〔小白龍從澗内上。白〕大神何事相召？〔揭諦白〕奉觀音菩薩法旨，道汝因有罪，摘貶下凡，前者菩薩法諭，等取經僧至，皈依佛道，變白馬馱經，以贖前愆。今白馬已被你吃下，無可償還，如今將你明珠摘了，變做白馬，送你師傅西行，你二人隨我來。〔帶小白龍、悟空從澗内下。唐僧從壽臺上場門上。白〕心猿難拴定，野馬尚無鞍。悟空怎麽還不見到來？〔悟空從澗内牽馬上。唐僧見馬喜科。白〕悟空，你竟尋着了！馬回來了，虧了你也。〔悟空白〕師傅，那匹馬已被孽龍吃了。這是觀音菩薩顯靈，就把孽龍變作白馬，送往西天。〔唐僧作看科。白〕白馬非馬，向來未曾參透，今日眼前已經點化了。悟空挑了經擔，疾忙前去罷。〔悟空應，作挑經擔科。唱〕

【煞尾】剗馬騰騰向前走㊞，遶山坡人可也歌按龍湫㊞。〔唐僧唱〕只問你玉勒雕鞍何處有㊞。〔悟空虚白，仝從壽臺下場門下〕

第廿三齣　化成里社遺金勒

〔扮土地從壽臺上場門上。白〕佛子遊天外，神祠幻此間。月來滿地水，雲起一天山。吾乃落伽山土地是也。蒙菩薩法旨，差送鞍轡一副與取經法師，不免化一座廟宇在此，留他歇宿。我俱一一准備，且待他師徒二人來，交付與他便了。〔從壽臺下場門下。唐僧騎馬從壽臺上場門上，悟空隨上。唐僧白〕微月昏蒙蒼渚闊，〔悟空白〕淡雲撩亂遠山低。師傅，天色晚了，借那前面菴院宿了，明日早行罷。〔唐僧白〕如此甚好。〔作到下馬科〕匾額之上，有三個大字，待我看來。〔看科〕里社祠。原來是土神之祠。〔悟空白〕待我叩門。〔雜扮土地化身，戴巾，穿道袍，繫絲縧，持拂塵，從壽臺下場門上。白〕寂寥香火院，蕭索水雲鄉。是那個？〔作出門見科。白〕請問師傅仙鄉何處？〔唐僧白〕貧僧是東土大唐國奉旨上西天拜佛求經的。〔土地化身白〕原來就是大唐三藏師傅，失敬了，請進。〔作進門科。悟空見土地化身，各作會意科。土地化身白〕好一匹白馬，爲何沒有鞍轡？〔唐僧白〕不要提起。貧僧行到鷹愁澗，被這孽龍把我的馬匹鞍轡都吃下去了。仰蒙觀音菩薩慈悲，就將孽龍變爲白馬，與我乘坐。只是沒有鞍轡，怎生是好？〔土地化身白〕不要慌，我這裏有一副鞍轡，送與師傅乘坐便了。

後面備來。〔悟空白〕待弟子去備來。〔從壽臺上場門下。土地化身唱〕

【中呂宮正曲・駐雲飛】要駕空騰(韻),疎散無羈汗漫行(韻)。人要衣裝勝(韻),馬要鞍裝盛(韻)。嗏(格),猛力有威名(韻),更須德性(韻)。一顧長嘶(讀),銜是天機逞(韻)。〔合〕用不上善御王良有法程(韻)。〔唐僧白〕只是貧僧受之不當。〔悟空作牽馬仍從壽臺上場門上。唱〕

【又一體】白馬紅纓(韻),抵多少天廐新頒玉鼻名(韻)。鞍屉端整(韻),鍬轡齊拴定(韻)。嗏(格)。〔唐僧白〕多多生受老丈,貧僧就此告別了。〔土地化身從壽臺下場門下。悟空、唐僧仝唱〕折柳短長亭(韻),心懷耿耿(韻)。一搦鞭梢(讀)不啻千金贈(韻)。〔土地從壽臺下場門上。白〕聖僧聽者,吾非里社祠廟祝,乃落伽山土地,奉觀音菩薩法旨,孽龍所化之馬上無鞍轡,必有顛蹷之患,特令賷送聖僧。那馬須用心跟隨者,待完了孽障,仍舊復還你的正果。各各努力西行,不可怠緩。吾神去也。〔仍從壽臺下場門下。唐僧白〕原來如此。多謝菩薩慈悲,我每趲路去罷。〔作騎馬科。唱合〕意馬無邪不在堈(韻)。〔仝從壽臺下場門下〕

第廿四齣　現出心魔照慧燈（尤侯韻）

〔雜扮衆揭諦，各戴揭諦冠，穿鎧，持杵，從壽臺兩場門上，分侍科。内奏樂，雜扮惠岸，戴陀頭髮，紮金箍，軟紮扮，持鏟。小旦扮龍女，戴過梁額、仙姑巾，穿宫衣，臂鸚哥。引旦扮觀音菩薩，戴觀音兜，穿蟒，披袈裟，帶數珠，持拂塵，從仙樓上場門上。唱〕

【黄鐘宫正曲・出隊子】海潮音吼(韻)，接引僧祇棹戒舟(韻)。梅岑亦只海中漚(韻)，半結跏探象外幽(韻)。時過花朝(讀)，又報添籌(韻)。〔内奏樂，場上設高臺蓮座，轉場陞座科。白〕我乃觀世音菩薩是也。前者奉佛法旨，往東土尋個取經善信。今喜洪福寺中點化高僧玄奘，已經奉勅西行。他原是金蟬子下降，那護持的徒弟，亦經收伏了兩個，從此十萬八千之程，不慮他不到五印度也。但是一路上吃險擔驚，應歷八十一難，才得行滿功圓，教玄奘好虧他禁受也。〔唱〕

【黄鐘宫正曲・絳都春序】風餐雨宿(韻)，仗精神打熬(讀)，遥瞻靈鷲(韻)。白馬馱經(句)，須歷迍邅盈九九(韻)。〔惠岸、龍女白〕啟問菩薩，那玄奘何時才得回來？〔觀音菩薩唱〕栢枝兒東指便是歸時候(韻)。〔惠岸、龍女白〕取得多少經？〔觀音菩薩唱〕貝多葉靈文都有(韻)。〔合〕菩提阿耨(句)，流傳震旦(讀)，永垂不朽韻。〔雜扮衆天將，各戴大頁巾，穿箭袖、排穗，執旗。旦扮衆仙女，各戴魔女髮，穿宫衣，持五色蓮花。引老旦扮黎山老母，旦扮金光聖母，各戴鳳冠、仙姑巾，穿蟒，束帶，持拂塵。旦扮靈吉菩薩、毘藍婆菩薩，各戴僧帽，紮五佛冠，穿蟒，披袈裟，帶數珠，持拂塵，從壽臺上場門上。仝唱〕

【黄鐘宫正曲·賞宫花】輪飛翠虬韻，補陀巖結勝遊韻，大士談經處句，雨花稠韻。〔分白〕吾乃黎山老母是也。吾乃金光聖母是也。吾乃靈吉菩薩是也。吾乃毘藍婆菩薩是也。〔仝白〕今日乃大士誕辰，我等特來稱祝。〔唱合〕此日願持山作壽句，學他履渡與杯浮韻。〔作進見參禮科。白〕恭逢菩薩千秋，我等敬爇心香，上祝聖壽。〔觀音菩薩白〕有勞衆位菩薩遠顧荒山。〔黎山老母、金光聖母、二菩薩白〕聞知優曇鉢羅花生，乃有佛出世，行看三藏真經，流傳南贍部洲，振興象教。吾等敬獻九品蓮華燈一座，預慶嘉祥。〔觀音菩薩白〕益發生受了，請衆位陞座。〔内奏樂。黎山老母、金光聖母、二菩薩仝上仙樓作陞座科。衆仙女各作合舞科。天井内垂下九層五色蓮花燈科。仝唱〕

【黄鐘宫正曲·畫眉序】四照慧燈優韻，九品蓮臺不常有韻。道金姿誕應讀，瑞表千秋韻，恰好是薝蔔林香句，漫認做芙蓉池漏韻。〔合〕西方聖教來東土句，到處旃檀争秀韻。〔作跪科。地井内出各魔精形，從左邊地井内下。觀音白〕二位菩薩，可知此段因緣麽？〔二菩薩白〕我等不知，望菩薩開示。〔觀音白〕蓮花自照，爲金經流傳東土、象教興隆之應，那烟光起處，又是取經人的魔頭也。〔黎山老母、金光聖母、二菩薩白〕理當防衛高僧。但不知這等惡趣，從何而起？〔觀音菩薩白〕四大本無，

五蘊非有，何況妖魔之輩？這不過邪逐心生，邪隨心滅，光天化日之下，那有什麼外道也。〔唱〕

【黄鐘宫正曲·歸朝歡】腔子裏(句)，腔子裏(格)，本無纖垢(韻)，多營擾神騰鬼驟(韻)。須則待(句)，須則待(格)，金剛獅吼(韻)，不教他(讀)蟻動轉疑牛鬬(韻)。箇中和合休分剖(韻)，好似那空花一霎飄虚囿(韻)。〔黎山老母、金光聖母、二菩薩白〕那玄奘種有夙根，怎生亦不能脱離災厄？〔觀音菩薩唱〕這的是智寶須從煩惱求(韻)。〔内奏樂，仝作下座，仍從天井收九層燈科。唱〕

【尾聲】雷音淨土遥稽首(韻)，傳燈喜見人擔受(韻)，從此去十萬程途恰動頭(韻)。〔仝從仙樓壽臺下場門下〕

丙上

第一齣　香花供法高幢建（歌弋韻）

〔雜扮五十六羅漢，各戴僧帽，紥金箍，穿箭袖，繫肚囊，從壽臺兩場門上，仝作合舞科，畢。白〕太虛無障礙，至道本空明。願言四十八，寶筏渡羣生。我等奉如來之命，特來南海慶賀觀音聖誕。你看將近補陀，那邊幢旛寶蓋，香霧飄颻，想是菩薩陞座，不免進去一仝參見。〔各分侍科。內作樂，雜扮八沙彌，各戴僧帽，穿僧衣，披袈裟，持旛。生扮惠岸，戴陀頭髮，紥金箍，穿蟒、箭袖，繫肚囊，紥鞶，持鏟。小旦扮龍女，戴過梁額、仙姑巾，穿宮衣、臂鸚哥。引旦扮觀音菩薩，戴觀音兜，穿蟒，披袈裟，持拂塵，從仙樓門上。唱〕

【雙角套曲・新水令】大千世界現娑婆（韻），囫圇中有誰參破（韻），慈雲開般若（句），慧日照迦羅（韻），直上補陀（韻），看九品蓮花萼（韻）。〔內奏樂。菩薩陞座科。衆羅漢白〕今日乃大士聖誕，某等奉如來之命，普仝拜賀。〔觀音白〕生受了。〔衆羅漢作參拜科。唱〕

【雙角套曲・駐馬聽】日麗風和（韻），紫燕來時春較可（韻）。蜂臺獅座（韻），慧門開處海無波（韻）。俺可也和南合什拜多羅(韻)，齊聲念彼觀音脱(韻)。這一刹那(韻)，筵前諦聽天花唾(韻)。〔分侍科。雜扮八侍者，各戴僧帽，紮金箍，穿僧衣，披袈裟，持播。旦扮十六天女，戴魔女髮，穿宫衣，持花。雜扮四揭諦，戴揭諦冠，穿蟒、箭袖、鎧褂，持播。雜扮二套頭羅漢，戴套頭，穿羅漢衣，捧寶。雜扮二吼奴，戴吼奴帽，穿小紮扮，牽吼。引生扮普賢菩薩，戴瞌腦，穿蟒，披袈裟，持拂塵，乘吼，從壽臺上場門上。仝唱〕

【雙角套曲・沉醉東風】望法界花開纓絡(韻)，轉香林樹綻多羅(韻)。俺頭頂著如意珠(句)，手托着衆香缽(韻)，早則見聳雲中梵刹嵯峨(韻)，一點青山擁髻螺(韻)，多應是菩提薩埵(韻)。〔侍者白〕普賢菩薩到。〔觀音下仙樓作迎見禮科。衆羅漢白〕菩薩稽首。〔普賢白〕衆位少禮，今日乃大士聖誕，某等特來拜祝。〔觀音白〕我佛有言，生本無生。今日菩薩到來，念動真言，得與衆生解脱，仝登仁壽。這就是功德無量了。〔普賢白〕真乃大悲大願，大聖大慈。今日景物熙和，萬花開放。某等欲令天女散花，以比春光，以宏壽域。〔觀音白〕多謝菩薩。看甘露過來。〔惠岸、龍女應科。觀音、普賢仝上仙樓科。場上設桌椅，觀音、普賢各坐科。天女作舞花科。惠岸、龍女作進甘露科。衆仝唱〕

【雙角套曲・雁兒落】則見散天花飄飄法雨過(韻)，上蓮臺靉靆慈雲裏(韻)。遥看那落伽山外天(句)，都覆着寶相光中我(韻)。

【雙角套曲・得勝令】霎時間與桃李鬬春和(韻)，便參透那心花意葉多(韻)。要識得那翠竹黄花景(韻)，便參透那心花意葉多(韻)。知麽(韻)，甘露楊枝落(韻)。壽呵(韻)，亘乾坤永不磨(韻)。〔衆天女作各舞畢分侍科。觀音、普賢各起，隨撤桌椅科。普賢白〕請問菩薩，這裏香山勝景，可能見賜一觀？〔觀音白〕既到荒山，就請菩薩各處賞玩，衆羅漢導引而行。〔衆應科。衆沙彌、惠岸、龍女、觀音、普賢下仙樓至壽臺科。場上設香山，衆遶場科，作上山科。唱〕

【雙角套曲・沽美酒帶太平令】共相携上補陀韻，這勝會似維摩韻。翠岫丹崖香霧鎖韻，霞天一抹韻。隱放著旃檀盒韻，菩提樹三生因果韻，薝蔔花八寶娑羅韻，紫竹林半空樓閣韻，紫雲岩九天咳唾韻。俺呵格，轉過了平坡韻、峻坡韻，抵多少恒河韻、愛河韻。呀格，一望裏天空海濶韻。〔普賢白〕妙哽。塔湧香花，山圍日月，三千大千，淨土奇觀也。〔衆仝唱〕

【雙角套曲・七弟兄】念着彌陀韻，數着摩呵韻，身入翠烟蘿韻。遥空止有天花墮韻，琉璃寶地白雲窩韻，珊瑚紺蓋長生座韻。〔各作下山科。唱〕

【煞尾】指頭禪讀，誰解我家生活韻。則這摩尼珠讀，弄來剛一顆韻。看今朝拜生辰句，嬾唱九如歌韻。須知道壽域開韻，延燈三世火韻。〔仝從壽臺兩場門分下〕

第二齣　鉛汞走丹空鼎燒（蕭豪韻）

〔雜扮汞精，戴束髮、龍臉，軟紥扮。雜扮鉛靈，戴束髮、虎臉，軟紥扮。旦扮黄婆，紥花包頭，戴額，穿黄婆衣。雜扮嬰兒，戴綫髮，穿採蓮襖，繫絲縧。旦扮奼女，戴牡丹頭，穿採蓮襖，繫絲縧。仝從壽臺上場門上，跳舞科。白〕北方正氣爲河車，東方甲乙成丹砂。兩情合養爲一體，朱雀調運生金花。〔分白〕我乃黄婆是也。我乃嬰兒是也。我乃奼女是也。我乃震方汞精是也。我乃兑方鉛靈是也。〔仝白〕我等都是爐鼎之真精、金丹之幻相。居然有物，結胎于混沌之先；道是無形，毓質于陰陽之表。纔使那龍者汞也，虎者鉛也，與我都是仝類而異其名。不想那黑風山有個熊大王，修心煉性，已到了八九分工夫，專待大丹一成，便可長生不老。但究竟是妖魔之輩。他若開爐，我們今日不可助彼成功，各自飛鉛走汞便了。〔衆遶場從壽臺下場門下。雜扮衆妖童，各戴道童巾，穿道袍，繫絲縧。引雜扮熊精，戴套頭，穿箭袖，紥氅，從簾子門上。唱〕

【雙角隻曲·二犯江兒水】棲真養道(韻)，赤緊的棲真養道(疊)，住雲巖人跡杳(韻)。俺撇開擾跳(韻)，放下咆哮(韻)，黑風山修煉早(韻)。〔場上設椅，轉場坐科。白〕我乃熊大王是也。在此黑風山中，學道多年，儘會得服日餐霞，無須那采芝餌术。向與白衣秀士、凌虛子輩結成方外之交，頗不寂寞。因我的神通廣大，强是他們，推吾爲道長。這也不在話下。所有修煉金丹，已臻九轉之候了，須索開爐看來。童兒隨我到丹房去。〔衆妖童應科。塲上設丹爐科。熊精唱〕轉過這廊腰(韻)，丹房路不遥(韻)。花雨瀟瀟(韻)，香霧飄飄(韻)，用不着莽玄霜杵臼搗(韻)。〔作進門科。白〕你看姹女氣索，嬰兒聲寂，紫色內達，赤芒外射，管教爐內大丹已成。好快活人也！〔唱合〕坎離自交(韻)，則見他坎離自交(疊)。長生永保(韻)，管許俺長生永保(疊)。〔白〕今日我老熊得了大丹之後，定可白日飛昇，再不幹那些邪魔外祟的勾當也。〔唱〕好教人(讀)，挾飛仙去絳闕朝(韻)。〔作開爐科。天井內下線，作繫龍虎、黃婆、嬰兒、姹女切末，越爐而出，跳舞從天井內上。熊精白〕阿呀苦也！白費了多少年工夫，今日又走了丹了。如何是好？〔唱〕

【又一體】初開丹竈(韻)，恰纔的初開丹竈(疊)。虎鉛龍汞少(韻)，恨殺那嬰兒狂跳(韻)，姹女裝喬(韻)，潑黃婆更可惱(韻)。〔衆妖童白〕如今走了丹，大王也不必煩燥，再配合起來，修煉未遲。〔熊精白〕你們那裏知道。〔唱〕儘説道文武火還燒(韻)，朱砂封固牢(韻)。可知道筋骨難熬(韻)，還怕是福分難消(韻)，從今後大還丹休想了(韻)。〔衆妖童白〕大王，這等説不如仍做妖精，到也灑落。〔熊精白〕胡説！難道妖精便不成正果？我如今且等道友處丹成，要他幾顆來受用便了。童兒把丹爐擡過了。〔塲上設烟雲帳科。衆妖童擡丹爐，從壽臺下場門下。隨上。妖童白〕大王還有一事，未曾禀明。〔熊精白〕什麼事呢？〔衆妖童白〕那白衣秀士、凌虚子二位師長，問大王何日得閒，要請去談道。〔熊精白〕他們也約得久了。待清閑時候，自然去走一遭。〔仝唱合〕中心好焦㊖，怎禁得中心好焦㊐。非僧非道㊖，到底是非僧非道㊐。只怕他㊗做妖精没下稍㊖。〔仝從簾子門下〕

第三齣　成瓦礫焚燒紺宇（東鍾韻）

〔場上設韋馱龕，上雲帳、草房、遮攞龕等物件科。丑扮了然，戴僧帽，穿僧衣，繫絲縧，帶數珠，拄竹杖，從壽臺上場門上。白〕絶頂茅菴老此生，寒雲孤木伴經行。世人那得知幽徑，遥向青峯禮磬聲。貧僧乃觀音禪院住持了然是也。持齋八十餘年，解脱未長有一，懶得敲梆募化，現成送來歡喜。人皆道我貪財。我記得古人之語，孔子有言，及其老也，戒之在得。閒話少説。今日天氣清明，恐有四方居士到此拈香，只得在此伺候。〔副扮悟空，戴悟空帽，穿悟空衣，帶数珠，挑經擔。引生扮唐僧，戴僧帽，穿僧衣，繫絲縧，帶数珠，騎馬，從壽臺上場門上。白〕危石纔通鳥道，山空更有僧家。叢林定在深處，澗水流出落花。前面是所禪院，悟空快去借宿一宵，明早行罷。〔作下馬科。悟空白〕曉得。裏面有人麽？〔了然作出門見科。白〕來了。師傅是那裏來的？〔唐僧白〕貧僧是大唐來的，經過寶方，天色已晚，借宿一宵，望乞慈悲。〔了然白〕説那裏話。既是仝衣，焉有不留之理？請進去，參了菩薩。〔各作進門科。雜扮小和尚，戴僧帽，穿僧衣，繫絲縧，上作領悟空將經擔、袈裟放在草房内。小和尚牽馬從草房後下，仍上。唐僧作參拜科。本寺僧人設椅，各坐科。了然白〕請坐，徒弟看茶來。〔小和尚捧茶從壽臺上場門上，作送茶科。了然白〕請問寶山在何處？ 如今何往？〔唐僧白〕貧僧奉大唐聖天子之命，往西天拜佛求取真經，與衆生消灾滅罪。〔了然白〕善哉善哉。 大唐到此不知多少路程，請問大唐朝有多少文武，多少府縣，光景如何？ 請試說一番。〔唐僧白〕老師聽禀。〔唱〕

【中吕宮正曲·駐馬聽】四海仝風(韻)，聖主英明敏又聰(韻)。 黎民於變(韻)，滿朝臣宰(韻)，都是濟世夔龍(韻)。 太平盛世樂時雍(韻)，文修武偃昇平頌(韻)。〔合〕萬國來仝(韻)，賨呈玉帛(韻)，車書一統(韻)。

〔白〕請問寶刹建造以來有多少年了？〔了然白〕這觀音院呵，〔唱〕

【又一體】倒塌花宮(韻)，聖像金銷塵土濛(韻)。 堪嘆香殘火冷(句)，蝸涎鼠糞(韻)，斷鼓零鐘(韻)。〔白〕老僧呵，〔唱〕敲梆募化願成功(韻)，重修殿宇把諸神供(韻)。〔合〕褊小菴籠(韻)，怎比你名山大刹(韻)，雕梁畫棟(韻)。〔白〕我想師傅天朝來的，必有寶玩奇珍，可借與老僧一看？〔唐僧白〕寶貝雖有，只是貧僧遠行，不曾帶來。〔悟空白〕這位老禪師要看寶貝，待我取與你看。〔作向下取袈裟科。 白〕這件五色袈裟，不是寶貝麽？〔了然白〕果然好東西。 老僧癡長一百二十歲，從不曾見此寶貝，欲求與我拿去細玩一番，不知可放心否？〔唐僧白〕老師要細看一番麽，不妨拿去，明早送還我就是了。〔了然作接袈裟科。 白〕這個自然。 且隨我去用了齋。〔仝作遶塲科。 了然白〕師傅，這間屋是最潔淨的，請去用齋便了。〔唐僧、悟空作進屋科。 了然白〕好寶貝，果然人世罕有，怎麽樣設個法兒，謀了他的便好。 有了，我把袈裟藏在韋馱龕内，吩咐衆徒弟們四面放火，做這間茅屋不着，把他師徒兩個一齊燒死。他又是大唐人，有誰知覺？好計。衆徒弟們何在！〔扮衆和尚，各戴僧帽，穿僧衣，繫絲絛，帶数珠，從壽臺下場門上。白〕師傅，有何吩咐？〔了然白〕大唐來的和尚，帶了一件寶貝。〔衆和尚白〕甚麽寶貝？〔了然白〕是件袈裟。我如今要謀他的，留在本院作個傳家之寶。你們到三更時分，四面放火，將他師徒燒死。待得了他的袈裟，再當重修禪院，有何不可？〔衆和尚白〕曉得。〔了然白〕正是放下一星火。〔衆和尚白〕能燒萬頃山。〔仝從壽臺下場門下。悟空從屋内作聽科。白〕了不得，好秃厮，這等兇狠！你要燒死我，只怕不得能彀。不免請了火神，借他的火罩，罩住了師傅睡處，借他火力，把這些歹和尚一概燒死，有何不可？火神速降！〔作上仙樓科。雜扮衆火卒，各戴馬夫巾，穿箭袖卒褂，繫火旗，持火器。雜扮四火判，各戴判官帽，穿圓領、束帶，插笏。引淨扮火神，戴火神髮，紮靠，襲蟒，束帶。雜扮傘夫，戴馬夫巾，穿箭袖卒褂，執傘。仝從禄臺上。火神白〕一炬迎風烈焰燃，崑岡玉石兩難全。咸陽宫闕成灰燼，始信南方赤帝權。吾乃火神是也。孫大聖相詔，衆火卒須索走一遭也。〔衆火卒作應科，遶場科。火神唱〕

【越角隻曲・鬭鵪鶉】居丙位轟烈爲功(韻)，鎮離宫昭明作用(韻)。威凛凛三炁尊嚴(句)，焰騰騰十分兇猛(韻)。恰纔的忽聞宣召(句)，須索是忙來趨奉(韻)。俺可也晃金蛇(句)，駕火龍(韻)。早望見紺宇侵霄(句)，花宫高聳(韻)。〔作見科。白〕大聖相召，有何法旨？〔悟空白〕相請尊神，非爲別事，只爲此間觀音寺住持了然，要謀我師傅的袈裟。煩尊神把禪院焚燒，將秃厮一概燒死。〔火神唱〕

【越角隻曲·金蕉葉】聽説罷不由人心頭怒衝(韻),狠秃廝其情怎容(韻)。看頃刻裏煙騰焰紅(韻),燒煅了巍巍一座梵王宫(韻)。〔悟空白〕還要借重,我师傅睡處禪房,切不可驚動他。相煩尊神將火罩罩住。〔火神白〕大聖放心。〔唱〕

【越角隻曲·秃廝兒】我我我我將這神罩架空(韻),罩罩罩罩禪房不透些風(韻),管教你師徒們安眠穩睡日生東(韻)。〔悟空白〕不是當耍的。〔火神白〕大聖,〔唱〕休只管話叨叨(句)、語重重(韻),管教您無恐(韻)。〔悟空白〕他將袈裟藏在韋馱龕内。這殿也不可燒煅了。〔火神作應科。悟空下仙樓,作進屋内科。火神唱〕

【越角隻曲·聖藥王】狠祝融(韻),煅大雄(韻),看漫天火勢趁狂風(韻)。烈焰冲(韻),遍地紅(韻),正是到頭萬事總成空(韻),付南柯一夢中(韻)。〔衆火卒作遶場科。仝從禄臺下場門下〕

第四齣 獲珍寶盜竊錦襴（古風韻）

〔淨扮黑熊精，戴套頭，穿箭袖，紥鼇，從洞門上。白〕黑風山下慣藏妖，相貌猙獰膽氣高。一片雄心收未得，且施小計恣貪饕。吾乃黑熊精是也。昨聞得小妖來報，今有大唐天子差唐三藏往西天取經。他乃金蟬子托生，食他一塊肉，便可延壽長生。他今來寓觀音院中，我如今即當前去擒來便了。正是不施萬丈深潭計，怎得驪龍頷下珠。〔從壽臺下場門下。雜扮衆火卒，戴馬夫巾，穿箭袖卒褂，繫火旗，持火器。雜扮四火判，各戴判官帽，穿圓領束帶，插笏。引淨扮火神，戴火神髮，紥靠，襲蟒、束帶，從仙樓上。火卒下至壽臺遶場科。場上設雲机作立科。雜扮衆和尚，各戴僧帽，穿僧衣，繫絲縧，帶数珠，持火把引丑扮了然，戴僧帽，穿僧衣，繫絲縧，帶数珠，持火把，從壽臺上。仝唱〕

【中呂宮正曲·撲燈蛾】好似周郎破赤壁(句)，周郎破赤壁(疊)，東風一陣功(韻)，田單恢齊地(句)，燕人一齊燒死(句)也格。〔衆和尚作放火科。白〕不好了！〔仝唱〕連天火擁(韻)，四下裏煙霧騰空(韻)，好教人魂飛魄送(韻)。〔合〕真個是(韻)奔迯何處辨西東(韻)。〔作虛白從壽臺下場門奔下。黑熊精從壽臺上場門暗上，作盜袈裟科。白〕我本要攝取唐僧，不想火焚了觀音院，韋馱龕全然不動，必有寶物在內。待我看來。呀！原來是錦襴袈裟！嗄，有了。今日先竊取錦襴袈裟，然後再擒唐僧便了。〔從壽臺下場門下。火神白〕焚燒已畢，就此回宮。〔衆火卒作應科，仍上仙樓暗回本宮。了然引衆和尚從上場門虛白上，作向龕内尋袈裟不見。了然白〕正是周郎妙計高天下，賠了夫人又折兵。〔作發諢氣死科。衆和尚虛白，作擡了然從壽臺下場門下。生扮唐僧，戴僧帽，穿僧衣，繫絲絛，帶数珠，從屋内上。唱〕

【雙調正曲·鎖南枝】安心睡句，夢正酣韻，黑甜鄉裏暫停參韻。夢破鼠窺燈句，懶起將他撼韻。〔合〕因何不聽鐘聲動句，不見佛火龕韻，且到聖像前句，禮一回千佛懺韻。〔作看驚科。白〕夜來失火燒得這般光景。阿彌陀佛。悟空那裏？〔副扮悟空，戴悟空帽，穿悟空衣，帶数珠，從屋内上。白〕善有善報，惡有惡報。若還不報，時辰未到。師傅唤弟子有何吩咐？〔唐僧白〕悟空，夜來失火你可知道？〔悟空白〕我怎麽不知道？〔唐僧白〕我睡熟了，竟不曉得。可曾燒壞了人麽？〔悟空白〕師傅，你該問袈裟，問人怎麽？〔唐僧白〕豈不聞孔子廐焚，問人不問馬？火是怎麽起的？〔悟空白〕你若問起火的缘故麽，實是可惱。那了然呵，〔唱〕

【又一體】心不善句，起惡貪韻，袈裟一見蓄意婪韻。〔唐僧白〕他蓄甚麽意來？〔悟空唱〕他面上起春風句，腹内如坑砍韻。〔白〕師傅不道那了然見了袈裟，意欲謀取，吩咐衆和尚放火要把你我燒死。是弟子聽得，召了火神來，將火罩罩住師傅禪房睡處，故此師傅無恙。〔唐僧白〕有這等事？可曉得袈裟放在那裏？〔悟空白〕他放在韋馱龕内，爲此不曾燒得。〔唱合〕喜得天有耳句，火反弃韻，燒得禿厮兒句，一個個消魂膽韻。〔唐僧白〕如此唤了然來，取了袈裟去罷。〔悟空白〕曉得。了然那裏？〔場上撤韋馱龕、禪房科。衆和尚從壽臺上場門上。白〕暗地損人輪到我，逆風放火自燒身。

〔悟空白〕你們這些惡禿，要謀害我等，叫了然來還了我的袈裟，怎麽躲着？〔衆和尚白〕師傅聽禀，我家老和尚呵，〔唱〕

【又一體】年華邁(句)，物慾躭(韻)。〔白〕見了袈裟，(韻)金光奪目色絲嵌(韻)。〔白〕要謀袈裟是實，故此教我們害你二人。〔唱〕誰料自燒身(句)，送死幾無琀(韻)。〔唐僧白〕老和尚既死了，快取袈裟還我，不計較你們。〔衆和尚唱合〕藏在觀音院(句)韋馱龕(韻)。〔白〕恐怕師傅要，方纔去取，竟不見了！〔唱〕伏乞念仝衣(句)，須索垂台鑒(韻)。〔悟空白〕好胡説！既不曾燒壞，那裏去了？一定是你們藏過了。待老孫先打你三十棒，自然説出實話來了。〔衆和尚白〕呵呀，其實不敢藏匿。〔唐僧白〕你既不藏匿，那裏去了？〔衆和尚白〕我常聽得老和尚説，這院内有個黑風山大王，想必是他見火光起處，被他攝去了，也未可知。〔悟空白〕這等説，自然是他攝去了。老和尚既以死了，與你每無干，去罷。〔衆和尚作叩科，仝從壽臺上塲門下。唐僧白〕想起來都是你賣弄，惹出這塲事來。我不管，只問你要袈裟。〔悟空白〕師傅，〔唱〕

【又一體】休埋怨(句)，罵再三(韻)，追取袈裟全在俺(韻)。那怕黑風崖(句)，原物囊中探(韻)。〔唐僧白〕你慣説大話，那黑風山怪物，既能攝去，必有法力。你那裏去追尋？〔悟空唱合〕任他妖魔大(韻)，殺氣嚴(韻)，説出老孫名(句)，管教唬破膽(韻)。〔分白〕師傅，莫生嗔，取還須用心。不消三囑咐，作速去招尋。〔從壽臺兩塲門下〕

第五齣　黑風山仝心談道（皆來韻）

〔雜扮蒼狼精、白蛇精，各戴道冠簪形，穿氅，繫絲縧，持拂塵，從壽臺門上。仝唱〕

【仙吕宫正曲·青歌兒】能變化成精作怪(韻)，住深山逍遥自在(韻)。狼貪蛇毒漫相猜(韻)，〔合〕知交何物(句)，總是旁門一派(韻)。〔分白〕自家白衣秀士是也。自家凌虚子是也。〔仝白〕請了。〔蒼狼精白〕曾約黑風大王，山前講道，只得在此伺候。〔蛇精白〕有理。〔淨扮黑熊精，戴套頭，穿氅，持拂塵，從洞門上。唱〕

【又一體】能拔木身雄力大(韻)，勤修煉形骸漸改(韻)。看咱指日陟仙階(韻)，〔合〕非熊入夢(句)，佳話兒至今傳載(韻)。〔各作相見科。黑熊精白〕二位，今日天氣晴和，我等轉過山坡，松林之下，閒論片時。〔蒼狼精、蛇精白〕有理。大王請。〔黑熊精白〕二位請。〔仝從壽臺下場門下。副扮悟空，戴悟空帽，穿悟空衣，帶数珠，從壽臺门上。白〕赤水索神珠，黑風尋佛寶。得來不解藏，失去何從討。我悟空只為尋取袈裟，偶爾到此。〔作望科。白〕呀！那邊有三個人來了。我且躲在松林之下，聽他說些什麼。〔作隱從壽臺下場門下。黑熊精、蒼狼精、白蛇精仝從壽臺上場門上。黑熊精白〕二位，此間正好席地而

坐。〔蒼狼精、白蛇精白〕大王請論修持大道。〔黑熊精白〕二位先請。〔蒼狼精、白蛇精白〕有占了。〔唱〕

【中吕宫正曲·駐雲飛】煉汞凝胎韻，就裏工夫好大哉韻，要把真精採韻，莫把元神壞韻。嗏格！姹女共嬰孩韻，乾丁坤亥韻。九轉丹成韻，歲歲春如海韻，〔合〕妙合陰陽永不衰韻。〔黑熊精白〕妙，講得好。〔蒼狼精、白蛇精白〕大王請。〔黑熊精白〕如此得罪了。〔唱〕

【又一體】大道根荄韻，一點靈苗仔細栽韻。長得黃芽快韻，管把金花賽韻。嗏格！文武火添來韻，爐烟結靄韻，一服飛昇韻，超出紅塵界韻，〔合〕誰信登天不可堦韻。〔蒼狼精、白蛇精白〕好！講得妙，透徹透徹！〔黑熊精白〕二位道兄，明日是我母難之日，屈留二位道兄，光顧光顧。〔蒼狼精白，蛇精白〕年年來的，今年豈有不來之理？〔悟空持棒，從壽台上場門暗上，作聽科。黑熊精白〕不瞞二位道兄說，我原要攝取唐僧，奈他徒弟孫悟空利害，不能擒獲他。有一件至寶，乃錦襴袈裟，了然藏在韋馱龕内，放火要燒死他二人，被我乘機竊了袈裟來。明日此會就名佛衣會。〔蒼狼精、白蛇精白〕有理。〔悟空白〕盜了爺爺的袈裟，做什麽佛衣會，看棒！〔作打死白蛇精從地井内下。黑熊精從洞門下。蒼狼精從壽台上場門下。悟空作取形看科。白〕什麽白衣秀士，原來是條白花蛇精。我如今尋這黑漢，問他要袈裟去。〔作遶場看科。白〕黑風山黑風洞，就是這怪物的住處了。呔！作死的孽畜，快快送出袈裟，饒你性命。〔黑熊精持叉，從洞門上。白〕你是那裏來的和尚，你的袈裟在那裏失落了，敢向我索取！〔悟空白〕我的袈裟放在觀音院韋馱龕内，昨夜失火，你趁空偷來，做什麽佛衣會，還敢抵賴麼！〔黑熊精白〕昨夜火是你放的，我便把袈裟取了來，你有多大本領，敢向我索取！〔悟空白〕你不認得五百年前大鬧天宫的齊天大聖孫爺爺麼！〔黑熊精白〕嗄，你就是大鬧天宫的弼馬温猴麼？〔悟空白〕潑妖無禮！看棒！〔作對敵科。黑熊精白〕猴頭，人説你武藝高强，也只是平常得緊，我且進去用了午膳，再來殺你這潑猴。〔從洞門下。悟空白〕妖魔手段高强，袈裟急切難得。哦，有了，我往南海求觀音菩薩去也。〔從壽臺下場門下〕

第六齣　紫竹林變相收妖（皆來韻）

〔雜扮衆揭諦，各戴揭諦冠，穿鎧，持杵。雜扮惠岸，戴頭陀髮，紥金箍，軟紥扮，持鏟。小旦扮龍女，戴過梁額、仙姑巾，穿宫衣、臂鸚哥。引旦扮觀音菩薩，戴觀音兜，穿蟒，披袈裟，帶数珠，持拂塵，從仙樓門上。唱〕

【中吕宫集曲·駐馬近】【駐馬聽】（首至合）默坐蓮臺韻，慧眼遥觀三藏災韻。究竟何僧何怪韻，心動神摇讀，辨口分腮韻。黑風山對面白雲厓韻，但能回光返照仍無礙韻。【好事近】（合至末）莽猴兒使巧搬乖韻，尚兀自向我鳴哀韻。〔場上設椅，轉場坐科。悟空從壽臺門上。唱〕

【中吕宫集曲·駐馬摘金桃】【駐馬聽】（首至合）按下雲來韻，高聳山峯浪拍崖韻。千花供養句，七寶莊嚴讀，好座蓮臺韻。〔作進參拜科。觀音菩薩白〕悟空，你不保護師傅西行，到此怎麽？〔悟空白〕菩薩倒來問我。〔唱〕只因你普陀香火下方開韻，妖魔阻往西行界韻。〔觀音菩薩白〕這潑猴，好無禮。都是你賣弄寶貝，惹下禍來，又召火神燒了我的下院，倒來這裏放刁。〔悟空作跪科。白〕菩薩説來的話，一些也不差。但那怪物不肯還我袈裟，師傅要念那話兒哩。〔唱〕【四塊金】（六至八）若非菩薩慈悲把金手擡韻，教我進也難挨韻，退也難挨韻。【櫻桃花】（末二句）望蓮駕速行句，收妖縛怪韻。

〔觀音菩薩白〕也罷。看你師傅面上，只得去走遭。〔悟空白〕多謝菩薩。〔觀音菩薩白〕衆神迴避。〔衆揭諦、惠岸、龍女從仙樓門分下。衆雲童從壽臺上。觀音菩薩、悟空作行科。仝唱〕

【中吕宫正曲·念佛子】駕雲帆祥光靄(韻)，經歷過幾處滄海(韻)。想袈裟露目(讀)，致起禍胎(韻)。〔蒼狼精捧盤從壽臺上場門上。唱合〕欣快(韻)，佛衣良會(句)，喜今日正值筵開(韻)，因此上(讀)捧珠祝壽前來(韻)。〔悟空作打死蒼狼精，從地井内下。觀音菩薩白〕你這潑猴，他又不曾偷你的袈裟，爲何把他打死？〔悟空白〕菩薩不知，他就是妖精的朋友，前來拜壽，赴佛衣會的。〔作取形看科。白〕原來是隻蒼狼精。〔作取盤看科。白〕妙嗄，好個盤兒，盤底有字，凌虚子製。〔作笑科。觀音菩薩白〕爲何大笑？〔悟空白〕菩薩，〔唱〕

【中吕宫正曲·撲燈蛾】機緣人不解(韻)，機緣人不解(疊)。〔觀音菩薩白〕什麽機緣？〔悟空唱〕妙策真無賽(韻)。〔觀音菩薩白〕有何妙策，這般喜歡？〔悟空白〕菩薩看這盤底有字，「凌虚子製」，這就是妖道的號了。菩薩可變做道人，我變做一粒仙丹，菩薩捧去祝壽，待他吞了呵，〔唱〕我在他肚裏做工夫(句)，挐穩這場買賣(韻)也(格)。〔觀音菩薩白〕我依你便了。〔從壽臺下場門隱下。雜扮觀音化身，戴道冠，穿氅，繫絲縧，從壽臺下場門上。白〕悟空，可變得像麽？〔悟空白〕妙！像得緊。請問是妖精菩薩，還是菩薩妖精？〔觀音化身白〕菩薩妖精，總是一念。若論本來，皆屬無有。〔悟空白〕弟子省悟了。〔觀音化身白〕你可變一粒金丹來。〔悟空作變金丹從地井内下。觀音化身取丹盤行科。唱〕如如在在

(韻)，潑妖魔難識幻形骸(韻)。〔作到科白〕呀，好一座清幽洞府。道友道友！〔黑熊精從洞門上。唱〕正倏閒悠然物外(韻)，〔合〕空谷音(讀)今朝喜有故人來(韻)。〔觀音化身白〕道友，今日你壽誕，小弟覓得金丹在此，請受用。〔黑熊精白〕多謝。待我喫下去。〔觀音化身從下場門隱下。黑熊精作喫丹科。白〕這丹好不滑溜，順口兒早下去也。阿喲！〔作倒地滾科。悟空地井内白〕妖怪，可認得你孫爺爺麽！〔黑熊精白〕噯喲！大聖饒我的命罷！〔悟空白〕既如此，你張開口，待我出去。〔黑熊精作轉身科。悟空從地井内上，作抽腸科。白〕你這孽畜，待我來先抽你的腸子！〔黑熊精白〕大聖饒命，我今後再不敢作怪了。〔悟空作抽腸科。唱〕

【又一體】饒伊慣弄乖(韻)，饒伊慣弄乖(疊)，那識多機械(韻)。只道九轉大還丹(句)，軀殼千年不壞(韻)也(格)。受咱欺詒(韻)，謾將你身首分開(韻)，先把您肝腸支解(韻)。〔合〕也須知(讀)孽由自作怨誰來(韻)。〔白〕如今待我結果了你罷。〔黑熊精白〕噯喲，求大聖饒命嗄！〔觀音菩薩從壽臺下場門上，作阻科。白〕悟空留他性命，不可傷他。〔悟空白〕這樣怪物，要他何用。〔觀音菩薩白〕我那落伽山後無人看管，收伏他做個守山大神。〔黑熊精白〕情願皈依。〔悟空白〕菩薩慈悲，卻便宜了這廝。〔觀音菩薩白〕快拏袈裟出來。〔黑熊精作應，進洞取袈裟科。白〕袈裟有了。〔觀音菩薩白〕悟空，袈裟已得，保護師傅去罷。〔悟空白〕領法旨。〔作接袈裟從壽臺上場門下。觀音菩薩白〕隨我補陀巖去。〔黑熊精作應科。觀音菩薩唱〕

【尾聲】風波只爲將乖賣(韻)，巧處得來拙處埋(韻)，可知世態人情一理該(韻)。〔仝從壽臺下場門下〕

第七齣　花底遊春偏遇蝶（家麻韻）

〔雜扮衆小妖，各戴鬼髮、鬼臉，穿箭袖卒褂。引丑扮悟能，戴髗腦紮額、猪嘴切末，穿蟒，束帶，從簾子門上。唱〕

【仙吕入雙角合套・新水令】錯投胎黑煞變成猳㊀韻，這活人兟可也使人驚怕㊀韻。毛詩吟承蹢㊀句，周易演豶牙㊀韻。〔白〕屬亥生辰應斗纏，非人非獸亦非仙。五行三界難拘束，糊突昏朝別有天。某猪剛鬣是也，向居天蓬元帥之職。偶因過犯，降謫塵凡，潛藏在這雲棧洞納悶。只爲抬胎錯誤，弄成這副嘴臉。原也忒不像人，果是個可憎的模樣。前日幸遇觀音菩薩，與俺摩頂受戒，又取我一個法名，教個悟能，教俺守候取經人，前往西天拜佛求經。功成行滿，仝證大道。這也不在話下。你看這些時，風光華麗，山水有情，弄得俺似醉如癡，迷離蕩漾，大發一團春興，我好生按捺不下。孩子們，可隨俺出洞，在這山前洞後，不拘遠近，隨風飄漾，嬉笑的嬉笑，跳舞的跳舞，歡樂一回，多少是好。〔小妖白〕小的有話稟上洞主，猶恐洞主吃惱。〔悟能白〕你有話只管講，俺也不計較你。〔小妖白〕小的觀見洞主的尊容，其實有些不那。〔悟能白〕可是有些不好看的意思麽？

〔小妖虛白笑科〕委是不好看。〔悟能白〕據我看來，到也罷了。這是天生的遺體，教我怎麽樣便好？〔小妖白〕洞主神通廣大，何不變一俊俏書生，去到那人煙湊集之處，鬧市叢中，頑耍頑耍，灑落灑落。豈不是好？〔悟能白〕好孩子，這句話可可中在我心坎上了。只是一説，我大王神通廣大，你們衆人可是容易變得出來。只是我大王這副嘴臉，其寔難變，若變得出來，早已就變了。〔小妖白〕不論怎麽變變罷了。〔悟能白〕將你們衆人變化前去，我大王只變化一副衣巾，前去便了。如此你們閉了眼，我使起法力來。〔虛白。小妖從地井下，變四院子、四童子，隨捧悟能衣巾上，笑科。小妖白〕變化得像。〔悟能白〕取衣巾來，待我更換前去。〔作換衣巾科。仝出洞門唱〕變一個俊雅兒家(韻)，打一個風流卦(韻)。〔仝從壽臺下場門下。外扮高才，戴巾，穿行衣。丑扮家童，戴網巾，穿道袍，繫縧帶，挑酒榼，隨從壽臺上場門上。高才唱〕

【仙吕入雙角合套·步步嬌】節届清明多瀟灑(韻)，遠近山如畫(韻)。〔白〕老漢高老莊高才是也。年過半百，止生一女，小字玉蘭。值此清明節届，仝着安人、女孩兒，携着酒榼，一則拜掃，二則來踏青。小厮們催那後面的車兒走動些。〔内應科。雜扮家童，戴羅帽，穿院子衣，繫縧帶。老旦扮高安人，穿老旦衣。旦扮高玉蘭，穿衫。各乘車。旦扮二侍女，各穿衫背心，繫汗巾。雜扮二車夫，各戴草圈，穿喜鵲衣，繫腰裙，推車從壽臺上場門上。仝唱〕春風裊萬花(韻)，繡陌尋芳(句)，香車寶馬(韻)。〔高才白〕我兒，我和你出得門來，領畧這般景色。若静坐閨中，怎知春色如許也？嗄，今日好快樂。〔仝唱合〕好景實堪

誇(韻),珊瑚鞭指峰巒罅(韻)。〔仝從壽臺下場門下。衆小妖引悟能换衣,從壽臺上場門暗上,作看科。仝唱〕

【仙呂入雙角合套·折桂令】瞥相逢美麗嬌娃(韻),看他鬢軃雲鬟(句),臉暈桃花(韻)。〔衆小妖白〕洞主既然愛他,這有何難,弄陣怪風攝他回去,快樂快樂,有何不可?〔悟能白〕放你的臭屁!你們這説話,顯得我老猪竟是個不知趣的人了。必要尋個在行些的媒人,去行財下聘,纔是個温存的道理。〔唱〕説俺這心坎温存(句),眼皮供養(句),手掌擎拿(韻)。誰許你驚鴛打鴨(韻),儘拚着浪酒閒茶(韻)。〔白〕孩子們,打聽明白,他是何等人家。〔唱〕與俺訪問無差(韻),須得撮合行家(韻),俺便去納采聯姻(句),做一個貫月浮槎(韻)。〔白〕隨我來。〔仝從壽臺下場門下。高才、安人、高玉蘭、家童、侍女、車夫仝從壽臺上場門上。仝唱〕

【仙呂入雙角合套·江兒水】欸欸香車駕(韻),翩翩歸路遐(韻),風光駘蕩春無價(韻)。柳絲絲惹亂花魂詫(韻),雲淡淡輕抹煙螺畫(韻),見一路芳枝低亞(韻)。〔合〕看嫩緑輕紅(句),果然是清明節下(韻)。〔仝從壽臺下場門下。衆小妖引悟能换衣,從壽臺上場門暗上,作看科。仝唱〕

【仙呂入雙角合套·雁兒落帶得勝令】俺想這女懷春肉也麻(韻),誘得箇俺傷情魂先化(韻)。怎泛着遠迢迢銀漢槎(韻),空阻卻障層層巫山峽(韻)。〔衆小妖白〕洞主向來性如烈火,如今發起顛來,想是不停當了。〔悟能白〕蠢孩子,這風月事全要温柔,用不着火性的嗄!〔唱〕呀(格),使不得剛鬣性獷滑名(句),倒借重蓮蓬嘴温柔話(韻)。受用些枕邊言大耳朵(句),不枉了舊天蓬把塵凡下(韻)。村沙(韻),博得個臭尿圈歡無那(韻)。搔爬(韻),賞您個大糟團欣喜煞(韻)。〔仝從壽臺下場門下。高才、安人、高玉蘭、家童、侍女、車夫仝從壽臺上場門上。仝唱〕

【仙吕入雙角合套·僥僥令】藍拖環澗水(句),紅映出牆花(韻)。看隔岸煙村多幽静(句),〔合〕犬吠著行人繞竹笆(韻)。〔仝從壽臺下場門下。衆小妖引悟能换衣從壽臺上場門暗上,作看科。仝唱〕

【仙吕入雙角合套·收江南】呀(格),你着没包彈(讀)絶世俊嬌娃(韻),花解語玉無瑕(韻)。害相思透骨髓酥麻(韻),料紅鸞照命豈波查(韻)。鬧垓垓喜洽(韻),鬧垓垓喜洽(疊)。莫不是三生石上舊根芽(韻)。〔高才内白〕天色將晚,收拾回去。〔内應科。悟能白〕孩子們隨了他去。〔仝從壽臺下場門下。高才、安人、高玉蘭、家童、侍女、車夫仝從壽臺上場門上。仝唱〕

【仙吕入雙角合套·園林好】日西斜羣飛暮鴉(韻),下牛羊遥天落霞(韻),過古道淺堤殘壩(韻)。〔合〕暮山紫色尤佳(韻),深林外影交加(韻)。〔作到下車進門科。仝從壽臺下場門下。衆小妖引悟能從壽臺上場門暗上,作望科。白〕原來住在這裏。老猪今日出洞,好徼倖也。〔仝唱〕

【仙吕入雙角合套·沽美酒帶太平令】這相逢豈浪誇(韻),這相逢豈浪誇(疊),做玉樹倚蒹葭(韻)。但願得成雙配着咱(韻),悄聲兒叫着寃家(韻),説幾句知心話(韻)。那新娘果然嬌姹(韻),這新郎也還風雅(韻)。暢歡娱情投意洽(韻),篤恩愛臉偎肩亞(韻)。俺呵(格),一謎價求他(韻)、拜他(韻),爐煙上供他(韻)。呀(格),管締結百年姻婭(韻)。〔悟能白〕孩子們,我已認得他住所了。明日就去下聘送禮,打點做親。你

們都要披紅掛緑，鼓樂喧鬨，待我做女婿的，親自上門求親便了。〔衆小妖應科。仝唱〕

【仙吕入雙角合套·清江引】良宵樂事千金價㊐，一鞍跨一馬㊐。及早娶猪婆㊌，强如做狗媽㊐。〔合〕成就了讀這良緣，豈不歡喜煞㊐。〔同從洞門下〕

第八齣　莊前納聘強委禽（江陽韻）

〔外扮高才，戴巾，穿行衣，從壽臺上場門上。唱〕

【仙吕宫引・番卜算】兒女事難量(韻)，使我多惆悵(韻)。早能坦腹選東床(韻)，喜氣門闌壯(韻)。

〔場上設椅，轉場坐科。白〕遲日暄和農事忙，較晴量雨課田莊。暮年但有珠擎掌，一壻難招兩鬢霜。老漢高才，暮年衰病，弱息依棲，止爲一壻難求，使我半生關切。只是今日爲何心驚肉顫，行坐不安，是何緣故？ 咳，正是風燭不堪金剪動，露花猶怕日光移。〔内作起風科。丑扮家童，戴網巾，邊穿道袍，繫鑾帶，從壽臺上場門急上。白〕員外在那裏？ 不好了嗄！ 好一陣利害的怪風，刮得來樹折瓦飛。 我們一家大小，嚇得來無處躲避，怎生是好？〔高才白〕教他們不要驚慌，却不道天有不測風雲。〔家童白〕員外，只怕人有旦夕禍福。〔高才白〕呸，亂道！〔内作鼓樂科。白〕呀！ 你聽這風聲裏面，又有鼓樂之聲，好生古怪。〔家童白〕員外，當真是吹打響。 奇怪，是凶是吉，禍福難定。〔高才白〕不要嚷。 自古道趨吉避凶。 我們還是躲一躲罷。〔仝從壽臺下場門下。雜扮衆小妖，各戴羅帽、鬼臉，穿院子衣，捧禮物。 雜扮衆樂人，各戴紅毡帽、鬼臉，穿箭袖，繫搭包，持樂器。 雜扮賓相，戴賓相帽、鬼臉，穿院子衣，披紅。旦扮喜娘，戴鬼臉，穿老旦衣，披紅。引丑扮悟能，戴[月盍]腦、猪嘴切末，穿蟒，束帶，簪花，披紅，乘轎，從洞門上。仝唱〕

【仙呂宮正曲·皂羅袍】百輛分排儀仗(韻)。看從人如蟻(讀)，簇擁新郎(韻)，披紅掛緑好風光(韻)。彩旗鼓樂忙前往(韻)。〔作到科。悟能下轎。衆小妖白〕來此已是。閉門在此，待我們打進去。〔悟能白〕胡説！還是去叩門，放斯文些，不可囉唣。〔衆小妖白〕曉得。〔作敲門科。白〕開門。〔高才從壽臺上場門上。家童隨上。高才白〕小二，這時節風到息了。外邊甚麼人叫門？你去問個明白。〔家童白〕外面是甚麼人叫門？〔衆小妖白〕我們是你家女壻，親自來納聘下定禮的！〔家童作驚科，照前白。高才白〕好胡説！甚麼女壻，待我自去問來。外面是甚麼人？〔衆小妖白〕裏面聽着，快些開門接賓。〔唱合〕要想乘鸞跨鳳(句)，花燭洞房(韻)。更遵問名納采(句)，擔酒牽羊(韻)。粧奩火速都停當(韻)。〔高才白〕這等胡説！開了門看是何人，打這狗弟子。〔家童作開門，衆小妖仝作進門，擺禮物科。悟能白〕岳丈大人在那裏？〔衆小妖指科。白〕丈人在這裏。〔家童作見悟能從壽臺下場門奔下。悟能白〕岳父請上，待小壻參拜。〔高才怒科。白〕唗！你是何方野怪，前來無禮。〔悟能白〕岳父，不必動怒。小壻向來久慕令愛，美貌無雙，今日特地親來下聘，就要成親。岳丈休得推阻。〔高才白〕胡説！誰肯做怪物的岳丈！〔賓相白〕我們實對你説，這位令壻，就是雲棧洞的洞主。前日遊春見了你令愛，姿容絶世。俺洞主不肯倚勢强逼，今日親自到門下聘，以禮相待。你反推三阻四。只怕禍到臨頭，悔之晚矣。〔高才白〕嗳！罷了，我想人生世上，左右一死，我若認了這畜生女壻，做人不成，也是個死。我若不允他們，衆妖蠱毒，也是個死。罷，千休萬休，不如死休。〔高才作撞科。悟能白〕哎，住了。你也不要如此執性，這等出言狼藉，甚爲可惡。〔悟能、衆小妖仝唱〕

【仙吕宫正曲·八聲甘州】村牛鹵莽（韻），對魔君（讀）兀自硬語冲當（韻）。造化你高門興旺（韻），招贅箇猪蘭大王（韻）。〔高才唱〕你是梟神惡煞兇模樣（韻），怎倩月老冰人作主張（韻）。〔悟能、衆小妖仝唱合〕荒唐（韻），那些個吹簫引鳳雙雙（韻）。〔悟能唱〕

【又一體】傖荒（韻），腌臢岳丈（韻），擔擱了（讀）雙飛雙宿鴛鴦（韻）。〔白〕你果然不從麼？〔高才白〕委實難從。〔悟能白〕果然不從。〔高才白〕果然不從。〔悟能白〕罷。丈人這等倔强，做女壻的也緩欵不得了。你這老兒連好歹也不識。〔衆小妖白〕我大王一片猪心狗腸，你反做了驢肝馬肺。〔悟能白〕
唴，〔唱〕我花紅呈上（韻），到不如拳棒開塲（韻）。〔高才唱〕我是清平務農高老莊（韻），與你雲棧邪妖絶非潘與楊（韻）。〔合〕扛幫（韻），怯生生强聘妻房（韻）。〔衆小妖唱〕

【仙吕宫正曲·解三酲】高老兒不須喧嚷（韻），聯秦晉年貌相當（韻）。做天蓬元帥親岳丈（韻），這榮耀不尋常（韻）。〔高才白〕我也没福做你的岳丈。〔衆小妖白〕你好不中擡舉嗄！〔唱〕求婚若使難相强（韻），只怕翻悔嫌遲早降殃（韻）。〔悟能唱合〕喬模樣（韻），恁千般詆犢（讀），我一味求凰（韻）。〔高才唱〕

【又一體】恨時乖遭逢魍魎（韻），空嗟怨没法商量（韻）。〔白〕我如今只得千求萬告，只當慈悲，放捨了我罷。〔唱〕你是天蓬大帥多福相(韻)，恐折倒丈人行(韻)。〔悟能白〕這句話兒中聽。原來你也有些眼力的。〔唱〕我龐兒俊俏風流樣(韻)。〔白〕就是我渾家，那一點芳心，〔唱〕早已佇意綢繆俊俏郎(韻)。〔高才白〕好嘴臉。〔衆小妖白〕看得過。〔悟能白〕孩子們不要與他閒話，把禮物留下。今晚竟來做親，不怕他飛上天去。〔唱合〕休閒講(韻)，仗周公禮數(讀)，配合鸞鳳(韻)。〔衆小妖引悟能仝從洞門下。高才白〕怎麽處？正是閉門家裏坐，禍從天上來。〔從壽臺下場門下。場上設床帳、竹籬科。副扮悟空，戴悟空帽，穿悟空衣，帶数珠，挑經擔。引生扮唐僧，戴僧帽，穿僧衣，繫絲縧，帶数珠，騎馬從壽臺門上。仝唱〕

【南吕宫正曲·東甌令】遥山外(句)，又斜陽(韻)。一道溪流沿路長(韻)。忙尋宿處何方向(韻)，見林罅燈光亮(韻)。〔合〕行來喜得有村莊(韻)，急急扣門牆(韻)。〔唐僧作下馬敲門科。白〕開門。〔高才從壽臺下場門上，家童隨上。高才白〕那妖怪又來了。〔唐僧白〕貧僧是大唐來的，天色已晚，乞借一宿，望慈悲方便。〔高才白〕原來如此。〔作開門虚白科。白〕實不相瞞，今晚有事，不敢相留。〔唐僧白〕却是爲何？〔高才白〕老漢年邁無子，只有一女。誰想此處有一個妖怪，今晚竟要來强逼小女成親，故此闔家啼哭，所以不敢相留。〔悟空白〕老丈，如此説，是你的造化到了。我老孫與你擒拿妖精便了，只要把我師傅安了單。〔高才白〕果然如此麽？請老師傅在書房中去安单歇宿。〔唐僧白〕只是打攪不當。〔唐僧、悟空作進門科。家童接經擔、馬匹，引唐僧從壽臺下場門下。悟空白〕老丈，教你女兒不要在房中，待我到他房中住了。你只把燈火藏好。妖怪來時，我自有法力擒他。你令愛的住房在那裏？領我去。〔作遶塲科。高才白〕這裏是了。〔悟空白〕叫你令愛出來。〔高才白〕我兒那裏？〔旦扮高玉蘭，穿衫，從壽臺下塲門上。悟空作看科。白〕你每迴避了。〔高才、高玉蘭同從壽臺下塲門下。悟空白〕待我變做小姐模樣便了。〔作入帳科。從地井內下〕

第九齣　假新人打開贅壻（皆來韻）

〔雜扮衆小妖，持樂器。雜扮賓相、喜娘。引丑扮悟能出洞門上，遶場。仝唱〕

【大石調正曲・番竹馬】春色無邊似海(韻)。花燭選良時(讀)，箇箇歡咍(韻)。一片鼓樂聲(句)，賽霓裳(讀)，盈耳悠揚堪愛(韻)。進門初(讀)，夫婦看交拜(韻)。燈和綵兩行排(韻)，劉阮引入天台(韻)，把合巹杯兒(讀)櫻唇沾琥珀(韻)。醉醺醺(讀)催卸鳳凰釵(韻)，從今後魚水和諧(韻)。〔合〕呀(格)！乘龍女婿(句)，早應得高門且開(韻)。〔衆小妖白〕到了高家門首了。〔悟能白〕爲何静悄悄的？快些叩門。〔衆小妖作叩門科。雜扮院子，從壽臺上白〕户掩嫦娥影，門迎木客踪。〔作進門科。白〕新姑爺到了麽？〔悟能白〕早上不認我作女婿，這遭就叫我爲姑爺，重重有賞。〔院子白〕員外有請。〔高才上。唱〕

【雙調引・秋蕊香前】剥啄一聲驚駭(韻)，佯作喜迎向前階(韻)。〔白〕姑爺光臨，有失迎迓，恕罪恕罪。〔悟能白〕不敢。老丈人在上，待小壻先唱箇肥喏，少停拖泥八拜在後。〔高才白〕姑爺恭喜。但是荒村老圃，無物欵待，只好看糟糠二字罷了。〔悟能白〕妙嗄。老丈人愛小壻骨肉之情，俺感岳父糟糠之賜，招贅在尊府，小壻一身，眼耳鼻舌心肝腸肺都是宅上的東西了。豢養一番，寔是感激不盡。怎説箇欵待起來？吩咐樂人，快些吹打。〔高才白〕且慢。老朽還有句説話，要稟知姑爺。〔悟能白〕如今是嫡嫡親親翁壻，有話但説何妨。〔高才白〕小女一則年幼，二則怕隣近人家窺探，不肯到堂前交拜。他如今先在洞房等待姑爺，到裏面去成親。這些吹打一概不用。〔悟能白〕論起來是禮不可缺，既是我渾家初頒的條教，敢不遵依。過來，你們今晚都且回去，不消在此伺候。明早來叫喜叩頭，大大領賞。〔高才白〕有理。明日整備喜筵，吃箇大醉。〔衆小妖白〕今宵雙合巹，明日賀新郎。〔進洞門下。高才白〕這裏已是洞房，姑爺請進，老朽權且迴避。〔悟能白〕妙嗄，有竅有竅。待我與夫人畧敘幾句知心話，好成百年喜事。〔高才下。悟能白〕想殺我娘子，渾家，拙荆，賤内，房下，嬌嬌滴滴的俊丫頭。卑人拜揖。〔悟空化身從帳内上。白〕我有些怕你，厭你，笑你，恨你，惱你。哼哼咂咂的歪辣貨，快些閃開。〔悟能白〕呀，奇奇，委實的奇了。〔作想科〕嗄，我曉得娘子意思，無非先與我一箇下馬威。〔悟空化身唱〕

【雙調正曲·鎖南枝】年方幼(句)，蕊未開(韻)，含嬌最怕狂蜂採(韻)。〔悟能白〕何勞娘子叮嚀，顯得拙夫不是箇趣人了。〔悟空化身唱〕你禽獸衣冠(句)，枉把相思害(韻)。〔悟能白〕這句却不成話了。〔悟空化身唱合〕非是妖(句)，當是怪(韻)。〔悟能搗耳科。白〕秃秃秃什麼妖，什麼怪。夫人你嫌我相貌醜陋，你今夜不許掌燈，極是識竅的了。〔悟空化身唱〕浪風騷(句)，裝摇擺(韻)。〔悟能白〕今夜是成親吉期，夫妻怎便反目？〔唱〕

【又一體】我低聲問(句)，暗自猜(韻)，娘行切莫逞狂乖(韻)。六禮早行來(韻)，單望催粧快(韻)。〔合〕赴良時(句)，摟入懷(韻)，卸花冠(句)，寬羅帶(韻)。〔悟空化身白〕㪍子，你認我一認！〔悟能白〕祖奶奶也説不得，只要就地成親。〔悟空化身仍從帳内隱下。悟空上。白〕呸！原來是箇猪精。待我赶上前去。〔從壽臺门下〕

第十齣 狠行者牽合從師(車遮韻)

〔丑扮悟能從壽臺門急上。唱〕

【正宮正曲·四邊静】乘龍女壻猪剛鬣(韻)，花燭忙抛撇(韻)。白狗弔紅鸞(句)，打破鴛鴦牒(韻)。〔作進洞科。悟空從壽臺門赶上，虛白科。白〕你有何本領，快出來與俺戰鬭幾個回合麽？〔悟能虛白發諢科，持鈀從洞門上。白〕呔！我把你這潑猴頭，我一天好事將成，被你來冲散，是何道理！〔唱合〕我心兒正熱(韻)，歡兒正接(韻)。别個去成親(句)，與你何干涉(韻)。〔作對敵科。悟空唱〕

【又一體】俺威名赫赫休輕惹(韻)，慣要除妖孽(韻)。强占犯天條(句)，有口難分説(韻)。〔悟能白〕我尋歡配偶，與你何干？〔悟空白〕我把你這妖怪，你還敢嘴硬！〔唱合〕你道頑風耍月(韻)，移花就葉(韻)。管教你棒下認金箍(句)，知道俺來也(韻)。〔悟能白〕氣殺我也！〔作對敵科。悟空白〕你是何處來的精怪，在此處害人？〔悟能白〕你孫子是精怪。你道我不認得你麽？〔悟空白〕你認得我是誰？〔悟能白〕你是做過弼馬温的猴兒頭嗄！〔悟空白〕不叫齊天大聖、孫爺爺，還敢叫甚麽弼馬温？看棒！〔悟能白〕且慢動手。我記得你被如來壓在五行山下，如何得出來，在此管閑事呢？〔悟空白〕我虧觀音菩薩點化，救了我，隨了大唐師傅做徒弟，往西天拜佛求經。你問俺怎麽？〔悟能白〕噯喲，何不早説。〔作揖科。白〕取經人在那裏？ 孫哥哥快引我去一見。〔悟空白〕你要見他怎麽？〔悟能白〕我奉觀世音菩薩法旨，等候取經人，保護他往西天拜佛求經。你若早説，不費這些氣力了。〔悟空白〕我不信。〔悟能白〕哥，你若不信，我就罰誓。〔作跪科。白〕天地神明，我猪剛鬛，願保三藏法師取經。若有假意，永墮地獄。〔悟空白〕既如此，隨我仝去叩見師傅。你受戒要堅牢，邪淫一旦抛。〔悟能白〕不因漁父引，怎得見波濤。〔仝從下場門下。生扮唐僧，戴僧帽，穿僧衣，繫絲縧，帶数珠。高才仝從壽臺上場門上。唐僧白〕貪嗔癡便名三毒。〔高才白〕戒定慧從攝五香。老師傅，令徒擒妖去了，怎麽還不見到來？〔唐僧白〕想此時也好來也。〔悟空、悟能仝從壽臺門上。悟空白〕一經棒喝來參佛。〔悟能白〕永自皈依去取經。〔各作進門見科。悟空白〕師傅，弟子擒得猪精在此。〔高才白〕果然擒獲住了。好手段嗄。〔悟能作拜唐僧科。白〕師傅，弟子早知師傅到此，就該來迎接，不到得費這許多週折。〔唐僧白〕悟空，你怎麽降伏得他來，他怎麽叫我師傅？〔悟空白〕皷子，你對師傅説。

〔悟能白〕師傅，我老猪當日裏呵，〔唱〕

【正宮集曲・朱奴插芙蓉】【朱奴兒】（首至四）俺元帥天蓬舊缺（韻），開月宫降凡磨折（韻）。爲有善缘遇佛爺（韻），蒙指點皈依幢節（韻）。【玉芙蓉】（末三句）西天去（句），願袪魔滌邪（韻），保師傅讀護持法駕授楞伽（韻）。〔唐僧白〕是觀音菩薩法旨，皈依我爲徒弟麽？ 善哉善哉。多蒙菩薩慈恩，普濟助我，求經功德。〔悟能白〕師傅請上，容弟子叩拜。〔作叩拜科。唐僧白〕阿彌陀佛。〔悟能作拜悟空科。白〕你是師兄，受我一拜。〔悟空白〕也不消了。〔唐僧白〕你既拜我爲師，須要取個法名。〔悟能白〕菩薩與我取了，唤作猪悟能。〔唐僧白〕好，正和你師兄悟空仝派。〔悟能白〕師傅，我前日受了菩薩的戒行，久斷了五葷三猒哩。〔唐僧白〕正該如此。但你既皈依菩薩，受了戒行，爲何又起凡心，要做這落地獄彀當？今後再不可存此癡念了。我與你取個别號，唤作八戒。〔悟能作拜科。白〕多謝師傅。謹遵台命。〔唐僧白〕員外，貧僧就此告别。〔高才白〕多蒙賢師徒救拔之恩，何日答報。〔唐僧白〕豈敢。攪擾不當。〔悟能白〕岳父，我却虚打攪了。〔悟空白〕皵子，你既歸正道，再不許胡説了。〔高才白〕安人，可仝闔家大小，一齊叩送禪師。〔老旦扮高安人，穿老旦衣。旦扮高玉蘭。雜扮衆家人，各戴毡帽，穿道袍。旦扮衆婦人，各穿衫背心，繫汗巾，仝從壽臺上場門上。悟能挑經擔，悟空向下牽馬，唐僧作上馬科。唱〕

【尾聲】承情未敢多饒舌㊀。〔高才唱〕要近慈容何日也㊀。〔仝唱〕自此難得相逢容易别㊀。〔各從壽臺兩場門分下〕

第十一齣　浮屠選佛心經授（江陽韻）

〔場左側設香檜樹科。外扮烏巢禪師，戴烏巢臚腦，穿道袍，繫絲縧，帶数珠，柱竹杖，從壽臺上場門上。白〕大道原如坦路行，世人迷惑悮聰明。但求方寸能防檢，不染塵埃泰宇清。俺烏巢禪師是也。本西方之佛子，闡釋教之玄微，寄跡於浮屠山中，棲身於柴草窩内。有麋鹿啣花，猿猴獻果，青鸞彩鳳齊鳴，白鶴錦鷄咸集。雖然隻履無傳，却自夙根有慧，秉持一念，果正菩提。但憐世人愚昧，無不逐蠅附蟻，喪卻天真，以致攝魄勾魂，難逃刼數，兀的不傷感人也。〔唱〕

【南吕調套曲·一枝花】堪嘆那浮生海上航(韻)，經不起狂風浪(韻)。一失足此身沉到底(句)，試回頭彼岸在何方(韻)。悟得滄桑(韻)，貪水深容住(韻)，情瀾長不妨(韻)。須知道生死河慈棹無邊(句)，可猛省功德水戒舟相望(韻)。〔白〕試看俺佛門中有無窮的妙趣，世人怎得知道。你看，〔唱〕

【南吕調套曲·梁州第七】四時有開不謝的心花供養(韻)，結不落的意蕊馨香(句)，伊蒲饌給仁祠長(韻)。慈雲遠注(句)，慧日增光(韻)，法雷常轉(句)，智炬分行(韻)。有時兒選佛開場(韻)，有時兒仿雁成堂(韻)。偶游戲錫便能飛(句)，小變化袪終無像(韻)，大神通杯更堪航(韻)，又何用朝忙(韻)、夜忙(韻)，六時止觀神俱爽(韻)，負荷驅龍象(韻)，三乘行看到盛唐(韻)，稽首空王(韻)。〔白〕老僧奉如來法旨，將心經傳與唐三藏，想必就到也。蓋爲三乘金經，書從心造，若使心爲形役，不能參透「五蘊皆空，度一切苦厄」，即有六度之舟，焉能彀渡得盡三昧海也？〔唱〕

【南吕調套曲·牧羊關】單只怕六根戕(韻)，更要緊四神傷(韻)，一心想南無佛力果無量(韻)，長此白業相傳(句)，青蓮自香(韻)。若教他二空超性相(韻)，管許你七尺起圓光(韻)。眼看那象教流中土(句)，心知得鷄園謁上方(韻)。〔白〕説話之間，唐三藏仝着孫悟空、猪悟能來也。待他到時，不免傳授他心經一卷，好覆如來法旨。〔作上樹科。副扮悟空，戴悟空帽，穿悟空衣，帶数珠。丑扮悟能，戴僧帽，紥金箍、猪嘴切末，穿悟能衣，帶数珠，持鈀，挑經擔。引生扮唐僧，戴僧帽，穿僧衣，繫絲縧，帶数珠，騎馬，從壽臺上場門上。白〕心在西天身在途，也須步步做工夫。〔悟空白〕休生退悔須精進。〔悟能白〕取不得經時我還去。〔悟空白〕那裏去？〔悟能白〕還去高家做姐夫。〔悟空虛白科。唐僧白〕徒弟，你看前面有一座高山，須要仔細。〔悟空白〕徒弟看那座山，没有妖氣，師傅放心。〔悟能白〕師傅，這座山喚做浮屠山，山中有一個烏巢禪師，老猪認得的。〔悟空白〕你認得麽？〔悟能作發諢科。唐僧白〕呀！這香檜樹上有一草窩，却不見有人。〔悟能作看科。白〕那窩内伸出頭來的，就是烏巢禪師。〔唐僧白〕既是禪師，待我上前參拜。〔作下馬向上參拜科。白〕弟子玄奘，奉旨往西天取經，路過寶山，特來參拜。〔烏巢禪師白〕失迎了，聖僧。〔唱〕

【南呂調套曲・四塊玉】只想梵唄香(韻)，虔誠往(韻)，餐風宿雨好淒涼(韻)，望耆闍猶在重霄上(韻)。〔唐僧白〕還有多少路程？〔烏巢禪師白〕遠得緊哩。〔唐僧白〕何時得到？〔烏巢禪師白〕終須有到的日子。〔唱〕少不得雲盡藏(韻)，風絶響(韻)，氤氳氣是西方(韻)。〔唐僧白〕一路上好走麽？〔烏巢禪師白〕一路魔障儘多，怎得平安。我有《密多心經》一卷，共計二百七十字，傳授與你。若遇魔之處，但念此經，自無妨礙。〔唐僧作跪科。白〕弟子求傳授。〔烏巢禪師唱〕

【南呂調套曲・玄鶴鳴】多羅密宗風暢(韻)，摩訶薩苦厄亡(韻)。色即空依般若(句)，生不滅舊行藏(韻)。無無明心存意想(韻)，無牽纏罣礙(句)，恐怖驚惶(韻)。波羅揭諦(句)，咒語宣揚(韻)。時存念(句)，時存念大神光(韻)，好持誦阿耨三藐(句)，崇伏妖降(韻)。〔作授經，唐僧接經，三叩首，付悟空收經科。唐僧白〕多謝禪師。弟子還要求示前途路程端的。〔烏巢禪師白〕没有甚麽。道路不難行，你聽我吩咐，千山萬水程，多障多孽處。精靈滿國城，魔王徧山住。老虎坐琴堂，蒼狼爲主簿。受持是經者，一切無恐怖。獅象盡稱王，虎豹皆作御。待我唤山神、土地、衆神將，護送出界便了。〔唐僧白〕多謝禪師。〔烏巢禪師白〕山神、土地、衆神將何在？〔雜扮衆山神，各戴卒盔，穿鎧，持斧。雜扮衆土地，各戴紮紅紗帽，穿圓領束帶，執笏。雜扮衆神將，各戴紮巾額、紮靠，持鞭，仝從壽臺门上。白〕地曠疑連海，山高欲逼天。〔作見科。白〕禪師相召，有何法旨？〔烏巢禪師白〕今有大唐三藏法師，奉旨往西天取經，路過此山，特召汝等，護送出界。〔衆神白〕領法旨。〔烏巢禪師作下樹，從壽臺下場門下。衆神白〕請聖僧上

路。〔場上撤樹科。唐僧作上馬，衆神遶場科。仝唱〕

【尾聲】看插天峻嶺環巖嶂㊞，遍野浮雲路渺茫㊞，浮屠回首重瞻望㊞。喜心經此日傳將㊞，道高法廣㊞，惟願早叩靈山㊕，取金經遠播揚㊞。〔仝從壽臺兩場門分下〕

第十二齣　靈吉降魔禪杖飛（東鐘韻）

〔場左側設松樹、石山科。雜扮虎先鋒，戴虎膗腦，穿箭袖、虎皮褂，持雙刀，從洞門上。唱〕

【仙呂調隻曲・點絳唇】列列黄風（韻），天掀地動（韻），多威猛（韻）。職任先鋒（韻），去巡哨離山洞（韻）。

〔白〕俺乃黄風大王手下虎先鋒是也。奉大王之命，着我下山巡邏，拏幾個行人案酒，只得在此等候。正是箕星有我三分柄，風伯無他半點權。〔從下場門下。副扮悟空，戴悟空帽，穿悟空衣，帶数珠。丑扮悟能，戴僧帽，紥金箍、猪嘴切末，穿悟能衣，帶数珠，持鈀，挑經擔。引生扮唐僧，戴僧帽，穿僧衣，繫絲縧，帶数珠，騎馬，從壽臺上場門上。仝唱〕

【中吕宮正曲・粉孩兒】遥望着（讀）翠巍巍山岫聳（韻），是奇松怪石（讀），路迴泉湧（韻）。皇恩遠將禪教崇（韻），取金經敢憚蠶叢（韻）。〔内作風科。唐僧白〕忽然一陣狂風，那裏避一避再走罷。〔悟能虚白發諢科。仝唱合〕忽刺刺一陣風來（句），把天關地軸翻動（韻）。〔作迸石山科。虎先鋒從地井内上，作擒唐僧從壽臺下場門下。悟空持棒，悟能虚白。雜扮二小妖，各戴竪髮，穿箭袖、卒褂，持器械，从壽臺下場門上，作對敵敗科。悟空、悟能從壽臺下場門追下。虎先鋒作攝唐僧從壽臺門上向内科。白〕先鋒啟事，拿得唐朝一個取經的僧人，獻與大王下酒，還有徒弟二人，已經差捉去了。〔黃風大王內白〕且把他吊在定風樁上，快去再拿他徒弟，一齊來湊吃。〔虎先鋒作應科，從洞門下。悟空、悟能從壽臺門上。白〕哎喲，不好了，師傅被他攝去了。〔悟能作哭科。悟空白〕你且不要哭，且到山凹裏，看着行李、馬匹，待我尋師傅去。〔悟能應科，從壽臺門下。悟空作遶場科白〕原來門上有三個大字「黃風洞」。〔唱〕

【中呂宮正曲・紅芍藥】石門上(讀)寫刻黃風(韻)，兩邊廂荆棘蒙茸(韻)。眼見得吾師在深洞(韻)，没來由做檻鸞囚鳳(韻)。〔白〕妖怪，趁早送我師傅出來。省得激惱了俺孫行者，掀翻你的窩巢。〔黃風大王內白〕小妖每，吩咐虎先鋒，擒拏猴頭者。〔虎先鋒作應科。從洞門上白〕你是那裏來的猴和尚，在這裏大呼小叫。〔悟空唱〕畜生(句)，窩裏逞甚兇(韻)，直恁般把咱胡弄(韻)。〔合〕早些兒送出吾師(句)，那時節還可輕縱(韻)。〔作對敵科。悟能從壽臺門上，作打死虎先鋒從壽臺門下。悟空作喜科。白〕好兄弟，你誠心要保師傅。如此出力，必須拿住老妖，方纔救得出師傅哩。〔悟能白〕説得有理。〔虛白科。仝從壽臺門下。小妖各持器械，引淨扮黃風大王，戴笠髮，紥靠，負葫蘆，持叉，從洞門上。仝唱〕

【中呂宮正曲・耍孩兒】我有强兵千百衆(韻)。何處猴和尚(句)，大着膽殺俺先鋒(韻)。〔黃風大王白〕自家黃風大王是也。今有孫行者來此搦戰，小妖們快些殺上前去。〔衆小妖應科。仝唱〕思量(句)，情和理(讀)，委實難寬縱(韻)，惡狠狠(讀)，按不住霆威動(韻)。〔悟空從壽臺門上，作見科。黃風大王唱合〕你兀自把殘生送(韻)。〔白〕哦，你就是孫行者麽？〔悟空白〕你孫外公在這裏。〔黃風大王作笑科。白〕

我只道怎麽樣扳翻不倒的大漢，原來是一個骷髏樣的病鬼。〔悟空白〕你這孩子，忒没眼力了，且看你外公手段。看棒！〔作對敵科。黃風大王作敗從壽臺門下，悟空追下。悟能從壽臺門上，作赶打衆小妖科。仝從壽臺門下。黃風大王從壽臺門急上，白〕你看這猴頭，果然驍勇，無力擒他，如何是好。有了，不免將俺三昧神風，吹死這猴頭便了。〔悟空從壽臺門追上，作對敵科。黃風大王取葫蘆，作風吹悟空倒地科。黃風大王從洞門下，悟能從壽臺門上，作虚白發諢科。悟空白〕利害。我老孫從來不曾見這般大風，正與妖精廝殺，忽然捲起這樣大風，把我眼睛都吹壞了。如今師傅那個力能救得出來，怎生是好？〔悟能白〕天色已晚，且尋個人家歇息了，再做商量。〔作扶悟空行科。内作犬吠，悟空白〕你聽犬吠，想是有人家。〔悟能白〕果然是個莊院，待我叫一聲。裏面有人麽？〔雜扮伽藍化身，戴巾，穿道袍，繫儒縧，從壽臺門上。白〕客來深巷中，犬吠踈籬下。〔作開門見科。白〕什麽人？〔悟能白〕我們是大唐聖僧的徒弟，往西天取經的，被那黃風洞妖魔拏了我師傅去，還未救得，特來宅上借宿一宵。〔伽藍化身白〕如此請進。〔各作進門，場上設椅，各坐科。伽藍化身白〕這位師傅怎麽樣了？〔悟空白〕不瞞老丈説，今日在黃風洞，救我師傅，不期被那妖怪法寶内湧出風來，吹得眼珠酸痛。〔伽藍化身白〕不要説起。那黃風大王的風，最是利害，叫做三昧神風。若遇這風吹了，除非是神仙，方能不死。若要擒他，除非請靈吉菩薩，方纔收得。〔悟空白〕老丈，可有處尋個眼科麽？〔伽藍化身白〕我這敝處，却是没有賣眼藥的。〔唱〕

【中呂宮正曲・會河陽】老漢當年(讀)兩目將朧(韻)，時流冷淚苦迎風(韻)。仙翁(韻)贈我靈膏(讀)，善開瞽盲(韻)，治愈了雙睛痛(韻)。〔白〕待我取來。〔作向下取眼藥遞科。唱合〕遇缘(句)，存留下聊相送(韻)。耐心(句)，請點上須珍重(韻)。〔從壽臺下場門隱下。悟空作洗眼，內作五更科。悟能白〕呀，不多時，早又五更也。〔悟空作睁眼科。白〕果然好藥。〔悟能白〕呀，那老者也不見了，奇怪奇怪。〔悟空白〕獃子，且不要亂嚷，必定是觀音菩薩差伽藍相救。如今不免請靈吉菩薩便了。你仍舊到山凹裏看守行李馬匹，待我往須彌山走遭。〔悟能作應科，從壽臺上場門下。悟空作行科。唱〕

【中呂宮正曲・縷縷金】那菩薩(句)，有神通(韻)，須彌山頂上(句)，白雲中(韻)。萬八千筋斗(句)，身兒幾攛(韻)，早凌虛已到梵王宮(韻)。〔合〕風摇繡旛動(韻)，風摇繡旛動(疊)。〔作到科，虛白。雜扮仙童，戴仙童巾，穿氅，繫絲縧，從仙樓門上。白〕燈明方丈室，珠繫比丘衣。〔作見科。白〕你是那裏來的？〔悟空白〕相煩通報。我乃孫悟空，從師大唐三藏法師，特來求見菩薩。〔仙童白〕少待。〔作向内請科。雜扮衆仙童，各戴仙童巾，穿氅，繫絲縧，持杖。旦扮靈吉菩薩，戴僧帽，紥五佛冠，穿蟒，披袈裟，帶数珠，持拂塵，從仙樓門上。白〕白日傳心淨，青蓮喻法微。〔場上設椅，轉場坐科。悟空作進拜科。靈吉菩薩白〕行者有何見諭？〔悟空白〕我師傳在黃風洞遇難，特請菩薩大施法力，前去搭救。〔靈吉菩薩唱〕

【中呂宮正曲・越恁好】我奉如來慈旨(句)，如來慈旨(疊)，在此鎮黃風(韻)。曾賜飛龍寶杖(句)，丹一顆用無窮(韻)。當時是我姑恕容(韻)，留伊業種(韻)。〔白〕取杖過來，即便仝行。〔衆應科。靈吉菩薩白〕

雲童速至。〔雜扮衆雲童，各戴綫髮，穿採蓮衣，繫絲絛，從壽臺兩場門上，作執雲遶場科。白〕菩薩有何法旨？〔靈吉菩薩白〕隨俺下界降妖去者。〔衆雲童作應科。揭諦、仙童、靈吉菩薩作下仙樓，靈吉菩薩仝唱合〕前日裏(讀)慴伏伊强横(韻)，今日裏(讀)騷擾人驚恐(韻)。〔作到科。悟空白〕老妖快些出來受死！〔黄風大王從洞門上，與悟空作對敵科。靈吉菩薩唱〕

【中吕宫正曲·紅繡鞋】鋼叉鐵棒交攻(韻)，交攻(格)。兩邊未決雌雄(韻)，雌雄(格)。〔靈吉菩薩作擲杖下地井科。雜扮金龍，穿金龍衣，從地井上，作追黄風大王從壽臺下場門下，作擒貂鼠形急上遁科，仍從地井内下。靈吉菩薩作取杖科。白〕悟空，妖怪已擒，好生保護你師傅西行，我回須彌去也。〔悟空白〕多謝菩薩。〔從壽臺上場門下。靈吉菩薩白〕衆雲童就此回山。〔衆雲童應科。仝唱〕擲寶杖(句)，在空中(韻)。鱗與爪(句)，現金龍(韻)。〔合〕黄貂鼠(句)，命旋終(韻)。〔揭諦、仙童、靈吉菩薩仍從仙樓門下。雲童仝從壽臺上場門下。悟空從壽臺上場門上。白〕悟能兄弟快來。〔悟能從壽臺上場門上，作虚白見科。悟空白〕我請了靈吉菩薩到來，把妖怪打死，原來是西方黄毛貂鼠，逃在此間的。〔悟能作發諢科。悟空白〕你去收拾行李、馬匹，待我進洞去，救出師傅來。〔悟能作應，向下取經擔，牽馬，悟空作進洞救唐僧出洞科。場上撤松樹、石上科。唐僧仝唱〕

【尾聲】連朝累夜神魂悚(韻)，喜荷靈光脱禍凶(韻)，急辦西行見大雄(韻)。〔作騎馬仝從壽臺上場門下〕

丙下

第十三齣　愛河悟淨撐慈棹（江陽韻）

〔雜扮衆小妖，各戴鬼髮，穿箭袖、卒褂，執旗。引雜扮悟淨，戴陀頭髮，紥額，軟紥扮，帶人頭數珠，從壽臺上場門上。同唱〕

【仙呂宮正曲·六幺令】沙河開曠㊞，八百里洪流㊟險阻非常㊞。世尊口勑引慈航㊞，取經人㊟在何方㊞。〔悟淨白〕大將靈霄職捲簾，因遭貪毒謫塵閒。流沙河濶無慈棹，莫把骷髏看等閒。我乃南天門下捲簾大將是也。只爲看見御前琉璃盞，犯了貪戒。玉帝大怒，將俺貶下流沙河。前蒙觀音菩薩受記，候取經人到來，保護他西方去取經，將功贖罪。只是再等也等不來，方纔恒河大王邀去赴宴。小妖們就此回府。〔衆小妖應科。仝唱合〕齊心戮力西方上㊞，齊心戮力西方上㊟。〔仝從地井内下。場上設流沙河碑碣科。副扮悟空，戴悟空帽，穿悟空衣，帶數珠。丑扮悟能，戴僧帽，紥金箍、猪嘴切末，穿悟能衣，帶數珠，持鈀，挑經擔。引生扮唐僧，戴僧帽，穿僧衣，繫絲縧，帶數珠，騎馬，從壽臺

門上。仝唱〕

【仙吕宫集曲・六幺姐姐】【六幺令】（首二句）濤聲混茫韻，安得今朝讀一葦能航韻。【好姐姐】（三至末）感烏巢慈諭讀，心經佛法揚韻。〔唐僧白〕來此是什麽所在了？看這一條大河，又無船隻，如何過去？〔悟空白〕那邊有座石碑在此，待我上前去看來。〔作看科。白〕八百流沙河，三千弱水深。鵝毛漂不起，蘆花釘底沉。〔唐僧白〕如此怎得過去？〔唱〕深而廣韻，無風有浪高千丈韻，此際教人無主張韻。〔悟空白〕師傅不要驚慌。八戒上前問來。〔唐僧作下馬，悟能作虚白發諢科。白〕呔，河邊有人麽？〔悟淨持鏟，從地井内上。白〕誰在河邊大呼小叫？看杖！〔作對敵科。悟能白〕不要亂殺，快通名來。〔悟淨白〕你且聽者。吾乃捲簾大將是也。你是何人？〔悟能白〕你不認得你猪爹爹麽！〔悟淨白〕胡説！看杖！〔悟能白〕不要動手。你方纔説捲簾大將，爲何來此？〔悟淨白〕我犯罪降凡，蒙菩薩指示，保護取經人上西方將功贖罪。你問他怎的？〔悟能作指科。白〕你看這不是取經人麽？〔悟淨白〕哦，原來就是麽？〔向地井内科。白〕衆小妖，作速散去。我如今找着取經的師傅了，休再説苦海無邊。〔悟能白〕須要知回頭是岸。〔悟淨白〕弟子多有得罪。前奉觀音大士法旨，等候已久，願保師傅取經。〔唐僧白〕既如此，我與你取個法名。〔悟淨白〕弟子已蒙菩薩賜了法名，叫做沙悟淨。〔唐僧白〕好，正合我宗派。我與你再起一名，叫做沙和尚。〔悟淨白〕多謝師傅慈悲。〔悟能作虚白發諢差派科。唐僧白〕但是此河如何過去？〔悟淨白〕弟子在此多年，那些來往的人，也不知被我吃了多少，他的頭都沉於河底。惟有那取經的九個和尚，也被弟子吃了，他的頭都浮在水面上，竟不沉底，我故此把索兒穿將解悶。前奉菩薩法旨，説將這項上骷髏，放在水面，可當渡船。〔作抛數珠，從地井内現九朵金蓮科。悟淨白〕師傅請上。〔唐僧白〕多謝菩薩慈悲法力也。〔各作渡河科。仝唱〕

【仙吕宫集曲·六幺江水】【六幺令】（首至四）艱辛備嘗㊖。仗佛慈悲㊦不用帆檣㊖，霎時已過水中央㊖。忙登岸㊦，取行裝㊖。〔雜扮九雲童，戴綫髮，穿採蓮衣，繫絲縧，持雲，從仙樓梯下，作取蓮花科，仍從仙樓梯上。唐僧作上岸，地井内收切末科。唐僧白〕呀，你看九個骷髏，化作金蓮順水去了。〔悟空白〕菩薩法力救拔，昇天去了。〔仝唱〕【江兒水】（末二句）這段因緣㊁，看取白毫光放㊖。〔各虚白，唐僧作上馬科。合唱〕

【尾聲】師徒協力相依傍㊖，何懼妖魔擾攘㊖，求取金經返帝鄉㊖。〔仝從壽臺下場門下〕

第十四齣　色界黎山試革囊（車遮韻）

〔老旦扮黎山老母，穿老旦衣，從壽臺上場門上。白〕由來慾火暗相侵，煉出金剛一片心。世上幾人真鐵漢，夢回仔細自追尋。吾乃黎山老母是也。爲因陳玄奘往西天取經，恐他道心未堅，爲此扮做寡居之婦，幻化村莊，等他到來，試他便了。〔作向内科。白〕當方城隍土地聽者，凡境内精靈合用的，一切聽我法旨，不得有違。〔内作應科。黎山老母白〕誰將白髮調狂象，試看禪心制毒龍。〔從壽臺下場門下。副扮悟空，戴悟空帽，穿悟空衣，帶數珠。丑扮悟能，戴僧帽，紮金箍、猪嘴切末，穿悟能衣，帶數珠，持鈀，挑經擔。雜扮悟淨，戴僧帽，紮金箍，穿悟淨衣，帶數珠，持鏟。引生扮唐僧，戴僧帽，穿僧衣，繫絲縧，帶數珠，騎馬，從壽臺上場門上。唱〕

【仙吕宫正曲·園林好】霜林外白雲亂遮㊣，寒山上夕陽漸斜㊣，盼不見竹籬茅舍㊣。〔合〕向何處可安歇㊣，向何處可安歇㊕。〔悟空白〕轉過山陰，原來有一座大莊院在此。〔悟能虚白，作欲進門科。唐僧白〕且慢，等裏面有人出來。〔作下馬科。雜扮蒼頭，戴氊帽，穿道袍，從壽臺門上。白〕絲飄弱柳平橋晚，雪點寒梅小院春。是那個？〔作見科。唐僧白〕我們是過往僧人，要借宿的。煩乞轉稟莊主。〔蒼頭白〕少待，院君有請。〔黎山老母從壽臺門上。白〕水將杖探知深淺，人把情挑辨假真。〔蒼頭白〕外面有僧人求見。〔黎山老母白〕請進來。〔蒼頭作請，仝進門科。黎山老母白〕師傅稽首。〔唐僧還禮科。黎山老母白〕蒼頭，將行李馬匹安頓了。師傅們側房少坐。〔蒼頭作應，引悟空、悟能、悟淨從壽臺門下。場上設椅，各坐科。黎山老母白〕請問師傅那裏來的？〔唐僧白〕貧僧是大唐來的，前往西天取經。因天色晚了，特求女菩薩處，借宿一宵。〔黎山老母白〕師傅是從大唐來的，萬水千山，多多辛苦了。〔唐僧白〕奉旨取經，辛苦也説不得。請問女菩薩，此是甚麼地方。〔黎山老母白〕是西牛賀州之地。〔蒼頭捧茶從壽臺門上。黎山老母接茶欲遞科，唐僧起科。白〕貧僧自領。〔各取茶飲科。蒼頭作接茶，從壽臺門下。唐僧白〕女菩薩高姓？〔黎山老母白〕妾身賈氏，先夫姓莫。叨承祖業，頗有家資。苦奈命中無子，止生兩個女兒。只因前歲夫亡，母女們相依過活。〔唐僧白〕這也可憐。〔黎山老母唱〕

【中呂宮正曲·江兒水】獨力支門户(句)，伶俜可嘆嗟(韻)。〔白〕常言道「男子無妻家無主，婦人無夫身無主」。〔唱〕欺孤壓寡多磨折(韻)，幾番要別受紅鸞帖(韻)，莊田屋宇難拋捨(韻)。〔白〕師傅不要見笑，待妾身説句梯己話兒。〔作笑科，唱〕若個心兒如鐵(韻)，〔合〕簷馬丁東(句)，捱不過如年長夜(韻)。〔唐僧作不語科。黎山老母白〕妾身是丁亥年三月初三日酉時生的，今年三十二歲了。大女兒名喚憐憐，今年一十六歲，次女名喚愛愛，今年一十五歲了，俱不曾許配人家。妾身雖是醜陋，却喜女兒俱有幾分姿色，女工針指無所不通。因先人無子，把他做寶貝看承，小時節也曾教他讀過書來，也曾吟詩作對。〔唐僧作低頭不語科。黎山老母作笑科，白〕這師傅想是疑心我女兒生得貌醜，故此佯爲不知。也罷，師傅是出家人，便出來拜見也不妨。〔作向内科〕丫鬟，請兩位小姐出來。〔丫鬟内作應科。旦扮二小姐，各穿衫。老旦扮乳娘，穿老旦衣，繫花帕。丑扮丫鬟，戴梅香箍，穿衫背心，繫汗巾，隨從上場門上。二小姐唱〕

【仙吕宮正曲·五供養】雲鬟欲卸(韻)，促向庭前(讀)紈扇頻遮(韻)。〔作覷唐僧科。唱〕白毫光閃處(句)，捏塑一僧伽(韻)。〔作見科。白〕母親，你喚孩兒出來做甚麼？〔黎山老母白〕這是大唐來的取經師傅，也是難得見的，你們前去禮拜禮拜。〔二小姐作拜科。唱〕珠駢翠疊(韻)，風過處香飄蘭麝(韻)。〔作笑科。唱合〕一笑回眸看(句)，不覺眼乜斜(韻)。〔黎山老母白〕女兒們進去罷。〔二小姐作看唐僧科。唱〕繚繞春風(讀)，燕勾鶯惹(韻)。〔仝乳娘、丫鬟仍從壽臺門下。唐僧作背科。唱〕

【又一體】魔頭到也(韻)。定力堅持(讀)，不動些些(韻)。覷他脂共粉(句)，渾似蝎和蛇(韻)。〔黎山老母唱〕千金怎賒(韻)，難遇着好天良夜(韻)。〔合〕且須迎百輛(句)，何用演三車(韻)。撩繞春風(讀)，燕勾鶯惹(韻)。〔白〕師傅，妾身老實對你説了罷。今夜師傅到來，也是天緣湊合。兩個女兒裏面，那個看得上的，我便配與你爲妻，只要你還俗就是了。〔唱〕

【仙吕宮正曲·玉交枝】雀屏能射(韻)，繡毬兒樓前任接(韻)。只要你戒香莫把緇衣爇(韻)，那綺羅叢任你歡悅(韻)。〔唐僧白〕女菩薩，這使不得的。 貧僧從幼出家，是受過五戒的人。〔唱〕皈衣正法不受邪(韻)，禪心一似澄潭月(韻)。〔合〕再休提紅偎翠貼(韻)，一任他狂蜂浪蝶(韻)。〔黎山老母白〕師傅，你說差了，怎麼說個不受邪三字？ 夫婦居室，人之大倫，就招你做個女壻，這是配合正理，又不是那邪淫的勾當，何苦三推四阻，只是不從？〔唐僧白〕阿彌陀佛。〔黎山老母唱〕

【又一體】那菩提般若(韻)，總無稽胡言亂說(韻)。 桃夭正是婚時節(韻)，賦關雎休得差迭(韻)。〔唐僧白〕我們是出家人，破了菩薩戒行，是要墮地獄的。〔黎山老母白〕師傅既然堅執，且再商量。 妾身進去，備些素齋來相請。〔從下場門下。 唐僧白〕這女色害人最是狠毒。〔唱〕蜜中置毒休咂舌(韻)，花間裏箭防流血(韻)。〔合〕再休提紅偎翠貼(韻)，一任他狂蜂浪蝶(韻)。〔丫鬟捧茶從壽臺門上。唱〕

【仙呂宮正曲・川撥棹】瓊漿瀉(韻)，捧將來請用些(韻)。〔作向唐僧科，白〕大小姐說，師傅說的口乾了，特烹一杯茶送來。〔唐僧白〕貧僧不用。〔丫鬟白〕大小姐托我致意師傅，〔唱〕恁相逢蜜意難說(韻)，恁相逢蜜意難說(疊)。〔白〕還有一件東西在此。〔作出玉玦科，唱〕致殷勤一雙玉玦(韻)。〔唐僧白〕姐姐不必多言，貧僧是斷然不受的。〔丫鬟白〕這樣一個滯貨，原來是不中用的。 只得回覆大小姐去。〔唱合〕夢中雲空自竊(韻)，鏡中花空自折(韻)。〔仍從壽臺門下。 乳娘從壽臺門上。唱〕

【又一體】玉女傳言何太切(韻)，青鳥傳情敢浪洩(韻)。〔作向唐僧科。白〕老身是二小姐的乳娘，叫我致意師傅。〔作出汗巾科。唱〕素羅巾一幅如雪(韻)，素羅巾一幅如雪(疊)，上題着新詞半闋(韻)。〔白〕

還有一首詞兒，師傅請看。〔唐僧白〕老媽媽快些收了，貧僧也不看。〔乳娘白〕難道你是不識字的？只得回覆二小姐去。〔唱合〕夢中雲空自竊(韻)，鏡中花空自折(韻)。〔仍從壽臺門下。黎山老母從壽臺門上。白〕神女有心貽玉珮，仙郎無意問桃源。〔黎山老母作見唐僧科。白〕師傅既然不從招贅，這也不好相强。妾身還有個商量在此。〔作向内白〕蒼頭，請聖僧三位令徒出來。〔蒼頭内應，領悟空、悟能、悟淨從下場門上，作見科。黎山老母白〕三位貴徒，裏面隨便留下一人，與我做個女婿，看承老景何如？〔唐僧白〕他們都是佛門弟子，一個也使不得的。〔黎山老母作怒科。白〕我們一片好心，要把家緣招贅你，看你好不受人擡舉，反將言語傷我。蒼頭關了儀門，趕這和尚們出去罷。〔悟能作虚白驚科。蒼頭應，作推唐僧等出門科。黎山老母唱〕

【尾聲】閉門推出窗前月(韻)，一任梅花凍欲折(韻)。〔仝蒼頭從壽臺門下。唐僧白〕我玄奘呵，〔唱〕只辨着禪心一片可煉鐵(韻)。〔白〕徒弟們，我們今夜投宿，何處便好？〔悟空白〕師傅且在那松林之下，歇宿一宵，明日再行。〔仝從下場門下。悟能白〕奇怪奇怪，我方纔聽了半晌，那院君要招我的師傅做女壻，這是極好的事。他自己不肯，這也罷了。後來那院君說你徒弟裏面，隨便留下一個在此成親，這有何妨礙，他又執意不肯。激的那院君大怒，關上儀門進去了，連飯食也不送些出來，只落得忍着饑餓肚子，過夜怎麽處？且住，不免悄悄到他後門去，求那院君或者招贅了我，也未可知。〔作遶場科。白〕這裏是了。女菩薩在那裏？〔黎山老母從壽臺門上。白〕梨花院落沉沉夜，剪剪輕風陣陣寒。〔作開門見科。白〕原來是小師傅。方纔你師傅忒執意了，在我家招了女壻，却不强似做掛搭僧？〔悟能白〕我師傅是奉旨取經的，這也怪他不得。〔黎山老母白〕我説徒弟們也使得。〔悟能白〕也還通融得的。娘，我老猪到肯做女婿，只怕你令愛們，嫌我嘴長耳大。〔黎山老母白〕有我作主也不妨。只是你再去與你師傅商量商量。〔悟能白〕不用商量。他又不是我生身父母，那裏管得着我。〔黎山老母白〕這等今夜正是黄道吉日，就此招贅了你罷。〔悟能虚白作跪拜科。黎山老母白〕你且起來，隨我到後邊去。〔仝作遶場科。黎山老母白〕這裏是後堂了。女婿我對你説，我要把大女兒配你呢，又恐怕小女兒怪我；要把小女兒配你呢，又恐怕大女兒怪。因此未决。〔悟能白〕既怕相怪，都與了我，省得鬧鬧炒炒，亂了家法。〔黎山老母白〕豈有此理。你一人就占我兩個女兒不成？〔悟能白〕娘説那裏話。那個没有三房五妾。再多幾個也不妨。〔黎山老母白〕有了，我將手帕蒙在你頭上遮了臉，撞個天婚。我叫女兒在你跟前走過，你伸手扯住那個，就把那個配你罷。〔悟能白〕娘説得有理。請姐姐們出來。〔黎山老母將帕蓋悟能頭，二小姐各持家法，從壽臺門上，作打悟能科，仍從壽臺門下。悟能白〕女兒們，這等乖，東摸西摸再摸不着一個，這怎麽處？〔作扯住黎山老母科白〕娘嗄，既是他們不肯招我，你就招了我罷。〔黎山老母白〕好女壻，這等大膽，連丈母都要了。〔作推悟能倒地科，從壽臺門下。悟能作滚科。白〕不好了，跌壞了。師傅快來！〔唐僧、悟空、悟淨仝從壽臺門上。唐僧白〕爲何在這草地上亂滚？〔悟淨作解縛科。白〕這也奇怪。〔悟能起科。白〕呀！霎時間莊院都不見了。〔悟空白〕獃子，這是黎山老母來試探師傅的。〔唐僧白〕原來如此。不免望空拜謝。〔作拜科。白〕天色已明，快些趲行前去。〔分白〕癡愚不識佛源頭，慾海沉身險自休。色即是空空是色，蓮花秋水兩悠悠。〔各虛白，仝從壽臺門下〕

第十五齣　幻假容烏鷄失國（真文韻）

〔淨扮獅子精，戴道冠、獅形，穿氅，繫絲縧，持拂塵，從壽臺上場門上。唱〕

【越調正曲·趙皮鞋】我是妖道人㊞，脚蹬朝靴腰佩銀㊞。有誰能辨我前身㊞，〔合〕眼見得今番富貴穩㊞。〔白〕俺乃十八尊羅漢内諾矩羅尊者手擎獅子。今做終南山道人，慣能呼風唤雨、驅雷掣電。這裏烏鷄國王，請俺祈雨救災。自從祈雨之後，喜動民心。國王見俺神通廣大，十分欽敬。看看兩個年頭，他的言語聲音、規模形像，件件都學得來，因此頓起貪心，要謀占他的國位，却没箇下手的所在。今早仝到後花園井邊閒步，四顧無人，俺便抛下一件寶貝，現出萬道金光，哄他觀看，乘機攙入深井底下，眼見得一命歸陰。這一樁富貴，是俺區區受用的了。我如今不免變作國主模樣，竟入後宫去。那些肉眼凡夫，如何認得出就裏？俺好不快哉樂哉也。待我變來。〔仍從壽臺上場門下。副扮烏鷄國王，戴金貂獅形，穿蟒，束帶，從壽臺上場門上。白〕妙，連我自己也認不出來了，怕他怎的。〔回身向内科。白〕内侍那裏？〔雜扮四内侍，各戴太監帽，穿貼裏衣，從壽臺兩場門上。白〕國主有何令旨？〔獅妖化身白〕分付回宫去。〔轉場到科。旦扮四宫女，戴過梁額，穿宫衣。引老旦扮烏鷄國后，戴鳳冠，穿蟒，束帶，從壽臺上場門上。白〕殿上旌旗纔偃日，閨中環珮乍摇風。〔獅妖化身白〕全憑道教修持久，顔駐丹砂更不仝。〔后白〕陛下一向養静，果然精神健旺，可喜可喜。請問那終南道人可曾回去了麽？〔獅妖化身白〕夫人你還不知麽。那道人忽然騰雲駕霧，竟往山中去了。〔后白〕有這等奇事。〔獅妖化身白〕待孤家道來。〔唱〕

【越調正曲・山麻稭】只見舞瑞鶴笙歌引(韻)，擺列着幾隊旛幢(讀)，飛度祥雲(韻)。殷勤(韻)，還憐我(讀)骨相尚無仙分(韻)。〔合〕我待將衮衣藻采(句)，冕旒珠玉(讀)，换彼霞裙(韻)。〔后白〕陛下，這也不必。際此風調雨順，正好仝享昇平。他今已歸山，想是仙凡緣盡了。〔唱〕

【又一體】他到絳闕朝天近(韻)，從此後怎肯重來(讀)，混跡凡塵(韻)。迷津(韻)，休得要(讀)想望精神度損(韻)。〔合〕有幾箇丹臺名註(句)，蓬山路接(讀)，食草眠雲(韻)。〔獅妖化身白〕夫人，這話説得有理。目今國中雨順風調，且大家暢飲，快活一回何如？〔后白〕宫娥們，就在筵前歌唱進酒。〔衆宫娥作應科。白〕曉得。〔宫娥作進酒科。仝唱〕

【越調正曲・蠻牌令】粧點粉脂匀(韻)，輕染小朱唇(韻)。水沉香氣繞(句)，一霎篆烟噴(韻)。消受些舞裙歌扇(句)，須知道金屋藏春(韻)。〔合〕霞觴泛(句)，仙醖醇(韻)，瞥聽紫檀檜響(讀)，侑酒聲新(韻)。〔獅妖化身白〕俱個有賞。〔宫娥作頭科。白〕多謝大王。〔獅妖化身白〕請太子出來。〔小生扮太子，戴紮金冠額子，穿氅，從壽臺上場門上。白〕視膳高堂上，承歡綺席邊。孩兒朝見。〔獅妖化身白〕罷了，我兒把盞。

〔太子唱〕

【又一體】髫齔侍嚴親(韻),韜畧邁吴孫(韻)。挽弓能射虎(句),力拓有千鈞(韻),雖不逮成釗父子(句),却便喜禹啟君臣(韻)。〔白〕父王請歡飲一杯。〔唱合〕傾金液(句),倒玉樽(韻)也。盞須當酩酊(讀),欣賞陽春(韻)。〔獅妖化身白〕生受你們了。今日要到教場操演,少頃進來,再與夫人敘話。已醉三杯酒。〔后白〕仝薰百合香。〔獅妖化身白〕無心留繡闥。〔太子白〕有志在沙場。〔仝從壽臺兩場門下。獅妖化身白〕且喜不曾露些破綻出來。這烏鷄國的土地,永遠是俺的了。俺仔細想來,他的妃子,尚然不能識認,何况國中這一班百姓。如今竟到教場操演一番,有何不可。内侍吩咐羽林軍士,到教場操演。〔雜扮四官將,各戴卒盔,穿門神鎧,持標鎗。雜扮四將官,各戴大頁巾,穿蟒箭袖卒褂,持旗,從壽臺兩場門上。白〕風旗春獵野,雪帳夜歸營。〔官將參見科。白〕羽林官將參見。願我王千歲。〔獅妖化身白〕不消了,快去操演。〔衆應科、行科。合唱〕

【尾聲】旌旗耀日三軍振(韻),隊隊貔貅擺陣雲(韻),羽林環衛拱勾陳(韻)。〔仝從壽臺下場門下〕

第十六齣　沉冤訴作證留圭(齊微韻)

〔生扮唐僧，戴僧帽，穿僧衣，繫絲縧，帶數珠，從壽臺上場門上。白〕木葉蕭踈氣候新，沉沉鐘鼓已黄昏。今宵參透無生話，定裏安心且息塵。我玄奘多蒙黎山老母指示，一路平安到此。只是宿雨餐風，好生勞頓。今晚幸宿僧房，征塵少静，徒弟們俱已睡着，不免就此禪床上打座片時。〔作入定科。末扮烏鷄國王鬼魂，戴金貂，穿蟒，束帶，搭魂帽，從右旁門上。唱〕

【中吕調隻曲・四邊静】杳茫茫愁雲無際(韻)，闇淡也星河(讀)，那路徑煞高低(韻)。抱恨誰知(韻)，泉下含冤氣(韻)。〔白〕這是寺門了。〔唱〕則聽得漏鼓聲稀(韻)，早來到花宫裏(韻)。〔白〕來此是禪堂了。那聖僧恰好在禪床獨坐，不免上前去哀懇一番。師傅師傅！〔唐僧作醒起見科。白〕何處王侯，深夜到來，有何見教？〔鬼魂白〕師傅請上，弟子有一言相訴。〔唐僧白〕敬聞。〔鬼魂唱〕

【黄鐘調隻曲・耍孩兒】俺本是官家天下垂裳治(韻)，錦江山千里邦畿(韻)。〔唐僧白〕原來是本國之主，貧僧失禮有罪了。〔鬼魂唱〕哭哀哀(讀)，來訴這情依(韻)，望慈悲聽剖心期(韻)。當年亢旱禾枯槁(句)，指望甘霖盛禱祈(韻)，仗道力回天意(韻)，果然靈應(句)，端的神奇(韻)。〔白〕那時有個終南道士，延他祈雨，他道力非比泛常。〔唐僧白〕那終南道士怎麽樣？〔鬼魂白〕那道士，自言能呼風唤雨，立降甘霖，弟子遂請他登壇行法。〔唱〕

【黄鐘調隻曲·五煞】戴星冠握令牌(句)，履天罡着法衣(韻)。些時四野油雲起(韻)，欲來山雨樓臺暗(句)，立降甘霖禾稼肥(韻)。因此上肝膽相投契(韻)。〔唐僧白〕國主如此相待，難得難得。〔鬼魂唱〕怎知他奸心頓發(句)，宗社潛移(韻)。〔白〕他仝我到後花園遊賞，便生一計。〔唐僧白〕到後花園中，又怎生計策來？〔鬼魂唱〕

【黄鐘調隻曲·四煞】恰正值春滿園(句)，可喜是花盡菲(韻)，仝臨蓡井欄杆倚(韻)。〔白〕那道人弄個神通，一道金光從井而起，仝俺到井邊觀看。〔唱〕殺人毒手登時舉(句)，送我游魂頃刻迷(韻)，猛推將古甃成埋瘞(韻)。〔唐僧白〕國主，你竟被他謀死了麽？〔鬼魂唱〕重泉抱恨(句)，幽壑含凄(韻)。〔唐僧白〕國主，如今幽明路隔，生死途分，貧僧替你誦些經懺，超度何如？〔鬼魂白〕師傅，他把我謀死之後，又謀佔了我的國土了。〔唱〕

【黄鐘調隻曲·三煞】他占鵲巢三載來(句)，俺泣猿聲盡日啼(韻)。桃僵李代誰能會(韻)，城頭怎地依華表(句)，廟角何人吊姊歸(韻)，空落得長吁氣(韻)。嘆多年戴盆莫雪(句)，幸今日駐錫相祈(韻)。〔唐僧白〕他既神通廣大，既經三年無人識破，教我如何計較？〔鬼魂白〕聞得聖僧有三位貴徒，擅能降妖縛怪。況我孩兒武藝精通，師傅將俺言語説與他知道，并煩三位貴徒幫助，自然替我報仇。〔唐僧

白〕貧僧如何能勾與太子相見呢？〔鬼魂唱〕

【黄鐘調隻曲・二煞】甫毁齒智慧生(句)，自垂髫父母依(韻)。明朝打獵從驍騎(韻)，妙齡兢許誇神勇(句)。〔白〕若知道這事呵，〔唱〕天性知無不皺眉(韻)。〔白〕要認他呵，〔唱〕紫金冠雙雉尾(韻)，翩翩英少(句)，獵獵旌旗(韻)。〔唐僧白〕就是與太子見面，如何肯信？〔鬼魂白〕孤家有一件傳國之寶，是個白玉圭。那日推我落井的時節，仍帶在身邊。道人變了我的模樣，却不曾變得白玉圭，這便是取信的東西了。〔唱〕

【黄鐘調隻曲・一煞】墮落在金井欄(句)，懷揣着白玉圭(韻)。分明金椀來塵世(韻)，幸蒙長老相垂救，〔唱〕留與妻孥作証提(韻)。這節事非容易(韻)。〔出玉圭看科。唱〕喜得他泉臺作伴(句)，殿陛重歸(韻)。〔將圭付唐僧科。唐僧接科。白〕既有此圭爲証，大事不難成了。〔鬼魂作拜謝科。唱〕

【慶餘】聖僧早證三摩地(韻)，稽首慈雲垂覆庇(韻)，這昭雪沉冤全仗你(韻)。〔仍從右旁門下。唐僧白〕好奇怪，好奇怪。明明一個玉圭在我手中，我想他游魂縹緲，如何帶得有形有質的東西，這也是精誠所感。我且唤起徒弟悟空，與他商議則箇。正是慈悲勝念千聲佛，作惡空燒萬炷香。〔從壽臺下場門下〕

第十七齣　白兔引唐僧還佩 先天韻

〔副扮悟空，戴悟空帽，穿悟空衣，繫絲縧，帶數珠，從壽臺上場門上。白〕幻化本來是僞，奸謀到底難逃。慧眼定中看破，方知大聖功勞。俺師傅昨夜在禪牀入定，忽有烏鷄國王鬼魂前來哀懇伸冤。其中謀害事情，師傅對我都説明白。這一樁買賣，分明照顧老孫，等他太子出來打圍，不免變箇白兔，引他到寺，見俺師傅隨機點化便了。正是金仙面目無人識，却被欺瞞假道人。〔從壽臺下場門下。雜扮四軍卒，各戴鷹翎帽，穿箭袖卒褂。雜扮四獵户，各戴鷹翎帽，紥包頭，穿箭袖，繫肚囊，持棍。雜扮八將官，各戴紥巾額，穿打仗甲，帶櫜鞬。引小生扮太子，戴紫金冠，穿打仗甲，帶櫜鞬，從壽臺上場門上。唱〕

【仙吕宫正曲・六幺令】翩翩少年韻，玉葉金枝讀，分地生妍韻。雕鞍寶馬紫絲鞭韻，相遊獵讀到平原韻。〔合〕大家得采纔回轉韻，大家得采纔回轉疊。〔太子白〕少小風雲志，穿楊技最高。但憑弓力勁，射虎不虚驕。自家烏鷄國太子是也，連日静坐書齋，心神困倦。今早稟過父王，出城打圍。軍士們，箇箇彎弓搭箭，人人牽犬擎鷹，金鼓喧闐，旌旗焕耀，趁早拏些山禽野獸，獻與父王，盡我一點孝心。此處已是郊外，緊緊的合了圍場者。〔軍士應科，各穿花走科。合唱〕

【仙呂宮正曲·青天歌】堪喜艷陽天韻，堪喜艷陽天疊。柳嚲鶯嬌讀，草淺平原韻。〔雜扮白兔，穿白兔衣，從壽臺上場門上，遶場，從壽臺下場門下。軍士白〕稟千歲爺，前面草中一個白兔兒。〔太子白〕軍士們就此趕上。〔唱〕驟馬加鞭韻，驟馬加鞭疊，始稱遂男兒願韻。〔仝從壽臺下場門下。生扮唐僧，戴僧帽，穿僧衣，繫絲縧，帶數珠，從壽臺上場門上。唱〕

【仙呂宮正曲·園林好】那君王依稀眼前韻，昨宵事今猶意懸韻，但願得魔頭驅遣韻。〔白兔從壽臺上場門上，遶場，從壽臺下場門下。悟空暗上，侍立科。唱合〕須說與夢中緣韻，須說與夢中緣疊。〔太子引衆軍士從壽臺上場門上。唱〕

【又一體】緊追來珊瑚着鞭韻，花驄馬吁吁氣喘韻。〔白〕兔兒不見了。〔唱〕難道他直走上蟾宮差遠韻。〔白〕前面是一所古寺，我們問和尚要白兔去。〔唱合〕須索問野狐禪韻，須索問野狐禪疊。〔唐僧上，高坐科。軍士白〕呔，快下來迎接千歲爺。〔唐僧白〕你們聽俺道者。〔太子白〕有話快些講來。〔唐僧唱〕

【仙呂宮正曲·江兒水】欽奉天朝命句，人間苦行禪韻。西方佛國求經卷韻，來路迢遥經州縣韻，艱辛到此安單院韻。〔太子白〕原來是箇雲遊和尚，快趕出去。〔唐僧笑科。太子白〕你笑什麽來？〔唐僧唱〕將我雲遊輕賤韻，佛度羣迷句，笑你無緣不見韻。〔太子背白〕方纔他說西方佛國求經卷。這和尚有些德行，待我再問他。〔唱〕

【又一體】你説西土求經去(句)，程途有萬千(韻)，莫非誑語來欺騙(韻)。〔唐僧白〕俺是大唐皇帝差往西天取經，現有佛賜的寶貝哩。〔唱〕錦織袈裟金花炫(韻)，九環錫杖魔能遣(韻)，這是凡人難見(韻)。〔太子白〕這不算寶貝。〔唐僧唱合〕還有毓秀崑岡(句)，琢就躬桓良選(韻)。〔太子白〕既然你有寶貝，快快拏出來。〔唐僧白〕那寶呵，〔唱〕

【仙吕宫正曲・五供養】世間罕見(韻)，耀英靈感格蒼天(韻)。只應將你看(句)，肯露外人前(韻)。〔白〕你把軍士且打發出去。〔太子白〕軍士們迴避。〔衆軍士從壽臺兩場門分下。唐僧出玉圭科。白〕你看明亮亮一片白玉，〔唱〕光芒的爍(句)，珠照乘比還差遠(韻)。〔太子接看科。白〕呀，好怪事。〔唱合〕俺家寶久留傳(韻)。〔白〕是了是了。我父王説三年前被終南道人竊去，原來就是你。〔唱〕自招賊案好明言(韻)。〔作打唐僧科。悟空白〕哈哈，你曉得白玉圭的出處麽？〔太子白〕是我家傳世之寶，怎生到你手内，快快供來。〔悟空白〕我是聖僧徒弟孫悟空。你方才見的白兔，就是老孫變的，引你到寺裏來見師傅，點醒這段因果。〔唱〕

【又一體】去而復現(韻)，是分明破鏡重圓(韻)。説來渾可歎(句)，須用問重泉(韻)。〔白〕你後花園可有箇八角琉璃井麽？〔太子白〕你怎麽曉得後花園有井？〔悟空唱〕歎花園井在(句)，只伊父不能相見(韻)。〔太子白〕我父王好端端在國中，怎麽説不能相見，一發胡説了。〔悟空白〕殿下呵，〔唱合〕這就裏好難言(韻)。〔太子白〕聽他言語有因，今日要説箇明白，纔放你去。〔悟空唱〕玉圭作證乃前緣(韻)。〔唐僧白〕殿下你可知道麽？〔唱〕

【仙呂宫正曲・玉交枝】年荒饑薦(韻)，禱甘霖鋪排醮筵(韻)。〔太子白〕這椿事果然有的。〔唐僧白〕有箇終南道士，〔唱〕鞭雷掣電符靈顯(韻)，不移時澍雨如泉(韻)。〔太子白〕這椿事也是有的。〔唐僧白〕你父王就與那道士呵，〔唱〕銷金帳中抵足眠(韻)，綺羅席上仝歡宴(韻)。〔太子白〕這一椿椿都是有的。〔唐僧唱合〕又誰知翻教禍延(韻)，又誰知俄成孽冤(韻)。〔太子白〕那禍便怎麽？〔悟空白〕那禍説來也怕人。〔唱〕

【又一體】花園遊衍(韻)，見紅光仝窺井邊(韻)。不隄防道人背地狼心煽(韻)，可憐生推落深泉(韻)。〔太子白〕難道被他謀害了麽？不信不信。〔唐僧白〕昨夜呵，〔唱〕他來夢中分訴冤(韻)，呼天搶地情悲惋(韻)，〔合〕説將來令人恨填(韻)，想將來教人淚漣(韻)。〔太子白〕據你説來，竟是死了不成？〔唐僧白〕殿下你還不知麽，那道人害了你父王，就變做他的模樣。〔唱〕

【仙呂宫正曲・川撥棹】摇身變(韻)，遂居然穿衮冕(韻)。〔悟空白〕殿下不必心疑，速即駕回本國，問你國母便知端的。〔唱〕你如今回馬加鞭(韻)，你如今回馬加鞭(疊)，且歸謀慈親面前(韻)。〔白〕殿下須單人獨馬進城。恐那妖怪神通廣大，一時走漏消息，大有未便。〔太子白〕謹遵教命。分付衆軍士，權在此扎營，等候便了。〔唱合〕破機關勿妄言(韻)，玉圭兒趙璧完(韻)。〔從壽臺上場門下。唐僧白〕悟空，太子回去，問了根由，便當與他昭雪此冤䰟是。但玉圭雖有，非仝活證。你須到花園八角琉璃井内撈起屍骸。這事有着落，可以鳴鼓而攻。〔悟空白〕我也算計如此。但要八戒仝去，方好行事。只怕師傅護短他，不叫仝去使不得。〔唐僧白〕既幹正事，自然由你差遣。〔太子仍從壽臺上場門上。白〕片言終鶻突，一夢兩分明。〔見唐僧拜科。白〕聖僧師徒果是神仙了。回到宮中，把以上事情，并這白玉圭，備細告知國母。誰知母親夜來亦得一夢，夢見父王水淋淋的站在跟前，説道被道人謀害三年，特拜請唐朝聖僧，救他前身等語。據此看來，被害無疑了。萬望聖僧師徒速急辨明邪正，起死回生。〔唐僧白〕阿彌陀佛。〔悟空白〕不打緊，不打緊，包在老孫身上。〔太子唱〕

【又一體】這事根由已顯然(韻)，托夢相符，只望再生緣(韻)。把疑團立白跟前(韻)，把疑團立白跟前(疊)，好待我從頭洗冤(韻)。〔白〕只是一件，帶了若干人馬鷹犬出城，如今不曾打得野物，竟自回城，何以掩飾耳目？〔悟空白〕這有何難。待老孫喚山神土地，尋取些野味，送你還朝。〔作出念咒科。雜扮四山神，各戴盔面具，穿門神鎧，持鞭。雜扮四土地，各戴老兒巾、面具，穿土地氅，持拂塵，從壽臺兩場門上。白〕大聖呼喚，有何使令？〔悟空白〕老孫保護師傅到此，欲挐邪魔。今烏鷄國太子打獵，没有野味，豈不空回白轉？煩汝等快將飛禽走獸趕些攏來，打發烏鷄國太子回去。〔山神、土地應科，仍從兩場門下。悟空作進科。白〕殿下且請回朝。前路已有無數禽獸，任便取携，不虛此一日圍場了。〔太子白〕如此暫別。〔唐僧白〕恕不遠送，明日再會罷。〔唐僧、悟空從壽臺下場門下。太子白〕擺齊隊伍，即此回城。〔前軍士上應科。仝唱合〕破機關勿妄言（韻），玉圭兒趙璧完（韻）。〔內作刮風科。雜扮衆陰兵，隨意扮，扛擡各色禽獸，從壽臺上場門上，遶場，從壽臺下場門下。軍士白〕啟上千歲爺，滿野都是禽獸，堆積如山。〔太子白〕衆軍士取去獻功。〔衆軍士白〕得令。〔各從壽臺兩場門下，隨意作取禽獸，仍從壽臺兩場門上。唱〕

【尾聲】從禽則獲都如願（韻），用不上施鎗放箭（韻），這樣的廣大神通奪化權（韻）。〔仝從壽臺下場門下〕

第十八齣　悟能負國主重圓（魚模韻）

〔副扮悟空，戴悟空帽，穿悟空衣，繫絲縧，帶數珠。丑扮悟能，戴僧帽，紥金箍、猪嘴切末，穿悟能衣，帶數珠，仝從壽臺上場門上。唱〕

【仙呂宮正曲·步步嬌】九轉丹砂神仙付(韻)，透到虛靈府(韻)，渾身暖氣蘇(韻)。瞬息三年(句)，幽明異路(韻)。〔合〕井底骨寧枯(韻)，重泉也把慈航渡(韻)。〔悟空白〕俺孫悟空，師傅教我把烏鷄國主，救他還魂。因此翻一觔斗，到老君八卦爐邊，求取靈丹，與他喫了，果然起死回生。這也是一樁莫大功德。方纔叫你馱出井來，如今一發要你送到廟裏去。〔悟能白〕師兄好乖，重難的生活，就推在我身上。也罷，你既成此大功，俺也效些小勞便了。〔唱〕

【又一體】乍出泉臺離諸苦(韻)，虧得龍天護(韻)，丹求八卦爐(韻)。兄既生全(句)，我當幫助(韻)。〔悟空唱合〕背負到前途(韻)，回朝再把妖精捕(韻)。〔仝從壽臺下場門下。生扮唐僧，戴僧帽，穿僧衣，繫絲縧，帶數珠。雜扮悟淨，戴僧帽，紥金箍，穿悟淨衣，繫絲縧，帶數珠。雜扮寺僧，戴僧帽，穿僧衣，繫絲縧，帶數珠，仝從壽臺上場門上。白〕三年泉壤無人曉，一夢禪關有世因。徒弟，你師兄去到八角琉璃井內，撈取國王屍骸，怎麼還不見到來？〔悟空從壽臺上場門上，喚科。悟能從壽臺上場門上，馱烏鷄國王上。白〕哎喲喲，老猪遍身都是泥水了。國王在此，你們自去細看。〔衆相見科。烏鷄國王戴金貂，穿蟒，束帶，中場設椅坐科。唱〕

【仙呂宮正曲·松入風慢】慘磕磕昏昏寒暑暗中徂(韻)，記前事糢糊(韻)，莫非夢裏空歡晤(韻)，又豈是華表歸乎(韻)。〔唐僧唱合〕須信福緣善種(句)，喜從今色笑如初(韻)。〔唐僧白〕國主你形容不改，舉止依然，都是神天默佑，可勝欣喜。〔烏鷄國王白〕聖僧請上，受我一拜。〔拜科。唱〕

【又一體】返魂有術賴師徒(韻)，似枯枿重敷(韻)。〔悟空唱〕終南捷徑人多誤(韻)，小賣弄雨喚風呼(韻)。〔衆唱合〕管許一朝歡慶(句)，全憑兩夢相符(韻)。〔唐僧白〕與我收拾行李。請國主換了衣服，一仝入朝。〔寺僧白〕請國主裏面去更衣。〔唐僧白〕三載可憐沉怨海。〔國王白〕一家何以報恩山。〔仝從壽臺下場門下。悟能、悟淨各虛白發諢科，下。雜扮內侍，各戴太監帽，穿貼裏衣。雜扮御林軍，各戴卒盔，穿箭袖排穗褂，佩腰刀。雜扮文武官，各戴紗帽金貂，穿蟒，束帶，執牙笏。引假國王，戴金貂獅形，穿蟒，束帶，從壽臺上場門上。唱〕

【仙呂宮正曲·青歌兒】承平世和風甘雨(韻)，猛回頭終南何處(韻)，羣臣待漏曉鐘餘(韻)。〔合〕瑞烟騰靄(句)，又集玉階鵷序(韻)。〔內奏樂。場上設帳幔、桌椅。雜扮黃門官，戴紗帽，穿圓，執笏，從壽臺上場門暗上。假國王白〕受禪居然享太平，琉璃井底瑞光騰。要知行雨原來幻，誰識元神換假形。吾乃烏鷄國主是也。階下兩班文武，有事早奏，無事散朝。〔黄門官白〕謹奏吾主，今有大唐差往西天取經聖僧，經過吾國，在朝門外候旨。〔假國王作驚科。白〕宣進來。〔黄門官作傳科。唐僧引悟空、悟能，仝從壽臺上場門上。白〕天上藥醫不死病，世間佛度有緣人。〔黄門官白〕僧人舞蹈。〔衆作不保科。假國王怒科。白〕那和尚是那裏來的。〔悟空白〕我等是大唐天子差往西天拜佛求經的。〔假國王作大怒科。白〕唗。既是東土來的僧人，怎生不知禮體？〔唱〕

【仙呂宫正曲・解三酲】在中華應知禮數(韻)，見孤家直恁跋扈(韻)。儘荒唐口說什麽瞻西土(韻)，求經卷屬虚誣(韻)。這是明欺域外邦君小(句)，怎容你倚仗天朝藐視吾(韻)。〔合〕平添怒(韻)，佛門敗類(讀)，國法當鋤(韻)。〔悟空白〕你不接我罷了，倒說我們無禮。〔假國王白〕賊秃好大膽，與我拏下。〔衆作拏科。悟空指科。白〕跕住。〔衆作不動科。小生扮太子，紥紫金冠額，穿蟒，束帶，從壽臺下場門暗上。假國王白〕不好了。〔從地井内隱下。獅精從地井内上，與悟空對敵科。獅精從壽臺下場門敗下。悟空白〕太子，請你父王進宫，與國母相會。我師傅館驛中暫歇，老孫降妖去也。〔從壽臺下場門下。悟淨引烏鷄國王從壽臺上場門上。仝唱〕

【仙呂宫正曲・番鼓兒】欣歡聚(韻)，欣歡聚(疊)，三載只須臾(韻)。此日重圓(讀)，妖氛永除(韻)，樂土慶安居(韻)。〔國王白〕聖僧請上，受我父子一拜。〔唐僧白〕豈敢。〔衆仝唱〕喜得萍踪相遇(韻)，災眚消處(韻)，一會裏氣吐眉舒(韻)。〔合〕佛力佛力不空虚(韻)，這機關何人能探取(韻)。〔太子白〕父王請進宫罷。〔唐僧白〕貧僧告辭。〔烏鷄國王白〕聖僧且到别殿，文武相陪。〔衆内侍擺駕，引國王、太子仝從壽臺下場門下。悟能白〕師傅，鬧了半日，腸子都斷了，喫飯去。〔唐僧白〕不是一番寒徹骨，怎得梅花撲鼻香。〔仝從下場門下〕

第十九齣　顯明慧鏡伏獅怪（古風韻）

〔淨扮獅精，戴獅髮，軟紮扮，執兵器，從壽臺上場門上。唱〕

【仙呂宮正曲・六幺令】瞥逢大災(韻)，堪恨猴頭(讀)，搊逼前來(韻)。如今欲躲又難捱(韻)，魂離殼(讀)，禍重胎(韻)。〔合〕捉生替死應天敗(韻)，捉生替死應天敗(疊)。〔副扮悟空，戴悟空帽，穿悟空衣，繫絲縧，帶數珠，持棒，從壽臺上場門上。白〕妖怪，那裏走！〔獅精白〕猴兒，你好懵懂，我佔別人的地方，與你甚麼相干。〔悟空白〕唗，大膽的潑魔，別人的圖財害命，尚有王法，你如今下這般的毒手，我倒管不得。看棒！〔作對敵科。獅妖從壽臺下場門敗下。悟空追下。生扮唐僧，戴僧帽，穿僧衣，繫絲縧，帶數珠。丑扮悟能，戴僧帽，紮金箍、猪嘴切末，穿悟能衣，繫絲縧，帶數珠。雜扮悟淨，戴僧帽，穿僧衣，繫絲縧，帶數珠，從壽臺上場門上。唱〕

【黃鐘調套曲・醉花陰】萬里機緣信非偶(韻)，俺師徒天涯輻輳(韻)。投至得辭故里來聚首(韻)，把沉冤洗趕退了羅刹魔頭(韻)。喜爵土宛如舊(韻)。〔白〕悟能、悟淨，今日可能起行？〔悟能、悟淨白〕待大師兄降了妖怪，就起行了。〔唱〕俺師傅休焦躁(句)，暫逗留(韻)，專等着降妖尋路走(韻)。〔獅妖從上場

門上，作變看唐僧科。白〕待我變作他的模樣。〔從地井下，地井出假唐僧。白〕你是甚麼人？〔假唐僧亦照白科。仝唱〕

【黃鐘調套曲・喜遷鶯】覷着你一般清秀(韻)，眼睜睜不轉雙眸(韻)。魔頭(韻)，待誰分剖(韻)，合相分身怎放休(韻)。〔仝白〕我那悟空呵，〔仝唱〕須賭鬭(韻)，那邊洩恨(句)，這答招尤(韻)。〔悟空上。白〕妖怪！〔悟能白〕師兄不要動手，兩位師傅在此，只少箇師娘，好做兩佛一菩薩。〔悟空白〕胡說。叫我也難辨，我有道理，五方揭諦何在？〔雜扮五方揭諦，從上場門上。白〕大聖有何分付？〔悟空白〕如今我師傅被妖魔變成一般模樣，難以動手。汝等暗中知會，將我師傅讓到左邊去，我好打那右邊的。〔五方揭諦應科。假唐僧先過左邊科。悟空欲打，五方揭諦架住科。白〕妖怪善騰雲霧，先過去了。〔悟能笑科。悟空白〕你這獃子，歡喜甚麼？〔悟能白〕我獃，你比我又獃。你忍些疼，教師傅念那話兒，我與沙僧各攙着一箇，不會念的，就是妖怪。〔悟空白〕有理。〔悟能、悟淨各攙唐僧作念咒。悟空作叫疼科。悟能白〕這箇是妖怪。不會念咒，在這裏亂哼，待我築死他。〔假唐僧下地井，現獅形，地井内上，遶科，下。悟空白〕五方揭諦，好生保護師傅。〔向唐僧白〕師傅仝師弟在此，我拏妖精去也。〔揭諦、唐僧、悟能、悟淨仝從下場門上。悟空追上，白〕妖怪那裏走！〔對殺科。悟空唱〕

【黃鐘調套曲・出隊子】休誇大口(韻)，逃生没處走(韻)。憑空伸出拏雲手(韻)，怎怕乘風萬里投(韻)，佈下天羅靖寇讐(韻)。〔對殺，仝從下場門下。雜扮西番頭陀僧，各戴喇嘛帽，穿喇嘛衣，一人持鏡，一人持毬。引諸矩羅尊者，戴陀頭髮，金箍，穿道袍，披袈裟，數珠，從仙樓上。白〕一片慈悲救萬民，祥光百丈擁金身。三年報復今時滿，解脱獅王覆世尊。我乃諸矩羅尊者是也。今有悟空與獅子精廝殺，不免收伏他便了。〔悟空、獅妖上場鬥殺上。悟空見諸矩羅尊者，作見稽首科。獅妖下，悟空白〕原來是尊者。尊者何往？〔諸矩羅尊者白〕我來替你收這妖怪。〔悟空白〕有累了。〔陀頭將鏡照科。獅形地井上，對照伏科。悟空白〕我道是什麽終南道人，原來是一箇獅子精。〔唱〕

【黄鐘調套曲·刮地風】俺本是摘你心肝梟你首韻，多只爲羅漢來收韻。虧照妖寶鏡無塵垢韻，霎時間原形變周韻。依然去西國焚修韻，消釋了舊日冤讐韻。飾金毛句，舒玉爪句，不容伊吼韻。笑從前句，假道流韻，播弄出無數機謀韻。〔白〕尊者，我且問你，怎麽放他來成精？〔諸矩羅尊者白〕當初這烏鷄國王好齋僧，是我化一凡僧度他。那時我將這獅子變一小狗，帶在身邊。誰料國王掉我在河中，浸了三日，他在河邊，整整的站了三日。是他眼見這事，所以特來報覆前愆，乃有三年下井之厄。〔悟空白〕原來有這段因果。〔諸矩羅尊者白〕你將此原因説與國王知道，教他仍前行善。汝師徒也不可久停，快些投西方去，我們盼得你們久哩。〔悟空白〕我也曉得。〔下。諸矩羅尊者白〕獅子在凡已久，須索收束他定性轉來，帶他回去。〔陀頭應科。獅精入地井，一陀頭持毬向地井内跑舞科，内出獅形，諸矩羅尊者持鉢收科。唱〕

【尾聲】質稟金精非凡獸韻，到西方極樂遨遊韻，把公案一樁來解救韻。〔仝從仙樓下〕

第二十齣　仙款金蟬獻草還（齊微韻）

〔場上設人參果樹科。雜扮清風、明月，各戴道童巾，穿氅，繫絲絛，從壽臺門上。白〕仙佛修持理自通，其中妙用本無窮。花開花謝天中月，雲去雲來嶺上峯。我二人乃萬壽山五莊觀鎮元大仙座下兩個道童清風、明月是也。只因師傅被元始天尊邀去上清彌羅宫中講混元道果，説有故人唐三藏，原是佛家第二個徒弟，五百年前在盂蘭會上相識。他今奉唐王聖旨，往西天拜佛求經，從此經過，命將人參果二枚，奉敬唐三藏。要防他跟隨的徒弟們囉唣，只得在此伺候。〔明月白〕師兄，今日天氣融和，仝到後園查點人參果，還有多少。借此閒步消遣一回，有何不可。〔清風白〕使得。正是清虚人事少。〔明月白〕寂寞道心生。〔仝從壽臺門下。副扮悟空，戴悟空帽，穿悟空衣，帶數珠。丑扮悟能，戴僧帽，紮金箍、猪嘴切末，穿悟能衣，帶數珠，持鈀，挑經擔。雜扮悟淨，戴僧帽，紮金箍，穿悟淨衣，帶數珠，持鏟，牽馬。引生扮唐僧，戴僧帽，穿僧衣，繫絲絛，帶數珠，從壽臺門上。唐僧白〕曉風吹日影。〔悟空白〕曙色映霞光。〔悟淨白〕路遠心偏急。〔悟能白〕人饑走漫慌。〔唐僧白〕今日天色尚早，略向道旁少歇一回，再行如何。〔悟空白〕途路甚遠，只好隨走隨歇，莫論早晚也要趲路。〔悟能白〕你們是空身行走，還覺容易。看我挑了這樣沉重行李，摩肩壓背，好不苦楚。況且肚内又飢，口中又渴，走得腿酸脚軟，何不尋個所在歇息？這麽半天，也是好事。〔悟空白〕你開口就説飢餓，想是你在娘肚裏就餓怕的了麽。〔悟能白〕我是大家商量的話，你如何就駡起來了。〔唐僧白〕徒弟，前面一座高山，看這光景與别處不仝，定是個平安去處，料也没甚凶險。〔悟空白〕師傅，平安也要走，凶險也要行，且到那裏，便知分曉。〔悟淨白〕二哥挑起行李來，到前面就要歇息了。〔悟能白〕餓得昏頭搭腦，那裏還挑得動。〔唐僧白〕悟空，此山光景大約相連雷音，好生整肅端嚴也。〔悟空白〕早得緊哩。〔悟淨白〕大師兄，我們到雷音，還有多少路？〔悟空白〕有十萬八千里，十停纔走了一停。〔悟能白〕依你説，走幾年纔得到呢？〔悟空白〕若論我，一日可也走得五十遭。〔悟能白〕走一百遭，有誰看見，空説這樣大話。〔悟空白〕若論師傅，休想。〔唐僧白〕依你説，幾時方得到呢？〔悟空白〕你自小走到老，老了又小，也還難到。只要見性志誠，回首即是靈山。〔唐僧白〕悟空説得是。〔悟空白〕師傅請上馬，緊行一程。〔唐僧作上馬行科。仝唱〕

【中吕宫正曲·好事近】曉色靄凄迷㊇，東望朝陽初起㊇。嵐深霞重㊀，雲心出岫誰繫㊇。把流沙回首㊀，白茫茫㊁，苦海無邊際㊇。幸今朝人馬平安㊀，見靈山頓生歡喜㊇。〔悟空白〕師傅，那松篁深處，樓閣巍峩，定是福地靈區，名山古寺。〔唐僧白〕既有此大叢林，理宜參謁。〔悟空白〕請師傅下馬。〔唐僧作下馬科。清風、明月從下場門上。白〕萬壽山福地，五莊觀洞天。〔作見科。白〕老師傳失迎了。〔唐僧白〕貧僧稽首了。〔清風、明月白〕老師傅請進。〔各作進門科。唐僧白〕請尊師出來拜見。〔清風、明月白〕家師往彌羅宫去了。〔唐僧作看牌位拜科。白〕仙童，你這五莊觀，實乃西方仙界，爲何不供三清四帝、羅天諸宰，只供天地二字的牌位？〔清風、明月白〕不瞞老師傅説，這兩個字還當得起供養，餘者都受不起香火的。〔唐僧白〕爲何呢？〔清風、明月白〕三清是家師的朋友，四帝是家師的故人，九曜元辰都是家師晚輩。〔唐僧白〕原來有這個緣故。〔清風、明月白，仝作遶場科。唐僧白〕你們去安頓行李馬匹。〔明月引悟空、悟能、悟淨從壽臺下場門下。明月隨上。唐僧白〕請問令師的法號。〔清風白〕家師道號鎮元子。〔唐僧白〕原來如此。〔清風白〕師弟取茶來。〔明月從壽臺上場門下。場上設椅各坐科。清風白〕請問老師傅，可是大唐差往西天取經的唐三藏法師麽？〔唐僧白〕不敢，貧僧正是。仙童何以知我賤名？〔清風白〕家師臨行，曾分付弟子們。老師傅請少待，待弟子去取粗果奉獻。〔從壽臺下場門下。明月捧茶從壽臺上場門上。白〕老師傅請茶。〔唐僧白〕生受了。〔清風捧果從壽臺下場門上。白〕師傅，我這裏山荒地僻之處，無物爲敬，特此素果二枚，權爲解渴充饑。〔唐僧作驚科。白〕阿彌陀佛，這是三朝未滿的孩童，如何解渴充饑？〔清風、明月白〕師傅，這叫做人參果，是樹上結的。〔唐僧白〕豈有此理，樹上怎麽會結起人來。快請拿過了。仙童你我出家人呵，

〔唱〕

【中吕宫正曲・駐馬聽】心主慈悲（韻），作俑猶聞訓誡垂（韻）。你看他官骸不缺（句），血氣全孚（讀），只

是具體而微(韻)。人身怎可用充饑(韻)，由來物恐傷其類(韻)。〔清風、明月白〕這是樹上生的人參。〔唐僧唱合〕這樹希奇(韻)，似那樓開花結果(讀)，猛教人驚異(韻)。〔清風、明月白〕老師傅，〔唱〕

【又一體】請勿狐疑(韻)，日月精華孕育伊(韻)。那樹兒開惟五葉(句)，榦只三椏(讀)，一片靈機(韻)。賽他火棗與交梨(韻)，延年益壽功無比(韻)。〔合〕可惜你福分難齊(韻)，這等的擔驚害怕(讀)，却負了家師來意(韻)。〔唐僧白〕阿彌陀佛，貧僧再不敢喫此物，還是我的福緣淺薄也。〔清風、明月白〕請師傅到前邊客堂喫齋罷。〔唐僧白〕這到使得。若愛口頭甜，冤愆定難免。〔清風、明月白〕當面錯良緣，皆因根行淺。〔仝從壽臺下場門下。悟能從壽臺上場門暗上，聽科。白〕方纔見那道童，拿的是人參果，我師傅竟不喫他的，教他拿去了。我聞此果食之，可以延年益壽，最是難得的東西，怎麽這兩個蠢才，不會做人情，悄悄拿進房去，自己受用。我好氣他不過，欲待去搶他的來嘗嘗，又道是強賓不壓主，抑且不好意思。如今怎生想個法兒纔好呢。嗄，有了，我們的那猴子乖巧，不免和他計較而行便了。〔作向内科，白〕孫大哥快來。〔悟空從壽臺上場門上，白〕猪兄弟，你爲甚大驚小怪？〔悟能白〕哥嗄，你可曉得這裏有件寶貝，你可曾看見麽？〔悟空白〕是甚麽寶貝，我却不曾見。〔悟能白〕是人參果。〔悟空白〕若是人參果，乃是草還丹，若喫了他，就能延年益壽，如今那裏有這樣罕物？〔悟能白〕哥嗄，説也奇怪，方纔那兩個道童，拿了人參果來，奉敬師傅。師傅看見了，甚是驚怕，不敢喫。那道童也不來讓讓你我，竟自拿了進去。他兩人想必在裏面自家拿去受用。故此請你來，如何商量，弄他來嘗嘗，方解這饞口便好。〔悟空白〕縱然他自家喫了，必有長此人參果的樹木，待我去手到擒來。〔作欲走，悟能扯科。白〕哥嗄，我又聽得他説，要拿甚麽金擊子去打呢，此果方能掉下來。你須要幹得妥當方好。〔悟空白〕好在行，待我偷他的金擊子便了。去覓還丹草，先生作賊心。〔從壽臺上場門下。悟能白〕若不是我聽見，幾呼當面錯過，少喫了這件好東西。若没有那猴子即溜，也只好虚噈些饞涎。閒話少説，且去喫些齋飯，等他便了。〔從壽臺下場門下。悟空持金擊子，從壽臺上場門上。唱〕

【中呂宫集曲・駐馬近】【駐馬聽】〔首至合〕步履如飛(韻)，升木輕鬆算老獼(韻)。悄地潛踪躡跡(句)，將金擊藏來(讀)，如取如携(韻)。多緣罕物世間稀(韻)，道童偏背渾無禮(韻)。〔白〕恰好二童不在房中，被我先竊取金擊子到手。〔作進園科。白〕且喜進得園來。妙嗄，俺孫悟空今日呵，〔唱〕【好事近】〔合至末〕膽兒麄掙着饑荒(句)，口兒甜討着便宜(韻)。〔白〕呀，果然在此處。好一棵大樹，你看頂圓如傘，高聳雲霄，根盤枝茂，分潤流膏，果然好大樹也。怎麽總不見人參果呢？〔作望喜科。白〕且喜那邊露出一個，就像孩童一般。有趣，待我攛將上去，取他下來便了。〔唱〕

【又一體】舒臂摳衣(韻)，縱躍騰身往上躋(韻)。須要扳枝撥葉(句)，窺覷端詳(讀)，下手休遲(韻)。〔白〕我聞此人參果，原是遇金而落，遇木而枯，遇水而化，遇火而焦，遇土而入。爲此我竊取這金擊子來，敲落此果。〔唱〕忙將金擊取三枚(韻)，均沾供食休梯己(韻)。〔白〕俺且將衣兜住，不可任意擊去，只要三枚彀了。〔作擊果取科。唱〕一溜烟悄没人知韻，十分情深嘗仙味韻。〔急從壽臺下場門下。悟能、悟淨從壽臺上場門上。仝唱〕

【中吕宫集曲·好銀燈】【好事近】（首至六）師兄此去未曾回韻，嗛饞涎如何醫治韻。倘然没得句，徒淘一場清氣韻。〔悟能白〕沙兄弟，虧我將幾句話兒，激那猴兒前去偷取人參果，怎麽還不見到來呢？〔悟淨白〕他作事精細，必然得取此果，即便就來也。〔唱〕他神通廣大句，小腰身讀，到處多伶俐韻。〔悟空兜果從壽臺上場門上。唱〕【剔銀燈】（合至末）奔馳韻，踰垣跨壁韻，只當作耍兒頑戲韻。〔作見科。悟能、悟淨白〕孫大哥來了。所取之物，可曾到手麽？〔悟空白〕被俺竊得三枚在此。〔悟能白〕好嗄，先拿一個來，解解我的饞。〔悟空白〕你這饞鬼，這樣性急，倘被那兩個道童看見，不當穩便。還是拿進房裏去，每人一枚，均沾其味，豈不是好？〔悟淨白〕孫大哥言之有理，猪二哥，和你進房裏去共享。〔悟能白〕我等不得了。〔各虚白科，仝從壽臺下場門下。清風、明月從壽臺上場門急上。白〕不好了嗄。〔唱〕

【又一體】一班賊秃失清規韻，看待全無道理韻。人參仙果句，也使着偷兒長技韻。〔清風白〕師弟，你我特奉師傅法旨，看守人參果樹，併接待唐僧到來。〔明月白〕誰想將人參果，被他徒弟竟盗去三枚，如何是好？〔清風白〕師傅原教我們防他徒弟們囉唣，如今果應其言了。〔明月白〕我和你先去告訴了他師傅，看他如何處分。一面報知師傅，定有主意。〔清風白〕有理，和你就此前去。

〔仝唱〕他招災惹禍(句),教不嚴(讀),須索來尋你(韻)。〔白〕三藏師傅,快來!〔唐僧從壽臺門上。唱〕誦阿彌(韻),蒲團乍起(韻),空五藴相忘心意(韻)。〔白〕二位道兄,爲何如此慌張?〔清風、明月白〕三藏師傅,了不得,你令徒將我家的人參果盜了三枚。我們師傅回來定不干休,豈不連累我們麽?〔唐僧白〕只怕没有此事。〔清風、明月白〕好個糊塗的和尚,我們告訴你,你到如此索然,敢是你縱容徒弟做此無恥之事麽?〔唐僧白〕二位言重。〔清風、明月唱〕

【中呂宮正曲・越恁好】你出言無狀(句),出言無狀(疊),直恁地相欺(韻)。莫非和仝盜竊(句),佯不喫假慈悲(韻)。〔唐僧白〕二位,非是貧僧縱容徒弟,我實是不知其故,還仗二位周全。〔清風、明月白〕好粧聾推啞嗄,到教我們周全。〔唐僧白〕有這等事,待我喚他們出來。徒弟們快來。〔悟空、悟能、悟淨仝從壽臺上場門上。白〕來了。〔唱〕聞呼喚心似雷搥(韻),怎生躲避(韻)。這中間(讀),就裏難猜擬(韻),向尊前(讀)托出憑追比(韻)。〔作見科。唐僧白〕徒弟們,你們又惹禍了。是何緣故,竊取他家的人參果,爾等可好好與他分辯,看你們怎麽了,不可生事。〔從壽臺下場門下。悟能白〕不好了,人參果的事發了。〔悟空白〕你這蠢獃子,不用多言。〔作向清風、明月科。白〕你們聽者,人參果是我喫了,誰敢多講。〔清風、明月白〕好大話。你害饞癆,偷喫了我家仙果,還虧你公然自認。〔悟空白〕我到你觀中,你是主人,既有仙果,就該摘來敬客纔是。爲何躲在房中,你二人拿去自喫?我見你們好生没理,因此摘兩個來,各人嘗一嘗,這有何妨。況且樹上的果子,見者可食,怎反説個偷字,可惡!

〔明月白〕你做了賊，倒説我拿賊的不是，世上那有這樣歹人。〔悟空白〕胡説！〔唱〕

【中吕宫正曲·紅繡鞋】蠢童休要胡爲(韻)、胡爲(格)，敢來觸我神威(韻)、神威(格)。你踈待客(句)，禮原虧(韻)，胸夯氣(韻)，恨攢眉(韻)。〔合〕俺去刨根拔樹悔無追(韻)，刨根拔樹悔無追(疊)。〔清風、明月白〕好利害賊禿，我們快去報與師傅知道。一心忙似箭，兩脚走如飛。〔從下場門下。悟能白〕不好了，他們跑去報知他的師傅，定要惹氣了。這便怎麼處？這却不關我是嗄。〔悟空白〕我把你這獃子，誰像你這等推乾淨。〔悟能白〕不是我推乾淨，也要講明了。〔悟淨白〕恐怕他們的師傅回來，定要歪纏哪。〔悟空白〕不妨。你二人快去收拾行李馬匹，請師傅起程，待我前去拔倒了他的樹木，隨後趕來，保護師傅也。〔唱〕

【尾聲】行囊打疊前途會(韻)，我拔倒人參樹便回(韻)。〔悟淨白〕二哥都是你起的禍端。〔悟能虛白科。唱〕偏你多言埋怨誰(韻)。〔仝從壽臺上場門下。悟空作拔倒樹科，虛白，從壽臺下場門下〕

第廿一齣　鎮元仙法袖拘僧（齊微韻）

〔雜扮衆道士，各戴道巾，穿道袍，繫絲縧。引末扮鎮元大仙，戴蓮花冠，穿法衣，持拂塵，騎牛，從壽臺上場門上。唱〕

【大石調正曲・賽觀音】駕雲輪來容易（韻），頃刻裏淩空似飛（韻）。漫回望彌羅宮裏（韻），〔合〕萬壽山中日平西（韻）。〔衆道士白〕已到仙觀了。〔鎮元大仙作下牛進門科。白〕喚清風、明月二人過來。〔衆道士應科，從壽臺下場門下，作喚不醒，仍從壽臺下場門上。白〕稟上仙師知道，清風、明月二人俱已睡熟，推喚不醒。〔鎮元大仙白〕有這樣事？但凡成仙之人，神氣充足，再不思睡，怎麼這等困倦？莫不是被人暗算了？取法水來，待我救醒他們便了。〔一道士向下取法水遞科。鎮元大仙唱〕

【又一體】住仙宮逢妖魅（韻），噀法水鮮神魂倦疲（韻）。〔作噀法水科。白〕清風、明月快醒來！〔清風、明月從壽臺下場門急上。白〕仙師嗄，我等被那唐三藏和尚帶來三個徒弟，就像一夥强盗，十分兇狠，又將弟子折挫。〔鎮元大仙白〕他們怎生樣兇狠？〔清風、明月白〕我們請進唐三藏，奉過了茶，遵仙師法旨，就將人參果二枚奉敬，他見了説是三朝未滿的嬰兒，十分害怕，不敢喫。誰想那三個兇狠的徒弟，私自盜取人參果三枚喫了。我們知覺，略與他講論，誰想那潑猴發怒起來。〔鎮元大仙白〕他便怎麽樣呢？〔清風、明月唱〕把果樹連根傾斃(韻)，〔合〕使我睡魔纏住頓昏迷(韻)。〔鎮元大仙白〕好放肆的潑猴，輒敢如此猖獗！〔衆道士白〕啟問仙師，那潑猴怎生兇頑？〔鎮元大仙白〕你們不知那孫悟空，他是個太乙散仙，曾記大鬧天宫，神通廣大。但我這株人參果樹，先天地而長生，後日月而不老。那三千年一花，三千年一實的蟠桃，也比不上他的靈通；如八千歲爲春，八千歲爲秋的大椿，也敵不來他的綿久。怎料被那一個小畜生輕輕兒倒壞了去。我怎肯輕饒。你四人仝清風、明月在家收拾刑具。〔清風、明月、四道士應科，從壽臺下場門下。鎮元大仙白〕你們跟我去拿他回來，將他處置，方雪此恨。就此前去。〔衆道士應科。鎮元大仙唱〕

【大石調正曲·人月圓】恨兇頑(讀)，放肆忒無理(韻)，這蔕固根深被他刨起(韻)。豈仝斷梗憑抛棄(韻)，遍世界(讀)，難招活樹醫(韻)。〔合〕潛逃避(韻)，去捉住師徒(讀)，定不饒伊(韻)。〔仝從壽臺下場門下。悟空、悟能、悟淨引唐僧騎馬從壽臺上場門上。仝唱〕

【正宫正曲·朱奴兒】趲行程蹌慌路岐(韻)，望雲山烟林霧迷(韻)，隔岸潺湲水漲溪(韻)，聽一派猿啼鶴唳(韻)。〔唐僧白〕來此已是山僻曠野之處，何不下馬暫歇片時，再行如何？〔悟空白〕師傅，你看後面旋風驟起，誠恐鎮元子追來，且趲向前去，再作道理。〔悟能白〕禍是你惹的，連累得我們一夜不曾歇脚，也不顧人的死活，這等怕他，何苦又去拔壞他的果樹。〔悟空白〕都是你饞癆蠢貨，要喫人參果起的事端。〔悟能白〕我教你去偷果，誰教你倒壞他的樹根。〔唐僧白〕休得多言，作速趲行前去。〔仝唱合〕休遲滯韻，烟塵亂飛韻，驀地裏聲喧沸韻。〔衆道士引鎮元大仙從壽臺上場門上。白〕長老住馬，貧道特地趕來，有事要請教。〔唐僧作下馬科。白〕貧僧失瞻了，未知有何見教？〔鎮元大仙白〕長老是那裏來的？〔唐僧白〕貧僧是大唐差往西天取經的。〔鎮元大仙白〕長老東土來，可曾在荒山經過？〔唐僧白〕寶山是何處？〔鎮元大仙白〕萬壽山五莊觀便是。〔悟空白〕不曾經過，我們是上路來的。〔鎮元大仙白〕我把你這潑猴，你瞞哄誰來。我好意留人參果二枚，敬你師傅，你反在我觀中偷喫了仙果，打倒仙樹，連夜逃走。不要嘴强，快賠還我的樹來。〔悟空白〕不賠你，你待要怎麼樣呢？〔鎮元大仙白〕猴頭嗄，〔唱〕

【仙吕宫正曲・川撥棹】我覷你猴而已韻，妄想人身生捉替韻。豈容你胡作胡爲韻，豈容你胡作胡爲疊，樹回生纔寬究追韻。〔悟空唱合〕絮叨叨忒見欺韻，怒冲冲棒早提韻。〔作持棒欲打科。鎮元大仙作展袖，裝悟空、唐僧、悟能、悟淨從地井内下。鎮元大仙白〕妙哉。〔唱〕

【尾聲】袖中設定天羅計韻，任你驍雄也難縱飛韻，認取我仙家道法奇韻。〔衆道士牽馬，挑經擔，仝從壽臺下場門下〕

第廿二齣　孫行者幻身破竈（歌戈韻）

〔場上設石山、柳樹科。雜扮衆道士，各戴道士巾，穿道袍，繫絲絛，仝從壽臺上場門上。白〕作事莫奸狡，休把人欺藐。煩惱不尋人，人自尋煩惱。孫猴兒這厮，偷喫了人參果，推倒了仙樹，俺仙師回來大怒，前去追拿他了，命我等收拾刑具伺候。你看那邊祥雲繚繞，一定是仙師回來了。〔雜扮衆道士，各戴道士巾，穿道袍，繫絲絛。清風、明月引末扮鎮元大仙，戴蓮花冠，穿法衣，持拂塵，從壽臺上場門上。唱〕

【小石調引・憶故鄉】蝎口念彌陀（韻），塵尾全收縛（韻）。〔衆道士作出門迎科。白〕仙師回來了。〔鎮元大仙白〕刑具可曾備下？〔衆道士白〕備下了。〔鎮元大仙作拂袖科。副扮悟空，戴悟空帽，穿悟空衣，帶數珠。丑扮悟能，戴僧帽，紮金箍、猪嘴切末，穿悟能衣，帶數珠。雜扮悟淨，戴僧帽，紮金箍，穿悟淨衣，帶數珠。生扮唐僧，戴僧帽，穿僧衣，繫絲絛，帶數珠，俱作縛綁從地井内上。分白〕業深由自造，報復總憑人。幻術迷真性，何時得脱身。〔作見跪科。鎮元大仙白〕徒弟們，快取皮鞭過來，且將這些和尚，痛打一頓，方出我胸中之氣。〔衆道士作應，取鞭科。白〕禀上仙師，先打那個？〔悟能白〕老天保佑，不要先打我纔好。〔鎮元大仙白〕先打唐三藏。〔悟空白〕住了，你們不可亂打。偷果是我，喫果也是我，拔倒果樹總是我，怎麼打起我師傅來？〔鎮元大仙白〕先打他個管教不嚴。〔悟空白〕我佛毘尼，留下的五戒，第二戒是不許偷盜。只如我今日，自己犯了第二戒，便肯直下承當。吾佛門正果，從無李代桃僵，你妖道胡爲，也竟欺善怕惡，好笑好笑。你也是害怕孫爺爺的。〔鎮元大仙白〕好可惡，你倒説我怕你不打，既如此，先與我重打這猴兒。〔悟空唱〕

【正宫正曲・四邊静】扳枝倒樹和偷果韻，件件都由我韻。起釁是悟能句，吾師有何過韻。〔悟能白〕不好了，這猴頭竟扳出我來了。〔悟空作背科。白〕我有道理，不免將這鞭數寄在石頭上，看他怎生奈何我。〔唱合〕他總然折挫韻，扯將直過韻。寄棒法兒高句，且作錯中錯韻。〔衆道士作打悟空，場上作迸石山科。衆道士白〕禀仙師，打了這猴兒三十下，他只當不知，堦下一塊頑石，打得粉碎。〔鎮元大仙白〕有這等事？〔作笑科。白〕是了，他用了個寄棒的法兒了。也罷，你是打不着的了，我如今偏要打你師傅。〔悟空白〕又差了，偷果一事，况我師傅不知，這是猪八戒起的念頭，既打過了我，就該打他了。〔悟能白〕都是猴頭做的事，與我無干的嗄。〔悟空白〕雖是我做師兄的罪，你做師弟的也該替打幾下。若不打猪八戒，再打我罷。〔鎮元大仙白〕這潑猴好生狡滑奸頑，却又推三阻四，與我再打這潑猴。〔悟空作背科。白〕如今待我寄在柳樹上便了。〔衆道士作打悟空科。白〕禀仙師，又打了三十，只當不知，柳樹上有三十條鞭痕。〔鎮元大仙白〕你這猴頭，起先寄打在頑石之上，如今又寄打在柳樹上，我想打他是不怕的了。衆人過來。〔衆道士應科。鎮元大仙白〕快與我架上大鍋燒起滾油，把這潑猴煠了，纔出我胸中惡氣。〔衆道士作應，向壽臺下場門擡油鍋上中場設科。悟空作背科。白〕待我使個法兒，打破他的鍋底，看他怎生煠我。〔作向鎮元大仙科。白〕我對你講，還是打罷，那滾油鍋裏一煠，就枯了。〔鎮元大仙白〕這却饒你不得的。〔悟能白〕好了，猴兒也怕了，只不要煠在我身上來便好嗄。〔悟空白〕我却不怕，不免隱過原身，將那石獅子借來一用。咳蠢道，〔唱〕

【又一體】油鍋只有陰司可(韻)，罪孽難逃躲(韻)。你方外置非刑(句)，瞎逞無明火(韻)。〔合〕俺心生計多(韻)，變神通弄他(韻)，猛力儘添柴(句)，獅兒用一個(韻)。〔衆道士作趕悟空從地井内下，衆道士從地井内搭石獅子上，作入油鍋科。悟空從地井内上，作立油鍋旁科。衆道士白〕啟仙師，鍋漏油盪，猴兒倒站在一旁。〔鎮元大仙白〕果然好猴兒，我且唬他一唬。衆徒弟，且將唐三藏拏下油鍋裏去煠起來。〔悟空白〕休要煠我師傅。還等我下油鍋何如？〔鎮元大仙白〕你在我跟前賣弄手段，敢想要搗我的竈麽？〔悟空白〕你遇着我，就該搗竈了。〔鎮元大仙白〕我也知道你的本事，只是你今番越理欺心，總有騰挪，脱不得我的手。就仝你到西天去見佛祖，少不得要賠還我人參果，還我的活樹來。〔悟空白〕你忒也小氣，若要活樹，有甚難處。早説這話，可不省這一番的事？你放了我師傅，我還你一棵活樹便了。〔鎮元大仙白〕若醫得活果樹，我就放你師徒們。〔作吩咐解放科。悟空白〕如此不打緊，放了他們，管教你的果樹重活便了。〔唱〕

【又一體】人參没甚希奇貨(韻)，看作天來大(韻)。包管立回春(句)，菩提也薩唾(韻)。〔鎮元大仙白〕既如此，暫將他師徒三個權爲當頭，單放這猴頭去，尋取活樹之法。〔悟空白〕師傅，這場禍事已解釋了，徒弟去尋了活樹之方，即便回來，不出三日之内。〔唐僧白〕若是三日不回，就要念起那話兒了。〔悟空白〕知道了。師傅但請放心，我去就來也。〔唱合〕脚兒且那㊞，眼兒再睃㊞。醫活草還丹㊞，解釋無頭禍㊞。〔從壽臺下場門下。鎮元大仙白〕這猴兒既去尋覓活樹之法，徒弟們，且將他師徒們安頓内房，等待救活人參果樹，釋放便了。〔從壽臺下場門下。場上撤石山、柳樹科。悟能白〕正是災來怎躱，禍至難逃。〔仝從壽臺下場門下〕

第廿三齣　求方空遇東華老（歌戈韻）

〔雜扮三星，各帶三星帽，穿三星衣，從福臺乘雲兜下科。仝唱〕

【仙呂宮正曲・步步嬌】日月壺中堪行坐(韻)，吉曜雲三朵(韻)，人間供奉多(韻)。〔悟空從祿臺上場門上。白〕爲啖人參果，翻觔斗雲。〔作見科。白〕三位老弟請了。〔三星白〕大聖何來？〔悟空白〕特來尋你們一敘。〔三星白〕聞你棄道從釋，保唐僧拜佛求經，怎得閒工夫到此？〔悟空白〕實不相瞞，因往西天，行至萬壽山五莊觀，有些阻隔。〔三星白〕那是鎮元大仙宮觀。是了，莫不偷喫他的人參果麽？〔悟空白〕偷喫是小事，因他徒弟無禮，將我辱駡，被我把他樹根都倒壞了。〔唱〕只因我怒氣填胸(句)，遭他一場磨挫(韻)。〔三星白〕如今待要怎麽？〔悟空唱合〕活樹有方麽(韻)？〔三星白〕這人參果乃仙種靈根，無法醫治。〔悟空作愁態科。三星唱〕急須別處求才妥(韻)。〔悟空白〕你既無方，自然要別處去求。只是我師傅，限了三日不回，就要念緊箍咒，因此煩悶。〔三星白〕也罷。鎮元仙與我們也有相知，如今我三人去望他，就與你說情，教你師傅不要念咒，待你求得方來，完全此事。我們就去說情，何如？〔悟空白〕如此多謝。〔三星白〕請了。正是風雲來頃刻，萬里只須臾。〔仍從雲兜升上。悟空作望喜科。白〕遠遠望見東華帝君來也，他必定有甚奇方，我且上前問他便了。〔從西前天井雲兜下。外扮東華帝君，戴大朝冠，穿蟒，束帶，從禄臺下至仙樓科。唱〕

【仙吕宫正曲·江兒水】出震紆金簡句，凌風響玉珂韻。氤氳妙氣空中播韻，紛綸盛德寰中大韻，吹嘘暖律春中賀韻。〔悟空作見科。白〕帝君稽首。〔東華帝君白〕大聖，〔唱〕今日得瞻蓮座韻，〔合〕暢好是叙潤談心句，怎地把愁眉雙鎖韻。〔白〕大聖何事降臨？〔悟空白〕我有一事奉求，未知允否？〔東華帝君白〕所有何事？〔悟空白〕因保三藏師傅西行，路過萬壽山五莊觀，吃了他幾個人參果。他徒弟出言無狀，惱了我老孫的性兒，把他的果樹拔倒。鎮元道士與我鬬智，無奈我何，把我師傅爲當，只要賠活他的果樹。因此拜求帝君，有何妙方傳授與我，感激不盡。〔下至壽臺，東華帝君白〕我雖有一粒九轉太乙還丹，但能醫治生靈，不能醫活果樹。若凡間的樹木還可，這人參果乃開天闢地之靈根，如何救得他活？〔悟空白〕既然無方，告别了。〔東華帝君白〕少坐一叙何如？〔悟空白〕師傅懸望，不敢領教，請了。〔東華帝君白〕有慢了。相逢纔滚滚，話别又匆匆。〔仙樓上，禄臺下。悟空白〕這裏又是無有活樹之法的。怎麽樣好？〔作望科。白〕前面又有許多仙人來了，候他們便了。〔雜扮四仙，乘雲兜，從中天井下，八仙從四隅天井雲兜下。唱〕

【仙吕宫正曲·僥僥令】彭佺爲伴侣句，圓嶠任娑婆韻。沽酒穿雲無拘束句。〔悟空作見科。白〕衆位老弟請了。〔衆仙白〕請了。大聖如今聞你皈依正果，向西天拜佛取經，如何得閒至此？

〔悟空白〕不要説起。只因至萬壽山，吃了他幾個人參果，他徒弟得罪了我，被我倒翻了樹根，他要我賠。只得來求個活樹之方，醫活了樹，好仝師傅西行。〔衆仙白〕你却忒也惹禍。只是我等實是無此方法，怎麽處？〔悟空白〕既無此方法，只得别了。〔衆仙白〕何不到我們仙苑，飲幾杯瓊漿，吃些碧藕，再去未遲。〔悟空白〕多承盛情，請了。〔衆仙白〕有慢了。〔唱合〕歲月堂堂踏踏歌(韻)，歲月堂堂踏踏歌(疊)。〔各從雲兜雲旋上。悟空白〕此處又無有良方，只得再往别處去。〔作望科。白〕遠遠望見菩薩來也。〔雜扮惠岸，戴陀頭髮，紮金箍，軟紮扮，持鏟。小旦扮龍女，戴過梁額、仙姑巾，穿宫衣，持淨水瓶。引旦扮觀音菩薩，戴觀音兜，穿蟒，披袈裟，帶數珠，持拂塵，從仙樓上場門上。觀音唱〕

【仙吕宫正曲·園林好】小雷音靈山補陀(韻)，慈悲願阿耨多羅(韻)，淨瓶裏楊枝灑過(韻)。〔合〕有黑業儘消磨(韻)，有黑業儘消磨(疊)。〔悟空作見科。白〕弟子孫悟空，叩見菩薩。〔觀音菩薩白〕我教你保護唐僧，往西天取經，爲何一路多事？况那人參果，乃是仙種靈根，非是凡間果樹可比。你就走遍了天涯海角，訪盡了佛侣仙班，那有醫治的方兒。〔悟空白〕專望菩薩搭救，早放師傅西行，感戴菩薩慈悲。〔觀音菩薩白〕也罷，我仝你到萬壽山走一遭者。〔作下至壽臺。仝唱〕

【尾聲】撑開寶筏牢持舵(韻)，大古裏隄防溺愛河(韻)，賠着那人參一樹兒果(韻)。〔仝從壽臺下場門下〕

第廿四齣　活樹欣逢南海尊（東鍾韻）

〔雜扮三星，各戴三星帽，穿三星衣，仝從壽臺上場門上。仝唱〕

【仙呂宮引・小蓬萊】月地雲堦陪奉（韻），曜星躔常沐恩榮（韻）。〔末扮鎮元大仙，戴蓮花冠，穿法衣，持拂塵，從壽臺上場門上。唱〕摧枯何妄（句），吹生無力（句），一去潛踪（韻）。〔雜扮清風、明月，各戴道童巾，穿氅，繫絲縧。雜扮衆道士，各戴道巾，穿道袍，繫絲縧，仝從壽臺兩場門分上科。鎮元大仙白〕三位星君，那悟空去覓活樹之法，恐誤限期，特請三位星君到來，問他師傅説情。今已數日不見轉來，我想醫樹無方，只有佛力廣大，恐難曲請，空自勞神。〔三星白〕行者多能，非常乖巧，少不得叩見如來，也要完全其事。〔鎮元大仙白〕潑猴神通廣大，我極愛他，只爲好勝耑功，急難磨伏。〔三星白〕他已受了菩薩戒行，少不得引皈正果。〔副扮悟空，戴悟空帽，穿悟空衣，帶數珠。雜扮衆揭諦，雜扮惠岸，戴陀頭髮，紮金箍，軟紮扮，持鏟。小旦扮龍女，戴過梁額、仙姑巾，穿宮衣，持淨水瓶。引旦扮觀音菩薩，戴觀音兜，穿蟒，披袈裟，帶數珠，持拂塵，從壽臺上場門上。唱〕

【仙呂宮引・卜算子】離却補陀峯（韻），又到神仙洞（韻）。楊枝一滴灑虛空（韻），感應蓮臺湧（韻）。

〔悟空白〕鎮元大仙，菩薩法駕來臨，快些迎迓。〔鎮元大仙白〕菩薩駕臨，快些出迎。〔仝三星作出迎科。生扮唐僧，戴僧帽，穿僧衣，繫絲絛，帶數珠。丑扮悟能，戴僧帽，紮金箍、猪嘴切末，穿悟能衣，帶數珠。雜扮悟淨，戴僧帽，紮金箍，穿悟淨衣，帶數珠，仝從壽臺下場門上，作叩拜科。鎮元大仙白〕多蒙菩薩降臨，謹此奉迎法駕，請坐。〔觀音菩薩白〕且慢，先將果樹醫活了，然後再坐罷。〔三星白〕妙嗄。〔鎮元大仙白〕衆徒弟打掃園內，安排香案伺候。〔衆道士應科。三星白〕就請菩薩仝行。〔内奏樂，仝作遶場作到科。觀音菩薩白〕果然人參果樹，倒壞在地，根已出現，葉落枝枯。悟空你將這符水，放在樹根之上，以水出爲度，不犯五行之器，須用玉椀取出。〔悟空作應，接瓶向人參果樹傾水科。觀音菩薩白〕扶起樹來。〔悟空作扶樹，白〕樹活了。〔三星白〕果然樹活，青枝緑葉，濃郁陰森，人參果纍纍垂垂，依然如舊。〔衆作遶場科。鎮元大仙白〕徒弟們，將人參果摘下數枚，供養菩薩，做個人參果會。〔衆道士作應，向下取果科。内奏樂，場上各設桌椅，仝入座，衆道士作獻果科。衆仝唱〕

【仙吕宫正曲・惜奴嬌序】勝會難逢(韻)，喜一壺日月(讀)，大暢宗風(韻)。鍊形榮氣(句)，仙果仗天地神功(韻)。奇蹤(韻)，萬古流傳聲名重(韻)，立嘘枯無瘢縫(韻)。〔合〕樂融融(韻)，難得仙家佛侣(讀)，一室和仝(韻)。〔唐僧唱〕

【仙吕宫正曲・錦衣香】本性愚(句)，凡胎重(韻)，幸菩提(句)，相隨從(韻)。自慚誓願洪深(句)，把金經求諷(韻)，艱難歷盡路無窮(韻)。甘心顛沛(句)，只望靈通(韻)。縱金蟬脱殼(句)，在何時僥倖成功(韻)。〔合〕

果向心田種(韻)，仗離鉛坎汞(韻)，須臾復活(讀)，立顯空王妙用(韻)。〔衆仝唱〕

【仙呂宮正曲・漿水令】是前緣禍根曾種(韻)，喜今朝吉曜相逢(韻)。若非佛力顯神通(韻)，飲甚瓊漿(讀)，開甚金甕(韻)。回頭想(句)，荆棘叢(韻)，好似一場槐南夢(韻)。〔合〕仙樹活(句)，仙樹活(疊)，大士恩隆(韻)。從今後(句)，從今後(疊)，盡付東風(韻)。〔觀音菩薩白〕仙樹已活，我往補陀崖去也。〔作下座科。衆仝唱〕

【尾聲】空花無跡真虛閧(韻)，愛草能除是實功(韻)，稽首慈雲朵朵紅(韻)。〔場上撤人參果樹科。仝從壽臺下場門下〕

丁上

第一齣　兩祖師遣神護法（庚青韻）

〔雜扮六丁神、六甲神，各戴紮巾額，紮靠，持鞭，從福臺門上，跳舞。雜扮二十四護法神，各戴竪髮，紮額，紮靠，持鞭，從壽臺兩場門上，作合舞科。雜扮十二監齋神，各穿戴監齋神衣帽，持數珠，從仙樓上。雜扮十六揭諦神，各戴揭諦冠，持杵，從禄臺門上。分白〕住世紅賢刼，六丁與六甲。東土號神通，西天能護法。某乃六丁六甲神是也。我等五方揭諦神是也。我等衆監齋神是也。某乃二十四護法神是也。方纔有伽藍神傳集我等，不知何故。〔監齋神白〕説有兩祖師，傳的菩薩法旨，不免在此伺候。〔内奏樂科。六丁、六甲、揭諦各從仙樓下，至壽臺分侍科。雜扮八沙彌，執旛；雜扮十二伽藍神，戴僧帽，紮五佛冠，穿蟒，披袈裟，帶數珠，持拂麈，引二祖師，金眼金耳環，瓢竪，持杖挑切末，從仙樓上。唱〕

【羽調引・清平樂】通明七聖（韻），意葉心花静（韻），唤醒世人須猛省（韻），早向慈航皈命（韻）。〔内奏樂。場上設高臺，擺兩椅，轉場陞座。二祖師白〕薄遊淨域，永念昆耶。香如致飯，衣似持花。某乃西天蘇頻陁尊者是也。某乃西天諾矩羅尊者是也。昨日偶爾渡海雲遊，遇見觀音菩薩説，今日有玄奘法師，奉大唐貞觀皇帝聖旨，往西天五印度國，求取真經，流通中土，真一場大功德也。自古道高一尺，魔高一丈。此去西天路程遥遠，他曾在浮屠山下，遇見了烏巢禪師，傳授心經一卷，他便妙解五藴，任意西行。師徒四人將次到寶象國了。但是西方路上，魔障最多，須要神力保佑他平安過去方好。衆神過來。〔衆神白〕祖師有何吩咐？〔二祖師白〕你們聽我道。〔唱〕

【羽調正曲·排歌】唐帝綸音㊀，法師受命㊁，西天求取真經㊁，三車三藏暨三乘㊁，把苦海恒沙盡證明㊁。〔白〕只是道路遠、魔障多，須要你們用心保護。〔衆神白〕那西天萬水千山，魑魅魍魎所在而有，誠如祖師金言，必須諸神護法。〔合唱〕登山嶺㊁，涉淵冰㊁，間關萬里怕難行㊁。妖氛淨㊁，魔障清㊁，雲在青天水在瓶㊁。〔祖師白〕衆神將菩薩法旨，道唐僧乃西天佛子，此番功德非仝小可，倘得刼盡魔消，便是如來大道。〔唱〕

【又一體】他戒律精嚴㊀，神欽鬼敬㊁，生來佛子唐僧㊁。慈悲法旨細叮嚀㊁，要你抖擻神威不暫停㊁。〔白〕凡唐僧經過高山峻嶺，深林密箐，江河湖海，溪澗陂沱，并唐僧每日起居食息，一切魔障須要爾等保護。〔唱合〕登山嶺㊁，涉淵冰㊁，間關萬里怕難行㊁。妖氛淨㊁，魔障清㊁，雲在青天水在瓶㊁。〔二祖師下座科，白〕衆護法神〔衆應科，下仙樓。二祖師白〕就此分路保護去者。〔衆神白〕領法旨。〔唱〕

【尾聲】玉毫光金粟影㊁，依舊的瓢笠芒鞋挽手行㊁，只看取大帝常瞻日月燈㊁。〔八沙彌引二祖師從仙樓下。衆神從壽臺兩場門分下〕

第二齣　聞道泉秉正驅邪（先天韻）

〔丑扮爰爰道人，戴道巾，兔形，穿道袍，繫絲絛，從壽臺上場門上，白〕自家名喚爰爰，修煉道氣完全。日遊山峯絶頂，夜眠古墓墳邊。也會飡霞吸霧，也會拜斗談玄。纔得人形略似，便從三窟喬遷。愛穿綾羅緞疋，喜喫菓品新鮮。只因這椿毛病，不能証大羅天。近日十分寂寞，喜遇二位英賢，一個夫人白骨，一位黄袍大仙。二人神通廣大，仗他一點威權。仍舊摇摇擺擺，受了多少香烟。安樂鎮上愚民，播弄不得安眠。略略顯些靈應，頃刻蓋造旛軒。特邀黄袍神聖，仝去享受祭筵。道猶未了，黄袍大王早到。〔雜扮衆小妖，各戴鬼髮，穿箭袖、卒褂，引淨扮黄袍郎，戴黄袍郎冠，穿氅，從壽臺上場門上，唱〕

【中吕調合套·粉蝶兒】蓄養先天(韻)，俺可也蓄養先天(疊)，苦修來體輕身健(韻)，只差些面靛毛拳(韻)，怪猙獰(句)，光閃爍(句)，雙睛如電(韻)。吼一聲鬼怕神跧(韻)，叨居了紫金宫殿(韻)。〔白〕藍面紅鬚赤髮飄，黄金凱甲目光摇。裹肚襯腰青玉帶，攀胸勒甲緑雲絛。俺黄袍大仙是也。爰爰道人，某聽你言，福廕這安樂鎮居民，風調雨順，物阜民安，受某許多德澤，不見一些祭賽，是何意思？想是你都侵食了。〔爰爰道人白〕這怎麼敢！ 爰爰偷嘴不過小意思，怎敢大弄神通，欺瞞大王？ 今日廟宇完工，衆鄉民備着猪羊菓品，綵亭鼓樂，迎送進廟，特來請大王赴會。〔黄袍郎白〕如此可請你新姐姐白骨夫人仝來受享。〔爰爰道人白〕去不得！〔黄袍郎白〕怎麼去不得？〔爰爰道人白〕小産了。〔黄袍郎白〕這又奇了！ 他又没丈夫，這是那裏來的？〔爰爰道人白〕不知怎麼捏弄出來的。〔黄袍郎白〕你休得取笑！ 既要在我门下，須要放臉面些。〔從壽臺下場門下。爰爰道人白〕是好笑。如今世上男女，不顧臉面的狠多，倒叫妖怪顧臉面。〔從壽臺下場門下。雜扮衆鄉民，戴毡帽，穿各色道袍，抬綵亭，從壽臺上場門上，合唱〕

【中吕宫合套·好事近】鼓樂鬧喧闐韻，綵結香亭輕倩韻。空中繚繞句，爐烟燭花如剪韻。〔小生扮聞仁，戴巾，穿道袍，從壽臺上場門上，白〕衆鄉民不得聽信妖道之言，倘官府知道，禍連一方，不是當耍。請早早休息，各務生理。〔衆白〕相公，〔唱〕神靈甚顯韻，你何須讀褻瀆遭幽譴韻。〔聞仁白〕怎見得便遭幽譴？〔衆白〕前日有一人在廟裏亂道了幾句閑話，〔唱〕霎時間七竅流紅句，三日後歸陰不轉韻。〔聞仁白〕衆鄉親容小生一言。〔爰爰道人從壽臺下場門上，中間諢科。聞仁唱〕

【中吕宫合套·石榴花】勸伊行暫停片晌聽吾言韻，只有那三教正宗傳韻。〔白〕你們不知利害哩。〔唱〕那旁門惑衆坐株連韻，皈依的發遣韻，即減等城旦三年韻。痛一班愚民都被狂言煽韻，休則要盡抛荒本業安全韻，須知道王章三尺垂邦憲韻，勸諸公急歸正、莫遲延韻。〔爰爰道人白〕貧道不過

替天行道，先生何用執迷？〔聞仁白〕你是那裏妖道？到我這裏來蠱惑衆人麽？〔爰爰道人唱〕

【中吕宫合套·好事近】君家(句)，出語太狂顛(韻)，你兀的將人褒貶(韻)。檀那百姓(句)，祈求滅罪消愆(韻)，何人攔阻(句)，逞書愚(讀)囈語來折辨(韻)。〔白〕這裏隨聲感應的。〔唱〕雨和暘福庇生民(句)，那報應不差絲綫(韻)。〔聞仁白〕呸，住了！〔唱〕

【中吕調合套·鬭鵪鶉】俺乃願聖學昌明(句)，誰許你淫詞飛蝙(韻)。〔爰爰道人白〕神聖感應，不受陰愆，定遭王法。〔聞仁唱〕俺遵守夫子三分(句)，怎説那蕭何法典(韻)。〔爰爰道人白〕你芳狂言，敢去對神面講？〔聞仁白〕我正要去見教他几句。〔衆白〕相公不是當要的，去不得！〔聞仁唱〕嗳，可知道昌黎曾祭鰐魚篇(韻)，又何妨妖神當面(韻)。果能得作霧興雲(句)，俺可也信心略轉(韻)。〔白〕你是何處木客山魈，敢來俺鎮上興妖作怪。俺如今要一陣風雪，若能降下，我信你是位正神。〔爰爰道人白〕神靈，這相公不信你的顯靈，你可速顯威靈，佈雲降雨。〔衆白〕相公要的是風雪。〔爰爰道人白〕要風雪麽，這有何難？速降速降。〔聞仁白〕妖神，俺聞道泉呵，〔唱〕

【中吕宫合套·撲燈蛾】讀殘孔孟書(句)，讀殘孔孟書(疊)，異端應驅遣(韻)。楊墨敢横流(句)，〔爰爰道人白〕我的道徑利害。〔聞仁唱〕誰信伊妖經魔卷(韻)也(格)。没甚狂風，并無細雪(句)。〔衆白〕你請的風雪呢？〔爰爰道人驚科，白〕吾奉太上老君，急急如律令敕！〔又作低叫科，白〕黄袍爺爺！黄袍祖宗！黄袍老官！没有雪，風也弄陣子來。〔聞仁白〕妖神，俺如今挺身在此。〔唱〕自反縮何妨直前(韻)，有邪法任憑施展(韻)。〔爰爰道人白〕快綑起狂生來，存些臉面。神聖爺爺！〔聞仁唱合〕可笑他(讀)，從前一派是胡言(韻)。〔衆白〕你這道人，不是相公正氣冲散，我們被你迷惑到幾時？是了，列位打這妖道。〔作打科。衆唱〕

【中呂調合套・上小樓】當場靦覥(韻)，没些顔面(韻)。再休提道法清高(句)，俯首低頭(句)，原形將現(韻)。〔衆打科。道人從壽臺下場門下。衆白〕今日這壇祭筵，虧相公試出底裏，竟是打散了。但不知什麽爰爰道人？〔聞仁白〕列位不知他取的名兒，却見于《詩經》上邊。〔衆白〕怎麽講？〔聞仁白〕「有兔爰爰，雉罹于羅」。衆鄉親，〔唱〕從今後各務生涯(句)，農士工商(句)，大家黽勉(韻)，休辜負韶華如箭(韻)。〔衆白〕若非相公指破羣迷，我們怎脱得他羅網。請上容我等拜謝。〔拜科。衆唱〕

【中呂宫合套・越恁好】令人感激(句)，令人感激(疊)，幸得有名賢(韻)。卓然識見(句)，却似那當空秦鏡懸(韻)，不教那狂言迷惑萬萬千(韻)，妖邪立辨(韻)。〔白〕列位將這廟宇改爲鄉約所罷。〔衆白〕相公就是張道陵，能降妖怪。〔一鄉民白〕不是張道陵，到是一位善知識。張道陵降魔要符咒，相公降魔只動口。可不道寧動知識手，不動知識口。相公方動口，妖怪就出醜。〔衆笑科，白〕有理。相公請。〔聞仁虚白，唱〕談仁義(讀)，使老幼成良善(韻)；講詩書(讀)，教子弟成才彦(韻)。〔從壽臺下場門下。爰爰道人跑上，黄袍郎趕叫科，白〕爰爰！〔爰爰道人白〕爰爰打做扁扁，我的黄袍祖宗，你方纔那裏去了？爲何不似往常顯聖了？弄我出這場大醜。〔黄袍郎白〕大醜，你還是小醜。你不知道往日顯聖，只好嚇那班村夫俗子。聞仁是個正人，他乃文曲星官降凡，魁光射斗，我怎麼近得他！〔爰爰道人白〕雖然如此，你方纔出門時，吩咐我存些體面，你自己都不顧臉面了。〔黄袍郎白〕你我道氣有限，臉面怎麼顧得來。〔合唱〕

【尾聲】一場好事遭他貶㊞。〔白〕你去請了白骨夫人，〔唱〕仝我去寶象國完咱前件㊞。〔爰爰道人白〕且住。今日出此大醜，聞生這口氣，怎麼出得？〔黄袍郎白〕你不要管，我自有處。〔唱〕只教他受屈難伸在後邊㊞。〔從壽臺下場門下〕

第三齣　玉面姑思諧鳳侶（蕭豪韻）

〔老旦扮獾婆，簪形，穿老旦衣，繫花帕，執扇，從簾子門上，白〕碧眼獾婆道氣深，飡霞吸露度昏沉。果然道小魔頭大，錯入旁門枉費心。自家獾婆兒是也。自藏枯塚，煉氣修形，記不得秋月春花、人間歲月，爲此潛身摩雲洞裏。這洞中有一位萬年的狐王，止有一女，喚名玉面姑姑，生得蛾眉横翠，螺黛生春，窈窕天姿，輕盈國秀。半含笑處櫻桃綻，緩步行來蘭麝噴。果然是天邊仙女從天降，月裏嫦娥出月來。不幸狐王喪後，姑姑身無倚仗，向日曾爲他尋一配偶，不想良緣未就，蹉跎至今。近日懨懨成病，不茶不飯，不免往澗中取些甜水烹茶，待他起來送進房去，便説起姻事，救他一救便了。正是財色兩忘方入道，絲毫牽掛被人嘲。〔從下場門下。小旦扮玉面姑姑，戴鸚尾，簪形，穿玉面衣，繫腰裙，從上場門上，唱〕

【雙角套曲·新水令】春來萬卉鬬妖嬈㊀，俺可也入花叢與他爭較㊀。〔白〕花呵。〔唱〕恁道是芳菲色色好㊀，奴可也婷婷豐韻標㊀。花把奴嘲㊀，又没個品花人空尋鬧㊀。〔場上設桌椅科。唱〕

【雙角套曲·駐馬聽】搆出牢騷㊀，搆出牢騷㊁，萬緒千端没着落㊀。鎮日煎熬㊀，恍恍惚惚度昏朝(韻)。燈前孤影伴寂寥(韻)，助人愁窗外寒蛩鬧(韻)。更長漏轉杳(韻)，只落得長吁氣聲聲捱到曉(韻)。

【雙角套曲・喬牌兒】這些時寬褪了小蠻腰(韻)，清減了梨花貌(韻)。不茶不飯自推敲(韻)，羞容難向他人告(韻)。

【雙角套曲・攪箏琶】這病兒從不曉(韻)，着了身要推也推不掉(韻)。引動俺意馬心猿(句)，好教我難捉難撈(韻)。俺待學夢兒多嬌(韻)，可又慮着(韻)，怕只怕(讀)，好夢而難尋討(韻)，招惹波濤(韻)。〔作入桌科。獾婆捧茶從上場門上，白〕龍泉泛白雪，雀舌噴清香。姑姑請茶。〔玉面姑姑接茶，獾婆作看科，白〕姑姑越發清減了。你害的甚麽病，可明對我説，何苦自己受累？〔玉面姑姑白〕没有甚麽病。〔獾婆白〕姑姑你若不説，只管藏在心頭，不是當耍的。這病要害死人的呢。〔玉面姑姑白〕死了罷。〔獾婆白〕姑姑只怕嘴硬心不硬，到得死時就遲了。我到替你怕。〔玉面姑姑白〕你替我怕甚麽？〔獾婆唱〕

【雙角套曲・沉醉東風】我怕你效杜麗娘魂勞夢勞(韻)，還怕你效小青死後名高(韻)。〔玉面姑姑白〕你怎麽把我比作死人？〔獾婆白〕這還比得好。還有利害的哩！〔唱〕怕你效李慧娘身亡一語(句)，怕你效閻婆惜命喪霜刀(韻)。〔玉面姑姑白〕你好胡説！怎把我比做淫婦？我今立意要出家了。〔獾婆白〕你要出家，我説個出家的下場頭你聽。〔唱〕陳妙常身皈三寶(韻)，一見了必正潘郎心迷了(韻)。

還有個小尼姑與和尚私逃(韻)。〔玉面姑姑白〕這個老人家，到會説笑話。〔獾婆白〕因你煩惱，説個笑話，引你歡喜歡喜。〔玉面姑姑白〕只怕你不能叫我歡喜。〔獾婆白〕有名的獾婆婆，不能叫你歡喜？姑姑你不必煩惱，想大王喪後，遺下偌大家資，無人照管，姑姑一身無主，不是了局。必須招個郎君，一來管領家業，二來姑姑終身有靠，你歡喜不歡喜？〔玉面姑姑白〕獾婆，承你教道，感謝不盡。但不得其人，也是空談。〔獾婆白〕不要着惱。我早已想下這個人了。〔玉面姑姑白〕是那個？〔獾婆白〕牛魔王。〔玉面姑姑白〕牛魔王不中用。他道行高强，况他妻子羅刹女利害，怎能到得我家來。〔獾婆白〕姑姑不是這等説。你可多將金帛招他，我將容顔説得天上少有、地下無雙，男子漢見了財帛，又得一位美人，他就是活佛也要動情了。〔玉面姑姑白〕金帛不值甚麼。但誇我容貌，怎麼一個誇法？〔獾婆白〕誇你容貌麽，你聽着。〔唱〕

【雙角套曲·折桂令】俺道你天生成百媚千嬌(韻)，便是妙手王維(句)，難畫難描(韻)。〔玉面姑姑作喜科，白〕好嗄。〔獾婆白〕好，還有好話頭嚧。〔唱〕他本是閬苑奇葩(句)，更且温柔情性(句)，態度風騷(韻)。〔玉面姑姑作羞科，白〕好便好，不該下這個騷字。〔獾婆白〕近日的人，歡喜的是騷。〔作看笑科。玉面姑姑白〕他問你如此花容，爲何不早嫁人。〔獾婆白〕我有回答。〔唱〕因擇配把佳期耽擱(韻)，今訪你德行清高(韻)，品格風標(韻)。今擺列鶯陣花營(句)，請君去試馬操刀(韻)。〔玉面姑姑白〕怎麽叫操刀？〔獾婆白〕世間夫婦完姻，叫做親。你我有些妖氣的人，不叫做親，叫做操刀。〔玉面姑姑白〕休要取笑。

〔獾婆白〕你打點聘禮出來，我好去説合。〔玉面姑姑白〕曉得。我好喜也！〔作出桌科，唱〕

【雙角套曲・喬牌兒】再不愁孤幃悶倚把燈挑(韻)，再不愁抱孤衾春夢杳(韻)，再不去聽孤鴻嘹嚦度江皐(韻)，準備着鳳友鸞交(韻)。

【雙角套曲・甜水令】從今後行也雙雙(句)，坐也雙雙(句)，語笑聲高(韻)。〔獾婆白〕姑姑該謝我纔是。〔玉面姑姑唱〕深謝你能醫我悶無聊(韻)。〔獾婆白〕把甚麽謝我？〔玉面姑姑唱〕俺可也忙開笥箱(句)，首飾衣裳(句)，酬謝你冰人月老(韻)，品花人令番看着(韻)。〔獾婆白〕姑姑，我獾婆兒呵，〔唱〕

【雙角套曲・清江引】名醫國手不必多用藥(韻)，清凉散堪稱效(韻)。一味黑牽牛(句)，能治心煩躁(韻)。還待出身風流汗(讀)，病根兒都去了(韻)。〔各虚白科，仝從下場門下〕

第四齣　獾婆兒巧作蜂媒（家麻韻）

〔雜扮衆小妖，各戴鬼髮，穿箭袖、卒褂，引淨扮牛魔王，戴牛魔王冠，穿氅，從簾子門上，唱〕

【正宫正曲·風帖兒】大力稱王推咱家獨霸（韻）。愛着温柔偏的没法（韻）。自來河東獅吼怕（韻）。〔合〕有撮合（讀）怎歡洽（讀），教人兒悶轉加（韻）。〔場上設椅，轉場坐科，白〕我牛魔王，相貌雖然蠢笨，胸懷却也風流。怎奈俺這位羅刹夫人，醋瓶算不得十分的酸，薑性却儘彀九停兒辣。爲此偏房婢媵，俱没一個在身邊，以致月夕花朝，寂寞不過。而今决意要覓一位如夫人，若得另居外室，更覺穩便。但愁没有這般湊巧的姻緣，俺老牛也怎得那樣生成的福氣。連日已托上許多媒婆，都是高不成、低不就，心中甚是煩悶。〔雜扮小妖，戴鬼髮，穿箭袖、卒褂，從簾子門上，白〕禀上大王，有一個獾婆婆，特來與大王説親，現在外廂伺候。〔牛魔王白〕快着他進來。〔小妖應科，作進簾子門出洞門科。〔小妖作引旦扮獾婆，戴獾形，穿老旦衣，繫包頭，從壽台上場門上，白〕玉面乍醫春病愈，翠雲全仗月媒通。〔小妖作引進洞見科。獾婆白〕獾婆叩頭。〔牛魔王扶住科，白〕承你來做大媒，如何行此全禮？請起請起！小的兒看坐過來。〔獾婆白〕大王在上，獾婆怎敢坐。〔牛魔王白〕坐了好講。〔場上左邊設椅，獾婆告坐科。

牛魔王白〕獾婆你説的是那一家？必須配合得來，才對得上。第一姿色要好，第二身材要俏，第三年紀要小，第四財禮要少，第五粧奩要鬧，第六過門要早，第七女工要曉，第八醋瓶要倒，第九門楣要考，第十瓜葛要掃。缺了一件，就有些難成。〔獾婆白〕退了左右，獾婆好細細告知大王。〔牛魔王白〕小的們暫退。〔衆小妖應科，從兩場門下。獾婆白〕大王聽稟。〔唱〕

【正宮正曲・雙鸂鶒】摩雲洞及笄待嫁(韻)，野狐王門望不亞(韻)。若説起如花美貌(讀)，難描難畫(韻)，唤玉面(讀)小字已風流俊雅(韻)。今慕高門情願聯姻婭(韻)。〔牛魔王白〕嗄，就是摩雲洞狐王的令愛，他怎肯嫁我？〔作摇頭科，白〕獾婆，你的話兒有些不確。〔獾婆白〕我一向在他家走動，怎敢把虚言來誑騙大王？〔唱〕

【又一體】通冰語敢虚花(韻)，選東牀坦腹堪誇(韻)。〔牛魔王白〕他也仰我的才貌。〔獾婆唱〕道威望素著(讀)，端的厮稱伊家(韻)。〔牛魔王白〕他也重我的門楣。〔獾婆唱〕他失所依(讀)，〔牛魔王白〕他爲没個把家的。〔獾婆唱〕年待字正青春二八(韻)。〔牛魔王白〕年紀恰也相當。〔獾婆唱合〕特來作伐求允下(韻)。〔牛魔王白〕你雖則如此説，依着我那十樁要事，只怕尚欠完全，怎生便好允他。〔獾婆白〕大王那十樁要事，包管色色停當。若欠缺一件，我做媒人的，情願受罰。〔牛魔王白〕他生長狐門，那些妖嬈媚態，自不必説。〔獾婆白〕大王委實是個中人，要好要俏，二件可是不消我包得的。才使大王説來，年紀恰也相當，把第三件也可抹倒了。〔牛魔王白〕第四件呢？〔獾婆白〕任憑大王用白璧也使得，用荆釵也使得。〔牛魔王白〕怎麽輕重不倫？〔玀婆白〕有句俗語叫做輕重惟命。那白璧荆釵都是古人下聘的東西，只消大王揀用。〔牛魔王白〕財禮要少，早已講過的，用荆釵罷。〔玀婆白〕好，就是荆釵。大王財禮可不省到極處了？〔牛魔王點頭科，白〕正合我意。〔玀婆白〕那粧奩一件，容玀婆慢慢細説。〔牛魔王白〕第六件過門的遲早怎麽樣？〔玀婆白〕早上開花，晚上結子。〔牛魔王作暗喜假問科，白〕怎麽講解？〔玀婆白〕大王也是恁般裝村！一面下聘，一面成親就是了。〔牛魔王作喜科，低頭將手指記數科，白〕第七件女工也是精扯淡的。第八件倒醋瓶，如今現在也没有三房四妾，且慢提他。第九件門楣果然相配得緊嗄。倒是那第十件，須要預先講過，不要一做了親，今日小舅子來看望，明日小姨子來上門，後日又是什麽大姑爺來借東西，大後日又是那裏姑奶奶姑太太來要欵待。糾纏不清，豈不可厭！〔向玀婆科，白〕凡有親戚，一概不得往來。這第十件，你可包得？〔玀婆白〕大王請放心，包你鬼也没一個上門上户。如今先送了喜錢，好把那粧奩多少，告訴大王知道。〔牛魔王白〕説成了親自然有謝媒紅。不須着急。〔玀婆白〕大王若説粧奩多少，還是小事。這位玉面姑姑，却是坐産招夫。大王試聽吾道。〔唱〕

【又一體】潑天事業留遺下(韻)，比石崇更覺豪華(韻)。因椿庭逝、萱親喪(讀)，願坐産招去當家(韻)。知已娶過羅刹(韻)，教君重整鞍馬(韻)。〔牛魔王白〕但不知那個主婚？〔玀婆唱〕自主婚(讀)贅新郎喜全心結打(韻)，〔合〕把萬千家計任渾灑(韻)。〔牛魔王作喜極出神科，從椅上跌地科，玀婆扶起科，牛魔王白〕玀

婆,〔唱〕

【又一體】絶疼伊恁小嬌娃(韻),要招俺把計持家(韻)。更何須去合婚將錢買卦(韻),我便口許他(讀),永作並頭花(讀)。煩拜上(讀),擇吉日莫嫌輕財禮笑納(韻)。〔合〕看一對新郎新娘歡喜煞(韻)。〔白〕你就去報命説:既蒙惜愛,即當擇日行聘過門。〔獾婆白〕大王口允了,獾婆即去回覆。但常言道,求親求親,大王須下箇禮兒,拜托拜托大媒,不然恐那邊又許了别的人家,豈不大王又錯過了花星,又要埋怨獾婆言語不切實。〔牛魔王白〕俺一有口風,你媒人就是這樣拏班做勢。獾婆你也不要忒做作。説成了這頭親事,我便把你做乾娘看待。凡事全仗全仗。〔獾婆白〕大王此言折盡了獾婆福氣,那裏招得住這一條老牛?〔牛魔王白〕休得取笑。〔獾婆白〕告别了。〔牛魔王白〕多多有慢。待到花筵,多吃上几杯喜酒罷了。〔獾婆作謝科,白〕俯從冰上語,遥結洞中緣。〔作出洞門從壽臺門下。牛魔王白〕樂煞樂煞!那曉得天下事,竟有這般湊趣!要想外室,就有那現現成成的,摩雲洞做我箇安安逸逸的風月窩。如今趁早打點做新郎去。〔從簾子門下。丑扮童兒,戴網邊,穿道袍,繫鑾帶,從簾子門上,白〕你道好笑不好笑!妖魔也有花星照。牛王今日做新郎,粗坌身軀粧俊俏。身着大紅花直身,風月生巾頭上套。這樣一位蠢牛精,占盡人間風流調。自家牛魔王麾下一個親隨童子便是。可喜這裏有個積雷山摩雲洞玉面姑姑,陪了粧奩,招俺大王爲壻。聽得獾婆婆説,那姑姑的容貌比花花無色,比月月無光。他一聞此言,心癢難抓,恨不得一時就要見面。只因羅刹奶奶有些醋意，俺大王身居外苑，與我商議，說道玉面姑姑如此美貌，恐他見我這般形像，一時驚怕，我要粧扮個書生體態，纔取得新人的歡喜。你教我一教，怎麼樣粧扮就風流了？爲此我就教他穿一件大紅花直身，代一頂風月唐巾，他便穿將起來，從早演到晌午，牛聲牛氣，累乏了睡在那裏。看看日落，不免請他起來，再演習演習。牛大王爺起來演習，串頭迎親的人將次好到門了。〔淨扮牛魔王，戴巾，穿道袍，執扇從簾子門上，唱〕

【雙調正曲·鎖南枝】把風流捏(句)波俏粧(韻)，想新郎自來烏帽光(韻)。〔童兒白〕好齊整，走得好俏步兒！〔牛魔王白〕好麼，可像個風流人物？〔童兒白〕竟是《西廂記》上的張生一般。〔牛魔王白〕怎麼竟像張生！樂殺樂殺！你不要虛頭奉承我。〔童兒白〕怎敢虛頭奉承！〔唱〕豈不聞風魔了張解元(句)，今日輪到牛身上(韻)。〔白〕大王你像一個人。〔牛魔王白〕像那個？〔童兒白〕還像衞玠、潘安。〔牛魔王白〕果然麼？〔童兒白〕果然不差。〔牛魔王作笑科，白〕我想人若應該有喜，連這相貌都標致起來了。〔童兒白〕待我取鏡兒過來，與大王再照照看。〔作向下取鏡，牛魔王作照科。童兒白〕妙嘎！果是紅光滿面，兩耳招風，好招牌。〔牛魔王白〕甚麼招牌？〔童兒白〕鼻子嘎，不但大而且金光閃爍。〔牛魔王唱合〕正喜他紅顏女(句)，好配咱白面郎(韻)。這一對美夫妻(句)，誰不競誇獎(韻)。〔童兒白〕端相不出了，待童兒來看，到像一個窩瓜樣。〔牛魔王白〕胡說！〔內奏樂科，童兒白〕迎請新郎人役來了，且進去，待我奉請你老再出來。〔仝從簾子門下。雜扮衆燈夫，各戴紅毡帽，穿窄袖，繫搭包，執燈。

雜扮衆樂人，各戴紅毡帽，穿窄袖，繫搭包，持樂器。雜扮儐相，戴儐相帽，簪花，穿院子衣，披紅。旦扮媒婆，穿老旦衣，披紅。雜扮二管家，各戴羅帽，穿道袍，繫鑾帶，披紅，仝從壽臺上場門上，唱〕

【高大石調正曲·窣地錦襠】摩雲洞口好風光(韻)，鷄舌多攙溲糞香(韻)。一邊狐媚做新娘(韻)，〔合〕正是牽牛會洞房(韻)。〔作到科。媒婆白〕這裏是了。吹打起來。〔衆應科，作進洞奏樂。儐相白〕伏以七夕相逢巧借名，果然配合是牛星。佳期已訂摩雲洞，今夜歡娱用火耕。奉請魔王，移步升階。〔牛魔王戴牛魔盔，雉尾、狐尾、金花，穿蟒，束帶，披紅，童兒隨從簾子門上。牛魔王唱〕

【雙調正曲·鎖南枝】金冠整(句)，玉帶長(韻)，簇新華服時樣粧(韻)。金花插一枝(句)，紅絹披肩上(韻)。〔合〕人生樂(句)，無如此夕强(韻)。這一篇好文章(韻)，用工夫細摹想(韻)。〔媒婆白〕衆人擺齊了，一班一班參見。〔儐相白〕掌禮人叩頭。〔媒婆白〕媒婆叩頭。〔二管家白〕管家叩頭。〔衆樂人白〕吹手衆人叩頭。〔儐相白〕伏以玉鏡臺邊已整粧，新郎火速赴高唐。絲鞭接着休遲滯，遲滯鞭梢趕得忙。請新郎發駕。〔仝作出洞門遶場科，唱〕

【又一體】花燈燦(句)，月色光(韻)，金鼓齊鳴鬧耳廂(韻)。燈月兩輝煌(韻)，歡呼喜氣揚(韻)。〔合〕巫山路(句)，不渺茫(韻)；會嬌姝(句)，相親傍(韻)。〔作到科，白〕這裏是了。〔老旦扮獾婆，簪形，穿老旦衣，繫花帕，作開洞門迎科。衆樂人、牛魔王仝作進洞門出簾子門遶場科。牛魔王白〕快請新人。〔儐相白〕伏以摩雲洞裏美嬋娟，不亞瓊霄玉殿仙。好趁良霄成大禮，赤繩繫鼻是前緣。奉請新人移步。〔旦扮衆侍

兒，各戴狐尾，簪形，穿衫、背心，繫汗巾，作扶小旦扮玉面姑姑，戴鳳冠，鸚哥尾，簪形，穿蟒，束帶，從簾子門上，唱〕

【又一體】三星照(句)，平添喜滿堂(韻)，笙簧迭奏聲韻揚(韻)。移步出蘭房(韻)，香篆隨風颺(韻)。〔合〕才郎貌(句)，甚軒昂(韻)，頭角果崢嶸(句)，不負終身望(韻)。〔儐相白〕伏以吉年吉月吉時辰，雙雙配合好良姻。合巹瓊漿何處有，牧童遥指杏花村。奉請二位新貴人，升毯行禮。〔作讚禮科。牛魔王、玉面姑姑仝作合巹牽紅。衆樂人作出洞門從壽臺下場門下。牛魔王、玉面姑姑仝唱〕

【南吕宫正曲·金錢花】花筵滿泛瓊漿(韻)瓊漿(格)，從看地久天長(韻)天長(格)。郎才女貌正相當(韻)。相携手(句)，入洞房(韻)，良宵静(句)，好風光(韻)。

【尾聲】魚遊春水翻紅浪(韻)，片片桃花逐水香(韻)。恰好的黑牡丹開玉面粧(韻)。〔仝從下場門下〕

第五齣　愛女遭魔驚五夜（古風韻）

〔場上設樓科，末扮院子，戴羅帽，穿院子衣，繫鑾帶，從壽臺上場門上，白〕〖西江月〗萬户高燒蓮炬，九衢廣設鰲山。珠歌翠舞簇雕鞍，火樹銀花燦燦。上國沿成舊例，元宵賭賽新翻。金吾不禁讓人看，豈但富家一盞。自家寶象國栢府中院子是也。俺老爺名憲，表字慕林，官拜大將軍之職。權傾一國，位壓羣僚。年近六旬，並無子嗣，止有夫人閔氏，併小姐百花羞，至親三口，共享榮華。今乃元宵佳節，滿城張掛花燈，奉老爺嚴命，高結綵樓，夫人小姐觀看花燈。道言未了，早已掌上燈也。正是誰家見月能閒坐，何處聞燈不看來。〔從壽臺下場門下。旦扮四梅香，各穿衫背心，繫汗巾，持宫燈。引老旦扮閔氏，戴鳳冠，穿蟒，束帶。旦扮百花羞，穿氅，從壽臺上場門上，仝唱〕

【南吕宫正曲·香柳娘】好良宵景妍㊅，好良宵景妍㊂。輝光交展㊅，星橋鐵鎖香塵碾㊅。〔閔氏白〕老身閔氏乃栢大將軍之妻，仝着女兒百花羞，樓前看燈去來。〔仝唱〕慶衢歌巷舞㊁，慶衢歌巷舞㊂，懽忭祝堯天㊅，傳柑啟佳宴㊅。〔合〕喜人圓月圓㊅，喜人圓月圓㊂。綵結樓前㊅，雕欄憑遍㊅。〔内奏樂科，仝唱〕

【又一體】聽笙歌沸天(韻)，聽笙歌沸天(疊)。人聲近遠(韻)，珠簾十二齊高捲(韻)。〔梅香白〕外面吹打熱鬧，想有甚麽奇燈，只是我們這鰲山，怕没有好似他的。〔仝唱〕這鰲山幾架(句)，這鰲山幾架(疊)，縻費上金錢(韻)，尋常幾曾見(韻)。〔合〕喜人圓月圓(韻)，喜人圓月圓(疊)，彩結樓前(韻)，雕欄憑遍(韻)。

〔仝作上樓各坐科。雜扮衆看燈百姓，各隨意扮，從壽臺上場門上，仝唱〕

【高宫隻曲・醉太平】喜今朝上元(韻)，正燈月争妍(韻)，排門比户慶豐年(韻)。遊人接連(韻)，胸箱汗濕吁吁喘(韻)，鞋幫脱落團團戰(韻)。〔合〕男來女往擦摩肩(韻)，只恐怕擠來個匾(韻)。〔分白〕列位，今歲元宵，比往年不仝。大將軍廣放花燈，慶賀豐年，我們百姓十分造化，落得飽看一回。列位，栢府門前鰲山燈好看得緊，我們去看看。〔仝從壽臺下場門下。内作打鬧元宵科。閔氏、百花羞、梅香仝唱〕

【雙調集曲・淘金令】【金字令】(首至六)鰲山倚樓(句)，打謎人圍轉(韻)。星橋倚街(句)，社火人圍轉(韻)。〔雜扮衆小兒，各戴鬼臉，隨意扮，從壽臺上場門上，作跳舞發諢科，從壽臺下場門下。閔氏仝唱〕鬼臉狰獰(句)，驚人目眩(韻)。〔雜扮衆孩童，各隨意扮，作騎竹馬，仝從壽臺上場門上，遶場科，從壽臺下場門下。閔氏仝唱〕【五馬江兒水】(八至末)又見兒童竹馬(句)，仕女鞦韆(韻)。〔内作打鑼鼓科，閔氏仝唱〕垓垓壤壤鑼鼓喧(韻)。〔内作喝采科，閔氏仝唱〕不覺齊聲喝采(句)，墮珥遺鈿(韻)。玉漏迢迢(句)，休催急箭(韻)。〔旦扮衆看燈婦女，各穿衫，從壽臺上場門上，仝唱〕

【雙調正曲・柳遥金】誰家玉輦(韻)，誰家錦轎(韻)，兀的賽神仙(韻)。鮑老當場演(韻)，侏儒潑地掀

(韻)。〔衆看燈百姓從壽臺上場門上，唱〕隊隊的魚龍漫衍(韻)，燈彩雜香烟(韻)，閬苑人間(句)，誰能分辨(韻)。〔場上各作搬演雜科。雜扮大頭和尚，戴套頭，穿僧衣，繫絲縧，帶大數珠，持拂塵。旦扮柳翠，套頭，穿衫，繫汗巾，持扇，仝從壽臺上場門上，作戲耍發諢科。衆仝唱合〕良宵三五(句)，美景無邊(韻)，美景無邊(疊)。佳節且須消遣(韻)。〔作遶場，虚白科。雜扮小妖，各戴鬼臉，穿箭袖，繫肚囊，套卒褂，執烟旂。引淨扮黄袍郎，戴盔，紥狐尾、雉尾，穿靠，持刀，仝從洞門上，作遶場科。副扮白骨夫人，戴套頭，穿衫，作攝百花羞進洞科。衆看燈人仝作遶場科，從壽臺下場門下。梅香白〕不好了！小姐不見了！〔從下樓尋科。閔氏唱〕

【南吕宫正曲・紅衫兒】災星過度不道逢今夜(韻)，適纔個笑語歡悦(韻)，怎料俄分別(韻)，哭得我肝腸斷絶(韻)。你生來體態嬌怯(韻)，何曾乜邪(韻)，〔合〕是何方鬼怪妖孽(韻)，將伊來頓攝(韻)。〔雜扮衆小軍，各戴馬夫巾，穿箭袖、卒褂，執旂。雜扮衆將官，各戴大頁巾，穿箭袖、排穗，執標鎗。引外扮栢憲，戴金貂，穿蟒，束帶，從壽臺上場門上，唱〕

【南吕宫正曲・阮郎歸】天街上(句)，祥烟接(韻)，看挨簇(讀)到處社火豪奢(韻)。又見家家户户(句)，傳柑慶賞燈和月(韻)。〔雜扮院子，戴羅帽，穿院子衣，繫鸞帶，從壽臺下場門上。栢憲作進門見科。衆小軍、衆將官仍從壽臺上場門下。栢憲白〕夫人！〔閔氏作哭科，白〕老爺嗄！〔唱〕痛嬌兒驀遭風掣(韻)〔白〕老爺！〔滚白〕方纔正與女兒在樓上看燈，狂風過處，一陣腥羶，女兒忽然不見，不知性命如何！痛嬌兒突遇妖魔攝，〔唱〕頓使我心如刀切(韻)。〔栢憲唱合〕聽説罷好教人(讀)氣難舒(句)，髮冲冠心似裂韻,撲簌簌淚流血韻。〔閔氏白〕老爺快差人去尋訪！〔栢憲白〕院子傳旗牌二名進來！〔院子作應傳科。雜扮二旗牌,各戴大頁巾,穿箭袖、排穗,佩刀,從壽臺上場門上,作見科,白〕老爺有何鈞旨?〔栢憲白〕這一枝令箭,持向京城内巡守衙門,你説今晚夫人小姐在前堂玩燈,忽然狂風過處,小姐不知去向。倘有邪術遊方,隱于庵觀寺院、旅店歇家,前去挨家逐户,一一查訪。如有一家隱匿奸邪不報者,九家連坐。城門上嚴加盤問,不得胡亂放行。〔一旗牌應科,從壽臺下場門下。栢憲白〕你領這枝令箭,向京城外廂五營巡守衙門,説夫人小姐在府内觀燈,忽然狂風過處,小姐被攝去了。着令小心查訪,不論山鄉水郭、村莊市鎮,一并挨查。如有異言異服,或遊方僧道,用心盤詰。倘有踈玩,取罪不小！去罷。〔一旗牌應科,從壽臺上場門下。栢憲白〕院子吩咐該房連夜行文各府州縣,闔屬汎地,小心查訪,如有踈縱,參處不便。〔院子應科,從壽臺下場門下。栢憲、閔氏仝作哭科,白〕百花差我的嬌兒！〔唱〕缺頁。

第六齣　媒人约法守三章（皆来韻）

〔副扮白骨夫人，穿衫，擊汗巾，從簾子門上，唱〕

【雙調正曲·字字雙】夫人白骨好顏色。韻，嬌態韻。白面紅唇自憐愛韻，無賽韻。若還見個俊多才韻，弄乖韻。〔合〕上我鈎兒死得快韻，哀哉韻、哀哉疊。〔場上設椅，轉場坐科。白〕自家白骨夫人便是，與黄袍郎一向結為兄妹。前日同他去寶象國攝了百花羞回來，欲成佳偶。不料那黄袍郎性如烈火，那小姐只要尋死，半月未能到手。黄袍郎慌了請我做個説客，去説那小姐。是我千方百計，巧語花言，方纔允諾。但男子漢不可與他看容易了，且難他一難，不要失了婦人家的鋭氣。道言未了，黄袍郎來也。〔淨扮黄袍郎，戴黄袍郎冠，簪雉尾、狐尾，穿氅，從簾子門上，唱〕

【又一體】劉郎採藥到天臺韻，緣在韻。我會仙姬他稱怪韻，不睬韻。至今半月未和諧韻，難耐韻。〔合〕特煩白骨夫人到粧臺韻，説客韻，説客疊。〔作相見，場上設椅，各坐科。白骨夫人白〕要睡還早哩不能勾。〔黄袍郎白〕不是那個睡。我説那相托之事怎麽了？〔白骨夫人白〕怪不得你想他，連我見了先酥了半截。果然生得標致，委實俊俏！〔黄袍郎白〕妙！你且講講怎麽樣粧扮？〔白骨夫人白〕但見他玉容嬌嫩，美貌妖嬈。懶梳粧，雙鬢堆鴉；怕打扮，釵環不戴。面無粉，冷淡胭脂；髮無油，鬔鬆雲髻。努櫻唇，緊咬銀牙；皺蛾眉，淚含星眼。一片心，憶着帥府爹娘，無絲毫戀你這焦面小鬼。我便將你心事上達，他道奴有幾句言語覆他。〔黄袍郎白〕必定有些好音，請快些説！〔白骨夫人白〕不要性急，他的話多哩。他説奴家蛾眉横翠，粉臉生春，怎配上面如藍靛？道你慣口獠牙，闊腮竪眼，怎親近口似朱櫻？〔黄袍郎作羞科，白〕配不過呀！這樣説一些影響都没有了？〔白骨夫人白〕影響是有的，性急不得。依我調停，自有好處。我有三條妙計。〔黄袍郎白〕那三條妙計呢？〔白骨夫人白〕猛丈夫，烈丈夫，氣短丈夫。〔黄袍郎白〕怎麽是猛丈夫、烈丈夫、氣短丈夫？〔白骨夫人白〕那猛丈夫呢，看他如此倔强，不可和偕，硬了心腸，又道他無情、我無義，將他一刀兩段，别尋佳偶。這叫猛丈夫。〔黄袍郎白〕這使不得！我怎肯捨得下這樣毒手？且請講烈丈夫。〔白骨夫人白〕烈丈夫麽，竟將他休回娘家去。〔黄袍郎白〕越發使不得！既要休回，何必攝他到此？他又不犯七出之條，怎麽休得？且説那氣短丈夫。〔白骨夫人白〕那氣短丈夫，自古英雄氣短，兒女情長，任他違拗不從，只要你，〔唱〕

【仙吕宫正曲·玉胞肚】寬心寧耐㊖，且守過週年半載㊖。〔黄袍郎白〕週年半載！你説的好寬心話兒。我爲他不茶不飯，竟弄成了相思病了。〔白骨夫人作笑科，白〕你這樣個蠢東西，也曉得害相思病麽？可謂風流中出格人了。〔黄袍郎白〕你不要耍笑，再有三五日不和偕，實是要死了。

〔白骨夫人白〕這樣膿包！ 爲了老婆，就説了個死字。 你往日英雄，往那裏去了？〔黄袍郎白〕要作夫妻，用不着英雄了。 你曉得張果老爲了韋小姐呵，〔唱〕單相思，害得沉疴(句)，虧了那媒氏多才(韻)。〔白〕我煩你去説他，你却不用心不上緊，我用人錯了。〔白骨夫人白〕那個不用心？ 那個不上緊？ 只恐你不依他，連累我媒人受氣遭殃。〔黄袍郎白〕他若肯俯就了，有甚麽不依他？ 有甚麽連累你受氣？〔白骨夫人白〕不累我受氣的，〔唱合〕管教頃刻笑顔開(韻)，百歲和鳴此夕諧(韻)。〔黄袍郎白〕這等説，成了妥貼！ 樂殺！ 吩咐快些宰猪殺羊，備辦喜筵快活。〔白骨夫人白〕住了。 事體還没有定局，你到亂跳起來了。〔黄袍郎白〕你方纔説出此夕和偕，是今晚了，怎麽又説没有定局？ 你們做媒的從没有與人一個爽利快活。 可恨！〔白骨夫人白〕老婆還没有到手，先罵媒人了。 我騙哄了你什麽東西？ 索揞了什麽錢鈔？ 就把亂言觸人。 但憑你，我不管這些閑事，走他娘的。〔黄袍郎作忙科，白〕奶奶不要惱，是小生一時粗鹵了。 望海涵些！〔白骨夫人作笑科，白〕你看他稱呼小生，好個俊俏小生！ 你是畜生，什麽小生！〔黄袍郎白〕我的親奶奶，一句話説錯了，只管教人受氣。〔白骨夫人白〕教你受氣？ 哥哥，像你這副嘴臉，要作新郎，受氣的日子都在後邊哩！〔黄袍郎白〕奶奶不必多講了，這番貶削足領大教了。〔白骨夫人白〕足領大教？ 人家新人上了床，媒人掠過牆。 這是人人有的，我不管了。〔黄袍郎白〕不要走，我下跪了。〔作跪，白骨夫人笑科，白〕這樣一條漢子，爲了老婆就當人亂嗑頭。〔作向外科，白〕你們想老婆的都來看樣子。〔黄袍郎白〕奶奶閒話少説些，只講定局罷。〔白骨夫人白〕定局麽，你依他三件事就成親，不依他你也休想。〔黄袍郎白〕有什麽不依，你快講！〔白骨夫人白〕一件他不與你仝拜堂，要行庭參禮。〔黄袍郎白〕我自己一個拜堂便了。〔白骨夫人白〕你自己一個拜天地，拜祖宗，上床四個頭，下床四個頭，出門告假，回來消票。〔黄袍郎白〕法太嚴了，煩你説個情，略請寬些罷。〔白骨夫人白〕可知道穿青衣抱黑柱，婦人不失鋭氣與男子，願從則順，不願丢開手。〔黄袍郎白〕就是這樣。〔白骨夫人白〕怕你口不應心，發下誓來。〔黄袍郎白〕這有何難！ 只要〔唱〕

【又一體】他心歡愛(韻)，何妨做低微賤材(韻)。〔白〕二件呢？〔白骨夫人白〕二件麽，做親之後，〔唱〕不許你放蕩胡行(句)，又想着别個裙釵(韻)。〔黄袍郎白〕爲了一個，受了許多周折，還敢想第二個？ 不勞過慮。 第三件呢？〔白骨夫人白〕三件麽，〔唱合〕逐日點卯到粧臺(韻)。〔黄袍郎白〕怎麽每日點卯？〔白骨夫人白〕點卯是時興的，家家如此。〔唱〕這是獅犼河東遺下來(韻)。〔黄袍郎白〕就是這樣罷了。〔白骨夫人白〕件件依了，打點成親，我去回話。 正是得他心肯日，是你運通時。〔從簾子門下。雜扮衆吹手，各戴紅毡帽，鬼臉，穿箭袖，繫搭包，持樂器。 老旦扮伴婆，戴鬼臉，穿老旦衣，披紅，捧花紅。丑扮掌禮人，戴儐相帽，鬼臉，穿院子衣，披紅，仝從簾子門上。 伴婆作與黄袍郎更衣、插花、披紅科，伴婆白〕恭喜賀喜！ 簪花披紅，拜謝天地，進洞房成親。〔黄袍郎作喜科。 伴婆唱〕

【仙吕宫正曲・六幺令】金花插戴(韻)，披一幅鮮鮮紅采(韻)。〔黄袍郎白〕快活！〔唱〕喜得我身軀扭捏没安排㊥，笑得我眼無縫㊤、口兒歪㊥。〔合〕教人此際魂不在㊥，教人此際魂不在㊦。〔衆吹手奏樂科。白骨夫人作扶旦扮百花羞，戴鳳冠，蓋頭，穿蟒，束帶，從簾子門上。黄袍郎作拜天地。掌禮人虚白讚禮科。白骨夫人扶百花羞從簾子門下。白骨夫人隨上，黄袍郎唱〕

【又一體】姻緣何在㊥？是那日一笑將來㊥。今宵魚水喜和諧㊥。〔作向白骨夫人拜科，唱〕謝得你㊤，好奶奶㊥。黄郎特地低頭拜㊥，黄郎特地低頭拜㊦。〔各從簾子門下〕

第七齣　上長安單寒被捉（齊微韻）

〔雜扮衆捕役，戴鷹翎帽，穿青衣箭袖，繫搭包，從壽臺上場門上，白〕帥府失嬌娃，捕役災星照。比較三六九，打得如狗叫。我們乃寶象國捕役便是。〔一捕役白〕夥計，帥府小姐被攝，奉聖旨遍處緝拿，這件事好難着脚。尋緝了兩三個月，踪跡全無。這番比較，熬打不過，怎麽處？〔一捕役白〕夥計，前日比較，東西南北四衙門捕役，都免了打，獨我們中城的人，一個也不饒。〔一捕役白〕可不是麽！〔一捕役白〕他們喪良心，遊方僧道不論好歹，拏去抵當，可憐打的打，夾的夾，不知弄壞了多多少少。〔一捕役白〕夥計，我們也捱不過了，要去學他們的見識了。〔一捕役白〕這是傷天理的！〔一捕役白〕不傷天理，如何免得打？我六個夥計都打壞了，睡在家裏，這遭輪到正身了。〔一捕役白〕正是，就依這樣做去便了。捕風兼捉影，釋罪且消災。〔從壽臺下場門下。小生扮聞仁，戴巾，穿道袍。旦扮花香潔，穿衫，從壽臺上場門上，唱〕

【仙吕宫正曲·桂枝香】虀鹽滋味（韻），詩書田地（韻），頻年相守寒窗（句），尚未得風雲際會（韻）。〔聞仁白〕小生聞道泉，與娘子花香潔，苦守青毡，立身正直。俺村中忽來個爰爰道人，百般煽惑愚民，被我叱吒而逃，毫没見些禍福。〔花香潔白〕這是邪不勝正。〔聞仁白〕娘子，前月我有窗友在都，承他寄書相接，薦引館地，明年就被觀場，豈不是好？爲此仝我娘子一起進京，以免内顧。〔花香潔白〕早蒙官人吩咐，行裝措辦齊全。〔聞仁白〕我已顧就車輛，今日便要起程了。〔仝唱〕把行囊打疊(句)，行囊打疊(疊)，暫辭鄉里(韻)，神京游藝(韻)。〔合〕向天祈(韻)，但願功名遂(句)，明年衣錦歸(韻)。〔聞仁白〕車夫那裏？〔雜扮車夫，戴毡帽，草圈，穿喜鵲衣，繫腰裙，推車。雜扮牽驢人，隨意扮，從壽臺上場門上。聞仁騎驢，花香潔乘車行科，仝唱〕

【仙吕宫正曲·傍粧臺】絮沾衣(韻)，垂楊深處亂鶯啼(韻)。門兒外韶光麗(韻)，道兒上軟塵迷(韻)。日邊指説長安近(句)，五色雲中是帝畿(韻)。〔合〕功名緊(句)，偕唱隨(韻)，去家來就館貲微(韻)。〔從壽臺下場門下。衆捕役從壽臺上場門上，唱〕

【仙吕宫正曲·皂羅袍】爲覓嬌娃没計(韻)，受三敲六問(讀)，幾許鞭笞(韻)。無影無踪古今稀(韻)，挨家逐户難尋覓(韻)。〔合〕水村山郭(句)，空教遍追(韻)。菴堂廟宇(句)，徒然盡稽(韻)。若能得手酬天地(韻)。〔從壽臺下場門下。聞仁、花香潔從壽臺上場門上。雜扮衆小妖，各戴鬼髮，穿箭袖、卒褂，執旗，引淨扮黄袍郎，戴黄袍郎冠，紥靠，執旗，出洞門遶科，從壽臺下場門下。聞仁、花香潔唱〕

【又一體】四野悲風倏起(韻)，更黄沙障眼(讀)，不辨東西(韻)。〔聞仁白〕車夫且向樹林中歇息片時，過了風再走罷。〔仝唱〕對面陰霾接天低(韻)，耳邊如聽波濤沸(韻)。〔衆捕役從壽臺上場門上，作望科，捕役白〕夥計，方纔見車兒上坐着一個女子，驢兒上騎着一個後生，忙忙避入林中，必定有些古怪。〔一捕役白〕不要管他，是不是鎖起來，謊他一謊。在這裏了！〔聞仁白〕列位什麽緣故？〔衆捕役唱，合〕你將他拐帶(句)，累吾受虧(韻)，與他逃走(句)，害人被羈(韻)。先搥畿下權消氣(韻)。〔聞仁作慌科，白〕哎喲！〔唱〕

【仙呂宮正曲・鍼線箱】我則是去求名長安乞米(韻)。〔捕役白〕既是求名的，爲何帶了婦女？明明是拐子無疑。〔聞仁唱〕端只爲我妻子無人依倚(韻)。〔白〕小生仝了妻子呵，〔唱〕一併上京華免使虀鹽累(韻)，專等待科舉春風得意(韻)。〔捕役唱〕看行藏此處多情弊(韻)，幾曾見應考書生帶上妻(韻)？〔合〕精放屁(韻)，胡言支對(讀)，這中間煞有蹺蹊(韻)。〔聞仁欲回叫科。衆小妖、黄袍郎從壽臺上場門上，作攝花香潔，從洞門下。車夫、驢夫從壽臺下場門下。聞仁哭科，白〕妻嗄，不見了！〔作尋科，哭科，白〕妻嗄！〔捕役白〕嗄，是了！方纔那女子，明明是我們帥府小姐，被你攝出來，見我們盤問，又便法兒，將小姐藏開了。〔聞仁白〕什麽帥府小姐？好不明白！〔捕役白〕見了帥爺，自然明白。走走。〔聞仁白〕天嗄！好詫異事嗄！〔唱〕

【仙呂宮正曲・一封書】飛來禍怎知(韻)，叫蒼天天不理(韻)。妻兒去那裏(韻)，頓教人雙淚垂(韻)。〔白〕列位嗄，〔唱〕往日又無寃讐對(韻)，怎把行人如此欺(韻)。〔捕役唱，合〕漫撑持(韻)，枉徘徊(韻)，且向公堂辨是非(韻)。〔從壽臺下場門下〕

第八齣　會妖洞雙艷尋盟（家麻韻）

〔小旦扮百花羞，穿氅，從簾子門上，唱〕

【正宫正曲・燕歸梁】懊恨當初望月華(韻)，觀燈火(讀)，起波查(韻)。如今深鎖在他家(韻)，何時脱(讀)，禍根芽(韻)。〔白〕奴家百花羞，自從元夜觀燈，被黄袍郎攝來此間，幾欲尋個自盡。奈雙親未知奴家下落，死不瞑目。他又説奴家是上天仙子，因與他一笑，謫降凡塵。奴家想來，劉晨阮肇，採樂天臺，曾遇仙姝，得成夫婦。獨有奴家，反失身於妖魔洞中，可不恨死。天哪！未知何日，方得有出頭日子哪！〔唱〕

【正宫集曲・普天帶芙蓉】【普天樂】（首至合）影孤恓愁支架(韻)，何日見雙親駕(韻)。妖不是蔡文姬身嫁龍沙(韻)，怎教奴思親句盡續琵琶(韻)。十八拍多傷心話(韻)，若問曹瞞成虛假(韻)。動離情飛絮天涯(韻)，悶懨懨愁腸轉加(韻)。【玉芙蓉】（末一句）好花枝(讀)驚風偏自鬧蜂衙(韻)。〔雜扮小妖，戴鬼髮，穿箭袖、卒褂，送旦扮花香潔，穿衫，從簾子門上。小妖白〕啟娘娘，大王覓得個女子，伏侍娘娘。大王往白骨夫人處飲酒，就回來的。〔百花羞白〕知道了。你們迴避。〔小妖應科，從簾子門下。百花羞白〕小娘子，你是何方人氏，何由到此？〔花香潔哭科，唱〕【正宫集曲・錦庭芳】【錦纏道】（首至六）訴根芽（韻），未開言啼痕似麻（韻）。〔白〕奴家丈夫呵，〔唱〕詩禮一名家（韻）。〔百花羞白〕你丈夫姓甚麽？〔花香潔白〕姓聞名仁字道泉，安樂鎮人也。〔唱〕爲家貧（讀），挈奴來到京華（韻），試春榜思看杏花（韻），至中途忒楞楞陡起波查（韻）。〔百花羞白〕大王既攝你來，必然有意於你了。〔花香潔白〕噯！〔唱〕【滿庭芳】（六至末）我矢堅貞保芳名（句），怎肯别抱琵琶（韻），一死便無牽挂（韻）。〔作觸堦科，百花羞救科，白〕螻蟻尚且貪生，怎肯輕損一命！倒不如仝奴在此暫居，且盼個出頭日子。〔花香潔白〕奴家呵，〔唱〕提起傷心無價（韻），漢王嬙（讀）也只是掩黄沙（韻）。〔百花羞唱〕

【正宫集曲・漁燈插芙蓉】【山漁燈】（首至合）聽他言把奴羞殺（韻），節操錚錚（讀），立分梧價（韻）。〔白〕小娘子，奴家不是什麽妖怪。〔唱〕奴是金閨裏玉樹奇葩（韻），休猜做閒藤路花（韻）。〔花香潔白〕這等説，難道也是落難的不成？〔百花羞白〕奴家是寶象國大將軍之女，名唤百花羞。元宵夜仝母親觀燈，被他攝來的。〔花香潔白〕原來如此。方纔語言唐突，小姐幸勿記懷。〔百花羞白〕奴家在此呵，〔唱〕似芙蓉獨立秋江下（韻），滿腔恨得訴伊家（韻）。〔花香潔白〕奴與小姐離情一樣，愁苦一般。〔仝作哭科，合白〕天哪！〔唱〕傷悲（讀）愁添悶加（韻），愁人又遇愁人話（韻），説起愁來愁似麻（韻）。【玉芙蓉】（合至末）渾驚詫（韻），都遭逢惡煞（韻）。難中人（讀），仝看流落在天涯（韻）。〔百花羞白〕聞娘子，我與你難中相會，信是前緣，和你結爲姊妹，倘能脱離此難，義勝仝胞。〔花香潔白〕小姐金閨艶質，綉閣名姝，奴家田婦村姑，尊卑禮别，焉敢仰扳？〔百花羞白〕説那裏話！我與你落難天涯，情仝骨肉。請問尊庚多少了？〔花香潔白〕奴家十八歲了。〔百花羞白〕長奴二歲。姐姐請上，受妹子一拜。〔花香潔白〕小姐請。〔百花羞白〕姐姐，我兩箇對天結拜便了。〔花香潔白〕有理。〔仝拜科，白〕嗳天哪！〔仝唱〕

【正宫集曲・朱奴帶錦纏】【朱奴兒】（首至合）難中人祈天鑒察(韻)，望垂憐早脱這答(韻)。那時頂禮焚香點絳蠟(韻)，酬心願敢遲時霎(韻)。【錦纏道】（七至末）夢想古押衙(韻)，〔白〕園陵盗取(句)，無雙出帝家(韻)。〔合〕盼取皇華舘(句)，塞鴻深夜爲煎茶(韻)。〔内白〕大王回來了。〔花香潔白〕小姐，萬望保全！〔百花羞白〕姐姐迴避，我自有處。〔花香潔應，從簾子門下。淨扮黄袍郎，戴黄袍郎冠，穿氅，從簾子門上，白〕萬兩黄金未爲貴，夫妻安樂值錢多。娘子在上，愚夫叩見。〔百花羞白〕你做得好事！〔黄袍郎白〕不曾做什麽。〔百花羞白〕住了！還説不曾！方纔那婦人你攝來做什麽？〔黄袍郎白〕他丈夫與我有仇，故攝來伏侍娘子，並無别的念頭。〔百花羞白〕好負心人嗄！罷了，奴家拚一死便了。〔黄袍郎作忙向前跪科，百花羞作不採科。副扮白骨夫人，穿衫背心，繫汗巾，從簾子門上，白〕你們爲什麽在此吵鬧？〔黄袍郎白〕妹子你來得正好，與我勸一勸。〔百花羞白〕姐姐你來得正好。這負心的禽獸，不知那裏又攝一個婦人來，這等胡作胡爲，我氣他不過。姐姐替我發落他一番，待我進去歇息歇息，再來與他算賬。〔黄袍郎作起科，百花羞白〕大膽！還不跪着！〔白骨夫人白〕你不氣壞了，待我與你發落他便了。〔百花羞白〕氣死我也！〔從簾子門下。白骨夫人白〕你這喪心醜怪，前番是我千方萬計，巧語花言，他方才允從，你今日就這等違條犯法！〔黃袍郎白〕我是不敢違拗的。〔白骨夫人白〕好醜怪！什麽不敢違拗？〔唱〕

【正宮集曲·芙蓉紅】【玉芙蓉】（至合）而今有過差韻，變了前番卦韻。〔黃袍郎白〕何曾違條亂法？天哪，好冤枉！〔白骨夫人白〕你不違條亂法，這婦人何事又攝來家？那人呵，〔唱〕他是有夫婦女讀，平白留話韻。你應該應該凜遵約束無違化韻，觸犯明條甘責罰韻。〔黃袍郎白〕實實爲娘子没人扶侍，所以弄來的。〔唱〕【紅娘子】（合至末）並不是雙頭馬韻。〔白骨夫人白〕我只不信。〔黃袍郎白〕不信我就罰誓，若有違背初心者，〔唱〕狠無常便拏韻，隨死在刀頭下韻。〔白骨夫人白〕看你這等着急發誓，待我與你討個情兒便了。〔黃袍郎白〕你又來做什麽？〔白骨夫人白〕方纔你來後，有探事的報道，唐僧離此不遠了。他乃金蟬子化身，有人喫他一塊肉，壽延一萬八千年。弄他來受用如何？〔黃袍郎白〕你不可造次。他有箇徒弟孫行者，我也會過他的，利害！利害！〔唱〕

【尾聲】金箍鐵棒威風大韻。〔白〕惹了他嗄，〔唱〕弄得來天翻地塌韻。〔白骨夫人白〕我不與他戰鬭。〔唱〕只消得我變化將他一把抓韻。〔黃袍郎白〕如此説，你先去，我隨後來接應你便了。〔白骨夫人白〕計就月中擒玉兔，謀成日裏捉金烏。〔從簾子門下〕

第九齣　審烏臺書生出罪（皆來韻）

〔雜扮衆衙役，戴紅毡帽，穿青布箭袖，繫搭膊，持刑。引末扮李德清，戴紗帽，穿圓領，束帶，從壽臺上場門上，唱〕

【商調引・鳳凰閣】烏臺封拜(韻)，白簡霜飛風采(韻)。一官常懼處非才(韻)，激濁揚清有在(韻)。精勤匪懈(韻)，只是那盆冤可哀(韻)。〔白〕象簡當胸佐廟堂，虛心研鞫秉王章。莫教東海三年旱，要詢含冤六月霜。下官都察院掌院李德清是也。昨奉聖旨票下栢將軍失女一案，着下官覆審。左右把妖犯聞道泉帶進來。〔雜扮捕役，戴鷹翎帽，穿青布箭袖，繫搭包。帶小生扮聞仁，戴巾，穿道袍，從壽臺上場門上，唱〕

【商調引・憶秦娥】愁無奈(韻)，驀遭橫事冤情大(韻)。冤情大(韻)，含沙射影(讀)望天盆戴(韻)。〔捕役白〕犯人當面。〔李德清白〕聞道泉？〔聞仁白〕有。〔李德清白〕你將大將軍之女百花羞，用妖術攝去，現匿何方？仝謀幾人？一一供來，免受刑法。〔聞仁白〕青天爺爺，小人併不知什麽百花羞。這無頭無惱的冤案，望青天爺爺超豁蟻命。〔李德清白〕哇！捕役中途擒獲之時，明明見一女子雲時不見。還要抵賴，希圖漏網！〔聞仁白〕爺爺，那是小人妻子。〔李德清白〕怎麽是你妻子呢？〔聞仁白〕就是那日差人拿小人之時，回頭不見了妻子，他們道小人有妖術藏匿過了。爺爺細想，小人既有妖術，何不連小人都藏匿了，還被他們拿來？望青天爺爺，龍腹參詳。〔李德清點頭科，白〕你是那裏人氏？平日習何生業？〔聞仁白〕爺爺聽稟。〔唱〕

【南吕宫正曲・山坡羊】念單寒(讀)是儒家的支派(韻)，八黌門(讀)受書香的沾丐(韻)。〔李德清白〕你既讀書，必知禮法。爲何做此歹事，自蹈法網？〔聞仁白〕爺爺嗄！〔唱〕我是個(讀)守簞瓢的子淵(句)，怎肯做(讀)犯刑條的成都客(韻)？〔李德清白〕既不犯法，中途女子，是那裏來的？〔聞仁白〕那婦人是小人的妻子花氏。〔李德清白〕既是你妻子，和你在路上做什麽？〔聞仁白〕爺爺，〔唱〕家道衰(叶)，挈妻投帝臺(韻)。〔李德清白〕到京做什麽呢？〔聞仁唱〕命窮妄想將文賣(韻)，過了明春(讀)，思量獻策(韻)。〔合〕冤哉(韻)，望天恩超豁來(韻)。疑猜(韻)，這情由須是乖(韻)。〔李德清白〕如此重大事情，不動刑法，决不實招。左右與我拶起來。〔動刑科，聞仁白〕天那！〔唱〕

【又一體】實丕丕(讀)赴科場的名色(韻)，苦離離(讀)共糟糠的行邁(韻)。哭哀哀(讀)没處伸的罪名(句)，忒楞楞(讀)天上墮的冤如海(韻)。〔李德清白〕百花羞藏在那裏快快招來！〔聞仁白〕爺爺，小人實不曉得什麽百花羞，那婦人實是小人妻子。〔李德清白〕既是你妻子，如今在那裏呢？〔聞仁白〕小人那裏曉得？小人若知妻子下落，叫他到此立見分明了。〔李德清白〕難道你妻子仝行，霎時不見了，你就不曉得？叫本院也難信你浮詞。〔聞仁白〕爺爺嗄，妻子不見了，莫説老爺不信，連小人呵，〔唱〕衷自揣(韻)，教人難剖解(韻)。〔白〕爺爺嗄！〔唱〕想曾參也被投梭害(韻)，試請龍腹參詳(讀)案情分白(韻)。〔合〕寃哉(韻)，望天恩超豁來(韻)。疑猜(韻)，這情由須是乖(韻)。〔放拶科，李德清白〕本院都明白在這裏了。大將軍之女，既被妖魔攝去，難道你妻子又是攝去不得的？〔聞仁白〕青天爺爺嗄！〔李德清白〕本當開豁你的罪名，争奈事無着落，人未見面，不便回旨。如今着人押你仍到失妻之所，尋覓或見百花羞，或見你妻子，有了實據，方好出你的罪名，復你的前程。〔鬆刑具科，聞仁白〕大老爺天恩，没世不忘！〔李德清白〕原差過來，本都院賞你十兩銀子爲路費，你可領他前去，尋訪踪跡，限一月回話。〔公差白〕小人蒙老爺吩咐，但不知往何處尋訪？〔李德清白〕你聽我吩咐。〔唱〕

【商調正曲·水紅花】你今押彼到山崖(韻)，訪裙釵(韻)迢迢郊外(韻)。〔白〕聞生，〔唱〕若還得見女喬才(韻)，便相諧(韻)與伊分辨(韻)，覆盆立時可雪(句)，依舊見雲開(韻)。〔合〕管教你否極泰重來(韻)也囉(格)。〔聞仁唱〕

【又一體】青天明斷德無涯(韻)，起塵埋(韻)龍圖誠再(韻)。冶長縲絏受奇災(韻)，到頭來(韻)中非其害(韻)。不是高燃犀燭(句)，至死有誰哀(韻)？〔合〕何日裏結草報恩臺(韻)也囉(格)。〔李德清白〕去罷。〔從壽臺下場門下，捕役白〕聞相公好了，大老爺開生路，有見天的日子了。〔聞仁白〕托大哥之福，此去但願應時尋得見，果然勝似岳陽春。〔仝從壽臺下場門下〕

第十齣　殲白骨徒弟來驅（蕭豪韻）

〔副扮悟空，戴悟空帽，穿悟空衣，帶數珠，持棒，從壽臺上場門上，白〕色即空兮自古，空言是色如然。人能悟徹色空間，何用丹砂燒煉。德行全修休懈，工夫苦用心專。有時行滿去朝天，永駐仙顔不變。我悟空奉師傅之命，前來開路，且喜道路平坦，並無阻滯。道言未了，師傅來也。〔丑扮悟能，戴僧帽，紮金箍，猪嘴切末，穿悟能衣，帶數珠，持鈀，挑經擔。雜扮悟淨，戴僧帽，紮金箍，穿悟淨衣，帶數珠，持鏟，牽馬。引生扮唐僧，戴僧帽，穿僧衣，繫絲縧，帶數珠，從壽臺上場門上，白〕求經脱障向西遊，無數名山歷不休。兔走烏飛催晝夜，鳥啼花落自春秋。悟空，前途好走麽？〔悟空白〕好走，無甚顛險。請師傅上路。〔唐僧作騎科，唱〕

【仙呂入雙角合套・新水令】東方旭日上林皋㊓，〔副扮白骨夫人，戴套頭，穿衫，繫汗巾，從洞門上，作立桌望科，從壽臺下場門下。唐僧唱〕喜見這直如弦一條官道㊓。黄鸝鳴翠柳㊁，白鷺上青霄㊓。鞭鐙輕敲㊓，四圍裏萬山繞㊓。〔仝從壽臺下場門下。場左側設柳樹科，小旦扮白骨夫人化身，穿衫，繫腰裙，從壽臺上場門上，唱〕

【仙呂入雙角合套・步步嬌】要擄唐僧心生巧(韻),變個多嬌貌(韻),潛形怪樹梢(韻),作個戲耍鞦韆(句),彼難猜料(韻)。〔白〕自家白骨夫人是也。爲擒唐僧,只慮行者利害,爲此變個少年女子,吊在此處。他若解救,我也好乘便下手。〔唐僧內白〕徒弟每走嗄。〔悟空應科。白骨夫人化身作望科,白〕遠遠望見他師徒們來了,〔唱合〕且放個哭聲高(韻)。〔作吊樹科,白〕好苦嗄!〔唐僧內白〕前面有人叫苦,悟空去看來。〔悟空內白〕師傅,我們走路,不要管閒事。〔白骨夫人化身唱科〕他一見傷懷抱(韻)。〔唐僧、悟空、悟能、悟淨仝從壽臺上場門上,作見科,唐僧白〕小娘子,爲何這等光景?〔白骨夫人化身白〕師傅救命嗄!〔唐僧唱〕

【仙呂入雙角合套・雁兒落】見佳人因何受此苦煎熬(韻),頓令人不覺心驚跳(韻)。〔白骨夫人化身作哭科,唐僧白〕悟空,可憐那女子懸吊,解放他下來。〔悟空白〕師傅,我們走路的人,不要管閒事。〔唐僧唱〕可知他前緣遇我曹(韻)。〔悟空白〕師傅你不知道,他不是好人。〔唐僧白〕見危不救,非慈悲也。〔唱〕您可也怎救休違拗(韻)。〔悟空白〕師傅,放下來,他就要作怪了。走我們的路,不要管他。〔悟能白〕也没見這個猴頭,寧使扶人手,莫使陷人口。阿彌陀佛,出家人慈悲爲本,救他一救何妨?〔唐僧白〕悟能之言有理。放他下來。〔悟能作解救,悟空攔阻科,白〕不要放他,是個妖怪。〔悟能白〕我偏要放他下來。〔作摟科,白〕小娘子,和你打個鞦韆。〔唐僧白〕悟能,這是怎麽説?快放下來!〔悟能作解放發諢科,白〕好香嗄!〔悟空白〕甚麽香,妖怪香。〔悟能白〕妖怪香到是花粉香。〔白骨夫人化身白〕多謝師傅慈悲。〔作欲攝唐僧科，悟空白〕那妖物靠遠些，不許近前！〔唐僧白〕小娘子，你是那裏人氏？因何受這苦楚？〔白骨夫人化身白〕師傅容稟。〔唱〕

【仙呂入雙角合套·沉醉東風】小奴奴住前村不遥(韻)，念家園堪稱富饒(韻)。〔悟空白〕你是那洞妖怪？到此戲弄我師傅。〔白骨夫人化身白〕師傅一個人，怎麽説妖怪？〔唐僧白〕悟空休得胡説。小娘子你姓甚麽？〔白骨夫人化身唱〕白氏女尚癡嬌(韻)，東床未招(韻)。〔唐僧白〕因何在此受苦？必有緣故。〔白骨夫人化身唱〕驀忽的頓遭强暴(韻)。〔悟空白〕這野妖好巧語！你不怕老孫這金箍棒麽？〔唐僧白〕不得無理！你家下還有何人？〔白骨夫人化身唱，合〕可憐痛雙親受刀(韻)，將奴來吊敲(韻)。若不是大發慈悲(讀)，怎脱投繯這遭(韻)。〔作欲攝唐僧，悟空急看科，白〕好妖怪看棒！〔作打，白骨夫人化身從地井内隱下。唐僧作驚科，悟能白〕不好了，弄出人命來了！〔唐僧白〕唬殺我也！〔唱〕

【仙呂入雙角合套·得勝令】呀(格)！爲甚麽驀忽逞兇鴞(韻)，金箍棒頓喪花月貌(韻)。〔悟空白〕他是個妖怪，如何不打他？〔悟能白〕明明是個標致女子，他打死了人，故意這等説謊。〔唐僧白〕是嗄！〔唱〕他本是深閨一艷嬌(韻)，不比那野魅多狼暴(韻)。悲號(韻)，痛佳人歸泉道(韻)。虚囂(韻)，狼心腸孽怎消(韻)。〔仝從壽臺下場門下。場上撤樹科。老旦扮白骨夫人化身，搭包頭，穿老旦衣，繫腰裙，持拄杖，壽臺上場門急上，白〕我好恨也！〔唱〕

【仙呂入雙角合套·忒忒令】恨殺那小猴頭心驕志驕(韻)，肆强梁把人欺藐(韻)。不是我神通妙訣

(讀)，險遭他除剿(韻)。我又變個老婆婆(句)，〔合〕這機關(讀)裝來巧(韻)，那其間怎曉(韻)？〔作倒地科，白〕救人嗄！〔唐僧、悟空、悟淨、悟能仝從壽臺上場門上，唐僧白〕什麽人叫苦？〔作見科，白〕原來是個老人家。〔悟空白〕這妖怪你又來了！〔唐僧唱〕

【仙呂入雙角合套・沽美酒】爲甚麽卧溝壑(韻)？鬔鬆鬢恁苦惱(韻)。細把緣由訴我曹(韻)。〔白骨夫人化身白〕老師傅救命嗄！〔悟空白〕師傅不要理他，就是先前那個妖怪，變化來的。〔白骨夫人化身白〕師傅，我不是妖怪。我來尋女兒的，走不動跌倒在此。〔悟能白〕好嗄，這場人命出現了。〔悟淨白〕你不要多講。〔悟能白〕多講？你不曾聽他説尋女兒的？若曉得是我們打死的，還了得麽！師傅快些走罷。〔唐僧白〕不要亂講，快扶他起來。〔悟能欲扶，悟空阻科，白〕師傅，他真正是個妖怪。〔唐僧唱〕你休得信口嘲(韻)，〔白〕自古道救人一命，〔唱〕勝浮屠七級高(韻)。〔悟能作扶起科，白〕老人家住在那裏？〔白骨夫人化身唱〕

【仙呂入雙角合套・好姐姐】教人(句)傷心悲悼(韻)，嘆家園一朝消耗(韻)。夫亡兒散(讀)，隨風四處飄(韻)。〔悟能白〕你怎不找尋？〔白骨夫人化身唱，合〕難尋找(韻)，慈悲大發憐奴老(韻)，結草啣環報義高(韻)。〔悟空白〕若不打死這妖怪，纏個不了。看棒！〔作打介，白骨夫人化身下場門下，悟空追下。白骨夫人從壽臺上場門上，悟空追上，作打，白骨夫人從地井内下。悟空將棒挑白骨形，與唐僧看科，白〕師傅你看，他是潛靈作怪的僵屍，在此迷人，被我打死了，現出本相。他脊梁上有一行字，叫做白骨夫人。

〔唐僧白〕原來這樣的。〔悟能白〕師傅不要信他巧言。他手重棒兇，把人打死，恐有禍來，故意弄個把戲，特來瞞你。〔悟淨白〕你又多嘴了。〔悟能白〕你不知利害！荒郊殺人，豈無地主？驚動官府，他一個觔斗，不知那裏去了，拏住了你我受累。師傅訓誨不嚴，少不得要償命。他説我兩個見死不救，你要問充軍，我老猪也要擺站。這樣利害，反説我多嘴。人命關天，可是頑得的麽！

〔唐僧白〕是嗄！〔唱〕

【仙吕入雙角合套·川撥棹】您原何忒煞刁(韻)，這人命關非小(韻)。〔悟能白〕出家人慈悲爲本，見人就要打死了。〔唐僧唱〕可怪你性太咆哮(韻)，口又腥臊(韻)。〔白〕我不要你，去罷！〔唱〕你是個惹禍根苗(韻)，早犯了戒律科條(韻)。〔白〕快去！〔悟空作急科，白〕師傅，你錯怪了我。那厮分明是個妖怪，他有心害你，我打死了，替師傅除害，反信那八戒讒言，要逐弟子。弟子去了，誰人保護師傅去取經？〔唐僧唱〕俺和你就此開交(韻)，自有他兩個漫牢叨(韻)。〔悟淨白〕師傅請息怒，容弟子一言。

〔唱〕

【仙吕入雙角合套·園林好】勸師尊不須性焦(韻)，再恕他鹵莽這遭(韻)。〔悟能白〕你又來做好人了。在這荒郊野外，連打死兩條人命，喜得没有對頭。倘得城市中，人烟湊集之所，拿了這一條哭喪棒，亂打起來，〔唱〕這律條全然不曉(韻)，〔合〕誰替你坐監牢(韻)？誰替你受鞭敲(韻)？〔悟空白〕師傅，弟子從今改過自新，望師傅收録。〔唐僧唱〕

【仙呂入雙角合套・太平令】收字兒不必再道(韻),去字兒也須及早(韻)。〔悟空白〕求師傅慈悲罷!〔唐僧唱〕你枉自個苦哀哀將吾來叫(韻),〔悟空作跪科,唐僧唱〕誰要你滴溜溜的雙膝跪倒(韻)。俺呵(格),早晚間勸着(韻)阻着(韻),没一毫兒遵着(韻)。呀(格)!再不去將緊箍咒兒即忙念着(韻)。〔悟空作起科,白〕不要念,弟子去就是了。師傅,弟子跟隨師傅一場,又蒙菩薩指教,今日半途而廢,不曾成得正果,師傅請上,受弟子一拜。〔唐僧作不理科,悟空唱〕

【仙呂入雙角合套・錦衣香】數年來(句),蒙恩教(韻)。受恩深(句),未能報(韻)。誰料今日(句),中道相拋(韻),教人肝腸迸裂如刀攪(韻)。我忠心一點(句),化作冰消(韻)。西天去路遥(韻),遇妖魔怎生是好(韻)?〔白〕沙兄弟,你是好人,一路上須要小心照看師傅。〔唱合〕未晚投村落(韻),鷄鳴起早(韻),一路扶持(讀),望伊相保(韻)。〔唐僧唱〕

【仙呂入雙角合套・收江南】呀(格)!出家人心持苦行敢辭勞(韻),又豈憚山長水遠路迢遥(韻)。説甚麽山魈野怪水中妖(韻),俺自伏佛力護保(韻),慢勞你虛心假意哭豪淘(韻)。〔悟空白〕八戒,〔悟能白〕與我甚麽相干呢?〔悟空唱〕

【仙呂入雙角合套・漿水令】你弄虛脾嘴能舌調(韻),唆師長逐趕吾曹(韻)。〔白〕師傅交付與你,好生保護。〔唱〕路途艱險可能包(韻),冷煖飢寒(讀)調和得好(韻)。有差遲處(句),定與你不輕饒(韻)。那時休道吾情薄(韻)。〔白〕師傅，弟子去了。〔唱，合〕臨別去(句)，臨別去(疊)，怎忍相拋(韻)？〔上仙樓，悟空作哭科，唱〕師傅嗄！猛回頭(句)，猛回頭(疊)，五内煎熬(韻)。〔上禄臺暗下。悟能作發諢科，唐僧白〕孽畜已去，悟能、悟淨好好挑了行李，籠着馬趲路。〔從下場門下。悟能白〕猴頭去了，眼都亮了。〔作發諢科。悟淨挑經擔、牽馬科。悟能唱〕

【仙呂入雙角合套・清江引】煞星退度吉星照(韻)，一路去多安樂(韻)。〔悟淨白〕你莫要歡喜，〔唱〕倘若遇妖魔(句)，看你如何了(韻)。〔悟能白〕你放心，都在老猪身上。〔唱〕一任惡魔來(讀)，老猪只會叫(韻)。〔仝從壽臺下場門下〕

第十一齣　釋高僧雙魚囑寄（古風韻）

〔淨扮黃袍郎，戴黃袍郎冠，簪雉尾、狐尾，紥靠，襲氅，從簾子門上，唱〕

【仙呂宮正曲·勝葫蘆】百花娘子得交歡（韻），我平生願兒滿（韻）。〔白〕我黃袍郎，自與百花羞做親之後，每見他嬌癡態度，不由人不魂飛天外。只恨區區才貌不佳，他心不遂，見他一攢眉黛，我只苦了這雙膝蓋。〔唱〕下氣虛心將他伴（韻），〔合〕買轉他心（讀）全虧頭顱來搗蒜（韻）。〔雜扮報事小妖，戴鬼髮，穿箭袖卒褂，從壽臺下場門上，唱〕

【仙呂宮正曲·薄媚賺】事出多般（韻），爲攝唐僧起禍端（韻）。〔作進洞門見科，黃袍郎白〕白骨夫人去攝唐僧，怎麽樣了？〔報事小妖唱〕好心酸（韻），夫人白骨遭他算（韻）。〔黃袍郎白〕誰算來？〔報事小妖唱〕時難緩（韻），〔白〕那孫猴兒呵，〔唱〕便道妖精怎我瞞（韻），一下金箍即蓋棺（韻）。〔黃袍郎白〕怎麽白骨夫人被他打死了？我那賢妹嗄！如今唐僧到那裏了？〔報事小妖白〕那唐僧呵，〔唱〕嚇得他心兒亂（韻），將猴趕逐（讀），不留身伴（韻）。聽爺裁斷（韻），聽爺裁斷（疊）。〔報事小妖從簾子門下，黃袍郎唱〕

【仙呂宮正曲·掉角兒序】聽説罷填胸氣懣（韻），且從容迎機導窾（韻）。苦的是白骨命休（句），喜的是唐僧失算(韻)。縱心猿(讀)無拘束(句)，馳意馬(讀)休羈絆(韻)，怒髮衝冠(韻)。〔白〕孫猴已逐，八戒沙僧，何足道哉！小妖們何在？〔作脱氅科。雜扮衆小妖，各戴竪髮，穿箭袖卒褂，持器械，從簾子門上，分侍科。黄袍郎白〕隨我前去，擒捉唐僧者。〔衆小妖作應，出洞遶場科，仝唱合〕泰山壓卵(韻)，心歡意滿(韻)，管此去(句)，沙僧八戒(讀)抱頭鼠竄(韻)。〔仝從壽臺下場門下。丑扮悟能，戴僧帽，紥金箍，猪嘴切末，穿悟能衣，帶數珠，持鈀。雜扮悟淨，戴僧帽，紥金箍，穿悟淨衣，帶數珠，持鏟，挑經擔。引生扮唐僧，戴僧帽，穿僧衣，繫絲縧，帶數珠，騎馬，從壽臺上場門上，唱〕

【又一體】霎時間陰霾霧漫(韻)，好教人膽寒心亂(韻)。〔悟能、悟淨白〕師傅不要慌，正所謂天有不測風雲，〔唱〕免憂疑把心放寬(韻)。〔唐僧白〕你二人要小心，恐有邪魔，不是當要的。〔悟能白〕師傅放心，有老猪在此，不是我誇口説，任他千魔萬怪，一頓釘鈀，鈀他個稀爛。走路嘎，〔唱〕向前村好尋庵觀(韻)。〔衆小妖引黄袍郎從壽臺上場門上，作遶場圍科，從壽臺下場門下。悟能作發諢科，唐僧白〕悟能，這是什麼光景？〔悟淨白〕畢竟有些妖氣，快些尋宿去。〔悟能白〕不好了，病來了。〔悟淨白〕甚麼病？〔悟能白〕頭上疼。〔作發諢科，悟淨白〕掙挫着些，快起來走路。〔悟能唱〕身兒上(讀)打寒顫(句)，手兒軟(讀)、脚兒酸(韻)，殺猪手段(韻)。〔悟淨白〕敢是你害怕？〔悟能白〕你孫子纔害怕！病來了。〔衆小妖引黄袍郎從壽臺上場門上，作遶場圍科，從壽臺下場門下。唐僧、悟淨作慌，悟能躲桌下科，唐僧白〕扯他出來。〔悟淨作扯，悟能發諢科，白〕沙和尚不要頑，再扯我就駡了。〔悟淨白〕恐有妖怪，保護師傅走路，你粧這光景爲甚麽？〔復作扯，悟能白〕兄弟，〔唱合〕不要這般㊀，且休閒管㊀。〔悟淨白〕快起來走路！〔悟能白〕讓我顛過了這一陣兒着。〔内作喊科，悟能白〕不好了！〔唱〕今日個㊁，老猪性命㊂無從倒换㊀。〔衆小妖引黄袍郎各從壽臺兩場門上，遶場，作擒獲唐僧。白龍馬作逃科，悟能、悟淨與黄袍郎對敵科，從壽臺下場門敗下。黄袍郎白〕小妖過來，將唐僧押回綁在剥皮亭上，俺且去薦度白骨夫人，再捉拏沙僧、八戒未遲。〔衆小妖應科，仝進洞門下。旦扮百花羞，穿衫，從簾子門上，唱〕

【商調引·遶池遊】家鄉夢遠㊀，鎮日含悲怨㊀。憶元宵陡遭奇變㊀。彈指年華㊁，暗催急箭㊀。盼椿萱啼紅杜鵑㊀。〔場上設椅，轉場坐科，白〕奴家栢氏，自從元宵與母親觀燈，忽然一陣狂風，被黄袍郎攝來此間。正是上天無路，入地無門。又遇着白骨夫人，百般勸誘，奴家無計可施，只得失身于此，怎生能彀出頭！〔作哭科，白〕早已月上了。〔唱〕

【商調正曲·二郎神】冰輪碾㊀，助離人把愁腸九轉㊀。萬縷千絲縈似繭㊀，憑闌極目㊁，白雲親舍誰邊㊀。遥意家鄉音信遠㊀，何日見雙親一面㊀。〔合〕恨天天㊀並没個㊂鱗鴻堪寄雲箋㊀。〔二小妖押唐僧綁縛從簾子門上，二小妖白〕走嗄！　戕物危途仄，陷人機阱深。分明是惡境，誰叫你來臨。〔作進門見科，白〕小的們奉大王之命，回娘娘話，大王與白氏夫人修建道場，三日不得回府，命小的們啟上娘娘知道。〔百花羞白〕爲白氏夫人建甚麽道場？這和尚爲甚綁他？〔二小妖白〕白氏夫人被那個孫悟空打死，爲此追薦。這和尚是孫悟空的師傅，拏他替白氏夫人報讐，要殺他來吃，命小的們綁在剝皮亭上，候大王命下就要開刀。〔百花羞白〕你們不要胡爲，放了綁，待我問個明白。〔二小妖作應，放綁科，白〕和尚見娘娘叩頭。〔唐僧作不采，二小妖怒科，白〕該死的秃驢！我大王見娘娘，尚且跪拜，那像你和尚，這等膽大！ 不跪就要打了。〔百花羞白〕不要囉唣！ 迴避了。〔二小妖應科，從簾子門下。百花羞白〕師傅從何處來？ 爲何被他拏住？〔唐僧白〕不消問得，我是該死之人，既被你們拏住，就是你口中之物了，問他則甚！〔百花羞白〕我不是妖怪。 奴是寶象國大將軍之女，名唤百花羞。〔唐僧白〕原來是位小姐。 女菩薩聽告。〔唱〕

【商調正曲·集賢賓】貧僧奉旨投竺乾韻，〔百花羞白〕那裏叫竺乾？〔唐僧白〕就是西天了。〔百花羞白〕往西天做什麼？〔唐僧白〕貧僧唐三藏，奉大唐天子之命，往西天見佛。〔唱〕拜請三藏經篇韻。本待要超度亡魂出九泉韻，反教人先墮深淵韻。還希幸免韻，懇慈悲恩開一線韻。〔合〕若得留殘喘韻，異日裏報恩不淺韻。〔百花羞唱〕

【又一體】魔人罪惡盈萬千韻，與釋氏成冤韻。〔白〕妖魔嘎！〔唱〕只教你萬刼輪迴難脱免韻。〔白〕師傅，〔唱〕我决當放你生還韻。〔唐僧白〕多謝女菩薩！ 没世不忘大恩。〔百花羞唱〕盡奴心一片韻，任魔人出奇制變韻。〔唐僧唱合〕若得留殘喘韻，異日裏報恩不淺韻。〔百花羞白〕奴有一言奉啟。〔唐僧白〕女菩薩有何言語？ 貧僧願聞。〔百花羞白〕師傅此去西天，必由寶象國經過，奴欲寄家書一封，與我父母，煩師傅帶去，不知肯否？〔唐僧白〕既有書，貧僧願帶，但不知令尊大人官居何職？一時忘了，再請細道一番。〔百花羞白〕我父親姓栢名憲字慕林，官拜大將軍。奴是他親生之女，名喚百花羞。那年元宵觀燈，被妖魔黃袍郎攝到此處來的。〔唐僧白〕貧僧記得了。請小姐快修書。〔百花羞白〕曉得。姐姐快來！〔旦扮花香潔上。百花羞白〕這位師傅要到寶象國去的，我特託他寄書與雙親，姐姐你也修封書兒，煩師傅帶去，或者有緣，得遇姐夫，也未可知。〔花香潔白〕原來如此。但不知這位師傅，從何到此？〔百花羞白〕也是被妖人攝來的。我特釋放了他，他是上西天拜佛求經的。〔花香潔白〕既如此，妹子在此寫書，我到裏面寫便了。〔下。場上設桌，百花羞作入桌寫書科，白〕我那爹娘嗄！〔唱〕

【商調正曲・黃鶯兒】燈下展鸞箋(韻)，舉霜毫淚似泉(韻)，匆匆怎罄心頭怨(韻)。記元宵那年(韻)，遇妖魔陡然(韻)，將兒攝至黃金院(韻)。〔合〕强姻緣(韻)，兒非不死(句)，冀有日脫冤愆(韻)。〔花香潔持書上，向唐僧唱〕

【前腔】告啟老師前(韻)，這封書莫浪傳(韻)，有緣得見吾夫面(韻)。〔唐僧白〕但不知小娘子高姓？〔花香潔白〕奴家花香潔。〔唐僧白〕尊夫高姓大名？〔花香潔白〕我丈夫姓聞，名仁，字道泉，安樂鎮人也。〔唐僧白〕因何失散？〔花香潔唱〕守書香硯田(韻)，赴長安策鞭(韻)，中途驀地遭分遣(韻)。〔合〕被妖纏(韻)，不污名節(句)，全仰賴這嬋娟(韻)。〔各作遞書科，唐僧白〕二位女菩薩請上，受貧僧一拜。〔百花羞、花香潔白〕奴家也有一拜。〔仝作拜科。唐僧唱〕

【商調正曲·琥珀猫兒墜】蒙恩釋放(句)，跳出火坑邊(韻)，落難僧伽蒙救免(韻)，撥開雲霧見青天(韻)。〔唐僧白〕就此告辭，還求女菩薩差人送出洞門纔好。〔百花羞白〕這個自然。小妖們那裏？〔前二小妖從簾子門上，百花羞白〕護送了這位師傅出去，你們不許攔阻。〔小妖白〕大王叫管押的，怎生放得？〔百花羞白〕胡説！　如大王問時，只説我放了他便是。〔小妖白〕曉得。〔百花羞、花香潔仝從簾子門下。小妖作引唐僧出洞門科，小妖白〕那邊去就是大路，請了。〔從洞門下。唐僧唱，合〕安然(韻)，衣裏明珠(讀)仍舊光圓(韻)。〔壽臺下場門下。悟能、悟淨從壽臺上場門上，悟能作驚顫科，白〕好狠妖怪！〔悟淨白〕奇嗄，不要這般光景，你我抖擻精神，救師傅出來要緊。〔悟能白〕救不成！　妖怪利害，如此天色昏暗，往那裏去救？〔悟淨白〕救不成，難道就罷了？〔悟能白〕不要忙，我有主意。〔悟淨白〕有什麽主意？〔悟能白〕師傅拏去，料他不得活了。如今我兩個，取不成經了，你往流沙河，我往高家莊，就是這個主意散夥。〔悟淨白〕又來説獃話了！　到的用計，救師傅才是道理。〔悟能白〕我是没有什麽計，兄弟你有什麽計策，我跟你走就是了。〔悟淨白〕我兩個如今找到妖怪家裏，問他要師傅。〔悟能白〕放你二十四個臭驢子屁！　妖怪若肯放師傅出來，不來拿師傅了。〔悟淨白〕和尚是軟弱法門，小心去求他自然肯。〔悟能白〕也使的。你我就像化緣行善的一般，一步一拜，拜到妖怪門上：妖怪老爺，妖怪大王，將師傅佈施了罷。〔悟淨白〕你總是一味的獃語。〔唱〕

【又一體】脱離虎穴(句)，解救信奇緣(韻)。好似昏衢夜燭燃(韻)，懸知佛力自無邊(韻)。〔悟能、悟淨見科，白〕師傅來了！ 怎麽脱了妖魔之手？〔唐僧白〕我幸遇着寶象國大將軍之女，名喚百花羞，他也被妖魔攝去，强爲夫婦，住在洞中。 還有一個儒學生員，名喚聞道泉，他妻子花香潔，也被妖魔攝去，與百花羞小姐，共住一處。 蒙他二人慈心放我，又寫了家書二封，託我寄回，故此纔得脱離虎口。〔悟能、悟淨白〕此乃佛天感應。〔唐僧白〕天色已明，快些趲路。〔唱合〕安然(韻)，衣裏明珠(讀)仍舊光圓(韻)。〔從壽臺下場門下。 黄袍郎從簾子門上，唱〕

【商調正曲・梧葉兒】忙追薦(韻)，解夙冤(韻)，難信婦人言(韻)。〔白〕我房下瞞了我將唐僧放了。放了也罷，只是他此去必從寶象國經過，一定有書信寄與他父母。 雖然他無奈何我，自覺體面不好看。〔作想科，唱〕東床壻(句)，上界仙(韻)。〔白〕去便去了，只是一件，我這副嘴臉，如何出得人前？〔唱合〕惡腥羶(韻)，怕嚇煞丈人兒没串(韻)。〔白〕有了！ 一些也不難，只要事在人爲。 何況我這樣的神通廣大，不要説自己會變，就把那世上的人，要他變猪變狗，變牛變馬，只消一口氣吹去，立成了畜生也。 好計好計！ 如今變個美貌書生前去便了。〔唱〕

【尾聲】立時快把元神變(韻)。〔從簾子門隱下。 雜扮黄袍郎化身，戴巾，穿道袍，從簾子門上，白〕妙嗄！ 變得像。 吾今呵，〔唱〕到寶象國將他一騙(韻)。〔作出洞門科，白〕如今世上的人呵，〔唱〕都是騙來值恁錢(韻)。〔仍從壽臺下場門下〕

第十二齣　晤膺壻一虎叱成（真文韻）

〔老旦扮閔氏，戴鳳冠，穿蟒，束帶；旦扮二梅香，各穿衫背心，繫汗巾，隨從壽臺上場門上。閔氏唱〕

【黄鐘宫引・翫仙燈】元夕風波（句），一失去掌中無信（韻）。喜連霄燈花報頻（韻）。〔場上設椅，轉場坐得，白〕雪隱鷺鷥飛始見，柳藏鸚鵡語方知。不幸元宵夜女孩兒被虎精攝去，幸得城東碗子山波月莊黄姓之人，射遂妖虎，救了女兒，收留在家調養。昨日來府拜見老爺，老爺見他一貌堂堂，十分歡喜，就認他做了女壻。今早帶他去朝見國主，要加他官職。未知上意若何，且待他回來，便知分曉。〔雜扮二院子，各戴羅帽，穿院子衣，繫鑾帶，引外扮栢憲，戴金貂，穿蟒，束帶，從壽臺上場門上，唱〕暢好佳壻風流（句），果冰清玉潤（韻）。坦腹東床（句），女孩兒應知首肯（韻）。〔作進門見科，場上設椅，各坐科，閔氏白〕老爺回來了。女壻朝見怎麽樣了？〔栢憲白〕夫人，國主喜他人才出衆，相貌魁梧，官授都尉之職，即刻就回來，拜謝你我了。〔閔氏白〕如此可喜！〔雜扮衆小軍，各戴馬夫巾，穿箭袖卒褂，執旗，引雜扮黄袍郎化身，戴八角冠，穿蟒，束帶，從壽臺上場門上，仝唱〕

【黄鐘宫正曲・出隊子】天顏親覲（韻），感荷皇恩雨露新（韻）。官封都尉品逾尊（韻），嬌壻公明贅將門(韻)。〔合〕喜氣乘龍(讀)，誰識舊人(韻)。〔作到科。小軍仍從壽臺上場門下。黃袍郎化身作進門見科，白〕岳父岳母請上，容小婿拜謝。〔作拜科，栢憲、閔氏白〕不消，只行常禮罷。〔黃袍郎化身白〕蒙恩不棄結絲羅，引見君王雨露多。〔栢憲、閔氏白〕前世赤繩曾繫足，故今妖虎執仙柯。看酒來，與賢壻賀喜。〔黃袍郎化身白〕待小壻把盞。〔場上設桌椅，黃袍郎化身作捧酒入桌坐科，仝唱〕

【黃鐘宮正曲・畫眉序】帥府宴嬌賓(韻)，慶賀門闌喜色新(韻)。羨簪纓朱履(讀)，貴戚如雲(韻)。金作隊孔雀屏開(句)，繡成堆芙蓉褥隱(韻)。〔合〕争誇好個風流壻(句)，似何郎不須傳粉(韻)。〔雜扮院子，戴羅帽，穿院子衣，繫鑾帶，持書，從壽臺上場門上，白〕涎臉新誇男入贅，光頭慌報女捎書。〔作進門科，白〕院子稟事：門官傳話進來，外面有三個和尚，説親見小姐，寄得家書一封。三人都在外面候見。〔栢憲白〕賢壻纔到，小姐怎麼又托和尚寄書？這是甚麼緣故？〔黃袍郎化身白〕那有此事！這又奇了。岳父且拿書看，便知端的。〔栢憲白〕説得有理。取來。〔院子遞書，栢憲作看科，唱〕

【又一體】百拜告雙親(韻)，逆女花羞辱家門(韻)，被妖魔攝取(讀)，强逼成婚(韻)。未殉死罔極難酬(句)，暫偷生天涯抱恨(韻)。〔合〕今蒙東土唐三藏(句)，爲兒遞傳音信(韻)。〔白〕這又是何緣故？〔閔氏作哭科，黃袍郎化身白〕岳父岳母，〔唱〕

【黃鐘宮正曲・三段子】何須悲憤(韻)，這緘書明知不真(韻)。〔栢憲白〕書中之言，我兒千悲萬苦，那來人又説親會女兒寄來的。〔黃袍郎化身白〕這一定是孽畜，又來作弄小壻了。〔唱〕翻清倒渾(韻)，看登時教他現身(韻)。〔栢憲白〕怎麼現身？〔黄袍郎化身白〕小壻受異人傳授，能令妖魔立現原形。〔栢憲白〕如此甚好！院子，吩咐家將們，弓上絃，刀出鞘，堂前伺候，以防妖魔不測。〔院子應科，從壽臺上場門下。栢憲白〕賢壻仝去看來，夫人迴避。〔閔氏、梅香仝從壽臺下場門下。黄袍郎化身唱〕妖魔驀地來厮混(韻)，家書假捏尤堪恨(韻)。〔白〕岳父，小壻呵，〔唱合〕教化立作牛哀(讀)無從逃隱(韻)。〔仝從壽臺下場門下。內奏樂，場上設公案桌椅科。雜扮衆將官，各戴打仗盔，穿打仗甲，繫橐鞬，佩刀、持鎗，引栢憲、黄袍郎化身從壽臺上場門上。栢憲入桌坐科，白〕人來，傳那和尚進來。〔衆將官作應，向內傳科。院子引生扮唐僧，戴僧帽，穿僧衣，繫絲絛，帶數珠。丑扮悟能，戴僧帽，紥金箍，猪嘴切末，穿悟能衣，帶數珠，持鈀；雜扮悟淨，戴僧帽，紥金箍，穿悟淨衣，帶數珠，持鏟，仝從壽臺上場門上，作進門見科。唐僧白〕大將軍在上，貧僧稽首了。〔栢憲白〕你這和尚從那裏來？〔唐僧白〕大將軍聽稟。〔唱〕

【黄鐘宮正曲·歸朝歡】貧僧的(句)貧僧的(格)南瞻普門(韻)，奉君旨拜求諸經妙品(韻)。〔黄袍郎化身白〕你這孽畜，攝了府内小姐，被我射傷，饒了你的性命，今日又來混擾。〔唐僧白〕大將軍，貧僧是往西天見佛求經的，路被妖魔擒獲，蒙貴府小姐釋放，寄書與大將軍。這位說的話，好不明白。〔栢憲白〕賢壻，據他言詞，不像個妖魔。〔悟能作背科，白〕聽他口稱賢壻，不要就是那攝去百花羞的妖精。如今他變了形像，反來認丈人了。〔黄袍郎化身白〕岳父不要聽他利口，他變了嘴臉，就要吃人的。〔唐僧白〕這是那裏說起！〔黄袍郎化身白〕妖魔站下些！〔悟能白〕你孫子纔是妖魔！你是妖怪，反說我們是妖怪。我師傅被你拏到洞中，虧得那位賢德的百花羞，放了我師傅出來，路上會見了老猪，順便到此寄信。你莫不就是那黃袍郎麽？〔黃袍郎化身白〕這兩個是他的羽翼，都是妖怪，岳父且不可信他。〔悟能白〕可惜我師兄孫行者，趕去了他，若在這裏，先與你一金箍棒，打翻了你，不現出原身來！〔黃袍郎化身白〕一派胡言！渾身都是妖怪的動作。〔悟能白〕不害羞！我是妖怪，不好撒村。〔作發諢科，悟淨仝唱〕真胡話(句)，真胡話(格)不堪耳聞(韻)，花羞(讀)却被伊家攝隱(韻)，反來冒把東床認(韻)。〔黃袍郎化身白〕與伊口說無憑准(韻)，〔白〕人來，看淨水寶劍過來。〔院子作遞科，黃袍郎化身唱，合〕現出原形清濁分(韻)。〔作對唐僧噴水科，唐僧從地井内下。雜扮虎，穿虎衣，從地井内上。悟能、悟淨作對敵科，悟能逃下。黃袍郎化身仝衆將悟淨對科，悟淨白〕呔！你們休得胡爲！我乃上界捲簾大將，奉菩薩法旨，保護我師傅西天取經。今我師傅被妖精魔弄，不知用什麽妖法，將我師傅變了一隻虎。我如今在此保護，我看你這妖精，其奈我師徒呵！〔將官作綁悟淨科，黃袍郎化身白〕你這和尚，休得胡說。將虎用囚籠囚了，請岳父入朝，奏知國主，處治這妖怪與這和尚便了。〔栢憲白〕有理。〔院子從壽臺下場門暗下。雜扮四抬虎人，各戴鷹翎帽，穿箭袖，繫肚囊，抬囚籠從壽臺上場門上，作裝虎科。衆將官押悟淨作遶場科，仝唱〕

【黃鐘宫正曲・滴溜子】今日個(句)，今日個(格)靈符有准(韻)，這孽畜(句)，這孽畜(格)虎形莫遁(韻)。公然(讀)家書傳進(韻)，〔合〕寃家撞對頭(句)，豈容蒙混(韻)？解送國王(讀)，聽候處分(韻)。〔仝從壽臺下場門下〕

丁下

第十三齣　白龍馬雪讐落穽（魚模韻）

〔小生扮小白龍，戴紫金冠，軟紥扮，從壽臺上場門上，白〕三藏西來拜世尊，途中又遇惡妖氛。愁他化虎災難脱，白馬岳轠救主人。我乃西海小龍是也。因犯天條，退鱗鋸角，變馬馱唐僧往西天取經。今日遇了妖魔，將師傅變虎，八戒逃遁。寶象國王道他神通廣大，十分歡喜，賜下宫女十名，便殿筵宴。我如今幻作宫女模樣，混入其中，相機行事，刺殺妖魔，救俺師傅便了。正是從空伸出拿雲手，提起天羅地網人。〔從壽臺下場門下。雜扮衆太監，各戴小太監帽，穿貼裏衣，帶數珠，執儀仗。旦扮衆宫女，各戴過梁額，穿宫衣。雜扮大太監，戴大太監帽，穿蟒，束帶，帶數珠，持拂塵。引雜扮黄袍郎化身，戴八角冠，穿蟒，束帶，佩劍，從壽臺上場門大吹打上，仝唱〕

【中吕宫正曲·粉孩兒】疊疊的讀尚皇恩難報補韻，道仙郎眼力讀辨出妖虎韻。〔大太監白〕來此已是便殿，宫娥們看酒來。〔衆宫女作應，向下取酒科，仝唱〕珠圍翠繞環殿除韻，進黄封琥珀酴酥(韻)。〔黄袍郎化身唱合〕念鯫生一介寒微(句)，何幸受九重恩遇(韻)。〔白〕中貴請回，説小臣明早入朝謝恩。〔大太監白〕宫娥們好生伺候。〔仝衆（吹打）太監從壽臺上場門下。場上設桌椅，黄袍郎化身作入桌坐科。衆宫女白〕都尉爺，請進一盃，休辜負主上洪恩。〔黄袍郎化身唱〕

【中吕宫正曲・紅芍藥】身宛在(讀)閬苑蓬壺(韻)，錦簇簇越艷吴歈(韻)。當日裏焚膏想遇主(韻)，我今朝也沾天禄(韻)。吾儕(句)異數若個如(韻)，合教人心歡意足(韻)。〔合〕一行行繞月殿仙姝(韻)，比花羞更饒佳趣(韻)。〔作醉科，白〕你們且迴避。〔衆宫女從壽臺下場門分下。小旦扮小白龍化身，戴過梁額，穿宫衣，紮袖，襲氅，從壽臺上場門上，作見科，白〕待奴歌一曲，奉敬都尉爺一盃酒。〔黄袍郎化身白〕好，你會歌，又奉敬我酒，妙極了！〔小白龍化身作向内科，白〕吩咐掌燈。〔内作應科，場上設滿堂紅燈，小白龍化身唱〕

【中吕宫正曲・耍孩兒】絳蠋清光凝火樹(韻)，照見嫦娥面(句)，相襯出玉砌金鋪(韻)。〔黄袍郎化身唱〕聽歌聲(句)，果然是(讀)遏得行雲駐(韻)。看你春衫(讀)裊娜新粧束(韻)，〔合〕誰不道人如玉(韻)。〔小白龍化身白〕奴家不但會歌，還會舞劍。試舞一回，以助筵前一樂。〔黄袍郎化身白〕既會舞劍，我衣内有寶劍，與你試舞一回。〔小白龍化身作脱氅接劍舞科，唱〕

【中吕宫正曲・會河陽】一晌歌停(讀)，且將劍舞(韻)，寶光霍霍蹴氍毹(韻)。偷覷(韻)妖孽沉酣(讀)，手耀鋸鋙(韻)，按不住心頭怒(韻)。〔作刺科，黃袍郎化身從地井内隱下。淨扮黃袍郎，戴黃袍郎冠，簪雉尾、狐尾，紥靠，從地井内上，作持滿堂紅對敵科。小白龍化身作飛劍，黃袍郎接劍砍科，小白龍化身從地井内逃下。黃袍郎白〕這孽畜，投入御河走了。這又是甚麽人變化來刺我？若不是我神通廣大，險些兒着了他的手。不要管他，且回去飲酒，與宫娥們作樂便了。〔唱合〕今番(句)，去作個鴛鴦侣(韻)。襄王(句)，正好把巫山赴(韻)。〔從壽臺下場門下。丑扮悟能，戴僧帽，紥金箍、猪嘴切末，穿悟能衣，帶數珠，持鈀，從壽臺上場門上，唱〕

【中呂宫正曲·縷縷金】閒多管(句)，寄家書(韻)，有冤無處訴(句)。痛嗟吁(韻)，變虎師遭難(句)，沙僧又拿住(韻)，剛剛剩下老瘟猪(韻)。〔合〕西天没人去(韻)，西天没人去(疊)。〔白〕這是那裏的晦氣！好利害妖怪，將我師傅噴了一口水，等時變了一隻猛虎，被衆人擒住。沙僧上前救援，又被妖怪打倒在地。我要救他，單絲不成線，孤掌又難鳴。想起來，做和尚原没有甚麽好處，不免潛到驛中，行囊内還有些[貝覞]錢，將馬索性賣了，凑幾兩銀子，好做盤纏，到高家莊上去，看看敝房下，圓圓舊情，有何不可？〔向下場門看科，小白龍上，白〕二師兄。〔悟能作驚科，白〕馬不見了！你是甚麽人？〔小白龍白〕我就是白馬。〔悟能白〕你果是白馬麽？〔小白龍白〕師兄有所不知，我乃西海龍王之子，因犯天條，責貶鷹愁澗。幸蒙觀音菩薩垂慈救拔，着我變白馬，馱師傅西天取經，與我取個法名，唤作悟徹，故此稱你是二師兄。〔悟能白〕原來是這個緣故。〔小白龍白〕那妖魔將師傅變虎，沙僧拿去，寶象國王道他手段高强，辨出妖虎，重加官爵，特賜宫女十名，便殿筵宴。我便幻作宫女，混在其中。那妖怪叫我舞劍，我要乘機砍他兩劍，早被他閃過，將滿堂紅把我戰敗。我又飛劍去砍他，被他接住了劍，把我後腿上着了一下，只得鑽入御河，得了性命。二師兄，我們大家商量，快救師傅要緊。〔悟能白〕兄弟，你曉得我，只好扯順風旗，打撮棒鼓。那妖怪好不利害，我怎麼救得師傅？〔小白龍白〕師兄不要你去降妖，只要你去花果山請了大師兄孫行者來救師傅便了。〔悟能白〕兄弟教我另請别個罷。他前日在白虎嶺上打死了白骨夫人一事，你是曉得的。〔唱〕

【中吕宫正曲·紅綉鞋】恐他記恨區區（韻）區區（格），那根鐵棒能粗（韻）能粗（格），掄幾下（句），我的命應殂（韻）。〔小白龍白〕他决不打你，他是個有仁義的猴王。你到那裏，不要説師傅有難，只説師傅想他，哄他來就是了。〔悟能白〕你是這等盡心，也罷，我若不去，顯得我不義了。〔小白龍從壽臺下場門下，悟能唱〕任勞取（句），坌身軀（韻），〔合〕拚硬着（句），蠢頭顱（韻），

【尾聲】低頭伏罪含羞去（韻）。待我絮他幾句（韻），管教那跳戲猴兒暴性除（韻）。〔從壽臺下場門下〕

第十四齣　美猴王激怒下山（皆來韻）

〔丑扮通臂猿，戴卒盔，穿猴衣、卒褂，持令旗，從壽臺上場門上，白〕人説仙家日月遲，仙家日月快如斯。遥遥百歲人間事，只换山中一局碁。自家齊天大聖部下總先鋒通臂猿是也。俺主自從大鬧天宫之後，一去五百餘年，今日回來，重整花果山，復興水簾洞，招集黨羽，操練人馬。你看花果山，好一番新氣象也！但見峭壁縈青，神能降雨；巉巖削翠，勢欲摩雲。週圍有虎踞龍盤，四面多猿啼鶴唳。朝出雲封山頂，暮觀月掛松梢。流水潺潺流玉珮，澗泉滴滴奏瑶琴。山前闢平原曠野，屯來萬馬千軍；山後繞瑞草祥花，賽過十洲三島。正是洞天福地人間有，金闕銀宫世上稀。今日乃操練日期，恐大王陞帳，須索在此伺候。〔丑扮悟能，戴僧帽，紥金箍，猪嘴切末，穿悟能衣，帶數珠，持鈀，從壽臺上場門上，白〕時辰三兩個，行過幾千程。來此已是花果山。〔作窺視科，白〕果然好境界！怪不得他不肯做和尚，只要做猴王好受用。〔通臂猿白〕甚麽人在此伸頭探腦？敢是奸細麽？〔悟能白〕業障是奸細。〔通臂猿白〕你是甚麽人？那裏來的？〔悟能白〕我乃猪八戒，是你大王的兄弟。〔通臂猿白〕你就是猪八戒麽？請回，我大王惱得你太狠，時常道及，恨如切骨。你來做甚麼？〔悟能白〕自古道，人有見面之情。煩你通報。〔通臂猿白〕通報是不敢的。少刻大王陞帳，操練人馬，你只好混在其間，大王或者喜歡，你就相機而見，免你的罪也未可知。〔悟能白〕有理。我且跟你頑要頑要，有何不可？〔內作擂鼓科，悟能白〕妙，妙，有趣。〔通臂猿白〕三通鼓了，大王陞帳也。〔悟能白〕好受用猴頭。〔通臂猿白〕不要亂話，隨我入部。〔仝從下場門下。內奏樂科，雜扮衆小猴，各隨意扮，引副扮悟空，戴金王帽，穿蟒，束帶，佩劍，乘轎，從壽臺上場門上，唱〕

【雙角套曲·新水令】花果山(讀)重把舊基開(韻)，杏黃旗扯在半天雲外(韻)。風雲隨叱咤(句)，丁甲聽宣差(韻)。朝朝兒演武陞臺(韻)。〔作笑科，唱〕做人兒到此方稱快(韻)。〔作下轎科。通臂猿從壽臺下場門暗上。內奏樂，場上設高臺虎皮椅，轉場陞坐科，白〕鎗風劍雨灑寒烟，兵氣騰騰海氣連。空外落霞平布地，波間明月倒垂天。俺孫悟空，自被師傅逐回，重建花果山，復整水簾洞，自由自在，好不美哉！〔唱〕

【雙角套曲·駐馬聽】牙將分排(韻)，牙將分排(疊)，大聖兒齊天官職在(韻)，金貂玉帶(韻)。〔白〕通臂猿吩咐各整器械，操練一回。〔通臂猿作吩咐科，衆小猴從壽臺兩場門分下。悟能從壽臺上場門上，作窺視科。悟空唱〕莽威風運籌决勝豈庸才(韻)？〔內作擂鼓科，唱〕三通戰鼓陣雲開(韻)，一聲號砲刀鋒快(韻)，勝韓侯登將臺(韻)。雖無殷蓋(韻)，却來個替屠狗的猪八戒(韻)。〔衆小猴持棍從壽臺兩場門上，作走陣操演科，悟能作入陣亂奔發諢科，悟空白〕那亂我陣法者，是甚麽人？〔衆小猴白〕不知那裏來的野和尚。〔悟空白〕與我拿過來！〔衆小猴作綁悟能跪科，衆小猴白〕野人拿到。〔悟能白〕不是野人是家人。〔悟空白〕誰教你入我營寨，亂我軍法？〔悟能白〕我只説頑頑做猴戲，從不曾走過這牢陣，弄得磕頭撞腦，不過是頑要罷了，爲甚麼就把我拿來？〔悟空唱〕

【雙角套曲·沉醉東風】也是你時該運該（韻），營伍内兀自招災（韻）。〔悟能白〕又無個旗幟，不過這幾根牢棒子，什麼營伍！〔悟空白〕掌嘴！〔衆小猴作打科，悟能白〕不要打，我有些舊相識。〔悟空唱〕俺今日操兵卒（句），休認做延賓客（韻）。〔悟能白〕不過大家做猴戲兒頑要罷了，甚麼操兵練卒！〔悟空唱〕不覺的怒滿胸懷（韻）。〔白〕拿去砍了！〔衆小猴作應科，悟能白〕殺不得，有主兒的。〔悟空唱〕誰教你戲耍軍前呆打孩（韻）。〔白〕既有主兒的，殺不得，打三十背花。〔悟能白〕遭了瘟了，不過是走錯了陣，就要打三十。若唱番了腔，不知要打多少！可是遭他娘的瘟！〔悟空唱〕臭歪獃怎隄防，風波也那不測（韻）。〔白〕拿去打！〔悟能白〕住了！住了！有話講。我與你做了這幾年兄弟，就推不認得了？〔悟空白〕你是什麼人，稱呼兄弟？〔悟能白〕人不認得，嘴也不認得麼？〔作沖嘴發諢科，悟空白〕原來是八戒兄弟。〔悟能白〕着嗄。〔衆小猴作放綁，悟空下高臺，場上設椅，各坐科。悟空白〕愚兄得罪了。〔悟能白〕不敢。哥哥拜揖。〔悟空白〕賢弟，〔唱〕

【雙角套曲·雁兒落】甚風兒吹送伊家此地來（韻）？〔悟能白〕特來拜望你。〔悟空唱〕説甚麼特地兒將咱拜（韻）？〔白〕我曉得。〔唱〕莫不是中途裏惹禍胎（韻）？便猜得老師行逢妖怪（韻）。〔悟能白〕你曉

得我是忠厚老實人，豈敢惹禍。〔悟空唱〕

【雙角套曲·得勝令】呀（格）！好與我從此説明白（韻）。〔悟能白〕自古朋友面前莫説假，又豈敢欺乎哉！〔悟空唱〕休賣弄之乎者也矣焉哉（韻）！〔悟能白〕老實對你説，老和尚想你，着我來看你的。〔悟空唱〕提起那老和尚心偏愛（韻）。〔悟能白〕沙兄弟多多致意你。〔悟空唱〕可笑那沙兄弟會賣乖（韻）。〔悟能白〕師傅着我來請你，仝你去西天取經，共成正果。〔悟空白〕俺在此，好不受用！取甚麼經，成甚麼果？〔唱〕俺真個的舒懷（韻），雨不灑、日不曬（韻）。〔悟能白〕好是好，到底有些妖氣。〔悟空唱〕你何勞着分腮（韻），天不遣、地不差（韻）。〔悟能白〕你説在此受用，據我看起來，一事無成，老來終無結果，不如還去做和尚的好。〔悟空唱〕

【雙角套曲·掛玉鈎】休道俺一事無成兩鬢衰（韻），鬧轟轟居南面爲元帥（韻），俺可也獨逞英名遍九垓（韻）。〔白〕俺想你此來，愚兄知道了。〔悟能白〕你知道甚麼？〔悟空唱〕莫不是老和尚遭驚駭（韻）？〔悟能白〕没相干。〔悟空唱〕既不爲此來（韻），因甚麼臨吾寨（韻）？〔悟能白〕師傅在馬上，正行着，叫道徒弟。我不曾聽見，沙僧又推耳聾，師傅想起來，説我們不濟，説你是聰明伶俐之人，常時叫聲應聲，問一答十。是這等特地叫我來請你的，萬望去走走。〔悟空白〕賢弟，〔唱〕你要俺重下山來（韻），除非是三歲嬰孩（韻）。〔悟能白〕這等説你果然不去？〔悟空白〕我在此自由自在，好不灑樂，做甚麼和尚？你自去罷了，便上覆老和尚，既趕退去了，再不要來想我。〔悟能白〕這等説我回去罷。〔悟空白〕不送了。〔悟能白〕這瘟猴子，和尚不做，倒做妖怪。我好意來請你，却不去。看你甚麼結果！〔衆小猴白〕啟大王，那人罵大王。〔悟空白〕拿過來。〔衆小猴作拿悟能科，悟空白〕我把你這夯貨，你去了便罷，怎麼罵我？〔悟能白〕我怎敢罵哥哥？若罵了你，就爛了舌頭。〔悟空唱〕

【雙角套曲·川撥棹】俺待學戀綈袍把故人懷(韻)，你堪比龐涓心忒歹(韻)。〔白〕小的們！〔衆小猴應科，悟空唱〕先打孤拐(韻)。〔悟能白〕要走路的，打斷了怎麼走路？〔悟空唱〕再割雙腮(韻)。〔悟能白〕割了腮，喫不得飯了。還是打罷。〔悟空白〕小的們！〔衆小猴應科，悟空唱〕快快，去燒起水來。〔衆小猴白〕大王燒水何用？〔悟空唱〕俺今日開齋將他宰(韻)。〔悟能白〕千萬看師傅面上，饒了罷！〔悟空白〕我想師傅好仁義兒哩！〔悟能白〕不看師傅之面，請看海上菩薩之面，饒了罷！〔悟空唱〕

【雙角套曲·七弟兄】您本是賣獃(韻)，反前來棹歪(韻)。〔悟能白〕哥哥，你曉得我是個獃子，反說我弄乖。〔悟空唱〕猶兀自亂胡柴(韻)。俺念你仝門兄弟高看待(韻)，怎把個疑團暗裏叫咱猜(韻)。〔白〕要俺饒你，〔唱〕快說取師尊匹馬今何在(韻)？〔悟能作看科，悟空白〕你看甚麼？〔悟能白〕看看那條路好溜。〔悟空白〕你走到那裏去！我就讓你走三日，老孫一刻就趕你轉來。你快快實說！若再惱我性子，可就斷不饒你了！〔悟能白〕實不瞞你說，自你回來之後，不期有個妖精，名喚黄袍郎，將我與沙僧殺敗，把師傅拿進洞去。虧了一個救星，是寶象國栢憲之女，名曰百花羞，被他攝來已成親事。那小姐修書一封，托師傅寄去，因此放了師傅逃走，尋見我二人，到了國中，遞了書。不想那妖怪先在那裏，變了書生模樣，大將軍把他認做了女婿，奏上國王，封了個官職。見了師傅，向面上噴了一口水，師傅登時變虎。我便逃走到此，特來請你去降妖，救師傅。都是實情，並無隱諱。〔悟空白〕你這個獃子！那妖魔既捉住師傅，你就該説老孫是他的大徒弟。〔悟能作背笑科，白〕請將不如激將。哥嗄，不説你猶可，説了你，一發無狀。〔悟空白〕怎麽無狀？〔悟能白〕説來恐哥哥惱。我説：妖精，你不要無狀，我還有個大師兄孫悟空，他神通廣大，善能降妖。他若來時，叫你死無葬身之地。〔悟空白〕好！〔悟能白〕好嗄，那妖怪説出來的話，不但你惱，連我也没體面。〔悟空白〕你講！〔悟能白〕他説的不好得緊哩！〔悟空白〕到我手段不如他？〔悟能白〕手段不如他值甚麽！他説可是那孫猴兒麽？他冷笑了一笑，你説這一笑，可要氣麽！我就説：呔！妖怪，難道我哥哥不如你麽？他就説：那猴兒纔做的幾日人，也要提他？他若在此，也像你師傅，叫他立現原身。〔悟空白〕我有甚麽原身可現？〔悟能白〕我説我哥哥，頂天立地的漢子，甚麽立現原身？他説八戒，你不知道，他原是我養的一個頑耍的兔兒。他説你是個兔子。〔悟空作怒科，白〕氣死我也！〔悟能作暗喜科，悟空白〕兄弟，你且少待。〔從壽臺下場門下。悟能隨意與衆小猴發諢科。悟空戴悟空帽，穿悟空衣，帶數珠，持棒，從壽臺下場門上。衆小猴作哭科，白〕大聖爺爺，又往那裏去？〔悟空白〕爲人要有始有終。我去保護師傅，取了經，功成之後，與你們共樂天真。〔衆小猴作哭科，從壽臺下場門下。悟空白〕兄弟，我們先到妖魔洞中，見機而作便了。〔悟能作發諢科，悟空唱〕

【鴛鴦煞】堪羞堪惱猪八戒韻，挑唆逐俺將乖賣韻。撞着個邪魔外道句，急得個抓耳撓腮韻，弄得你涉水登山踏破鞋韻，儘彀猪獃韻。〔悟能白〕我獃，進來也學了兩個乖巧，在肚裏了。〔悟空白〕我知道了。〔唱〕你激吾行把家撇開韻，一霎裏氣冲天外韻，誓此去擒將魔怪韻。〔悟能白〕你快些走罷。〔悟空白〕不必多言。俺孫悟空有個主意也。〔唱〕穩情把紫袈裟讀扶上了九連臺韻。〔仝從壽臺下場門下〕

第十五齣　萍水寄書欣巧合（齊微韻）

〔小生扮聞仁，紥包頭，穿喜鵲衣，繫腰裙，戴刑具；雜扮捕役，戴鷹翎帽，穿青布箭袖，繫搭包，持棍，背包，從壽臺上場門上，唱〕

【越調引·霜蕉葉】愁城恨壘㊎，一望無邊際㊎。走遍吳頭楚尾㊎，問天天何時了期㊎。〔白〕薄命書生遇數奇，繞身縲絏楚囚衣。遥山遠水都經遍，那得雙花一信兒。我聞道泉，蒙都院老爺開恩，押我訪妻子與百花羞下落，將及一月，可憐走遍天涯，那裏尋個蹤影？哎呀！皇天嗄，我並不曾爲非作歹，平白的遭這無頭橫禍。好苦嗄！〔捕役白〕你也不必怨苦，好歹往前途尋問一番。若再無有信息，限期已滿，要去回都院老爺的話了。〔聞仁白〕大哥言之有理。皇天！我聞道泉受此無辜，怎不開眼一看那！〔唱〕

【越調正曲·小桃紅】叫天不應淚空垂㊎，宿世裏冤家對㊎也㊔，到得今生㊖補受災危㊎。無奈受鞭笞㊎，監押着㊖訪蛾眉㊎，有消息㊖纔得寬追比㊎也㊔。〔合〕不信望夫化石㊎，〔捕役白〕雨又來了，走起一步，向前面山凹裏好躲躲。〔聞仁白〕苦嗄！〔唱〕雨滂沱更沾衣㊎。〔從壽臺下場門下。副扮悟空，戴悟空帽，穿悟空衣，繫絲絛，帶數珠。丑扮悟能，戴僧帽，穿悟能衣，帶數珠，繫絲絛，各持器械，仝從壽臺上場門上，唱〕

【越調正曲·下山虎】駕雲迅逝(句)，急走如馳(韻)，渡海三千里(句)，救師肯遲(韻)。〔悟空白〕呀！忽然怨氣冲天。兄弟，這怨氣内有些緣故。〔唱〕待我去探取原由(讀)，相度事宜(韻)。〔悟能白〕哥哥我們去救師傅要緊，别樣事兒不要去管罷。〔唱〕休戚無關仝水米(韻)，俺師傅方知渴慕梅(韻)。〔白〕我和你在此地，那裏不知怎的急！〔悟空白〕兄弟你不曉得。〔唱〕這就裏行踪須仔細(韻)，〔合〕不用多疑怠(韻)，事非兩岐(韻)，好待相逢生轉機(韻)。〔從壽臺下場門下。聞仁、捕役從壽臺上場門上，唱〕

【越調正曲·五般宜】他那裏(讀)盼星眸頻添慘悽(韻)，他那裏(讀)拋脂粉兩行淚垂(韻)。咱這裏帶病日奔馳(韻)。〔白〕哎！妻子信息料想訪尋不出，此一回去，斷然活不成了。左右是一個死。〔唱〕走遍了萬水千山(讀)徒然無濟(韻)，猛拚着孤單到底(韻)，痛只痛沉冤莫洗(韻)。〔合〕我是個没主的魂靈(句)，到重泉來會你(韻)。〔聞仁撞科，悟空、悟能從壽臺上場門上救科，白〕那漢子爲着何事，帶鎖披枷，尋此短見？〔聞仁怕科，悟空白〕不要怕。我們是大唐天子差往西天取經聖僧的徒弟。我乃孫悟空，他叫猪悟能。你有甚麽冤情，對我們講了，自然還你個明白。〔聞仁白〕二位師傅，小生聞仁，爲了功名，携妻上京，不期有個栢大將軍呵，〔唱〕

【越調正曲·五韻美】爲元宵春登謎(韻)，千金被攝妖禍起(韻)。〔悟空、悟能白〕可是百花羞麽？

〔聞仁白〕正是。〔悟空、悟能白〕你爲何這等狼狽？〔聞仁唱〕我嬌妻半路驀相失(韻)。〔白〕那捕役之人，將我拿住，道我妻子就是百花羞，用甚麽邪術，見他們來藏匿過了。〔悟空、悟能白〕嗄！你不見妻子之時，正遇着那捕人？〔聞仁白〕正是。可憐嗄！將我捉拿到官，不分皂白，〔唱〕把我千敲萬箠(韻)，還押着沿途訪覓(韻)。〔悟空白〕是誰押你去訪覓？〔聞仁白〕我的罪案已成，聖上恐有含冤，批與都察院復勘。蒙那老爺審出情由，奈無實跡，不便回旨，賞了路費，差這位解哥，押我尋訪。可憐那！〔唱〕走便了羊腸道(讀)、惡水谿(韻)。〔悟空白〕好。我與你有緣。我二人也爲百花羞一事而來，你妻子下落，我已先知道了。〔唱合〕管教你霧散雲開(讀)，重現出一輪蟾桂(韻)。〔聞仁白〕師傅既知我妻子下落，幾時纔得相會？〔悟空白〕就在目下。〔悟能白〕住了！你就是聞道泉麽？〔聞仁白〕正是。〔悟能白〕哥哥，事又凑巧，師傅蒙百花羞放走，有書兩封，一封是百花羞寄與他父母，一封是聞道泉之妻寄與他丈夫的。〔悟空白〕我説其中有奇。〔悟能白〕哥哥果有先見之明。服你！服你！聞生請看書。〔悟能遞書，聞仁喜科，白〕妻嗄！果然是妻子手筆。二位大恩人請上，受我一拜。〔悟空、悟能白〕不消，不消！〔聞仁拜科，唱〕

【越調正曲・鬭黑麻】感師傅慈悲念(讀)救出俺妻(韻)，情願的效啣環(讀)怎生負你(韻)。〔悟空唱〕想這撮合非兒戲(句)，須信是前因(讀)受此仳離(韻)。〔合捕役唱〕這也奇(韻)，委實稀(韻)。頓雪盆冤(句)，頓雪盆冤(疊)，見天有期(韻)。〔聞仁白〕如今妻子已有下落，并聽得恩人説什麽百花羞，難道就是那梧大將軍的女兒麽？〔悟能白〕怎麽不是。〔聞仁白〕謝天謝地！今日得遇恩人，兩椿無影無踪的事情，都得明白了。〔捕役白〕我爲了百花羞，不知受了多少屈棒。你們二位師傅，快些指引我們前去拏着了妖人，好去領賞。〔悟空白〕你想去拿他，只怕還早哩！〔聞仁、捕投合唱〕

【越調正曲・江頭送别】今日的㊁、今日的㊂纔知踪跡㊀，怎妖怪㊁、怎妖怪㊂不敢輕提㊀。還伏師傅施神力㊀，〔合〕搗窩巢救取香閨㊀。〔悟空白〕既是如此，隨我們前去。〔合唱〕

【尾聲】人人都受妻兒累㊀，吃盡了千般狼狽㊀，乘着長風休怖畏㊀。〔仝從壽臺上場門下〕

第十六齣　蘭閨分鏡喜重圓（江陽韻）

〔小旦扮百花羞，穿衫，從簾子門上，唱〕

【仙呂宫正曲·月兒高】自别高堂㊀，屺岵遥瞻望㊀。前度雙魚寄㊁，可臨寶象㊀？〔旦扮花香潔，穿衫，從簾子門上，唱〕憶着兒夫㊁，兩地含悽愴㊀。〔見科，白〕妹子。〔百花羞白〕姐姐。〔仝唱合〕此厄何人解㊁，楚囚相向㊀。〔百花羞白〕姐姐，我與你寄書以後，怎生不見回音？難道聖僧還無到寶象國麽？〔花香潔白〕或者大將軍朝中事忙，不及差人探望，也未可知。但拙夫在中途相失，雖有書兒帶去，那裏找尋得着？〔淚科，唱〕

【又一體】前途茫茫㊀，知道從何往㊀？縱得征鴻便㊁，愈增惆悵㊀。〔百花羞白〕姐姐且免愁煩，吉人天相，將來定許重圓。〔唱〕鸞鏡雖分㊁，必有團圞像㊀。〔合〕悟得盈虚理㊁，水雲消長㊀。〔悟空、悟能、差役、聞仁進科。雜扮小妖，戴鬼髮，穿箭袖卒褂，從壽臺上場門上，作進洞門科，白〕不好了！又有猴公公、猪爹爹殺入洞府來了！娘娘快些躲避。〔從簾子門下。百花羞、花香潔從簾子門下。悟能白〕師兄，這就是妖魔門首。〔悟空白〕你們跕開些，孫爹爹這根棒没眼的，打死妖怪，令你夫妻相會。〔聞仁、捕役應科，悟空白〕妖怪！　孫爺爺來搗你的巢穴來了！〔悟空、悟能作進洞門，追雜扮衆小妖，各戴鬼髮，穿箭袖卒褂，從簾子門上。悟能白〕猪爺爺等的久了，你們往那裏去！〔作打死衆小妖，從壽臺門上，留一小妖，悟空作捉住科，白〕你們老妖在家麽？〔小妖白〕不在家，到栢將軍家認丈人去了。〔悟能白〕這箇小妖，也留他不得。〔悟空白〕妙！　都打死了。　百花羞、花香潔，不知在那裏？〔悟能白〕那邊一所精緻房子，一定是妖怪的内室。　打進去。〔悟空白〕有理。〔仝從簾子門下，趕百花羞、花香潔從簾子門上，白〕妖怪饒命嗄！〔悟空白〕那個是百花羞？〔百花羞白〕奴家是。〔悟能白〕你便是聞道泉的妻子麽？〔花香潔白〕正是。　妖怪饒命嗄！〔悟能白〕好醜！　你們仝妖怪做了親人，反説我們是妖怪。〔悟空白〕不要胡説！　二位小娘子，我們不是妖怪，是唐三藏的徒弟，特來救你們的，不要驚怕。　聞生爲了二位，受盡了無限苦楚，方纔投崖自盡，是我救了，帶他與你相會。〔花香潔白〕在那裏？〔悟空白〕在外廂。　兄弟，令他夫妻相會了，隨後就來。　我先去救師傅，拏那妖怪也。〔悟能白〕曉得，都在我。〔悟空出洞門，從壽臺下場門下。悟能作出洞科，白〕聞生，聞道泉！〔聞仁、捕役白〕在這裏。〔悟能白〕來來，你妻子在這裏，快來相會。〔聞仁作進見花香潔，各抱哭科。悟能白〕你們在此，我進去把妖怪細軟物件拿了來，路上好打中伙。　解子你帮我進去拏拏。〔悟能、捕役從簾子門下。花香潔作見科，聞仁白〕妻嗄，那日因不見了娘子，怎麽却在這裏？〔花香潔白〕你那日被公人拏住，我正欲上前分理，忽然將奴攝到這裏。〔聞仁白〕哎喲，魔王你害得我好苦嗄！〔花香潔白〕見了這位百花羞，是我結義的妹子。〔聞仁白〕你就是百花羞？　我前世與你什麽冤仇，陷害我受這一番的苦楚！〔花香潔白〕官人你不要怨他，虧他恩德，保全名節。　我前日寄書一封與你，可曾收接麽？〔聞仁白〕就是方纔那位師傅寄來的，因此得知娘子下落。〔百花羞白〕郎君不須痛恨，雖然魔王拆散你夫妻，奴家罪亦不淺。　我爹爹獨掌朝綱，我回去見了爹爹，將我苦衷陳説，自然保奏，管教指日身榮。〔悟能、捕役背各色物件，從簾子門上，悟能白〕妙嗄！　妖怪挣了一生，被我搬箇精空。　聞生來接着，都送你。〔聞仁白〕師傅拿的，我怎敢要？〔悟能白〕出家人，這些東西用不着。〔虚白，從簾子門下，仍從簾子門趕上，白〕妖怪那裏走！〔丑扮爰爰道人，戴道巾，兔形，穿土布道袍，繫絲縧，從簾子門上，作望科。聞仁白〕這明明是爰爰道人，他又來做什麽？　慣會聚邪惑衆的。〔爰爰道人白〕你可是聞相公？　你吃得苦也彀了。〔聞仁白〕你怎麽知道？〔爰爰道人白〕這裏是黄袍爺爺的洞府。　先時在你鎮上顯應，不過受些香火，被你趕到廟中，你是個文曲星下降，况且爲人正氣，把我的法術都冲散了。　爲此黄袍爺爺恨你得緊，攝你妻子到此，使你受這場屈官司。〔悟能白〕聞生，你原來有這箇緣故。　但這個道人，索性送他上西天去罷。〔作打死爰爰道人，從簾子門下。悟能虚白，衆作出洞科，悟能白〕如今背上東西，快些仝去見我師傅罷。〔聞仁白〕三百多里路途，空身尚且難行，這東西怎生帶得？〔悟能虚白科，將旗扎車暗置場上，悟能白〕掌定了，這些東西收在車内。〔聞仁白〕師傅，車兒太重，少裝些罷。〔悟能白〕儘着裝滿了再講。　差人你來推車。〔捕役白〕我不會。〔悟能白〕得了許多東西，不推就是一鈀。〔捕役白〕我推。〔悟能白〕聞生你也來推。〔聞仁白〕重得緊難推。〔悟能白〕咳，不中用的，我方便你罷。你們緊緊的閉了眼。〔雜扮衆風神，各戴鬼髮，紥額，穿箭袖，繫肚囊，各執風旗。引老旦扮風婆，從兩場門上，作遶場科，從壽臺兩場門下。悟能等仝唱〕

【尾聲】御風好似騰雲上(韻)，喜從今天空月朗(韻)，雙花依舊吐芬芳(韻)。〔仝從壽臺下場門下〕

第十七齣　撇下虎倀明寶象（江陽韻）

〔丑扮地方，戴氈帽，穿喜鵲衣，繫腰裙，從壽臺上場門上，白〕懽法朝朝樂，欺公日日憂。自家西市口總甲胡厮鬧便是。今日奉令旨處决一隻妖虎，一個妖僧，要把他剥皮揎草，道甚麽是妖僧變來的，爲此到市曹號令。這一件奇事，委屬新聞，比往常行刑更加嚴肅。這是我的干係。大家下户，今日大將軍親自監斬，不是當耍的。你們各家關門閉户，休連累我，小心要緊。〔從壽臺下場門下。副扮悟空，戴悟空帽，穿悟空衣，帶數珠，持棒，從壽臺上場門上。唱〕

【高宫套曲・端正好】舊行爲(句)，重抛漾(韻)，救師傅仝上西方(韻)。逦迤的掃除妖洞消災障(韻)，猛輪着金箍棒(韻)。〔白〕俺孫悟空，爲救師傅，重復下山，仝了八戒兄弟，先到妖精洞裏，畧顯神通，飛身來到這寶象國，好風景也。〔唱〕

【高宫套曲・滚繡毬】雖然屬外邦(韻)，却也山河壯(韻)。喬輝煌宫廷高敞(韻)，六市中沸沸揚揚(韻)。管絃樓按的新腔(韻)，花柳巷扮的艷粧(韻)。不枉唤國名寶象(韻)，只可惜栢將軍賣弄王章(韻)。〔内鳴鑼作喊科。悟空唱〕猛聽得一聲鑼震從天響(韻)，則見那四面兵圍匝地長(韻)。〔白〕原來是妖魔誣我師傅在此典刑哩。〔唱〕且待俺闖入法場（韻）。〔雜扮衆小軍，各戴馬夫巾，穿箭袖卒褂，持刀。雜扮衆將官，各戴打仗盔，穿打仗甲，繫橐鞬，持鎗。雜扮四劊子手，各戴劊子手巾，紮額，簪雉尾，穿劊子手衣，帶鬼頭刀，作綁雜扮悟淨，戴僧帽，紮金箍，穿悟淨衣，帶數珠。雜扮四撞虎人，各戴鷹翎帽，穿箭袖，紮肚囊，作撞囚籠，裝雜扮虎，穿虎衣。引外扮栢憲，戴金貂，穿蟒，束帶，從壽臺上場門上，作遶場分侍科。栢憲白〕劊子手就此開刀。〔四劊子手作應。悟空虛白闖科。栢憲白〕你是那裏來的野和尚，擅闖法場。左右與我拿下。〔衆將官作應科，悟空虛白攔阻科，栢憲白〕這等無禮，報名來！〔悟空唱〕

【高宮套曲·叨叨令】休得要問俺短和長（韻），俺笑你肉眼光不亮（韻），怎便把鴟鴞做鳳凰（韻），將碔砆加在瑚璉上（韻）。〔栢憲白〕真鳳真玉在那裏？〔悟空作指虎科，白〕這不是麽？〔栢憲白〕這是真正妖魔，你怎麽反道？〔悟空白〕你好欠明白也！〔唱〕痛周公難免流言講（韻），嘆仲尼怎避狐裘謗（韻）。〔栢憲白〕據你説妖怪是誰？〔悟空唱〕兀不是貴東床（句）也麽哥（格），兀不是貴東床（句）也麽哥（疊）。把妖魔反認做嫡親半子配着珠擎掌（韻）。〔栢憲白〕這也難信你。〔悟空白〕俺不與你閒講，且救了我師傅，你自明白。〔作吹氣科，虎從地井內下，生扮唐僧，戴僧帽，穿僧衣，繫絲縧，帶數珠，從地井內上。四劊子手仝四撞虎人作撞囚籠從兩場門暗下。唐僧白〕徒弟，不是你來，我險些兒喪命了。〔悟空白〕弟子救護來遲，致令師傅受此魔難，皆弟子之罪也。〔栢憲白〕聞得齊天大聖孫悟空，原來就是尊駕麽？〔悟空白〕造化，你也認識俺孫爺爺了！我師傅呵，〔唱〕

【高宮套曲・脱布衫】救人心反受災殃(韻)，説法體幾致危亡(韻)。不是俺前來救將(韻)，怎認出大唐朝取經三藏(韻)！〔栢憲白〕下官有眼無珠，多有得罪。大聖既能救令師，反本還元，必知小女下落。〔悟空白〕大將軍，〔唱〕

【高宮套曲・小梁州】俺在那黄金塔院會紅粧(韻)，是君家愛女堪傷(韻)。可憐他香消粉退減容光(韻)，常把歸期望(韻)，盼親含淚千行(韻)。〔栢憲作哭科，悟空唱〕

【又一體】你不念親生骨肉遭魔障(韻)，一謎價蠱惑妖王(韻)。〔栢憲白〕我那兒，苦殺你了！〔悟空唱〕你何必假慈悲(句)，空惆悵(韻)。〔栢憲白〕聖僧，下官知罪了！令徒處望乞方便，令我女早得團圓，莫大恩德。〔唐僧白〕悟空，他令愛你可救他一救。〔悟空白〕師傅，那百花羞呵，〔唱〕俺提出了天羅地網(韻)。〔栢憲白〕幾時得見？〔悟空唱〕頃刻裏便端詳(韻)。〔丑扮悟能，戴僧帽，紥金箍，猪嘴切末，穿悟能衣，帶數珠，持鈀。引旦扮百花羞，穿衫。旦扮花香潔，穿衫。小生扮聞仁，戴巾，穿道袍，隨從壽臺上場門上。悟能白〕住了，請開眼。〔百花羞白〕這是那裏了？〔悟能白〕那不是你老子？〔悟空白〕那不是你女兒？〔栢憲白〕果然是我女孩兒！〔百花羞白〕爹爹。〔作哭拜科，栢憲白〕此女子是誰？〔悟空白〕這就是受冤枉聞道泉的妻子。〔向聞仁白〕你二人過來，見了大將軍。〔栢憲白〕下官得罪。聞娘子仝小女到府中相會寒荆。聞生隨下官入朝，奏明聖上，定當一力保奏，管取榮華。前者受驚，下官着實抱疚了。〔雜扮小軍，戴毡帽，穿喜鵲衣，繫腰裙，推車上，引百花羞下。栢憲白〕大聖有勞神力，令我父女團

圓，下官何以爲報？〔悟空白〕大將軍，〔唱〕

【煞尾】今朝喜得花無恙㊟，笑殺隣家蝶自忙㊟。窣地裏團圓一堂㊟，結果了兩下悽愴㊟。

〔白〕八戒、沙僧，隨師傅進朝去見國王。〔唱〕俺再去剪滅天狼㊟，纔不負孫爺爺重下降㊟。〔各從壽臺兩場門分下〕

第十八齣　頒來鳳詔自瑶池（真文韻）

〔淨扮黄袍郎，戴黄袍郎冠，簪雉尾、狐尾，紥靠，持刀。副扮悟空，戴悟空帽，穿悟空衣，繫絲縧，帶數珠，持棒追黄袍郎，仝從壽臺上場門上，作對敵科。黄袍郎唱〕

【仙吕宫正曲·風入松】窮猿只合向林奔韻，恨拆散鶯花香陣韻。〔悟空白〕可認得孫外公的金箍棒麽？〔黄袍郎唱〕我刀鋒過處人頭滚韻，何在你騰虚兇狠韻！〔悟空白〕你這妖怪，也敢在孫爺爺面前摇唇鼓舌！〔黄袍郎唱合〕休誇大賣弄嘴唇韻，我覷你讀是猴孫韻。〔作對敵科。悟空唱〕

【又一體】你只堪播弄栢將軍韻，遇咱來逃遁無門韻。咱天宫鬧後威名震韻，何妖物敢迎鋒刃韻！〔合〕報師讐端教碎身韻，一霎時散七魄讀走三魂韻。〔作對敵科，黄袍郎從壽臺下場門隱下。雜扮四黄袍郎化身，各戴黄袍郎冠，簪雉尾、狐尾，紥靠，持刀，從壽臺下場門上。悟空作看科，從壽臺上場門隱下。雜扮四悟空化身，各戴悟空帽，穿悟空衣，帶數珠，持棒，從壽臺上場門上，作對敵科，各從壽臺兩場門分下。悟空、黄袍郎仍從壽臺兩場門上，作對敵科。黄袍郎從壽臺下場門敗下，悟空追下，黄袍郎急從壽臺上場門上，唱〕

【仙吕宫正曲·急三鎗】殺得俺無逃避句，他本事句，真難近韻。急切裏讀視元神韻。〔悟空從壽臺上場門追上，白〕妖怪那裏走！〔作對敵科，黄袍郎白〕猴頭，你逼人太狠了！〔悟空白〕我太狠了？你在背地裏駡得我好！〔黄袍郎白〕我何常駡你？〔悟空白〕你難道不曉得你孫爺爺的毛病麽？〔唱〕俺今日誰容你㊁，逞妖術㊁，將水噀㊅，〔合〕一掃蕩㊁，氣才伸㊅。〔作對敵科。雜扮衆天將，戴大頁巾，穿箭袖、排穗，捧鷹翎帽，持鎖肘。引旦扮金母，戴鳳冠，穿蟒，繫玉帶，捧玉旨，從仙樓梯上，唱〕

【仙吕宫正曲・風入松】一封丹詔出天門㊅，承玉旨收伏星君㊅。〔白〕大聖不要動手，有玉旨在此。〔悟空白〕且看你老人家面上，饒他一死。〔黄袍郎作跪科，金母白〕玉旨下：今據王母奏稱，瑶池把守仙苑童子，中央黄袍郎，偷下塵凡，迷惑寶象國百花羞，本該重懲，姑念平日灑掃勤勞，即着王母收回天上，從重治罪。〔黄袍郎白〕聖壽無疆。〔金母白〕上了刑具。〔衆天將作應，换帽上刑具科，金母白〕你爲何偷下塵凡，受此謫辱？〔黄袍郎白〕我與他原有舊約。〔唱〕爲三生石上曾識認㊅，我此來不是無因㊅。〔悟空白〕住了，他與你舊約，爲甚麽害我師傅？〔黄袍郎白〕因你打死了白骨夫人，替俺妹子報讐的。〔悟空白〕好一位天神，下界爲妖，可羞！〔唱合〕臭膿漿忒不顧品㊅，何面目㊆見天尊㊅。〔衆天將押黄袍郎上仙樓，引金母上至禄臺墻下。悟空從壽臺上場門下〕

第十九齣　大元帥國門祖道（寒山韻）

〔生扮唐僧，戴僧帽，穿僧衣，繫絲縧，數珠。丑扮悟能，戴僧帽，紮金箍，猪嘴切末，穿悟能衣，帶數珠，隨從壽臺上場門上，唐僧白〕慈悲勝念千聲佛，造惡空燒萬炷香。悟能，那大將軍已與我等轉啟國王去了，你可往驛中，收拾行李馬匹，待你師兄收伏了妖魔回來，即便起程。〔悟能白〕沙僧收拾去了，我仝師傅在此等候。〔雜扮衆小軍，各戴馬夫巾，穿箭袖卒褂，執旗。引外扮栢憲，戴金貂，穿蟒，束帶，從壽臺上場門上，白〕不是一番寒徹骨，怎得梅花撲鼻香。〔作見科，白〕聖僧。〔唐僧白〕大將軍可曾與貧僧轉啟國王？〔栢憲白〕已經奏明，命下官奉陪聖僧，少刻就有令旨頒下。〔唐僧白〕多謝。〔副扮悟空，戴悟空帽，穿悟空衣，帶數珠，從壽臺上場門上，白〕既已降妖怪，還須護聖僧。〔作見科，唐僧白〕悟空來了。〔栢憲白〕敢問大聖，那魔王是何怪物，怎麼降伏了他？〔悟空白〕那魔頭不是凡間妖怪。〔唱〕

【中吕宮正曲・好事近】天册把名刊（韻），莫當作水怪山蠻（韻）。〔栢憲白〕是何妖物？〔悟空白〕他乃瑶池内中央童子黄袍郎，令愛原是王母座下仙女，與他嬉笑，謫下塵凡，與你爲女。〔唱〕緣曾威世（句），强絲蘿勾消公案（韻）。〔内白〕令旨下。〔雜扮衆太監，各戴太監帽，穿貼裏衣，繫絲縧，帶數珠，執儀仗，引雜扮大太監，戴大太監帽，穿蟒，束帶，帶數珠，奉令旗，壽臺上場門上，白〕一封丹鳳詔，飛下九重霄。國王有旨：大將軍之女百花羞遇祟，聞仁夫婦含冤，幸賴聖僧佛力，殄滅妖魔，特着該司，于本國啟建生祠，并設素齋奉餞，命大將軍代陪。聞仁進爵都尉，妻花氏對爲一品夫人，百花羞封爲淑德右夫人，命都察院李得清爲媒，配與聞仁爲妻，以償花魔苦債。欽此。謝恩。〔衆作謝恩科，白〕千歲千歲千千歲。〔大太監白〕請過令旨。〔栢憲白〕香案供奉。〔大太監唱〕休違程限（韻），渡慈航（讀）果是無涯岸（韻）。〔白〕大將軍相送聖僧一程，咱家覆命去也。〔唱合〕歷艱辛魄散魂消（句），重整頓雨宿風餐（韻）。〔衆太監引大太監從壽臺上場門下。雜扮悟淨，戴僧帽，紥金箍，穿悟淨衣，帶數珠，從壽臺上場門上，作見科。白〕師傅，行李馬匹都已完備了。〔栢憲白〕主人備有素齋，命老夫相陪。看茶。〔衆小軍應科，内奏樂，場上設桌椅，各入桌坐科，仝唱〕

【中吕宫正曲·千秋歲】慶追攀（韻），特設伊蒲饌（韻），出仙厨堆筵繞案（韻）。金水橋邊（句），金水橋邊（疊），權時得（讀）片片雨花香泛（韻）。〔合〕飛錫杖（讀），隨雲散（韻），揮玉麈（讀），臨風燦（韻），行跡無羈絆（韻），佩恩光優渥（讀）、禮義便番（韻）。〔各出席科，唐僧白〕貧僧就此拜别。〔作拜科，唱〕

【中吕宫正曲·越恁好】拜辭國主（句），拜辭國主（疊），荷深恩非等閒（韻）。願鴻圖鞏固（句），昭世守錦江山（韻）。更朝廷乂安（韻），更朝廷乂安（疊），躋春臺登仁壽（讀）熙皥仝看（韻）。〔栢憲白〕吩咐擺齊幢旛鼓樂伺候。〔衆小軍作應，向内傳科。雜扮衆將官，各戴大頁巾，穿箭袖、排穗，執幢旛，從壽臺兩場門上。悟能、悟淨向下捧馬、挑經擔，唐僧騎馬，各作遶場科。〔仝唱〕急煎煎馬兒(句)，急煎煎馬兒(叠)，聽鏘鏘奏管絃(讀)，忙登寶鞍(韻)。〔合〕飄華蓋裊金支(句)，前路無災患(韻)。去取經西竺(讀)，旋歸震旦(韻)。

【中呂宮正曲・紅繡鞋】雲凝數里香檀(韻)香檀(格)，風飄幾隊花旛(韻)花旛(格)。征塵滾(句)，逐行鞍(韻)。經村舍(句)，過沙灣(韻)。〔合〕烟光紫(句)，夕陽山(韻)。

【尾聲】縱程途迢遞吾何憚(韻)，一念念惟把靈山遥盼(韻)。〔唐僧、悟空、悟能、悟淨仝從壽臺下場門下。栢憲白〕就此回府。〔衆小卒應科，仝唱〕從此後慧日慈雲長在眼(韻)。〔仝從壽臺上場門下〕

第二十齣　小妖兒巖穴消差（蕭豪韻）

〔場上設樹山科，扮伶俐虫，戴紮巾，簪形，穿報子衣，繫肚囊，從山洞旁邊上，白〕山頭獨跕逞威風，展翅何須羨大鵬。一聲唱徹驚人鬼，巧舌掀翻天地空。我乃平頂山蓮花洞金角大王麾下伶俐虫是也。奉大王之命，打聽東土僧人，將到何處。俺已打聽確實，須索回覆大王也。〔作進洞門遶場科，唱〕

【黃鐘調套曲・醉花陰】俺可也偵探他行踪甚分曉(韻)，莽莽騰去洞中回報(韻)，又何憚山遥恁迢遥(韻)。看捷如風兩足跑跳(韻)，還趕過了高飛鳥(韻)。遥望見飄旗纛(韻)，列弓刀(韻)，可正是俺主人翁陞帳早(韻)。〔白〕大王陞帳，在此伺候。〔雜扮衆小妖，各戴鬼髮，穿箭袖卒褂，執旗。引淨扮金角大王，戴金角髮，紮額，紮靠，襯蟒，束帶，從簾子門上，唱〕

【仙吕調隻曲・點絳唇】金面雄驍(韻)，猙獰異貌(韻)。〔雜扮衆小妖，各戴鬼髮，穿箭袖卒褂，執旗。引雜扮銀角大王，戴銀角髮，紮額，紮靠，襯蟒，束帶，從簾子門上，唱〕張旗號(韻)，平頂山高(韻)，〔仝唱〕凜烈雙龍耀(韻)。〔場上設虎皮椅，各坐科，分白〕金眼圓睁金角仙，氣吞湖海浩無邊。神通銀角真無賽，盤踞蓮花別有天。〔金角大王白〕兄弟，你我占踞平頂山蓮花洞，聚集羣妖，威名大震，天兵不敢相侵。今聞東土唐僧，往西天取經，他乃金蟬子化身，若能食他一塊肉，壽與天地仝春。已曾差伶俐虫前去打聽，待他回報，方好前去擒拿。〔銀角大王白〕説得有理。〔伶俐虫作見科，白〕大王在上，伶俐虫叩頭。〔金角大王白〕你回來了，唐僧到了何處？ 喘息定了，慢慢講來。〔伶俐虫應科，唱〕

【黃鐘調套曲・喜遷鶯】探聽得唐僧來到(韻)，到寶象國冤業相遭(韻)。咆哮(韻)，急變做斒斕虎嘯(韻)，縱有那鋸角的龍吟也狂自勞(韻)。〔白〕這還虧了孫行者，〔唱〕他本領高(韻)，展神威轟天震地(句)，仗佛力伏怪降妖(韻)。〔金角大王、銀角大王白〕那魔怪竟被孫行者勦除了。以後便怎麽樣呢？〔伶俐虫白〕那日栢大將軍奉旨送他師徒上道，好不榮耀也。〔唱〕

【黃鐘調套曲・出隊子】見幾隊旛幢引導(韻)，百姓們喜氣饒(韻)，一個個焚香頂禮送西郊(韻)，辦虔誠善信聲聲稱佛號(韻)，望塵頭合十傾心齊拜倒(韻)。〔金角大王、銀角大王白〕如此説他師徒已離寶象國了。〔伶俐虫唱〕

【黃鐘調套曲・刮地風】哎呀(格)，俺只見行者威風勇又驕(韻)，怒一怒海沸山摇(韻)。任邪魔外祟多强暴(韻)，聞名處膽落魂銷(韻)。〔金角大王、銀角大王白〕可見他怎生樣打扮？〔伶俐虫唱〕穿條虎皮裙緊横腰(韻)，戴頂金箍帽齊齊膆腦(韻)。他無甲胄(句)穿納襖(韻)，束着絲縧(韻)潑猴頭(句)勢比猱(韻)，明晃晃鐵棒招要(韻)，保師尊(讀)遠向金繩道(韻)。常時怒轟轟慣戰討(韻)，怒轟轟慣戰討(疊)。〔金角大王、銀角大

王白〕那孫行者雖然英勇，俺這裏威風可也不小，何足懼哉？ 你可再説那八戒的武藝何如。〔伶俐虫應科。 唱〕

【黄鐘調套曲・四門子】猪八戒無能似斗筲(韻)。 他他他他慣引路前邊導(韻)，平的是道(韻)，疊的是橋(韻)，沿途裏(讀)打混空厮鬧(韻)。 性兒又喬(韻)，膽兒又小(韻)，遇相持神魂俱掉(韻)。〔金角大王、銀角大王白〕那孫行者我尚然不懼，八戒何足道哉！〔伶俐虫白〕啟大王，還有個沙和尚，十分利害。〔金角大王白〕怎見得？ 你且説來。〔伶俐虫唱〕

【黄鐘調套曲・水仙子】他他他(格)經擔挑(韻)，桿桿桿(格)桿根禪杖如風掃(韻)。 狠狠狠(格)狠比做羅刹兇驍(韻)，是是是(格)是流沙河慣孤人腦(韻)。 保保保(格)保唐僧去路遥(韻)，助助助(格)助唐家樂善崇禪教(韻)。 好好好(格)好似那猛虎虓(韻)，更更更(格)更像個牛神蛇鬼能騰跳(韻)。 探探探(格)探的實説根苗(韻)。〔金角大王白〕知道了，賞你鹿脯美酒，去安息安息，另有用處。〔伶俐虫白〕謝大王賞。〔唱〕

【煞尾】俺探聽詳明來呈報(韻)，施算計要擒拿(讀)再候差徭(韻)。 鹿脯甘香殽一飽(韻)，還有那幾觔白酒勝燒刀(韻)，蒙恩厚賞犒微勞(韻)。〔從簾子門下。 金角大王、銀角大王白〕衆妖兵，就此隨我去捉拿唐僧者。〔衆小妖應科。 金角大王、銀角大王各卸蟒，持器械，作出洞門遶場科，仝唱〕

【中吕宫正曲・紅繡鞋】旌旗隊隊飄飆(韻)飄飆(格)，僂儸個個炰烋(韻)炰烋(格)。 忙前去(句)，過山凹(韻)，看密布(句)，鋭鎗刀(韻)。〔合〕唐僧從此命難逃(韻)。〔仝從壽臺下場門下〕

第廿一齣　編謊辭巡山嚇退（寒山韻）

〔丑扮悟能，戴僧帽，紥金箍，猪嘴切末，穿悟能衣，戴數珠，持鈀，挑經擔。雜扮悟淨，戴僧帽，紥金箍，穿悟淨衣，戴數珠，持鏟。引生扮唐僧，戴僧帽，穿僧衣，繫絲縧，帶數珠，騎馬，從壽臺上場門上，唱〕

【雙調正曲·鎖南枝】凝眸望（句），平頂山（韻），荒林幾處烟霧寒（韻）。心急馬行遲（句），加鞭向前趲（韻）。〔悟能虛白，唐僧作下馬坐科，白〕自從離了寶象國，不知又走了多少路程了。〔作看科，白〕悟空怎麽不見？〔悟空内作嘆科，悟能白〕你看大師兄那裏哭將起來了。他是下油鍋不怕的好漢子，爲甚麽愁眉苦臉？必定是妖怪兇狠，故此啼哭。〔唐僧白〕你休得胡説，待我問他便了。〔副扮悟空，戴悟空帽，穿悟空衣，帶數珠，從壽臺上場門上，白〕纔脱寶象災危，又遇强妖截路。〔唐僧白〕悟空，你怎麽有此憂愁之狀？〔悟空白〕師傅，方纔有值日功曹報信，他説妖精兇狠，此處難行，我們且不可前去罷。〔唐僧作驚科，白〕徒弟，我們三停險路，已走了兩停，怎麽又生退悔之心？〔悟空白〕師傅，我再没不盡心的。但恐魔多力弱，一個人怎生撑持得來？〔唐僧白〕你也説得是。但還有八戒、沙僧，憑你調度，且領我過此山去，再作道理。〔悟空白〕師傅，若要過此山，須叫八戒依我兩件事，方可去得。〔悟能白〕你要差遣我做甚麼事？〔悟空白〕第一件事，你要去化齋供給師傅。第二件事，要你巡山開路。〔悟能白〕使不得。我若是鄉下化齋，他每西方路上，不識我是取經的和尚，只道那裏走出來的健猪，趕上許多人，又鈀掃箒，把老猪圍住了，拿回家去宰了，醃着過年，豈不是遭瘟了麽！〔悟空白〕不要胡講，且去巡山要緊。〔悟能白〕這個使得，就去走一遭。正所謂三人仝行，小的喫苦。〔從壽臺下場門下。悟空白〕師傅，八戒這一去，决不巡山，不知往那裏去躲懶，少停捏個謊來，瞞哄我們了。〔唐僧白〕你怎就曉得？〔悟空白〕師傅不信，等我跟他去看一看就來。要知心腹事，但聽口中言。〔從壽臺下場門下。悟淨白〕請師傅到前林子裏歇息片時，等他們來便了。〔唐僧白〕使得。〔悟淨作挑經科，唐僧唱合〕君命嚴(句)，豈不把歸期盼(韻)？況是道心堅(句)，敢辭憚(韻)！〔從壽臺下場門下。悟空從壽臺上場門上，唱〕

【又一體】尋思那獃漢(韻)，從來懶又頑(韻)。〔白〕我悟空摇身一變，變作蟭蟟虫兒，〔唱〕展翅一聲飛去(句)，嚶的叮住瘟猪(句)，這耳躲上如何攅(韻)。〔作望科，白〕那前面猪八戒來了。〔唱合〕非是吾(句)，心太奸(韻)，寔是會潛形(句)，慣拿綻(韻)。〔從壽臺下場門下。悟能從壽臺上場門上，唱〕

【又一體】苦中苦(句)，難上難(韻)，千山過却併萬山(韻)。〔白〕我把你這罷軟的老和尚，刻毒的弼馬温，捉掐的沙和尚，他們都在那裏自在歇息，單單的捉弄我老猪前來探路，難道偏是我該應晦氣？〔唱〕共相証圓通(句)，偏是我遭塗炭(韻)。〔白〕我且往那裏去睡他娘一覺，回去含糊答應就是了。〔作看科，白〕你看這紅草坡，恰好在此間睡一覺。有理。〔唱合〕且喜軟如茵㊁，無忌憚㊅，倦伸腰㊁，暫偷懶㊅。〔作睡科。白〕快活！就是弼馬温，也不得像我有這般自在也。〔悟空從壽臺下場門暗上。白〕這猪八戒果然睡在此處。待我變個啄木虫兒叮他去。〔從地井内隱下。天井内下啄木虫兒作叮悟能科，悟能作驚起科。白〕不好了，有妖怪，把我搠了一鎗，嘴上好不疼痛！〔作見科。白〕原來是個啄木虫兒，還在半空中飛來飛去。〔作恨科。白〕這個瘟虫！那弼馬温欺負我罷了，你也來欺負我麽？他一定不認得我，把我的嘴認做一段枯樹樁，要尋個虫兒喫，將我啄這一下。等我把嘴來揣在懷裏睡。〔仍作睡科，啄木虫復作叮科，仍從天井内上，悟能起科。白〕這個瘟虫，却太攪得我狠。想必這裏是他的窩巢，怕我占了，故此這般着急。罷罷罷！我不睡了，好疲倦人也。〔作行科，唱〕

【又一體】筋疲力將殫㊅，腰疼骨軟癱㊅。〔白〕不要倒自己的鋭氣，説這般掃興的話。〔唱〕若是妖魔將至㊁，全憑九齒釘鈀㊁，努力將他趕㊅。〔白〕來此又是四五里路了，你看山凹裏，有一塊大石頭在此。〔唱合〕不免將心内事㊁，訴一番㊅，望你石將軍㊁，救災患㊅。〔白〕回去見了師傅，若問有妖怪麽？就説有妖怪。他問甚麽山？我若説是泥捏的，土做的，錫打的，銅鑄的，麵蒸的，紙糊的，筆畫的，他們定説我獃哩。我只説是石頭山。他問甚麽洞？我就説是石頭洞。他説是甚麽門？却説是釘釘的鐵葉門。他們十分再搜尋門上釘子多少，我只説老猪心忙意亂記不清。

此間編造停當，回去好哄那弼馬温。〔從壽臺下場門下。唐僧、悟淨仝從壽臺下場門上，唐僧唱〕

【又一體】兜團笠(句)，鋪坐單(韻)，長松落落當夏寒(韻)。〔白〕等了許久，悟能没有影兒，連悟空也不見回來了。〔唱〕萋萋芳草静無人(句)，西崦斜陽晚(韻)。〔悟空從壽臺上場門上，白〕自古石牛難轉磨，須知死馬怎耕田。師傅在那裏？〔悟淨白〕在這裏。〔唐僧白〕你來了麽，悟能怎不見回來？〔悟空作笑科，白〕他在那裏編謊哩。〔唐僧白〕他是愚蠢之人，會編甚麽謊？〔悟空白〕師傅，你只是替他護短。〔唱，合〕我親眼見(句)，非等閒(韻)。問他行(句)，甚公幹(韻)。〔悟能從壽臺上場門上，白〕落葉滿空山，何處尋行跡。〔作見科，唐僧白〕徒弟你辛苦了。〔悟能白〕不要説起，爬山是最辛苦的一件事。〔唐僧白〕可曾打聽有妖怪没有？〔悟能白〕有妖怪，一堆在那裏。〔唐僧白〕既有妖怪，怎麽就發放你來了？〔悟能白〕他叫我猪祖宗，猪外公，安排些粉湯素飯，叫我吃了，説道要擺旗鼓，送我們過山。〔悟空白〕想是你在草坡裏睡熟了，説的夢話。〔悟能作驚發譁科。白〕我睡他怎麽曉得？〔悟空白〕這樣要緊的所在，不去巡山開路，你却在紅草坡裏睡覺，不是啄木虫兒叮你，這時候還在那裏睡哩！反至醒了，就該來稟話，怎麽你反向石頭唱喏，當作我三人？你又説謊兒編得停當了，却來哄我這弼馬温，可是麽？〔悟能作慌科。悟空白〕沙和尚扯倒他。〔悟能作哭科。白〕哥哥，只是這一遭兒，以後再不敢了！〔悟空白〕一遭打五棍。〔悟能白〕就是一棍也禁不得。〔作向唐僧科。白〕師傅，你替我説個情兒。〔唐僧白〕悟空説你編謊，我還不信，你果是如此，其實該打。但如今過山去，正是用人之際，悟空你可權且饒他，待過了山再打罷。〔悟空白〕既是師傅説了，我權且饒你。你再去巡山，若再説謊悮事，我定一下也不饒你。〔悟能作應科，虛白，從壽臺下場門下。悟空白〕師傅，沙兄弟，仝到前面涼亭上坐着，等他回話。〔唐僧白〕正是一徑入山林，〔仝白〕水亭涼更多。〔從壽臺下場門下。雜扮衆小妖，各戴鬼髮，穿箭袖、卒褂，捧畫圖，從壽臺上場門上。白〕手内圖形畫影，心頭滅佛除僧。我等平頂山妖兵便是。奉金角銀角大王將令，帶了圖形，去拿唐僧師徒四人。你看前面走的大耳的胖和尚，像這圖中猪八戒模樣。快掛起圖像來。〔作上山立科。悟能從壽臺上場門上，唱〕

【又一體】我前行敢違慢(韻)？他神通太不凡(韻)。〔白〕莫非這猴子又變甚麼東西來跟我麼？不好了！前面一隻老虎從山坡上跑過來了。〔作舉鈀欲打科，白〕想是哥哥來聽我説謊，這遭不編你了。〔作看科。白〕不是老虎，原來是塊大石頭。〔作驚科。白〕那山上刮來的風甚猛，呼地一聲，把棵枯樹刮倒，滚至面前來。哥哥這是怎麼的？我不扯謊了，怎麼又變樹木來打我！〔唱〕見着這虎形石狀(句)，聽了樹影風聲(句)，總疑是他來幻(韻)。〔白〕只見一個白頭烏鴉在頭頂上喳喳的亂叫，哥哥好不羞，我説不扯謊，就不扯謊了，只管又變着個烏鴉試我怎的？你又來聽我怎麼？〔唱合〕聽鴉聲(句)，太絮煩(韻)，叫喳喳(句)，似嘲訕(韻)。〔衆小妖下山作擒悟能科，白〕且喜拿住這猪八戒，想來唐僧就在面前，快些報與二位大王知道，起了大隊兵馬，擒他便了。只不可走了孫行者要緊。擺就窩弓誅猛虎，張開密網捉蛟龍。〔作縛悟能從洞門下。唐僧、悟淨仝從壽臺下場門上，白〕指揮如意天花落，坐卧凉亭春草深。〔唐僧白〕沙僧，八戒前去探路，悟空誠恐他又去説謊，故爾跟去。〔内作風科，白〕好一陣怪風，怕煞人也！〔金角大王、銀角大王内白〕衆小妖，你看唐僧在那裏閒坐，與我擒住者。〔雜扮衆小妖，各戴鬼髮，穿箭袖卒掛，持刀。引淨扮金角大王，戴金角髮，紮額，紮靠，持器械。雜扮銀角大王，戴銀角髮，紮額，紮靠，持器械，從上場門上，作擒唐僧、悟淨科，仝從洞門下〕

第廿二齣　奪請啟截路顛翻（蕭豪韻）

〔雜扮小妖，戴鬼髮，穿箭袖卒褂，執令旗，從洞門上，唱〕

【仙呂宮正曲·六幺令】提鈴喝號（韻），奉宣差敢憚辛勞（韻），山前山後轉週遭（韻）。〔白〕平頂山蓮花洞二位大王有令，四下散住的家屬人等聽者，唐僧、猪八戒、沙和尚俱已拏住，可惜走脱了孫行者。那猴兒變化多端，或蚊虫，或蒼蠅，在人頭上聽人機密重情，爾等須要小心隄防。如有捉住猴頭者，賞賜不小。〔唱〕凌烟閣（句），把名標（韻），〔合〕悟空得護開懷抱（韻），悟空得護開懷抱（疊）。〔從壽臺下場門下。副扮悟空，戴悟空帽，穿悟空衣，帶數珠，持棒，從壽臺上場門上，唱〕

【又一體】我雲端細瞧（韻），正想回身弄法擒妖（韻）。〔白〕我孫悟空打聽悟能消息，不期他已被妖精捉去，回到凉亭看取師傅、沙僧，誰想都被他刼去。這妖精好生利害，須要想個法兒，方能救得師傅。此處現有小妖傳令，我且隱身跟定，相幾行事便了。〔唱〕倘然得脱禍根苗（韻），憑神算（句），搗窩巢（韻），〔合〕免教兩地傷懷抱（韻）。〔小妖從壽臺上場門上，唱〕悟空得護開懷抱（韻）。〔悟空作打死小妖，從地井下科，帶金箍上。悟空白〕待我變做小妖模樣便了。〔下，化身上。白〕妙哉！我且充了小妖，進洞探聽師傅下落，方好剪除妖怪。計就月中擒玉兔，謀成日裏捉金烏。〔從壽臺下場門下。雜扮衆男女小妖，各戴鬼髮，穿箭袖卒褂，作押縛丑扮悟能，戴僧帽，紥金箍，猪嘴切末，穿悟能衣，帶數珠。雜扮悟淨，戴僧帽，紥金箍，穿悟淨衣，帶數珠。生扮唐僧，戴僧帽，穿僧衣，繫絲縧，帶數珠，二護法神，仝從簾子門上，唱〕

【又一體】災星拱照(韻)，料今番無路潛逃(韻)。頸加鐵鎖手加鐐(韻)，囚相對(句)，苦煎熬(韻)。〔合〕這場災厄渾難料(韻)，這場災厄渾難料(疊)。〔悟能白〕妖怪哥。〔衆小妖白〕野猪精你死在須臾，誰與你稱兄稱弟！〔悟能白〕不是，我三人既已被獲，料然難以逃脱的了。〔唱〕

【又一體】何須緊加鎖靠(韻)。〔衆小妖白〕鬆了你你要作怪。〔悟能白〕你孫子纔作怪！我與你，〔唱〕做相知留情下遭(韻)。〔衆小妖白〕誰與你做相知？好個蠢貨！〔悟能白〕你不知道我的毛病，若没有三分妖氣的人，我决看不上他的。〔衆小妖白〕胡説，扯着走。〔悟能白〕你家想是養着母猪麽？〔衆小妖白〕養什麽母猪？〔悟能白〕鎖了我這跑猪子，可像猪郎。〔唱〕你家母猪定風騷(韻)，扯我去(句)，配鸞交(韻)。〔衆小妖作打科，悟淨白〕死活不知，還要謔月嘲風。〔悟能白〕這叫做苦中作樂。遇着了這妖物，不由人不動情。〔衆小妖白〕你這瘟猪，這等胡言亂語，我着實打便了。〔作打科。悟能白〕妖怪饒了罷。〔衆小妖唱合〕打你個不知死活還裝俏(韻)，不知死活還裝俏(疊)。〔白〕且吊在這裏，回覆大王，聽候發落。〔各作吊科，二護法神暗下。衆小妖從簾子門下。唐僧唱〕

【南吕宫正曲・紅衫兒】這坎坷多應命裏遭(韻)，頓令人此際魂飄(韻)。甚日得離災厄(句)，雨散雲消(韻)。〔白〕聖上嗄！〔唱〕惟辦取叩佛求經(句)，一旦主恩難報(韻)。〔白〕悟空嗄！〔唱合〕料想在兩地焦勞(韻)，咫尺飛騰難到(韻)。〔雜扮悟空化身，戴鬼髮，紥金箍，穿箭袖卒褂，執令旗，從壽臺上場門上。白〕心忙來路遠，事急步行遲。守門的快開門來！〔内白〕什麽人？〔悟空化身白〕我奉二位大王之命，傳示各山家屬，隄防孫行者，特來繳令的。〔雜扮守門小妖，戴鬼髮，穿箭袖卒褂，從洞門上。白〕來了！忽聞唤急隨即趨蹌。請了，你回來了。〔悟空化身白〕二位大王在那裏？好去繳令。〔小妖白〕且慢。方纔傳令出來，二位大王連日辛苦，在後殿晝寢，一應事情，非奉呼唤，不得擅入。〔悟空化身白〕如此説，可知唐僧師徒在于何處，怎生發落了？〔小妖白〕他師徒還吊在那剥皮亭西廊下，聞得説就要請老奶奶前來，一仝享用。〔悟空化身白〕你且關了門，待我安息片時，候大王出來好繳令。〔小妖白〕有理。〔仝作進洞門，悟空化身遶場科，白〕剥皮亭西廊下，待我望來，想是在那邊了。〔作見科。白〕師傅嗄！〔唐僧白〕徒弟，你來了。快些救我出去要緊！〔悟能白〕哥哥救命！〔悟空白〕低些説，驚動了老妖，是了不得的！待我放你們下來。〔作解放科。唐僧白〕徒弟，〔唱〕

【南吕宫正曲·獅子序】將吾救望爾曹㊞韻，庶免得魂驚夢勞㊞韻。〔悟空白〕師傅不須性急。〔唱〕且安心忍耐㊞讀，挨過昏朝㊞韻。要離這天籠地罩㊞韻，只待你難兒滿㊞句，禍兒完㊞句，災星退㊞句，自然福星臨照㊞韻。〔合〕但願逢凶化吉㊞讀，好似時雨救枯苗㊞韻。〔悟空化身作隱下。悟空作救唐僧、悟能、悟淨仝出洞門科。金角大王、銀角大王内白〕衆小妖，唐僧被孫悟空救去，就此趕上！〔雜扮衆小妖，各戴鬼髮，穿箭袖卒褂，持刀。引淨扮金角大王，戴金角髮，紥額，紥靠，持器械。雜扮銀角大王，戴銀角髮，紥額，紥靠，持器械，從洞門上，作對敵科。衆小妖作擒唐僧、悟能、悟淨，仝從洞門下。悟空白〕不好了！可憐師傅又披擒去。方纔聽得要請他老母赴宴，不免相機行事便了。〔從壽臺下場門下。雜扮傳事小妖，戴鬼髮，穿箭

袖卒褂，從簾子門上。唱〕

【南呂宮正曲・東甌令】傳王命（句），請帖邀（韻），着伶俐虫兒走一遭（韻）。〔白〕伶俐虫兒何在？〔雜扮伶俐虫，戴紥巾，簪形，穿報子衣，繫肚囊，從簾子門上。唱〕偷閒正爾呷燒刀（韻），有甚事頻呼叫（韻）？〔白〕做什麽？〔小妖白〕二位大王有請書一封，着你下到玉仙洞，請老奶奶赴席。〔伶俐虫白〕請老奶奶赴什麽席？〔小妖白〕二位大王獲得唐僧，不敢獨享，請老奶奶一仝受用，要做個大勝會。〔伶俐虫白〕喫唐僧不知有我們些分兒無有？〔小妖唱合〕東厨西竈大烹庖（韻），勝會做明朝（韻）。〔從簾子門下。伶俐虫白〕曉得了，我去也。〔做出洞門。唱〕

【又一體】一觔酒（句），不覺醉酕醄（韻），頭重身歪脚亂跑（韻），昏昏不辨羊腸道（韻），山崖畔將身靠（韻）。〔作醉倒，悟空從壽臺上場門上，作見科。白〕你看這小妖醉倒在此，不免將書取了，變做他的模樣，去請妖婆，相機行事，好救師傅。〔作取書科。白〕妙嗄！〔唱合〕看你鼾齁一似沸春濤（韻），長夜在今宵（韻）。〔作打死伶俐虫，從地井内下。悟空作取形看科，白〕我道是什麽妖精，原來是個畫眉兒！這樣虫兒也會成精作怪。畫眉兒你只該，〔唱〕

【尾聲】占山頭鳴春曉（韻），誰教你依人弄巧（韻）？何不如反舌無聲惜羽毛（韻）。〔悟空作下地井，變伶俐虫，虛白，從壽臺下場門下〕

第廿三齣　狙公狸母分身現（齊微韻）

〔旦扮侍兒，戴狐尾，簪形，穿衫背心，繫汗巾，從簾子門上，白〕洞府長春不計年，採精煉氣女神仙。雖然未赴蟠桃會，玉洞桃花錦繡天。自家乃玉仙老母座下一個侍兒是也。俺隨老母修仙學道，煉得吐霧噴雲，參星拜斗，依此山洞爲穴，一般的也有瑶臺璇室，玉樹琪花，真仝仙境，這也不在話下。方纔伏侍老奶奶梳粧已畢，進過早膳，恐有呼喚，須索在此伺候者。〔雜扮悟空化身，戴紮巾，紮金箍，穿報子衣，繫肚囊，從壽臺下場門上，白〕不愁路上千般鬼，何懼山中百道魔。〔作到科。白〕此間已是。門上有人麽？〔侍兒作出洞門科。白〕是那個？〔悟空化身白〕我是平頂山蓮花洞二位大王差來下請書的。〔侍兒白〕隨我進洞去見來。〔悟空化身隨進洞門，遶場科。侍兒白〕在此少待，老太太有請。〔旦扮衆侍兒，各戴狐尾，簪形，穿衫背心，繫汗巾。引副扮狐狸精，戴大鬏髻，穿氅，簪形，持扇，從簾子門上。唱〕

【仙吕宫正曲・大齋郎】添狐媚(韻)，少狐疑(韻)，慣於夤夜把人迷(韻)。癡兒只道奴紅粉(句)，〔合〕十人見我難活一(韻)。〔場上設椅，轉場坐科。侍兒白〕奶奶，蓮花洞二位大王差人下書。〔狐狸精白〕着他進來。〔侍兒作喚悟空化身進見科。狐狸精白〕伶俐虫兒來了麽！〔悟空化身作會意科。白〕奶奶在上，伶俐虫兒叩頭。二位大王有請書呈上。〔狐狸精白〕我的兒起來。〔作看書科。白〕你大王擒獲唐僧，不敢擅自受用，差你來請我前去共享麽？〔悟空化身白〕正是。請奶奶就去。〔狐狸精白〕我曉得了。丫鬟可看好了家，我赴席就來。吩咐排執事。〔雜扮衆小妖，各戴鬼髮，穿箭袖卒褂，執儀仗。引狐狸精、悟空化身仝出洞門上。衆侍兒作送科，白〕侍兒每送奶奶。〔狐狸精白〕我的兒每好生看家，奶奶回來帶菓兒你每喫。〔衆侍兒作應，仍從洞門下。狐狸精作乘轎遶場科。仝唱〕

【仙吕宫集曲・甘州歌】【八聲甘州】（首至六）好派威儀(韻)，看前呼後擁(讀)嚮道聲齊(韻)。熊猊猩狛(句)，到處盡教迴避(韻)。見山禽野鳥翩翩舞(句)，粉蝶黄蜂欵欵飛(韻)。【排歌】（合至末）橋平水(句)，竹隱扉(韻)，欹斜茅屋少人棲(韻)。風光好(句)，景致奇(韻)，野花香噴襲人衣(韻)。〔悟空化身從地井内隱下。副扮悟空，戴悟空帽，穿悟空衣，帶數珠，持棒，從地井内上，作打死狐狸精、衆小妖科。悟空白〕妙哉！這些妖怪都被我打死了。不免拔些毫毛，變這些妖怪前去赴席，好救我師傅。〔作拔毫毛變科。悟空仍從地井内下。悟空化身紥金箍，衆小妖仝作發諢科。白〕變得像，變得像。〔悟空化身作乘橋遶場科。仝唱〕

【又一體】無從辨是非(韻)，看霎時變化(讀)移桃換李(韻)。幻中生幻(句)，誰能識破玄機(韻)。何當正直金睛聖(句)，忽變妖嬈玉面狸(韻)。橋平水(句)，竹隱扉(韻)，欹斜茅屋少人棲(韻)。風光好(句)，景致奇(韻)，野花香噴襲人衣(韻)。〔作到科。雜扮衆小妖，各戴鬼髮，穿箭袖卒褂。引淨扮金角大王，戴金角髮，紥額，紥靠，襲氅。雜扮銀角大王，戴銀角髮，紥額，紥靠，襲氅，從洞門上。悟空化身作下轎，衆小妖從壽臺上場門下。

金角大王、銀角大王作跪科，白〕母親在上，孩兒接見。〔悟空化身白〕我兒起來。〔仝作進洞門遶場科。金角大王、銀角大王白〕母親請上，容孩兒拜見。〔悟空化身白〕罷了，只行常禮罷。〔金角大王、銀角大王白〕那有不拜之禮？〔悟空化身白〕我兒生受你了。〔金角大王、銀角大王作拜科。白〕自幼蒙恩撫育，今朝幸爾成人。愧無一物奉慈親，宰割唐僧爲敬。〔場上設椅，各坐科。悟空化身白〕乖兒，多謝你了。你方纔説甚麽唐僧，那唐僧有何好處？〔金角大王、銀角大王白〕兒等獲得東土大唐唐僧，他乃十世修行的人，能食他一塊肉，壽仝天地。兒等不敢自便，特請老母仝享，以表寸心。〔悟空化身白〕我的兒，難得你記掛老身。但我來路已遠，肚中饑餓，有便飯取來，以後再説喫唐僧的話罷。〔金角大王、銀角大王白〕備有下馬飯，看酒來。〔衆小妖應科。場上設桌椅，各入桌坐科，仝唱〕

【羽調正曲・排歌】羅列盤餐㊂，雖然粗糲㊃，娘親聊可充饑㊃。孩兒常自盼慈闈㊃，先上南山壽一杯㊃。〔合〕山不老㊂，壽與齊㊃，雙雙跪祝舞斑衣㊃。〔悟空化身白〕我的兒，你曉得我的酒量不佳，不要奉了。但不知肚中爲什麽這般饑餓，不要嫌老娘粗鹵，且放量飽嘗你們這些好肴饌。〔金角大王、銀角大王白〕酒倒不敢相敬，粗菜兒請用些。〔仝唱〕牛馬肉㊂，無甚奇㊃，把唐僧煮食始甘肥㊃。〔悟空化身白〕我喫得高興，我倒忘了，你們今日特地請我來，喫甚麽唐僧的。〔金角大王、銀角大王白〕正要稟老母，唐僧怎麽樣一個喫法，請母親示下，好吩咐庖人。〔悟空化身白〕我不知唐僧怎麽一個人，我兒可帶來我看看，自有發落。〔金角大王、銀角大王應科。白〕小的們，把唐僧押過來。〔衆小妖應科，從簾子門下，作押縛生扮唐僧，戴僧帽，穿僧衣，繫絲縧，帶數珠。丑扮悟能，戴僧帽，紮金箍，猪嘴切末，穿悟能衣，帶數珠。雜扮悟淨，戴僧帽，紮金箍，穿悟淨衣，帶數珠，仝從簾子門上。衆小妖白〕唐僧、八戒、沙僧當面。〔悟能虛白科。悟空化身白〕我兒，這唐僧瘦得緊，他的肉是腥的，不中喫。那個和尚呢？〔金角大王白〕是唐僧的徒弟，叫做沙和尚，煮了來孝順母親罷。〔悟空化身白〕我兒，不好。這和尚的肉有些禿腥氣，也不中喫。那大耳朵的呢？〔金角大王、銀角大王白〕叫做猪八戒，宰了孝順老娘罷。〔悟空化身白〕這個使得。〔金角大王、銀角大王白〕小的們，把八戒拿去宰了煮來喫。〔悟能白〕我的肉喫不得。〔金角大王、銀角大王白〕怎麼喫不得？〔悟能白〕我是外路貨，皮厚煮不爛的。〔金角大王、銀角大王白〕既如此，剥了皮煮。〔悟能白〕不用剥皮，湯響皮爛的。〔悟空化身白〕住了。猪八戒且不要喫他。〔悟能白〕奶奶救命王菩薩。〔悟空化身白〕小的們只將他兩個大耳朵割下來，與我燒燒下酒。〔悟能白〕猴兒你説救我的，怎麼倒要喫我的耳朵？〔金角大王、銀角大王作驚科。白〕甚麼猴兒？〔悟能白〕妖怪你上了他的當了！他不是你媽，是猴兒變來的。〔金角大王、銀角大王白〕罷了，氣殺我也！小的們一齊動手，來拿這猴頭。〔衆小妖應科，悟空化身從壽臺下場門隱下。悟空作出洞門，從壽臺上場門下。金角大王、銀角大王白〕小的們，把唐僧等仍押到剥皮亭，待等拿住猴頭，一齊開刀烹煮享用便了。〔衆小妖應科，押唐僧、悟能、悟淨仝從下場門下。雜扮巴山虎，戴鬼髮，穿箭袖卒褂，從上場門上，進洞門出簾子門。白〕報稟大王，孫悟空在洞外罵戰。〔銀角大王白〕哥哥，我有一計，不費半點氣力，拿住猴兒，以洩此恨。〔金角大王白〕有何妙計拿他？〔銀角大王白〕我有陰陽淨瓶，逢人叫其名字，其人即入瓶內，一時三刻，化爲膿血，强如與他廝殺。〔金角大王白〕有理。巴山虎過來。〔巴山虎應科，銀角大王向下取瓶遞科〕你持了寶貝，尋見孫行者，叫他一聲，他自能答應，他若入此瓶，你即將瓶蓋好，便來回話，不可有悞。〔巴山虎作接瓶科，進簾子門，出洞門，從上場門下。金角大王白〕兄弟，我等被這猴頭戲耍這番，好恨殺人也。〔銀角大王白〕正是。他既變了母親前來捉弄我們，還不知你我的真正母親在彼可安否？小妖們到老奶奶處，打聽回話。〔衆小妖應科，金角大王、銀角大王白〕叩頭搗蒜實堪羞，老母連聲叫不休。可恨那厮忒無禮，便宜討盡是猴頭。〔仝從簾子門下。巴山虎從洞門上，唱〕

【黄鐘宫正曲·滴溜子】奉主命（句），奉主命（格），淨瓶捧持（韻）。忙前去（句），忙前去（格），高聲叫起（韻）。這厮（讀）命兒休矣（韻）。〔合〕宣差且莫遲（句），防他躲避（韻）。〔白〕自家巴山虎便是。奉二位大王之命，去尋孫悟空。那猴兒不知他在何處，且待我往各山頂茂林中去叫他便了。〔唱〕四下追尋（讀），並不見伊（韻）。〔作叫喊科，從壽臺下場門下。悟空從壽臺上場門上。唱〕

【又一體】忽聞得（句），忽聞得（格），叫聲揚沸（韻）。指名着（句），指名着（格），須聽仔細（韻）。〔巴山虎内作叫喊科，悟空白〕你看那小妖指名道姓，必有緣故。且不要應他，我看道理，待我也變作他一般模樣。〔唱〕與他（讀）一般仝輩（韻），〔合〕察訪實根由（句），憑咱弄你（韻），小鬼搬乖（讀），有甚出奇（韻）。〔從壽臺

下場門下。巴山虎作叫喊科，從壽臺上場門上。唱〕

【又一體】連叫喚(句)，連叫喚(格)，喉嚨没氣(韻)。怎消繳(句)，怎消繳(格)，怕擔干係(韻)。〔悟空從壽臺上場門上，白〕哥慢走，我來也。〔唱〕眼前(讀)誰來應你(韻)？〔合〕躬身問老兄(句)，緣何着急(韻)。〔巴山虎白〕你這人，我從不曾見過你。〔悟空作笑科。白〕怎麽没有見過？想是你忘記了。〔巴山虎白〕且問你，〔唱〕何項當差(讀)？面生可疑(韻)。〔悟空白〕你看我道是面生可疑，我且問你，你是那個里長管的？〔巴山虎白〕我是内二甲二大王親隨，唤做巴山虎。〔悟空白〕你是二大王親隨，我是大大王長班，叫做水裏龍，新上班的，你就不認得我了。〔巴山虎白〕你是新進來的，失敬了。〔悟空白〕不敢。你自己一個在此，作何勾當？〔巴山虎白〕二大王有個陰陽二氣瓶，與人交戰，叫他一聲，他若應了，吸進瓶内，一時三刻化爲膿血。〔悟空白〕如此利害，我不信，如今瓶呢？〔巴山虎白〕這不是，命我特來叫那孫悟空，到處找尋不見。你可曉得他往那裏去了？〔悟空白〕哥，你難道還不知他，昨日假充做老奶奶，來討二位大王的便宜。〔巴山虎白〕這是我曉得的。他見事露，一路金箍棒打出洞去，故此大王命我來捉他。〔悟空白〕哥，你尋他不見麽，我聞他多喫了幾杯害酒，不知躲在那裏睡覺去了。〔巴山虎白〕原來如此，怎麽樣呢？〔悟空白〕如今猴兒叫不着，我且與你賭賽寶貝如何？〔巴山虎白〕怎麽賭賽寶貝？〔悟空白〕你方纔説，那瓶只裝得一個人，我的寶貝是葫蘆，能裝天地在裏面的。〔巴山虎白〕我不信。〔悟空白〕你不信，我裝與你看看。〔作向地井内取葫蘆發諢科，白〕

天靈地靈，急急如律令，勅。〔雜扮衆天將，各戴大頁巾，穿箭袖、排穗，執旗。旦扮衆電母，各戴包頭，紥額，穿宮衣，紥袖，持鏡。雜扮衆雷公，各戴雷公髮，紥靠，紥鼓翅，持錘鑿。老旦扮風婆，戴包頭，紥額，穿老旦衣，繫腰裙，負虎皮。雜扮雨師，戴雨師髮，穿箭袖，繫肚囊，執雨師旗。引淨扮九天，戴九天髮，穿蟒，束帶，持鞭，從禄臺上場門上，作遶場分立科。巴山虎作看葫蘆内，作虚白發諢科。悟空作指科，白〕速退。〔衆天神仝從禄臺下場門下。悟空白〕如何？〔巴山虎白〕好寶貝！换了罷。〔悟空白〕换與你罷，你的寶貝只裝得一個人，我的寶貝能裝天地，换不成。〔巴山虎白〕都是一家人，换與我頑耍頑耍，還你就是了。〔悟空白〕這個使得。〔作换瓶，巴山虎發諢念咒，悟空作持棒科，白〕妖怪！〔唱〕

【黄鐘宫正曲·三段子】你自投禍機(韻)，緊尋趁叫咱甚的(韻)。〔巴山虎作恨科，白〕猴頭，你原來就是孫行者，快還我瓶來！〔悟空唱〕還瓶漫提(韻)，猛回頭才知噬臍(韻)。〔白〕我非不打死你，留你去報二妖知道，好好將吾師放出，或者保全性命。若是遲延呵，〔唱合〕立教巢窟成平地(韻)。生還令汝傳咱意(韻)。〔巴山虎作急從洞門下。悟空唱〕却笑你暗算他人輸自己(韻)。〔從壽臺下場門下。衆小妖引金角大王、銀角大王從簾子門上唱〕

【黄鐘宫正曲·鮑老催】明明彼欺(韻)，喬粧老母來燥脾(韻)，今番瓶内受慘悽(韻)。〔巴山虎從簾子門急上。白〕報大王，不好了！孫行者呵，〔唱〕肆强梁(句)，騙寶瓶(句)，無抵對(韻)。〔金角大王、銀角大王白〕怎麽將寶貝搶去？〔巴山虎唱〕金箍掠削使如飛(韻)，快還師長方消氣(韻)，〔合〕若遲延難存濟(韻)。

〔從簾子門下。金角大王作怒科，白〕小妖們，將門多加幾根閂，閂牢了。〔衆小妖應科，金角大王白〕兄弟，那猴頭利害，寶貝又被他騙去，我們無以取勝，不若將唐僧送還了他罷，免得惹氣。〔銀角大王白〕哥哥，你怎麽如此膽怯起來！待兄弟籌算一計，定要拿住猴頭，奪回寶貝，將猴頭生啖其肉，方洩我恨！〔金角大王白〕兄弟説得有理。〔仝唱〕

【尾聲】山頭佈下天羅勢(韻)，準備來朝捉巨魁(韻)。〔白〕小妖們，今夜呵，〔唱〕喝號提鈴切莫違(韻)。〔仝從簾子門下〕

第廿四齣　銀氣全光立地銷（寒山韻）

〔外扮老君，戴老君髮，穿氅，繫絲縧，持拂塵，從祿臺上場門上。唱〕

【仙呂入雙角合套・新水令】身居兜率證仙班(韻)，丹爐畔二童調犯(韻)，興妖棲洞府(句)，背主下塵寰(韻)。〔白〕俺不免作速下凡去，收了這兩個畜生回宮來。〔唱〕不是俺有失防閑(韻)，也是取經者該遭難(韻)。〔從祿臺下場門下。雜扮衆小妖，各戴鬼髮，穿箭袖卒褂，持刀。引淨扮金角大王，戴金角髮，紥額，紥靠，持器械；雜扮銀角大王，戴銀角髮，紥額，紥靠，持器械，從洞門上，仝唱〕

【仙呂入雙角合套・步步嬌】殺氣騰騰衝霄漢(韻)，四野雲霾晚(韻)。迷魂陣脚安(韻)，擺得旗幟鮮明(句)，戈矛銀燦(韻)。〔合〕孫武也心寒(韻)，聲言接戰魂先散(韻)。〔從壽臺下場門下。副扮悟空，戴悟空帽，穿悟空衣，帶數珠，持棒，從壽臺上場門上，唱〕

【仙呂入雙角合套・折桂令】護師尊參叩靈山(韻)，一路辛勤(句)，水宿風飡(韻)。經歷過多少籠樊(韻)，都則是逢凶化吉(句)，履險平安(韻)。〔金角大王、銀角大王從壽臺上場門上，作與悟空對敵科。悟空唱〕一任你筋疲力殫(韻)，憑着俺剪暴除殘(韻)。〔金角大王、銀角大王白〕猴頭，快快送還我的寶瓶來！〔悟空唱〕你欺我勢怯孤單(韻)，我笑你烏合妖蠻(韻)。試看搗洞傾巢(句)，須教伊地覆天翻(韻)。〔作對敵，衆小妖各從壽臺兩場門上，作圍遶科。仝唱〕

【仙呂入雙角合套·江兒水】對壘如碁局(句)，輸贏在這番(韻)。怕逢敵手終爲患(韻)。馬陵道上喬公案(韻)，白登城裏圍炎漢(韻)。船漏江心難挽(韻)。〔合〕他占長斜(句)，這刼急怎生排散(韻)。〔衆小妖仍從壽臺兩場門分下。悟空唱〕

【仙呂入雙角合套·雁兒落帶得勝令】俺也曾大羅天鬧一番(韻)，俺也曾蟠桃會嘗仙饌(韻)，俺也曾吼冥司牛鬼欽(句)，俺也曾闖水府龍王憚(韻)。呀(格)！今日個保師傅上靈山(韻)，一路來遇幾處没遮攔(韻)，都則是骨碌碌把頭顱砍(韻)，不道你勇赳赳將性命拚(韻)。看看(韻)，俺是個殺人心不砭眼(韻)。班班(韻)，早掄着金箍棒齊打翻(韻)。〔作對敵科。老君從祿臺到仙樓下，至壽臺，唱〕

【仙呂入雙角合套·僥僥令】征雲衝險棧(韻)，殺氣滿空山(韻)。〔白〕孫大聖不要動手！〔悟空白〕你老人家從那裏來？〔老君白〕特爲你解難而來。〔金角大王、銀角大王作見跪科。老君白〕畜生！〔唱〕你撇下丹爐誰看守(句)，〔合〕墮落在人間剔弄奸(韻)。〔悟空白〕住了，這是你甚麽人？〔老君白〕是我守爐的兩個童兒，在此作祟，多有得罪。〔悟空作怒扯老君科，唱〕

【仙呂入雙角合套·收江南】呀(格)！聽説罷怒氣滿胸間(韻)，可正是遇家奴顛赸(韻)，咱與伊相逢會合似緣牽(韻)。〔老君白〕大聖，待我收他們回去就是了。〔悟空白〕萬望作速收此孽障。〔唱〕管赫然惡煞變慈顏(韻)，情由豈等閒(韻)，情由豈等閒(疊)，怎生的收伏兩兇殘(韻)。〔老君白〕大聖，容我與你細講。〔悟空白〕請道。〔老君白〕一者你師傅該有此難，二來禍根皆由你起。〔悟空白〕到來扳扯着我！〔老君白〕你可記得五百年前鬧天宮之時，〔唱〕

【仙呂入雙角合套・園林好】把丹爐伊曾亂翻(韻)，嚇得他心驚膽寒(韻)。〔悟空白〕當初守爐的童兒，何等標致，怎麽是這兩個醜鬼？好調謊，這也難信。〔老君白〕連你也糊塗了。大聖就不記得《感應篇》所云，人起善念，善雖未爲，吉神護之。人起惡念，惡雖未彰，凶神隨之。他二人惡念一起，相貌頓改，正所謂相隨心轉也。〔唱〕惡狠狠故來觸犯(韻)。〔悟空白〕依你怎麽説？〔老君白〕請出令師來，老夫親送一程，帶這兩個畜生回去，以家法處之。〔悟空白〕就依你老人家講。〔老君白〕甲卯二神何在？〔雜扮甲卯二神，各戴紥巾額，穿鎧，持鐧。雜扮衆天將，各戴盔，穿鎧，持鞭，仝從仙樓門上，至壽臺作分侍科。悟空白〕饒便饒了，他可曉得老孫從不聽空分上的。〔老君作取丹科，唱合〕聊表意有仙丹(韻)，聊表意有仙丹(疊)。〔悟空白〕也罷，有仙丹送我幾升來。〔老君白〕甚麽東西，可以幾升的！所有一粒奉送。〔悟空白〕還是這樣慳吝！只是便宜了這兩個孽障。〔老君白〕大聖快請你師傅出來，我在此等候。〔悟空應科，從洞門下。衆天將白〕老君有何法旨？〔老君白〕甲卯二神，將這兩個孽畜押回本宮，待我回來發落他。〔甲卯二神應科，作押金角大王、銀角大王從仙樓上至禄臺暗下。悟空引生扮唐僧，戴僧帽，穿僧衣，繫絲縧，帶數珠。丑扮悟能，戴僧帽，紥金箍，猪嘴切末，穿悟能衣，帶數珠。雜扮悟淨，

戴僧帽，紮金箍，穿悟淨衣，帶數珠，仝從洞門上，唐僧唱〕

【仙吕入雙角合套・沽美酒帶太平令】想從來行路難(韻)，想從來行路難(疊)。經幾度險波瀾(韻)，深賴吾徒力不凡(韻)。〔悟空白〕師傅，雖然弟子之功，多蒙老君收伏，方脱此難。不然正好費力。老君尚在空中相送，師傅還當拜謝。〔唐僧作拜科，唱〕忙稽首碧天雲漢(韻)，救得我離塗炭(韻)。今日裹烟開霧散(韻)，依然見風清日燦(韻)。要把那雷音寺盼(韻)，但將這西方路趲(韻)。〔老君唱〕俺呵(格)，除却了雙奸(韻)二頑(韻)，恁師徒方得保安(韻)。呀(格)，願前途再無驚憚(韻)。〔白〕大聖好生保你師傅西行，吾回宫去了。〔悟空作謝科。老君白〕衆天將，護送聖僧一程。〔衆天將應科。老君仍從仙樓上至禄臺下。悟能、悟淨作向下牽馬挑經擔，唐僧作騎馬遶場科。仝唱〕

【尾聲】這場驚怖真奇幻(韻)，金銀氣這等兇頑(韻)。只笑那平頂妖魔依然去煉丹(韻)。〔仝從壽臺下場門下〕

戊上

第一齣　火雲洞嬰王命將（江陽韻）

〔雜扮六健將，各戴竪髮額，簪雉尾、狐尾，紥靠，帶韃，從簾子門分上科，仝唱〕

【仙吕調隻曲・混江龍】只看俺人才雄壯（韻），一箇箇威風凜凜氣昂昂（韻）。急如火神通廣大（句），快如風武藝高强（韻）。雲裏霧（讀）空中能跳擲（句），霧裏雲（讀）天外善騰驤（韻）。興烘掀無風浪湧（句），掀烘興陸地波揚（韻）。漫誇他塵埃濁世有能人（句），怎及俺火雲仙洞多良將（韻）。休認做股肱精怪，可正是羽翼嬰王（韻）。〔白〕今日大王傳話，教咱們俱在此候令，不知有何事情，須索伺候者。〔雜扮衆小妖，各戴鬼髮，穿箭袖卒掛，執旗。引小生扮聖嬰，戴紫金冠，軟紥扮，繫風火輪，從簾子門上，唱〕

【仙吕調隻曲・點絳唇】夢寐難忘（韻），運籌停當（韻），唐三藏（韻），若得他塊肉充腸（韻），延壽千年壯（韻）。〔場上設平臺、虎皮椅，轉場陞座科。衆健將白〕衆健將參見大王。〔聖嬰白〕自家聖嬰大王是也。父親牛魔王，母親鐵扇公主。奉父王之命，鎮守火雲洞，職司掌火，力能燎原，人人無不聞名害怕。

昨在羣妖會上，聞知大唐天子差國師唐三藏，赴五印度取經。此僧十世人身，食他一塊肉，九族昇天。小聖不勝欣快，打聽他往雷音取經，必從俺這火雲洞經過。六健將，我今扮作落難嬰兒，吊在樹上，唐僧乃是心慈之人，必然解救，乘機攝取。你六人各領火車一輛，按取五方埋伏，聽吾調用。急如火可隨軍護守。捉住唐僧，俱各有賞。〔六健將應科，仝唱〕

【雙角隻曲・二犯江兒水】紅光千丈(韻)，俺憑着紅光千丈(疊)，燄騰騰彌蓋壤(韻)。統雄兵打仗(韻)，結寨軒昂(韻)，論英雄非自獎(韻)，火器猛難當(韻)，火輪勢若狂(韻)，火帥師張(韻)，火陣排長(韻)，火焰山(讀)烈轟轟誰敢上(韻)。〔合〕聖嬰大王(韻)，俺本是聖嬰大王(疊)。東來三藏(韻)，要擒拿東來三藏(疊)。〔場上設柳樹，衆小妖、六健將引聖嬰作遶場出洞門科。仝唱〕付庖人(讀)炙煿來細細兒享(韻)。〔聖嬰白〕此間有一株柳樹，不免吊在樹上便了。待俺變來。〔作隱入樹内。六健將向下取繩，將聖嬰化身綁縛作吊樹科。六健將虛白，聖嬰化身作笑科，白〕衆健將四下埋伏者。〔衆小妖、六健將應科，各從壽臺兩場門下〕

第二齣　枯松澗聖僧被圍（江陽韻）（七）

〔副扮悟空，戴悟空帽，穿悟空衣，帶數珠。丑扮悟能，戴僧帽，紥金箍，猪嘴切末，穿悟能衣，帶數珠，持鈀，挑經擔。雜扮悟淨，戴僧帽，紥金箍，穿悟淨衣，帶數珠，持鏟。引小生唐僧，戴僧帽，穿僧衣，繫絲縧，帶數珠，騎馬，從壽臺上場門上，白〕遠上寒山石徑斜，白雲深處有人家。停鞭最愛楓林晚，霜葉紅於二月花。一路行來，不覺又是初冬了。徒弟們，你看那山凹裏，一朵紅雲擁起來，這是什麼緣故？〔悟空白〕師傅不要管他，且自趲路。〔仝作行科。唐僧唱〕

【仙呂宮正曲·皂羅袍】時刻雷音注想（韻），任擔辛受苦（讀）沐雨經霜（韻）。花垂藻井謁空王（韻），真經貝葉繙三藏（韻）。〔合〕長安何處（句），雲山渺茫（韻）。竺乾何處（句），神魂慘傷（韻）。紅光怪底高千丈（韻）。〔聖嬰化身白〕救人嗄！〔唐僧作見驚科，唱〕

【又一體】忽見嬰兒骯髒（韻），甚繩纏索綑（讀），受此奇殃（韻）。〔白〕悟空，可憐這嬰兒綑在樹上，你可放他下來。〔悟空白〕師傅，咱們走路，管別人閒事怎麼！〔唐僧白〕說那裏話！〔唱〕救人苦海賴慈航（韻），隨時功德應無量（韻）。〔悟空白〕師傅，他却不是好人！咱們走路，管他閒事怎麼！〔唐僧白〕住了。古人有編橋渡蟻之功，〔唱合〕況鬬人命(句)，非仝泛常(韻)。未漓天性(句)，遭茲幼殤(韻)。〔白〕你不救，待我去解救他。〔作下馬科。悟空白〕放不得！〔唐僧白〕孩提怎忍黄泉喪(韻)。〔作解救科。聖嬰化身負唐僧從天井内上。雜扮衆小妖，各戴鬼髮，穿箭袖卒掛，執旗。雜扮六健將，各戴竪髮額，簪雉尾、狐尾，紥靠，持器械，各從壽臺兩場門地井内上，作與悟空、悟能、悟淨對敵科。場上撤樹，衆小妖引六健將從壽臺下場門下。悟能、悟淨各虛白慌科，悟空唱〕

【仙吕宫正曲·棹角兒序】惜吾師未審端詳(韻)，致妖魔一時無狀(韻)，急得咱心頭鹿撞(韻)，險些兒肥蛇吞象(韻)。〔悟能、悟淨白〕哥哥，急也不中用，必須商議，快些救取師傅要緊。〔悟空白〕如今知道他是什麽妖怪？往那裏去救取師傅？〔悟能、悟淨白〕哥哥，你平日極是有主意的，今日也要想出個主意來，我們幫着你去擒拿妖怪便了。〔悟空白〕有了！〔唱〕須是唤山神(讀)，問土地(句)，細根求誰誰孽障(韻)，住在何方(韻)。〔從壽臺下場門下。悟能、悟淨作發諢科，悟空作追趕。雜扮衆山神、土地，各隨意從壽臺上場門上，跪科，白〕大聖爺有何吩咐？〔悟空白〕方纔將我師傅馱負而去，是何妖怪？若不實講，看棒！〔作欲打科。衆山神土地白〕大聖爺，〔唱合〕雷霆慢彰(韻)，有言禀上(韻)。可憐見(句)雨淋日炙(讀)，不成模樣(韻)。〔悟能、悟淨白〕哥哥不要打。我且問你，你們這裏却有多少山神土地？〔山神、土地白〕大聖爺爺，此山唤做六百里鑽頭號山，我等十里一山神，十里一土地，共該三十名山神，三十土地。聞知大聖來此，一時會不齊集，故此接遲，萬望恕罪。〔悟空白〕你這裏有多少精怪？〔衆

山神、土地白〕爺爺，只有一個妖精，頭都摩光了。〔唱〕

【又一體】趕住持無人進香（韻），〔白〕他手下健將呵，〔唱〕索常例掂斤估兩（韻）。〔悟空白〕不與他便待怎麽樣？〔衆山神、土地白〕不與他了不得！ 那健將一個叫做興烘掀，一個叫做掀烘興，常例少了些，他將判官小鬼呵，〔唱〕掀一掀嘴青鼻黄（韻），烘一烘磨拳擦掌（韻）。〔悟空白〕他住甚麽地方？叫甚麽名字？〔衆山神、土地唱〕他住在枯松澗（讀）火雲洞（句），父牛魔（讀）、羅刹娘（韻）。號做聖嬰大王（韻）。〔悟空作想科，白〕原來是牛大哥的兒子。〔唱合〕心中歡暢（韻），喜氣非常（韻）。〔悟能、悟淨白〕爲何這等喜歡？〔悟空白〕你二人不知，五百年前，牛魔王與我結拜，這小子還是我的侄兒。 山神、土地迴避了。〔衆山神、土地應科，從壽臺兩場門分下。 悟空白〕兄弟，和你仝去問他要師傅便了。〔悟能白〕哥哥，常言道： 三年不上門，當親也不親。 何况别來五六百年，那裏還肯認你？〔悟空白〕總然他不認親，只要他送還我的師傅。 沙兄弟看守行李馬匹，我仝八戒前去。〔悟淨應科，從壽臺上場門下。悟空、悟能唱〕教師傅（句），無驚少恐（讀）脱離災障（韻）。〔從壽臺下場門下。 小生扮聖嬰，戴紫金冠，軟紥扮，繫風火輪，持鎗，六健將隨從壽臺上場門上。 仝唱〕

【又一體】悟空兒傳聞最强（韻），浪名聲享求冤枉（韻）。 笑螳螂空將臂昂（韻），敢逞威車轍攔擋（韻）。〔悟空、悟能從壽臺上場門上，白〕賢侄住着。〔聖嬰白〕猴頭講什麽？〔悟空白〕你父親是我大哥，你不是我侄兒麽？〔聖嬰白〕好胡説！ 看鎗！〔悟能唱〕甚妖魔（讀），行邪道（句），幻嬰兒（讀），張羅網(韻)，直恁猖狂(韻)。〔合〕速還師長(韻)，免吾勞攘(韻)。少遲延(句)，釘鈀一築(讀)，弄得你詩讚羔羊(韻)。〔仝作對敵科。六健將引聖嬰從壽臺下場門敗下，悟空、悟能追下。聖嬰從壽臺上場門上，白〕果然猴頭驍勇。待我用火車擒拿這厮。〔悟空從壽臺上場門追上，作對敵科。聖嬰從壽臺下場門敗下，悟空追下。悟能從壽臺上場門上，作虚白發諢科，從壽臺下場門下。衆小妖、六健將引雜扮衆推火車小妖，各戴鬼髮，穿箭袖，繫肚囊，推車，從壽臺上場門上，作遶場佈陣立科。聖嬰引悟空、悟能從壽臺上場門上，作入陣。悟能虚白，從壽臺下場門暗下。聖嬰作上車與悟空對敵，衆小妖、六健將各放烟火圍遶科，悟空從壽臺下場門敗下。六健將白〕猴頭大敗。〔聖嬰白〕不必追他，就此回洞便了。〔六健將應科，仝進洞門下。悟空從壽臺上場門急上，唱〕

【仙吕宫正曲·薄媚賺】烟焰煌煌(韻)，火逞風威勢莫當(韻)。〔悟淨從壽臺上場門上，白〕哥哥回來了麽？〔悟空白〕不好了！〔唱〕胸前脹(韻)，喉乾口燥心惚恍。(韻)。向河旁(韻)，飽飲流泉解渴腸(韻)。〔作飲水倒科，悟淨白〕哥哥不好了！〔唱〕緊閉牙關淚揾眶(韻)。哥哥聲不應(句)，〔白〕是了！〔唱〕火遭水逼(讀)，氣塞胸膛(韻)，一時身喪(韻)，一時身喪(疊)。〔悟淨哭科。悟能虚白，從壽臺上場門上，作見科，白〕沙兄弟，〔唱〕

【又一體】不用悲傷(韻)，救活師兄我有絶妙方(韻)。〔悟淨白〕你有何方法？〔悟能白〕不敢欺，〔唱〕我自工修養(韻)，三關氣透轉明堂(韻)。〔悟淨白〕你幾時會按摩？〔悟能白〕你莫管。〔唱〕按摩良(韻)，

〔白〕盤起他腿來。〔唱〕導引熊經壽算長㊞。〔作按摩科，唱〕試看區區手段强㊞。〔悟空作醒科，悟淨白〕好了！有氣了。〔悟能白〕如何？〔悟空唱〕誰承望㊞，這場虧苦㊤甚日安康㊞？教人悲愴㊞，教人悲愴㊣。〔各虛白，仝從壽臺下〕

第三齣　牛魔王化身赴席（真文韻）（弋）

〔雜扮六健將，各戴竪髮額，簪雉尾、狐尾，紥靠，仝從簾子門上，唱〕

【中吕宫正曲・縷縷金】傳宣急(句)，赴軍門(韻)，躬身忙答應(句)，敢逡巡(韻)。〔小生扮聖嬰，戴紫金冠，軟紥扮，襲氅，繫風火輪，持簡帖，從簾子門上，唱〕放出純陽火(句)，悟空逃遁(韻)。〔白〕你二人將此書去投上老大王，説我擒獲唐僧，不敢自食，特請老大王來共享。〔二健將接簡帖應科。聖嬰唱〕做個承歡菽水表肫肫(韻)，〔合〕登筵有異品(韻)，登筵有異品(疊)。〔二健將應科。四健將隨聖嬰從簾子門下。二健將遶場作出洞門科，唱〕

【又一體】蒙差使(句)，向前奔(韻)，大烹思展孝(句)，奉尊親(韻)。〔白〕我等奉大王之命，去請老大王吃唐僧肉。就此前去。〔悟空暗上聽科，即下，二健將唱〕兩脚如梭快(句)，限期嚴緊(韻)。〔從壽臺下場門下。悟空從壽臺上場門上，白〕了不得！好利害妖魔！我如今即便改變牛魔王前去，相機行事，有何不可？〔唱〕改容幻化老魔君(韻)，〔合〕與他溷一溷(韻)，與他溷一溷(疊)。〔從壽臺下場門下。二健將從壽臺上場門上，唱〕

【中呂宮正曲·越恁好】穿林渡澗(句)，穿林渡澗(疊)，早過了幾山村(韻)。〔雜扮悟空化身，戴牛魔盔，簪雉尾、狐尾，紮金箍，穿打仗甲，帶櫜鞬，從壽臺下場門上，作向内科，白〕小的們。〔内作應科，悟空化身唱〕把圍場擺列(句)，獐兒走兔兒奔(韻)。〔二健將白〕老大王少住。〔作見科〕興烘掀、掀烘興叩頭。〔悟空化身白〕興烘掀、掀烘興，你二人來此怎麽？〔二健將白〕是小王所差，我主擒獲唐僧。〔悟空化身白〕怎麽唐僧被你主人拿住了？好能幹兒子！〔作笑科，白〕命你每來做甚麽？〔二健將白〕有書在此，請老大王去喫唐僧肉。〔唱〕真僧醢更佐山珍(韻)，用申孝謹(韻)。〔悟空化身白〕我纔到圍場，怎麽處？〔二健將白〕老大王，〔唱合〕千萬的(讀)且莫漫圍場趁(韻)。〔白〕今日不比往日。〔唱〕熱鬧的(讀)暢好是霞觴晉(韻)。〔悟空化身白〕也罷。待我分付小的們先回，我仝你每去就是了。〔二健將白〕謝老大王。〔悟空化身作向内科，白〕小的們聽者。〔唱〕

【中呂宮正曲·紅繡鞋】你們收圍快轉家門(韻)家門(格)，婉言稟覆夫人(韻)夫人(格)。〔白〕説小大王請去喫唐僧了。〔内作應科。悟空化身白〕就此仝行。〔唱〕火雲洞(句)，會兒身(韻)。粧圈套(句)，冒嚴親(韻)。〔合〕覷機關(句)，救師尊(韻)。〔作到科。二健將白〕老大王到了。〔四健將引聖嬰從洞門上，作迎進洞門遶場科。聖嬰白〕爹爹請上，待孩兒拜見。〔悟空化身白〕我兒不消罷。〔聖嬰白〕久違定省罪應深，今獻唐僧表寸心。〔悟空化身白〕謾道曾參能盡孝，一般酒肉共相斟。〔場上設椅，各坐科。悟空化身白〕你母親常常想你，要仝我來看你，不期你差人請我，好孝順兒子，我好快活！我的兒，請我到來，

怎麼樣喫唐僧呢？〔聖嬰白〕爹爹聽稟。〔唱〕

【中呂宮正曲・駐馬聽】上告嚴親(韻)，獲得唐僧愉快人(韻)。他乃金蟬脱化(句)，能食其羹(讀)，與天地仝春(韻)。〔白〕孩兒呵，〔唱〕從無菽水報恩勤(韻)，權將此物申情悃(韻)。〔悟空化身白〕好兒子！生受你了。〔聖嬰唱合〕美酒沾唇(韻)，開懷暢飲(讀)，共樂天倫(韻)。〔白〕小的們將唐僧蒸熟了，拿來孝敬大王。〔六健將應科。悟空化身白〕住了。我兒，你爲父的呵，〔唱〕

【又一體】壽過彭君(韻)，猛想從前罪孽因(韻)，爲此皈依三寶(句)，常奉花齋(讀)，更長精神(韻)。〔聖嬰白〕爹爹喫甚麼齋？〔悟空化身唱〕三辛逢六不茹葷(韻)。〔白〕今日日辰也不好。〔聖嬰白〕怎麼呢？〔悟空化身唱〕酉不宴客須當信(韻)。〔聖嬰白〕爹爹那持齋的，不見有什麼好在那裏！〔悟空化身白〕不當家。〔合唱〕一入禪門(韻)，須持五戒(讀)，稽首慈雲(韻)。〔聖嬰作背科，白〕且住。俺父王平日喫人爲生，今活有千餘歲，怎麼突然持起齋來？事有可疑。健將過來。〔二健將應科。聖嬰白〕老大王是在那裏請來的？〔二健將白〕我們遇見老大王打圍，在路上請來的。〔聖嬰白〕不好了！着了假了！形容動静俱像，只有言語不像。〔二健將白〕自己父親難道假得的？〔聖嬰白〕不必多言。准備器械伺候！〔二健將應科。聖嬰白〕待我再問他一番。孩兒稟知爹爹。〔作跪科。悟空化身白〕我兒起來，家無常禮，有話只管説。〔聖嬰白〕孩兒一則請來奉獻唐僧之肉，二來孩兒前日遇張道陵，他説孩兒生得五官周正，三停平等，特與孩兒推算。孩兒年幼，不記得生辰八字，故此稟問明白，若下次相會，也好煩他推算。〔悟空化身白〕罷了我了。我兒，爲父的有了些年紀，一時紀不清，待我回去問了你媽再來罷。〔聖嬰白〕假的了！與我拿住！〔作脱氅持鎗。六健將各持器械，作遶場追科。悟空化身隱下。聖嬰、六健將作追悟空出洞門科。悟空白〕我的兒，你好没理，一箇嫡嫡親親的老子，殺起來了！我不理你，回去對你媽説了，打你這狗攮的。〔從壽臺上場門下。聖嬰白〕氣死我也！饒咱掬盡湘江水，難洗今朝滿面羞。〔仝從洞門下〕

第四齣　真菩薩勑取罡刀（家麻韻）（七）

〔雜扮衆護法神，各戴揭諦冠，穿鎧，持杵。雜扮惠岸，戴陀頭髮，紮金箍，軟紮扮，持鏟。小旦扮龍女，戴過梁額、仙姑巾，穿宮衣，臂鸚哥。引旦扮觀音，戴觀音兜，穿蟒，披袈裟，帶數珠，持拂塵，從仙樓門上，唱〕

【仙呂宮正曲·桂枝香】恒河洪大（韻），梅岑瀟灑（韻）。祥光現紫竹林中（句），瑞靄擁落伽山下（韻）。鸚哥往來（韻），鸚哥往來（疊），翩翩戲耍（韻），景難圖畫（韻）。〔合〕最堪誇（句），瓶插菩提樹（句），蓮開九品花（韻）。〔仙樓上設蓮坐，轉場陞座科。副扮悟空，戴悟空帽，穿悟空衣，帶數珠，從壽臺上場門上，唱〕

【仙呂宮正曲·不是路】爲受波查（韻），特此前來叩落伽（韻）。真堪訝（韻），只見那祥雲五彩瑞光華（韻）。〔作到科，白〕尊神請了。〔惠岸下仙樓，白〕大聖到此何事？〔悟空唱〕啟菩薩（韻），仰叩慈悲撑寶筏（韻）。〔惠岸白〕有甚言語？〔悟空唱〕只爲吾師被怪拿（韻）。〔惠岸白〕既有妖怪，大聖何不降之？〔悟空唱〕俺神通寡（韻），幾番戀戰難招架（韻）。〔惠岸白〕他有何法力？〔悟空唱〕他有萬千變化（韻），萬千變化（疊）。〔惠岸白〕少待，待我與你通報。〔悟空白〕有勞了。〔惠岸白〕啟上菩薩，孫悟空在外求見。〔觀音菩薩白〕着他進來。〔惠岸白〕領法旨。菩薩着你進見。〔作引見科，仍上仙樓科。悟空白〕菩薩在上，弟

子孫悟空稽首。〔觀音菩薩白〕悟空，你不保護師傅西行，到此何事？〔悟空白〕菩薩聽稟。〔唱〕

【仙呂宮正曲・長拍】受佛三皈（句），受佛三皈（疊），蒙師五戒（句），一切塵心無掛（韻）。遵承法旨（句），護師西往（句），誰知道禍起萌芽（韻）。遇怪變嬰娃（韻），在道旁樹上（讀），哭聲咿啞（韻）。〔白〕其時師傅命弟子解放，忽然一陣狂風，〔唱〕刧把吾師擒攝去（句），諸弟子苦嗟呀（韻）。那妖魔神通廣大（韻），〔合〕望菩薩慈悲（讀），法力降他（韻）。〔觀音菩薩唱〕

【仙呂宮正曲・短拍】聽你陳言（句），聽你陳言（疊），令吾惻憫（句），恁可也不必傷嗟（韻），忙即布恒沙（韻）。〔白〕木吒，可向你父王處借三十六把天罡刀來一用。〔惠岸白〕領法旨。〔從上仙樓梯至祿臺。悟空白〕菩薩你慣會借刀殺人。〔觀音菩薩笑科，白〕也只爲心猿意馬。〔唱〕仗此物好降羅刹（韻）。〔悟空白〕菩薩拿住妖孽，將他骨化爲泥，方洩弟子之忿。〔觀音菩薩白〕不可。〔唱〕他是我佛門中高弟（句），〔合〕料他行不敢損袈裟（韻）。〔惠岸持天罡刀，從祿臺下至仙樓，白〕啟菩薩，天罡刀有了。〔雜扮衆神將，各戴紥巾額，穿鎧，持鞭。雜扮衆雲使，各戴雲紥巾，穿雲衣，繫雲肚囊，持雲，從壽臺兩場門上。觀音菩薩作下仙樓，至壽臺，作乘雲車科，白〕衆神將，爾等仝我到火雲洞去走一遭者。〔衆神將作應，遶場科，仝從壽臺下場門下〕

第五齣　紅孩兒合掌歸山（家麻韻）

〔雜扮衆天將，各戴紮巾額，穿鎧，持鞭。雜扮衆雲使，各戴雲紮巾，穿雲衣，繫雲肚囊，持雲。觀音菩薩乘雲車。仝從壽臺上場門上，仝唱〕

【中吕宫正曲·粉孩兒】匆匆的(讀)駕雲帆離落伽(韻)。嘆癡迷不醒(讀)，妄自矜誇(韻)。清涼一沁聚三花(韻)，普門中濟渡無涯(韻)。〔合〕甚孩兒浪逞威風(句)，去降服猶如戲耍(韻)。〔悟空白〕來此已是火雲洞了。〔觀音菩薩白〕衆神將，可按四方密布，休要走了妖魔。〔作下雲車。衆神將從壽臺兩場門分下。觀音菩薩白〕悟空，你可引戰妖魔，我自收他，好救你師傅。〔悟空應科，從壽臺上場門下。觀音菩薩白〕木吒，將天罡刀過來。〔惠岸作遞刀科，從壽臺下場門下。觀音菩薩唱〕

【中吕宫正曲·紅芍藥】仗佛法(讀)，化一朵蓮花(韻)。〔場上作現蓮花座，天井内下雲兜科。觀音菩薩唱〕勝十萬金戈鐵馬。一任他威風逞强霸(韻)，佛門中另有降魔之法(韻)。因他(韻)宿有善根芽(韻)，故今來收回座下(韻)。〔合〕聖嬰兒今日皈依(句)，他年度大力羅刹(韻)。〔作上雲兜坐科。悟空持棒，引小生扮聖嬰，戴紫金冠，軟紮扮，繫風火輪，持鎗，從壽臺上場門上，作對敵科。悟空白〕我的兒，且不要殺，我與你講

個理。〔聖嬰白〕講甚麼理！看鎗！〔悟空白〕我的親兒！〔唱〕

【中呂宫正曲·耍孩兒】不認親爹疑虚假(韻)。霸占火雲洞(句)，平白地罩起紅霞(韻)。〔聖嬰白〕氣死我也！〔唱〕你這猴精(句)，口勞勞(讀)使盡尖酸話(韻)，俺與你(讀)併命方纔罷(韻)。〔合〕料難逃鎗鋒下(韻)。〔作對敵科。悟空從壽臺下場門隱下。觀音菩薩白〕聖嬰。〔聖嬰作見科，白〕原來是觀音大士。你到此爲何？〔觀音菩薩白〕因你夙有善根，我今日特來收你。早入我門，免沉苦海。〔聖嬰作怒科，唱〕

【中呂宫正曲·會河陽】海島嬌娘(讀)，也來磕牙(韻)。俺跟前用不着波羅薩(韻)。〔白〕看鎗！〔作挑科。觀音菩薩乘雲兜從天井内上。衆雲使從壽臺兩場門分下。聖嬰作笑科，白〕被俺一鎗，挑至九霄雲外去了。好個蓮臺！俺不免上去受用受用，有何不可！〔作上蓮座坐科，唱〕且待兒家(韻)，穩坐蓮臺(讀)，香風儘佳(韻)，這快樂真無價(韻)。〔衆神將作追六健將，各戴竪髮額，簪雉尾、狐尾，紥靠，持器械，從壽臺兩場門上，作遶場，仍從壽臺兩場門下。蓮座内現天罡刀，聖嬰作見驚科，白〕不好了！你看萬刃來穿我皮肉也！怎麼了？〔唱合〕俺從來(句)不聽那僧家話(韻)，今朝(句)方顯得空門大(韻)。〔衆神將作押縛六健將從壽臺兩場門上。衆神將白〕聖嬰，你部下妖將俱已擒獲。你若不皈依菩薩，立爲虀粉矣！〔六健將白〕大王早早皈依罷。〔惠岸從壽臺下場門上，白〕將衆妖斬首者。〔衆神將應科，從壽臺兩場門押下。聖嬰作急科，白〕不好了！我命休矣！〔龍女隨觀音菩薩從壽臺下場門上，作見科。觀音菩薩白〕聖嬰，如今待怎麼？〔聖嬰唱〕

【中呂宮正曲・縷縷金】叫菩薩(句)赦饒咱(韻)，志心皈命禮(句)，恨前差(韻)。願拜蓮花座(句)，終身歸化(韻)。〔觀音菩薩白〕既如此，我來救你。〔場上作收天罡刀，觀音菩薩作上蓮座科，唱〕與伊披剃挽三丫(韻)。〔作與聖嬰戴綫髮科，唱合〕禁箍手脚納(韻)，禁箍手脚納(疊)。〔悟空從壽臺上場門上，白〕我的兒，你今番可也動不得了。〔聖嬰作怒科。觀音菩薩白〕悟空不得多言。好生保護你師傅西行。〔悟空應科，從壽臺上場門下。觀音菩薩白〕你既皈依，我與你取個法名，唤做紅孩兒。〔聖嬰白〕謝菩薩慈悲。〔觀音菩薩白〕紅孩兒，自今以後，〔唱〕

【中呂宮正曲・越恁好】你把雄心按捺(韻)，雄心按捺(疊)，菩提心早發(韻)。〔白〕隨我去者。〔唱〕一步一拜(句)，好隨俺上落伽(韻)。〔内奏樂，觀音菩薩、惠岸、龍女、聖嬰上仙樓科。觀音菩薩唱〕逍遥自在度年華(韻)，常隨寶刹(韻)，〔合〕不生不滅無驚怕(韻)，常清常淨無牽罣(韻)。〔從仙樓門下。悟空從壽臺上場門上，白〕師傅來拜謝菩薩。〔丑扮悟能，戴僧帽，紥金箍，猪嘴切末，穿悟能衣，帶數珠，持鈀，挑經擔。雜扮悟淨，戴僧帽，紥金箍，穿悟淨衣，帶數珠，持鏟，牽馬。引生扮唐僧，戴僧帽，穿僧衣，繫絲縧，帶數珠，從壽臺上場門上，作拜科。仝唱〕

【中呂宮正曲・紅繡鞋】望空稽首楞迦(韻)，楞迦(格)。祥光現出蓮花(韻)，蓮花(格)。魔人到(句)梵王家(韻)，前因裏(句)大根芽(韻)。〔合〕今湊着(句)若大緣法(韻)，緣法(格)。〔唐僧作騎馬科。仝唱〕

【尾聲】一番驚怖如天大(韻)，感賴慈悲救度咱(韻)。霎時雨過天晴映晚霞(韻)。〔從壽臺下場門下〕

第六齣　黑水河翻身入水（真文韻）（弋）

〔雜扮衆小妖，各戴鬼髮，穿箭袖卒褂，執旗，引淨扮小鼉，戴小鼉膉腦，穿小鼉衣，從地井內上，唱〕

【仙呂調隻曲・點絳唇】黑水稱尊（韻），河神降順（韻），威名震（韻）。西海姻親（韻），鮫室樓開蜃（韻）。

〔白〕千丈波濤一吸乾，蛟宮聞我膽俱寒。從來喜啖生人肉，計攝唐僧作午餐。某黑水河府小鼉是也。今聞唐僧，奉旨西天取經，他乃金蟬子化身，有能食他一塊肉，延壽一萬八千年。聞他一路而來，多少好漢，皆被殄滅。此皆庸碌無謀，不知計取，往往墮入孫行者的詭算，以致失機。今他往西天取經，此處是必由之地，已曾打探得早晚將到，我不免假扮舟人，渡他行至河中，將船掀翻，拿他回來。行者只認覆舟，毫不費力，任吾享用，豈不快哉！小妖們，爾等各執利器，埋伏水底，協拿唐僧，不得有違。〔衆小妖應科。仝唱〕

【正宮正曲・四邊静】黃頭假扮操舟進（韻），笑裏藏鋒刃（韻）。設計取唐僧（句），不用排營陣（韻）。

〔合〕休誇法身（韻），俄成水民（韻）。妙計賽膠舟（句），捉鱉甕中穩（韻）。〔仝從壽臺下場門下。副扮悟空，戴悟空帽，穿悟空衣，帶數珠。丑扮悟能，戴僧帽，紮金箍，猪嘴切末，穿悟能衣，帶數珠，持鈀、挑經擔。雜扮悟淨，戴僧帽，紮金箍，穿悟淨衣，帶數珠，持鏟。引生扮唐僧，戴僧帽，穿僧衣，繫絲縧，帶數珠，騎馬，從壽臺上場門上，白〕一自當年別聖君，千山萬水歷艱辛。何時得謁如來座，拜取金經報主恩。行者你聽又是那裏水聲響？你可小心採取。〔悟空白〕師傅你也忒多心了。我們四人行路，偏是你老人家聽見甚麼水響。一路來都是你疑心，致起波瀾。自古道見怪不怪，其怪自敗。都因是將多心經忘了，故爾疊疊遭魔。〔唐僧白〕多心經是烏巢禪師口授，至今常念，忘了那一句？〔悟空白〕你忘的一句麽，是無眼耳鼻舌身意。〔唱〕

【仙呂宮正曲・風入松】其中有一若留存（韻），便牽惹六賊之根（韻）。坦坦蕩蕩心神穩（韻），常戚戚邪魔招引（韻）。〔合〕牢把舵何愁險津（韻）？一任風兒緊、浪兒頻（韻）。〔仝從壽臺下場門下。小鼉化身戴氈笠，披簑衣，持篙，作撑船，從壽臺上場門上，唱〕

【又一體】空濛一片淼無垠（韻），流不盡的銀濤滚滚（韻）。那公無渡河言當信（韻），人世上風波原不穩（韻）。〔合〕歌楚些管招汝魂（韻），配享着屈靈均（韻）。〔從壽臺下場門下。悟能、悟淨引唐僧從壽臺上場門上。仝唱〕

【仙呂宮曲・急三鎗】轉過攲斜岸（句），傾危渡（讀）聽濤聲震（韻）。呀！河水濶（讀）向若個問迷津（韻）。〔唐僧白〕悟空怎麽不見？〔悟能虛白科。唐僧白〕徒弟，這水怎麽如此渾黑？〔悟能白〕想是誰家潑了靛缸了。〔悟淨白〕不是。〔悟能白〕誰洗了筆硯，還是碟黑子洗臉盆。〔唐僧白〕這河有多寬？〔悟能白〕約有十來里寬。〔唐僧作看科，白〕那邊有隻船兒來了。〔作下馬科。悟淨白〕妙嗄！棹船的來渡我們過去，將錢謝你。〔小鼉化身從壽臺下場門上，白〕來了！　原來是衆位師傅。這船兒甚小，不能全渡，做兩次方好渡過你們去。〔悟能白〕我仝師傅先過去，你等大師兄到來，再做一回罷。〔唐僧白〕你仝悟空過來。〔悟淨應科。唐僧、悟能作上船。小鼉化身唱〕只道仗寶筏(句)，是慈航(讀)忙前進(韻)，〔合〕請下水(句)，伴遊鱗(韻)。〔悟空從壽臺上場門上，虛白科。小鼉化身作覆舟，攝唐僧、悟能從地井內下。悟淨白〕不好了！　翻了船了！〔悟空白〕兄弟，不是翻舡，若是翻舡，八戒會水，他必然保師傅負出水來。方纔那個棹舡的，有些不正氣，想必就是這厮弄風，把師傅拖下水去了。〔悟淨白〕如此說，哥哥看這行李，待我下水去，尋取師傅便了。〔從地井內下。悟空從壽臺上場門下。衆小妖作押縛唐僧、悟能，引小鼉持鞭，從壽臺上場門上，唱〕

【仙吕宫正曲·風入松】向菩薩陡遇惡喪門(韻)，并不消劍舌鎗唇(韻)。〔悟能白〕好妖怪！　我們是往西天去取經的，爲甚拿我們來此？〔小鼉唱〕西天路遠東厨近(韻)。〔白〕小妖們。〔衆小妖應科。小鼉唱〕加作料胡椒香菌(韻)。〔悟能白〕妖怪，甚麽胡椒香菌，我們是向來喫素的。〔衆小妖白〕不是，將你宰割了，是煮你兩個的作料。〔悟能白〕好妖怪！〔唱合〕好笑你饞涎亂噴(韻)，把師弟當饔飧(韻)。〔悟淨持鏟從壽臺上場門上，白〕好妖怪，快送我師傅出去！〔衆小妖作押唐僧、悟能從壽臺下場門下。小鼉白〕何人放肆，上我的門來！〔作對敵科。悟淨作敗，從壽臺上場門下。小鼉白〕我不趕你，你且去，少不得都是俺口中之物。〔從壽臺下場門下。悟淨從地井內上，白〕大哥快來！〔悟空持棒，從壽臺上場門上，白〕兄弟探得甚麼消息？〔悟淨白〕小的分開水路，見一座亭子，門上有八個大字，乃是「衡陽峪黑水河神府」。小弟打進去，見一妖怪物，手持鋼鞭，與我戰了數合，我指望引他出水擒拿，不料他不來趕我。〔悟空白〕到底是個什麼妖怪呢？〔悟淨白〕他的樣兒就像個大鱉，不然便是個鼉龍。〔悟空白〕既如此，和你打進水府去便了。〔悟淨白〕有理。〔作遶場科。雜扮河神，戴盔，穿鎧，持簡，從地井內上，白〕大聖，黑水河神叩頭。〔悟空白〕你敢是怪物幻化來騙我們的麼？〔河神白〕這却怎敢！〔唱〕

【又一體】容吾一一訴原因（韻）。我原是黑水河神（韻）。〔白〕這是去年五月前，這妖鼉從西洋江海而來，與小神戰鬥，敵他不過，就被他佔住水府。小神奈何他不得，往西海去告。原來西海龍王是他母舅，不准我的狀子，教我將水府讓與他住了。〔悟空白〕何不奏聞上帝？〔河神白〕大聖爺，〔唱〕微員難把天顏覲（韻），求大聖扶危濟困（韻）。〔悟空、悟淨唱合〕呀！猛然間濤飛浪滾（韻）。〔河神白〕待小神去看來。〔唱〕探得實報師尊（韻）。〔雜扮烏魚精，戴魚臚腦，穿箭袖卒褂，持簡帖，從地井內上。河神作見，打死烏魚精，從地井下。河神作取簡帖科，白〕啟大聖，是個烏魚精，手持紅簡帖，是小神戳死了，來見大聖。〔悟空白〕拿來我看。〔作看科，白〕愚甥鼉潔頓首拜。啟上二舅爺老大人臺下：向承厚惠，深感不盡。今因獲得東土唐僧，愚甥不敢自用，因念舅爺聖誕在邇，特設菲筵，預祝千秋，萬望車駕速臨。是荷。〔作笑科，白〕妙嗄！這廝却把這紙供狀，先遞與孫爺爺了。沙兄弟你仝河神在此看守行李，我去西海就來。〔悟淨應科。各從壽臺兩場門下〕

第七齣　擒鼉怪四衆渡河（庚青韻）

〔副扮悟空，戴悟空帽，穿悟空衣，戴數珠，持簡帖，從壽臺上場門上，唱〕

【正宮正曲·四邊静】無知小子豺狼性(韻)，口腹圖僥倖(韻)。一直到西洋(句)，現成紅帖請(韻)。〔白〕來此已是。龍王有麽？〔末扮西海龍王，戴龍王冠，穿蟒，束帶，從東前地井内上，作見科，唱合〕惠臨大聖(韻)，趨迎恭敬(韻)。光降水晶宫(句)，面顏何倖倖(韻)。〔白〕大聖請了！〔悟空作扭西海龍王科，白〕好嗄！〔唱〕

【又一體】光天風浪宜恬静(韻)，怎許兇逾逞(韻)？〔西海龍王作慌科，白〕大聖放手！〔悟空唱〕甥借舅家威(句)，我師受災眚(韻)。〔西海龍王白〕大聖請坐了講。〔悟空唱合〕問你個居家不正(韻)，縱容亡命(韻)！〔西海龍王白〕大聖請息怒。〔唱〕有話好商量(句)，何須恁急性(韻)。〔場上設椅，悟空坐科。西海龍王白〕看茶來。〔悟空白〕住了！我還不曾喫你的茶，你先到喫我的酒來。〔西海龍王白〕大聖休得取笑。〔悟空白〕取笑麽？有個帖兒在此，你看。〔西海龍王作看帖驚科，白〕大聖恕罪！這廝是舍妹第九個兒子，因妹夫錯行了雨，天曹着魏徵斬了，遺下此子，我着他在黑水河養性修心，不期作此惡孽。我即差人前去擒拿正法，求大聖寬恕。〔悟空白〕也罷。我權且寬你。下次再有事犯我，你却須要仔細！〔西海龍王白〕是。摩昂何在？〔小生扮摩昂，戴紫金冠，軟紮，從地井内上，白〕父王有何吩咐？〔西海龍王白〕你可帶領五百壯兵，仝大聖前去，將小鼉拏來問罪。〔摩昂應科。西海龍王白〕大聖請便。〔從地井内下。摩昂白〕蝦兵蠏將何在？〔雜扮衆蝦兵蠏將，各戴馬夫巾，水卒臉，穿箭袖卒掛，持器械，從兩場門上，白〕來了！太子有何吩咐？〔摩昂白〕奉父王之命，往黑水河擒拏小鼉者。〔衆蝦兵蠏將應科。摩昂持鞭作遶場科。仝唱〕

【越調正曲·水底魚兒】蠏將蝦兵㊔，星飛奉令行㊔。黿鼉無狀㊒，〔合〕擒回正罪名㊔，擒回正罪名㊟。〔雜扮衆小妖，各戴鬼髮，穿箭袖、卒褂，持器械，引淨扮小鼉，戴小鼉膖腦，穿小鼉衣，持鞭，從壽臺下場門上。仝唱〕

【又一體】至戚歡迎㊔，緣何屯甲兵㊔？期咱宅相㊒，〔合〕抹却渭陽情㊔，抹却渭陽情㊟。〔作見科。小鼉白〕表兄到此何事？〔摩昂白〕你這該死的懵懂無知！你既曉得捉拏唐僧，不懼孫大聖的利害麽？今奉父王之命，特來拏你問罪。〔小鼉白〕我倒好意請他，反來興兵拏我。表兄休怪俺無有情！看鞭！〔作對敵科。摩昂擒小鼉，衆蝦兵蠏將作圍遶衆小妖，從壽臺下場門下。摩昂白〕大聖，小鼉已擒，請大聖發落。〔悟空白〕這厮不遵你舅爺之命，就該處死。還看你母舅、表兄分上，饒你一死。〔雜扮悟淨，戴僧帽，紥金箍，穿悟淨衣，帶數珠。雜扮河神，戴盔，穿鎧。仝從壽臺上場門暗上科。悟空白〕沙兄弟你認得水府，請師傅、八戒過來。〔悟淨應科，從壽臺下場門下。作引生扮唐僧，戴僧帽，穿僧衣，繫絲絛，帶數珠。丑扮悟能，戴僧帽，紥金箍，猪嘴切末，穿悟能衣，帶數珠，持鈀，從壽臺下場門上。悟能作見科，白〕這孽畜，你如今不吃我了？且和你算算賬。〔欲打科。悟空白〕兄弟，看他母舅、表兄分上，饒了他罷。〔悟能白〕不看你母舅、表兄分上，一頓鈀把王八蓋子鈀個稀爛！〔摩昂白〕多謝大聖，小龍就此告别，帶這厮去見家父回話。〔悟空白〕請便。〔衆蝦兵蠏將引摩昂從地井内下。悟空白〕河神，你可料理水府基業便了。〔河神白〕大聖之恩，感謝不盡！〔唐僧白〕徒弟，如何渡此河去？〔河神白〕聖僧勿慮。小神開路，引送過河便了。〔唐僧白〕如此甚好。〔悟空白〕就煩你分開水道，引領前行。〔河神應科。悟淨牽馬，悟能挑經擔，作遶場。仝唱〕

【又一體】水道分行㊞，移時彼岸登㊞。卜河不崇㊀，〔合〕浪息數千層㊞，浪息數千層㊂。〔仝從壽臺下場門下〕

第八齣　說國王三妖演法（皆來韻）（七）

〔雜扮虎精，戴虎精臉腦，紮靠。雜扮鹿精，戴鹿精臉腦，紮靠。雜扮羊精，戴羊精臉腦，紮靠。仝從壽臺上場門上。唱〕

【中吕調隻曲·喜春來】向期修煉成仙客（韻），面目何曾換本來（韻）。而今鶴氅喜新裁（韻），圖自在（韻），就裏早安排（韻）。〔轉場。設椅科，各坐。分白〕雖無道骨與仙風，召鬼呼神掌握中。須向人間施妙法，各將本事顯神通。自家虎力大仙是也。自家鹿力大仙是也。自家羊力大仙是也。〔虎力白〕俺們三個，雖不離帶角披毛，却喜得修心煉性。爲此結成兄弟，欲期仝日飛昇。無奈帶着三分妖氣，必須去人世受些香烟，嘗些血食，方始得成正果。〔鹿力、羊力白〕聞得車遲國敬禮玄門，我等何不到彼國中，把小茅山學來的五雷正法，多多顯些與他們觀看，得他拜吾等爲國師，則人世的洪福儘讓我享用了。〔虎力白〕二位師弟言之有理。〔合唱〕

【中吕調隻曲·石榴花】笑他肉眼恁麼楷（韻），成議漫疑猜（韻）。小茅山秘授讓吾儕（韻），神通實大（韻），琳篆懸牌（韻），呼風喚雨登時快（韻）。擬前行切莫延挨（韻），黃冠迅把雲裝改（韻），方信俺度世下蓬萊

㊗。〔虎力白〕我等計議已定，即此改裝前去。〔鹿力、羊力白〕吾等道號不必另换，只消變作雲遊道人模樣就是了。〔各從壽臺下場門隱下。淨扮虎力大仙，戴道冠，穿氅，繫絲絛，執拂塵。副扮鹿力大仙，戴道冠，穿氅，繫絲絛，執拂塵。丑扮羊力大仙，戴道冠，穿氅，繫絲絛，執拂塵。仝從壽臺下場門上，白〕我等幻相，世人那能窺得破？〔鹿力、羊力白〕請大師兄呼起風來，瞬息之間就到彼國了。〔虎力作捏訣呼風科。内作起風科。虎力、鹿力、羊力白〕正是共戴熊鬚冠暫出，惟將鶴尾扇仝行。〔虎力、鹿力、羊力各作乘風科。行唱〕

【中吕調隻曲・滿庭芳】猛則見風雲動色㊗，凌空以去㊂，縮地而來㊗，遊行聯袂衝烟靄㊗。抹過了碧水丹崖㊗，收拾起從前妖派㊗，展施爲此際仙才㊗。〔鹿力、羊力白〕面前就是車遲國了。遥見那國王正在御朝，我等何不即此進見？〔鹿力白〕有理。〔合唱〕早到了車遲界㊗，山呼玉堦㊗，來意漫分聣㊗。〔作到科。雜扮黄門官，戴紗帽，穿圓領，束帶，從壽臺下場門暗上，虛白。虎力白〕我等三位道友，從小茅山而來，聞知貴邦國主崇奉羽流，特來求見。〔黄門官白〕既如此，待俺奏知國主便了。隨我來。〔仝從壽臺下場門下。雜扮四小太監，各戴太監帽，穿帖裏衣，繫絲絛。雜扮四大太監，各戴太監帽，穿蟒，束帶，持拂塵。引末扮車遲國王，戴唐帽，穿蟒，束帶，從壽臺上場門上，白〕外域山川延瑞色，中天日月奉恩光。〔場上設桌椅，轉場坐科，白〕孤家車遲國國王是也。内侍，既有三位道人求見，即宣進來。〔内應，作宣科。虎力、鹿力、羊力作進見朝參科。分白〕臣虎力大仙。臣鹿力大仙。臣羊力大仙。〔合白〕願吾王千歲千歲千千歲！〔内監白〕平身。〔國王白〕原來是三位大仙，失敬了。辱臨敝國，有何惠教孤家？〔虎力白〕仰慕國主素奉玄門，某等遠來投托，發明恍秘，共慶長生。〔國王白〕孤家萬幸，得遇大仙，何勝榮耤！〔虎力、鹿力、羊力白〕不敢。〔國王唱〕

【中吕調隻曲·紅芍藥】幸翩翩俯降塵埃(韻)，喜孜孜暢敘幽懷(韻)。三疊琴心想成胎(韻)，須仗你爐鼎仝開(韻)。〔虎力、鹿力、羊力唱〕理當得培姹女(句)、長嬰孩(韻)，調運金花共採(韻)。待他日並列丹臺(韻)，游戲天臺(韻)，是三生種下根荄(韻)。〔國王白〕三位大仙道行高深，想那些書符咒水之術，件件精通也。〔鹿力白〕修煉成仙，法術乃餘技耳。既蒙垂問，我等不妨呈教一二。〔虎力揑訣作宣召科。雜扮八武祖，各戴陀頭髮，紮金箍，穿蟒，箭袖，紮氅，繫肚囊，持棍，從壽臺上場門上，跳舞遶場，仍從壽臺下場門下。鹿力揑訣作宣召科。旦扮八劍仙，戴毛女髮，穿採蓮襖，戰腰紮袖，持劍，從壽臺上場門上，作舞，遶場，仍從壽臺下場門下。羊力白〕二位師兄做單題文章，待我仿太史公，做一篇合傳。〔羊力虛白掐訣作召科。前八武祖、八劍仙，從兩場門上，作對敵科，仍從壽臺兩場門下。國王白〕妙哉！若非異傳，那得這般指揮如意！〔唱〕

【中吕宮正曲·攤破喜春來】書符咒水誰能賽(韻)，合教人稱道勿衰(叶)。將丁甲任傳呼(句)，把風雷都役使(句)，令神將聽宣差(韻)。紛紛的劍雨篩(韻)，明明的戈日曬(韻)。國師兒勅授正應該(韻)。〔白〕今日即拜三位大仙爲國師，助孤家調玄贊化，福國祐民。〔虎力、鹿力、羊力白〕區區薄技，不足仰副高深。遽晉榮階，不勝愧赧。〔國王白〕三位國師，幸勿過謙。向日許建羅天大醮一壇，尚未完願，今幸鶴駕遠臨，此事正當奉托。〔虎力、鹿力、羊力白〕當得效勞。〔國王白〕如此甚妙。〔合唱〕

【中吕調・喬捉蛇】玉殿盛修齋(韻)，紫府沾封拜(韻)。端則爲延禧集福永消災(韻)，端則爲功圓行滿仝拔宅(韻)。安期枣(句)，瑤池藕(句)，仙緣欣永賴(韻)。待建羅天大醮酬元宰(韻)。〔白〕内侍傳旨，送三位國師三清觀中安歇，即令掌理觀事。〔虎力、鹿力、羊力作謝恩科。國王白〕擺駕回宮。〔内監應科，引國王從壽臺下場門下。内監、虎力、鹿力、羊力作出朝科〕恭陪三位國師到觀中去。〔鹿力白〕有勞了。〔行科。合唱〕

【煞尾】喜機緣湊合夙願諧(韻)，看三清鶴觀生光彩(韻)。聳金甌(讀)、調玉燭(讀)、胥安泰(韻)，不虛那道法精通人喝采(韻)。〔仝從壽臺下場門下〕

第九齣　車遲國大建醮壇（先天韻）（七）

〔場上預設醮壇、香案、花旛，中供三清像。雜扮四法官，戴道士帽，穿道士衣，從壽臺兩門暗上，唱〕

【大石調正曲・插花三臺】瑶壇供莊嚴聖像(句)，金爐爇馥郁香煙(韻)。大鍊師消魔隱咒(句)，步虛聲禮斗朝元(韻)。五靈符千章琳篆(韻)，八素經九晨寶典(韻)。祈求着祥臻穀戩(韻)，〔合〕欣啟建法醮羅天(韻)。〔白〕我等衆法官是也。遵奉國主令旨，在這三清觀中，啟建羅天大醮一壇。虎力、鹿力、羊力三位大仙，奉勅主壇，恭呈天表。我等須索敲動法器，肅候大仙上壇者。〔衆法官從壽臺兩場門暗上科，作打法器一回，奏音樂一回科。淨扮虎力大仙，戴道冠，簪形，穿法衣，持笏。副扮鹿力大仙，戴道冠，簪形，穿法衣，持笏。丑扮羊力大仙，戴道冠，簪形，穿法衣，持笏。從壽臺上場門上。仝唱〕

【大石調正曲・賽觀音】肅丹衷青詞薦(韻)，五雷法茅山秘傳(韻)。謁帝闕誠懽誠忭(韻)，〔合〕保國主純禧永綿延(韻)。〔衆法官白〕壇事已經完備，請三位大仙依科行法。〔虎力、鹿力、羊力白〕曉得了。正是萬里洞中朝玉帝，九光霞外宿天壇。〔衆法官打法器科，遞法盞科。虎力、鹿力、羊力捧水遶場，作淨壇畢科。衆法官音樂合曲。虎力、鹿力、羊力執手爐作步罡科。唱〕

【又一體】喜則見寶旛飄、仙壇建(韻)，噀淨水清凉法筵(韻)，捧香斗躬身呈獻(韻)，〔合〕他意致敷陳聽披宣(韻)。〔虎力、鹿力、羊力白〕伏以玉虛縹緲，赤章達下土之忱；金闕巍峩，紫簡著上清之號。恭惟元始天尊、靈寶天尊、道德天尊，有感斯通，無求不應。傳來妙藴，亶覺世以牖民；授汝靈文，許延禧而錫福。兹有車遲國國主，積誠奉道，詹吉修齋，保祈人壽年豐，永見河清海宴。重霄沛澤，昭格捷于風雷；外域沾恩，輝光明于日月。仰伸蟻悃，俯照鴻慈。〔衆法官打法器一回科。虎力執令牌，鹿力執劍，羊力執七星旗，作召將科、焚符科。白〕此到符章，鶴翥鸞翔。功曹使者，速莅壇場。

〔擊令牌、摇鈴科。虎力、鹿力、羊力唱〕

【大石調正曲·人月圓】聽召取(讀)神將供差遣(韻)，法界來臨如飛電(韻)。〔内放火彩科。雜扮四妖功曹，戴功曹帽，穿神鎧，持鞭，從壽臺下場門上，唱〕功曹值日齊當面(韻)，合火速(讀)躬身疾向前(韻)。〔作參見科。法官遞表科。虎力、鹿力、羊力唱合〕忙回轉(韻)，迅奏達天閽(讀)，不許遲延(韻)。〔妖功曹白〕領法旨。

〔仍從壽臺下場門下。虎力、鹿力、羊力唱〕

【又一體】焚信香(讀)索把精忱展(韻)，帝道遐昌寶祚綿(韻)，皇圖鞏固文謨顯(韻)。俺奉茅君授妙詮(韻)，〔合〕留心印(句)，通呼吸(讀)，一聲祖氣丹田(韻)。〔各運祖氣科，摇鈴科。衆法官打法器一回科。虎力、鹿力、羊力執笏作伏壇不動科。衆法官仝唱〕

【中吕宫正曲·催拍】仗鴻都道力精專(韻)，進鸞章清微垂眷(韻)。一氣三天(韻)，一氣三天(疊)。雖則是凝遠冲虛讀，却由來度刼無邊韻。今日個大設微儀讀，理合使感應昭然韻。〔合〕佩金璫威制乘權韻，齊朗誦紫霞篇韻。〔白〕呀嚹嚇畢，念表文達御上帝臨軒。仙仗擁千官，對天顏而拜舞；香煙携滿袖，瞻御座以退朝。鞠躬三禮韻。〔副扮悟空，戴悟空帽，穿悟空衣，繫絲絛，戴數珠，從壽臺上場門上，作探望虛白科。仍從壽臺上場門下。虎力、鹿力、羊力起科，白〕頃間伏壇，神遊玉闕，已蒙上帝，俯准奏章，國泰民安，風調雨順，端的好一壇醮事也！〔虎力、鹿力、羊力唱〕

【又一體】辦誠心靈霄奏言韻，蒙俯鑒綏我豐年韻。不虛君王告虔韻，君王告虔韻。〔白〕衆法官，收過法器，晚上再行瞻禮。〔衆法官應科。唱〕此日酬天答地讀，鬨動羣仙韻。月白風清讀，當降雲駢韻。〔虎力、鹿力、羊力仝唱合〕專等待羽珮翩翩韻，通欵洽冀流連韻。〔仝從壽臺下場門下〕

第十齣　三清觀戲留聖水（恒歡韻）（弋）

〔副扮悟空，戴悟空帽，穿悟空衣，帶數珠，從壽臺上場門上，白〕法雨晴飛去，天花夜墜來。我孫悟空，跟隨師傅來到這車遲國，借宿在智淵寺中。方纔偷出到三清觀回來。沙僧、八戒快來！〔丑扮悟能，戴僧帽，紮金箍，猪嘴切末，穿悟能衣，帶數珠。雜扮悟淨，戴僧帽，紮金箍，穿悟淨衣，帶數珠。仝從壽臺上場門上，白〕是那個？ 人睡着了，混叫混扯爲甚麽？〔悟空白〕獃子，隨我到一所在去，自有好處。〔悟能、悟淨白〕有甚麽好處？〔悟空白〕有絶精的好嘴兒喫。〔悟能白〕有嘴頭兒喫？ 好哥哥千萬帶去走走。〔悟空白〕悄悄的瞞了師傅去，到那裏變做三清模樣，偷他的東西喫便了。〔仝作遶場科。悟空白〕

【中吕宫正曲·縷縷金】隨吾走（句），急躪躪（韻），仝往三清殿（韻）。〔悟能白〕怎麽好去，先與我講講看。〔悟空唱〕有美食滿堆盤（韻），齋供多豐盛（句），將他暗算（韻）。〔各虚白，仝作進門科。悟能作見嚥延科，唱〕見他肴饌陡生歡（韻），〔合〕把咱好待欵（韻），把咱好待欵（疊）。〔作喜科，唱〕

【又一體】喉兒下（句），滴溜酸（韻）。〔悟空白〕什麽猴兒？〔悟能白〕我説的是咽喉之喉，所謂喉間饞得緊，誰説你來？〔悟空白〕這就罷了。來來來！〔仝作上桌坐科。悟空唱〕大家齊坐定(句)，各自整衣冠(韻)。〔各戴三清臉。悟能白〕把這東西丢開了，礙手絆脚的。〔悟空、悟淨〕有理。〔作抛三清像，各喫科。悟能白〕妙嗄！喫得好快活！〔悟空、悟淨白〕斯文些。〔悟能白〕斯文些？看我喫個樣兒與你瞧瞧。〔唱〕好似風捲殘雲盡(句)，將軍淨椀(韻)。〔道童從壽臺下場門上，白〕什麽響？三清爺的像都掉下來了。三清出現了！報與師傅知道。〔各拾三清像，虚白，從壽臺下場門下。悟空白〕兄弟，今番得意了麽？〔悟能白〕妙嗄！我好幾時不曾喫這頓飽齋，好受用！〔唱〕今朝虧你是神鑽(韻)，〔合〕肚裏膨脝滿(韻)，肚裏膨脝滿(疊)。〔衆道童引羊精、鹿精、虎精從壽臺下場門上，作發諢科，白〕我等虔誠，感蒙神聖顯靈了！〔作跪拜科。唱〕

【黄鐘調隻曲・耍孩兒】三人修煉三清觀(韻)，辦虔誠望斗朝垣(韻)。夜深時零露正漙漙(韻)，彩雲深此處停鸞(韻)。愧無佳味來延欵(韻)，鑒受愚忱且盡歡(韻)。聊寬緩(韻)，趁着這香煙飄渺(句)，曲留你鶴駕盤桓(韻)。〔作俯伏科。悟能白〕喫了東西走罷，只管坐着，如今弄出禍來了。〔悟空俯耳科。白〕我三人赴蟠桃會而來，見你們毫光射斗，故爾停駕來此。你們拜啟，有甚麽話説？〔羊精、鹿精、虎精白〕天尊念我三人呵，〔唱〕

【黄鐘調隻曲・三煞】受風霜苦萬端(韻)，度春秋愁萬般(韻)，千磨百障真悽惋(韻)。名山訪道難逢遇(句)，今幸仙車降此壇(韻)。手把薔薇盥(韻)，求賜金丹幾粒(句)、聖水盈盤(韻)。〔悟空、悟能、悟淨白〕晚輩

小仙聽我吩咐。待欲不留些聖水與你們，恐滅了支裔；若要與你，又怕你們見得容易了。〔唱〕

【黄鐘調隻曲・二煞】你三人心放寬㊞，求大道路漫漫㊞。且低頭道一個鄉和貫㊞，姓名册籍清清報㊙，濁質塵胎切莫瞞㊞。長和短㊞，家山甚處㊙，祖代何官㊞。〔羊精、鹿精、虎精白〕三清聽稟。〔唱〕

【黄鐘調隻曲・一煞】混沌初人物岀㊞，清濁分形體完㊞，陰陽二氣三才判㊞。披毛帶角分靈蠢㊙，煉性修心改諦觀㊞。這便是真鄉貫㊞，可知俺姓名分別㊙、族類成團㊞。〔悟空白〕我在蟠桃會上來，没有帶得金丹在身。〔羊精、鹿精、虎精白〕萬望天尊念弟子恭敬之意，千萬賜些，弟子廣宣道德，奏准國王普敬玄門。〔悟空白〕既然如此，取器皿來，賜些聖水與你。〔道童向下取科。羊精、鹿精、鹿精白〕謝天尊恩德。〔悟空白〕爾等都出去掩了槅子，不可洩露天機。爾等外廂去。〔羊精、鹿精、虎精白〕是，帶上去。〔仝作出門掩槅發諢科。悟能、悟淨白〕哥哥，把什麽聖水與他？〔悟空白〕那話兒。〔悟能白〕我正要幹這勾當。〔作下桌發諢，復上桌坐科。悟空白〕爾等進來取去。〔羊精、鹿精、虎精仝作進門搶科。虎精白〕謝天尊恩賜！不要搶，挨次領受。待我喫些。〔作飲發諢科，白〕怎麽這樣味道？〔鹿精、羊精白〕師兄，好喫麽？〔虎精白〕有些酣味。〔鹿精白〕待我嘗嘗看。〔作飲發諢科。虎精白〕怎麽樣？〔鹿精白〕有些猪屎臊氣。〔羊精白〕待我也嘗嘗看。〔作飲發諢科，白〕果然有些猪屎味。〔悟能白〕不好了！溜了罷。〔悟空、悟能、悟淨作退臉科。分白〕你三人聽我吩咐。妖道妖道，你好癡迷！

那個三清，肯降凡基？吾將名姓，説與你知。大唐僧衆，奉旨來西。良宵無事，下降瑶池。喫了供養，閒坐笑嬉。承你拜懇，何以答之？〔悟能白〕那裏甚麽聖水！你們喫了我的熱尿。〔羊精、鹿精、虎精〕了不得！衆徒弟，快來拿賊！〔衆道童作擒捉科。悟空、悟能、悟淨各從壽臺兩場門隱下。虎精白〕了不得了！〔鹿精、羊精白〕叩了無數頭，换得一泡溺。〔虎精白〕指望賜金丹，反被他人笑。〔鹿精、羊精白〕這口氣怎麽了？〔虎精白〕不難。他方纔説往西天取經的僧衆，少不得到國主那裏掛號，你我用計，管教他死于吾手。〔鹿精、羊精白〕有理。恨小非君子，〔虎精白〕無毒不丈夫。〔仝從壽臺下場門下〕

第十一齣　除怪物車遲鬥法（尤候韻）

〔副扮悟空，戴悟空帽，穿悟空衣，帶數珠。丑扮悟能，戴僧帽，紥金箍，猪嘴切末，穿悟能衣，帶數珠。雜扮悟淨，戴僧帽，紥金箍，穿悟淨衣，帶數珠。引生扮唐僧，戴僧帽，穿僧衣，繫絲縧，帶數珠，從壽臺上場門上。白〕人身難得果然難，不遇仙傳莫煉丹。空有驅神靈驗術，却無延壽保生丸。悟空，怎奈車遲國主，不喜俺僧家，你却怎麽説？〔悟空白〕師傅放心，徒弟自有道理。八戒、沙僧，你二人可保護師傅朝門外等候，我此一進去，有一場好鬧哩。只待收了妖魔，方纔令你們相會。〔悟能白〕師兄可要我們仝去幫你一幫？〔悟空白〕不用。〔悟能白〕不用，萬一妖怪拿住你，没人捎信，這便怎麽處？〔悟空白〕只管放心。你且保護師傅。〔悟能、悟淨應科。唐僧白〕如此快去。〔仝從壽臺下場門下。悟空作遶場科，白〕昨夜在三清殿偷嘴，反把溺兒與他們吃得好。如今又着了他手了，怎生打算？我且進朝去再作商量。

【黄鐘調合曲·醉花陰】外道邪魔把正宗藐(韻)，可是煞是非顛倒(韻)。一任他喬弄鬼、假裝妖(韻)，秪不遇綽影填橋(韻)。少不得有一番兒狠斷鬧(韻)。大踏步(句)，進王朝(韻)，且把那妖魔清掃(韻)。〔從壽臺下場門下。雜扮八儀仗，各戴盔，穿鎧，持儀仗。雜扮衆太監，各戴太監帽，穿貼裏衣，繫絲縧。旦扮四宮官，各戴宮官帽，穿蟒，繫絲縧，執符節、羽扇。丑扮羊精，戴道冠，簪形，穿氅，繫絲縧，持拂塵。副扮鹿精，戴道冠，簪形，穿氅，繫絲縧，持拂塵。引生扮國王，戴王帽，穿蟒，束帶，從壽臺上場門上。仝唱〕

【黄鐘宫合曲·畫眉序】杳杳響鳴梢(韻)，一派鈞天奏清曉(韻)。看兩班濟濟(讀)，待漏趨朝(韻)。喜年來物阜民安(句)，賀昇平豐登佳兆(韻)。〔合〕昨聞東土求經者(句)，無端把三清攪擾(韻)。〔場上設桌椅，國王轉場入桌坐科，白〕國王聞說東土僧人攪亂道場，毀壞聖像，偷喫了御賜供養，正要擒拿，被他走了。果有此事？〔虎精白〕正是。〔雜扮報事太監，戴太監帽，穿貼裏衣，紥絲縧，從壽臺上場門上，白〕啟國主：今有東土僧人，往西天取經，已到我國。〔國王白〕宣來。〔太監作應，向内宣科。仍從壽臺上場門下。悟空從壽臺上場門上，作進見科，白〕東土僧人朝見。〔國王白〕你夜來攪亂道場，毀壞三清，是何道理？〔悟空白〕國主，〔唱〕

【黄鐘調合套·喜遷鶯】平白地雷霆威耀(韻)，硬生生污衊兒曹(韻)。〔虎精、鹿精、羊精白〕住了！明明是你，還説污衊？〔悟空白〕我師徒們經東土而來，在此經過，路徑尚然不識，怎向你觀中攪亂？你今日在國主殿前呵，〔唱〕一味虚囂(韻)，俺尚不識街衢路道(韻)，説甚麽毀壞三清在昨宵(韻)。〔虎精白〕可記得聖水麽？〔悟空唱〕這話兒多顛倒(韻)。〔國王白〕國師，甚麽聖水？〔鹿精、羊精白〕啟國主，説來羞死人也。〔悟空白〕國主，〔唱〕休信他虚言揑造(韻)，假惺惺期誑當朝(韻)。〔虎精、鹿精、羊精白〕

國主不要信他，我把你這賊禿，〔唱〕

【黃鐘宮合套・畫眉序】兀自舌兒刁(韻)。〔悟空白〕我何曾藐王法，你自欺巇國主，罪惡不小哩！〔虎精、鹿精、羊精白〕你還要抵賴麽？〔唱〕將龕前供獻(讀)恣意貪饕(韻)，欺天地假冒三清(句)，求聖水一脬熱溺(韻)。〔悟空白〕此乃一派虚詞。〔虎精、鹿精、羊精唱合〕嘗時直迸酣醰味(句)，咽喉内尚帶腥臊(韻)。〔悟空白〕三位道友，〔唱〕

【黃鐘調合套・出隊子】休則管尋蛇撥草(韻)。〔虎精、鹿精、羊精白〕你將溺污人，反説我們尋蛇撥草！〔悟空唱〕你根苗咱也盡曉(韻)。〔虎精、鹿精、羊精白〕我三人有甚麽根苗你曉？難道不是雲水道人麽？〔悟空白〕只恐怕有些假。〔虎精、鹿精、羊精白〕你是何等人物，在國主面前恁般無理！〔悟空唱〕若説出喒威名(讀)，教恁魂消(韻)。〔虎精、鹿精、羊精白〕你有甚麽本領，講這等大話！〔悟空唱〕喒可也鬧天宮(讀)，諸神驚倒(韻)。那在你學爲人(讀)，旁門也那左道(韻)。〔虎精、鹿精、羊精白〕氣死人也！我們是旁門左道！〔作欲打科。國王白〕住了。〔唱〕

【黃鐘宮合套・滴溜子】何須的(句)，何須的(格)恁般争較(韻)。道與釋(句)，道與釋(格)總歸三教(韻)。他每(讀)並非左道(韻)。〔合〕不必論低昂(句)，聽孤處調(韻)。〔悟空、虎精、鹿精、羊精仝白〕國主有何旨意？〔國王白〕年來大旱，民苦已甚。孤家立刻要大雨三尺，以濟蒼生。你們呵，〔唱〕各顯神通(讀)，便見分曉（韻）。〔悟空白〕我等遵旨而行。但求雨是道家本行，老孫既奉旨，也只得混混。是誰先求？〔虎精白〕今番求雨，不比往常，不要搭臺等項。〔悟空白〕怎麽個求法？〔虎精白〕只須仗劍書符，一口水噴去，就要雨至，方顯手段。〔悟空白〕這就難了。如此冷淡，只怕要出醜。〔虎精白〕那個出醜？〔鹿精白〕大師兄不要與他閒話，求下雨來，他不醜而自醜了。〔虎精白〕有理。看劍盞過來。〔太監向下取劍盞遞科。虎精作噴水向内指科。雜扮二水龍，各穿龍衣，從壽臺兩場門上。悟空作唱科。二水龍作怕，仍從壽臺兩場門下。虎精、鹿精、羊精作發諢科。悟空白〕雨來了！好醜好大日頭！〔虎精作羞科。國王白〕聖僧不必如此。他既求不下雨來，你能求雨一壇，就送你師徒西行。〔悟空白〕謝國主厚恩。孫悟空祈雨也。〔虎精白〕看你可祈得雨下麽！〔悟空白〕不敢欺。我老孫的本領呵，〔唱〕

【黃鐘調合套·刮地風】不似你道聽途聞便發抄（韻），没傳授枉自焦熬（韻）。那撮來的戲法不精妙（韻），弄虛脾令人堪笑（韻）。〔虎精白〕人民有難，上天不肯降雨，怎敢逆天而行？〔悟空唱〕俺不是噴水書符（句），請天神只用手招（韻）。〔虎精白〕看你招。〔悟空唱〕俺請着雨師臨（句），風伯降（句），電雷齊到（韻）。再將那（句）四海龍王召（韻）。〔旦扮衆電母，各戴包頭，紥額，穿宫衣，紥袖，持鏡。雜扮衆雷公，各戴雷公髮，紥靠，紥鼓翅，持錘鑿。雜扮雨師，戴豎髮，穿箭袖，繫肚囊，執旗。老旦扮風婆，戴包頭，紥額，穿老旦衣，繫腰裙，負虎皮。引雜扮衆龍王，各戴龍王冠，穿蟒，束帶，持笏，各從禄臺兩場門上。白〕大聖有何法旨。〔悟空白〕衆神將，〔唱〕俺今日有事相勞（韻）。〔衆龍王白〕有何法旨，小神等拱聽。〔悟空白〕我師徒來至車遲國，遇三個妖魔與道滅僧，國主難我，要祈三尺大雨，相煩列位扶助佛門。〔唱〕救蒼生(讀)，三尺傾盆倒(韻)。〔衆龍王白〕小神等未奉玉旨，恐怕不便。〔悟空作怒科，白〕老孫性兒你們知道的。玉帝那裏我自有知會。〔唱〕這風聲早已到靈霄(韻)。〔衆龍王應科，作遶場佈雨科，從禄臺門下。內作喊科，白〕好雨好雨！堯天舜日了！〔報事太監從壽臺上場門上，白〕啟國主：雨深三尺，萬民歡笑，齊呼堯天舜日。〔仍從壽臺上場門下。國主作喜科，白〕暢哉！孤家呵，

【黃鐘宮合套·滴滴金】遑遑朝夕魂驚擾(韻)，霎時霑足開懷抱(韻)，黎民踴躍添歡笑(韻)。從此去(句)，收成好(韻)，豐登佳兆(韻)。〔白〕聖僧請過來見禮。〔悟空白〕不敢。〔國王唱〕今朝智炬方臨照(韻)，〔合〕理合拜酬(讀)，頓釋焦勞(韻)。〔悟空白〕不敢。小雨兒何足道哉。〔虎精、鹿精、羊精白〕國主，他既有此神通，我三人與他賭個輸贏。如敢賭就罷了，如不敢，將他納命在國主殿前。〔國王白〕賭什麽輸贏？〔虎精白〕我等修煉仙法，一人與他賭頭，砍去復安頸上，接得上纔爲好本事，不能者命盡於此。〔鹿精白〕一人與他剖腹見心，不能合攏，命盡於此。〔羊精白〕一人與他滚油鍋內洗澡，如不能，命盡於此。〔國王白〕聖僧，你能賭麽？〔悟空白〕啟國主：砍頭的戲法兒，叫做風掉帽兒，這是老孫常撮弄頑的，何足爲難！既承三位美情，無不從命。誰與俺賭頭來？〔虎精白〕我與你賭。〔悟空白〕妖道，〔唱〕

【黃鐘調合套·四門子】我看你標兒插着沿街叫(韻)，兀的癩蝦蟆將猛醋澆(韻)。〔虎精白〕休輕覷

俺法力也。〔悟空唱〕任你是法力精通人難效(韻),可知道天外須知天又高(韻)。〔白〕有個人兒你該怕。〔虎精白〕咱怕誰來?〔悟空唱〕卞莊驍勇(句),拳揮雙豹(韻)。〔虎精白〕什麽豹?〔悟空唱〕恐觸諱遵名避這遭(韻)。〔虎精白〕好胡説!〔悟空白〕還有一人,難道你不怕也?〔虎精白〕咱怕誰來?〔悟空唱〕他的武藝强(句),法力超(韻),莽天神元壇姓趙(韻)。〔虎精白〕我仝你賭頭。〔作扭悟空從壽臺下場門下。内作開刀科。虎精持首級,仍從壽臺下場門上,白〕獻首級。〔國王見驚科。悟空從壽臺下場門上,白〕快活,我來了!戲法如何?〔作喜笑科。虎精唱〕

【黄鐘宫合曲·鮑老催】不須喜躍(韻),眼前少個圈兒跳(韻)。〔悟空白〕我跳出圈兒來了,看你跳得出穽兒麽?〔虎精唱〕自有妙用通仙竅(韻)。〔悟空白〕有竅就好了,只怕没竅。〔虎精唱〕天外天(句),玄中玄(句),妙中妙(韻)。不須嘲訕來譏誚(韻)。〔悟空白〕閒説,快去砍頭。〔作扭虎精從壽臺下場門下。内作開刀科。悟空仝雜扮劊子手,戴劊子手巾,紮額,簪雉尾,穿劊子手衣,從壽臺下場門上。劊子手白〕啟國主:國師頸冒紅光,身子倒在地下,是一隻媥爛猛虎。〔國王作驚科。劊子手仍從壽臺下場門下。悟空白〕如何?我説是怕卞莊、元壇的麽!〔鹿精、羊精作哭科。唱〕可憐你功夫千載埋荒草(韻),〔合〕好教人既痛恨還悲悼(韻)。〔悟空白〕不消恨。是你們講過的,怨着誰來?這樣本事也來仝孫爺爺賭鬭!〔鹿精白〕我與你剖腹,定要勝你。〔國王白〕你們既要鬭法,爲什麽不在孤家面前鬭來。〔悟空白〕妙!老孫好生意也。〔唱〕

【黃鐘調合套・古水仙子】恁恁恁(格)恁可也莫弄喬(韻)。那那那(格)那變幻的形軀喒也曉(韻)。〔鹿精白〕你曉得些什麽來？〔悟空唱〕是是是(格)是亡秦失却追將到(韻)。〔鹿精白〕休要胡説！快些受死罷！〔作取劍剖悟空腹，悟空作開腹露心科，唱〕看看看(格)看佛在心頭吐白毫(韻)。〔白〕國主請看。〔國主作見驚科。悟空攏腹科，白〕如何？今番輪到你了。〔作取劍剖鹿精腹。鹿精從地井内下，地井内作出鹿形。羊精虛白發諢科。悟空唱〕見見見(格)見梅花點文斑駁(韻)，頊頊頊(格)頊刻裏空殼皮毛(韻)。指指指(格)指爲馬當年有趙高(韻)。管管管(格)管情是萃萃濯濯應難保(韻)，省省省(格)省可是存舊鞹煉新膠(韻)。〔場左倒設油鍋。羊精作怒科，白〕我與你洗澡，方見高低。〔悟空白〕一發待老孫占了先罷。〔作下油鍋科。羊精白〕這猴頭果好本事！左右着實多添些柴炭燒旺些。〔衆太監作應。羊精看科，白〕這賊禿不見了。想連骨頭煠得稀爛。賊禿英雄在那裏？〔悟空白〕潑妖你叫誰哩？〔作跳出科，白〕我老孫洗得爽快。如今你速速下去，正要呷口羊湯。〔羊精白〕休得胡説！待我下去。〔作發諢下油鍋科。從油鍋内出龍形。悟空作見怒科，白〕有些逆龍，反助妖邪！〔欲打，即收龍形科。衆太監白〕啟上國主：三國師下鍋洗澡，倏一陣煙不見了，淘得一隻羊骨頭。〔悟空白〕這就是你們三國師了。〔國王白〕了不得！〔作出桌科，唱〕

【黃鐘宫合套・雙生子】三妖道(韻)，三妖道(疊)數年來將孤藐(韻)。今日報(韻)，今日報(疊)賴聖僧除兇暴(韻)。神通妙(韻)，手段高(韻)，〔合〕魔頭掃蕩(讀)，殿陛清囂(韻)。〔悟空白〕此乃國主慕道心重，以致妖祟潛入禁中，迷惑國主。但其未曾被他所謀別事。今日得遇老孫收滅矣。〔國王白〕若非聖僧佛力廣大，殄滅孽妖，孤家必致受他所害矣。如此大恩，何以爲報！〔悟空白〕此乃國主的福德所至。況那妖魔忒也不知分量矣。〔唱〕

【煞尾】道未精通休言道（韻），蕩邪魔雨順風調（韻）。〔國王白〕孤家得遇聖僧，情願皈依，懇求大道。〔悟空白〕國主今後再莫信此外道了。只求風調雨順，國泰民安，那是名教中的至樂。〔唱〕管取高歌誦聖堯（韻）。〔國王白〕內侍傳旨，吩咐掌膳官，擺齋欵待東土僧人。孤家親送出城。請聖僧衆位上殿。〔太監應科，白〕國主宣請東土聖僧上殿。〔唐僧、悟能、悟淨從壽臺上場門上，作見科。唐僧白〕國主在上，貧僧玄奘朝見。〔國王白〕説那裏話！聖僧乃西方佛子，降生東土，接引羣迷，力脱塵埃之苦。今臨鄙國，光生朝野之輝。又賴令高徒殄滅妖魔，喚醒愚昧，願皈法門，超拔迷途。〔唐僧白〕善哉，善哉！國主皈依吾門，惠加三寶，佛光普照，共證菩提。〔國王白〕謝和尚慈悲。孫師兄拜揖。〔悟空作還禮科。國王白〕此二位，〔唐僧白〕是二小徒猪悟能，三小徒沙悟淨。〔國王白〕二位師兄拜揖。〔悟能白〕既皈依我師傳名下，我們都要個贄見的禮兒。〔內奏樂。雜扮衆掌膳官，各戴紗帽，穿圓領，束帶，從壽臺兩場門上，設桌椅，各歸座科。仝唱〕

【高大石調正曲・念奴嬌序】慈雲蔭注（句），勝東來紫炁（讀），五千道德空標（韻）。社稷山河應鞏固（句），常看化日光昭（韻）。恩叨（韻），饌設伊蒲（句），厨開香積（句），霈來雨露總恩膏（韻）。〔合〕今日裏（句），萍踪邂逅（句），花雨飄颻（韻）。〔唐僧白〕貧僧告辭。〔國王白〕内侍傳旨，排齊旛幢引導，待孤家親自送出郊外便了。〔太監應，作傳旨科。唐僧白〕貧僧不敢當。〔衆執事人各執旛幢，從壽臺兩場門上。悟能、悟淨作向下挑經擔、牽馬遶場科。唐僧唱〕

【大石調正曲・賽觀音】望前途（讀），雲縹緲（韻）。西竺國（讀），山遥水遥（韻）。甚日裏得瞻三寶（韻），〔合〕殘照關河一騎去蕭蕭（韻）。〔國王唱〕

【大石調正曲・人月圓】人世裏（讀），遇合難猜料（韻）。〔白〕聖僧取經回時，萬祈到弟子國中一會。〔唱〕荒服邦君蒙垂照（韻），〔衆仝唱〕歸來一定瞻雲表（韻），好保取（讀）民安玉燭調（韻）。〔合〕開懷抱（韻），管金經取得（讀）早早還朝（韻）。〔唐僧作騎馬科。仝唱〕

【尾聲】浮雲落日垂楊道（韻），別車遲把首頻搔（韻），情重臨岐憶灞橋（韻）。〔各從壽臺兩場門分下〕

第十二齣　變嬰兒元會傳名（齊微韻）(七)

〔外扮陳澄，戴巾，穿道袍，從壽台上場門上，唱〕

【商調引・憶秦娥】時不利(韻)，神靈默佑還生祟(韻)。還生祟(格)，愁堆眼底(讀)，恨彌天際(韻)。〔場上設椅，轉場坐科，白〕〖惜分飛〗衰年兒女遭屠毒，骨血要充庖俎。此恨和誰訴？仰天悵望渾無路。堪憐一旦痛分離，悽愴朝朝暮暮。想到傷心處，滔滔巨浪泉臺赴。老夫陳澄，兄弟陳清，乃車遲國元會縣人氏。祖居陳家莊，仰承祖蓄，家業頗饒。恪遵遺訓，世世仝居。不幸數年前，來了個感應大王，每歲要童男童女祭賽他。今年輪到我家，可憐我弟兄，暮年止生得一男一女，今日將去祭賽，好生痛殺人也！兄弟料理預備道場，天色將晚，不免吩咐安人，與兩個男女更換衣裳則個。好苦也！〔從壽臺下場門下。老旦扮張氏，旦扮李氏，各穿衫。作領雜扮陳關保，戴豆腐巾，穿道袍。旦扮一秤金，穿衫，從壽臺上場門上。唱〕

【商調正曲・山坡羊】俺一家(讀)團圓和氣(韻)，俺一家(讀)順時樂意(韻)，俺一家(讀)向善修齋(句)，俺一家(讀)不敢違天理(韻)。直恁的兩孩提(韻)，生生活拆離(韻)。這回要飽神明餒(韻)，難捨嬌兒對面啼(韻)。〔合〕傷悲(韻)，你頃刻身亡便永離(韻)。傷悲(韻)，宗嗣誰承越慘悽(韻)。〔作梳頭科，白〕兒嗄，我和你

母子，只有此刻聚首，少刻就不能見你了。〔作哭科，唱〕

【又一體】手挽着(讀)青絲頭髻(韻)，眼覷着(讀)哀號盈涕(韻)。養嬌兒(讀)受盡了萬苦千辛(句)，到今日(讀)一旦成虛廢(韻)。痛淚垂(韻)，這冤情訴與誰(韻)？仰天枉自長吁氣(韻)。若要重逢(讀)，除非是活佛出世(韻)。〔末扮陳清，戴巾，穿道袍，仝陳澄從壽臺上場門上，白〕梳洗完了麽？〔陳關保、一秤金作哭科，白〕爹爹、母親。〔陳澄、陳清、張氏、李氏作哭科，白〕我的親兒嗄！〔唱合〕傷悲(韻)，你頃刻身亡便永離(韻)。傷悲(韻)，宗嗣誰承越慘悽(韻)。〔仝從壽臺下場門下。副扮悟空，戴悟空帽，穿悟空衣，帶數珠。丑扮悟能，戴僧帽，紥金箍，猪口切末，穿悟能衣，帶數珠，持鈀，挑經擔。雜扮悟淨，戴僧帽，紥金箍，穿悟淨衣，帶數珠，持鏟。引生扮唐僧，戴僧帽，穿僧衣，帶數珠，繫絲縧，騎馬，從壽臺上場門上。仝唱〕

【商調正曲・水紅花】行來不覺日沉西(韻)。過前溪(韻)，好覓安身之地(韻)。〔悟能白〕罷了，走道了個盡頭路來了。〔悟淨白〕是一股水當住了，怎麽是盡頭路？〔唐僧白〕是一條河，但不知有多少寬濶？〔悟空作看科，白〕那河邊有個石碑，上面有字，請師傅上前一看，便知緣由。〔唐僧作看科，白〕通天河，徑過八百里，亘古少行人。這怎麽過去？〔內作打法器科。悟能白〕師傅不用心焦，你聽那鼓鈸聲音，想是做齋的人家，我們且去趕些齋喫，問個渡口，尋隻船兒，明日也好渡過去。〔唐僧白〕説得有理。〔作行科，唱〕通天河八百里渡難期(韻)。到臨期(韻)，渺茫無際(韻)。〔合〕前番受驚黑水(韻)，怎免流淚交頤(韻)。只得向齋主叩雙扉(韻)也囉(格)。〔作到，下馬虛白扣門科。陳澄從壽臺上場門上，白〕正在悲傷際，誰來剥啄敲。是那個？〔作開門見科。唐僧白〕老施主，貧僧問訊了。〔陳澄白〕師傅來遲了。我舍下專以齋僧佈施，每位所備熟米三升，白布一疋，䞋錢百文。念經衆和尚，方纔俱已散去了。〔唐僧白〕貧僧不是趕齋的，我是東土大唐天子欽差，往西天拜佛求經的。只爲天色已晚，特來借宿一宵，明日早行。〔陳澄白〕和尚出家人，不可打誑語。東土大唐到我這裏，有五萬四千餘里之路，你孤身如何來到此間？〔唐僧白〕老施主見得極是。貧僧還有三個小徒保護，方得到此。〔陳澄白〕既有令徒，何不請來相見？〔唐僧白〕徒弟們這裏來。〔悟空、悟能、悟淨作應科。陳澄作見驚科，白〕妖怪來了！〔唐僧白〕施主休怕。這是我的徒弟。〔陳澄白〕既是令徒，爲何皆是這等兇相？〔唐僧白〕他每貌雖兇惡，善能降龍伏虎，捉怪擒妖。〔陳澄白〕既如此，快請進到裏面坐。〔仝坐進門科。陳澄白〕兄弟，掌燈到前廳來。〔陳清持燈從壽臺上場門上，白〕難乾雙眼淚，苦楚向誰言。〔作見驚科。陳澄白〕兄弟，這不是妖怪，何須害怕！〔陳清白〕不是妖怪，爲何俱是這等相貌？〔陳澄白〕雖然相貌兇惡，到能降妖捉怪。快些向前去相見了。〔陳清作相見科。悟能虛白。陳清作引悟淨牽馬從壽臺下場門下。陳澄隨上。場上設桌椅，各坐科。唐僧白〕請問老施主，府上作何齋事，這等大施捨？〔陳澄白〕一言難盡。待老漢告稟。兄弟看齋伺候。〔陳清應科。唐僧白〕老施主高姓？〔陳澄白〕師傅，老漢姓陳名澄，舍弟名清。〔唐僧白〕阿彌陀佛。貧僧俗家也是姓陳。〔陳澄、陳清白〕高攀仝姓了。師傅，我們這裏所屬車遲國元會縣所管，喚作陳家莊。〔唱〕

【商調正曲・二郎神】我這裏年豐歲(韻)，子孝妻賢人樸實(韻)，更喜得吏潔官清無盜賊(韻)。〔唐僧白〕這等是好地方了。〔陳澄、陳清白〕地方儘好。〔唱〕豈料神明乖戾(句)，喜啖嬰兒血食(韻)。〔唐僧白〕

什麼嬰兒血食？〔陳澄白〕師傅，老漢今年六十三歲，止生一女，今年纔交一十三歲。舍弟五十八歲，止生一男，年方十二歲。〔陳澄仝唱〕輪到吾家祭賽日(韻)，可憐我弟合兄止男女各一(韻)。〔悟空白〕老施主你不要哭。你説的甚麽祭賽，我好不明白。〔陳澄、陳清白〕師傅，我這裏三年前來了一個靈感大王，降下神來，命我等建立廟宇，塑造金身，每年要猪羊牲禮供獻，還要一對童男童女祭賽。今年降下神來，坐名在我二人名下，要取一對兒女。師傅嗄！〔唱合〕怎不傷悲(韻)！可憐陳氏宗支(讀)自今絶矣(韻)。〔唐僧白〕可憐！〔悟空白〕老施主何不費幾兩銀子，買兩個頂替下你的兒女也就罷了。〔陳澄、陳清白〕了不得！誰敢頂替！那神靈若曉得有此頂替之事，降下災來，一家兒都是死了。〔唱〕

【又一體】爲此今日(韻)，預備亡齋(句)，幽途拔濟(韻)，父子天倫情盡矣(韻)。〔白〕兒嗄！〔唱〕忍見伊行姊弟(句)，雙雙命絶休提(韻)。啞子吞連只腹非(韻)，竟撞着這般邪祟(韻)。〔悟空白〕老施主哭也無益。除了頂替，再没有甚良方了。〔陳澄、陳清白〕師傅嗄！〔唱合〕那神祇(韻)，識破機關(讀)難免闔宅災危(韻)。〔唐僧唱〕

【商調正曲·集賢賓】看他心酸意苦，使我雙淚滴(韻)，頓教人悲今憶昔(韻)。〔白〕老施主你今日的苦，就是貧僧昔年之苦也。〔陳澄、陳清白〕聖僧有何苦事來？〔唐僧唱〕可憐我未出娘胎遭禍起(韻)，付江流木匣流離(韻)。〔悟空白〕師傅不要哭。老施主你不要傷心。〔陳澄、陳清白〕怎不傷心？

〔悟空白〕師傅，〔唱〕你且回嗔作喜(韻)，我自有回天之力(韻)。〔唐僧白〕你能救他一救，功德不小也。〔悟空白〕施主，〔唱合〕我爲你當遮庇(韻)，管兒女保全今夕(韻)。〔陳澄、陳清白〕

【又一體】生別死別頃刻裏(韻)，怎説得恁般容易(韻)。〔悟空白〕施主，〔唱〕我和你前世因緣今得會(韻)，不教他道瘦嫌肥(韻)。〔陳澄、陳清白〕但不知怎麼樣可以救得？〔悟空唱〕我代他去祭(韻)。〔陳澄、陳清白〕那神祇如何肯容代祭？〔悟空唱〕任妖神呼精吸髓(韻)。〔陳澄、陳清白〕只是老漢每心下何忍！ 況且神祇賽願，要的是童男童女。〔悟空唱合〕拚着己(韻)，硬頭皮撞他到底(韻)。〔白〕八戒過來。〔悟能白〕做甚麼？〔悟空白〕我變做童男，你變做童女。〔悟能白〕罷，哥哥你會變童男，弄得來。我變了頭，不會扭扭搯搯的。〔悟空白〕自古救人一命，勝造七級浮屠。你不變，我就打。〔悟能白〕不要動手，且待我扭扭看。〔作扭發諢科。悟空白〕不要亂扭。施主叫出令郎令愛來，看看他的相貌，我等好變。〔陳澄、陳清白〕安人可領出關保、一秤金來。〔張氏、李氏作領陳關保、一秤金從壽臺上場門上，白〕員外，我等在屏風後，聽得説頂替孩兒賽願，但得全美，就是萬千之幸了。〔陳澄、陳清白〕師傅們如今變作男女一雙，且看他變化何如，便知端的了。小兒女在此。〔悟空白〕八戒，〔悟能白〕奴家有。〔悟空白〕皷子，我和你變化來。〔悟能白〕哥哥我不會包頭，你替我包包罷。〔陳澄、陳清白〕安人，我們拜謝聖僧高徒。衆位請坐了，受我等一拜。〔仝作拜科，唱〕

【商調正曲·黄鶯兒】兩對老夫妻(韻)，感鴻恩忙拜稽(韻)，臨危子女蒙存濟(韻)，香花共賫(韻)，清齋共携(韻)，寒門不致宗支替(韻)。〔合〕喜盈眉(韻)，花開枯木(句)，缺月又重輝(韻)。〔各虛白科，仝從壽台下場門下。雜扮衆鄉民，各戴毡帽，穿道袍，擡彩停、祭禮等物，仝從壽台上場門上。唱〕

【又一體】香靄透雲霓(韻)，金鼓喧鬧得齊(韻)，每年勝會多豐利(韻)。童男呵彩衣(韻)，童女呵粉肌(韻)，燈兒朗照如白日(韻)。〔合〕賽神祇(韻)，田禾茂盛(句)，六畜永無危(韻)。〔作到科，白〕陳員外。〔陳澄、陳清從下場門上，白〕衆位來了。〔衆鄉民白〕禮物齊備了麽？〔陳澄、陳清白〕齊備多時了。〔衆鄉民白〕如此擺齊祭禮，請令郎令愛出來上廟去罷。〔陳澄、陳清作扶雜扮悟空化身，戴豆腐巾，紥金箍，穿道袍；旦扮悟能化身，穿衫，從壽臺下場門上。衆鄉民白〕吹打吹打。〔内奏樂。衆鄉民遶場科。仝唱〕

【商調正曲·猫兒墜】綵亭鼓樂(句)，豐富甚稀奇(韻)，簇擁花燈光滿地(韻)。例年當會暗傷悲(韻)，凄其(韻)，想女思兒(讀)無盡無期(韻)。〔場上設靈感大王牌位，供器科。衆鄉民白〕到了，擺下祭禮。〔作獻祭禮科，白〕神聖，陳家莊衆姓人等酬願。今年會頭是陳澄、陳清，至期賽願，望神鑒察。〔仝唱〕

【又一體】恩波普濟(句)，感佩自無涯(韻)。祭賽虔誠忙頂禮(韻)，祈求賜福安樂怡(韻)。〔合〕須知(韻)，兒女親生(讀)供獻神祇(韻)。〔内作風科。衆鄉民白〕神聖來了，我等回去罷。〔陳澄、陳清作哭科，唱〕

【尾聲】你可安心穩坐盤兒裏(韻)，待等神來發付伊(韻)，願你早上西方仗佛護持(韻)。〔仝從壽臺下場門下〕

戊下

第十三齣　變魚獻計凍長河（江陽韻）

〔淨扮魚精，戴魚精盔，紮靠，持蓮花錘，從地井內上，作跳舞科，唱〕

【中呂宮正曲・駐雲飛】深荷慈航(韻)，一偈開明心地光(韻)。頂上毫光放(韻)，悟徹真如相(韻)。嗏(格)，湖海任猖狂(韻)，誰能攔擋(韻)？八百里通天(讀)基址新開創(韻)。〔合〕喫幾個孩童將祭賽享(韻)。〔作到科。悟能化身白〕阿呀不好了！那話兒來了。〔悟空化身白〕不要言語，等我去答應他。〔魚精白〕今年賽會的，是那一家？〔悟空化身白〕是莊頭陳澄、陳清家。〔魚精白〕這孩子好大膽。往年祭祀的，問一聲，就嚇得掉了魂；用手去捉拿他，已是死了。怎麼這孩子，善能應對，事有可疑，待我再問他。那兩個孩子，叫什麼名字？〔悟空化身白〕童男叫做陳關保，童女叫做一秤金。〔魚精白〕這賽願乃常年舊例，如今卻要喫你們了。〔悟空化身白〕不敢抗違，請受用罷了。〔魚精白〕莫要頂嘴！我往年喫童男，今年到要先喫童女。〔悟能化身作慌科，白〕不要壞了例，照舊先喫童男罷！〔魚精白〕先喫童女。〔悟能化身白〕這就了了我了。〔魚精作喫科。悟空化身、悟能化身各隱入桌內，從地井內下。副扮悟空，戴悟空帽，穿悟空衣，帶數珠，持棒。丑扮悟能，戴僧帽，紮金箍，猪嘴切末，穿悟能衣，帶數珠，持鈀。從地井內暗上科。悟能白〕我是你的祖宗！看鈀！〔魚精作驚科，從壽臺下場門下。悟能白〕哥哥慢走，想是妖精掉了錢了。〔悟空白〕甚麼掉了錢？〔悟能白〕你不聽見，方纔我一鈀築去，噹的一聲響，不是掉了錢麽？〔悟空白〕想是築一片鱗甲來了。〔悟能白〕原來是兩片魚鱗。〔悟空白〕原來是魚精作祟。我和你趕上去。〔仝白〕饒你走上焰摩天，脚下騰雲須趕上。〔從壽臺下場門下。魚精從壽臺上場門上，白〕罷了！罷了！〔悟空、悟能從壽臺上場門追上，白〕妖怪那裏走！〔作對敵科。魚精唱〕

【又一體】你是何處無良(韻)，敢到我跟前惹禍殃(韻)。〔悟空、悟能白〕誰教你在此造孽！特來拿你！〔魚精唱〕衆姓來供養(韻)，年例該吾享(韻)。嗏(格)！〔白〕何處妖僧到此欺人？〔悟能白〕你孫子是妖怪！〔悟空白〕你這潑怪聽者，吾乃東土大唐聖僧，奉旨取經，唐三藏的徒弟。〔悟能仝唱〕你是那洞小妖王(韻)，快招供狀(韻)。少有遲延(讀)，命在釘鈀喪(韻)。〔合〕舉起金箍命必亡(韻)。〔作對敵科。魚精從地井內下。悟能白〕鑽入水中去了。〔悟空白〕兄弟，我們到陳家睡了，明早來拿這怪物。〔仝從壽臺下場門下。魚精從壽臺上場門急上，唱〕

【又一體】幸脱災殃(韻)。〔場上設椅，坐科。雜扮衆小妖，各戴鬼髮，穿箭袖卒褂。丑扮鱖婆，簪形，穿衫背心，繫汗巾。各從壽臺兩場門上。鱖婆白〕大王回來了。大王每年祭享回來歡喜，怎麼今日煩惱？

〔魚精唱〕提起教人怒滿腔(韻)，鈀齒如銀亮(韻)，嚇殺人金箍棒(韻)。嗏(格)！〔鱖婆白〕此言不甚明白，請大王細道其詳。〔魚精白〕了不得！去到廟裏，童男童女遇不着，到撞着了東土取經人兩個徒弟，喫了他一場大虧！小的們！〔衆小妖應科。魚精唱〕速點衆兒郎(韻)，去拿和尚(韻)，安歇居停(讀)一概難饒放(韻)。〔白〕唐僧，唐僧，〔唱合〕只教你難逃目下殃(韻)。〔鱖婆唱〕

【又一體】聽説端詳(韻)，惹火燒身勢莫當(韻)。〔魚精白〕怎麽惹火燒身？〔鱖婆白〕大王不知道麽？方纔會見的二人，拿金箍棒的叫做孫悟空，使釘鈀的叫做猪八戒。他二人呵，〔唱〕保護唐三藏(韻)，奉旨把西天上(韻)。嗏(格)！一路降伏衆魔王(韻)，聲名雄壯(韻)。順者歸降(讀)，逆者身皆喪(韻)。〔合〕莫待禍到頭來没下場(韻)。〔魚精白〕住了！一向聞得人説，唐三藏乃十世修行的好人，但能食他一塊肉，就可延壽長生。今日相逢，豈可當面錯過？他徒弟如此利害，怎麽處？〔鱖婆白〕大王既然執意要捉唐僧，另有一妙計。但不知捉住唐僧，有甚麽賞賜？〔魚精白〕也罷。若能併力捉了唐僧，與你結爲兄妹，共席享之。〔鱖婆白〕多謝大王！久聞大王善能呼風唤雨的神通，攪海翻江的勢力。不知可會降雪？〔魚精白〕會降。〔鱖婆白〕可會結冰？〔魚精白〕也會。〔鱖婆白〕妙嗄！吾計可成就矣。〔魚精白〕你且講來我聽。〔鱖婆白〕如今已有三更時分了，大王趁早作法，起一陣寒風，降一陣大雪，把此河面盡皆凍結寒冰。我們族類善變化者，變作行人背包持傘，挑擔的挑擔，推車的推車，不住的在冰上行走。那唐僧取經心急，斷然踏冰而渡，大王穩坐冰底，待他脚踪響處，迸裂寒冰，他師徒們一齊墜落水中，一鼓擒來，有何不可？〔魚精白〕妙計！妙計！可依計而行。鱖婆迴避。〔鱖婆應科，從壽臺下場門下。魚精白〕小的們，都隨我佈風作雪，凝凍成冰者。〔衆小妖作應，向下取旗作遶場科，仝唱〕

【中呂宫正曲・好事近】寒風㊀，捲起雪飛狂㊀，滿空中似鶴翅飄揚㊀。連宵冰凍㊀，俺潛身水底撩望㊀。〔衆小妖作散雪科，白〕好大雪也！〔仝唱〕霎時間青山頭白㊀，探梅花㊀消息誰來賞㊀。〔合〕料他們貪趲程途㊀，墮機謀入彀遭傷㊀。〔仝從壽臺下場門下〕

第十四齣　法侶遭魔墮深塹（庚青韻）

〔生扮唐僧，戴僧帽，穿僧衣，繫絲縧，帶數珠。副扮悟空，戴悟空帽，穿悟空衣，帶數珠。丑扮悟能，戴僧帽，紥金箍，猪嘴切末，穿悟能衣，帶數珠。雜扮悟淨，戴僧帽，紥金箍，穿悟淨衣，帶數珠。仝從壽臺上場門上，白〕陰風慘淡天花落，秋令當權梅未萼。六花爲甚紛飄墮，陰陽錯亂難揣度。徒弟，雪已住了，你我且到河邊觀看動静，便好趲路。〔悟空白〕天氣嚴寒，且住兩日再去罷。〔唐僧白〕這是甚麽説話！我巴不得今日就到靈山，怎麽説住兩日。請施主出來，我有話説。〔悟能白〕是。老施主有請。〔外扮陳澄，末扮陳清，各戴巾，穿道袍，仝從壽臺上場門上，白〕白帝方司令，風姨又擅權。聖僧正好圍爐聚首而坐，爲甚麽又到外廂來？請到書房裏去，寒冷得緊。〔唐僧白〕動問老施主，不知貴地可分春夏秋冬節令麽？〔陳澄、陳清白〕下邦與上國不仝者，只在風俗人物。若論四時的節令氣候，與上國總是一般。聖僧何故問他？〔唐僧白〕既分四時，怎麽初秋時節，有如此大雪？〔陳澄、陳清白〕便是呢，老漢也不解。往年交過白露，就有霜雪，也不似有這等的迷漫大雪。忒也下的大得緊！〔雜扮家童，戴網巾邊，穿道袍，繫縧帶，從壽臺上場門上，白〕員外，那外面人説，雪有三尺多深，河都凍了。〔仍從壽臺上場門下。唐僧白〕老施主，我們且仝到河邊一看。〔陳澄、陳清白〕如此當得奉陪。〔悟淨白〕待弟子備了馬來。〔唐僧白〕不消，你仝悟空可看守馬匹行李，八戒隨行。〔悟空、悟淨應科，從壽臺上場門下。陳澄、陳清仝作出門科。唐僧白〕出得門來，老施主，你看好一派雪景也！〔陳澄、陳清白〕正是。〔唐僧唱〕

【仙呂調套曲・點絳唇】冬令秋行(韻)，天時不正(韻)。寒威盛(韻)，滴水成冰(韻)，阻斷了行人徑(韻)。

【仙呂調套曲・混江龍】你看那雪深風勁(韻)，漁舟早凍蓼花汀(韻)。明皎皎樓臺積玉(句)，白茫茫嶺岫堆瓊(韻)。看寒雀無從覓食(句)，盼飢烏是處潛形(韻)。這壁廂老龍鱗欹斜墮壓(句)，那壁廂枯虬榦偃蹇伶俜(韻)。〔雜扮衆小妖化身，各簪形，隨意扮作推車、背包，從壽臺上場門上，作遶場發諢科，從壽臺下場門下。唐僧唱〕遥望着車塡馬隘從冰渡(句)，客旅經商繞岸行(韻)。想他們錐刀覓利休辭雪(句)，況則是幢節承恩爲取經(韻)。多般辛苦(句)，怎敢消停(韻)。〔白〕敢問施主，那些人在冰上行走，是往那裏去的？〔陳澄、陳清白〕河那邊就是西粱女國。這些是做買賣的，我這邊百錢之物，到那邊可值萬錢。那邊百錢之物，到這邊亦值萬錢。常年的人不顧生死而去，或五七十人一船，或十數人一船。今見河道凍住，故此捨命而行。〔唐僧白〕世間惟名利最重。他爲利的捨命亡生，我弟子奉旨求經，更爲緊要。八戒，〔悟能應科。唐僧唱〕

【仙呂調套曲・油葫蘆】你與我快打疊行裝便起程(韻)。〔陳澄、陳清白〕這等風雪嚴寒，如何去

得！〔唐僧唱〕敢偷安畏風雪負却皇華命(韻)。俺不是愛歡樂山陰訪戴興偏乘(韻)，也不是騎驢去踏梅花
徑(韻)，又不是藍關策馬勞相等(韻)。〔悟能白〕師傅且待冰凍解了，去也未遲。如今倘有差遲，如何是
好？〔唐僧白〕悟能，你怎麼這等愚見？若是正二月間，一日暖似一日，可以待得冰開。此時八
月天氣，一日冷似一日，如何望得凍解？却不悞了半載行程！〔唱〕半年來羈路程(韻)，那西天竺
誰取經(韻)？猛想着舊長安(讀)眼望迎三乘(韻)，早打點決不待天晴(韻)。〔白〕快些打點過河去。〔悟能應
科，從壽臺上場門下。陳澄、陳清白〕聖僧如何行得！且再消停。〔唐僧唱〕

【仙呂調套曲·天下樂】俺可也稽首忙辭上路行(韻)，謝得恁心也波誠(韻)，感盛情(韻)。〔陳澄、陳
清白〕聖僧就要去，待我一家拜謝活命之恩，安排些錢糧盤費，相謝纔是。〔唐僧白〕多謝慈悲了。
〔唱〕出家人(讀)，隨緣募食何待黃金贈(韻)？前途遠、信步登(韻)，不待存、隔宿羹(韻)。却不到前緣有
分會今生(韻)。〔悟能挑經擔，悟淨牽馬。悟空引老旦扮張氏，旦扮李氏，各穿衫，作領雜扮陳關保，戴豆腐
巾，穿道袍。旦扮一秤金，穿衫。雜扮衆男女家人，各隨意扮。仝從壽臺上場門上。張氏、李氏白〕未遂啣
環願，先紓折柳情。員外，我聞聖僧西去，如失父母。員外也該苦留，待等河開了去也未遲。
〔陳澄、陳清白〕安人，我原苦苦相留，聖僧執意要行，教我也没法。〔張氏、李氏白〕聖僧，多蒙救活
男女二命，未能酬答，如何就要别去？〔唐僧白〕阿彌陀佛！貧僧足感高誼了。又蒙遠送，就
此拜别。〔唱〕

【仙呂調套曲・哪吒令】謝高門深情美情(韻),感連朝飯僧(韻)。念全家心誠意誠(韻),奈秋風送行(韻)。願檀越福增壽增(韻),慶三多屢膺(韻),繼書香屬後賢(句),看鳴珮誇前定(韻),戴堯天永享昇平(韻)。〔唐僧、悟空、悟能、悟淨仝從壽臺下場門下。陳澄、陳清、張氏、李氏作望科,白〕好一片至誠心! 果是活佛出世了。此地易爲别,相見難爲情。〔仝從壽臺上場門下。唐僧、悟空、悟能、悟淨仝從壽臺上場門上。唐僧唱〕

【仙呂調套曲・鵲踏枝】戰兢兢履薄冰(韻),冷蕭蕭自長征(韻)。〔悟空白〕師傅,待弟子前面探路。二位兄弟,好生保護師傅。〔從壽臺下場門下。唐僧白〕使得。〔唱〕記那日承恩出京(韻),衆元勳餞别在都亭(韻)。受隆恩酬答無能(韻),因此上急攘攘風送共霜迎(韻)。〔仝從壽臺下場門下。悟空從壽臺上場門上,作探路虚白科,從壽臺下場門下。雜扮衆小妖,各戴鬼髮,穿箭袖卒褂,執旗,從壽臺上場門上,作遶場立科。唐僧、悟空、悟能、悟淨仝從壽臺上場門上。唐僧唱〕

【仙呂調套曲・勝葫蘆】金烏返照晚霞升(韻),煖氣又薰蒸(韻)。雨後天高景色明(韻)。〔作冰裂科。悟空、悟能、悟淨各虚白。唐僧唱〕猛聽得冰裂聲崩(韻),水響潺湲(句)使我頓心驚(韻)。〔淨扮魚精,戴魚精盔,紮靠,持蓮花錘,從地井内上,作與悟空、悟能、悟淨對敵科。衆小妖遶場,作擒唐僧,仝魚精從地井内下。悟能、悟淨白〕不好了! 師傅掉下水去了! 怎麽處?〔悟空白〕二位兄弟,〔唱〕

【賺煞】休悲泣(句),莫淚傾(韻)。〔白〕俺師傅呵! 〔唱〕他只因月建災星(韻)。〔悟淨白〕身沉水底可不淨死了！〔悟空白〕淨不死的。〔悟能白〕像這様死常常死的。你放心。〔悟空唱〕今朝水底潛形影㊞，他日裏到覺路金繩㊞。你難憑俺心裏分明㊞。一度關津一度輕㊞，只待度到西方聖境㊞，把佛經拜請㊞，那時節跨蒼龍飛上九天庭㊞。〔各虚白，仝從壽臺下場門下〕

第十五齣　誇張狐媚鶯花寨（江陽韻）

〔雜扮衆小妖，各戴鬼髮，穿箭袖卒褂，執旗。作押縛生扮唐僧，戴僧帽，穿僧衣，繫絲絛，帶數珠。引淨扮魚精，戴魚精盔，紮靠，持蓮花錘，從壽臺上場門上。仝唱〕

【越調正曲·水底魚兒】喜氣揚揚（韻），唐僧喜得嘗（韻），玳筵開處（句），〔合〕慶賀樂非常（韻），慶賀樂非常（疊）。〔丑扮鱖婆，簪形，穿衫背心，繫汗巾，從壽臺下場門上，作迎科。魚精虛白，仝作進門科。魚精白〕小的們，且將唐僧藏在後宫石匣内。〔衆小妖應科，作押唐僧從壽臺下場門下，隨上，侍立科。魚精白〕看酒過來。鱖婆，我有言在先，但能擒住唐僧，與你結爲兄妹。喜得妙計已成，今後當爲兄妹便了。〔鱖婆白〕多謝大王！〔魚精白〕愚兄奉敬一杯。〔鱖婆白〕奴家先敬大王。〔場上設桌椅，各入桌坐科。魚精唱〕

【黄鐘調套曲·耍孩兒】羡你神機妙算難參量（韻），比陳平六出更高强（韻）。輕輕擒獲唐三藏（韻），猶如順手牽羊（韻）。運籌決策伊爲首（句），道寡稱孤我獨當（韻），到處人欽仰（韻）。費略一天風雪（句），已轂不老仙方（韻）。〔鱖婆白〕不瞞大王説，奴家出身原有些本領，伎倆其實無賽。〔魚精白〕請道其詳。

〔鱖婆白〕大王聽稟。〔唱〕

【黄鐘調套曲・五煞】我出身花柳叢(句)，鎮迷着俊俏郎(韻)，住場喚做田鷄港(韻)。〔魚精白〕你原來是個風流人物。〔鱖婆唱〕招魚做伴春情煽(句)，變鱖成精夜興狂(韻)。靈性還不喪(韻)，但提起迷人弄鬼(句)，儘能彀百計千方(韻)。〔魚精白〕妙嗄！〔唱〕

【黄鐘調套曲・四煞】聽伊言坐似癡(句)，使我心興轉狂(韻)，教咱頻添喜色雙眉上(韻)。新開水府風流窟(句)，獨占塵寰脂粉香(韻)。越教我神歡暢(韻)，做箇遊鱗對對(句)，比目雙雙(韻)。〔鱖婆白〕如今是兄妹了，大王怎生又説村話！〔魚精白〕我與你兄妹還是認來的，比着魚遊春水更是親熱些。〔鱖婆白〕蒙大王擡舉，只怕消受不起。奴家還有一言。〔魚精白〕有何話説？〔鱖婆白〕唐僧雖然擒住，但他一路而來，暗算他的却也不少。只如黑水河我們的鼉伴兒，曾經下手，反被他徒弟孫行者，到龍老頭兒面前，一番胡話，鼉兄弟倒吃了他的苦。此外非我族類，不必提他。〔魚精白〕怎麽説這等利害？不要挫了自己威風。〔鱖婆白〕你不曉得，那平頂山有個金角大王、銀角大王，火雲洞有個聖嬰大王，還有那黄袍郎、白骨夫人，没一處不招他徒弟的毒手。請大王放了他罷，省得株連到奴家身上。〔魚精白〕妹子你好没膽量！他徒弟利害，只要算計一并拏他便了。〔鱖婆白〕既如此，奴家却有一計。大王聽稟。〔唱〕

【黄鐘調套曲・三煞】那猪八戒少智謀(句)，沙和尚欠忖量(韻)，怕的是行者那根金箍棒(韻)。〔魚精白〕正是其實利害！但不知用何計隄防他？〔鱖婆白〕大王，〔唱〕但逢陸路休争戰(句)，引入波心好抵當(韻)，甕中鼈憑拿放(韻)。依吾一計(句)，決勝千場(韻)。〔雜扮悟淨，戴僧帽，紮金箍，穿悟淨衣，帶數珠，持鏟，從壽臺上場門上，白〕妖怪！快放我師傅出來！〔衆小妖、鱖婆各從壽臺兩場門暗下。魚精作迎出對敵科。魚精白〕你是那裏來的和尚？〔悟淨唱〕

【黄鐘調套曲·二煞】小妖魔莫逞强(韻)，遇吾行快拜降(韻)，不然命盡咱禪杖(韻)。〔魚精白〕你是何人？敢講此大話！〔悟淨唱〕咱名唤做沙和尚(韻)，保護吾師過此方(韻)。設機械將人誑(韻)，結冰下雪(句)，弄此乖張(韻)。〔作對敵科。丑扮悟能，戴僧帽，紮金箍，猪嘴切末，穿悟能衣，帶數珠，持鈀，從壽臺上場門上，白〕俺猪爺爺來了！〔作接戰科。魚精唱〕

【黄鐘調套曲·一煞】野猪好没理(句)！〔悟能、悟淨唱〕妖怪慢逞强(韻)。〔魚精唱〕誰容你欺侮將門上(韻)！〔悟能、悟淨唱〕吾師送出饒伊命(句)。〔魚精唱〕徒弟隨來剖你腸(韻)。〔悟能唱〕激得咱怒發三千丈(韻)，當頭太歲(句)，教你立見閻王(韻)。〔作對敵科。副扮悟空，戴悟空帽，穿悟空衣，帶數珠，持棒，從壽臺上場門上，白〕看你孫爺爺的棒！〔魚精從地井内隱下。悟能、悟淨白〕看他又鑽入水底下去了。〔悟空白〕他不與咱戰，這就没法了。〔悟能、悟淨白〕果然没法，這便怎麽處？〔悟空白〕有了，我往南海求菩薩去也。〔悟能、悟淨白〕妙嗄！快去。〔悟空白〕二位兄弟，我去後，你二人呵，〔唱〕

【煞尾】休得呆在河邊立(句)，不時的和他鬧幾場(韻)。俺可也南海叩慈航(韻)，仗菩薩神通廣大方可捕兇黨(韻)。〔各虚白，從壽臺兩場門分下〕

第十六齣　收伏魚精鳳竹籃（東鐘韻）

〔場上换落伽勝境匾。落伽門内設蓮座科。雜扮衆揭諦。小生扮善才，戴紅孩髮，穿紅孩衣，捧淨瓶。小旦扮龍女，戴過梁額、仙姑巾，穿宮衣，臂鸚哥。旦扮觀音菩薩，戴魚籃觀音髮，穿魚籃觀音衣，帶項圈，從仙樓上作陞座科。唱〕

【仙吕入雙角合套・新水令】蘆花盡白蓼花紅㊔，響梧桐金風微動㊔。纔臨春夏景㊙，不覺又秋冬㊔。唤醒愚蒙㊔，百年身渾如夢㊔。〔白〕紅孩兒，你可吩咐護山揭諦，我在紫竹林中有事，孫悟空來時，教他候者。〔善才應科。衆揭諦、觀音菩薩仙樓門下。善才作下仙樓科，白〕補陀巖護山揭諦何在？〔雜扮衆揭諦，各戴揭諦冠，穿鎧，持杵，從壽臺上場門上，白〕來也。〔作見科，白〕有何吩咐？〔善才白〕菩薩有法旨。〔唱〕

【仙吕入雙角合套・步步嬌】獨向林中將功用㊔，静裏休驚動㊔。如到來孫悟空㊔，暫候須臾㊙，慈音遵奉㊔。〔衆揭諦白〕領法旨。〔善才從壽臺下場門下。衆揭諦唱合〕承命敢踈容㊔，巖前鵠立當欽竦㊔。〔從壽臺下場門下。場上設紫竹林科。善才引觀音菩薩從壽臺上場門上，唱〕

【仙呂入雙角合套・折桂令】解脱的萬法皆空(韻)。粘滯纖毫(句)，都緣空被塵蒙(韻)。恁須知蒙自何從(韻)，皆因是貪嗔癡累(句)，不解來踪(韻)。因此上擾擾庸庸(韻)，不知空只爲迷而不懂(韻)，空一切只是笑電噫風(韻)。嘆世人妄自心兇(韻)，食唐僧壽與天仝(韻)。既云空誰始誰終(韻)？〔衆揭諦從壽臺下場門上，作迎科。觀音菩薩入紫竹林，作編竹籃科。副扮悟空，戴悟空帽，穿悟空衣，帶數珠，從壽臺上場門上，唱〕

【仙呂入雙角合套・江兒水】堪嘆吾師苦(句)，災星接踵逢(韻)。惟有通天黑水魔頭重(韻)。〔衆揭諦白〕大聖止步。菩薩有法旨，今早出洞，不許人隨，自入竹林，知大聖今日必來，吩咐我等在此接你。請在翠巖前等候片時。〔從壽臺下場門下。善才作見悟空科，白〕大聖請了。向蒙聖意，今侍菩薩不離左右，甚得善慈。感謝感謝！〔悟空白〕你那時魔孽迷心，今成正果，方知我老孫是個好人。〔唱〕你似芝蘭向與荆榛共(韻)，今朝移向瑶堦種(韻)，他日正覺無窮妙用(韻)。〔白〕還有句咲話。〔善才白〕甚麽咲話？〔悟空唱合〕咲你從前(句)，幾番將鼻頭打痛(韻)。〔善才白〕菩薩着你進見，隨我來。〔作引見科。悟空白〕弟子至心朝禮。我師傅有難，特來拜問通天河妖怪根源。〔觀音菩薩白〕你那師傅呵，〔唱〕

【仙呂入雙角合套・鴈兒落帶得勝令】他是塊肉腥羶惹蠅蠓(韻)，怎辭得一路裏妖魔衆(韻)。你曾見白衣人許爵縻(句)，怯書生將兵弄(韻)。呀(格)！牢把定江心舵莫愁風(韻)，風波裏好將菩提種(韻)。〔悟空白〕菩薩道個菩提却也難種。〔觀音菩薩唱〕可知道割肉將身獻(句)，捨身喂虎蟲(韻)。但悟取圓通(韻)，你去樹底閒歌詠(韻)，這便是成功(韻)。逝水長江月在空(韻)。〔悟空白〕菩薩教弟子好難着脚也！〔觀音菩薩白〕不必多言，仝去便了。〔善才白〕請菩薩更衣。〔觀音菩薩作持竹籃科，白〕不消着衣，你自迴避。〔善才應科，從壽臺下場門下。悟空引觀音菩薩從壽臺下場門下。場上撤紫竹林科。雜扮衆水卒，持水旗、水雲，從地井内上。丑扮悟能，戴僧帽，紥金箍，猪嘴切末，穿悟能衣，帶數珠。雜扮悟淨，戴僧帽，紥金箍，穿悟淨衣，帶數珠。仝從壽臺上場門上。唱〕

【仙吕入雙角合套・僥僥令】香風沿路擁(韻)，瑞靄滿天籠(韻)。〔悟空引觀音菩薩從雲兜内下。悟空下雲兜，至壽臺科。悟能作見科，白〕沙兄弟，喒們的猴兒好性急。〔唱〕把一位未梳粧的菩薩催出潮音洞(韻)。〔悟空白〕兄弟，菩薩來了。〔悟能、悟淨唱合〕齊合掌(讀)虔誠禮碧空(韻)，齊合掌(讀)虔誠禮碧空(疊)。〔觀音菩薩白〕死的去，活的來。〔淨扮魚精，戴魚精盔，紥靠，持蓮花錘，從地井内上，跪拜科，仍從地井内下。觀音菩薩竹籃内作現魚科，白〕悟空快下水去，救你師傅出來。〔悟空白〕菩薩未曾拿住妖邪，如何救得我師傅？〔觀音菩薩白〕這籃兒裏不是麽？〔悟空作見科，白〕兄弟你二人下水去，請師傅上來見菩薩。〔悟能、悟淨應科，從地井内下。悟空白〕拜問菩薩，這魚兒怎麽有此大手段？〔觀音菩薩白〕他本是我蓮花池養大的金色魚，每日浮頭聽經，修成手段。那一柄九瓣銅錘，乃是一枝未開的菡萏，被他練成兵器。海潮泛漲，走到此間。我今早扶欄看花，却不見這厮，算着他在此成精作耗，害你師傅，故此吾立運神功，編就此籃兒以便擒他。〔悟能、悟淨作負生扮唐僧，戴僧帽，穿僧衣，繫絲縧，帶數珠，從地井内上。悟空白〕師傅快些拜謝了菩薩。〔唐僧作拜科，白〕弟子玄奘，有何德能，屢蒙菩薩救拔。〔悟空白〕求菩薩暫住祥雲，教陳家莊上衆姓人等，見見菩薩金容。一則留恩，二來説及此怪端的，好教凡人信心供養。〔觀音菩薩白〕這也使得。快去唤來。〔悟空白〕兄弟們隨我來。〔悟能、悟淨應科，仝從壽臺上場門下。觀音菩薩白〕玄奘，〔唱〕

【仙呂入雙角合套・收江南】呀(格)！也是你數遭陽九難星冲(韻)，險喪在水晶宮(韻)。縱千魔百怪惡磨礱(韻)，切莫要心生退悔棄前功(韻)。〔唐僧白〕玄奘怎敢！〔觀音菩薩唱〕任妖魔逞兇(韻)，儘精靈作横(韻)，恁可知不聞不見自無窮(韻)。〔天井内下雲兜，觀音菩薩作乘雲兜科。悟空、悟能、悟淨作挑經擔，牽馬。引外扮陳澄，末扮陳清，各戴巾，穿道袍。雜扮畫工，戴巾，穿道袍，持畫軸、筆硯。雜扮衆男女百姓，各隨意扮，從壽臺上場門上。仝唱〕

【仙呂入雙角合套・園林好】覘雲端慈容在空(韻)，俺凡胎今生快逢(韻)，大因緣前生曾種(韻)。〔合〕齊頂禮叩金容(韻)，齊頂禮叩金容(疊)。〔仝作瞻仰，各虛白、畫像、叩拜科。唱〕

【仙呂入雙角合套・沽美酒帶太平令】執魚籃不整容(韻)，執魚籃不整容(疊)。活菩薩顯神通(韻)，水月豐標千古宗(韻)。大慈悲菩提妙種(韻)，施法力展妙用(韻)。花雨落層層簇擁(韻)，瑞雲飄冉冉當空(韻)，光閃閃魚兒游泳(韻)，音咬咬鸚哥吟哢(韻)。俺呵(格)！遥望着蓮臺鞠躬(韻)，尚餘些香風(韻)幾重(韻)。呀(格)！寫聖像傳流虔供(韻)。〔觀音菩薩從天井内上科。陳澄、陳清白〕請聖僧再到敝莊用齋。〔悟空白〕

不消了。你們這裏人家，下年不必祭賽，菩薩收了妖魔，替你每除了根，以後安枕無憂了。快快尋船，送我師傅過河去。〔雜扮老黿，從地井内白〕孫大聖，我送你師徒過河去。〔悟空白〕好大膽的孽畜！不得近前！若來一棒打做粉碎！〔老黿白〕我是來報恩的，怎麽還要打我？〔悟空白〕我與你有甚恩惠？〔老黿白〕大聖不知，水底之第，乃是我的住宅，那怪仗逞兇頑，傷我許多子孫。今蒙大聖除妖，宅第歸我，子孫團圓，所以報答大恩，馱你們過河。〔悟空白〕據你之言，竟是真情。你可對天盟誓。〔老黿白〕天地神明，我若撒謊，此身化爲膿血。〔悟空白〕如此就馱我們過去便了。〔衆男女百姓白〕好個大黿！〔老黿白〕列位兄弟們，你們都好麽？〔衆百姓、悟能等各虚白發諢科。唐僧白〕悟空，此黿背恐不穩。〔悟空白〕大凡衆生會説話，決不打誑語。兄弟牽馬上去。〔悟淨牽馬，唐僧、悟能挑經擔、悟空各上黿背科。唐僧白〕有勞衆居士遠送，請回罷。〔衆百姓虚白下。悟空白〕老黿好生慢慢的走。若歪一歪，就照頭一棒。〔老黿白〕不敢歪，不敢歪。但請放心。求聖僧問問我佛如來，我的壽元幾何，我在此等候，仍送聖僧東歸便了。〔唐僧白〕這個自然代你叩問。〔悟空白〕快些過河去罷。〔衆水卒持水旗，遶場作過河科。唐僧、悟空、悟能、悟淨各作牽馬、挑經擔下黿背科，從壽臺下場門下。衆水卒遶場從地井下〕

第十七齣　女兒浦聚飲爲歡（家麻韻）

〔旦、淨、丑扮老少醜美各色漁婆，作摇舡，從壽臺上場門上，唱〕

【仙吕宫正曲・步步嬌】烟水微茫扁舟駕㊞，罾網隨潮下㊞，魚兒儘着拏㊞。破笠遮頭㊁，短簑齊胯㊞。〔合〕向晚宿蘆花㊞，且到明朝一任風波大㊞。〔衆漁婆白〕我們上了岸，就在柳陰底下坐坐。你們把船去泊好了。〔小漁婆作摇舡下，即上。二漁婆白〕我們西梁國子母河邊漁婆是也。俺這國中，只有女身，並無男子。自國主以至庶人，皆是飲了這子母河中的水，便是天生地長，爲此士農工商，俱係裙釵之輩。我等在此河邊，積祖捕魚爲業，也可以算漁户世家了。〔二漁婆白〕聽得説，姜太公八十遇文王，不知我們衆漁户也有他的造化麽？〔衆漁婆白〕又來説夢話。但曉得有箇姜太公，那裏又有姜太婆？〔衆笑科。二漁婆白〕列位，何必談今説古？即就我們做箇漁户，也儘箇灑落。〔衆漁婆白〕説得有理。〔仝唱〕

【仙吕宫正曲・醉扶歸】誰及得漁村蟹國多瀟灑㊞，但只願常年活計足魚蝦㊞。依然有花源鷄犬共桑麻㊞，依然有紅裙緑襖添嬌姹㊞。〔合〕只愁没箇丈夫家㊞，勾消了生男育女忙婚嫁㊞。〔二漁婆白〕説到生男育女，又打動些春情了。〔各笑科。淨丑淨漁婆諢科。二漁婆白〕那箇有春情？倒是引起了酒興。各家有現成的酒菜，都搬攏來，暢飲一回，可不是好？〔衆漁婆白〕有理，有理。〔各作携酒榼上，席地飲酒科。仝唱〕

【仙呂宮正曲・皂羅袍】趁着浮生閒暇(韻)，且賣魚沽酒(讀)，聊圖歡洽(韻)。〔内作摇船聲科。二漁婆白〕那邊又有漁船來了。〔仝唱〕柳陰遥聽櫓呀啞(韻)，待船繫岸杯仝把(韻)。〔旦、丑扮二漁婆，摇船從壽臺上場門上，作上岸見科。白〕列位姐姐好快活！怎不等一等做妹子的？〔衆漁婆白〕我們今日各出東道的，你們二位來遲，先請了三杯。〔斟酒科。仝唱合〕杯兒便呷(韻)，何須等咱(韻)。筯兒便拤(韻)，休教讓他(韻)。猜拳行令凴尊駕(韻)。〔後上二漁婆白〕我們是闖席的，怎麽倒讓起猜拳行令來。〔衆漁婆白〕我們都有些主道，二位姐姐是不速之容，理當，理當。〔後上二漁婆白〕既承盛情，豁一巡拳罷。〔衆漁婆白〕妙嗄！〔各作隨意豁拳豪飲科。仝唱〕

【仙呂宮正曲・好姐姐】喧譁(韻)，不消驚詫(韻)，醉中天春秋冬夏(韻)。長鯨一吸(讀)，應認酒爲家(韻)。〔合〕多歡耍(韻)，今朝姐妹聯杯斝(韻)，賽過那邋遢漁翁亂插花(韻)。〔一半漁婆作醉態科，白〕酒也彀了，何不唱隻曲兒，助助酒興？〔衆漁婆白〕有趣！我們有春夏秋冬四景的曲子，何不大家唱起來？〔二漁婆白〕使得。〔仝唱〕

【仙呂宮正曲・沉醉東風】好春光嫩柳藏鴉(韻)。夏天來沉李浮瓜(韻)。起秋風鴈掠沙(韻)，籬開菊花(韻)，簪雲鬢清香幽雅(韻)。〔合〕到冬日寒魚可叉(韻)，寒江泛艖(韻)，一年景物(讀)無時不佳(韻)。〔後上二漁婆白〕四時多有這般樂趣，我們好快活！〔淨漁婆作大醉科。丑漁婆扶科，白〕你這位姐姐，又喫得這等的爛醉！待我攙了你回去罷。好似桑柘影斜春社散，家家扶得醉人歸。〔扶科，從壽臺下場門下。衆漁婆立起科，作醉態。仝唱〕

【仙吕宫正曲·漿水令】喜今朝快樂無涯(韻)，杯入手眼笑眉花(韻)。人生休度悶年華(韻)，隨時消受(讀)浪酒閒茶(韻)。娱風景(句)，賞烟霞(韻)，豆棚説句漁樵話(韻)。〔後上二漁婆白〕我們要回家了。列位姐姐，改日請到我們那邊，再做一箇漁家樂。〔衆漁婆白〕使得！使得！〔後上二漁婆作下船科，唱〕看新月(句)，看新月(疊)，樹影交加(韻)。忙回去(句)，忙回去(疊)，急把船劃(韻)。〔作摇船，從壽臺下場門下。衆漁婆白〕送了二位姐姐上船去了，我們各收拾碗盞進去罷。〔仝唱〕

【尾聲】醉鄉深處歡無價(韻)，都是箇子母河邊俊俏娃(韻)。這漁樂補入丹青更可誇(韻)。〔仝從壽臺下場門下〕

第十八齣　子母河悞吞得孕 皆來韻

〔小旦扮女舟子，戴草帽圈，穿衫背心，繫腰裙，持篙，作撑舩，從壽臺上場門上，唱棹歌〕你看這一河春水碧悠悠，照見我裏個佳人似在鏡裏頭。怎得個年少郎君打從這渡口過，恨不得吞他落肚與小阿奴奴解春愁。〔白〕奴家是這西梁女國子母河邊一個小船户的便是。俺這國中都是女人，並無男子。奴家住在這河口，就靠着這撑船度日。〔作望科，白〕遠遠望見一個和尚騎着馬匹，三個徒弟跟隨前來。想是要過渡的，不免在這柳陰下等他到此便了。柳陰相待取，等候有緣人。〔副扮悟空，戴悟空帽，穿悟空衣，帶數珠。丑扮悟能，戴僧帽，紥金箍，猪嘴切末，穿悟能衣，帶數珠，持鈀，挑經擔。雜扮悟淨，戴僧帽，紥金箍，穿悟淨衣，帶數珠，持鏟，牽馬。引生扮唐僧，戴僧帽，穿僧衣，繫絲縧，帶數珠，從壽臺上場門上。白〕沙上日斜看鴈去，柳邊人歇待船歸。〔悟能白〕撑船的過來。〔女舟子白〕來了。〔唐僧、悟空、悟能、悟淨各虚白，作上船科。唐僧唱〕

【南吕宫正曲·香柳娘】恁清波見底句，恁清波見底疊，倒沉雲彩韻，鑑人毛髮真堪愛韻。〔悟空白〕梢婆我問你。〔女舟子白〕問我什麽？〔悟空唱〕你梢公何在韻，你梢公何在疊，翻使女裙釵韻，扁舟把人載(韻)。〔仝唱合〕似浮杯渡海(韻)，似浮杯渡海(疊)，霎時過來(韻)，抵多少一帆風快(韻)。〔女舟子白〕到岸了。〔仝作下船。悟能虛白發諢科。女舟子白〕泛舟慚小婦，漂泊損紅顔。〔從壽臺上場門下。唐僧白〕這河水清得緊，我一時口渴，悟能取鉢盂來，汲些水喫。〔悟能作應，取水與唐僧喫。悟能虛白發諢飲科。悟空白〕我們快些儹路。〔唐僧白〕悟淨你且牽着馬匹，待俺散行幾步。〔悟淨作應，行科。唐僧白〕一帶柳陰垂古岸，數間茅屋傍疎林。〔作腹痛科，白〕不好了！霎時腹痛起來，怎麽處？〔悟能白〕我一發了不得！疼得緊！〔悟空白〕想是喫了冷水，受了些寒氣，因此肚疼。〔悟淨白〕前面路旁有一個村舍，樹梢頭挑着兩個草把。〔悟空白〕定是個賣酒的人家。我們去化些熱湯水喫便了。〔作扶唐僧遶場問科。老旦扮黄氏，穿老旦衣，從壽臺下場門上，白〕貧家白髮供殘酹，野店黄茅映夕陽。〔作見科，白〕你們是那裏來的？〔悟空白〕貧僧是東土大唐來的。我師傅因過河喫了冷水，頓覺肚腹疼痛，布施些熱湯水喫。〔黄氏白〕你們在那邊河裏喫水來？〔悟空白〕在東邊河裏喫的。〔黄氏作笑科，白〕好耍子！你們都進我這屋裏來。〔仝作進門。悟能作腹痛發諢。場上設桌椅，各入桌坐科。悟空白〕老婆婆快些燒熱湯來，我們少停謝你。〔黄氏作向内科，白〕姐妹們快出來！〔旦扮衆婦女，各穿衫，從壽臺上場門上，白〕户外呼聲急，閨中儹步忙。〔唐僧、悟能作腹疼。衆婦女作笑科。悟空白〕你們笑些甚麽？〔衆婦女各虛白，仍從壽臺上場門下。悟空作扯住黄氏科，白〕你這婆子怎麽不肯燒些熱湯水與我們喫，反叫些人來笑我們，是何緣故？〔黄氏白〕你放了我，待我説與你。〔悟空作放科。黄氏白〕

便去燒湯，也救不得你們肚疼。〔悟空白〕怎麼説？〔黄氏白〕我們這裏是西粱女國，一國盡是女人，並無男子。你們師傅喫得那水，不是好水。那條河唤作子母河。還有一座迎陽館驛，驛前有個照胎泉。二十歲内的人，方敢去喫，喫了這河水，便有了胎，三日後到照胎泉邊去照，照得有了雙影，便生孩兒。你師傅喫了這河水，怎生是好！〔悟能虚白科。唱〕

【又一體】笑無端受胎（韻），笑無端受胎（疊）。腹高胸大（韻），中央突起肉一塊（韻）。把肚兒疼壞（韻），把肚兒疼壞（疊）。那得産門開（韻），放東瓜出叉袋（韻）。〔悟空白〕猪兄弟，古人道得好，瓜熟蒂落。到得那個時節呵，〔唱合〕定雙脇迸開（韻），定雙脇迸開（疊），自然鑽將下來（韻），你也不須憂害（韻）。〔悟能作扭腰科。悟淨白〕二哥莫扭，只怕錯了養兒腸，弄做個胎前疾病。〔悟能作慌哭科，白〕你問這婆婆，這裏可有手輕的穩婆，預先尋下幾個。這會兒一陣陣的動蕩得緊，想是催陣疼，要生孩子快了。〔悟淨白〕二哥你既曉得催陣疼，不要扭動，只怕擠破了胞漿水，一發了不得。〔唐僧白〕老婆婆，你這裏可有醫家麼？叫我徒弟買一貼墮胎藥喫了，打下胎來罷。〔黄氏白〕就有藥，也不濟事。我們這正南上有一座解陽山，山洞裏有一落胎泉，須得那泉水喫了，方纔解下胎氣。如今却取不得。〔悟空白〕這是怎麼説？〔黄氏白〕近年來了個道人，唤名如意大仙，護住了落胎泉。要求水的，須獻花紅羊酒，方纔肯與一椀。〔悟空白〕這等我去取來。〔黄氏白〕那如意大仙十分了不得，你空手去要，他如何肯與？〔悟淨白〕我與你作個幫手，一仝前去。〔唐僧白〕你們都去，丢下我兩個有病的，叫誰來伏侍？〔黄氏白〕老羅漢只管放心，不須要你徒弟伏侍，我每是好善人家，自然來看顧你。〔唐僧白〕如此多謝老婆婆！〔悟空、悟淨作扶唐僧、悟能從壽臺下場門下。悟空、悟淨隨上。黄氏白〕你二人去取水，須拿了吊桶前去。待我取來。〔作向下取科。悟淨接桶。黄氏從壽臺下場門下。悟空白〕且喜老婆婆與了我們吊桶，快些往正南尋去，想那座山就是解陽山了。〔仝唱〕

【又一體】望丹巖翠崖(韻)，望丹巖翠崖(疊)，白雲一帶(韻)，洞門深鎖泉何在(韻)。〔作到科。場上設井，悟空白〕解陽仙洞這裏是了。〔雜扮如意大仙，戴道冠，穿箭袖，紥氅，負劍，從洞門上，白〕山靜似太古，日長如小年。你們兩個是那裏來的？〔悟空白〕我們是要求見如意大仙的。〔如意大仙白〕貧道便是。〔悟淨白〕難得這等凑巧。〔悟空白〕我是唐三藏的徒弟，賤名孫悟空。爲因我師傅悮喫了子母河的邪水，腹中疼痛，要求仙長賜些落胎泉水，救我師傅，實爲恩便。〔如意大仙作怒科，白〕你就是孫悟空麽？〔悟空白〕正是。〔如意大仙白〕可曾會着聖嬰大王麽？〔悟空白〕這是紅孩兒的綽號。〔如意大仙白〕你不曉得，是我的舍姪。前日家兄牛魔王有書來説，受了你的氣，我正没處尋你哩！〔悟空白〕大仙差了！我曾與你令兄八拜爲交，只是不曾認識尊顔。如今令姪現隨着觀音菩薩，做了善才童子，怎麽反怪起我來？〔悟淨背科，白〕你看這一帶牆内，有座山洞，洞下一派泉水，這定是落胎泉了。與他鬬什麽口！〔作越牆汲水科。如意大仙白〕休得胡説！還是自己稱王的好，還是與人做奴的好？〔作見悟淨越牆科，白〕那賊禿跳牆而進，定是偷水去了。〔作越牆追悟淨遶場科。

悟空白〕好一個沙和尚，幹事這般撮俏！〔唱〕會忙中弄乖(韻)，會忙中弄乖(疊)，不負這宣差(韻)，吾師痛立解(韻)。〔如意大仙持劍，作追悟淨從洞門上。悟淨從壽臺上場門下。悟空作攔阻對敵科。如意大仙白〕潑猴休得無禮！我將你剁爲肉醬，與我姪兒報讐！〔悟空白〕怪物休得胡言！〔唱合〕莫胡將口開(韻)，莫胡將口開(疊)。若還再來(韻)，我便立擒妖怪(韻)。〔作對敵科。如意大仙從洞門敗下。悟空從壽臺上場門下。黄氏扶唐僧從壽臺下場門上，唱〕

【又一體】悔一時見差(韻)，悔一時見差(疊)，全將渴解(韻)，千疼百痛實難捱(韻)。〔黄氏白〕還是你們有造化，來到我家。若遇别人，你們也不得囫圇了。〔唐僧、悟能白〕這是怎麽説？〔黄氏白〕我一家四五口，都是有幾歲年紀的，把那風月事盡皆休了，故此不肯傷你。若到了别家去時，那些年少婦人，如何放得你過？就要與你交合。〔唱〕倘佯羞不保(韻)，倘佯羞不保(疊)，把身肉割將來(韻)，縫紗做香袋(韻)。〔悟能白〕他們都是香噴噴的好做香袋。我是個跑猪子，就割了肉去，也是恨臊氣的。〔唱合〕且寬心放懷(韻)，且寬心放懷(疊)。不須過猜(韻)，决無妨害(韻)。〔悟空、悟淨仝從壽臺上場門上，白〕踏破鐵鞋無覓處，得來全不費工夫。〔作進門見科，白〕師傅，水已取得在此，請用些。〔黄氏向下取椀。悟空取水，唐僧飲科。黄氏白〕只消一口兒就解了胎氣了。〔悟空白〕獃子，你幾時占房的？〔悟能白〕一吊桶我都喝了罷。〔黄氏白〕了不得！若喫一桶，連腸子都化盡了。〔悟能取椀科。唐僧白〕喫了半日腹中絞痛，想是要走動了。〔悟空、悟淨扶唐僧、悟能從壽臺下場門下。黄氏白〕姐妹們預先熬些白米粥湯，少停這師傅們要喫哩。〔内作應科。悟空扶唐僧從壽臺下場門上。悟空白〕師傅，這時候覺得寬鬆些麽？〔唐僧白〕還有些空肚疼。〔悟空白〕切莫到風地上去，冒了風，不是當耍的。〔悟淨扶悟能，從壽臺下場門上，白〕方纔出了許多血團血塊，漸漸的消了腫脹了。婆婆你燒些湯水，與我洗個澡。〔悟淨白〕哥哥，洗不得澡。坐月子的人弄了水漿，要成病的。〔悟能白〕我又不曾大生，這不過是個小産的意思，怕他怎麽！〔黄氏白〕師傅要洗澡，也使得。裏面粥已熟了，且進去喫了粥，再洗澡罷。〔悟能白〕説得有理。我肚裏饑了，快些去喫。〔悟空白〕你還是少喫些，弄做個沙包肚不像模樣。〔悟能白〕没事没事！我又不是母猪。〔黄氏白〕這剩的水，送了老身罷。〔唐僧白〕自然相送。只是打覺不當。〔仝白〕洗除口業身乾淨，消化凡胎體自然。〔仝從壽臺下場門下。黄氏作取桶看科，白〕偷得醍醐甘露味，也應見佛到西天。〔從壽臺下場門下〕

第十九齣　風月窘逼締姻親（江陽韻）

〔雜扮衆女官，各戴紗帽，穿圓領，束帶。引旦扮女太師，戴幞頭，穿蟒，束帶，佩印綬，從壽臺上場門上，唱〕

【仙呂宮引・鵲橋仙】簪笄臺輔句，粉脂丞相韻，掌握朝綱一樣韻。貂蟬飾鬢衮衣香韻，蹙蓮步金堦獨上韻。〔場上設椅，轉場坐科，白〕下官西梁女國太師是也。今日早朝見駕，恰值迎陽驛驛丞，奏稱大唐御弟唐三藏，前往西天取經，路過本國。俺主公聞之大喜，欲招贅了御弟，讓他做了國王，俺主公退居爲后。這是極大的喜事，因此命下官前去做媒，想來無不應允。官兒就此到館驛中去。〔作行科，白〕佳人慣惹騷和尚，宰相難招小丈夫。〔作到科。旦扮女驛丞，戴紗帽，穿圓領，束帶，從壽臺上場門上，白〕前程螻蟻大，禮數鳳凰寬。〔作見科，白〕迎陽驛驛丞，迎接太師爺。〔女太師白〕大唐御弟在那裏？快些通報。〔驛丞向内傳科。副扮悟空，戴悟空帽，穿悟空衣，帶數珠。丑扮悟能，戴僧帽，紥金箍，猪嘴切末，穿悟能衣，帶數珠。雜扮悟淨，戴僧帽，紥金箍，穿悟淨衣，帶數珠。引生扮唐僧，戴僧帽，穿僧衣，繫絲縧，帶數珠，從壽臺下場門上，唱〕

【小石調引・憶故鄉】驛宰話蹺蹊句，使我心悒怏韻。〔驛丞白〕太師爺在外面。〔仍從壽臺下場門下。唐僧作迎進，各相見科。女太師白〕御弟在上，下官有一拜。〔唐僧白〕貧僧雲水浮踪，有何德能，敢勞大人下拜！〔女太師白〕下官奉朝命而來，自當欽敬。況且大唐御弟，就受拜也是應當的。〔唐僧白〕豈敢！〔場上設椅，各坐科。女太師白〕御弟中華人物，相貌軒昂，降臨小邦，實切榮華。〔唐僧白〕不敢。〔女太師白〕御弟恭喜了！〔唐僧白〕貧僧喜從何至？〔女太師白〕此乃西梁女國，從來没有男子。今幸御弟降臨，遵奉我王旨意，特來説親。〔唐僧白〕貧僧取經過此，乃是方外之人，太師忽有此言，實不解其故。〔女太師白〕御弟聽我道來。今早下官進朝，俺主公十分歡喜，道夜來得一吉夢呵，〔唱〕

【仙呂宮正曲・解三酲】飛孔雀金屏軒敞(韻)，映芙蓉玉鏡輝煌(韻)。可知道乘龍吉兆非虛誑(韻)，欲待符鳳卜配鸞雙(韻)。〔唐僧白〕夢中之事，這也不可深信。〔女太師白〕我王願以一國之富，招贅御弟爲夫，讓御弟南面稱孤，我王退居爲后。特命下官爲婚，伏乞慨允。〔唱〕我國中從不見男兒相(韻)，怎肯輕撇風流年少郎(韻)？〔合〕生新創(韻)，好學個招夫坐産(讀)、托婦稱王(韻)。〔悟能白〕太師，我師傅是不肯的，到不如招贅了我猪八戒罷。〔女太師白〕你雖是個男身，只是形容醜陋，不中我主之意。〔悟能白〕粗柳簸箕細柳斗，世人誰見男兒醜。〔悟空白〕不要胡説！師傅自有主意。〔唐僧白〕太師，〔唱〕

【又一體】你雖是奉使殷勤來下訪(韻)，我也遵聖旨森嚴西去忙(韻)。若是羈留此地誰去求經藏(韻)，怎生覆朝命返皇唐(韻)？〔女太師白〕御弟在上，下官不敢隱瞞。我王旨意，只求御弟爲親，教你徒弟往西天取經去哩。〔唐僧白〕太師，雖則如此，〔唱〕只是我心如槁木無塵想(韻)，況且飛絮沾泥怎肯颺(韻)。〔女太師唱合〕生新創(韻)，好學個招夫坐産(讀)、托婦稱王(韻)。〔唐僧白〕這却使不得！〔女太師作怒科，白〕我國王好意招你爲夫，你却執意不從，不怕你飛上天去！〔悟空白〕太師既然説合，師傅不必作難，你們情願留下師傅，與你國主爲夫，快打發我們西去罷。〔女太師白〕多謝玉成。還是這個師傅爽快。〔悟能白〕切莫要口裏擺菜碟兒。既然我們應允，這會親筵席，我要去喫的。〔女太師白〕這個自然。適纔多有得罪，告辭了。得他心肯日，是我運通時。〔唐僧作送科。衆女官引女太師從壽臺上場門下。唐僧白〕你這猴頭，怎麽説出這般話來！教我招贅於此地，你們往西天取經，我却死也不依允的！〔悟空白〕師傅放心，徒弟儘知你心事。但是既到此處，不得不將機就計。師傅若還抵死不從，他就不肯放我們走路。倘然激起怒來，我等定然不憤，放出手段，將這一國的人盡行打殺。你平日慈悲爲念，在路一靈不損，若還弄出這般事來，你却於心何忍？〔唐僧白〕汝言雖是，但女主要招贅我進去，要行夫婦之禮，我怎肯敗壞戒行！〔悟空白〕今日允了親事，他一定接你進城，〔作附耳科，白〕如此如此，依計而行。一則不傷他性命，二則不損你元神。這叫做假親脱網之計，豈非一舉兩全？〔唐僧白〕好計！竟是這等便了。情知不是伴，事急且相隨。〔仝從壽臺下場門下〕

第二十齣　清淨身不沾汙濊（江陽韻）

〔旦扮衆女官，各戴紗帽，穿圓領，束帶。旦扮衆宫官，各戴宫官帽，穿圓領，繫絲絛，執扇。引小旦扮女國王，戴王帽，穿蟒，束帶。旦扮衆女將，各戴女盔，紥靠，佩劍，隨從壽臺上場門上。女國王唱〕

【正宫引・梁州令】女媧一綫紹天潢㊊，奈僻處西梁㊊，翻新倒轉鳳求凰㊊。蒙首肯㊄，甘讓位㊃，退椒房㊊。〔場上設椅，轉場坐科，白〕空宫寂寞冷如秋，碧海青天夜夜愁。却喜填橋有烏鵲，合歡應得會牽牛。孤家西梁女國主是也。俺國並無男子，只月滿時照井而生。自從漢光武時，俺祖徵側徵貳，曾入中國拜曹大家爲師，受經書一部，來俺國中，至今多有知書達禮之人。昨有大唐御弟三藏，因取經前往西天，路由本國。聞得他一表人材，我想女流占居王位，終是陰反爲陽，不如留住那人，招爲夫壻，讓其正位臨朝，孤家便退居宫内。改他和尚清規，從我周公嘉禮，有風有化，宜室宜家，豈不是一樁美事！已曾差太師議親，已蒙御弟依允。爲此差太師擺齊鑾駕，迎請御弟進朝，趁此良辰，完成花燭，好生榮幸也！〔旦扮女太師，戴幞頭，穿蟒，束帶，佩印綬，執笏，從壽臺上場門上，白〕説法且休龍象力，合歡宜遂鳳鸞心。〔作見跪科，白〕臣啟主公，迎請御弟，已到朝門了。〔女國王白〕這等待孤親去迎接。〔作想科，白〕且住。太師先去，待我改粧則個。〔内奏樂，衆女官擁女國王仝從壽臺下場門下。雜扮衆女執事人，各戴馬夫巾，穿箭袖、卒褂，執儀仗。引副扮悟空，戴悟空帽，穿悟空衣，帶數珠。丑扮悟能，戴僧帽，紥金箍，猪嘴切末，穿悟能衣，帶數珠。雜扮悟淨，戴僧帽，紥金箍，穿悟淨衣，帶數珠。引生扮唐僧，戴僧帽，紥五佛冠，穿僧衣，披袈裟，帶數珠，乘輦。旦扮衆女推輦人，各戴馬夫巾，穿箭袖，繫肚囊，作推輦從壽臺上場門上。仝唱〕

【正宮集曲・刷子玉芙蓉】【刷子序】〔首至合〕七寶列旛幢(韻)，推輪附輿(讀)盡是紅粧(韻)。雉扇雲移(句)，風度寶鼎沉香(韻)。〔唐僧唱〕災殃(韻)，自撞入羅幃錦帳(韻)，分明是天羅地網(韻)。【玉芙蓉】〔末二句〕〔仝唱〕紅遮翠障(韻)，現安排(讀)玉樓金殿鎖鴛鴦(韻)。〔衆女官引女國王，戴鳳冠，穿蟒，束帶，從壽臺下場門上，作迎唐僧下輦。仝作進門科。衆女執事人從壽臺上場門下。女國王白〕哥哥來了。取冕旒過來，換上請正位臨朝。〔女太師白〕今日紅鸞天喜，且結了花燭，明朝黄道吉辰，正位登基便了。〔女國王白〕太師説得是。哥哥請上，先行交拜禮。〔唐僧作呆立科。悟空白〕師傅不必太謙，請與師娘行禮。〔旦扮女鴻臚官，戴紗帽，穿圓領，束帶，從壽臺下場門上，作讚禮拜。女國王作拜。悟能虛白發諢科，作扯唐僧行禮科。女鴻臚官從壽臺下場門暗下。女國王白〕太師陪他三位令徒，到別殿去飲宴。〔女太師白〕領旨。〔唐僧白〕太師，他們都是喫素，只用一盃酒。貧僧只是領茶。〔女太師白〕領旨。三位請這裏來。〔悟能白〕笑他要和尚，竟唱賀新郎。〔仝從壽臺上場門下。場上設桌椅，各坐科。仝唱〕

【正宮集曲・傾盃賞芙蓉】【傾杯序】(首至五)恰便似一片紅雲逐鳳凰(韻),好事從天降(韻)。抵多少簫弄秦樓(句),漿乞藍橋(句),詩詠關雎(讀),夢入高唐(韻)。〔女國王唱〕【玉芙蓉】(四至末)似清池倒映蓮花相(韻),寶鏡晴開滿月光(韻)。排仙仗(韻),是天生國王(韻),早些兒脱袈裟(讀),換着衮衣裳(韻)。〔白〕御弟,你只管吃這茶怎麽?請用盃酒。快些看酒過來。〔内奏樂。衆女官應科。從國王作更衣科。白〕近侍們迴避了。〔衆女官應科,從壽臺兩場門分下。女國王作持盃科,唱〕

【正宮集曲・山芙蓉】【山漁燈】(首至十一)這瓊漿親斟上(韻),請略沾唇(讀),不須推讓(韻)。〔唐僧白〕貧僧從不知此味。〔女國王白〕御弟請。〔唱〕已結成一對鸞凰(韻),相親理當(韻)。俊兒夫底事多惆快(韻),不掌達直恁乖張(韻)。〔唐僧作背科,唱〕歪纏(讀)却教人意慌(韻)。〔女國王作醉態,扯唐僧衣科。唐僧唱〕他醉眼迷溪擒不放(韻),我醒面羞慚何處藏(韻)。遭冤障(韻),是花燭洞房(韻)。【玉芙蓉】(末一句)要學他(讀)青蓮火裏現金光(韻)。〔衆女官仍從壽臺兩場門上。女太師從壽臺上場門上,白〕竹葉已成良宴會,曇花須下死功夫。啟國主,三位貴徒親來謝宴。〔女國王白〕不必着他相見。〔唐僧白〕若不容他們相見,我决不成親。〔女國王白〕如此着他進來。〔女太師白〕三位有請。〔悟空、悟能、悟淨從壽臺上場門上,作進門科,白〕師娘,徒弟們謝酒。〔女國王白〕素酒不成款待。〔悟能白〕師傅你只顧貪盃,我們趕早要走路,快些打發起身。〔女國王白〕近侍取金銀過來。〔衆女官應科。女國王白〕你三人收爲路費。〔悟空、悟能、悟淨白〕我們出家人不受金銀,前途自有化處。〔女國王白〕這等取綾錦十疋來,路上做些衣服穿罷。〔悟空、悟能、悟淨白〕我等自有布衣，不穿綾錦。〔女國王白〕這等取御米數斗相送。〔悟能白〕這個多承布施了。〔唐僧白〕殿下，待貧僧送他三人出城。〔女國王白〕徒弟們不送也罷。〔唐僧白〕貧僧向奉君命在身，既不遠去，禮宜出郊拜送。〔女國王白〕這也説得極是。如此待我與御弟仝去，送他三人便了。太師可傳旨擺齊鑾駕，仝御弟送他三人出城去。〔女太師作應，向内傳科。衆女執事、女推輦人各從壽臺兩場門上，作分侍科。悟能、悟淨向下取經擔、馬匹。唐僧、女國王乘輦。仝作遶場科。仝唱〕

【正宫集曲·朱奴插芙蓉】【朱奴兒】（首至六）並香車鸞飛鳳翔(韻)，散香風柳舒花放(韻)。粉面雲鬟一女王(韻)，相偎個少年和尚(韻)。成隨倡(韻)，今宵願償(韻)。【玉芙蓉】（末一句）遍國中(讀)千嬌百豔落得枉思量(韻)。〔悟淨急扶唐僧上馬科。唐僧白〕女國王請了，貧僧取經去也。〔仝悟淨從壽臺下場門下。女國王作怒科，白〕這等無禮！左右與我拿住者！〔衆女官應，作拿科。悟空用手指衆女官、女國王作呆立科。悟能白〕我們和尚家，與你粉骷髏，做什麽夫妻！〔悟能作諢科，從壽臺下場門下。悟空向衆女官、女國王吹氣，隨下。女國王白〕怎麽竟一時目瞪口呆，不醒人事？這也奇怪。想是孫悟空弄了甚麽法術，障魔了我們。他怎麽忽然去遠了？〔女太師白〕主公且請回去，再作區處。〔女國王唱〕

【尾聲】眼睜睜落日空凝望(韻)，直恁冷臉抛人去的忙(韻)。〔作想科，白〕太師，只怕御弟還追得轉，也未可知。〔女太師白〕那孫悟空駕起雲頭，此時已走去百餘里了。〔女國王作乘輦，唱〕只落得兀的冷凄凄聽馬嘶聲聲還在花外響(韻)。〔仝從壽臺下場門下〕

第廿一齣　猪八戒夢諧花燭(庚青韻)

〔丑扮悟能，戴僧帽，紮金箍，猪嘴切末，穿悟能衣，帶數珠，持鈀，從壽臺上場門上，唱〕

【正宮引·燕歸梁】不憚長途冒險行(韻)，愁隻影怯孤燈(韻)。〔雜扮悟淨，戴僧帽，紮金箍，穿悟淨衣，帶數珠，從壽臺上場門上，唱〕息慈共作水雲僧(韻)，逢賢主暫居停(韻)。〔悟淨白〕師兄，我和你跟着師傅，自離了女兒國，行了幾日，來到這西梁附庸小國。生受國主留我等皇華亭住宿。今夜正好安單。〔悟能白〕安單安單，閃得我春思好愁煩。〔悟淨白〕怎生動起春思來？〔悟能白〕咳！想俺師兄，好不知趣。那西梁國主，何等的疼愛師傅，就讓他完全了姻緣也罷了，偏生做出這樣殺風景的事！倘許師傅做成了親，即爾我也都還了俗，各人配了一位如花似玉的嬌娘，仝在西梁國中，朝歡暮樂，可不是好？你又説着安單兩字，叫我聽了，頭都生疼起來。〔悟淨白〕你出家多年，那色戒一樁，怎生還守不定？〔悟能白〕你但曉得在流沙河掛人頭骨數珠，那曉得那些倚翠偎紅的樂處？〔悟淨白〕師兄你也不要裝幌子。你從前癡想高老莊做親，究竟討不得到手，乾癟煞了單想思。我且裏邊睡去罷，不要和你鬬嘴。正是一覺放開天地穩，孤身跳出是非門。〔悟淨作惱科，下。悟能白〕你看沙悟淨，竟自進去了。咳，咳。我垂涎那女兒國的佳人，倒撇掉了高老莊頭婚的正妻。被沙兄弟提起，越添我心中一場煩悶也。〔唱〕

【正宫正曲・玉芙蓉】紅絲未結成㊞，白璧曾相聘㊞，遽分飛兩下㊞怎便忘情㊞？〔白〕我那高小姐，高夫人，高渾家，你今夜不知在那裏做什麽？還是守着寡，等老猪回去成親；還是嫁了人，伴郎君别鋪歡樂？端教人睡裏夢裏來探你一個消息。〔唱〕得諧鴛侣皆前定㊞，好覓鸞膠續舊盟㊞。〔白〕坐不多時，身子這等疲倦。〔作欠伸科，唱〕多奚倖㊞，倏空庭寂静㊞，看杜鵑㊞枝上月三更㊞。〔白〕我那高小姐的嬌嬌，我那高小姐的乖乖。嗄！〔悟能作倒地睡科。悟能復作醒科，白〕依然命裏照紅鸞，撇下愁煩變喜歡。舊是乘龍嬌女壻，雙星此日快團圞。我猪悟能一逕前來，已到高家莊了。真正好個凑趣的泰山，揀了今日即與高小姐成親，何等快樂！從前我在雲棧洞定親的時節，他有許多的憎嫌。如今見我女壻回來，添上十分歡喜。語言未畢，丈人、丈母出堂也。〔扮高員外、高安人、安童隨從壽臺上場門上，白〕門闌添喜氣，女壻近乘龍。〔悟能揖科，白〕丈人、丈母拜揖。〔高員外白〕賢壻一去多年，今日天賜良緣。快些唤儐相、樂人伺候。〔安童應科，從壽臺上場門下。高員外白〕賢壻，你自那年被這毛顴勾臉的人趕散了姻緣，教老夫没一日不念你。〔悟能白〕不要説起那毛顴勾臉的，當先叫做弼馬温，後來改名孫行者，他也跟隨我師傅西天去取經。一路上我也喫他許多的虧，爲此撇了師傅，特來宅上完姻。〔高安人白〕足見賢壻至誠，好生難得。〔安童從壽臺上場門上，白〕剛逢大吉日，偏阻小登科。員外、安人，今日是不將黃道，成親的甚多。那樂人、儐相没處找尋，只得覓幾個陳年隔宿的鼓手，將就些結了花燭罷。〔悟能白〕洞房花燭，全靠鼓樂喧天，熱鬧些纔好。〔唱〕

【又一體】笙歌奏九成(韻)，花燭聯雙影(韻)，豈尋常吉禮(讀)草草而行(韻)？〔高員外、高安人唱〕欣看池畔交鴛頸(韻)，何必山頭恊鳳鳴(韻)。〔安童唱〕添歡慶(韻)，把紅筵催整(韻)。繡房中(讀)合巹會雙星(韻)。〔扮樂人，一白鬚瘸子，一幼童駝背，各執破損樂器，從壽臺上場門上，白〕和尚光頭招贅少，樂人缺額趁錢多。這裏已是高員外門首。〔見科。悟能白〕你們這幾位夥計，不三不四如何用得？〔樂人白〕不瞞你新郎説，今日是大好日，有得吹吹就是熱鬧的了。若不是高員外的門望，我不肯來承值哩。〔悟能白〕你們也要説大話。你不曉得我就是雲棧洞主麽？〔樂人白〕雲棧不雲棧，説是精扯淡。一齊響起來，好喫交盃盞。〔作不成文吹打科。悟能諢科。扮矮子儐相，從壽臺上場門上，白〕身段雖然矮，門徒委實忙。敲殘十棒鼓，齊唱賀新郎。阿唷唷，吹打得好熱鬧！〔悟能白〕一個儐相，又是這等落脚貨。今日團圓，怎生十分的不遂意。〔儐相白〕我們儐相不過是贊成兩家之好，送進了洞房，那有什麽不遂意？〔悟能白〕這矮子倒會凑趣。〔儐相諢科。悟能唱〕

【又一體】今朝做舘甥(韻)，昔日邀謀証(韻)。想前番迨吉(讀)百輛親迎(韻)。〔白〕咳！到了今日，你看那吹打的，贊禮的，都是這等不成文，可笑可恨！總緣那弼馬温趕散的不好。〔樂人、儐相白〕

那個弼馬温？〔悟能白〕你們不曉得麽？就是那花果山的孫猴兒。那年我入贅高門，被他來趕散了，至今還是切齒的。〔高員外、高安人白〕賢壻如今不用提他了。喜今日三生有幸，只願你百歲團圓。〔悟能白〕謹遵丈人、丈母言命。儐相哥，如今該應請新人了。〔悟能作歡喜科。樂人白〕兩片蒲扇耳，恁般發浪！〔悟能唱〕耳如蒲扇多情興(韻)。〔儐相白〕一張蓮蓬嘴，倒會掉皮。〔悟能唱〕嘴似蓮蓬會答應(韻)。風流興(韻)，掌鸞花權柄(韻)，快催粧(讀)，遥聽珮環聲(韻)。〔儐相照常請親。高小姐從壽臺上場門上，照常交拜。高員外白〕掌燈送入洞房。〔高員外、高安人、安童先從壽臺下場門下。衆樂人作吹打送房科。壽臺下場上放下圓光科。悟淨從壽臺上場門上，白〕暮鼓晨鐘消歲月，餐風宿雨作生涯。你看悟能師兄，還是這般熟睡，待我叫醒他。師兄，師兄！〔悟能作睡中摟抱悟淨科，白〕我的嬌嬌，我的乖乖嗄！〔悟淨白〕師兄，你抱錯了。你的嬌嬌在那裏？〔悟能醒，作羞科，白〕原來是悟淨師弟。〔悟淨白〕我猜着了。〔唱〕

【又一體】因從想内生(韻)，色向空中逞(韻)。問玉人何處(讀)，纏擾摩登(韻)。〔白〕師兄你不要胡思亂想，撞着了魔頭，不是當耍的。〔悟能低頭不應科。悟淨白〕你還在想夢哩。畢竟你討着了甜頭。〔唱〕那一江明月澄千頃(韻)，怎五夜游魂動七情(韻)。須深省(韻)，休迷離塵境(韻)，早三竿(讀)紅日上觚稜(韻)。〔悟能白〕别人家做好夢，誰要你勞勞叨叨！〔悟淨白〕你怪我絮煩麽？你便忘了憐憐、愛愛的事情，被黎山老母推你在亂草中打滾，連糟團也不得到嘴哩。〔悟能隨口諢科。悟淨白〕莫須閒

講。此時師傅和悟空師兄想已起來，我和你快些去伺候師傅，早早起身趲路。〔悟能白〕説得有理。〔合唱〕

【尾聲】色空空色誰人醒㊀，從今後須當猛省㊁，好共秉一念西方，急急的趲去程㊀。〔仝從壽臺下場門下〕

第廿二齣　蝎精靈逼締絲蘿（先天韻）

〔旦扮八女童，各戴毛女髮，穿採蓮襖、背心，繫戰腰，紮袖，持器械，引小旦扮蝎子精，戴蝎子盔，穿靠，襲蟒，佩劍，從上場門上，唱〕

【中呂宮引・柳稍青】欣逢劉阮（韻），西去求經卷（韻）。凑合姻緣（韻），準備着花前啟宴（韻）。〔場上設椅，轉場坐科，白〕藏精育毒螫如鈎，半路求仙不到頭。觸動春情難按抑，思量釋種賣風流。自家琵琶洞主是也。修煉多年，身形善變。只因情根未斷，色界難空，一向引鳳有心，竟爾摽梅致歎。知有取經僧唐三藏，貴爲御弟之尊，裔乃金蟬之種，得他配合，不爲失身。日者路過西梁，喜得那女國求婚，未曾諧偶，想這段姻緣，可是天賜奴家的了。〔唱〕

【中呂宮正曲・好事近】長日悶如年（韻），怎得招來佳倩（韻）。唐僧三藏（句），雀屏開處堪選（韻）。途中要刼（句），咏子飛（讀）百歲諧姻眷（韻）。〔白〕女童們在家中整備酒筵，我去引了唐御弟回來，一仝上席。〔女童應科，從兩場門下。蝎子精作出洞門科。唱合〕疾忙忙獨自前行（句），齊剪剪成雙回轉（韻）。〔從下場門下。生扮唐僧，戴僧帽，穿僧衣，繫絲縧，帶數珠，騎馬。副扮悟空，戴悟空帽，穿悟空衣，繫絲縧，帶數珠，持棒。丑扮悟能，戴僧帽，紥金箍，猪嘴切末，穿悟能衣，帶數珠，持鈀。雜扮悟淨，戴僧帽，紥金箍，穿悟淨衣，帶數珠，持鏟，牽馬。仝從壽臺上場門上。唱〕

【又一體】加鞭(韻)，趲過夕陽川(韻)，回首望西梁漸遠(韻)，指點雷音何處(句)，悵迢遥人乏馬倦(韻)。〔悟空作看科，白〕呀！不好！不好！那墨鄧鄧的一溜黑烟，有些妖氣。師傅快下馬，躲一躲再走。〔悟能白〕又在這裏撮神弄鬼，叫師傅躲在那裏去？〔悟淨白〕師傅，大師兄説話有些靈驗，躲一躲的好。〔唐僧白〕馬也乏了，且下來歇息歇息。〔作下馬科。悟空指科，白〕那股黑氣越近了。〔悟空、悟能、悟淨俱作擡頭四望科。蝎子精從地井内上，白〕唐御弟，我和你耍風月去來。〔攝唐僧從洞門下。悟淨回頭作驚科，白〕呀！師傅不見了！〔仝唱〕猛擡頭一望(句)，扇旋風(讀)驀忽妖精現(韻)。〔悟能白〕又是弼馬温播弄出來的。〔悟空白〕我説黑氣越近，可見我的先見如何？〔悟淨白〕我雖然看不明白，却像有箇女人一閃，莫不就是他攝去了？〔悟空白〕我們趁着旋風，趕去找尋。〔悟能白〕你叫師傅躲，果然躲得好。〔悟淨白〕何用鬭口！速尋爲是。〔行科。仝唱合〕蹬雲端看覷分明(句)，聽風聲隨機應變(韻)。〔悟空白〕這裏有兩扇石門，寫着毒敵山琵琶洞。〔悟能白〕待我築他一塊下來。〔悟空白〕兄弟莫忙。倘或不是，可不惹他見怪？你們在此等候，待我變個蜜蜂兒進去，探個虚實，再作理會。〔悟淨白〕好好。正是粗中偏有細，果然急處且從寬。〔悟空從洞門下。悟能、悟淨從下場門下。八女童引蝎子精從上場門上，唱〕

【中呂宮正曲・千秋歲】謝蒼天(韻),得遂桃夭願(韻)。喜接引佛門方便(韻)。毒敵山中(句),毒敵山中(疊),催合巹(讀)管許仝心懽忭(韻)。〔衆女童白〕恭喜奶奶! 如今又添一個爺爺了。〔仝唱合〕三生約(讀),今生踐(韻)。雲璈奏(讀),珠簾捲(韻)。錦帳誠堪羡(韻)。看新招夫壻(讀)花燭團圓(韻)。〔蝎子精白〕請唐御弟出來。〔女童白〕曉得。〔二女童扶唐僧從上場門上。唱〕

【又一體】剗堪憐(韻),又是魔來纏(韻),怎的不淚湧如泉(韻)。〔作掩淚科。蝎子精白〕御弟寬心。我這裏雖不比西梁女國的榮華,却也清閑自在,正好念佛看經,我與你做個道伴兒。〔唱〕彌勒龕旁(句),彌勒龕旁(疊),似月明(讀)柳翠度來如願(韻)。〔女童捧饠饠上科。蝎子精白〕曉得御弟没有用過飲食,這是葷素饠饠,請隨意用些。〔唐僧背白〕此怪比那女王不仝。女王還是人身,行動以禮;這是妖怪,豈是與他講得明白的? 以心問心,出于無奈了。〔向蝎子精白〕女菩薩,貧僧是喫素的。〔蝎子精白〕女童看熱茶來,與你家長爺爺喫素饠饠。〔唱合〕龍團煮(讀),清香漩(韻)。伊蒲供(讀),虔誠獻(韻)。〔將饠饠劈破,遞唐僧科,唱〕劈破花心現(韻)。〔唐僧回遞饠饠科。蝎子精白〕御弟怎麽不劈開與我? 〔唐僧白〕我出家人不敢破葷。〔蝎子精白〕怎麽日前在子母河邊喫水高,今日又好喫澄沙餡。〔唱〕現放着葷兒不喫(讀),暗地流涎(韻)。〔悟空上,白〕看棒! 〔衆女童搶唐僧,從下場門下。蝎子精脱氅,取劍,與悟空戰科。悟空唱〕

【中呂宮正曲・越恁好】掃除妖怪(句),掃除妖怪(疊),殺氣猛無邊(韻)。〔蝎子精白〕女童們用心伏侍御弟，整備好點心湯水與御弟喫。〔悟空白〕你看這妖魔好生利害！待我引他出洞，教悟能、悟淨幫助便了。〔作出洞。蝎子精趕出對戰科。悟空唱〕你犯下風流罪過㊁，難解釋、怎消愆㊀。你只合琵琶別抱嫁隣船㊀，休想沙門留戀。〔白〕二位兄弟快來！〔悟能、悟淨從上場門上。蝎子精從下場門隱下。雜扮蝎子形，穿蝎子衣切末，從下場門上，殺科。悟能、悟淨作怕科，唱〕教人㊃，把心膽也渾驚戰㊀。教人㊃，怎法術也能驅遣㊀。〔悟能、悟淨虛白，從上場門下。悟空白〕好兩個無用的東西！〔作與蝎子精戰科。悟空唱〕

【中吕宫正曲·紅綉鞋】兩家奮勇當先㊀，當先㊂。原形變得齊全㊀，齊全㊂。爭勝負㊁，搗戈鋋㊀。〔蝎子精將尾扎悟空頭科。悟空唱合〕剛一扎㊁，痛難言㊀。琵琶洞㊁，受迍邅㊀。〔蝎子形作趕悟空欲扎科。悟空從下場門敗下。蝎子形追下。蝎子精從下場門上，白〕孫悟空好不知進退！你那雷音寺裏的如來，尚還怕我，量你這幾個毛人到得那裏？且回洞中，與那心上人兒做好事去。正是得他心肯日，是我運通時。〔從洞門下。悟能、悟淨從上場門虛白作尋悟空科。悟空捧頭從上場門上，白〕利害！利害！頭疼得緊嗄！〔悟淨白〕大師兄，那邊觀音菩薩來了。〔悟空白〕你們去築洞門，等我去問來。〔悟空從仙樓上至祿臺。悟能白〕沙兄弟，你看猴兒使乖，叫我們去築洞門，再被那妖怪把我們扎一下，好與他做伴。我是不去的。〔悟淨白〕你不要性急，且待大師兄問了菩薩，看怎生的指引。〔悟空從仙樓梯下至壽臺，白〕方纔菩薩指示，教我告請昴日星君，便能

解救。待老孫去來。〔從仙樓上至禄臺。悟淨白〕好了，師傅有救星了。且等師兄回來，再作區處。〔悟淨、悟能仝唱〕

【尾聲】西行急切求經典㊀韻，慈棹重浮慾海邊㊀韻，只等待接引人來護法禪㊀韻。〔仝從壽臺下場門下〕

第廿三齣　昴日星君收蝎毒（蕭豪韻）

〔雜扮衆儀從，戴大頁巾，穿排穗，持標鎗。引雜扮昴日星君，戴昴日冠，穿靠、襲蟒，從禄臺門上，唱〕

【仙吕宫正曲·青歌兒】星臺上瑞雲籠罩（韻），命巡宣欽承鳳詔（韻），香烟滿袖乍回朝（韻）。〔白〕我乃昴日星君是也。奉有玉旨，上觀星臺巡劄事竣回宫。遠遠的望去，像是孫大聖來也。〔副扮悟空，戴悟空帽，穿悟空衣，繫絲縧，帶數珠，持棒，從禄臺門上。唱合〕一行祇從（句）恰好星君來到（韻）。〔見科。悟空白〕正要到光明宫拜請。剛剛途遇，甚是凑巧。〔昴日星君白〕大聖何事見招？〔悟空白〕只因師傅有難。〔昴日星君白〕令師有難，在何地方？〔悟空白〕在西梁國毒敵山琵琶洞。觀世音顯化，説是一個蝎子精，特舉星君，方能治得。〔昴日星君白〕既如此，不敢留進叙茶。執事迴避，即此走遭。〔衆應科，從禄臺兩場門下。悟空白〕毒敵山教誰毒敵，〔昴日星君白〕光明宫各放光明。〔仝從禄臺門下。小旦扮蝎子精，簪形，穿氅。生扮唐僧，戴僧帽，穿僧衣，帶數珠，繫絲縧。旦扮女童，戴毛女髮，穿衫背心，繫汗巾，擁從簾子門上。蝎子精唱〕

【又一體】銷金帳鸞顛鳳倒（韻），錦衾窩仝雙到老（韻），何心辜負好良宵（韻）。〔唐僧唱合〕緣無慧劍句，怎得破除煩惱韻。〔場上設桌椅，轉場坐科。蠍子精白〕唐御弟，你也不是凡胎，我也非仝俗骨，良緣配合，天生的一對玉人兒也。〔唱〕

【雙調正曲·蛾郎兒】金屋自藏嬌韻，訂鸞交韻，軟玉温香福分曉韻。巫山上句，春深雨窟雲巢韻。〔白〕唐御弟，你説未曾破葷，我遞你的劈破饠饠，怎麽也就喫了？你果能守戒，憑他葷的素的，你總不該喫劈破的。〔唐僧白〕貧僧從没有破。〔蠍子精白〕還要抵賴。〔唱〕既然劈破口貪饕韻，不茹葷素尤好韻，〔合〕打散你納僧包韻。〔蠍子精坐近唐僧身科，笑白〕俗語道：乾魚可好與猫兒作枕頭，就不如此也要抓他幾把。你難道畜生不如的？〔唐僧白〕貧僧怕墮落畜生道中，所以不敢如此。〔蠍子精白〕你不如此，我偏要你如此。你的徒弟雖然利害，被我一扎，也彀他受用了。你還癡想他來救你不成！快些成了好事罷。〔唐僧唱〕

【又一體】切莫目來挑韻，手頻招韻，槁木成灰枉自燒韻。〔蠍子精白〕難道天地間只有你一個男身麽？〔唐僧唱〕金經取句，休將誓願輕拋韻。〔蠍子精白〕丢了好夫妻不做，要去取什麽經！你的徒弟都散夥了，你獨自一箇，怎生的去法？勸你息了這個念頭，住上一年半載。你若要聽講經，我仝你到西方去，那雷音寺我都是到過的。〔唐僧唱〕娘行從未著方袍韻，到雷音話虛渺韻。〔蠍子精白〕你不信我的話也罷了。他那裏守什麽三皈五戒，有何情味？我算來還是脂粉叢中、温柔鄉裏的樂趣，勝他萬倍哩。〔唐僧唱合〕空即色，休絮叨韻。〔蠍子精怒科，白〕我不辭舌敝耳聾，勸着你心回意轉。你總是左不肯，右不依，千不從，萬不順。那一派禿驢的口角，全然不中擡舉！女童們把他綁縛起來，高高的弔在後邊迴廊下，我也辛苦了，且睡一覺，明日再講。〔四女童應科，將繩綁縛唐僧，從簾子門下。蝎子精白〕女童掌燈。〔四女童掌燈科。蝎子精白〕來宵再想成鴛侶，今夜先教縛馬蹄。〔掌燈從簾子門下。昴日星君、悟空從禄臺下仙樓至壽臺。仝唱〕

【仙吕宫正曲・掉角兒序】猛回身仝下重宵（韻），掃妖氛窩巢共搗（韻）。催趲那雨散雲消（韻），依然的風清月皎（韻）。〔悟空白〕來此已是。二位師弟快來！〔丑扮悟能，戴僧帽，紥金箍，猪嘴切末，穿悟能衣，繫絲絛，帶數珠。雜扮悟淨，戴僧帽，紥金箍，穿悟淨衣，繫絲絛，帶數珠。各持器械，從壽臺上場門上，白〕去請星君到了麽？〔悟空白〕上前相見。〔各相見科。悟能、悟淨白〕到底那個扎人的，是什麽妖怪？〔悟空白〕菩薩説過，那扎人的是尾上的鈎子，唤做倒馬毒，本是蝎子精。他從前到西天聽佛講經，如來用手一推，他却將佛左手中指扎了一下。着金剛拏他，他却逃到這裏的。〔悟能、悟淨白〕原來如此。救師傅要緊。〔昴日星君白〕天蓬元帥、捲簾大將，先去引陣。〔悟能、悟淨應科。仝唱〕鬧轟轟（讀）急上前（句），花碌碌（讀）忙進討（韻）。仰仗星曹（韻）。〔悟淨引陣，悟能白〕濫淫賤貨，你攝我師傅來做老公，他做不慣，快些放了出來！有一個福陵山雲棧洞極風流極波俏極發浪的猪剛鬣，讓你招去做親。〔蝎子精戴蝎子盔，穿靠，持器械，從下場門殺上。唱合〕胡言亂道（韻），怎肯恕饒（韻）！當教你（句），畜生剛鬣（讀），整備着滚水推毛（韻）。〔悟能、悟淨、昴日星君從下場門下。雜扮鶏切末，從上場門上。蝎子精從下場門下。雜扮原形，穿蝎子衣，從下場門上，作遶場，從下場門下。昴日星君、悟空從上場門上。悟能白〕蝎子你今番使不得倒馬毒了。築他一個稀爛。〔作打死蝎子原形，從下場門下。昴日星君白〕大聖，星官告辭了。〔悟空、悟能、悟淨白〕有勞，有勞。改日赴宮酬謝。〔昴日星君從仙樓上至禄臺暗下。悟空白〕我們快些救師傅去。〔從洞門下。扶唐僧從洞門上。唐僧白〕累及你們。那婦人何處去了？〔悟能白〕那厮原是個大母蝎子精，幸得觀音菩薩指示，大師兄到光明宮，請了昴日星君來，才得收伏。被老猪把個蝎子打做肉泥了。〔唐僧白〕既滅了妖怪，理應望空拜謝。〔仝拜科。女童從洞門上，白〕師傅，我們不是妖精，都是西梁國女人，求師傅開個方便。〔悟能白〕既如此，你們都回家去罷。帶個信去，多多拜上師母。〔唐僧白〕胡説！〔衆女童謝科，從下場門下。唐僧白〕帶馬過來。〔衆仝唱合〕全虧星昴(韻)，毒敵頓消(韻)。忙斷趲(句)，災眚解脱(讀)，顧不得道里殷遥(韻)。〔仝從下場門下〕

第廿四齣　鐵扇公主放魔兵（齊微韻）

〔雜扮雷公，戴雷公髮，紮靠，紮鼓翅，持錘、鑿。旦扮電母，戴包頭，紮額，宮衣，紮袖，持鏡，禄臺上。雜扮龍神，戴龍王冠，紮靠，持鎗。淨扮火神，戴火神髮，紮靠，持鞭。雜扮靈官，戴紮巾額，紮靠，掛赤心忠良牌，持鞭。雜扮趙元壇，戴黑貂，紮紅紮靠，持鞭。雜扮温神，戴温神帽，紮靠，持金剛圈、狼牙棒。雜扮樹神，戴樹盔，穿樹衣，持縛妖鎖。雜扮龍、虎，各穿龍、虎衣。雜扮衆天將，各戴盔，紮靠，持鎗。小生扮哪吒，戴綫髮，軟紮扮，繫風火輪，持鎗。淨扮托塔天王，戴天王盔，紮靠，紮令旗，托塔、持戟。雜扮惠岸，戴陀頭髮，紮金箍，軟紮扮，持鏟。小生扮善才，戴紅孩髮，穿紅孩衣。小旦扮龍女，戴過梁額、仙姑巾，穿宮衣，臂鸚哥。引旦扮觀音菩薩，戴觀音兜，穿蟒，披袈裟，戴數珠，持拂塵，從仙樓門上。仝唱〕

【仙吕調隻曲·點絳唇】合掌皈依（韻），志心頂禮（韻）。臂空裏（韻），陣雲陡起（韻），羅刹來初地（韻）。

〔場上設高臺蓮座，轉場陞座。衆神各侍立科。觀音菩薩白〕三佛容儀總不真，眼中童子面前人。若能信得家中寶，啼鳥山花一樣春。且喜紅孩兒已經歸正，與我佛有緣。望去那一片妖雲，定是他父母聞知，要來婞惱。我不免扣他鉢盂之内，看這妖魔奪得去否。將蓮花瓶遮住法堂，衆天將可將鉢盂扣取紅孩兒者。〔惠岸持鉢從仙樓下至壽臺，在前地井扣善才，從地井下。惠岸仍上仙樓。旦扮衆魔女，各戴魔女髮，穿採蓮襖，繫戰腰，持刀、棒、弓、箭。引旦扮鐵扇公主，戴羅刹髗腦，紥靠，佩劍。旦扮小妖，戴魔女髮，穿採蓮襖，繫戰腰，執纛，隨從壽臺上場門上。鐵扇公主白〕可恨婆伽太逼臨，元來佛口有蛇心。恨他縛我孩兒去，要向蓮花會上尋。我乃鐵扇公主是也。叵耐普門大士無禮，將我孩兒收去，好生可恨！衆魔將，就此隨我前去。〔衆魔女作應，遶場科。鐵扇公主唱〕

【越角套曲・鬬鵪鶉】駕鵬翅垂雲(句)，引蛾眉厲鬼(韻)。則爲着子母情腸(句)，惡了那神佛面皮(韻)。則着你鉢盂中抄化檀那(句)，誰教你法座下擄人家子息(韻)。我和你(韻)，辨是非(韻)。〔白〕拏住呵！〔唱〕恰便似二鬼争環(句)，休想有九龍噴水(韻)。〔白〕衆魔將，就此殺上前去！〔温帥作引陣科。對敵，仍侍立科。鐵扇公主唱〕

【越角套曲・小桃紅】鼕鼕的小鬼擂征鼙(韻)，不怕他會使拖刀計(韻)。〔白〕待俺將不强不弱的鐵胎弓，一撚千轉的狼牙箭，去射這廝，饒他有千般變幻身軀，怎當我百步穿楊的手段。〔作接弓箭科。唱〕蹬弩開弓那威勢(韻)，一箭箭往前射(韻)。〔作射科。蓮座前現金蓮遮護科。鐵扇公主唱〕則見他金蓮朵朵遮胸臆(韻)，早難道射不主皮(韻)。他原來温而不厲(韻)，險惱殺這搽脂粉的養由基(韻)。〔白〕你放了我孩兒來，我便饒了你。〔觀音菩薩白〕潑魔，你若皈依佛道，我便從鉢底下放了你孩兒。惠岸與我擒這潑魔者。〔惠岸應科。仝作對敵。惠岸作敗，仍立科。鐵扇公主唱〕

【越角套曲・麻郎兒】驚得那木吒皺眉(韻)，諕得個龍女傷悲(韻)。四天王擎拳伏禮(韻)，八菩薩併力支持㊖。〔觀音菩薩白〕哪吒與我擒來。〔哪吒作應，下仙樓對敵科，白〕潑魔早早皈依，如若不然，教你頃爲齏粉！〔鐵扇公主白〕誰家一個黄口孺子，焉敢罵我！〔唱〕

【越角套曲・絡絲娘】小哥哥休誇强嘴㊖，只恁這老娘娘當間立地㊖，怕不怕須當鬬神力㊖，手搯定五方之氣㊖。〔哪吒作對敵科。鐵扇公主唱〕

【越角套曲・拙魯速】他將八瓣繡毬提㊖，我將這兩刃太阿携㊖。千軍對壘㊖，萬人受敵㊖，垓垓嚷嚷(句)，各用心機㊖。不弱似九里山困項籍㊖。〔哪吒從壽臺下場門敗下。鐵扇公主唱〕雲濛濛蔽四維㊖，雨昏昏罩太極㊖。〔白〕也罷。我只將這鉢盂拿起，放我孩兒便了。鬼兵們，與我擂鼓麾旗，大顯神通，揭起鉢來者。〔衆魔女應科。雜扮麾旗鬼，戴套頭，穿鬼衣，執旗，從壽臺上場門上，作麾旗招聚衆鬼科。雜扮擂鼓、打鑼鬼，各戴鬼髮，穿鬼衣，持鑼鼓從壽臺上場門上，作鳴鑼擂鼓科。雜扮衆擡山子妖兵，各戴鬼髮，穿鬼衣，擡山，從壽臺上場門上，作中場設山。鐵扇公主坐科。雜扮衆小魔女，各戴魔女髮，穿宫衣，執酒器，從壽臺兩場門上，作遞酒科。雜扮衆飛翅妖兵，各戴鬼髮，穿鬼衣，紮飛翅，從壽臺上場門上，揭鉢不動科。雜扮衆放火妖兵，各戴鬼髮，穿鬼衣，持火把，從壽臺上場門上，作放火科。雜扮衆打天秤妖兵，各隨意扮，持天秤等物，從壽臺上場門上，作近鉢前，各作揭鉢不動科。雜扮牽獸鬼，戴鬼髮，穿鬼衣。引雜扮胖大鬼，戴套頭，穿鬼衣，持號筒，騎獸，從壽臺上場門上，作遶場下獸，至鉢前發諢科。雜扮爬竿子鬼，各隨意扮，從壽臺下場門上，作爬竿打觔斗科。衆鬼仝作揭鉢不動科。白〕揭不起。〔鐵扇主公唱〕鉢盂輕細㊖，不能擡起㊖，却似太山般

難動移㊞。〔白〕罷了。氣死我也！〔唱〕

【越角套曲·收煞】曾經百戰今頹氣㊞，暫收兵再尋別計㊞。〔白〕我的兒嗄！〔唱〕只得火焰山且逃回了咱㊙，怎能彀落伽山救還你㊞。〔哪吒領雜扮衆神將，各戴紥巾額，紥靠，持鎗從仙樓下至壽臺，作趕衆魔兵鬼卒、鐵扇公主各從壽臺上場門敗下。觀音菩薩白〕衆天將，可將紅孩兒放出者。〔惠岸取鉢，紅孩兒從地井出，各上仙樓。觀音菩薩下座科。衆神仝唱〕

【煞尾】法王不動心㊙，鬼母空施計㊞。一霎時六道修羅㊞，合掌誦阿彌㊞。〔各從禄臺、仙樓分下〕